Brandilyn Collins
Serenas Tagebuch

Ins Deutsche übertragen
von Wolfgang Thon

TRUE CRIME
Der wahre Kriminalfall

BASTEI LÜBBE

BASTEI-LÜBBE-TASCHENBUCH
Band 13 850

Erste Auflage: März 1997

Deutsche Lizenzausgabe 1997
Bastei-Verlag Gustav H. Lübbe GmbH & Co.,
Bergisch Gladbach
Originaltitel: A Question of Innocence
Lektorat: Dr. Edgar Bracht
Titelbild: ZEFA Bildagentur
Umschlaggestaltung: Quadro Grafik, Bensberg
Satz: KCS GmbH, Buchholz/Hamburg
Druck und Verarbeitung: Brodard & Taupin,
La Flèche, Frankreich
Printed in France
ISBN 3-404-13850-3

Der Preis dieses Bandes versteht sich einschließlich der
gesetzlichen Mehrwertsteuer.

DANKSAGUNGEN

Mein Dank gilt all denen, die mir ihre Zeit für Interviews zur Verfügung gestellt haben, vor allem den Anwälten Shelley Antonio, Matt Golde, Doug Horngrad und Penny Cooper. Einen besonderen Dank schulde ich dem Strafverteidiger Horngrad für seine sorgfältige Durchsicht aller juristischen Aspekte in diesem Buch. Für alle restlichen Fehler dieser Art bin mit allergrößter Wahrscheinlichkeit ich verantwortlich.

Ich möchte hiermit auch meine Wertschätzung über die Gespräche mit Sergeant Allen Holm von der Polizei Fremont und den zahllosen Freunden der Moores ausdrücken. Und natürlich möchte ich Sharri, Michael und Serena Moore danken, die es auf sich genommen haben, viele traumatische Augenblicke noch einmal neu zu durchleben, um mir die Geschehnisse bildhaft vor Augen zu führen.

An dieser Stelle muß ich auch ein herzliches ›Hoch die Tassen!‹ an all die Leute im San Carlos' Coffee Club aussprechen, die mich mit Strömen von Mokka versorgt haben, während ich mich plagte, all dies zu Papier zu bringen.

Meinem Lektor, Tom Colgan, danke ich herzlich für seine Unterstützung und Kompetenz.

Und ich werde meiner lieben Freundin Niwana Briggs für ihre lückenlose Aufmerksamkeit bei der Durchsicht und Korrektur meines Manuskripts ewig Dank schulden.

Am meisten aber danke ich meinem Ehemann Mark und meinen Kindern Brandon und Amberley für ihre Nachsicht und Toleranz, mit der sie die manchmal etwas turbulenten Mächte der Kreativität ertragen haben.

Brandilyn Collins
Redwood City, California

Falsches Zeugnis wird nicht ungestraft bleiben, und wer Lügen verbreitet, wird nicht ungestraft davonkommen.

Proverbs 19,5, NIV

VORWORT

Wäre dieses Buch Fiktion, wäre es kaum veröffentlicht worden.

›An den Haaren herbeigezogen‹, höre ich die Lektoren klagen. ›Zu viele Zufälle‹. So viele mildernde Umstände könnten in einem einzigen Verfahren nicht auftreten: der rätselhafte Tod, der geistig labile Teenager, der fanatische Stellvertretende Staatsanwalt und ein Verteidigerteam, das, laut Urteil eines Richters, ›unterhalb des verlangten (juristischen) Maßstabs‹ blieb.

Das alte Sprichwort greift immer noch: Die Wahrheit ist tatsächlich abstruser als jede Fiktion.

Ich wurde auf das Verfahren des Falles *Serena M.* erst in seiner dritten und gleichzeitig letzten Woche aufmerksam. Die Berichterstattung in den Medien über diesen Fall war bizarr und sensationslüstern; das Geständnis des Mordes aus Serenas Tagebuch wurde mit Märchen über ihr angeblich zerrüttetes Elternhaus vermischt. An diesem Tag wirkte die Angeklagte im Zeugenstand mal beklommen, mal seltsam unbeteiligt. Noch mehr Rätsel gab die Anwesenheit ihrer Eltern auf, die in stoischem Schweigen und offensichtlich um ihre Tochter zu unterstützen da saßen, während die Anwälte beider Seiten sie des Kindesmißbrauchs bezichtigten. Warum verteidigen sie sich nicht? fragte ich mich. Haben sie ihre Kinder wirklich mißbraucht? Hat Serena Moore tatsächlich ihre kleine Schwester ermordet? Und wenn die Moores ihre Tochter für unschuldig halten, *warum* hatten sie dann der Polizei überhaupt Serenas Tagebuch gegeben?

Im Verlauf dieser Prozeßwoche merkte ich, daß da etwas nicht stimmte. Hinter all der Rhetorik verbarg sich eine Geschichte, die nicht erzählt wurde, eine Story, die mich sehr schnell dazu trieb, sie zu enthüllen.

Die Geschichte schlägt immer wieder Haken und bildet ein Labyrinth, das aus den Mutmaßungen vieler verschiedener

Menschen besteht. Inmitten all dieser überzeugten, kompromißlosen Meinungen, an denen sie sich festklammern, habe ich versucht, fair zu bleiben. Letztlich beruhte das Urteil über Schuld oder Unschuld des ›Tagebuch-Mädchens‹ auf harter Arbeit und vor allem auf Beweisen, die in ihrem ersten Prozeß niemals zur Sprache gekommen sind.

Aber ich greife vor.

In diesem Bericht über Stolz und Leidenschaft, Erniedrigung und Leid habe ich Ihnen, den Lesern, einen allwissenden Blick auf die sich überstürzenden Ereignisse ermöglicht, ohne viel zu kommentieren. Die Aufzeichnungen sprechen, wie man so sagt, für sich selbst. Alle Briefe sind wörtlich abgedruckt, einschließlich der Fehler. Zeitungsartikel wurden mit Genehmigung des *San Francisco Chronicle*, der *Alameda Newspaper Group* und dem *San Jose Mercury* nachgedruckt.

Freunde und Familienangehörige der Moores sind, ohne es zu wollen, in den Strudel dieser Ereignisse gerissen worden; sie bekamen Pseudonyme, um ihre Anonymität zu gewährleisten. Bis auf Sharri, Michael und Mallory. Der Name der Angeklagten wurde gemäß der Anordnung des Gerichts geändert, weil es sich bei ihr um eine Jugendliche handelt. Alle beruflich mit diesem Fall befaßten Personen haben ihre wahre Identität behalten.

PROLOG

Am 18. August 1992 starb in Fremont, Kalifornien, die vierjährige Mallory Moore unerklärlicherweise im Schlaf.

Ihr Tod sollte zu einem sehr schwierigen Fall für die Ermittlungsbeamten werden. Bei der Polizei erregt der unerklärbare Tod eines Menschen automatisch zynisches Mißtrauen. Handelt es sich bei dem Opfer dann auch noch um ein kleines Kind, wird aus diesem Zynismus ein wahres Trommelfeuer rechtschaffener Wut, das ein konkretes Ziel sucht. Grimmig entschlossen will man den Übeltäter bestrafen.

Am 19. August um 9 Uhr 15 führte Coroner Dr. Paul Herrmann die Autopsie an Mallory durch. Bei der Untersuchung von Gesicht und Hals des Kindes bemerkte er einige ›Blutergüsse‹ direkt unter der Haut. In Mallorys Lunge fand Dr. Herrmann ›klinische und mikroskopische Anzeichen von Asthma‹. Der Tod war seiner Ansicht nach durch ›traumatische Asphyxie, Hergang unbekannt, eingetreten‹. In eine für Laien verständliche Sprache übersetzt, heißt das: Irgend etwas hat Mallory erstickt, aber die Ursache war unbekannt. Auf den Coroner wirkte es wie Mord, aber er konnte es nicht beweisen. Die Spalte Todesursache blieb ›offen‹.

Dr. Herrmanns Befund löste eine Kette von Ereignissen aus, die die Moore-Familie fast zerstört hätte.

Wie Sergeant Allen Holm, damals noch Leiter der Abteilung Personendelikte in Fremont, erklärte: »Dieser Fall wurde hauptsächlich von der Überzeugung des Coroners vorangetrieben, daß Mallory keines natürlichen Todes gestorben war, sondern durch fremde Hand umkam.«

Dieser Obduktionsbericht versetzte die Polizei von Fremont in helle Aufregung. Dort hatte man angenommen, daß Mallory Moore eines natürlichen Todes gestorben war. Deshalb hatten die Beamten am Ort des Geschehens keine Fingerabdrücke genommen oder Fotos gemacht und auch keine Skizzen angefertigt. Detective Greg Whitley, dem der Fall übertragen wurde, begann seine Untersuchung mit der Befragung von Mallorys Eltern, Sharri und Michael Moore, ihrer Halbschwester Serena und einigen Freunden der Familie. Am interessantesten waren die Aussagen einer Frau und ihrer halbwüchsigen Tochter. Tragischerweise deuteten sie mit den Fingern auf die vierzehnjährige Serena. Ein beachtlicher Stapel von Polizeiberichten verwies darauf, daß Serena labil sei und zu phantastischen, aufsehenerregenden Lügen und Intrigen neigte. War der Mord an Mallory vielleicht eine dieser Intrigen? Oder war möglicherweise Eifersucht ein Motiv?

Nach einem zweiten Verhör der Eltern geriet der Fall ins Stocken. Die Untersuchung wurde ›ausgesetzt‹, wie Holm es formulierte, keineswegs ›eingestellt oder vergessen‹. Aber die Detectives waren vergeblich allen Spuren nachgegangen. Whitley blieb nur ein ›unbeobachteter Tod‹, der zwar verdächtig war, aber zuwenig Beweise für eine Verhaftung aufwies.

Bevor der Fall gelöst werden konnte, mußte Whitley wieder auf der Straße Dienst schieben. Das entsprach der normalen Rotation innerhalb der Polizei von Fremont, nach der die Beamten alle zwei bis drei Jahre ihre Posten wechselten. Das System war auch eingerichtet worden, damit die Beamten nicht ihres Jobs überdrüssig wurden, hauptsächlich jedoch diente es dazu, rundum gut ausgebildete Beamte heranzuziehen und zu verhindern, durch Beziehungen und gute Kontakte vom Straßendienst zu einem Schreibtischjob aufzusteigen.

Der Moore-Fall wurde den Detectives John Anderson und Bob Davila übergeben, die nicht viel weiterkamen. Der Impuls, den Fall zu knacken, hätte, wie Sergeant Holm meinte, von innen kommen müssen. »Diese Detectives sind hochmotiviert und stolz auf ihre Arbeit«, sagte er. »Wenn sie einen Fall nicht sofort klären können oder gar nicht, weil es keine Spuren gibt, sind sie frustriert.«

Da es nur wenige Informationen gab, an die sie sich halten konnten, standen die beiden Beamten schnell vor einer Mauer. Sie brauchten dringend etwas, auf das sie sich stützen konnten. Eine neue Spur, die Aussage eines Nachbarn, ein Beweisstück. Oder ein Geständnis. Irgendwas, ganz gleich, etwas, das ihnen half, den Schuldigen an diesem abscheulichen Verbrechen zur Verantwortung zu ziehen.

Ihr Wunsch sollte erhört werden.

TEIL 1

BLINDES VERTRAUEN

DEZEMBER 1992 – APRIL 1993

Wenn man jemanden lieb hat, will man ihn für immer nah in seinem Herzen haben.

– Serena Moore zu Connie Chung

1. KAPITEL

Wenn es um das Tagebuch ihrer Tochter ging, hatte Sharri Moore eine richtige Spürnase.

Und das aus gutem Grund. Sie betrachtete Serenas mit blauen Blumen verziertes Tagebuch, das auf dem Schreibtisch lag. Versteckt zwischen Phantasien, Teenagersehnsüchten, Verwünschungen hochnäsiger Schulkameradinnen, die mit ihrer Freundschaft lockten wie mit einem Lolli, den man einem Baby vor die Nase hält, ohne daß es ihn je erreichen könnte, fanden sich gelegentlich Goldstücke. Ein kurzes Aufblitzen der wahren Serena.

An diesem besonderen Abend hoffte Sharri, mehr als nur ein Aufblitzen zu finden. Sie brauchte eindeutige Beweise. Es war ein Samstagabend im Dezember 1992, ein Tag nach Weihnachten und eine halbe Stunde, nachdem Serena wutschnaubend aus dem Haus gestürmt war. Keiner wußte wohin.

»Wenn ihr streiten wollt, verschwinde ich!« hatte sie geschrien und effektvoll die Tür hinter sich zugeknallt. Was schon ziemlich frustrierend war, weil sie sich gar nicht wirklich gestritten hatten. Sharri würde es eher eine erhitzte Diskussion nennen. Michael, Serena und sie hatten es geschafft, ihr erstes Weihnachten seit Mallorys Tod einigermaßen zu überstehen. Sie hatten eine Weihnachtsfeier mit ihren Verwandten in Carson City, Nevada, ertragen müssen. Unmittelbar nach ihrer Rückkehr nach Hause hatten sie sich Luft gemacht. Die aufgestauten Spannungen, die Michael und sie sorgfältig unterdrückt hatten, drohten auszubrechen. Das war alles.

Sharri vermutete, daß die letzten Tage einfach zuviel für Serena gewesen waren. Deshalb war sie ausgerastet und in einem plötzlichen Wutausbruch davongerannt. Irgendwie, auf eine distanzierte, rationale Art begriff Sharri, daß Serena sich wegen Mallorys Tod genauso elend fühlte wie sie selbst; ihr war klar, daß derartig intensive Gefühle eine psychisch labile Vierzehnjährige überfordern mußten. Aber im Moment fiel es Sharri schwer, Verständnis aufzubringen. Sie war zu erschöpft.

Einen Moment blieb sie auf dem Bett ihrer Tochter sitzen und starrte auf das Tagebuch. Dabei spürte sie an ihren Waden die Wärme, die eine elektrische Heizdecke ausstrahlte. Eigenartig. Entweder hatte Serena ins Bett gehen wollen, bevor sie davongestürmt war, oder die Decke war drei Tage angeschaltet gewesen, seit der Abfahrt nach Carson City. Um das zu entscheiden, hätte Sharri eine Münze werfen können, Kopf oder Adler, denn beides war möglich. Serena vergaß solche Kleinigkeiten ebenso, wie sie blitzartig von einer Stimmung in die nächste springen konnte.

Und Sharri durfte dann die Scherben zusammenkehren.

Aber wenn sie etwas dagegen unternehmen konnte, dann nicht heute abend. Sharri hatte schon versucht, die Sache kurz zu machen, und war drei Meilen über die finsteren Straßen gefahren, in der Hoffnung, Serena abfangen zu können, falls sie zu ihrem Freund Troy flüchtete. Vergeblich. Also kehrte sie nach Hause zurück, teilte Michael die Neuigkeiten mit und huschte in Serenas Zimmer, um herumzustöbern. Sharri wußte nicht, wo sie Serena noch suchen sollte. Doch als sie auf dem Bett saß und mit den Fingern lautlos auf der Tagesdecke trommelte, fiel es ihr plötzlich ein.

Das Tagebuch.

Sharri sprang auf, durchquerte rasch das Zimmer und nahm es vom Schreibtisch. Es fühlte sich glatt und steif an, ganz anders als das weiße Tagebuch in Serenas Schreibtischschublade. Das benutzte Serena seit drei Jahren und füllte die Seiten in ihrer großen, offenen, unbeholfenen Druckschrift und manchmal auch in Schreibschrift. Da es voll war, hatte sie dieses neue mit den blauen Blumen begonnen.

Während Sharri das Tagebuch hochnahm, erinnerte sie sich an das letzte Mal, als sie in Serenas Tagebuch geschaut hatte. Damals hatte sie Hinweise auf ihr unverschämtes Verhalten gesucht. Und ein Eintrag war ihr tatsächlich aufgefallen. Danach war Serena von einem Jungen in der Schule vergewaltigt und geschwängert worden. Es war eine ihrer wilden Phantasiegeschichten. Sharri hoffte, daß sie nicht noch mehr Einträge wie diesen lesen mußte. Aber vielleicht fand sie ja *irgend etwas* – Pläne für ein Rendezvous vielleicht –, das ihr einen Anhaltspunkt gab, wohin Serena eine Stunde vor Mitternacht gelaufen sein konnte.

Sie blätterte das Buch durch. Serena hatte nur eine Eintragung gemacht. Sharri überflog die letzten Sätze. Nichts Interessantes. Gereizt begann sie noch einmal von vorn. Mit zusammengekniffenen Augen las sie Seite um Seite ... Fehlanzeige. Verärgert warf sie das geblümte Tagebuch auf den Schreibtisch zurück.

Neben Serenas Zimmer dröhnte das Fernsehgerät im Wohnraum des Apartments. Zweifellos saß Michael immer noch auf der Couch und versuchte, sich auf ein Programm zu konzentrieren. Das war seine Methode, mit dem bohrenden Kummer fertig zu werden, den seine Stieftochter ihm bereitete, wenn sie weglief.

Diesmal waren Sharri und Michael von Serenas überstürzter Flucht überrascht worden. Sie war ruhiger geworden und hatte im letzten Monat fast ein wenig kooperiert. Diese Ruhe ließ die Eltern hoffen, daß Serena endlich lernte, mit dem Tod ihrer kleinen Schwester fertig zu werden.

Sharri fuhr sich nervös mit den Fingern durch ihr langes Haar. Seit Mallorys Tod letzten August war es strähnig geworden. Aber Sharri brachte es nicht über sich, es abzuschneiden. Mallory hatte immer nach den rotbraunen Strähnen gegrabscht. Irgendwie hatte Sharri das Gefühl, ein Stück von ihrer kleinen Tochter wegzuschneiden, wenn sie das Haar kürzte.

Bei diesem Gedanken senkte sie den Blick, als wolle sie vermeiden, dem Kummer ins Gesicht zu sehen. Dabei fiel ihr Blick auf Serenas neues Tagebuch, das ebenfalls auf dem Schreibtisch lag. Es war ein Weihnachtsgeschenk. Sharri hatte es aus einem Impuls heraus gekauft, obwohl Serena es eigentlich nicht brauchte. Der Einband war sehr feminin. Grüne und weiße Streifen, die den Untergrund für wunderschöne langstielige Rosen und Blätter bildeten. Es hatte ein zierliches, ebenfalls mit Blumen verziertes Schloß aus Bronze. Kein schlechter Kauf für zwei Dollar. Und es war so klein, daß es in Serenas Strumpf gepaßt hatte.

Aus bloßer Neugier griff Sharri danach. Sie erwartete nicht, darin etwas zu finden. Es war ein Jahrbuch, mit nur einer Seite für jeden Tag, und begann am 1. Januar. Serena hatte keinen Grund, jetzt schon damit anzufangen. Aber es konnte nicht schaden, nachzusehen.

Sie strich mit den Fingern über den weichen Einband und wollte den Deckel aufschlagen. Das Buch war abgeschlossen. Sharri runzelte die Brauen. Vielleicht hatte Serena es doch benutzt. Vorsichtig bog Sharri den Einband zurück. Sie wollte den dünnen Karton nicht knicken. Sie blickte auf die erste Seite rechts. Die war leer. Dann drehte sie das Tagebuch und sah auf die linke Seite. Überrascht zwinkerte sie. Serenas vertraute, große Druckschrift war zu sehen, Buchstaben, die gegen die obere und untere Linie stießen.

Sharri sollte sich später fragen, ob sie den kosmischen Kräften die Schuld geben sollte, daß sie weiter forschte. Oder dem Schicksal? Dem unerforschlichen Willen Gottes? Oder allein ihrer eigenen Neugier?

Sie bog den Deckel so weit zurück wie das Schloß es erlaubte, und hielt das Tagebuch direkt vor ihr Gesicht. Dann spähte sie hinein. Anscheinend war die ganze Seite beschrieben, aber sie konnte nicht einmal die Hälfte lesen.

Doch das war genug, um Sharri Moores Welt ins Wanken zu bringen.

Liebes Tagebuch,
Also, es ist Neujahr, und ich erzähle Dir jetzt all das, was mir am wichtigsten ist. Ich muß etwas loswerden. Ich habe meine kleine Schwester Mallory umgebracht …

Ein heißer Blitz durchschoß Sharri und schien ihre Nerven zu versengen. Benommen ließ sie den Deckel zurückschnellen und preßte das Buch zwischen die Handflächen. Einen

Augenblick konnte sie sich nicht bewegen. Dann stolperte sie schwindlig durchs Zimmer und sank auf Serenas Bett, als ihre Knie nachgaben. Schwach registrierten ihre Beine wieder die Wärme der rosa Heizdecke. Oder war es ihr eigener glühender Körper, der diese Hitze ausstrahlte? Ihre Brust zog sich zusammen, und sie rang stockend nach Luft.

Was sollte sie tun?

Ich will das nicht wissen, ich darf das nicht wissen! schrie etwas in ihrem Inneren. Wie konnte Serena so etwas schreiben? Wie konnte sie so etwas tun?

Plötzlich stieg ihr ekelerregend die Galle hoch. Mit einem leisen Schrei sprang Sharri auf und rannte in Serenas Badezimmer. Unbeholfen ging sie vor der Toilette in die Knie und knallte den Deckel zurück. Sie beugte sich über den Schlund und dachte nicht daran, ihr Haar festzuhalten, bis es ins Wasser fiel. Ihr Unterkiefer klappte nach unten, und sie würgte, würgte noch einmal. Ihr Magen brannte, aber sie konnte sich nicht erbrechen. Die anfängliche Hitze ließ nach, jetzt zitterte Sharri und bekam eine Gänsehaut.

Sie konnte nicht sagen, wie lange sie dort gehockt und immer wieder trocken gewürgt hatte. Sie hatte jedes Zeitgefühl verloren. Wie aus weiter Ferne spürte sie einen Krampf in ihrer rechten Hand. Schließlich wurde ihr klar, warum.

Sie umklammerte immer noch Serenas grün-weiß gestreiftes Tagebuch.

2. KAPITEL

Sharri richtete sich unsicher auf und stand vor der Toilette, das Tagebuch noch immer fest in der Hand. Der Schwindel zerrte an ihr wie eine mächtige Strömung, die sie ins Meer hinaus ziehen wollte, und nahm ihr fast den Atem. Sie schüttelte den Kopf, aber es nützte nichts. Blindlings tastete sie mit der Linken nach dem Waschbecken und klammerte sich so stark daran fest, daß ihre Knöchel weiß hervortraten, während sie langsam den Kopf hob. Fast hätte sie sich wieder übergeben müssen, als sie sich im Spiegel sah. Ihr Gesicht war kalkweiß, und über ihren eingefallenen Wangen stachen die Knochen skelettartig hervor. Ihre Augen schienen fast in ihrem Schädel zu verschwinden.

Ich bin tot, dachte sie.

Ihre Lider zuckten heftig und wie von allein. Mit der rechten Hand fuhr sie sich kurz über das Gesicht, nachdem sie das Tagebuch zögernd losgelassen hatte. Sind das meine Fingerspitzen? Die Hand sank herab, als führte sie ein Eigenleben, und hielt an einem glatten Regalbrett an. Der kleine Finger stieß gegen ein kleines, metallisches Viereck. Sharri richtete ihren Blick ganz langsam auf ihre Hand. Zwischen den Fingern sah sie verschwommen ein Rechteck aus Streifen und Rosen und in der Mitte ein bronzenes Schloß.

Wie sollte sie das Michael erzählen? Die Frage durchströmte sie wie ein eiskalter Wind. Durfte sie ihm verraten, was Serena geschrieben hatte? Nein, unmöglich, das war zuviel verlangt. Während all der Kämpfe und Streitereien, während all der wilden Anschuldigungen von Serena, hatte er verbissen an seinem Entschluß festgehalten, seiner Stieftochter zu helfen. Aber das hier war das Ende. Mallory war Michaels Welt, sie bedeutete ihm alles. Wie sollte Sharri ihm gegenübertreten, während in ihren Händen das Geständnis brannte, daß ihre eigene, kranke Tochter sein kostbares, kleines Mädchen ermordet hatte?

Sharri wußte, daß es nur eine von Serenas Phantasien war, ein Ausbruch ihrer Schuldgefühle wegen Mallorys Tod. Aber glaubte er das auch? Selbst wenn er ihren Worten keinen Glauben schenkte, würde er nicht einen Wutanfall bekommen und sie erdrosseln, nur weil sie es gewagt hatte, so unverschämt über den Augenblick zu schreiben, der sein Leben sinnlos gemacht hatte?

Nein. Sie durfte es ihm nicht erzählen.

Sharri hob das Kinn und musterte ihr Spiegelbild. Sie konnte es ihm nicht erzählen, und doch mußte sie es tun. Sie wußte, daß sie diese Sache nicht allein aushalten konnte, dafür fehlte ihr die Kraft. Die wenigen Reserven, die sie nach Mallorys Tod noch gehabt hatte, waren in den hitzigen Kämpfen mit Serena aufgezehrt worden und hatten ihr Innerstes ausgetrocknet. Sie konnte sich nicht mehr konzentrieren und keinen klaren Gedanken fassen. Ihr Körper war wie ausgelaugt.

Wie ferngesteuert drehte Sharri sich vom Spiegel weg und ging durch die Tür.

Michael saß immer noch auf der Couch. Eigenartig, dachte Sharri, daß er immer noch da sitzt. Dann fiel ihr ein, daß sie ihn eben erst allein gelassen hatte. Waren es wirklich nur fünf Minuten gewesen? Ein unwirkliches Gefühl umgab sie, wie dichter Nebel am Ende eines Zeittunnels. Sie hatte ihren Ehemann erst vor Momenten verlassen und ihn bei ihrer Rückkehr unverändert vorgefunden, während sie Meilen gereist war, durch den Wahnsinn und zurück.

Sharri ging mit unsicheren Schritten durch das Wohnzimmer und ließ sich vor Michael auf die Knie fallen. Sie öffnete den Mund, wollte ihm alles erzählen, aber sie brachte keinen Laut hervor. Michael sah in ihr entsetztes Gesicht.

»Was ist los?«

Sie fühlte ein Stakkato aus ihrer Kehle. »Ich … ich …«

Michael sah sie erschrocken an. »Was?«

»Ich … Serena …«, Sharri verstummte. Ihr Mund schien aus Holz zu sein und ihre Zunge wie ausgedörrt. »Serena hat etwas in ihr Tagebuch geschrieben.«

»Was denn?«

»Es ist … Es handelt davon, wie Mallory gestorben ist.«

Michael starrte sie an. Sein Gesichtsausdruck war nicht zu deuten. »Etwas, was sie weiß?«

Sharri spürte, wie sie tief in ihrem Innersten erzitterte und kämpfte dagegen an. »Ja. Daß sie … Ich konnte nur die ersten Sätze lesen … Daß sie etwas damit zu tun hat.«

Michaels Gesicht verzerrte sich. »Was meinst du damit?« Er packte das Tagebuch und riß es Sharri aus der Hand. Als das Schloß nicht nachgab, packte er mit beiden Händen die

Deckel des Buchs und riß sie mit einem Ruck auseinander. Er nahm kaum wahr, wie seine Frau zurückschreckte, als er die Schrift überflog.

Liebes Tagebuch,
Also, es ist Neujahr, und ich erzähle Dir jetzt all das, was mir am wichtigsten ist. Ich muß etwas loswerden. Ich habe meine kleine Schwester Mallory umgebracht. Ich bin in ihr Zimmer gegangen, habe sie hochgehoben und in mein Zimmer getragen. Ihr habe ihr erzählt, daß ich sie liebe, ihr den Mund zugehalten und sie erstickt (sic). *Dann habe ich sie wieder in ihr Zimmer gebracht und sie in ihr Bett zurückgelegt. Du bist die erste Person, der ich das erzähle. Jetzt fühle ich mich besser.*
In ewiger Liebe, Serena.

Michael las den Eintrag zweimal und ließ die Worte in sein Bewußtsein sinken. Sharri wagte nicht zu fragen, was auf dem Rest der Seite stand, sondern saß schweigend zu seinen Füßen, die Hand vor den Mund gepreßt. Michael sah hoch auf die gegenüberliegende Wand, während sein analytisch arbeitender Verstand versuchte, eine vernünftige Erklärung für diese unlogische Gleichung zu finden.

Eine Minute verstrich. Eine Minute, die Sharri unauslöschlich im Gedächtnis bleiben würde.

Ruhig legte Michael das Tagebuch auf den Couchtisch. »Sie hat nichts damit zu tun.« Seine Stimme klang flach.

Erleichterung spülte über Sharri hinweg, und ihr schwindelte erneut. »Aber wie konnte sie das tun? Wie konnte sie etwas so Schreckliches schreiben?«

Michael zuckte mit den Schultern. »Du weißt, daß sie ein schlechtes Gewissen hat. Mallory wollte in dieser Nacht bei ihr schlafen, und sie hat es ihr nicht erlaubt.«

Sharri nahm das Tagebuch und las die letzten Sätze. »Mein Gott«, stieß sie erstickt hervor, »wie konnte sie das schreiben? Wie konnte sie es überhaupt denken? Glaubst du, sie nimmt tatsächlich an, daß sie etwas damit zu tun haben könnte?«

»Wer weiß?« Michael klang fast gereizt. »Wer weiß schon,

warum Serena die Dinge sagt, die sie sagt, oder warum sie tut, was sie tut.«

Diese Bemerkung traf Sharri hart.

Er muß mehr gelitten haben, als ich angenommen habe, dachte sie. Serena hatte ihn so oft verletzt, daß dieses Mal ihn nicht aus der Fassung bringen konnte. Ihre Angst um Michael verstärkte sich und dehnte sich dann auch auf ihre Tochter aus. Plötzlich fiel ihr wieder ein, daß Serena dort draußen in der mitternächtlichen Winterkälte herumirrte – allein. Was ging in ihr vor? Welcher tiefe, innere Schmerz konnte sie dazu getrieben haben, ein ein derart verdrehtes Geständnis zu schreiben?

»Wir müssen sie finden«, platzte Sharri heraus. »Vielleicht tut sie sich ja etwas an. Wenn sie sich schuldig fühlt, könnte sie irgendwo da draußen sein und schon wieder versuchen, sich die Pulsadern aufzuschneiden oder sich vor einen Zug zu werfen! Wir müssen die Polizei rufen!«

»Auf keinen Fall«, widersprach Michael. »Was ist, wenn sie ihr glauben? Was werden sie wohl tun, was denkst du?« Er sah sie an, als habe sie den Verstand verloren. »Sie werden sie uns wegnehmen. Warte, bis sie nach Hause kommt. Dann holen wir ihr Hilfe.«

»Und wenn sie nicht nach Hause kommt? Außerdem werden sie es nicht glauben. Das können sie nicht. Sie wissen, was sie durchgemacht hat, sie kennen alle ihre Lügen. Es steht in ihren Akten.«

Michael schüttelte den Kopf.

»Sie haben versprochen, uns zu helfen, Michael«, flehte Sharri ihn an. »Sie müssen doch wissen, in welcher geistigen Verfassung sie ist. Sonst würden sie nicht einmal nach ihr suchen. Was ist, wenn sie verletzt ist?«

Sie bewegten sich im Kreis, verwirrt und unfähig zu handeln. Mit jeder Sekunde, die verstrich, wuchs Sharris Angst vor dem, was Serena tun könnte. Michael machte sich mehr Sorgen wegen der Polizei – was *sie* tun würden, wenn sie ein ›Geständnis‹ in der Hand hielten. Er hatte schon ein kleines Mädchen verloren. Er wollte nicht riskieren, auch noch sein einziges anderes Kind zu verlieren – die Stieftochter, die er mit großgezogen hatte, seit sie acht Jahre alt war.

Schließlich kamen die Moores überein, Doug Evans anzurufen, ihren Pastor. Sie brauchten seinen klugen Rat. Sie brauchten einen Freund, der ihnen sagte, was sie tun sollten.

Die Straßen von Newark waren ruhig und wurden nur von dem Weihnachtsschmuck erleuchtet, der energisch in der kalten Luft blinkte. Es war Mitternacht. Pastor Doug hielt an einer Kreuzung an und versuchte, das Straßenschild zu lesen, während ihm Michaels Richtungsanweisungen durch den Kopf gingen wie ein Tonband, das zu langsam abgespielt wurde. Doug hatte schon geschlafen, als das Telefon klingelte. Er war um elf ins Bett gegangen, ziemlich früh für ihn, auch wenn sein Wecker am Sonntagmorgen klingelte, an dem er ein volles Programm hatte, Predigten in zwei Gottesdiensten und dazwischen die Sonntagsschule. Aber an diesem Abend hatte er leichte Temperatur und Heiserkeit von einer Erkältung. Auch wenn sein Kollege morgen die Gottesdienste leiten würde: Doug mußte trotzdem die Liturgie lesen. Er war früh ins Bett gegangen und hoffte, daß er wieder bei Stimme sein würde, wenn er aufstand.

Doug hatte die Moores in ihrer neu gemieteten Wohnung noch nicht besucht und kannte noch immer nur wenige Durchfahrtsstraßen, die Fremont mit seiner kleineren Nachbarstadt Newark verband. Er lebte erst seit etwas über vier Monaten in der Bay Area von San Francisco; er hatte seine Frau und die halbwüchsige Tochter nach zwanzig Jahren Dienst in der Gegend um Pittsburgh entwurzelt, um die Stelle als leitender Pastor in der First Presbyterian Church von Newark anzunehmen. Seine älteste Tochter hatte geheiratet und war mit Mann und Baby im Osten geblieben.

Doug bog falsch ab, bemerkte den Fehler und drehte um. Die Wohnung der Moores lag dicht an der Mowry Avenue, einer, wie Doug wußte, verkehrsreichen Straße, die nach Osten auf den Mission Boulevard stieß. Dieser führte von

Norden nach Süden parallel zu den Foothills. Ein Neuankömmling konnte sich in Fremont eigentlich nicht verirren. Dafür sorgten die Hügel, die den östlichen Grenzpunkt markierten, und die San Francisco Bay, die die Stadt im Westen einfaßte. Doug erinnerte sich auch daran, daß er nach einem Kornfeld Ausschau halten sollte, das merkwürdigerweise direkt hinter dem Wohnkomplex und seiner urbanisierten Umgebung lag. Ganz zweifellos das Ergebnis eines hartnäckigen Farmers, der sich gegen die Verstädterung seines schon seit urdenklichen Zeiten fruchtbaren Landes wehrte.

Bei Dougs letztem Besuch wohnten die Moores noch in ihrem Haus in der Lucia Street. Es gehörte ihnen immer noch, aber sie hatten es vermietet, weil sie es in seinen erinnerungsbeladenen Wänden nicht mehr aushielten.

Den Anruf der Moores mit der Nachricht von Mallorys Tod würde Doug ebenfalls nicht so schnell vergessen. Seine Familie und er packten gerade ihre Umzugskartons aus, als Michaels Bruder Ben für die leidgeprüften Eltern anrief. Sie vertrauten sich instinktiv dem neuen Pastor an, obwohl sie ihn noch gar nicht kannten.

Doug hatte Sharri und Michael noch am selben Abend besucht. Serena war während seiner Anwesenheit nach Hause gekommen. Das Mädchen war sehr aufgeregt und ließ sich nur von seiner Mutter beruhigen. Doug wurde rasch klar, daß die Jugendliche mit ihrer rebellischen Natur kämpfte.

Doug sollte Mallorys Beisetzung durchführen und traf sich an den folgenden Tagen häufig mit Sharri und Michael. Er erfuhr viel über die wenigen Jahre mit Mallory. Sharri erzählte, daß ihre Tochter Ballerina werden wollte. Sie und Serena hatten oft zusammen getanzt. Dann war Mallory auf den langen Couchtisch gekrabbelt und hatte sich mit geschlossenen Augen und einem seligen Lächeln auf den Lippen in die Arme ihrer Schwester fallen lassen. In der letzten Nacht ihres Lebens war Mallory aufgeregt ins Bett gegangen. Sie konnte es kaum erwarten, sich am nächsten Tag für die Tanzstunden anzumelden.

Doch sie war nicht mehr aufgewacht.

In den Monaten nach Mallorys Beerdigung hatte Doug oft mit Sharri und Michael gesprochen und ihnen in Gottesdiensten und Telefonaten Trost zugesprochen. Waren sie zuvor nur unregelmäßig zu den Gottesdiensten gekommen, besuchten die Moores die Kirche jetzt jede Woche. Schließlich traten sie ihr am ersten Sonntag im Dezember bei. An diesem Tag wurden Serena und Michael getauft; Sharri hatte sich dem Ritual schon unterzogen. Serena besuchte die Jugendgruppe der Kirche und traf sich bei den wöchentlichen Zusammenkünften und Ausflügen mit den etwa zwanzig anderen Teenagern. Allerdings kam sie nur unregelmäßig, und ständig gab es Streit wegen ihres Ausreißens.

Natürlich war es eine schwere Zeit für Sharri und Michael, doch Serena schien es noch schlechter zu gehen. Doug wußte, daß sie schon zweimal in psychiatrische Behandlung eingeliefert worden war. Und dann gab es noch die Sache mit dem Ausreißen oder ›Türmen‹, wie Sharri es nannte. Sharri hatte die Kirche ungezählte Male angerufen und um ein Gebet nachgesucht, während Michael ihre Tochter suchte. Sie taten Doug sehr leid. Seine Tochter hatte ihn auch einige graue Haare gekostet, als sie in der Pubertät gewesen war. Und er konnte sich kaum vorstellen, damit fertig zu werden, wenn man gerade ein Kind verloren hatte.

Als Serena sich allmählich mit den Jugendlichen aus der Jugendgruppe anfreundete, geriet Doug in eine seltsame Situation. Sie wollte immer der Mittelpunkt der Aufmerksamkeit sein, ob es nun um ihn ging, um den jungen Leiter oder die Jugendlichen selbst. Doug hatte Verständnis dafür, sie brauchte besondere Zuwendung nach dem Tod ihrer Schwester. Aber ihre kleinen Intrigen, mit denen sie diese Aufmerksamkeit erreichte, beschränkten sich nicht auf bloße Überschwenglichkeit. Serena war, um es deutlich zu sagen, eine chronische Lügnerin. Sie hatte den anderen Teenagern unter anderem erzählt, daß sie siebzehn wäre, mehrmals verlobt gewesen sei und zwei Abtreibungen hinter sich hätte.

Viele der Jugendlichen stellten Doug Fragen über Serena. Seine Antworten überlegte er sorgfältig. Er war neu in der

Kirche und hatte noch keine Zeit gehabt, eine Beziehung zu den jungen Leuten aufzubauen. Ob sie sich seiner Führung anvertrauen würden, wußte er nicht. Aber er versuchte es und riet ihnen, Serena zu akzeptieren. Er erinnerte sie daran, daß sie immer noch um ihre Schwester Mallory trauerte, die erst im August gestorben war. Sie habe ein Problem, sagte er ihnen, und sie brauchte ihre Freundschaft. Gleichzeitig sollten sie aber nicht alles, was sie sagte, für bare Münze nehmen. Es war ein schwieriger Balanceakt, die anderen zu bitten, Serenas Freunde zu sein, wo doch einer der wichtigsten Pfeiler von Freundschaft, das Vertrauen, fehlte. Es freute Doug, daß die Jugendlichen sich trotzdem Mühe gaben.

Im Dezember hatte Serena sich ein wenig beruhigt. Zwei Wochen vor Weihnachten jedoch stürmte sie verzückt in die Kirche und zeigte einen ›Verlobungsring‹ herum. Sie sprudelte heraus, daß Troy, ihr Freund, ihn ihr geschenkt hätte. Doug wußte, daß zumindest letzteres stimmte. Er hatte Troy zwar bisher nicht kennengelernt, aber er wußte, daß Serenas Eltern diese Beziehung mißbilligten. Offenbar lief Serena oft weg, um heimlich mit ihm zusammen zu sein.

Aus diesem Grund hat sie vermutlich auch eine derartig ungeheure Eintragung in ihr Tagebuch gemacht, dachte Doug, als er schließlich in die Straße einbog, in der die Wohnung der Moores lag. Es war mehr als nur eine weitere Lüge. Das war ein unverblümtes Geständnis einer Tat, die sie nicht begangen haben konnte. Serena versuchte, ihren Rauswurf aus dem Haus zu provozieren. Sie mußte sich mit der verdrehten Logik einer gestörten Vierzehnjährigen eingebildet haben, daß ihre Eltern nach einer solch widerlichen Aussage die Nase von den Mätzchen ihrer Tochter voll hätten und ihr die sprichwörtliche Tür wiesen. Dann könnte sie endlich mit Troy zusammenleben.

Diese krankhafte ›Beichte‹ spiegelte nach Dougs Meinung auch das Ausmaß von Serenas psychischer Labilität wider. Sie brauchte ohne jede Frage psychologische Behandlung.

3. KAPITEL

Um 2 Uhr morgens war es auch im Mowry Lanes Bowling Center ruhiger geworden. Zwei späte Gäste stellten die bunten Mietschuhe auf den langen Tresen, streckten ihre verkrampfen Finger und schlenderten davon. Plötzlich erscholl lautes Lachen aus der Bar, die von dem Imbißrestaurant durch zwei breite Schwingtüren getrennt wurde. Das Piepen der Videospiele war hier über dem Rollen und Krachen der Bowlingkugeln undeutlich zu hören. Es klang wie ein ungehört vor sich hin tickender Telegraph.

Serena Moore hockte an einem kleinen, runden Holztisch und nippte zwischen den Zügen an ihrer Zigarette an einer Cola. In einem weißen Plastikstuhl ihr gegenüber saß Troy Cole. Er stieß den Rauch aus und machte eine Bewegung mit dem Kinn.

»Gehen wir.«

Serena betrachtete ihn ruhig. Sie fand seine dunkle Haut und sein schwarzes Haar faszinierend. Es war ein Erbe der philippinischen Vorfahren von Troys Vater, hatte man ihr erzählt. Troy trug das schulterlange, dichte, wellige Haar zurückgekämmt. Seine glatte Stirn betonte die dunkelbraunen Augen. Für seine siebzehn Jahre hatte er einen sehr harten Gesichtsausdruck, aber Serena sah das nicht so.

»Er sah nicht direkt gemein aus«, sollte Serenas beste Freundin Mary Corren später über ihn sagen, »aber man spürte, daß er es sein konnte.«

Rauh und herrisch behandelte Troy Serena, wie sein persönliches Eigentum und Dienstmädchen. Bei ihm zu Hause mußte sie Drinks, Snacks und Zigaretten holen. Wenn er gehen wollte, gingen sie, und wenn er bleiben wollte, blieben sie. Wenn er sie zur Ordnung rief, machte es ihm nichts aus, sie an den Haaren zu ziehen oder sie zu schubsen. Serena wehrte sich kaum dagegen.

So war sie nicht immer gewesen. Seit ihrer Pubertät hatte sie zahllose Freunde gehabt. Alles ›wirklich nette, ordentliche

Jungs‹ die sie gut behandelten, wie Mary es ausdrückte. Doch Serenas Beziehung mit Troy seit dem letzten Frühling hatte sie geformt: Sie benahm sich wie ein bereitwilliges Opfer. Für einen Teenager, der als kleines Kind miterleben mußte, wie seine Mutter von ihrem betrunkenen Ehemann geschlagen wurde, war das möglicherweise kein besonders überraschendes Verhalten.

Serenas eigener Einschätzung nach fiel sie einfach in das Rollenverhalten, welches das Schicksal für sie vorgesehen hatte.

»Wenn ich in ein Zimmer voller netter Jungs kam, in dem nur ein Trottel war, hab' ich mir mit Sicherheit den Trottel ausgesucht«, sagte sie später. Es lag in ihren Genen, sagte sie, war von ihrer Großmutter Tessie über ihre Mutter auf sie übergegangen. Ihre Mutter hatte diese Art Leben schließlich satt und den Kreis durchbrochen, als sie Michael geheiratet hatte.

In dieser Nacht im ›Mowrys Lanes‹ dachte Serena über ihre Entscheidung nach, den Zirkel zu wiederholen. Sie war ›schrecklich in Troy verknallt‹. Wenn er sie schlecht behandelte – damit mußte sie leben. Irgendwo in einer finsteren Windung ihres Hirns sagte ihr eine höhnische Stimme, daß sie seine Bissigkeit und Bösartigkeit sehr wahrscheinlich verdient hatte.

»Ich hab' gesagt, wir gehen.«

Serena stand auf, hielt die Zigarette mit den Lippen fest, während sie die schwarze Fliegerjacke aus Wolle überstreifte, die sie gerade zu Weihnachten geschenkt bekommen hatte. Sie hing locker über ihre Jeans. Darunter trug sie nur ein dunkles T-Shirt. Sie blieb kurz stehen, um ihr langes, braunes Haar aus dem Kragen der Jacke zu ziehen.

Serena war für ihr Alter weit entwickelt. Ihr einziger Nachteil war eine etwas pummelige Taille, aber sie hatte schon volle Brüste, die immer noch wuchsen. Mochte ihre Figur auch ihr Alter Lügen strafen, ihr kindliches Gesicht tat es nicht. Es hatte Babyspeck und war voller Pickel. Ihre tiefliegenden Augen waren hübsch, fast transparent. Sie hatte volle, rosa Lippen und ein breites Lächeln.

Gehorsam folgte sie Troy auf den Parkplatz. Das Licht einer Laterne ließ ihre Gesichter fahl aussehen und tauchte das flache, ausgedehnte Gebäude in eine schlammige Farbe. Das Bowlingcenter lag abseits der Straße hinter anderen Geschäftsgebäuden und bot Serena und Troy so einen perfekten Ort für ihre Treffen. Sie blieben so lange im ›Mowry Lanes‹, bis Troys Eltern schliefen. Wie gewöhnlich würde Troy lautstark zur Haustür reinkommen, damit seine Mutter und sein Stiefvater hörten, daß er nach Hause kam. Falls sie überhaupt da waren. In seinem Zimmer, das nach hinten hinaus lag, würde er dann ein Fenster öffnen und Serena hereinlassen.

Dieser Plan hatte schon Dutzende Male zuvor funktioniert.

Serena hakte sich bei Troy unter, als sie in der klaren Nacht zu seinem Ford Blazer gingen. Jenseits des Mission Boulevards erhoben sich die Foothills wie geduckte Monster, die mit ihren Hinterteilen die erleuchteten Straßen Fremonts von dem dunklen Tal dahinter trennten. Serena fand es kälter als noch vor drei Stunden, als sie die paar Blocks von zu Hause zum Bowlingcenter gelaufen war, um sich mit Troy zu treffen. Sie wußte, daß es ihre Eltern fuchsteufelswild machte, wenn sie abhaute, aber das kümmerte sie nicht.

Dabei war es gar nicht so, daß Serena ihre Mutter und ihren Stiefvater nicht geliebt hätte. Sie wollte ihnen nicht vorsätzlich Ärger machen, sondern sie hatte einfach nur die engstirnige Sicht eines Teenagers, der um jeden Preis seinen eigenen Willen durchsetzen will. Seit dem Tod ihrer Schwester hatte sich dieser Zwang zur Besessenheit entwickelt und trieb sie zu einem blinden, zerstörerischen Verhalten, das sie weder kontrollieren noch verstehen konnte.

Das spontane Treffen mit Troy in dieser Nacht war für Serena nur ein weiterer fehlgeschlagener Versuch, sich von ihrer Trauer abzulenken. Ihre Verzweiflung hatte Anfang Dezember etwas nachgelassen. Dann jedoch waren die gefürchteten Ferien gekommen und hatten sie wie ein Schlag ins Gesicht getroffen. Weihnachten bei Großmutter Tessie war schlimm gewesen. Die Familie schwankte zwischen hysterischem Gelächter und bitteren Tränen. Serena wußte, daß Weihnachten für ihre Eltern schwer gewesen war, aber für sie selbst war es verheerend gewesen.

Deshalb war sie nach ihrer Rückkehr so oft von zu Hause weggelaufen. Sie flüchtete in die Nacht und versuchte, vergeblich, ihrem Schmerz und ihrer Schuld zu entkommen. An die Konsequenzen dachte sie nicht, ja, sie hätte sie sich nicht einmal im entferntesten träumen lassen.

Eine Jacke übergeworfen, lehnte Michael am Balkongeländer und wartete auf Pastor Doug, um ihn hereinzuwinken, wenn er sie in der Dunkelheit suchen sollte. Michael war einssiebzig groß und trug ein paar Pfund mehr an Gewicht mit sich herum, als ihm lieb war. In seinem dichten, braunen Haar zeigten sich die ersten grauen Strähnen, wie auch in seinem sorgfältig gepflegten Schnurrbart. Er trug wie gewöhnlich eine bequeme Hose und ein langärmeliges Baumwollhemd. Selbst wenn die Situation es verlangte, fühlte Michael sich unwohl, wenn er sich fein machen mußte.

In dem vergeblichen Versuch, ihre Nervosität unter Kontrolle zu bekommen, huschte Sharri in der Küche herum, machte Kaffee, wischte den gefliesten Boden, rauchte eine Zigarette.

Doug umarmte sie kurz, als er hereinkam. »Wir glauben das doch nicht etwa, oder?«

Michael und Sharri sanken auf ihre beige gepolsterte Couch, und Doug setzte sich auf den dazu passenden Clubsessel. Der Pastor las kopfschüttelnd das Tagebuch. Für ihn war es unvorstellbar, daß Serena das getan haben könnte. Soweit er wußte, hatte sie ihre kleine Schwester viel zu sehr geliebt.

Hektisch unterrichtete Sharri ihn über die Ereignisse der letzten Monate. Serena war nicht nur zweimal in stationärer Behandlung gewesen, sondern hatte auch einen Selbstmordversuch begangen. Sie war bei einer Freundin durchgedreht, hatte eine Limonadenflasche zertrümmert und versucht, sich mit den spitzen Scherben die Pulsadern aufzuschneiden. Vier

Freunde stürzten sich auf sie und konnten sie mit Mühe vor ihrer eigenen Verrücktheit retten.

Sharri sprang auf und begann, hin- und herzulaufen. Ihre ganzen einssechzig Körpergröße strahlten eine fast greifbare böse Vorahnung aus. Die Intensität ihrer Haltung betonte ihre Wangenknochen und ihr scharf geschnittenes Kinn. Serena sei, stieß sie aufgeregt hervor, schon so oft weggelaufen, daß die Polizei kaum noch nach ihr suchen würde. In Kalifornien war es nicht ungesetzlich, von zu Hause auszureißen. Wenn die Polizei sie fand, würden die Beamten vielleicht versuchen, sie aufzugreifen, aber das konnte noch Tage dauern.

»Rufen Sie trotzdem die Polizei an«, drängte Doug sie. »Sofort.« Serena könnte selbstmordgefährdet sein, sie brauchte eine sofortige Behandlung.

Dougs Reaktion wurde unbewußt von früheren Erfahrungen gesteuert. Er vertraute der Polizei vollkommen. In Pittsburgh war er Zeuge einiger Krisen bei Gemeindemitgliedern gewesen, und die Polizei hatte sich immer als hilfreich erwiesen. Außerdem hatte er erlebt, wie die Behörden alles nur Erdenkliche versuchten, um das Verhältnis zwischen Eltern und Kindern zu verbessern. Inhaftierung stand auf dem Katalog von Maßnahmen dabei ganz unten. Doug war überzeugt, daß die Polizei helfen würde, wenn man sie rief.

Sharri griff verzweifelt nach dem Strohhalm, den Dougs Gewißheit ihnen bot. Michael zögerte noch. Das Tagebuch zu übergeben bedeutete seiner Meinung nach, die Kontrolle über die Lage aus der Hand zu geben. Wenn die Polizisten nun plötzlich auf seltsame Ideen kamen? Was würde mit Serena geschehen? Sie durften auf keinen Fall einen Fehler begehen. Serena war ihr einziges Kind.

»Aber wie sieht es jetzt mit Serenas Sicherheit aus?« wandte Doug ein. Sie mußten die Polizei dazu zwingen, Serena sofort zu suchen. Der einzige Mittel dazu war, ihnen das Tagebuch zu zeigen, das Serenas labile Verfassung bewies. Mit dem Verdacht auf einen möglichen Selbstmord würden sie sie suchen müssen.

»Ich weiß nicht, ich weiß einfach nicht.« Michael fuhr sich

mit der Hand über die Stirn. »Ich will, daß sie in Sicherheit ist. Aber ich habe Angst vor dem, was die Polizei tut.«

»Wir müssen irgend etwas unternehmen«, drängte Sharri ihn. Ihre Miene verriet ihre Besorgnis. Welche Alternative blieb ihnen, wenn sie nicht die Polizei riefen? Sollten sie ins Bett gehen? Einfach schlafen, während Serena draußen herumirrte und sich vielleicht etwas antat? Sie könnte sogar in diesem Augenblick im Sterben liegen!

Immerhin war das Mallory zugestoßen.

Der Erinnerung daran ließ Sharri erstarren.

Sie hatte mit einer Ohrentzündung im Bett gelegen und sich aufgeregt, weil sie nicht schlafen konnte, während auf der anderen Seite der Wand ihr kleines Mädchen erstickte. Sharri spürte, wie sich ihr Hals zusammenzog, als sie sich zum werweißwievieltenmal bittere Vorwürfe machte, weil sie nichts unternommen hatte. Mami war so nah gewesen, aber Mami hatte Mallory im Stich gelassen. Sie war einsam und allein gestorben.

Sharri wirbelte herum. »Michael, wir müssen es tun. Sofort!«

Michael sah aus dem Fenster, als suche er draußen in der finsteren Nacht eine Antwort. Vermutlich haben Sharri und Doug recht, dachte er. Serena war einfach zu unberechenbar. Sie konnten nicht einfach tatenlos dasitzen, während sie möglicherweise in Gefahr war.

»Einverstanden«, sagte er schließlich. »Wir machen es.« Als hätte eine böse Vorahnung sie warnen wollen: Weder Michael noch Sharri waren in der Lage, zu telefonieren.

»Wenn ich wähle«, bat Sharri Doug, »würden Sie dann für mich mit ihnen reden?«

Doug nahm den Hörer und hörte das Tuten im Ohr. Auch er spürte das drohende Unheil. Welche Auswirkungen würde ihr Anruf haben? Noch blieb Zeit, ihre Meinung zu ändern. Er hielt den Hörer zur Seite und blickte Sharri an. »Sind Sie sich wirklich sicher, daß Sie es wollen?«

Seine Frage hing schwer in der Luft; sie waren unentschlossen. Sharri zögerte und sah ihn an.

Die nächsten Sekunden sollten das Schicksal der Moores zeichnen, als hätte man ihre Haut mit einem Brandeisen versengt.

Sharri nickte.

Am anderen Ende hörte Doug eine Stimme. »Fremont Police.«

Er nahm den Hörer ans Ohr. »Ich möchte ein mögliches Verbrechen melden«, hörte er sich sagen.

Der Beamte in der Zentrale fragte, um welche Straftat es sich denn handele.

»Um Mord«, antwortete Doug.

Jetzt hatte er volle Aufmerksamkeit.

Officer John Morillas übernahm laut Schichtbuch um 1 Uhr 47 morgens den Ruf der Zentrale. Jemand wollte einen Mord melden, hatte die Zentrale gesagt, aber eigentlich war es gar kein richtiger Mord. Es gab keine Leiche mehr – denn der Tod war vor vier Monaten eingetreten. Und es war auch eigentlich kein Verbrechen geschehen, es hatte bloß jemand ein Geständnis abgelegt. Und bei diesem Jemand handelte es sich um ein Kind.

Wie schon zuvor Doug erwartete Michael auch Morillas' blauweißen Streifenwagen vor dem Haus.

Sharri erinnerte sich vage an Morillas' untersetzte Gestalt, wahrscheinlich von einem der vielen Male, die sie wegen Serena die Polizei geholt hatten. Sie erzählte dem Officer sofort ihre Geschichte. Warum sie in dem Tagebuch gestöbert hatte, und wie aufgeregt ihre Tochter sein müsse. Als sie kurz einmal Luft holte, ergänzte Michael die fehlenden Einzelheiten. Doug spürte die Wirkung des mangelnden Schlafs und der Erkältung und sprach zwischen seinen Hustenanfällen nur wenig.

Die Moores unterrichteten Morillas vom Tod ihrer kleinen Tochter und daß die Untersuchung in der Schwebe sei. Sie schlugen vor, er sollte sich für weitere Informationen mit den betreffenden Detectives in Verbindung setzen.

Ohne Bedenken übergaben sie ihm das Tagebuch.

Morillas schien aufmerksam zuzuhören. Wenn er etwas über die schwebenden Ermittlungen wegen Mallorys Tod wußte, ließ er es sich jedenfalls nicht anmerken.

»Er war sehr liebenswürdig«, erinnerte sich Doug später. »Sehr hilfsbereit, herzlich und verständnisvoll. Und dann: Bingo!«

Morillas wollte von den Moores wissen, was sie von ihm erwarteten, wenn Serena gefunden wurde: Sollte er sie nach Hause oder in eine psychiatrische Klinik bringen?

Doug, Michael und Sharri tauschten in schweigender Übereinkunft Blicke aus. Das überlassen wir Ihnen, ermutigten sie ihn. Es hängt davon ab, in welchem Zustand sie ist. Sehr wahrscheinlich muß sie behandelt werden.

Morillas versuchte, sie zu beruhigen. Wahrscheinlich werden sie einen Psychologen rufen, der mit ihr redet, damit sie sicher sein können, daß sie in Ordnung ist. Dann ging er und versprach, anzurufen, sobald Serena gefunden worden war.

Das Tagebuch nahm er mit.

Morillas verschwendete keine Zeit und rief Javier Marquez an, einen der wenigen Detectives des Dezernats Personendelikte, die zur Weihnachtszeit Dienst schoben. Morillas wußte, daß diese Einheit auch die Ermittlungen über den Tod Mallory Moores führten.

»Suchen Sie unbedingt nach Serena«, befahl Marquez, »und nehmen Sie sie als unverbesserliche Ausreißerin fest.«

»Uff.« Troy stöhnte, als er sich auf Serena fallen ließ.

»Ich kriege keine Luft!« protestierte sie. »Geh runter!«

Troy ließ sich Zeit und küßte Serena auf den Mund, dann rollte er sich zur Seite. Als Troys warmer Körper plötzlich weg war, erschauerte Serena in der kalten Luft, setzte sich auf und griff nach der Decke.

Bumm, Bumm, Bumm. Sie erstarrte, als sie das laute Klopfen an der Haustür hörte. Einen Moment herrschte Ruhe, dann setzte das Klopfen wieder ein.

Serena kannte das Geräusch. Wenn jemand mitten in der Nacht so laut klopfte, konnte das nur eins bedeuten. »Scheiße! Die Bullen!« Sie schnappte sich die Decke und zog sie bis ans Kinn.

»Ach, Mist.« Troy stöhnte. »Warte kurz.« Die Laken raschelten. »Bleib hier, ich schau mal nach.«

Er glitt aus dem Bett und tastete nach seiner Jeans. Serena hörte das Klimpern von Kleingeld und dann das metallische Geräusch des Reißverschlusses.

»Dein Dad ist wach«, flüsterte sie, als Schritte im Flur ertönten. Sie verkroch sich noch weiter unter die Decke.

»Ich bin gleich wieder da.« Troy schlich durch den Raum und versuchte, im Dunkeln etwas zu sehen. Lautlos machte er die Zimmertür auf und steckte vorsichtig den Kopf in den Flur.

»Ist Serena Moore hier?« hörte er einen Mann fragen. Sein Stiefvater antwortete etwas Unverständliches, dann näherten sich Schritte seinem Zimmer.

Troy zog seinen Kopf schnell zurück und schloß die Tür. »Steh auf, Serena!« Seine Stimme war leise und gepreßt. »Sie kommen.«

Sekunden später war der Raum in gleißendes Licht getaucht.

Serena preßte die Augen zu, dann zwinkerte sie. Ihre Nerven zitterten, als sie eine Polizistin erblickte, die Troy einfach von der Tür wegschob. Serena kauerte sich zusammen, und ihre Miene nahm einen trotzigen Ausdruck an.

Die Beamtin befahl ihr, sich anzuziehen. Sie stehe unter Arrest.

Serena spürte Ärger aufwallen. »Warum, verdammt, werde ich verhaftet?«

»Zieh dich einfach an.« Die Beamtin näherte sich dem Bett, als wollte sie die Decke wegziehen.

»Schon gut, schon gut! Sie könnten sich wenigstens umdrehen.«

»Das darf ich nicht. Du könntest Schmuggelwaren haben.«

Serena stützte sich auf die Ellbogen und starrte die Frau an.

»Was soll das denn? Ich hab so was nicht. Drehen Sie sich um!« zischte sie.

Die Frau erwiderte den Blick und zuckte dann mit den Schultern. Die Sache war keinen Ärger wert. Sie drehte sich zur Wand.

Serena warf die Decke zurück und stieg in ihre Unterwäsche. Mit einem Bein in ihrer Jeans hielt sie kurz inne und zündete sich eine Zigarette an. Sie nahm einen langen, tiefen Zug. Irgend etwas sagte ihr, daß sie so schnell nicht wieder in den Genuß einer Zigarette kommen würde.

Die Beamtin blickte über ihre Schulter. »Mach sie aus.«

Serena warf der Polizistin einen flammenden Blick zu und nahm noch einen Zug.

»Ich sagte, mach die Zigarette aus. Du bist noch nicht alt genug, um rauchen zu dürfen.« Sie drehte sich zu Serena um und stemmte die Hände in die Hüften.

»Warum verhaften Sie mich?« wiederholte Serena herausfordernd ihre Frage und zog wieder an der Zigarette.

»Machst du jetzt die Zigarette aus!«

Serena rollte die Augen nach oben. »Beantworten Sie doch gefälligst meine Frage!« schrie sie. »Wen interessiert diese scheiß Zigarette? Ich will wissen, warum ich verhaftet werde!«

Die nächsten Momente nahm Serena nur noch verschwommen war. In ihrem Kopf herrschte das reinste Chaos. Irgendwie schaffte sie es, sich zu Ende anzuziehen, irgendwo drückte sie ihre Zigarette aus. Ein Polizeibeamter kam in Troys Zimmer, klopfte ihr freundlich auf den Rücken und sagte, daß man ihr alles erklären würde. Sie hörte, wie Troy rief: »Ich liebe dich!«, und rief ihm dasselbe zu. Dann spürte sie die kalten Handschellen an ihren Handgelenken und hatte das Gefühl, daß der Flur unter ihr schwankte, während sie zur Haustür ging. Sie bibberte in der kalten Winterluft. Einer der Polizisten drückte ihren Kopf herunter, als sie stolpernd und fluchend hinten in den Streifenwagen einstieg und sich auf den Rücksitz fallen ließ. Der Motor des Wagens wurde angelassen, und Troys Haus verschwand aus ihrer Sicht.

Sie sollte ihren Freund nicht mehr wiedersehen.

4. KAPITEL

Kurz nach 3 Uhr morgens meldete sich Javier Marquez im Polizeihauptquartier, nachdem Morillas ihn von Serenas Festnahme verständigt hatte. Während Morillas Serena wegen Mordverdacht im ersten Stock der Wache ablieferte, stieg Marquez die Treppe hoch in die Abteilung Personendelikte, um nach Informationen über die Ermittlung im Fall Mallory Moore zu suchen. Detective Greg Whitley hatte den Fall zuerst untersucht, ihn dann an Robert Davila und John Anderson abgegeben. Keiner der drei hatte heute abend Dienst. Marquez fand schließlich die Akte und blätterte sie kurz durch. Er suchte die Aussage des Coroners. Er blinzelte. Im Autopsiebericht stand, der Tod sei durch ›traumatische Asphyxie, Hergang unbekannt‹ eingetreten. Das paßte zu der Tagebucheintragung des jungen Mädchens, das geschrieben hatte, daß es seine Schwester erstickt hätte.

Marquez rief Davila an. Mit ihm zusammen wollte er Serena verhören, die gestanden hatte, ihre kleine Schwester getötet zu haben.

Das Telefon der Moores klingelte. Michael lag im Bett und versuchte, noch etwas zu schlafen, bevor sein Wecker um halb sechs klingelte. Doug war nach Hause gefahren und hoffte, daß er noch ein paar Stunden Ruhe fände, bevor er um halb neun den Gottesdienst halten sollte. Sharri nahm den Hörer ab. Der Anrufer stellte sich als Officer Cortez vor und sagte ihr, daß sie Serena gefunden und zur Polizeiwache gebracht hätten. Ein Detective würde wegen des Tagebuchs mit ihr reden.

Das beunruhigte Sharri nicht. Die Polizei überprüfte Serena ja einfach nur, wie Morillas gesagt hatte. »Wir kommen sofort.« Das wollte Cortez nicht. Er forderte sie auf, zu warten, bis die Detectives mit Serena geredet hatten.

Serena war jetzt in Sicherheit, und Sharris Haut prickelte

vor Ärger, als ihre aufgestaute Furcht nachließ. Sie zögerte. Vielleicht war ihrer Tochter dieses Gespräch mit den Detectives ja eine Lehre. Möglicherweise war das genau die Dosis Realität, die sie brauchte. Endlich zog eine ihrer Lügen einmal solide, harte Konsequenzen nach sich. Sie hatte wahrhaftig schon genug Lügen erzählt.

»Einverstanden. Aber bitte rufen Sie uns an.«

Nachdem Sharri aufgelegt hatte, fragte sie sich, ob die Beamten sie und Michael nicht dabei haben wollten, weil sie fürchteten, daß sie Serenas Antworten beeinflussen könnten. Vielleicht erlaubten sie ja, daß Doug Serena sah. Rasch wählte sie seine Nummer. Er war noch nicht zu Hause. Sharri hinterließ bei seiner Frau eine Nachricht.

Ein paar Minuten später fing Dougs Frau ihn an der Tür ab und erzählte ihm, was Sharri ihr berichtet hatte. Er war sofort beunruhigt. Die Polizei hatte Serena mit zur Wache genommen? Warum denn? So hatten sie die Sache nicht abgesprochen.

Sofort stieg er wieder in seinen Wagen und fuhr zur Polizeiwache. Sie würden doch sicher erlauben, daß ein vierzehn Jahre altes Mädchen seinen Pastor sah.

Serena ließ sich müde auf eine alte Couch fallen, das einzige Möbelstück in dem Verhörzimmer. Die Videokamera bemerkte sie nicht. Sie wartete und wartete. Sie hatte kein Zeitgefühl, aber es schien eine Ewigkeit zu dauern. Sie lehnte sich gegen die Armstütze der Couch, stützte den Kopf in eine Hand und versuchte, etwas zu schlafen.

Um 6 Uhr betraten zwei Männer das Zimmer. Sie hatten Stühle dabei und stellten sie mit einem knappen Meter Abstand vor die Couch. Marquez hielt ein Formular in der Hand, von dem er Serena ihre Rechte vorlas. »Willst du mit uns reden, nachdem du jetzt über deine Rechte informiert worden bist?«

Serena hatte schon sehr oft mit Polizisten geredet. Es machte ihr nichts aus. »Klar.« Sie wischte sich die Nase und strich ihr Haar zurück. Leichtfertig verzichtete sie auf ihr Recht, in Anwesenheit eines Anwalts und ihrer Eltern das Formular zu unterschreiben.

Serena hatte keine Ahnung, in was für einer schwierigen Lage sie steckte. Sie war verhaftet worden und dachte, sie würde verhört werden, weil sie weggelaufen war. Aber sie war wegen Mordes verhaftet worden. Die Miranda-Akte legt fest, daß jeder das Recht hat, während eines Polizeiverhörs die Aussage zu verweigern und einen Anwalt hinzuzuziehen. Man kann auch auf diese Rechte verzichten, vorausgesetzt, der Verzicht entspringt ›freiem Willen, ist wissentlich und einsichtig‹. Als Davila und Marquez Serena verschwiegen, was ihr vorgeworfen wurde, brachten sie sie dazu, auf ihre Rechte zu verzichten, ohne zu wissen, worauf dieses Verhör hinauslief. Aber in ihrem Verfahren kam dieser Verstoß gegen die Miranda-Akte nicht zur Sprache.

Vor laufender Videokamera fingen die beiden Detectives mit dem Verhör an. »Der Grund, warum wir mit dir reden wollen,« begann Marquez, »sind Informationen, die wir über den Tod deiner Schwester erhalten haben. Außerdem bist du aufgegriffen worden, weil du als unverbesserliche Ausreißerin giltst.«

»Klar.« Serena saß mit gekreuzten Beinen auf der Couch und ließ ihre Fingergelenke knacken.

Marquez stellte Serena Fragen nach ihrer Familie und Troy und konzentrierte sich dann auf den Morgen des achtzehnten August.

»Ich hab' schon alles, was ich weiß, diesem anderen blöden Detective erzählt«, erwiderte Serena und schniefte.

»Detective Whitley? Ein Mann mit einem Schnurrbart?«

»Ja, er ist groß und dick.«

»Genau.«

»Ich habe ihm alles erzählt, was ich weiß. Außerdem war das vor vier Monaten.«

Serena erzählte den Detectives noch einmal ohne jede Gefühlsregung, wie sie am achtzehnten August um halb acht aufgestanden und in das Zimmer ihrer Schwester gegangen war. Aber sie hatte sie nicht wecken können. »Sie wurde nicht wach, deshalb bin ich zu meiner Mom gelaufen und hab' ihr erzählt, daß ich sie nicht wachkriege. Meine Mom hatte schon darauf gewartet, daß Mallory zu ihr kommen und sie wecken würde, also ist sie aufgestanden und zu ihr gegangen. Sie konnte sie aber auch nicht wachkriegen und ist über den Flur gelaufen. Ich habe sie gefragt, was los sei, und da hat sie gesagt, Mallory wäre tot und ich bin hingefallen und hab' angefangen zu weinen, und als ich hörte, daß sie der Polizei sagte, ihre vierjährige Tochter sei tot, bin ich weggelaufen.«

Davila fragte Serena, wie sie sich mit ihrer Schwester verstanden hätte.

»Oh, na ja, wir verstanden uns echt dufte, wissen Sie.« Sie preßte zwei Finger zusammen. »Wir waren wie, na ja, ich meine, manchmal konnte sie nervig sein. Wenn sie in mein Zimmer kam, bin ich vor ihr geflüchtet, aber das ist normal. Sie wissen schon, wir waren irgendwie, standen uns sehr nahe. Ich meine, sie war wie ...«

»Und Michael?« unterbrach sie Davila. »Ihr Vater ist dein Stiefvater?«

»Ja.«

»Wo lebt dein richtiger Vater?«

»Der ist, ehm, im Gefängnis.«

»Im Gefängnis?«

»Ja.«

»Als er nicht im Gefängnis war, hast du ihn da besucht?«

»Nein. Ich habe ihn seit zehn Jahren nicht mehr gesehen.«

»Also ist Michael für dich wohl dein Vater, was?«

»Nein.«

»Nennst du ihn ...?«

»Nein.«

»Michael ... Siehst du ihn nicht als deinen Vater an?«

»Ich betrachte keinen von denen, die sie geheiratet hat, als meinen Vater. Sie hat Kevin geheiratet, ich habe ihn Dad genannt, und es hat nicht geklappt. Sie haben sich getrennt und scheiden lassen. Ich habe Michael auch eine Zeitlang Dad genannt. Aber ich finde nicht mal, daß er auch nur eine Spur zu meiner Familie gehört.«

»Wie lange waren sie verheiratet?« Marquez rutschte auf seinem Stuhl herum.

»Sechs Jahre.«

»Wie war deine Beziehung zu deiner Mutter, bevor sie deinen Stiefvater geheiratet hat?«

»Oh, wir mochten uns.«

»So richtig?«

»Ja.«

»Wie sehr?«

»Wir verstanden uns echt gut.«

»Aha.«

»Ich meine, ich war acht Jahre alt, und wir verstanden uns wirklich sehr gut.« Serena gähnte.

»Was war, nachdem Michael auftauchte?«

»Wir mochten uns immer noch.«

»Hast du dich immer noch gut mit deiner Mutter verstanden?«

»Hm. Ich war nicht eifersüchtig auf Mallory, und meine Mom war auch nicht eifersüchtig, weil Mallory und ich uns so gut verstanden. Immerhin hab' ich das Baby immer halten dürfen. Ich meine, ich hielt sie immer wie ein Baby, bevor sie gestorben ist.«

»Gab es Konkurrenz zwischen ihr und dir?«

»Nein.«

»Und mit deiner Mom und deinem Stiefvater?«

»Nein. Klar, wir haben uns gestritten und hatten unsere Launen, Sie wissen schon. Sie wissen doch, ich meine, Streitereien, aber nicht wegen Mallory.«

»Aha.«

»Wir haben uns manchmal gestritten, wissen Sie. Ich glaube, es gab drei richtige Streitereien, ich meine, körperliche Auseinandersetzungen. Meine Mom und ich haben uns richtig gebeult, weil wir so ähnlich sind, weil wir beide etwas vom anderen wollen und es nicht klappt. Sie will, daß ich begreife, wie weh ich ihr tue und ich will, daß sie begreift, wie weh sie mir tut, und so geht es immer hin und her.«

»Mmh.«

»Sie nennt mich selbstsüchtig, und ich beschimpfe sie als egoistisch. Es ist keine große Sache, wissen Sie, es klappt nur einfach nicht. Wir haben uns früher richtig körperlich gestritten, aber das haben wir schon lange nicht mehr gemacht. Ich habe sie nicht ... hab' sie nicht mehr geschlagen, seit ... ich weiß nicht, wie lange. Michael hat mich seit einem, anderthalb, vielleicht zwei Jahren nicht mehr geschlagen. Es ist schon lange her.«

»Reden wir über dich und Michael. Wie ist deine Beziehung zu Michael?«

»Na, ja, ich mag ihn manchmal, und manchmal kann ich ihn nicht ausstehen.« Serena lachte leise.

»Aber er hat dich seit anderthalb Jahren nicht mehr geschlagen?«

»Na ja, das war so, wenn ich mich mit meiner Mom gestritten habe und ihm sagte, er soll die Klappe halten ... Dann haben meine Mom und ich uns gegenseitig gehauen, und Michael hat mich von meiner Mom weggezerrt und mich herumgeschubst und mir gesagt, ich solle meine Mutter nicht schlagen ... Da hab' ich ihn geschlagen und er mich auch und ...«

»Also war das so eine gegenseitige Geschichte.«

»Ja, aber einmal ist er etwas zu weit gegangen und hat mich auf den Boden geworfen und mir in den Bauch geboxt.«

»Wann ist das passiert?« wollte Marquez wissen.

»Etwa vor einem Jahr.«

Davila wollte wissen, was für eine Beziehung Mallory und Michael gehabt hatten. Serena sagte, sie wäre »ziemlich gut« gewesen, sie seien »klargekommen«. Aber es hätte ihr nicht gefallen, wenn Michael Mallory einen Klaps gegeben hätte; sie mochte es nicht, wenn ihre kleine Schwester »von irgend jemandem gehauen wurde«.

Davila wechselte das Thema. »Hast du jemals jemandem erzählt, daß du, ehm, diejenige bist, die Mallory getötet hat?«

»Mh mh.«

»Hast du jemals etwas geschrieben, einen Brief an jemanden oder irgend etwas geschrieben, was besagt, du wärst dafür verantwortlich?«

Serena bekam plötzlich Angst. Sie legte beide Hände in den Schoß und sah den Detective aufmerksam an. »Nein, nicht daß ich wüßte.«

»Das heißt also, du hast niemals jemandem so was erzählt oder so etwas geschrieben oder überhaupt etwas Derartiges gesagt?«

»Nein. Mmh Mh.«

»Führst du Tagebuch oder so etwas?«

»Ich habe ein Tagebuch in meinem Zimmer, aber ich habe seit einiger Zeit nichts mehr reingeschrieben.« Sie zog die Nase hoch.

»Wann hast du das letzte Mal etwas eingetragen?«

»O Mann, es ist ein blaues Tagebuch, das meine Mutter mir vor einiger Zeit geschenkt hat, vor meiner Taufe ...«

»Was für Sachen schreibst du da hinein?«

»Ich schreibe so was wie, na ja, Sie wissen schon, daß ich Troy vermisse, und ich rede ... ich ... auf den meisten Seiten rede ich über Troy.«

Serena spielte nervös mit den Fingern, während die Detectives weitermachten. Sie bestand darauf, daß es ihr einziges Tagebuch wäre, aber, ach ja, da gäbe es ja noch das neue, das sie Weihnachten bekommen hätte.

Davila und Marquez sahen sich an. »Okay.« Marquez machte eine Handbewegung. Davila stand auf und verließ das Zimmer.

Serena seufzte. »Wie spät ist es?«

Marquez sah auf seine Uhr. »Es ist fünf nach halb sieben.«

»Darf ich jetzt nach Hause?«

»Ich weiß nicht. Wir müssen deine Eltern anrufen, weil, weil du weggelaufen bist. Du bist ja erst vierzehn.«

»Der andere Kerl meinte, meine Mom würde mich abholen.«

»Davon weiß ich nichts. Wir müssen sie anrufen und sie informieren.«

»Haben Sie sie bis jetzt nicht angerufen?«

»Nein, ich hab' sie nicht angerufen.«

Das verwirrte Serena. Sie war schon seit drei Stunden hier. »Sie haben noch nicht mir ihr geredet?«

»Ich habe noch nicht mit ihr geredet. Ein anderer Beamter hat mit ihr telefoniert.«

»Wer?«

»Der Beamte, der dich hergebracht hat.«

»Ach so.« Serena gähnte.

Davila kam mit Serenas Tagebuch wieder zurück. »Ist das das Tagebuch, das deine Mom dir geschenkt hat?«

Serena spürte eine neue Welle der Angst. »Ehrlich, das kenn' ich, glaub' ich, nicht.«

»Kannst du dich gar nicht daran erinnern?«

»Nein, echt nicht.«

Davila setzte sich. »Ist das deine Handschrift?« fragte er und deutete auf die Eintragung.

»Nein.«

»Das ist nicht deine Handschrift?«

»Das ist nicht meine Handschrift. Das sieht überhaupt nicht wie meine Handschrift aus. Und es ist ein ganz schön langer Eintrag.«

Davila reichte ihr das Buch. »Lies es uns doch mal laut vor.«

»Ich möchte es für mich allein lesen.« Sie hielt es sich dicht vors Gesicht und kämpfte mit jedem Wort. »Interessant«, sagte sie gedehnt. »Ich kann Ihnen versichern, daß ich das nicht geschrieben habe.«

»Du hast das nicht geschrieben?«

»Nein, absolut nicht, niemals.« Serenas Stimme wurde lauter.

»Was steht da?« fragte Detective Davila.

»Da steht, ich hätte sie getötet. Hab' ich aber nicht.«

»Also ist das nicht dein Tagebuch?«

»Es kommt mir nicht bekannt vor.«

Serena spürte, wie ihr Herz schlug. Es war kalt in dem Raum, und ihr lief die ganze Zeit die Nase. Detective Davila las den Eintrag laut, monoton und stockend. Nein, sagte Serena erneut, sie hätte es nicht geschrieben.

Davila beugte sich vor. »Warum sollte jemand so was schreiben?«

»Ich hab' keine Ahnung, aber ich hab' es nicht geschrieben, und ich bin jetzt irgendwie ziemlich fertig.«

»Ich glaube«, erwiderte Davila, »daß du vielleicht langsam anfangen solltest, uns die Wahrheit zu sagen, okay? Das wurde bei dir zu Hause gefunden, und Officer Morillas hat uns erzählt, daß deine Mom es ihm oder einem anderen Streifenbeamten gegeben hat. Ich glaube nicht, daß du ganz ehrlich mit uns bist.«

»Ich bin ehrlich«, wiederholte Serena hartnäckig. »Das habe ich nicht geschrieben.« Sie spielte mit ihrem Haar.

Und sie leugnete weiter. Sie habe den Eintrag nicht gemacht und das Tagebuch auch nicht zu Weihnachten bekommen. Marquez verließ den Raum.

»Okay«, sagte Davila und reckte die Arme. »Also werden deine Mom und dein Dad nicht erklären, daß dies dein Tagebuch ist?«

»Ich weiß nicht, was die sagen. Sie ist nicht mehr meine Mom, wenn sie so was mit mir macht. Dann ist sie echt draußen. Das ist der letzte Tropfen, der gefehlt hat, denn ich bin jetzt irgendwie verdammt genervt!«

»Aber es ist doch deine Handschrift, richtig?«

»Nein, ist es nicht!«

»Siehst du dieses Tagebuch jetzt zum erstenmal?«

»Ja.« Serena quälte sich ein gelangweiltes Gähnen ab.

Davila blätterte das Tagebuch durch. »Und du hast keine Ahnung, warum jemand so etwas da reinschreiben und dann deinen Namen druntersetzen sollte?«

Serena schüttelte den Kopf. »Mhh. Ich bin echt sauer.« Ihre Stimme war jedoch sachlich und ruhig.

Marquez kam zurück. »Serena«, sagte er, während er sich setzte. »Du hast gesagt, es sei ungefähr eineinhalb Jahre her, seit Michael und du eine Art Boxkampf oder so hattet?«

»Ja. Ungefähr. Vor ziemlich langer Zeit.«

»Vor ziemlich langer Zeit. Warum gibt es dann hier einen Bericht vom September diesen Jahres, in dem du ausgesagt hast, daß ihr eine Auseinandersetzung und einen handgreiflichen Streit hattet?«

Serena streckte ihre Beine, kreuzte sie und wackelte mit einem Fuß. »Dann war das wohl so. Ich bin wirklich nicht sehr fit, was Monate und Jahre und das Zeug angeht.«

Marquez deutete auf das Tagebuch. »Hast du dieses Buch schon einmal gesehen?«

»Dieses Buch?«

»Ja?«

»Nö. Heute zum erstenmal.«

»Hast du ein anderes Tagebuch zu Hause?«

»Ja.«

»Wo befindet sich das?«

»Auf meinem Schreibtisch.«

Davila starrte auf seine Hände und sah dann Marquez an. »Findest du es nicht ziemlich übel, daß dir das jemand ins Zimmer gelegt hat?«

»Ich weiß nicht. Ich bin nur stinksauer.«

»Auf wen bist du sauer?«

»Ich versuche rauszukriegen, wer so was machen könnte. Allmählich regt es mich mächtig auf, weil ich genau weiß, daß es nicht meine Handschrift ist.« Sie rieb sich heftig ein Auge.

»Und du willst Detective Marquez und mir erzählen, daß du dieses Tagebuch nicht zu Weihnachten bekommen hast?»

»Genau. Meine Mom wußte, daß ich schon eins hatte.«

Beide Detectives standen auf. »Wir sind gleich wieder da.«

Serena wartete eine Viertelstunde, spielte mit ihrem Haar und pulte an ihren Fingernägeln, bis Davila wiederkam. Sie wurde immer ungeduldiger. »Wie lange dauert das noch?«

»Ein bißchen dauert's noch, eine kleine Weile. Wir möchten, daß du ein paar Sachen aufschreibst.«

Serena stand müde auf. »Okay.« Sie folgte dem Detective durch die Tür.

Ein paar Minuten später schrieb Serena ihren Tagebucheintrag sowohl in Schreibschrift als auch in Blockbuchstaben, während Marquez die Worte laut vorlas. »Ich benutze nie die Schreibschrift«, beschwerte sie sich. »Ich weiß nicht mal, wie das geht.« Marquez befahl ihr, es so gut es gehe zu versuchen.

In seinem Bericht über dieses Verhör schrieb er später:

Wenn Serena die Eintragung wiederholte, zeigte sie keinerlei Gefühlsregung bei dem, was sie schrieb. Das einzige, worüber sie sich beschwerte, war, daß ihre Hand müde werde und daß sie nicht in Schreibschrift schreiben könne. Es kam mir so vor, als ob Serena versuchte, ihre Handschrift absichtlich zu verstellen.

Nachdem Serena zehn Blätter vollgeschrieben hatte, fragte Marquez, ob er ihr Zimmer nach anderen Unterlagen durchsuchen dürfte. Sie sagte »Okay« und unterschrieb eine Einwilligung für eine Durchsuchung, die den Detectives erlaubte, ›aus (ihrem) Besitz und aus (ihrem) Wagen alle Briefe, Unterlagen oder anderes Eigentum zu entfernen, das sie wünschten‹.

Während sie der Wohnung der Moores einen Besuch abstatteten, wurde Serena ins Jugendgefängnis gebracht.

Auf der Polizeiwache war es ruhig, bis auf das Kommen und Gehen einiger Beamter. Doug saß schwermütig auf einem Holzstuhl, und sein Husten hallte im Flur wider. Er hob ab und zu müde den Blick, um auf die große Uhr des Einsatzleiters zu sehen. Um 5 Uhr 15 gab es immer noch keine Nachricht, außer daß Serena auf ihr Verhör wartete.

Schritte verkündeten das Nahen einer Person. Doug blickte auf. Officer Morillas war auf dem Heimweg. »Warten Sie hier auf sie?«

Doug nickte.

Morillas erklärte ihm, daß er genauso gut nach Hause gehen könnte. Er würde nicht zu Serena vorgelassen werden.

Doug wollte den Grund dafür wissen.
»Ich verstehe es auch nicht«, erwiderte Morillas und breitete die Hände aus. »Aber ich glaube, sie wollen sie wegen Mordes vor Gericht bringen.«

5. KAPITEL

Es war 10 Uhr am Morgen des 27. Dezember. Michael hatte in der letzten Nacht wenig Schlaf bekommen; Sharri war gar nicht zu Bett gegangen. Sie waren noch benommen, als sie die beiden Detectives in ihrer Wohnung empfingen.
»Sie müssen es beide zehnmal schreiben«, sagte einer der beiden.
Sharri sah Davila verständnislos an. Ihr Körper schmerzte vor Müdigkeit. Sie hatte in den letzten Monaten mit so vielen Polizisten zu tun gehabt, daß sie sich nicht erinnern konnte, ob sie die Männer schon einmal gesehen hatte. »Sie meinen das, was Serena in ihr Tagebuch geschrieben hat?«
Er nickte.
»Warum?«
»Schriftproben«, erwiderte er kurz und bündig. Die Polizei mußte ihre Handschrift mit der Eintragung vergleichen, da Serena behauptete, sie gar nicht geschrieben zu haben.
Michael warf Sharri einen entsetzten Blick zu. Zwei Gedanken schossen wie Laserblitze durch sein Hirn. Erstens mußte Serena vollkommen verängstigt sein, wenn sie abstritt, den Eintrag geschrieben zu haben. Der zweite Gedanke traf ihn wie ein Schlag in den Magen. Diese schrecklichen Worte über den Tod seines kleinen Mädchens mußten noch einmal geschrieben werden, diesmal sogar von seiner eigenen Hand.
Erst wollte Marquez Serenas andere Tagebücher sehen. Er zeigte den Eltern ihre schriftliche Einwilligung zur Durchsuchung ihres Zimmers. Sharri führte ihn zu Serenas Zimmer, wobei sie dem Beamten versicherte, daß Serenas Eintragung

in das Tagebuch falsch sein mußte. Das blaue Tagebuch lag auf ihrem Schreibtisch. Sharri holte aus der Schublade schnell auch das vollgeschriebene weiße Tagebuch. Darin begannen die Eintragungen am 15. Oktober 1989 und endeten am 14. September 1992. Marquez blätterte es durch und bemerkte, daß Serenas Handschrift sich mehrmals änderte; sie sprang zwischen Blockschrift und Schreibschrift hin und her. Sharri nahm Marquez das Buch ungeduldig aus der Hand und schlug das Ende auf. »Sehen Sie nur!« rief sie. »Deshalb wissen wir, daß sie nichts getan hat.«

Marquez überflog den Eintrag vom 23. August 1992, fünf Tage nach Mallorys Tod:

tut mir leid, daß ich so lange nichts geschrieben habe! Tja, ich hab' dir 'ne Menge zu erzählen, Du erinnerst Dich doch an meine kleine Schwester Mallory, sie war erst 4! Montag nacht zwischen Mitternacht vom Mon. und 7:00 Dien. ist sie gestorben. Ich bin aufgewacht, bin reingegangen und irgendwas stimmte nicht. sie hat nicht geatmet und sich nicht bewegt oder so was. Dann bin ich ins Zimmer meiner Mom gelaufen und hab es ihr erzählt und dann ist sie reingegangen und sie war tot.

Danach beschrieb Serena Mallorys Beerdigung:

und die Beerdigung war gestern, und alle meine Freunde und meine Familie waren da, und es war eine wunderschöne Grabrede ... es war ein kleiner, rosa Sarg, und alle haben geweint ... Ich mußte vor 75 Menschen eine Rede halten, und das ist mir so schwergefallen!

Dann folgten unzusammenhängende Beschreibungen, wie Serena und Troy miteinander schliefen.

In Marquez' Bericht tauchte später die Zeit auf – etwa 10 Uhr morgens am 27. Dezember –, zu der ihm Serenas weißes Tagebuch übergeben worden war, das Monate später als das ›Tagebuch Nr. 1‹ bekannt werden würde. Er wies besonders auf die Eintragung über Mallory und ihre Beerdigung hin. Serenas Bericht, wie sie den Leichnam ihrer kleinen Schwester gefunden hatte, ähnelte laut Marquez' Bericht ihrer Aussage, die sie bei Officer Sischka gemacht hatte. Der hatte den Einsatz am Morgen des 18. August gefahren. Das blaue Tagebuch wurde ebenfalls als Beweismittel eingezogen, obwohl es sich später als relativ bedeutungslos erweisen würde.

Sieben Stunden nach Serenas Festnahme hatte die Polizei von Fremont also zwei Tagebücher in ihrem Besitz, in denen sich Einträge über Mallorys Tod befanden. Ein dramatischer und ›ich-bezogener‹, vier Monate nach Mallorys Tod, der andere ein ruhiger Bericht über den Tod und die Beerdigung, der kurz nach diesen Ereignissen verfaßt worden war. Das sensationelle ›Geständnis-Tagebuch‹ blieb natürlich im Zentrum des Interesses. Die Polizei übergab schließlich das weiße Tagebuch, ›Tagebuch Nr. 1‹, Serenas Anwälten.

Sharri zeigte Marquez einige Briefe, die Serena geschrieben hatte, die er als weitere Schriftproben mitnehmen konnte. Während Marquez Serenas Zimmer durchsuchte, setzte sich Davila mit den Moores an deren Küchentisch. Benommen folgten sie den Anordnungen des Detectives, schrieben Buchstaben und Zahlen auf und dann die schrecklichen Worte aus dem Tagebuch – immer und immer wieder, bis sich ihnen jeder Satz unauslöschlich ins Gedächtnis eingebrannt hatte. Nach dem sechstenmal erlaubte der Detective ihnen aufzuhören.

Marquez kam aus Serenas Zimmer. Er hatte das blaue und das weiße Tagebuch dabei, die Briefe und ein Schlüsselset, das er in ihrem Schmuckkästchen gefunden hatte. Sie paßten zu dem ›Geständnis-Tagebuch‹. Jetzt mußte er nur noch eines überprüfen, sagte er zu den Moores: Serenas Bett– dasjenige, in dem sie in der Nacht von Mallorys Tod geschlafen hatte.

»Wir haben Serenas Bett verschenkt«, erklärte Sharri. Sie hörte, wie ihre Stimme bebte. Kein Mensch hatte bisher nach Serenas Bett gefragt. »Es tut mir leid.« Serena hatte ihr Bett nicht mehr haben wollen. Ihren Eltern hatte sie gesagt, es erinnere sie zu sehr an die Nächte, in denen sie mit ihrer kleinen

Schwester darin geschlafen hatte. Sharri und Michael griffen nach allem, was Serenas Schmerz lindern könnte, und hatten ihr ein neues gekauft.

»Aber wir haben noch ihre Kissen«, warf Michael ein. Der Detective sah ihn an.

»Können wir die mitnehmen?«

»Ja.«

Marquez verschwand erneut um die Ecke und kam mit den Kissen in der Hand zurück.

Das Telefon klingelte. Es war ein gewisser Officer Uhler, der Marquez sprechen wollte. Der Detective nahm das Telefon, hörte aufmerksam zu und bedankte sich dann bei dem Polizisten für die Information.

Sharri bat gerade Davila, Serena unbedingt psychiatrische Hilfe zu gewähren und erinnerte ihn daran, daß die Polizeiberichte bewiesen, wie viele Probleme sie hätte. Davila versuchte sie zu beruhigen und holte während der Unterhaltung ein Tonbandgerät heraus. Er schlug den Moores vor, ihre Aussage auf Tonband aufzunehmen, wenn sie wollten.

Während das Band lief, wiederholten Sharri und Michael ihre Überzeugung, daß Serena unschuldig war und ihre kleine Schwester heiß und innig geliebt habe. Die Tagebuchnotiz habe sie nur gemacht, weil sie von Schuldgefühlen wegen Mallorys Tod überwältigt gewesen wäre. Der Detective hörte schweigend zu und nickte ab und zu, bis sie aufhörten zu sprechen. Dann sah er sie fragend an und beugte sich vor, um den Recorder auszuschalten.

Kurz danach brachen die Beamten eilig auf, beladen mit Serenas Kissen, dem ›Geständnis-Tagebuch‹ den dazu passenden Schlüsseln, dem ›Geständnis-Tagebuch‹, den beiden anderen Tagebüchern, den Briefen, ihrem Tonbandgerät und den Schriftproben der Moores. Marquez sollte in seinem Bericht später vermerken, daß »die Moores sehr kooperativ waren und in jeder Weise halfen«.

Wenn Serena nur auch so hilfsbereit wäre. Mit all den Tagebüchern und der Information, die Marquez gerade erhalten hatte, würden sie ihr einen weiteren Besuch abstatten müssen.

Serena war hundemüde. In ihrem Kopf pochte es, und die Strapazen einer fast schlaflosen Nacht lagen wie Klammern um ihre Brust. Sie war schon so lange auf der Wache. Dann hatte sie auch noch zehnmal diesen blöden Tagebucheintrag schreiben müssen. Und jetzt wurde sie in eine isolierte Zelle im Jugendgefängnis gebracht. Gott weiß, welches Schicksal sie dort erwartete. Chinesische Wasserfolter oder die Streckbank.

Sie quatschte dem Polizisten, der sie ins Jugendgefängnis fuhr, die Ohren voll. Dabei ließ sie keinen Zweifel daran, was sie von den beiden Detectives hielt, die sie verhört hatten. »Würden Sie mich erschießen, wenn ich weglaufe?« hatte sie Uhler gefragt, als der sie über den Parkplatz der Polizeistation zu seinem Wagen brachte. Er hatte versucht, sie zu beruhigen und ihr gesagt, daß er hier nur als Fahrer fungiere. Mit den Detectives und dem, was sie in der Nacht durchgemacht hatte, hätte er nichts zu tun. Sie beide machten nichts weiter als eine kleine, gemütliche Spazierfahrt, meinte er. Als er losfuhr, plapperte Serena weiter, stellte Fragen nach dem Jugendgefängnis und behauptete, daß sie nach einer wilden Schießerei in Oakland in einem Fluchtwagen gesessen habe. Officer Uhler hörte schweigend zu.

Plötzlich fühlte Serena sich erschöpft. Sie lehnte den Kopf gegen den Rücksitz und schloß die Augen. »Mein Gott«, betete sie leise. »Laß nicht zu, daß sie mich ins Jugendgefängnis stecken. Ich verspreche, daß ich nie wieder weglaufe. Laß mich einfach nach Hause gehen.«

Serena konnte sich gut vorstellen, wie ihre Mom das Tagebuch gefunden hatte; schließlich hatte sie schon zuvor oft in ihrem Zimmer herumgeschnüffelt. Aber warum hatten sie und Michael das Buch der Polizei übergeben? Waren sie nur wütend, weil sie getürmt war? Serena wagte es nicht, sich ihre schlimmste Angst einzugestehen. Wenn ihre Eltern nun wirklich glaubten, was in dem Tagebuch stand, so wie die Polizei?

Frustriert und verärgert drehte Serena sich zum Fenster und murmelte etwas vor sich hin. Ihre Stimme klang unbeteiligt.

»Was? Was hast du gesagt?« Officer Uhler drehte den Kopf zu ihr. Sehr bald würde er Detective Marquez von Serenas Antwort verständigen.

Serena sah ihn mürrisch an. »Ich sagte, daß meine kleine Schwester es im Himmel besser hat«, erwiderte sie ruhig. »Dies ist eine miese Welt zum Großwerden.«

Nachdem sie die Moores verlassen hatten, fuhren Davila und Marquez bei Troy vorbei. Er konnte ihnen keine nützlichen Informationen geben. Er wußte wenig über Mallorys Tod und meinte, Serena habe zu ihm nie etwas darüber gesagt, daß sie ihre kleine Schwester umgebracht habe.

Um vier Uhr nachmittags statteten die beiden Detectives Serena einen weiteren Besuch ab, diesmal in einer finsteren, kalten Zelle, die sogenannte ›Aufnahme‹, im Alameda-Landesjugendgefängnis. In seinem Bericht schilderte Marquez das Verhör.

> *Ich fragte Serena, ob sie sich ihrer Rechte noch bewußt wäre, und noch bereit wäre, mit uns zu reden. Serena erwiderte, sie kenne ihre Rechte und wolle aussagen. Ich belehrte Serena, daß wir ihr Zimmer durchsucht hatten und daß ich Briefe und Tagebücher gefunden hatte. Die Handschrift darin paßte zu der des Geständnisses, das ich ihr vorher gezeigt hatte.*
>
> *Serena leugnete weiterhin, das Geständnis in dem Tagebuch geschrieben zu haben. Dann erzählte ich ihr, daß ich die Schlüssel zu dem Tagebuch in ihrem Schmuckkästchen gefunden hätte. Da änderte Serena plötzlich ihre Geschichte. Jetzt meinte sie, sie könnte sich nicht mehr erinnern, ob sie das Tagebuch zu Weihnachten geschenkt bekommen habe oder nicht. Sie wäre Weihnachten sehr betrunken gewesen und wüßte nicht mehr, was zwi-*

schen der Abfahrt von Carson City und der Ankunft zu Hause passiert war.

Wir haben Serena noch mal gefragt, ob sie dieses Geständnis in dem Tagebuch geschrieben habe. Erneut behauptete Serena, sie könne sich nicht erinnern, ob sie es geschrieben habe oder nicht. Sie wurde gefragt, aus welchem Grund wohl jemand so etwas schreiben würde, wenn es nicht wahr wäre. Ihre Antwort war: Sie habe das Geständnis nicht geschrieben, aber ihrer Meinung nach wäre da jemand vielleicht mehrmals gefragt worden, was mit Mallory geschehen sei. Möglicherweise habe dieser Jemand das Geständnis ja geschrieben, damit die Leute aufhörten, Fragen zu stellen.

Selbst als Serena mit der Ähnlichkeit der Handschriften konfrontiert wurde, leugnete sie weiterhin, daß sie dieses Geständnis geschrieben habe. Serena wurde gefragt, was wohl bei einem Lügendetektortest herauskommen würde. Sie erwiderte, ihres Wissens seien solche Tests nicht verläßlich, aber sie glaubte, daß der Test die Wahrheit ans Licht bringen würde: Sie habe ihre Schwester Mallory nicht ermordet. Det. Davila und ich beendeten daraufhin das Verhör.

6. KAPITEL

In einem öden Verwaltungsgebäude, nur einen Steinwurf vom Jugendgefängnis entfernt, kehrte Joe Poppas in sein Mini-Büro zurück. Es war Montagmorgen, der 28. Dezember 1992. Er hatte das dringend ersehnte Weihnachtswochenende mit seiner Familie verbracht. Sein freundliches Äußeres und seine angenehmen Umgangsformen standen im Widerspruch zu der Tatsache, daß er seit vierundzwanzig Jahren Staatsanwalt war und sich die letzten dreizehn Jahre um die Jugendkriminalität im Alameda County ›gekümmert hatte‹.

An diesem Montag mußte Poppas sich mit Kindern beschäftigen. Vor allem mit einer toten Vierjährigen und ihrer älteren Schwester, in seinen Augen selbst noch ein kleines Mädchen, die wegen Mordes verhaftet worden war. Nachdem Poppas von Serena Moores Verhaftung in Kenntnis gesetzt worden war, lastete der Fall auf seinen Schultern. Jetzt mußte er entscheiden, ob die Jugendliche angeklagt werden würde oder nicht. Obwohl das Mädchen – in präzisen, juristischen Begriffen – ein Schuldeingeständnis abgelegt hatte, stand er immer noch vor dem juristischen Problem, ein *Corpus delicti* beschaffen zu müssen, einen objektiven Beweis dafür, daß ein Verbrechen begangen worden war. In diesem Fall ein Mord.

Poppas studierte erneut den Autopsiebericht. Coroner Paul Herrmann hatte als Todesursache ›traumatische Asphyxie, Hergang unbekannt‹ angegeben. Irgend etwas hatte dazu geführt, daß Mallory aufhörte zu atmen, aber war der Coroner sicher, daß dieses ›etwas‹ nicht auf einem Zufall beruhte? Für den Autopsiebericht hatte er ziemlich lange gebraucht. Obwohl Dr. Herrmann die Autopsie bereits am 19. August durchgeführt hatte, war die Polizei erst am 22. September von seinem Ermittler, Frank Gentle, von den endgültigen Schlußfolgerungen unterrichtet worden. Selbst darin war nur eine ›unnatürliche Todesursache‹ angenommen worden, weil der ›Pathologe keinen Mord beweisen‹ konnte.

Poppas rief die Polizei in Fremont an und sprach mit zahlreichen Beamten, unter anderem mit Detective John Anderson. Er erklärte, er habe Fragen zu den medizinischen Ergebnissen und ersuchte Anderson, Dr. Herrmann zu bitten, den Fall noch einmal anzugehen und nach irgendeinem Anzeichen für eine natürliche Todesursache zu suchen. Poppas sammelte außerdem Informationen über den Schauplatz zur Zeit von Mallorys Tod, wie Beamte und Sanitäter ihn angetroffen hatten. Hatte es irgendwelche Anzeichen eines gewaltsamen Zuganges zum Haus der Moores gegeben, die auf einen Eindringling von außen verweisen könnten? Oder war vielleicht eine Schublade oder etwas Schweres auf das kleine Mädchen gefallen und hatte dessen Ersticken verursacht?

Negative Antworten auf diese Fragen würden helfen, ein *Corpus delicti* zu bekommen.

Dr. Herrmann hatte am 19. August 1992 die Obduktion an Mallory Moore durchgeführt, einen Tag nach ihrem Tod. Zuerst war ihm Mallorys Tod nicht verdächtig erschienen. Die Polizisten, die zum Schauplatz gerufen worden waren, hatten nichts Auffälliges gefunden. Weder zerbrochene Fenster noch umgestürzte Möbelstücke, noch irgendein Anzeichen auf einen gewaltsamen Zugang, das auf einen Eindringling hätte schließen lassen. Officer Frank Gentle aus dem Büro des Coroners hatte den Schauplatz ebenfalls untersucht. In seinem Bericht führte er auf, daß Mallory an Asthma litt, jedoch ›in den letzten Monaten keine ernsthaften Beschwerden gehabt habe‹. (Gentles Bericht war korrekt, aber Mallory hatte fünf Monate zuvor gegen Mitternacht einen schweren Anfall erlitten, der in die Kategorie ›ernsthaft‹ gefallen wäre.)

Bei der äußerlichen Untersuchung von Mallorys Leichnam fielen Dr. Herrmann vor allem einige ›Blutergüsse unterhalb der Haut an der rechten Seite des Halses‹ auf. Andere lokalisierte er in der Nähe jedes Augenlids, auf der Stirn und unterhalb der linken Nasenseite. Diese kleinen, roten geplatzten Äderchen wiesen für ihn darauf hin, daß das Blut nicht aus dem Kopf in die Brust hatte zurückfließen können.

Bevor er die Untersuchung fortsetzte, hatte Dr. Herrmann die Polizei von Fremont angerufen und war zu Detective Whitley durchgestellt worden. Dieser wußte nur wenig über den Fall. Dr. Herrmann informierte ihn darüber, daß er bei seinen anfänglichen Untersuchungen des Leichnams auf ›Blutergüsse‹ gestoßen war, was sein Mißtrauen erregte. Whitley meinte, daß er zu seinem Labor unterwegs sei, um an der Autopsie teilzunehmen.

Während Whitley zusah, begann Dr. Herrmann mit der inneren Obduktion und untersuchte sorgfältig jedes Organ. Von Zeit zu Zeit hielt er inne und kritzelte Notizen, die die Grundlage seines Berichts wurden. Unter ›Lunge‹ notierte er:

›Blutandrang, die großen Bronchien zeigen eine Veränderung zu chronisch asthmatischer Bronchitis ... Die großen Bronchien enthalten wenig Schleim, aber wenigstens eine zeigt Anzeichen einer Verstopfung. Die kleineren Bronchien sind weniger in Mitleidenschaft gezogen.‹ Diese Notizen wichen etwas von seinem schriftlichen Bericht ab, der über einen Monat später verfaßt wurde. Darin stellte er fest, daß ›die Bronchien eine sehr geringe Menge dünnen, klaren Schleims enthalten‹. Sezierte Abschnitte der Lunge zeigten ›keinerlei Verstopfung durch Schleimabsonderung‹, aber sie waren ›diffus gefüllt‹. In der Brust gab es, so der Bericht, ›keinen Beweis eines Traumas‹, und auch die Rippen waren ›intakt‹.

Äußerlich konnte Dr. Herrmann auch im Genitalbereich ›keine Abnormitäten‹ feststellen. Der Anus war ›entspannt und geöffnet‹, ohne ›Fremdkörper‹ und es gab ›kein Anzeichen für ein akutes Trauma‹. Er bemerkte jedoch etwas wie Risse innerhalb des Anus, und machte einige Seitenschnitte zur weitergehenden Untersuchung. An den Seiten fiel ihm etwas auf, was er ›verheilte Risse‹ nannte.

Sein ›anatomischer Befund‹ listete außer dem wichtigen Befund der Blutergüsse noch Ödeme oder eine Schwellung im Gehirn auf, Verstopfung der Lunge, ›Erweiterung und verheilte Risse‹ des Anus, und ›klinische sowie mikroskopische Spuren von Asthma‹. Die Schwellung im Hirn trat, wie er wußte, immer bei Erstickung auf. Die Blutergüsse waren von größerer Bedeutung. Da andere Anzeichen von Verletzungen, wie zum Beispiel Würgemale, fehlten, war er überzeugt, daß die Blutergüsse nur dadurch aufgetreten sein konnten, daß die Brust zusammengepreßt worden war.

Am nächsten Morgen, dem 20. August, diskutierte Dr. Herrmann seinen Befund mit Detective Whitley. Wie der Beamte später in seinem Bericht schrieb, ›sagte Dr. Herrmann, es gebe Anzeichen, daß dieser Tod nicht durch natürliche Ursachen herbeigeführt worden sei. Er stellte fest, daß er alle mikroskopischen Untersuchungen gemacht habe. Mehr könne er nicht tun. Die Feststellung der genauen Todesursache blieb immer noch offen.‹

Sharri und Michael verbrachten an diesem Montag bange Momente am Telefon und baten die Behörden um Informationen. Paula Galoegos, die Bewährungshelferin im Jugendgefängnis, konnte ihnen nichts sagen.

»Sie werden sie ganz bestimmt nicht anklagen«, wiederholte Sharri hartnäckig und zog hastig an ihrer Zigarette. »Wir verstehen nicht, warum wir nicht zu ihr dürfen.«

Paula wußte nicht, ›was da vorging‹. Poppas hatte ihr noch nicht gesagt, was er tun wollte. Aber sie wußte, daß er nur bis Dienstag, 17 Uhr, Zeit hatte, sich zu entscheiden. Und er mußte ihr seine Entscheidung mitteilen. Inzwischen durfte Sharri Serena während der regelmäßigen Besuchszeit am Nachmittag sehen. Paula Galoegos versprach, die Moores anzurufen, wenn es Neuigkeiten gab.

Sharri hielt eigensinnig an ihrem blinden Vertrauen in das System fest. Michael war sich da aber nicht so sicher. So wie die Dinge standen – wie logisch war es da, zu erwarten, daß sie Serena nach Hause gehen ließen?

»Mein Gott, Michael, die Polizei weiß das doch!« Sharri kochte vor Wut. »Wie können sie ernsthaft annehmen, daß sie es war, wo sie so viele Lügen erzählt?« Sie ging um den Couchtisch herum, ließ sich aufs Sofa fallen und sprang eine Sekunde später wieder auf. »Die ganzen Spinnereien, ihre ganzen erlogenen Anzeigen, ich kann kaum glauben, daß sie sie so lange festhalten.«

Ihr brach fast das Herz, als sie sich Serena im Gefängnis vorstellte. Was empfand sie? Glaubte sie, ihre Eltern hätten sie kaltblütig der Polizei ausgeliefert? Der Verlust von Mallory hatte Serena so mitgenommen, jetzt konnte sie nicht mal mehr bei ihrer Mutter Hilfe suchen.

»Sie muß eine solche Angst haben«, jammerte Sharri. Michael umarmte sie, als sie sich gegen ihn lehnte und weinte. »Sie ist das einzige Kind, das ich noch habe. Ich muß wissen, was passiert ist. Ich muß sie einfach sehen.«

7. KAPITEL

San Leandro lag unter einem bleiernen Himmel, als Sharri an diesem Montagnachmittag die Interstate 580 in westlicher Richtung entlangfuhr. Die Hügel zu ihrer Rechten, die sich in den regenlosen Sommern der Bay Area braun gefärbt hatten, leuchteten jetzt in den feuchten Wintermonaten in einem freundlichen Grün.

Aber das nahm sie nicht wahr.

Ihr Verstand war von Schlaflosigkeit und aufgewühlten Gefühlen wie betäubt, als sie sich durch den Verkehr bewegte und nach der Ausfahrt Fairmont suchte. Beim Anblick des kleinen grünen Schildes mit der Aufschrift ›Jugendgefängnis‹ und dem weißen Pfeil wußte sie, daß sie auf der richtigen Spur war.

Die breite Straße nach Fairmont wurde von einem großen Mittelstreifen geteilt, auf dem Büsche blühten und Eukalyptusbäume wuchsen. Rechts tauchte ein senfgelbes Gebäude mit einem dunkelroten Dach auf. JOHN GEORGE PSYCHIATRIC PAVILLION stand auf dem Schild.

In so einer Einrichtung sollte meine Tochter sein, dachte Sharri. Und Hilfe bekommen.

Plötzlich erschien das Jugendgefängnis auf der rechten Seite. Sharri bremste vor einer Reihe rötlich-brauner Holzschilder, deren Pfeile in verschiedene Richtungen zeigten.

Ihr Ziel war ein weitläufiger Gebäudekomplex aus schmutzigbraunen Betonhäusern. Eine lange Schlange von Wartenden stand bis auf die Straße.

»Ihren Passierschein, bitte.«

»Oh.« Sharris Blick fiel auf die rote Linie auf dem Boden der Rampe: BESUCHER HIER WARTEN.

»Davon wußte ich nichts. Ich habe keinen. Ich bin noch nie hier gewesen.«

»Name?«

»Sharri Moore.«

Der Mann sah in eine Liste. »Hier haben wir sie. Geben Sie

das drinnen am Schreibtisch ab.« Er reichte ihr eine Karte. ›Alameda Landesjugendgefängnis – Besuchserlaubnis‹ stand darauf. Sie mußte auf der schwarzen Linie unterschreiben, gegenüber der Unterschrift des Beamten. Sie drehte die Karte um und las auf der Rückseite die kurze Liste der Besuchszeiten, während sie langsam weiterging. Eine Frau hielt sie auf.

»Breiten Sie bitte die Arme aus.« Die Frau hielt einen flachen, schwarzen Kasten in der Hand. Direkt vor sich auf dem Boden sah Sharri einen aufgemalten, gelben Strich, auf dem ›Abtastzone‹ stand. Sie hob die Arme und spürte, wie sich ihre Härchen bei dieser persönlichen Beleidigung aufrichteten. Die Frau fuhr mit dem Scanner rasch über Sharris Rücken und Beine. »Drehen Sie sich um, und breiten Sie die Arme noch mal aus.« Benommen gehorchte Sharri. Der schwarze Kasten fuhr in Windeseile über Sharihs Vorderseite. »Danke.«

Sharri ging durch ein schwarzes Gittertor in einen kleinen Hof, dessen Dach sie an einen Carport erinnerte. Er war beigebraun angestrichen.

»Tragen Sie hier bitte Ihren Namen und den Ihres Kindes ein.«

Sharri überflog die weißen Seiten und zögerte. Sie wollte Serenas Namen nicht unter die der anderen setzen. Ihr war, als würde die schwarze Tinte die Realität von Serenas Schicksal endgültig besiegeln. Sie schluckte schwer und schrieb.

Ein Angestellter öffnete eine Glastür und ließ sie in ein Foyer, in dem vier oder fünf Leute Platz hatten. »Sie müssen Ihre Handtasche in einen dieser Schränke schließen, Madam. Sie dürfen nichts mit hineinnehmen.« Einige Reihen verschiedenfarbiger Schließfächer säumten den Raum. Sie legte ihre Handtasche in eins davon, schloß es ab und steckte den Schlüssel in die Tasche. Um das Foyer zu verlassen, wurde wieder eine andere Tür geöffnet. Direkt dahinter stand rechts ein großer, gelber Tisch, auf dem Besuchsausweise lagen, Kante an Kante. Drei Angestellte hinter dem Tisch telefonierten eifrig. »Schicken Sie Mack Carter runter«, meinte eine. »Schicken Sie Malcom Ruiza her … Laura Phan … Anthony Berezetti … Celeste Crane …«

Hinter dem Tisch erstreckte sich ein Besucherraum, in dem bunte Reihen grüner, gelber, blauer und orangefarbener Plastikstühle standen. Ein Fernsehgerät war hoch oben an der hinteren Wand auf einem hölzernen Regal montiert. Ungefähr zwanzig rechteckige Tafeln in buntem indianischen Dekor hingen an der rechten Wand.

Der Raum füllte sich schnell, als die Eltern ihre Sitze einnahmen. Kleine Kinder spielten vor ihren Füßen. Langsam kamen die Jugendlichen herein. Sie trugen khakifarbene Jeans, blaue Sweatshirts und Segeltuchslipper. Sie sahen trotzig, resigniert und auch gelangweilt aus. Der Lärmpegel im Raum tat Sharri in den Ohren weh, obwohl er längst nicht die höchste Stärke erreicht hatte.

»Serena Moore«, sagte ein Mann hinter dem Schreibtisch.

»Sie ist neu. Dann ist sie in der Aufnahme.«

»Aufnahme?«

»Nach links.«

Serena war nicht bei den anderen Kindern. Sharri wußte nicht, ob sie darüber erleichtert oder erschreckt sein sollte. Beunruhigt trat sie durch die Tür und sah sich um.

»Hier entlang, bitte«, flötete eine Aufseherin. Sharri folgte einer Wächterin in einen Flur, der auf der rechten Seite von einem Maschendrahtzaun begrenzt wurde. Durch den Zaun sah sie einen weiteren kleinen Hof. Er wirkte unbenutzt. Ihr lief ein Schauer über den Rücken. Es war so kalt. Hatte Serena es warm? War sie in einem anderen Gebäude? Vielleicht in einem hübscheren, mit weniger Menschen und weniger Unruhe. Sie bog nach links um eine Ecke und stand vor weiteren Schreibtischen, auf denen Monitore aufgebaut waren. Sie sah auf einen der Schirme und spürte, wie ihr beim Anblick eines Jugendlichen, der sich geisterhaft in einer Einzelhaftzelle bewegte, die Kinnlade herunterfiel.

Mein Gott, dachte sie. Nicht hier. Nicht meine Tochter.

»Sie ist da unten«, sagte der Wächter. »Erste Zelle links. Ich muß Sie einschließen. Wenn die Zeit abgelaufen ist, komme ich wieder.«

Sharri blickte erstarrt auf eine lange Reihe von Zellen im

typischen Behördengrün. Jede wurde durch eine schwere Metalltür verschlossen, in der ein kleines Fenster einen Blick auf das bot, was dahinter lag. Dämpfe von Lysol und Bleichmittel hingen in der kalten Luft. Ihr Wächter blieb unvermittelt stehen, schloß eine Tür auf und öffnete sie.

Nein, protestierte Sharri lautlos. Darauf bin ich nicht gefaßt. Ihr wurde schwindlig, während sie mit einem entsetzen Blick die Szene in sich aufsog. Es war ein etwa zwei mal zwei Meter fünfzig großer Raum mit Betonwänden, die mit Graffiti beschmiert waren. Aus der einen Wand ragte ein Bett aus Beton, auf dem eine Gummimatte lag. Es gab keine Laken, sondern nur eine Wolldecke. Durch ein kleines, schmutziges Fenster über dem Bett konnte man den leeren Himmel sehen. Auf dem graugestrichenen Boden stand offen eine Toilettenschüssel aus weißer Keramik und Chrom und ein kleines Waschbecken. Sollte Serena das als Badezimmer benutzen, und dazu auch noch vor laufender Kamera?

Serena hockte auf dem nackten Boden vor dem Bett. Sie trug ein dünnes, weißes Krankenhaushemd und darüber einen Baumwollkittel. Bei dem metallenen Geräusch der Tür ruckte ihr Kopf hoch. Sie öffnete den Mund und stieß einen gurgelnden Schrei aus. Bevor Sharri noch drei Schritte gemacht hatte, war Serena auf die Knie gekrabbelt und hatte sich ihrer Mutter zu Füßen geworfen.

»Ich habe es nicht getan!« schluchzte sie rauh. »Ich habe es nicht getan. Ich will nach Hause!«

Sharri sank zu Boden und hielt ihre Tochter fest. Ihr Hals schnürte sich vor Schmerz zusammen. Serena war so kalt. Schnell zog Sharri sie auf das harte Bett und drückte sie fest, versuchte, ihr die kalten Glieder zu wärmen. Ihr erster Gedanke war, sich Serena zu schnappen und wegzulaufen. Irgendwohin, ganz egal, Hauptsache, weg. Wie konnten sie ihre Tochter hier hineinwerfen und wie ein Tier gefangen halten?

Plötzlich erinnerte sich Sharri, warum Serena hier war, und rückte von ihr ab. »Serena, sieh mich an. Sieh mir in die Augen.« Serena hob ihr verquollenes Gesicht. »Ist es wahr?«

Serena sah sie panisch an, wie ein Reh, das in das Scheinwerferlicht eines Autos blickt. »Nein«, wimmerte sie. »Nein, ich schwöre es!«

Tränen traten Sharri in die Augen, und sie zog ihre Tochter wieder fest an sich. »Aber warum?« fragte sie und wiegte ihre Tochter sanft. »Warum hast du das geschrieben?«

»Weil ich wußte, daß du es lesen würdest.« Serena stöhnte. »Du würdest es lesen, und wir müßten darüber reden. Und dann würdest du endlich aufhören zu fragen, warum. Ich wollte, daß du weißt, wie weh deine Fragen taten. Sie haben so weh getan.«

Sharri preßte Serenas Kopf gegen ihre Brust. »Aber du bist weggelaufen. Du hast mich verlassen. Ich wußte nichts.«

»Ich wollte doch nur zu Troy.« Serenas Stimme klang erstickt. »Ich habe Mallory geliebt. Sie bedeutete mir mehr als jeder andere sonst. Du weißt doch, daß ich ihr nie etwas antun würde.«

»Ja, das weiß ich, ich weiß«, flüsterte Sharri. »Ich weiß ja, ich weiß. Schon gut.« Sie hielt Serena fest und betete zu Gott, daß die Polizei es auch wußte.

Langsam versiegten Serenas Tränen. Ihre Arme schienen etwas wärmer zu werden, als Sharri sie mit den Handflächen rieb. »Frag sie nach einer zweiten Decke. Und mach dir keine Sorgen, alles wird gut werden. Wenn du der Polizei die Wahrheit sagst, dann wirst du bald wieder zu Hause sein. Sag ihnen, daß du die Eintragung geschrieben hast, und sag ihnen, daß du es ihnen am Anfang nicht gesagt hast, weil du Angst hattest. Wirst du das tun? Willst du ihnen die Wahrheit sagen?«

Serena nickte.

Sie wiegten sich weiter eng aneinandergeschmiegt, bis die Zellentür geöffnet wurde.

»Die Zeit ist vorbei.«

Serena flossen wieder die Tränen über die Wangen. »Mom ...«

»Bleib sitzen«, ermahnte sie die Beamtin. »Du mußt sitzenbleiben, wenn dein Besuch geht.«

Sharri vergrub ihr Gesicht im Haar ihrer Tochter. Sie konnte nicht gehen, nicht einfach so. Stand Serena noch eine einsame Nacht auf diesem kalten, harten Bett bevor? Auf Sharris Schultern lagen bleierne Gewichte und ihre Füße waren schwer wie Beton, als sie schließlich mühsam aufstand. »Es wird alles gut werden«, wiederholte sie. »Wir lieben dich. Wir sehen dich bald wieder.« Behutsam ließ sie ihre Tochter los und ging rückwärts zur Tür. Dabei griff sie zitternd nach ihrer Tochter und streckte die Arme aus, so weit sie konnte. Serena tat dasselbe, bis ihre Finger sich nicht mehr berühren konnten. Sharri wußte nicht, woher sie die Kraft nahm, sich endlich umzudrehen und zu gehen.

Sie erbebte beim Klang von Serenas Schluchzen und dem metallischen Knall, als die Tür hinter ihr ins Schloß fiel.

8. KAPITEL

Zum drittenmal saß Serena zwei Detectives gegenüber – Bob Davila und ein neuer: John Anderson. Sie war bereit, zu reden. Die Männer hatten Stühle und ein Aufnahmegerät mit in die Zelle gebracht.

In einem langen Verhör gab sie nun zu, daß es sich um ihr Tagebuch handele und gestand, geschrieben zu haben, daß sie ihre Schwester getötet hätte. Aber sie stritt immer wieder ab, Mallory tatsächlich weh getan zu haben.

Bob Salladay spitzte einen Bleistift, als das Telefon klingelte. Es war Dienstag, der 29. Dezember, mittags, Zeit für seinen ›täglichen Informations-Check‹. In den vier Monaten, die er jetzt als Polizeireporter für den *Argus* arbeitete, hatte Salladay ein enges Vertrauensverhältnis zu dem Captain der Streifenpolizei von Fremont aufgebaut. Der Beamte arbeitete auch als Pressesprecher der Polizei.

»Captain Lanam«, meldete sich der Mann, als Bob abnahm.

»Bob Salladay, hi.« Er beugte sich vor und hielt den Bleistift schreibbereit. Lanams nächster Satz erregte seine Aufmerksamkeit.

»Ich habe vielleicht eine gute Story für Sie.«

Salladays Bleistift flog über das Papier, als Lanam ihm Hintergrundinformationen über ein Tagebuchgeständnis und einen möglichen Mord gab. Der Beamte verdonnerte ihn allerdings dazu, zu warten, bis er von Poppas hörte. »Wir sind nicht sicher, ob das Mädchen überhaupt angeklagt wird«, sagte er. Salladay schrieb auf, daß der Captain ihm nicht befohlen hatte, die Geschichte zurückzuhalten, sondern nur, sich vorher mit dem Staatsanwalt in Verbindung zu setzen.

Der Chefredakteur des *Argus* dagegen befahl Salladay, die Story zurückzuhalten. Er hatte nicht vor, eine Geschichte auf eine bloße Verhaftung einer Jugendlichen zu stützen. »Warten Sie, bis sie angeklagt wird«, meinte er.

Ein weiterer beunruhigender Tag der tatenlosen Ungewißheit hatte die Nerven der Moores blankgelegt. Dienstagnachmittag verstrich, und Paula Galoegos hatte sich immer noch nicht gemeldet. Sharri konnte das Bild von Serena in der kalten Zelle nicht aus ihrer Erinnerung vertreiben. Sie wird bald wieder zu Hause sein, hämmerte Sharri sich immer wieder ein. Serena wird bald wieder zu Hause sein. Die Polizei würde ihre Tochter nicht anklagen.

»Sie werden dem Tagebuch nicht glauben«, erklärte sie Michael zum hundertstenmal. »Sie wissen doch, wieviel sie lügt.«

Detective Anderson tippte hastig seinen Bericht über Dr. Herrmanns Neueinschätzung des Falles Mallory Moore. Es war Dienstag nachmittag, 16 Uhr 30.

Dr. Herrmann hat Mallory Moores Krankheitsgeschichte von Detective Whitley erhalten. Er ist der Meinung, daß kein vorhergehender medizinischer Zustand zum Tod beigetragen oder direkt dazu geführt hat. Dr. Herrmann weiß, daß Mallory Moore an Asthma gelitten hat. Er hat es als Todesursache ausgeschlossen. Dr. Herrmann ist der Überzeugung, daß der Tod via Asphyxie eingetreten ist und die Blutergüsse unter der Haut, von denen im pathologischen Befund die Rede ist, als ein Ergebnis der Unterbrechung der Blutzirkulation zustande gekommen sind. Dr. Herrmann hat angedeutet, daß diese Unterbrechung daher rühren könnte, daß der Körper während der Erstickung gedrückt oder gepreßt worden ist, von einem Gewicht auf der Brust oder auf dem Rücken. Ein solcher Druck hinterließe weder Prellungen noch innere Verletzungen.

(Andersons erster Satz war sachlich durchaus korrekt, aber irreführend. Dr. Herrmann hatte Mallory Moores Krankengeschichte zwar erhalten, aber erst, *nachdem* er seinen Bericht geschrieben hatte.)

Poppas sprach mit Dr. Herrmann, der Andersons Umschreibung seiner Schlußfolgerungen bestätigte. Sie diskutierten auch kurz über die Erweiterung und die Risse an Mallorys Anus. Dabei bemerkte Dr. Herrmann, wie sie seiner Meinung nach entstanden waren. Die Unterhaltung verlief sehr sachlich, Herrmanns Verantwortungsbereich waren nur die medizinischen Befunde, Poppas mußte entscheiden, ob diese Befunde eine Anklage gegen die Verdächtigte rechtfertigten. Bis jetzt hatte Serenas Schicksal auf einer steilen, scharf definierten juristischen Klippe geschwankt. Dr. Herrmanns Festhalten an traumatischer Asphyxie als Todesursache gab ihm schließlich den entscheidenden Stoß. Der Staatsanwalt hatte jetzt ein ganz klares *Corpus delicti*, ein kleines Mädchen, das offensichtlich den Tod durch fremde Hand gefunden hatte, und das freiwillige, handschriftliche Schuldeingeständnis seiner Schwester.

Serena Moore würde wegen Mordes angeklagt werden. Die Zeit wurde knapp. Hastig gab Poppas die notwendigen

Unterlagen an seine Sekretärin weiter. Die rief rasch die Gerichtsangestellte in ihrem Gebäude an, um sich eine Fallnummer geben zu lassen. Nachdem sie die Anklage getippt hatte, brachte die Sekretärin die Unterlagen zu der Angestellten, die sie abstempelte und zu den Akten nahm. Die Anklage gegen Serena Moore war damit offiziell.

Wie üblich benachrichtigte Poppas Paula Galoegos nicht sofort von der Anklage gegen Serena, weil er wußte, daß man ihr den Durchschlag der Anklageschrift zuschicken würde. An diesem Tag jedoch war sie anscheinend schon nach Hause gegangen.

Als Bob Salladay gegen fünf anrief und nach der endgültigen Entscheidung fragte, erzählte ihm Poppas, daß der Fall aktenkundig geworden sei. Frances Dinkelspiel, ein Reporter vom *San Jose Mercury*, hatte ebenfalls von der Verhaftung Wind bekommen und rief bei Poppas an, um sich die Einzelheiten geben zu lassen. Für die beiden Zeitungen war damit der Startschuß für eine Story gefallen.

Sharri rief in Carson City an, nachdem sie den ganzen Dienstag abend kein Wort von Paula Galoegos gehört hatte. Sie brauchte dringend die Unterstützung ihrer Mutter. Tessie war entsetzt. Wie konntest du nur der Polizei dieses Tagebuch geben? wollte sie wissen. Warum hatte Sharri Serena nicht zu einer Psychologin gebracht, damit sie Hilfe bekam? Jetzt war sie durch die Schuld ihrer eigenen Mutter an einem solchen Ort.

Sharri konnte ihre Mutter nicht davon überzeugen, daß sie nur das getan hatte, was sie für das Beste hielt. Es waren kaum vier Tage seit Weihnachten verstrichen, und Sharri und ihre Mutter waren wieder bei ihrem alten Streit angelangt: Sharri machte einfach nichts richtig. Auch bei ihrer Schwester fand Sharri keinen Trost. »Ich will dir nicht sagen, was ich davon halte«, bemerkte sie nur.

Sharri war übel, als sie auflegte. Das war also die Hilfe ihrer Familie.

Dienstagnacht verstrich nur zäh. Sharri wachte immer wieder schockartig auf, und ihr Dämmerschlaf wurde von Alpträumen heimgesucht, in denen Betonzellen, verschlossene Türen und Monitore auftauchten. Am frühen Morgen war sie so erschöpft, daß sie nicht aufwachte, als Michael um halb sechs aufstand. Auch er hatte nur wenig schlafen können. Benommen trank er zwei Tassen Kaffee und fuhr zur Arbeit. Dann betrat er sein Büro bei Raychem, einer großen Maschinenfabrik in Menlo Park. Er arbeitete seit seinem High-School-Abschluß vor einundzwanzig Jahren bei Raychem, eine Zeit, die nur durch seinen dreijährigen Militärdienst mit Anfang Zwanzig unterbrochen worden war. Jetzt war er so hoch in der Firma aufgestiegen, wie es ohne Studium möglich war. Er war Kunststofftechniker und verdiente 52 000 Dollar im Jahr einschließlich Vergütungen. Das war eine stattliche, aber keine große Summe, wenn man bedachte, daß die Miete für eine einfache Vierzimmerwohnung in der Bay Area fast 2 000 Dollar im Monat verschlang. Als er an seinem Arbeitsplatz ankam, war sein Schreibtisch mit Laborberichten über Kunststoffeigenschaften übersät. Er versuchte zu lesen, doch die Zahlen verschwammen vor seinen Augen. Abwesend rieb er sich mit der Hand übers Gesicht.

»Hallo, Michael.« Guy Fletchers Stimme drang durch seine angespannten Nerven. »Ich dachte ...« Sein Boß zögerte. »Ich wußte nicht, ob du das schon gelesen hast.« Ohne ein weiteres Wort legte er die Morgenausgabe des *San Jose Mercury* auf Michaels Schreibtisch.

Irgendwo in Michaels Kopf begann eine Alarmglocke zu läuten.

Er starrte Guy an, Angst raste in seinen Eingeweiden. Dann senkte er ruckartig den Kopf. Seine Augen wurden magnetisch von der großen Schlagzeile auf der Titelseite angezogen:

›Ich habe meine kleine Schwester umgebracht‹
Tagebucheintragung bewegt Polizei von Fremont
zu Anklage gegen Vierzehnjährige

9. KAPITEL

Am Mittwochmorgen stand Captain Lanams Telefon nicht still. Ständig riefen irgendwelche Zeitungsreporter und Fernsehleute an. Serenas grün-weiß gestreiftes Tagebuch war die Sensation.

Der Polizei von Fremont, die von sechs Morden im Jahr 1992 vier nicht hatte aufklären können, einschließlich des Falles Mallory Moore, war die positive Publicity darüber, daß sie einen zum Stillstand gekommenen Fall wieder auf volle Touren gebracht hatte, vermutlich sehr willkommen. Als Salladay seinen zweiten Artikel schrieb, glaubte er zu spüren, daß ›die Polizei der Meinung ist, den Fall schon gelöst zu haben‹, obwohl er ausnahmsweise ›keine Prahlereien der Detectives‹ hörte. Das war auch besser so, denn damit wären sie bei den Kriminalreportern auf Grund gelaufen. »Es war keine echte Aufklärungsarbeit«, erklärte Salladay, »sondern pures Glück, weil ihnen das Tagebuch in die Hände gespielt worden war.«

Zwar prahlte die Polizei nicht mit dem Fall, aber sie spreizte gehörig das Gefieder. Lanam setzte hastig eine Pressekonferenz für Mittwoch nachmittag an, und sprach zuvor mit Poppas ab, welche Informationen veröffentlicht werden durften. Einige Szenen dieser Pressekonferenz, von denen sogar Ausschnitte in den Nachrichtensendungen am Abend liefen, barsten geradezu vor Unstimmigkeiten. Das niedliche kleine Tagebuch, das Lanam in seiner großen Hand verstecken konnte, wurde – um mit Sharris Worten zu sprechen: »… mit einem Fanfarengeschmetter zur Schau gestellt wie die blutbefleckte Axt eines Mörders«. Die Fotografen balgten sich um die besten Plätze. Auslöser klickten und Fernsehkameras surrten, als der dunkelhaarige, gutaussehende Lanam den Inhalt von Serenas Tagebuch vorlas und es dann im besten Winkel vor die Objektive hielt.

Tagebuch Nr. 1 wurde nicht erwähnt.

»Diese Pressekonferenz war lächerlich«, erklärte der Stellvertretende Staatsanwalt Matt Golde, der später Serena anklagen sollte. »Die Polizei tat so, als hätten sie zwanzig Tonnen Heroin sichergestellt und dabei auch gleich Pedro Escobar einkassiert.«

Lanam gab zurück, diese Konferenz wäre nicht abgehalten worden, um ›zu glänzen‹, sondern um die massenhaften Anrufe der Medien ›effektiv‹ zu beantworten.

Salladays Leitartikel vom Donnerstag, dem 31. Dezember, rahmte ein kleines Bild mit Lanams Hand ein, in der er das Tagebuch hielt, und ein großes Foto, auf dem die Moores die Stufen des Gerichtsgebäudes herunterkamen, flankiert von Sharris Vetter Tom Hallinger, Ted Navell, Michaels Freund und Trauzeugen, und Marietta Wilson, Teds Freundin. Beim Anblick des Fotografen des *Argus* ducken sich Sharri und Michael. Als der Fotograf des *San Jose Mercury* sie einholte, liefen die beiden Frauen bereits auf den Wagen der Moores zu. Marietta umklammerte fest Sharris Arm. Die Kamera bekam nur noch die Rücken der Frauen ins Bild.

Obwohl sie Presse und Kameras verabscheuten, fielen Sharri und Michael bald ihrer eigenen morbiden Neugier zum Opfer. Sie verschlangen jeden Zeitungsartikel über ihre Tochter, den sie finden konnten. »Eben waren wir noch niemand«, erinnerte Sharri sich später, »und plötzlich tauchten unsere Namen überall auf. Seht mal da, die Eltern des Killer-Teenagers! Sosehr ich es auch haßte, zu lesen und im Fernsehen zu verfolgen, was sie über uns sagten … ich war wie die Motte und das Licht. Ich wollte es nicht wissen, ich *mußte* es wissen.«

Ein Neujahrsartikel im *Chronicle* allerdings gab ihnen Grund zur Hoffnung. Die Reporterin Catherine Bowman, die auch weiterhin über das ›Tagebuch-Mädchen‹ berichten sollte, hatte sich für die Geschichte mit ihrem Kollegen aus dem East-Bay-Büro, Bill Wallace, zusammengetan. Dieser Artikel würde bald eine große Bedeutung für das Leben der Moores gewinnen.

Experten der Polizei und Psychologen behaupten, daß die Jugendliche aus Fremont, die diese Woche angeklagt wird, ihre kleine Schwester ermordet zu haben, gelogen haben könnte, als sie den Mord ihrem neuen Tagebuch anvertraute.

Die Experten ermahnen die Polizei und die Ankläger, der Möglichkeit nachzugehen, daß sie den Mord nicht begangen hat, obwohl die Polizei bereits öffentlich ihre Meinung bekundet hat, sie habe ihre Schwester getötet …

Elizabeth Loftus, Professorin an der Universität von Washington, sagte, es gebe mindestens drei mögliche Erklärungen für diese Vorfälle.

»Eine ist, daß sie es tatsächlich getan hat und sie (die Tagebucheintragung) ein Geständnis ist. Zweitens könnte es eine vorsätzliche Lüge sein, und sie weiß es … und drittens: Es ist nicht wahr, aber sie glaubt ehrlich, daß es wahr ist …«

»Hoffentlich nimmt die Polizei nicht an, daß sie nur einer dieser Hypothesen nachgehen muß«, erklärte sie.

Obwohl Loftus erklärte, sie müsse erheblich mehr über das Kind wissen, bevor sie irgendwelche Schlüsse ziehen könnte, glaubt sie, daß die Entscheidung des Mädchens, das Tagebuch an einem auffälligen Platz in seinem Zimmer liegenzulassen, die Annahme unterstütze, daß es versucht habe, Aufmerksamkeit zu gewinnen.

»Kinder fühlen sich oft verantwortlich, wenn ihnen nahestehende Menschen sterben«, sagte Loftus. »Vielleicht hat hier die Schuld zu einer falschen Erinnerung geführt. Es gibt auf jeden Fall eine lange Liste von Menschen, die Dinge gestanden, die sie nie und nimmer getan haben.«

Sharri las Michael bewegt die Zitate der Professorin vor. Diese Frau betrachtete das Tagebuch in demselben Licht wie sie! Sharri rief sofort in der Universität von Washington an und fragte sich bis zu Professorin Loftus durch. Nachdem die Sharris Geschichte gehört hatte, empfahl sie den Moores sofort den Strafverteidiger Art Wachtel in San Francisco. Sharri rief ihn an, und da Wachtel nicht im Büro war, sprach sie mit seinem Partner, Douglas Horngrad.

Horngrad teilte Sharri mit, daß er an dem Fall interessiert sei. Sein Honorar könne sie auch in Raten zahlen, ein Angebot, das er vielen Mandanten machte. Das Problem war nur, daß er vorab Geld brauchte, um fachkundige Gutachter zu bestellen, zum Beispiel andere Pathologen, die Dr. Herrmanns Befund in Frage stellen könnten. Ein derartig schwerwiegender Fall könne nicht ohne den nötigen finanziellen Hintergrund geführt werden, vor allem, wenn es so wichtig war, diese Zeugen zu gewinnen. Sharri wußte nicht, woher sie und Michael die schätzungsweise fünf- bis siebentausend Dollar auftreiben sollten, auf die der Anwalt die Kosten bezifferte. Sie wollte keine Schulden machen, die sie nicht zurückzahlen konnten. Zögernd beendete sie das Gespräch.

Ein paar Tage später erwähnte ein Freund den Anwalt Melvin Belli, ebenfalls aus San Francisco. Angeblich übernahm er einige Fälle, ohne Kosten zu berechnen. Die Moores sahen ihre Chance sofort. Jeder kannte Belli. Der Mann war eine Berühmtheit! Nicht weniger als drei Leute riefen für die Moores in Bellis Büro an: Sharris Mutter, Tessie Dornellas, der Immobilienmakler, der den Verkauf ihres Hauses in der Lucia Street regelte, und ihre Freundin, Marietta Wilson.

Am Dienstag, dem 5. Januar, nicht ganz eine Woche nach Serenas Haftanhörung, betrachtete Shelley Antonio aufgeregt die Nachricht, die im Büro eines Kollegen im ›Belli-Building‹, lag. Rechtsanwalt, Melvin M. Belli, ›König der Delikte‹, hatte seine Kanzlei hier angesiedelt, in der Montgomery Nr. 900. Die Kanzlei, in die Shelley Antonio am 28. Dezember eingetreten war, Belli, Belli, Brown, Monzione, Fabro und Zakaria, war kurz davor, sich aufzulösen und bildete zwei verfeindete Fraktionen, die sich gegenseitig wüst beschimpften, bedrohten und Verfahren an den Hals klagten. Shelley hatte vom ersten Tag an gespürt, daß ihre Anstellung ›kontrovers‹ aufgenommen wurde und eine einseitige Entscheidung des immer stärker isolierten Belli war. Anscheinend hatten seine anderen Partner diese Entscheidung nicht akzeptiert. Aber sie hatte nicht damit gerechnet, mitten in den Strudel der verbittert diskutierten Auflösung der Kanzlei zu geraten.

Womit sie gerechnet und worauf sie sich verlassen hatte, als sie Bellis Kanzlei beitrat, die für die mehr als sechzigjährige juristische Erfahrung des Gründers stand, war, eine Chance zu bekommen, ›für die Gerechtigkeit‹ zu kämpfen und ›etwas Bedeutendes‹ zu vollbringen. Einige ihrer Kollegen vom Stanford Jura College hatten jedoch offenbar ihre ursprüngliche Einstellung, die Welt zu verändern, verloren, und waren nur noch daran interessiert, Geld zu scheffeln. Nicht mit ihr. Shelley hatte eine ganz andere Auffassung. Aber gleichzeitig wollte sie eine ›berühmte Strafverteidigerin‹ werden. Zur Zeit waren die berühmtesten Anwälte wie Belli, Gerry Spence und Tony Serra Männer. Sie hoffte, daß sie das verändern konnte.

Zugegebenermaßen hatte Shelley Antonio wenig Erfahrung. 1982 hatte sie ihr Examen in Stanford gemacht, aber ihr zweites Staatsexamen, das ihr die Zulassung vor Gericht brachte, hatte sie erst 1984 abgelegt. Bisher wartete sie noch auf ihren ersten Strafprozeß. Sie hatte in San Francisco eine Rechtsberatungspraxis gegen sexuelle Belästigung am Arbeitsplatz gegründet und als Leiterin fungiert. Nachdem das seinen Reiz verloren hatte, prüfte sie verschiedene Angebote und empfand das von Belli als wahres ›Gottesgeschenk‹.

Genauso wie die Nachricht, die sie jetzt in der Hand hielt.

Dabei war sie gar nicht für Shelley bestimmt. Aber wie durch Zauberei war sie die erste Anwältin, die sie zu Gesicht bekam, weil sie zufällig am Schreibtisch des Anwalts saß, für den sie bestimmt war– Tom Kaster.

»Der Auftrag soll zwar ehrenamtlich übernommen werden«, erklärte die Telefonistin, die den Anruf angenommen hatte. »Aber es ist so ein Fall, den der Boß mag. Sehen Sie es sich ruhig an und geben Sie es dann an Tom weiter.«

›So ein Fall‹ bezog sich offenbar auf die Publikumswirksamkeit. Mit fünfundachtzig war Belli besonders fähig abzuschätzen, welche Fälle das Interesse der Medien erregte und wie man damit umging. Er hatte eine lange Karriere hinter sich, die sich auf berühmte Fälle stützte, zum Beispiel die Verteidigung von Jack Ruby, der Kennedys Mörder Lee Harvey Oswald erschossen hatte. Belli war jedoch bekannter durch seine Arbeit in Zivilrechtssachen, wodurch er sich vor Jahren den Spitznamen »König der Delikte« eingehandelt hatte.

Antonio wußte, daß Belli nur noch wenige Fälle selbst übernahm. Er spielte eher den Mentor für seine Partner. Das hier war ein beachtlicher Fall, und für den nächsten Tag war eine Anhörung angesetzt. Wäre es nicht großartig, wenn sie den Fall übernehmen könnte? Sie beschloß, Belli zu Hause anzurufen.

»Hi«, flötete sie in die Muschel, als der ›König‹ abnahm. »Hier ist Shelley aus der Kanzlei«

Noch Monate später würde sie lachen, wenn sie sich an seine Antwort erinnerte.

»Kanzlei!« fauchte Belli mit seiner rauhen Stimme. Anscheinend hatte er schlechte Laune wegen des Ärgers mit seinen Partnern. »Arbeitet denn da überhaupt noch jemand?«

»Ich habe ihm von dem Fall erzählt«, erinnerte Shelley sich später, »und er sagte, na ja, welches meiner A... kann ich denn dazu bringen, bei dieser Anhörung morgen zu erscheinen?«

»Das weiß ich nicht, Mr. Belli«, erwiderte sie, »aber ich würde gern gehen.«

»Schaffen Sie das?« knurrte er.

»Ja.«

»Gut. Großartig.«

Damit hielt Shelley Antonio Serena Moores Schicksal in ihren Händen.

Melvin Bellis Kanzlei würde ihren Fall übernehmen – kostenlos! Sharri und Michael waren außer sich vor Freude. In einem langen Gespräch am selben Tag erzählte Sharri Shelley Antonio die Einzelheiten der Festnahme und schilderte ihr die lange Liste der Lügen ihrer Tochter. Serenas dringendstes Bedürfnis sei psychiatrische Hilfe, meinte Sharri. Sie wurde im Jugendgefängnis immer noch wegen Selbstmordgefahr überwacht. Sie war allein in ihrer Zelle, jede ihrer Bewegungen wurde von einer Videokamera registriert. Serena baute rasch ab. In den ersten drei Tagen hatte sie sich sogar geweigert zu essen. Shelley stimmte ihr zu. Sie mußten etwas tun – und zwar schnell.

Bei der Haftanhörung am 6. Januar informierte Antonio das Gericht, ein Psychologe sei engagiert worden, Serenas geistigen Zustand einzuschätzen. Das Ergebnis sollte am folgenden Montag dem Haftrichter präsentiert werden. Der mußte dann entscheiden, ob Serena bis zu ihrem Prozeß in einem Krankenhaus bleiben konnte oder nicht.

»Wir glauben, daß jeder Tag, den sie im Jugendgefängnis verbringt, verheerend für ihre psychische und körperliche Verfassung ist«, stellte Antonio fest. »Wir würden sie gern in ein Krankenhaus verlegen, wo ihr geholfen werden kann.«

Die Anhörung am Montag, dem 11. Januar, war der erste einer vergeblichen Reihe von Versuchen, Serena in psychologische Obhut zu verlegen. Obwohl Dr. Paul Berg, ein Psychologe aus dem nahe gelegenen Oakland, der später auch als Gutachter in dem Prozeß aussagen sollte, Serena untersuchte und eine Behandlung empfahl, lehnte der zuständige Jugendrichter Bob Shuken diesen Antrag ab. Dem Land könnten die Kosten nicht zugemutet werden, entschied er, die eine Behandlung, die Medikamente und auch noch die ›außerordentliche‹ Bewachung rund um die Uhr verursachten, die nötig sei, weil bei Serena erhöhte Fluchtgefahr bestehe.

»Ich bin nicht davon überzeugt, daß sie in einer Klinik besser aufgehoben ist«, erklärte Shuken. Es wäre besser, sagte er, wenn die Anwältin versuchte, die »Lösung und Aufklärung der Vorwürfe zu beschleunigen und dann eine Behandlung zu beantragen.« Die Sachlage wäre eine andere, fügte er hinzu, wenn die Minderjährige irgendwo untergebracht und vor Selbstmord geschützt werden könnte, ohne das Land zu belasten. Vielleicht könnten ja die Eltern zahlen.

Für Shelley war das eine fast unlösbare Aufgabe. Während sie versuchte, dem Begehren des Gerichts zu entsprechen, blieb

Serena im Jugendgefängnis und bekam nur die Hilfe einer Psychologin, die sich in Notlagen um alle Mädchen in der Anstalt kümmern mußte. Eine Woche später dachte Shelley, sie hätte die passende Institution gefunden. Eine private Klinik in Walnut Creek, etwa eine halbe Autostunde entfernt, würde Serena aufnehmen, ohne daß dem Land dadurch Kosten entstanden. Die Versicherung der Moores bei der Massachusetts Mutual würde die Rechnung übernehmen. Blieb nur noch ein Problem: die geforderte 24-Stunden-Bewachung.

Den Moores reichte es jetzt. Seit Mallorys Tod war Serena immer weiter abgeglitten, hatte Selbstmordversuche unternommen und war zweimal innerhalb eines Monats in ambulanter psychiatrischer Behandlung gewesen. Selbst Dr. Berg meinte, daß sie ernsthaft gestört sei. Was konnte das Land noch verlangen? Aber am Mittwoch, dem 20. Januar, bestätigte Haftrichter Paul Seeman Shukens Forderungen. Die Walnut-Creek-Klinik sei nicht sicher genug, die Minderjährige an der Flucht zu hindern. Serena einerseits vor sich und anderen zu schützen, gab Seeman zu, und andererseits ihren Anspruch auf angemessene psychiatrische Hilfe zu gewährleisten, wiege zwar gleichschwer, aber am Ende gaben die Belange des Landes den Ausschlag.

Die nächste Anhörung war am Montag, dem 25. Januar. Jetzt mußte der Fall entweder durch ein Geständnis entschieden oder aber ein Prozeßtermin angesetzt werden. Shelley Antonio stellte den Antrag, den Fall bis zum 5. Februar aufzuschieben. Es sollte der erste von zahlreichen Anträgen der Verteidigung sein. Aus Februar wurde März, ohne daß irgendwelche Fortschritte gemacht worden wären.

Mit jeder Anhörung verstärkte sich auch die Berichterstattung der Medien. Die Moores zogen aus Furcht, zu Hause belästigt zu werden, aus ihrer Wohnung in Fremont in ein altes kleines Haus etwa eine Viertelstunde weiter nördlich. Ihre neue Telefonnummer blieb geheim.

Ihre instinktive Reaktion den Medien gegenüber war: ›In Deckung gehen.‹ Ihre Privatsphäre war verletzt worden, und sie wollten mit niemandem reden. Als jedoch die landesweit bekannte Journalistin Connie Chung ihnen anbot, in ihrer ›Auge-in-Auge‹-Show aufzutreten, änderten die Moores ihre Meinung, wenn auch mit Bedenken. Aber sie hatten das Gefühl, daß Chung ihre Geschichte mit gebührender Sensibilität anpacken würde.

Im Jugendgefängnis ließ eine deprimierte Serena am 12. Februar ihren fünfzehnten Geburtstag teilnahmslos an sich vorüberziehen. Für sie war es nur ein weiterer Tag in Haft. Sie klagte ihren Eltern, wie einsam sie sei. Die konnten sie nur jeweils eine Stunde montags, mittwochs und samstags nachmittags besuchen. Solange der Mädchen-Trakt nicht voll war, durfte Serena wegen der Schwere der Anklage keine Zellengenossin haben. In den meisten Nächten weinte sie sich in den Schlaf. Sie sehnte sich nach Freiheit und vermißte schmerzlich ihre kleine Schwester. »Ich möchte am liebsten tot sein«, verriet sie ihrer Mutter.

Freunden gegenüber jedoch präsentierte Serena sich vergnügt und stark, eine typische Verleugnung ihrer aufgewühlten Gefühle. Sie wollte ihre schlimme Lage nicht wahrhaben, und lenkte sich mit Gedanken an ihren Freund ab. Noch vor ihrem Geburtstag schrieb sie an ihre beste Freundin Mary Corren:

Hi, hier läuft jetzt alles cool! Ich verstehe, wie geschockt Du sein mußtest. Ich bin nur froh, daß Du noch meine Freundin bist! Das beweist, daß Freundschaft für immer hält. Danke, daß Du für mich da bist, Mary, ich weiß das wirklich zu schätzen! Wissen alle, daß ich es nicht getan habe? Wenn nicht, erzähl es ihnen. Tja, kannst Du mir einen riesigen Gefallen tun? Könntest Du Troy anrufen und ihn fragen, was zwischen ihm und mir los ist? Ich habe Dir ja schon vorher erzählt, daß er meine Anrufe nicht annimmt und mir auch nicht schreibt, vielleicht kannst Du ihn fragen, warum nicht? Und mach ihm auch klar, daß ich es nicht getan habe! Okay, ich muß jetzt Schluß machen.

In immerwährender Liebe, Deine Schwester! Serena

Sie sollte erst Monate später erfahren, warum Troy nicht auf ihre Anrufe und Briefe antwortete. Kurz nach ihrer Verhaftung hatte er geheiratet. Er wurde Vater.

Serenas nächste Anhörung fand am 15. März statt. Sie und ihre Anwältin waren übereingekommen, ein Angebot für ein Schuldgeständnis abzulehnen. »Sie wird kein Geständnis ablegen«, erklärte Antonio den Reportern. »Weil sie es nicht getan hat.« Der Prozeß wurde für den 19. April anberaumt.

Bei dieser Anhörung war Shelley Antonio nicht allein. Belli, der sie bei diesem Fall beriet, war an ihrer Seite, wie er es auch während des ganzen Prozesses sein würde. Seit der Anhörung im Dezember war das Band zwischen den beiden gewachsen. Während der folgenden Monate sollte ihre Beziehung aufmerksamen Prozeßbeobachtern sehr vielschichtig erscheinen. Shelley schien Belli auf einen Sockel zu stellen. Er war ihr Mentor und vielleicht auch so etwas wie eine Vaterfigur. Gleichzeitig paßte sie, wie andere Angestellte seiner Kanzlei, auf ihn auf, schützte ihn mit dieser liebenden Fürsorge, die ein Kind einem verehrten, gealterten Elternteil gewähren würde.

Shelley Antonio fehlte Bellis langjährige Erfahrung, und sie vertraute darauf, daß er sie durch die rauhen Wasser des Prozesses gegen Serena führte.

Belli war fünfundachtzig, hatte dichtes, weißes Haar, Hamsterbacken und ein verwittertes Gesicht. Langsam und schlurfend, aber aufrecht, war er an Shelleys Seite. Seine Hände waren leer. Selbst wenn er leise sprach, hallte seine Stimme von den Wänden. Sie klang wie das heisere Knurren eines alten Hundes. Er erzählte einem Journalisten, daß er ›nach einer kleinen gesundheitlichen Pause‹ wegen Schwierigkeiten mit dem Gehör wieder in den Gerichtssaal zurückgekehrt war. Noch bevor Serenas Prozeß zu Ende war, trug er ein neues Hörgerät, das aber manchmal mehr Ärger machte als nützte.

Trotz seines Alters hatte Belli immer noch ein gewisses Charisma. Er war ein Rätsel, eine Mischung aus Aggression, Gereiztheit und Humor, während er zwischen genialen Geistesblitzen und merkwürdig zusammenhangslosem Geschwafel hin und her schwankte. Aber in einem Punkt war er beständig: Er zog immer eine große Menschenmenge an.

Die entscheidende Schlüsselfigur in dem ›Tagebuch-Mädchen‹-Prozeß hatte ihr Debüt ebenfalls bei der Anhörung am 15. März. Der Stellvertretende Staatsanwalt Matt Golde, der Sohn von Stanley Golde, einem bekannten Richter im Alameda County, hatte den Fall von seinem Kollegen John Poppas übernommen, als klar wurde, daß der erste Prozeßtag, der 19. April, in Poppas' Ferien fallen würde. Golde war Mitte Dreißig und hatte eine zehnjährige Berufspraxis. Er hatte einen wachen, jungenhaften Charme, hellbraunes Haar, graue Augen und war schlank. Wie sich herausstellte, beantragte Shelley Antonio bei der Anhörung eine weitere Verschiebung, so daß das Verfahren erst am 24. Mai begann. Da steckte Golde schon knietief in der Arbeit und blieb der zuständige Staatsanwalt.

Daß Golde überhaupt einen Prozeß führte, war an sich schon ungewöhnlich. Der ›Tagebuch-Mädchen‹-Fall war sein erster Jugendprozeß seit seinen ersten Jahren bei der Alameda County Juvenile East Branch. Normalerweise war er für die Anklage gegen Jugendliche zuständig – er mußte Berichte über in Haft befindliche und auf Bewährung entlassene Jugendliche überprüfen und entscheiden, ob Anklage erhoben wurde. Es kam selten vor, daß ein solcher Fall schwerwiegend oder komplex genug war, um vor Gericht gebracht zu werden. Er hatte zwar schon zuvor mit Jugendlichen zu tun gehabt, die des Mordes angeklagt waren, aber sie wurden gewöhnlich zurückgeschickt und als Erwachsene angeklagt, so daß sie nicht in seinen Zuständigkeitsbereich fielen.

Von Anfang an glaubte Golde unerschütterlich an Serenas Schuld. Ebenso war er davon überzeugt, gestützt auf Serenas mehrfache, frühere Beschuldigungen gegen Michael, daß sie sexuell mißbraucht worden und die Familie der Moores zerrüttet war.

Als sie begannen, den Fall zusammenzusetzen, sahen sich Golde und sein Assistent, John Samuelson, unversehens Hindernissen gegenüber. Wie erwartet waren Freunde und Familienangehörige der Moores nicht gerade scharf darauf, mit ihnen zu sprechen. »Ich glaube«, schrieb Golde später, »sie dachten, wir würden alles Erdenkliche tun, um zu gewinnen, selbst auf Kosten der Wahrheit, und Serena als ein Monster darstellen. Vielleicht war es ihnen auch nur peinlich. Aus welchem Grund auch immer: Unter den Familienangehörigen stießen wir auf einen enormen Widerstand.«

Eine Freundin der Moores, Mia Black, war bereit, mit Golde zu reden, aber nach abschließender Prüfung entschied Golde sich gegen sie als Zeugin. Ihre Informationen waren nicht besonders sachlich und ›nicht sehr hilfreich‹. Um die Wahrheit darüber herauszufinden, was in der Nacht vom 17. August 1992 passierte, und warum, mußte Golde die Antwort auf einige ganz bestimmte Fragen finden. Wie war die Beziehung zwischen Sharri und Serena Moore? Welche Art von Beziehung hatten Michael und Serena? Was war mit der Großmutter in Carson City, Tessie Dornellas? Wie reagierte Mallory, als Serena aus Carson City zurückkam?

Golde glaubte, daß die Freunde nur ein oberflächliches Bild der Familie hatten. Um ein vollständiges Bild von der Familie zu bekommen, mußte er mit den Verwandten sprechen, an die Serena sich gewandt hatte, vor allem mit ihrer Großmutter in Carson City, und vielleicht mit ihrer Tante Roxanne, die auch in dieser Gegend lebte. Serena hatte ihre Großmutter offenbar häufig besucht und 1991 sogar ein paar Monate dort gewohnt. Es kam Golde vor, als betrachte die Angeklagte das Haus ihrer Großmutter als eine Art ›sicheren Hafen‹. Von Serenas Großmutter und ihrer Tante Roxanne könnte er einen großen Teil der Wahrheit erfahren.

Das war ein Punkt, den Sharri und Michael Moore vehement bestritten.

TEIL 2

TURBULENTE JAHRE: DIE FAMILIENGESCHICHTE

FEBRUAR 1986 – DEZEMBER 1992

Es begann mit einer Verpflichtung, einem Wunsch – wie fragwürdig es auch gewesen sein mochte –, diesem Mädchen zu helfen, das schon Probleme hatte. Sharri brauchte einen Ehemann, und Serena brauchte einen Vater. Unglücklicherweise glaubte ich, Serena schneller von ihren Problemen befreien zu können, als es möglich war.

– Michael Moore

de

bes

ver

»E

pa

10. KAPITEL

Im Winter 1986 war Kalifornien buchstäblich vom Sturm erobert worden. Im März regnete es Sturzbäche, die eine Spur der Verwüstung durch das Land zogen. Hügel gaben unter den Regengüssen nach, bröckelten und brachen schließlich unter der unerträglichen Last der aufgesogenen Wassermassen zusammen.

Für den Erholungsort Lake Tahoe an der Grenze zwischen dem nördlichen Kalifornien und Nevada brachte der Regen besondere Probleme. Er zerstörte die schneebedeckten Skipisten und verursachte die gefürchteten, vereisten Schlammlawinen. Während dieser entsetzlichen Sturmwochen hoben die Bewohner Lake Tahoes sofort besorgt den Kopf, wenn in der Ferne auch nur ein Rumpeln ertönte.

Im Rückblick dachte Sharri Moore, daß dies ein Omen war.

Als das Telefon an einem Abend Anfang Februar klingelte, drei Wochen vor dem Sturm, hätte Sharri niemals erwartet, die Stimme ihrer Schwester zu hören. Roxanne rief ungefähr einmal im Jahr an. Die Schwestern hatten sich nie besonders nahe gestanden. Sharri glaubte, daß ihre Feindschaft möglicherweise ein Nebenprodukt der flüchtigen und oft unberechenbaren Atmosphäre war, in der sie aufgewachsen waren.

Roxanne machte ihr einen ungewöhnlichen Vorschlag, einen, der angesichts der unsteten Jahre, die Sharri zu überwinden suchte, vielleicht spaßig sein konnte. Roxanne wollte ihre Schwester zu einem Blind Date überreden.

»Er ist in letzter Zeit so miesepeterig«, beschwerte sich Roxanne. Sie sprach von dem Besitzer des Hauses, in dem sie und eine andere Frau ein Zimmer gemietet hatten. Wohngemeinschaften waren eine rein zweckmäßige Angelegenheit und in der San Francisco Bay Area nicht ungewöhnlich. Hier verschlang die Miete schnell die Hälfte eines Monatsgehaltes. »Er wandelt im Haus herum wie ein Geist, seit er sich vor ein paar Monaten von seiner Freundin getrennt hat.«

Sharri hatte Bedenken. Wie alt war er? Mochte er Kinder?

Auch wenn es nur ein Blind Date war, mußte sie trotzdem an ihre achtjährige Tochter Serena denken.

Seine erste Ehe hatte bis 1982 gedauert. Sie war kinderlos geblieben, erzählte ihr Roxanne. Er war dreiunddreißig, liebte Kinder und war ein richtiger Gentleman. »Trink doch einfach etwas mit ihm und bring ihn auf bessere Gedanken«, drängte Roxanne. »Vielleicht hat er ja bessere Laune, wenn er zurückkommt.«

Sharri dachte darüber nach. An diesem Samstag wäre es perfekt. Serena blieb über Nacht bei ihrer Großmutter, wie jedes zweite Wochenende. Männer standen nicht besonders weit oben auf Serenas Liste, seit sie ihren Stiefvater verloren hatte, als er und Sharri sich hatten scheiden lassen. Kevin war der erste richtige Vater, den Serena je gehabt hatte. Sie war unehelich geboren, als Sharri zwanzig war. Ihr leiblicher Vater war schon vor Jahren von der Bildfläche verschwunden. Serena hatte Kevin auf diese alles verzeihende, zurückhaltende Art geliebt, die Kinder oft an den Tag legen, wenn sie mit einem gewalttätigen Elternteil konfrontiert werden. Aber sie hatte es gehaßt, wenn er Sharri gegenüber handgreiflich wurde, sie schlug und sie durch das ganze Zimmer prügelte, sie an den Haaren zog, sie ins Gesicht schlug und sie gegen die Wand schleuderte. Jetzt, da diese Beziehung neun Monate hinter ihr lag, war Serena verwirrt von ihren eigenen Gefühlen, lehnte ihre Mutter manchmal wegen dieser Scheidung ab. Dann wiederum schrie sie vor Angst, nachts allein schlafen zu müssen. Sie fürchtete, daß ihr Stiefvater zurückkommen und betrunken in das jetzt so friedliche Haus eindringen würde.

Sharri konzentrierte sich wieder auf die Gegenwart. Schließlich war ihre Schwester keine Kupplerin. Es ging nur um eine Verabredung. »Einverstanden«, erklärte sie. »Sag ihm, er soll mich anrufen.«

Michael kam am Samstag gegen zwölf. Sharri stellte ihm ein bißchen verlegen sich und ihre Tochter vor. Serena machte einen Schmollmund und betrachtete ihn von Kopf bis Fuß. Er war nicht sehr groß, aber neben den einssechzig ihrer Mutter wirkte er ganz passabel. Sie mochte den kleinen Schnurrbart, der bestimmt kitzelte, wenn er jemandem einen Kuß gab.

Nachdem Serena über Nacht zu ihrer Großmutter gegangen war, teilten sich die beiden ein fettiges Monte-Christo-Sandwich in einem Casino-Restaurant und rauchten eine Zigarette. Dabei erzählte Michael, daß er auf der San-Francisco-Halbinsel aufgewachsen war, im Redwood City Sequoia High School Team Football gespielt hatte und jetzt bei Raychem arbeitete. Er hatte eine kinderlose Ehe und eine weitere ernsthafte Beziehung hinter sich. Dabei hatte er sich lange gegen eine richtige Verpflichtung gewehrt, und als er endlich bereit gewesen war, sich niederzulassen und eine Familie zu gründen, hatte er seine Freundin und deren kleine Tochter an einen anderen Mann verloren.

Michael blieb in der Nacht bei Sharri.

Nachdem Serena am Sonntag morgen zurückgekehrt war, führte Michael die beiden zum Frühstück aus. Serena war beeindruckt. Sie und ihre Mom konnten es sich nicht leisten, außerhalb zu essen und hatten auch nur wenig Vorräte im Kühlschrank. Obwohl ihre Mom viel arbeitete, reichte das Geld nie.

An diesem Abend wurde die traute Dreisamkeit abrupt gestört, als Sharri versuchte, Serena ins Bett zu bringen.

»Bitte, Mom, laß mich bei dir schlafen! Ich habe eine solche Angst!« jammerte sie.

Sharri gab nicht nach. »Nein, Serena, du weißt, daß es nicht geht.« Sie deckte ihre Tochter zu. »Ich gehe jetzt sowieso noch nicht ins Bett. Michael und ich unterhalten uns noch.«

Sie stellte Serenas kleines Fernsehgerät an. »Hier, dann hast du Gesellschaft.« Sie strich ihrer Tochter das dichte braune Haar aus dem Gesicht, bückte sich und drückte ihr einen Kuß auf die Stirn. »Wir sind gleich da draußen. Niemand kann dir etwas tun.«

Im Wohnzimmer setzten sich Michael und Sharri vor den kleinen Ofen, und sie entschuldigte sich. Sie habe schon immer Schwierigkeiten mit Serena gehabt, seit sie klein war, meinte sie. Aber sie könnte ihr nicht vorwerfen, daß sie nachts

Angst hatte. Sharri mußte sich ihr auch oft stellen. Sie konnte sich kaum noch daran erinnern, wie es war, sicher und friedlich zu schlafen. Erst seit kurzer Zeit kam das Gefühl wieder, seit sie sich von Kevin getrennt, sich von ihrer Mutter eine ungeladene Pistole Kaliber .22 geliehen und mit ihr durch ein Fenster auf ihn gezielt hatte, als er wieder einmal fluchend am frühen Morgen gegen ihre Tür gehämmert habe. Ihm waren fast die Augen aus dem Kopf gefallen, und er verschwand in der Nacht. Ein ekelhafter Feigling, sagte sie, der zwar anderen gegenüber gewalttätig ist, aber kneift, wenn man ihn selbst bedroht.

Serena blieb nicht lange im Bett. Kurze Zeit später stand sie weinend vor ihrer Mutter und flehte sie an, bei ihr schlafen zu dürfen. Sharri hätte gern nachgegeben, um Ruhe zu haben, blieb aber unerbittlich. Kurz nachdem sie Kevin verließ, hatte sie Serena erlaubt, als Trost bei ihr zu schlafen. Jetzt glaubte sie, diese Gewohnheit abstellen zu müssen, vor allem, nachdem sie von einem Kinderpsychologen gehört hatte, daß es nicht ›gesund‹ sei, ein Kind in Serenas Alter bei einem Erwachsenen schlafen zu lassen.

Michael hielt sich eine Weile aus dem Streit heraus, doch dann bot er seine Hilfe an. Immer wieder sprach er ruhig mit Serena, fast drei Stunden lang, und versuchte, vernünftig zu argumentieren, wenn sie wieder weinend und protestierend aus ihrem Zimmer stürmte. »Weißt du was?« sagte er schließlich. »Ich bleibe die ganze Nacht hier auf der Couch sitzen und bewache die Tür. Dann kann keiner reinkommen.«

Sharri war erstaunt über Michaels Geduld. Serenas Wohlergehen schien ihm wichtig zu sein. Dennoch machte sie sich keine Illusionen über eine Zukunft mit Michael, als sie ihm am nächsten Morgen zum Abschied zuwinkte.

Den sehe ich nie wieder, dachte sie.

Aber Sharri wurde angenehm überrascht. Michael rief sie an, kurz nachdem er nach Hause gekommen war. Und meldete sich immer wieder. Ihre Gespräche wurden mit der Zeit immer länger, und nur die Drohung einer gigantischen Telefonrechnung brachte sie jeden Abend dazu, aufzulegen. Durch diese Gespräche wurden die gewaltigen Unterschiede in ihren Persönlichkeiten immer deutlicher. Sharri redete oft wie ein Maschinengewehr, um mit den Gedanken mitzuhalten, die ihr durchs Hirn schossen. Und sie hatte die ärgerliche Angewohnheit, andere mitten im Satz zu unterbrechen. Trotzdem bewunderte Michael ihre Redegewandtheit. Er redete bedächtig und wog seine Worte genau ab, bevor er sie äußerte. War Sharri eine extrovertierte Person, unverhohlen aufrichtig und direkt, war er reserviert bis zur Ablehnung.

Michael war auch ein Typ, der alles geradebiegen mußte, im wörtlichen und übertragenen Sinne. Er konnte Sharris kühle Beziehung zu Roxanne nicht begreifen. »Ich wünschte, du würdest herkommen«, sagte er ihr bei einem ihrer Telefonate. »Ich möchte dich wiedersehen, und du mußt unbedingt die Sache mit deiner Schwester klären.«

Sharri versuchte ihm klarzumachen, daß da nichts geradezubiegen war; Roxanne und sie kamen einfach nicht miteinander aus. Sharri war immer von ihrer älteren Schwester eingeschüchtert gewesen, teilweise auch wegen einer uralten – und sicher übertriebenen – Erinnerung, daß Roxanne sie einmal erwürgen wollte, als sie als Kinder miteinander gekämpft hatten. Aber ihre Feindschaft hatte schon lange vorher begonnen. Mit zweieinhalb hatte die eifersüchtige Roxanne einen Anfall bekommen, als ihre Mutter ins Krankenhaus gefahren war, um Sharri zur Welt zu bringen.

Michael konnte sich mit einer derartigen Ablehnung unter Geschwistern nicht anfreunden. Sein ruhiges Familienleben war Welten von der rauhen, hemdsärmeligen irischen Atmosphäre in Tessies Haushalt entfernt. Er und seine beiden jüngeren Brüder Ben und Andrew kamen gut miteinander aus.

Frustriert trieb Michael Roxanne in die Ecke. »Warum kannst du deine Schwester nicht leiden?« wollte er wissen.

»Weil sie geboren wurde«, kam die lapidare Antwort.

Die Beziehung zwischen Sharri und ihrer Mutter war ähnlich tumultartig, schwankte zwischen heiß und kalt und fiel gelegentlich unter den Gefrierpunkt, wenn es um Serena ging. Zweimal hatte Serena längere Zeit bei ihrer Großmutter gewohnt, wenn Sharri ihre Pflichten als berufstätige Frau und alleinerziehende Mutter zuviel wurden.

Das hatte Tessies anfänglich skeptische Meinung über Sharris Fähigkeiten als Mutter in chronische Beschuldigungen verwandelt. Sie warf ihrer Tochter vor, Serena zu vernachlässigen. Vielleicht entstammte Tessies Neigung, ihre Tochter zu verurteilen, der Unsicherheit über ihre eigene Kompetenz als Mutter in früheren Jahren. Die Menschen neigen ja dazu, den Splitter im Auge des anderen aufzuspüren, den Balken im eigenen Auge jedoch geflissentlich zu übersehen. Sharri hatte jedenfalls höchst ambivalente Erinnerungen daran, geliebt und umsorgt worden zu sein, vor allem aus ihrer Zeit als Teenager.

Obwohl Sharri erfreut war, daß Tessie ihre Enkeltochter so verschwenderisch mit ihrer Liebe überschüttete, spürte sie, daß diese auch zu Serenas Verunsicherung beitrug, indem sie schlecht über Sharri redete. Auch wenn Sharri das Verhalten ihrer Mutter unangenehm war, sah sie trotzdem, wie sehr Serena ihre Oma liebte, und tolerierte es. Und was Tessie betraf: Sie würde einwenden, daß sie immer für ihre Enkeltochter ›dagewesen‹ war, ganz gleich ob Sharri da war oder nicht. Über die Jahre war so eine hochkomplizierte Mutter-Tochter – Beziehung entstanden.

Trotz der Feindschaft mit ihrer Schwester besuchte Sharri im Februar Michael in Newark, während Serena bei Oma Tessie blieb. Bald sah das Paar sich jedes zweite Wochenende, entweder in Tahoe oder in Newark. Schnell gewöhnte Sharri sich daran, bei Michael zu übernachten. Sein Haus war braungold gestrichen, hatte hölzerne Wände und ein Schindeldach und entsprach der typisch kalifornischen Bauweise. Aber es war auf jeden Fall besser als ihre kleine gemietete Maisonettewohnung. Michael bewohnte natürlich das große Zimmer in der hinteren Ecke des Hauses. Roxanne und Kelly hatten jede ein Zimmer gemietet und teilten sich ein Bad. Das vierte Zimmer war leer. Wie gemacht für Serena.

Sobald Serena die zweite Klasse beendet hatte, zogen Mutter und Tochter nach Newark. Michael und Sharri planten, im August zu heiraten. Für die neue Familie war das Leben aufregend. Serena und ihr zukünftiger Stiefvater kamen recht gut miteinander aus, und Sharri und Michael waren hoffnungslos romantisch.

Tessie schien es jedoch nicht zu gefallen, daß Serena aus ihrer Nähe wegzog. Sharri und Michael spürten, daß ihre anfänglich positive Haltung zu der Beziehung sich zum Negativen veränderte. Es war, als ob Tessie glaubte, daß Serena sie mehr brauchte als einen Vater, ja, daß ihre Enkelin schon zwei Elternteile hätte – und damit meinte sie nicht Michael.

»Mach dir keine Sorgen«, beruhigte Michael Sharri. »Deine Mutter wird schon darüber wegkommen. Sie ist einfach daran gewöhnt, Serena in ihrer Nähe zu haben, und vermißt sie. Serena kann sie oft besuchen, und alles wird gut ausgehen. Du wirst schon sehen.«

Er sollte sich ganz gewaltig irren.

11. KAPITEL

Sharri fühlte, wie ihr das Blut aus dem Gesicht wich, als sie die Leiterin der Allen Ranch, einer Kindertagesstätte in Hayward, anstarrte. Draußen vor dem Verwaltungsbüro hörte sie Kinder spielen.

»Sie werden sicher verstehen«, sagte die Leiterin, »daß wir diesen Anschuldigungen nachgehen müssen.« Eine Angestellte des Alameda-County-Kinderschutzbundes würde den Moores einen Besuch abstatten und die Geschichte überprüfen.

»Aber es ist nicht wahr!« platzte Sharri heraus. »Es ist absolut nicht wahr!«

Es war nicht einmal eine Übertreibung! Sharri wußte, daß Serena log, aber so etwas hatte sie noch nie erfunden. Bis jetzt hatte sie die Geschichten meistens ausgedacht, um Aufmerksamkeit zu bekommen. Wenn ein Freund in Florida gewesen war, dann auch Serena. Kaufte die Mutter eines Mädchens ihrer Tochter ein neues Kleid, hatte Serenas Mutter ihr zwei gekauft. Besaß der Freund eines Onkels Pferde, war Serenas Onkel Inhaber einer Pferderanch. Manchmal log sie aber auch aus keinem besonderen Grund. Sharri wußte, daß Serena nicht einmal ehrlich sagte, was sie zum Frühstück gegessen hatte.

Diese Behauptung im Sommer 1986 jedoch, ein paar Wochen, nachdem Sharri und Serena nach Newark gezogen waren, war etwas anderes.

Die Miene der Leiterin blieb unbewegt. Sharri wollte der Beschuldigung erneut widersprechen, schloß ihren Mund jedoch, als sie spürte, daß ihr die Tränen kamen. Sie würde nicht vor dieser Frau weinen.

Sie fuhr mit einer ungewöhnlich zerknirschten Serena nach Hause und weinte sich bei Michael aus. »Sie werden mir mein Kind wegnehmen!« Wie konnte Serena so etwas tun? Begriff sie nicht, daß sie möglicherweise von ihnen weggeholt wurde?

Serena konnte sich diese Prellung am Bein überall geholt haben; vielleicht von einem Stoß gegen ihre Kommode oder sogar beim Spielen in der Kindertagesstätte. Aber in der Gesprächsrunde heute klagte Sharri, habe Serena auf die Stelle gezeigt und allen erzählt, daß ihre Mutter sie »mit einem Stromkabel geschlagen« hätte.

Michael gab sich Mühe, sie zu beruhigen. Er stellte Serena nicht zur Rede, sondern überließ es Sharri, die Angelegenheit zu klären. Seine Beziehung zu seiner Stieftochter war noch zu frisch – sie beschnüffelten sich noch vorsichtig. Am Anfang hatte Serena Michael gemocht, aber mit jedem Tag, der verstrich, schien sie weniger bereit, ihm zu vertrauen. Es wirkte so, als wüchse ihre Angst, ihn zu verlieren, in dem Maß, in dem ihre Zuneigung zu ihm stieg. »Ich will dich nicht mögen«, hatte sie ihm mehr als einmal trotzig hingeworfen. Michael sagte sich, daß sie guten Grund für diese Furcht hatte. Immerhin hatte ihr erster Stiefvater ihre Mutter verprügelt und war dann aus ihrem Leben verschwunden, und ihren richtigen Vater hatte sie kaum gesehen, seit sie ein Baby war.

»Mach dir keine Sorgen«, sagte Michael zu Sharri. »Es wird alles gut werden. Irgend jemand vom Kinderschutzbund wird herkommen, die Sache prüfen und feststellen, daß es eine Lüge ist. Damit ist der Fall zu Ende.«

Die Angestellte des Kinderschutzbundes befragte Sharri und Serena getrennt. Serena gab schnell mit einem Schulterzucken zu, daß ihre Behauptung nicht stimmte. Ein anderes Mädchen habe der Gruppe erzählt, daß ihre Eltern sie geschlagen hätten, meinte sie. Serena fühlte sich ausgeschlossen. Sie habe an dem Tag nichts mitzuteilen gehabt, also hatte sie sich einfach was ausgedacht.

Nach ihrem ersten Besuch kam die Sozialarbeiterin zu dem Schluß, daß Serena nicht mißhandelt worden war, und schloß den Fall.

Sharri stellte ihre Tochter später wutschäumend zur Rede. »Serena, wenn du etwas Interessantes erzählen wolltest, warum hast du der Gruppe dann nicht gesagt, daß du Brautjungfer bei der Hochzeit deiner Mutter wirst? Ist das nicht interessant genug?«

Serena sah ihre Mutter unsicher an. Ihre Lippen zitterten. »Das habe ich doch gestern schon erzählt.«

Sharri und Michael heirateten am 10. August. Serena trug ein hellblaues Kleid im viktorianischen Stil, in ihren weißbehandschuhten Händen hielt sie einen Seidenfächer in derselben Farbe. Roxanne hätte eigentlich die Ehrendame sein sollen, verbrachte den Tag aber in der Klinik. Sie hatte eine Medikamentenvergiftung nach einem offensichtlichen Selbstmordversuch. Am Morgen ihrer Hochzeit besuchte Sharri ihre Schwester im Krankenhaus. Ihre Cousine Cindy nahm Roxannes Stelle ein. Glücklicherweise paßte ihr Roxannes violettes Kleid perfekt.

Nach der Hochzeitsreise nach Las Vegas und Mexiko

stimmten sich die Moores auf ihr Familienleben ein. Während der Flitterwochen hatte Serena bei Großmutter Tessie gewohnt. Roxanne und Kelly zogen noch in derselben Woche aus Michaels Haus aus. Roxanne sollte Sharri erst sechs Jahre später wieder besuchen, als die Tragödie sie zu ihrer Schwester zurückbrachte. In den ersten Monaten lief alles glatt. Sharri arbeitete als Bürochefin für eine Innenausbaufirma. Dort lernte sie auch Mia Black kennen, die in einem Büro in der Nähe beschäftigt war.

Serena ging in die dritte Klasse der Maloney School in Newark. Allmählich überwand sie ihre ›Ich-will-nicht-alleinschlafen‹-Phase. Sharri hatte ihre nächtlichen Dämonen auch überwunden. Wenn Michael Spätschicht hatte und von 15 Uhr bis 23 Uhr Uhr arbeiten mußte, hatte Sharri schweißgebadet im Bett gelegen und sich vor dem Geräusch seines Schlüssels im Schloß gefürchtet. Während ihrer Ehe mit Kevin war sie zu oft nachts aufgewacht, wenn er betrunken an ihre Haustür gehämmert hatte. Sie sagte sich, daß sie jetzt in Sicherheit war, aber es nützte nichts. Da war Michael auf eine Idee gekommen, die endlich Abhilfe schaffte. Er hatte neben ihrem Bett ein Telefon angeschlossen und meldete sich bei Sharri, wenn er Feierabend hatte. Sharri konnte beruhigt ins Bett gehen, weil sie jetzt von dem Klingeln des Telefons aufgeweckt wurde statt von den Geräuschen eines Mannes auf der Veranda.

Nach sechs Monaten begann Serena, sich gegen Michaels Vaterrolle aufzulehnen.

Auf Tessies Drängen besuchte Serena jedes zweite Wochenende ihre Oma in Tahoe. Zunächst nahmen die Moores jedesmal die achtstündige Rundreise auf sich, um Serena freitags hinzubringen und sonntags abzuholen. Dann baten sie Tessie, ihnen entgegenzukommen, obwohl sie mehr als den halben Weg fuhren. Sharri hatte die langen Autofahrten satt, und außerdem störten sie auch die Freiheiten, die Serena in Tahoe genoß. Sie fand, daß Tessie zu großzügig mit Serena umging und sich anscheinend weigerte, die Regeln durchzusetzen, die zu Hause für das Kind galten. Sharri stritt sich darüber mit ihrer Mutter. Sie wußte, daß sie Serena in der Vergangenheit vernachlässigt hatte. Aber jetzt wollten beide, Michael und Sharri, Serena wieder ›an die Kandare nehmen‹, bevor es zu spät war. Sharri wies auf Serenas wachsende Ablehnung von Michael hin, die nach ihren Aufenthalten in Tahoe besonders heftig war. Das war ihrer Meinung nach ein Beweis dafür, daß das Kind bei ihrer Großmutter zu viele Freiheiten genoß. Serena goß noch Öl ins Feuer. »Ich will bei Oma bleiben«, wurde ihre Standardklage, wann immer es Streit mit ihren Eltern gab. Das führte zu einer heftigen Eskalation der Auseinandersetzung zwischen Sharri und ihrer Mutter. Sie warf Tessies Freund Kirk Dornellas vor, er trinke in Serenas Gegenwart zuviel, während Tessie konterte, daß Sharri schon immer eine Rabenmutter gewesen sei.

Inzwischen reduzierte Sharri Serenas Besuche in Tahoe auf einmal pro Monat. Außerdem drohte sie damit, daß bestimmte Bedingungen erfüllt werden müßten, damit Serena sie weiter besuchen dürfe. Tessie müsse ihre und Michaels Autorität akzeptieren. Und sie dürfe Serena nicht mehr erlauben, bei ihr im Bett zu schlafen. Diese Nachgiebigkeit führte dazu, glaubte Sharri, daß Serena zu Hause nicht in ihrem eigenen Bett schlafen wollte.

Als Serena am 12. Februar 1987 neun Jahre alt wurde, befanden sich Sharri und Tessie in einer Art Dauergefecht, was das Wohlergehen des Kindes anging. Keine von beiden war zu einer Annäherung an den Standpunkt der anderen fähig. Sharri untersagte schließlich Serenas Besuche in Tahoe und teilte Tessie mit, daß sie sie in Newark besuchen konnte.

Ein offener Krieg drohte auszubrechen.

Dabei machte Serena selbst genug Probleme. Ihre Lügerei wurde immer schlimmer. Außerdem fing sie an zu stehlen, als würde sie von einem inneren Drang dazu getrieben. Erst war es nur das Make-up vom Frisiertisch ihrer Mutter, dann das Geld, das im Haus herumlag, und schließlich stahl sie auch Geld und Eigentum anderer Kinder.

Die Moores versuchten, Serena Einhalt zu gebieten. Sie zwangen sie, die gestohlenen Sachen zurückzubringen und befahlen ihr, Entschuldigungsbriefe zu schreiben. Nichts schien zu helfen. Frustriert schickten sie sie zur ›Second Chance‹, einer kostenlosen Beratungsstelle in Newark. Serena nahm ein paar Monate an wöchentlichen Einzelsitzungen mit einer Therapeutin des Institutes teil. Ihrer Mutter erklärte sie bald unmißverständlich, daß sie die Frau nicht mochte. Da Serena nicht mitarbeitete, führten die Sitzungen ›nirgendwohin‹, wie Sharri es ausdrückte. Serena brauchte nicht mehr hinzugeben. Kurz danach versuchten die Moores eine zweite Therapie mit einem Therapeuten, der von ihrer Krankenversicherung gestellt wurde. Wieder verweigerte Serena die Zusammenarbeit mit dem Argument, sie brauche keine Therapie. Nach drei Sitzungen teilte der Therapeut den Moores mit, daß er unter diesen Umständen nicht helfen könne. Serena ging noch jeweils einmal zu zwei anderen Therapeuten und nahm auch an einer sechswöchigen Gruppensitzung teil.

Mia Black gab ihnen ständig gute Ratschläge, was sie mit Serena tun sollten. Ihrer Meinung nach ließen Sharri und Michael ihr zuviel durchgehen. Mia sprach oft mit Sharri darüber und riet ihr, Serena zu disziplinieren und ›ihr mehr Hilfe zu vermitteln‹. Mia lag Serena wirklich am Herzen, auch wenn sie den Eindruck hatte, daß Sharri und Michael ihr das nicht glaubten. Serena verhielt sich ihrer Meinung nach einfach respektlos.

Sharri pflegte die Freundschaft mit Mia, aber die ständige Kritik verstimmte sie. Sie brauchte keine Freundin, die sie daran erinnerte, daß Serena Probleme hatte. Und sie wollte auch keine Freizeitpsychologin, die ihr sagte, was sie dagegen tun mußte.

Im März wurde der tägliche Kontakt unterbrochen, als Sharri ihren Job verlor, weil ihre Firma pleite ging. Mia und sie besuchten sich mehrmals gegenseitig zu Hause. Einen Monat später schrieb Sharri sich im Fremont Beauty College ein. Ein lokales Beschäftigungsprogramm unterstützte sie und zahlte das Schulgeld. Falls sie den Kurs bestand, konnte sie als Maniküre, Kosmetikerin, Haarstylistin und Schönheitsberaterin arbeiten. Die Aussicht auf einen neuen Beruf begeisterte Sharri. Doch als sie schon nach der Hälfte des Kurses aufgeben mußte, trug sie es mit Fassung. Denn der Grund, aus dem sie aufhören mußte, begeisterte sie noch mehr.

Der Sommer kam und mit ihm Serenas zweite ›Hammerlüge‹, wie Sharri sie nannte.

Serena und eine Freundin spielten im Garten. Sharri pusselte im Haus herum und sah ab und zu nach ihnen.

Plötzlich waren die beiden verschwunden. Zunächst suchte Sharri auf eigene Faust, fuhr im Park hinter ihrem Haus umher, läutete bei den Nachbarn. Nichts. Allmählich geriet sie in Panik. Sie rief bei der Polizei in Newark an, deren Bürogebäude sich jenseits des Parks hoch in den Himmel erhob. Es wurde dunkel, und von den Mädchen gab es immer noch keine Spur.

Gegen 22 Uhr Uhr rief ein Angestellter von Bob's Giant Burger in Newark die Polizei an. Atemlos meldete er, daß sie zwei Mädchen aufgegabelt hätten. Sie wären verängstigt, ihre Kleidung sei zerrissen und sie behaupteten, daß sie von einem »Mann in einem bunten Pick-up entführt und angegriffen worden seien«. Die Mädchen könnten den Mann beschreiben. Die Polizei sollte sich beeilen.

Kurz darauf erreichten die Polizisten das Burgerrestaurant und verhörten die Mädchen getrennt. Serena schilderte Einzelheiten von der Entführung, brach aber schnell ein. Schließlich gab sie zu, daß sie die ganze Geschichte erfunden hatte. Sie und ihre Freundin wären einfach weggelaufen und hätten gespielt. Sie hatten niemandem Ärger machen wollen, doch dann war es immer später geworden. Sie fürchteten, Riesenärger zu bekommen, und hielten es für das beste, sich etwas auszudenken, wie sie aus der Klemme kommen könnten.

Die Polizisten verwarnten Serena streng, zeigten sie aber

für ihre falsche Aussage nicht an. Damals schien eine Abmahnung zu reichen. Immerhin war sie ja nur ein neunjähriges Kind mit einer überaktiven Vorstellungskraft. Hinterher jedoch sieht man immer klarer. Bei diesem und bei noch schlimmeren Vorfällen, die noch passieren sollten, mußte Serena niemals die juristischen Konsequenzen ihrer Lügen übernehmen.

Die Vorladung war datiert vom 23. Oktober 1987. Antragsteller war Tessie Dornellas, Beklagte: Sharri Moore.

Da die Beklagte ›der Antragstellerin jeden Kontakt mit dem minderjährigen Kind trotz einer langen und engen Beziehung zwischen Antragstellerin und Kind untersagt‹ und da ›die Antragstellerin ein persönliches Recht auf Besuch von dem minderjährigen Kind Serena‹ hat ›aufgrund des häufigen und andauernden Kontaktes zwischen der Antragstellerin und der Minderjährigen in den letzten neun Jahren; einschließlich einiger Zeiträume, in denen das minderjährige Kind in der alleinigen Obhut der Antragstellern war‹, fordert die Antragstellerin ›folgendes Urteil gegen die Beklagte: Der Antragstellerin soll Besuchsrecht bei dem minderjährigen Kind zugestanden werden … ein Wochenende im Monat, eine Woche in den Weihnachtsferien, in der Osterwoche, einen Monat im Sommer; außerdem soll angeordnet werden, daß die Beklagte die Kosten des Verfahrens zu tragen hat.‹

Sharri schäumte vor Wut. »Warum kann sie nicht einfach aus unserem Leben verschwinden?« wollte sie von Michael wissen.

Sie war die letzte, die abstritt, daß ihre Mutter und Kirk ihr zahllose Male geholfen hatten, als sie in Tahoe versuchte, klarzukommen. Vor, während und nach Sharris katastrophaler Beziehung mit Kevin war ihre Mutter ihr eine große Hilfe gewesen. Sharri bedauerte, daß sie ihre Mutter gezwungenermaßen so oft in Anspruch genommen hatte. Aber jetzt sahen die Dinge anders aus. Sie war zur Ruhe gekommen und lebte mit einem Mann zusammen, der Serena ein ausgeglichenes Heim bot.

Deshalb wollte sie Serena nicht in diese – wie sie es nannte – unsolide Atmosphäre zurückschicken, nicht einmal für ein Wochenende. Unsolide vor allem, klagte Sharri nun ihrerseits, wegen Kirks ›aktivem‹ Alkoholismus, wie sie es nannte.

»Ich habe meiner Tochter beigebracht, dieses (Kirks) Verhalten sei unakzeptabel«, schrieb Sharri in ihrer Erklärung zu der gerichtlichen Vorladung. »Die Antragstellerin weigert sich, die Trinkgewohnheiten ihres Freundes zu beschränken und hat meiner Tochter oft erzählt, daß ›Männer eben so sind‹.« »Ich widerspreche ausdrücklich jedem Besuch Serenas bei ihrer Großmutter oder deren Freunden in Lake Tahoe. Ich glaube, daß ihr Lebensstil nicht mit den Werten konform geht, in denen ich mein Kind großziehen möchte.«

Darüber hinaus beschuldigte Sharri ihre Mutter, daß sie trotz ihrer wiederholten Wünsche Serena nicht von deren Tante Roxanne fernhielte, die ›schwere psychische Probleme hat‹, und ›Serena gegenüber Drohungen hat fallen lassen, unter anderem die, sie in einen Schrank zu sperren‹.

Tessie ging aber unter diesem Kinnhaken nicht zu Boden. Ihr irisches Blut kochte. In ihrer Antwort an das Gericht bezeichnete sie Sharris Erklärung als ›Mischung verdrehter Halbwahrheiten und direkter Lügen‹. Sie mußte zugeben, daß Roxanne schwerwiegende mentale Probleme gehabt habe, aber sie hätte sie überwunden. Dann flocht Tessie eine kaum verhüllte Drohung ein.

»Ich glaube, daß die Beklagte versucht, meine Tochter zu diskreditieren«, behauptete sie, »weil Roxanne mit der Beklagten, ihrem Ehemann und meiner Enkelin zusammen gewohnt hat und intime Einzelheiten aus ihrem Familienleben kennt, die die Beklagte und ihr Ehemann sicher nicht an die Öffentlichkeit bringen wollen. Da aber die Beklagte und deren Ehemann in diesem Fall nicht das Thema sind, unterlasse ich es jetzt und in Zukunft, irgendwelche dieser verheerenden Tatsachen an die Öffentlichkeit zu bringen.«

Sharri las empört die letzte Behauptung und fragte sich,

wie weit Tessie mit ihrer Schmutzkampagne noch gehen würde. Welche ›verheerenden Tatsachen‹ über ihre Beziehung mit Michael konnte Roxanne denn schon wissen? Während der Monate vor der Hochzeit, so argumentierte sie, war Roxanne diejenige gewesen, die Probleme machte. Darüber hinaus sei ihre Schwester ausgezogen, als sie und Michael auf ihrer Hochzeitsreise waren, und hatte sie seitdem nicht mehr besucht.

Solche Hinterhältigkeiten waren in der Familie nichts Neues. Jahrelang hatte Sharri solchen Kämpfen zwischen verschiedenen Fraktionen zugesehen oder war selbst darin verwickelt gewesen. Sie hatte diese Streitereien und Intrigen satt. Und dieser Prozeß um Besuchsrechte war das letzte. Warum mußte eine Familie ihre schmutzige Wäsche vor Gericht waschen?

Im November stellte Sharri den Antrag, den Fall nach Alameda County zu verlegen, wo sie und Michael wohnten. Immerhin hatte ihre Mutter den Prozeß angestrengt, dann sollte sie gefälligst auch zu den Anhörungen reisen müssen.

Dem Antrag auf Verlegung des Gerichtsortes wurde stattgegeben. Das Gericht verfügte, daß Serena ein Wochenende im Monat ihre Großmutter besuchen dürfe, bis der Fall entschieden sei. Tessie mußte die Reisekosten zahlen. Außerdem wurde ihr vom Gericht die Auflage erteilt, ›in ihrem Hause keinen Alkohol während des Besuchs der Minderjährigen zu konsumieren‹. Darüber hinaus sollte sie sich jeder verächtlichen Bemerkung über die Beklagte und deren Ehemann vor dem Kind enthalten.

Irgendwie fühlte Sharri sich rehabilitiert.

Sie konnte nicht ahnen, daß sich dieser Streit über das Besuchsrecht noch monatelang hinziehen sollte. Und der Fall sollte weit größere Konsequenzen haben als nur die, ob Serena ihre Großmutter besuchte oder nicht. Schwelende Ressentiments wegen der heftigen gegenseitigen Beschuldigungen sollten fünf Jahre später wieder an die Oberfläche kommen, und zwar erneut vor Gericht.

Aber dann würde viel mehr auf dem Spiel stehen.

Während ihres Aufenthaltes in Tahoe, bei dem über die Verlegung des Gerichtsortes entschieden wurde, spürte Sharri plötzlich eine Empfindlichkeit in ihren Brüsten, dachte sich jedoch zuerst nichts dabei. Seit über einem Jahr hatte sie versucht, schwanger zu werden, aber nichts hatte geklappt. Im August hatten sie einen Arzt aufgesucht, der Michael empfohlen hatte, eine Spermaprobe für einen Beweglichkeitstest abzugeben. Auch wenn Michael unbedingt ein Kind wollte, weigerte er sich dennoch strikt, sich in eine Kabine zu setzen, ein Gefäß in der einen Hand und *Penthouse* in der anderen.

Als Sharri an diesem Tag in Tahoe aus der Dusche kam, schob sie jeden Gedanken an eine Schwangerschaft energisch beiseite. Erst eine Woche später, als ihre Periode ausblieb, machte sie zu Hause einen Schwangerschaftstest. Der Stab färbte sich rosa.

Michael und sie waren begeistert. Kurz darauf begann er, das vierte Zimmer zu einem Kinderzimmer umzubauen. Er schleppte einen gebrauchten Kinderwagen an, besorgte eine Wiege und eine Wickelkommode, sprühte sie mit weißer Farbe an und bemalte sie bunt. Das Zimmer bekam einen neuen Teppich und neue Tapeten mit fliegenden Tauben darauf (Serena half stolz, Muppets-Babybilder und Abziehbilder an den Wänden anzubringen. Sie suchten gemeinsam Bettwäsche, Plüschtiere und eine Decke aus. Michael strahlte. Endlich, mit fünfunddreißig, würde er sein eigenes Kind bekommen!

Sharri hörte wegen des Babys sogar auf zu rauchen.

Serena hoffte und betete darum, daß das Baby ein Mädchen würde. Sie wollte es halten, füttern und mit großziehen. Ihren Freunden erzählte sie davon und beteuerte, daß es diesmal keine Lüge wäre. Es war die reine Wahrheit.

Sie bekam ein kleines Schwesterchen.

12. KAPITEL

Die Schwangerschaft war grauenhaft. Sharri litt in den ersten Monaten unter Krämpfen, die so schlimm waren, daß sie sogar einmal in die Notaufnahme mußte. Als die Anfälle schließlich nachließen, begann die Übelkeit. Während der neun Monate mußte sie sich fast täglich übergeben, manchmal sogar zwei- oder dreimal am Tag. Im März 1988 kam sie wegen Dehydration ins Krankenhaus und wurde drei Tage lang intravenös versorgt. Michael schaffte es mit Hilfe seiner Eltern, seine Arbeit zu erledigen und gleichzeitig für die zehnjährige Serena zu sorgen.

Sharri mußte ihre Kosmetikschule aufgeben.

Der Prozeß über das Besuchsrecht von Serenas Großeltern schleppte sich über die folgenden Monate hin. Selbst Serenas leiblicher Vater wurde miteinbezogen. Er unterschrieb eine Aussage zu Tessies Gunsten. Er glaubte, Serenas Besuche bei ihrer Großmutter hätten einen ›sehr guten Einfluß‹.

Sharri kochte. Sie fand es eigenartig, daß Tessie ihn in diese Geschichte mit hineingezogen hatte, wo er doch Serena seit fast sechs Jahren nicht mehr gesehen hatte.

Da der Gerichtsort verlegt worden war, konterte Tessie, indem sie einen Aufschub des Falles bis zum Sommer 1988 beantragte. Sharri war um diese Zeit im siebten Monat. »Sie macht es absichtlich«, beschwerte sie sich bei Michael. »Sie weiß, daß es mir schlechtgeht, und sie nutzt es aus. Sie wartet, bis ich auf dem absoluten Tiefpunkt bin.«

Anfang Mai schrieb Tessie Sharri einen Brief, in dem sie ihr mitteilte, wie sehr sie ›dieses Thema verletze‹, und daß sie sich um Sharris ›Wohlergehen‹ sorge. Obwohl Sharri die Briefe ihrer Mutter ignorierte, war sie so über den ihrer Meinung nach ›sentimentalen, selbstgerechten Ton‹ verärgert, daß sie sich hinsetzte und einen langen Antwortbrief verfaßte. Darin drücke sie ihr Mitleid mit ihrer Mutter aus, wies aber gleichzeitig auf ihr Recht hin, ihre Tochter nach ihrem eigenen Gutdünken zu erziehen.

Serena wußte von dem Streit wegen ihrer Besuche in Tahoe. Sie war gern dort und vermißte den häufigeren Kontakt mit ihrer Großmutter. Obwohl sie sich in ihrer neuen Familie wohl fühlte und neue Freunde in Newark gewonnen hatte, war Tahoe immer noch ein Zuhause für sie. Außerdem hatte Großmutter ihr vieles durchgehen lassen. Sie durfte dort Filme sehen, die ihre Mutter ihr niemals erlaubt hätte, und konnte dort mehr mit ihren Freundinnen weggehen. Und dann war da noch die Sache mit dem Schlafen. Sie hatte schon immer, seit sie ein kleines Mädchen war, bei ihrer Großmutter geschlafen. Kirk wurde dann auf die Couch verbannt. Und jetzt machte Mom deswegen so ein Trara. Angeblich wäre es ›ungesund‹. Mom hatte sogar das Gericht dazu gebracht, zu verbieten, daß Serena und ihre Großmutter zusammen schliefen. Aber Großmutter überlistete sie. Sie hatte einfach ein Doppelbett auseinandergeschoben. So schliefen sie nicht wirklich ›zusammen‹.

Während des Kampfes mit Tessie blieb Serena stur und eigensinnig und log weiter. In der Schule lief es nicht so gut, hauptsächlich wegen ihrer Lügengeschichten, die sie ihren Klassenkameraden auf die Nase band. Trotzdem waren ihre Eltern froh, daß sie wenigstens zu Hause einigermaßen ausgeglichen war.

Sie nahm Rollschuhunterricht und arbeitete besonders eifrig an ihrem neuen Tanzkurs im Fremont-Erholungszentrum mit. Außerdem trat sie mit Erfolg in verschiedenen Talentshows auf.

Wenn meine Schwester geboren wird, prahlte Serena, werde ich ihr beibringen, wie man tanzt.

13. KAPITEL

»Geht es dir gut?«

Es war der 1. August 1988, 10 Uhr 53.

»Mir geht es hundeelend!« stieß Sharri hervor. Ihr Gesicht war kalkweiß. Sie reagierte auf die Anästhesie, erbrach und hustete, bis die Schwestern ihr den Mund aussaugten.

Michael trat um den sterilen Bereich herum neben Sharris Kopf. Er vermied es sorgfältig, mitanzusehen, wie die Gebärmutter geöffnet wurde. Er war unruhig im Wartezimmer herumgelaufen und fragte sich, warum ihn niemand in den Operationssaal gerufen hatte. Er wußte nicht, daß die Ärzte und Schwestern alle Hände voll zu tun hatten, sich um seine Frau zu kümmern. Ihn hatten sie vergessen. Sharri war jedoch fast in Panik geraten, weil sie Michael dabeihaben wollte, so daß eine Schwester hastig loslief und ihn suchte.

Michael wußte, daß Serenas Geburt nicht einfach gewesen war. Sharri hatte schwere Wehen gehabt, und man hatte einen Kaiserschnitt gemacht, als der Monitor anzeigte, daß das Baby in Gefahr geriet. Die Ärzte hatten angedeutet, Serenas schwierige Geburt könnte ein Faktor für ihre Verhaltensprobleme sein, allerdings wollte kein Arzt sich darauf festlegen.

Ein Geräusch ließ ihn unwillkürlich hochsehen. Hinter seiner blauen Atemmaske machte sich ein Grinsen breit. »Er hat ziemlich viele Haare!« platzte es aus ihm heraus.

»Ist es ein Junge?«

Michael zögerte. Er hatte automatisch das männliche Pronomen benutzt. Vielleicht ein Freudscher Versprecher. »Ich weiß es noch nicht.«

»Es ist ein Mädchen«, verkündete der Arzt.

Sharri sah ihren Ehemann besorgt an. »Ist das okay?«

Michael war vollkommen auf seine kleine Tochter konzentriert. »Na klar«, beruhigte er sie andächtig. »Darauf kannst du wetten!«

Sharri mußte sich noch einer Prozedur unterziehen, solange sie auf dem Operationstisch lag. Nach dieser schwierigen Schwangerschaft hatten Michael und sie eine ausgiebige Diskussion geführt, bevor sie sich entschieden, Sharris Körper nicht mehr einer solchen Belastung auszusetzen. Die Ärzte verschlossen ihre Eierstöcke.

Serena konnte es kaum erwarten, ihr kleines Schwesterchen in den Arm zu nehmen. Sie kicherte und zappelte vor Aufregung.

»Setz dich jetzt hin«, befahl Michael. »Und bleib ruhig sitzen. Dann darfst du sie halten.«

Gehorsam ließ sich Serena auf einen Stuhl neben dem Krankenhausbett ihrer Mutter fallen. Michael reichte ihr behutsam das winzige Bündel. Eine kleine Stelle am Fuß des Babys erregte sofort Serenas Aufmerksamkeit. »Seht mal!« beklagte sie sich. »Sie haben ihr weh getan!«

Michael beruhigte sie und versicherte ihr, daß es nur der Einstich einer Nadel sei, mit der die Ärzte ihr Blut abgenommen hätten.

An diesem Tag gab Serena Mallory als erste die Flasche. Dieser Anfangsakt des Bemutterns war für Serena von allergrößter Bedeutung. Später würde sie sich an diese wichtige Erinnerung klammern können.

Während Serena das Baby versorgte, sahen ihre Eltern, begeistert über ihre Reaktion, zu. Michaels Eltern, Sarah und William, drängten sich ebenfalls in dem engen Raum. Beide wollten zu gern ihr jüngstes Enkelkind halten, warteten aber geduldig, bis Serena es ihnen reichte.

Bei dieser kleinen Familienversammlung wurde zum erstenmal der Name des Babys verkündet: Mallory Kirsten Moore. Mallory zu Ehren von Sharris irischen Vorfahren, und Kirsten nach einer ihrer halb-dänischen Cousinen.

Einen Monat nach Mallorys Geburtstag kam Serena in die fünfte Klasse an der Graham-Grundschule in Newark. Serena war neu auf der Graham, nachdem Sharri wegen Serenas

Schwierigkeiten auf der Maloney-Grundschule im Jahr davor eine Versetzung in einen anderen Bezirk beantragt hatte. Sharri war entschlossen, ihre Tochter vor weiteren Turbulenzen zu schützen und wollte ganz bewußt an Serena wiedergutmachen, was sie vorher durch ihren Mangel an Aufmerksamkeit verbockt hatte. Deshalb hatte sie ihr einen ›neuen Anfang‹ versprochen und sie auf der Graham angemeldet.

Wenn Serena nicht in der Schule war, half sie oft bei dem Baby und wollte es unbedingt halten, füttern, baden und anziehen. Normalerweise schlich auch irgendwo Madison, der Kater der Moores, zwischen ihnen herum. Er mochte das Baby sehr.

Trotz ihrer Beziehung zu Mallory hatte Serena jedoch weiterhin ›kleine Schwierigkeiten‹, wie ihre Mutter sagte. Zwar kam sie in der Schule mit und machte den Lehrern auch keinen Ärger. Sogar ihre Noten waren ziemlich gut. Aber ihre Lügen eskalierten und sorgten für Ärger zwischen ihr und ihren Freundinnen.

Zusätzlich hatte auch noch die Pubertät ziemlich früh eingesetzt. Serena hatte mit neun Jahren ihre erste Menstruation gehabt und trug jetzt bereits einen Büstenhalter. Die Jungs fingen an, sich nach ihr umzudrehen – und sie drehte sich nach den Jungs um.

Zu Hause schien sich Serena in zwei Welten zu bewegen: Mallory gegenüber war sie geduldig und entzückend; ihren Eltern jedoch legte sie ein immer rebellischeres Verhalten an den Tag. Es kam häufig zu Streitereien. Mit Wutanfällen versuchte sie, die Regeln zu umgehen, die ihre Mutter aufstellte, damit Serena sich nicht wie ein ›Kotzbrocken‹ verhielt. Sharri glaubte, daß die Ausbrüche ihrer Tochter oft aus irgendeinem inneren Schmerz resultierten. Zum Beispiel, wenn sie das Interesse eines Jungen verlor oder von ihren Klassenkameraden gehänselt wurde. Serena unterdrückte den Schmerz und suchte Zuflucht in einer ›Mir geht's gut‹-Haltung, bis sie dann zwangsläufig explodierte.

Mia Black besuchte die Moores gelegentlich und schüttelte über Serenas Verhalten nur den Kopf. »Meine Tochter würde so was nie wagen«, sagte sie mehrmals und meinte damit ihre achtzehn Jahre alte Tochter Terri. Obwohl Sharri diese Bemerkungen verletzten, hatte sie Verständnis dafür. Sie konnte Mia nicht verübeln, daß sie Serena reserviert gegenüberstand: Ihre Tochter zeigte selten ihre bessere Seite.

In dem Jahr lernte Serena eine neue Freundin kennen – eine der wenigen, die auch dann fest zu ihr hielten, als Serena ihre Hilfe am meisten brauchte. Mary Corren war in Serenas Klasse. In Mary waren ihre mexikanischen Vorfahren durchgeschlagen, und mit ihrer dunklen Haut, ihren vollen Lippen und ihren großen, braunen Augen unterschied sie sich erheblich von ihrer hellhäutigen Schwester Esther. Die war bereits mit vierzehn von zu Hause fortgelaufen und sollte erst zwei Jahre später zu ihren Eltern zurückkehren. Danach würde sie eine von Serenas engsten Freundinnen werden, eine Vertraute und Beraterin des jungen Mädchens, dessen Probleme ihren eigenen so ähnelten.

Mary wohnte in Civic Terrace in Newark, nahe Serenas Haus in der Plummer Avenue. Serena mußte nur durch den Park laufen und ein paar Blocks bis zu Mary gehen. Auf dem Weg kam sie an der Bibliothek und der Polizeiwache vorbei.

Serena und Mary wurden schnell Busenfreundinnen. Sie hatten viel gemeinsam: Sie hingen gern am Einkaufszentrum herum und hatten denselben Geschmack, was Jungs und Musik anging. In dem Jahr waren New Kids On The Blocks angesagt, und die beiden Mädchen drehten das Radio laut auf, wenn die Songs der Band gespielt wurden. Diese gemeinsamen Interessen untermauerten ihre Freundschaft, obwohl die meisten Mädchen aus der Klasse Serena wegen ihrer Lügerei mieden.

In der fünften Klasse hielt Mary Serenas Geschichten für Notlügen, ›wenn sie zum Beispiel etwas haben oder irgendwohin gehen wollte‹. Mary lernte schnell, diese Lügen zu übersehen. »Wenn man Serenas Freundin wurde, dann lernte man, die Lügerei zu akzeptieren«, erklärte sie später. »Man wußte, wann sie log und wann nicht. Ich merkte es an der Art, wie sie erzählte. Wenn etwas unwahrscheinlich war, wußte man, daß es nicht stimmte. Nach einer Weile konnte man ihre Lügen nicht mehr von der Wahrheit unterscheiden. Aber ich habe ihr Fragen gestellt, und dann hat sie über die Antwort nachgedacht. Wenn sie nachdenken mußte, war es eine Lüge.«

Mary und Serena hatten sich im Lauf der Jahre oft in den Haaren, aber seltsamerweise nicht wegen der Lügerei. War ihr ähnlicher Geschmack, was Jungs betraf, ein Grund für ihre Freundschaft gewesen, so führte er später zu Zwistigkeiten. Immer wenn Serena sich von einem Jungen trennte, bändelte Mary als nächste mit ihm an, manchmal sogar, bevor Serena die Beziehung beendete. Aber die Streitereien der Mädchen endeten immer in einer Erneuerung ihrer Freundschaft.

Mallory war noch keine zwei Monate alt, als die Klage wegen des Besuchsrecht, die sich über ein Jahr hingezogen hatte, endlich beigelegt wurde. Sharri war noch schwanger, als der Anwalt der Moores einen Präzedenzfall entdeckte, *White vs. Jacobs*, in dem die Gewährung des Besuchsrechtes in der Berufung abgelehnt worden war.

Zwei Wochen später schrieb der Anwalt der Moores Tessies Berater einen Brief, in dem er sie aufforderte, die Klage fallen zu lasen. Am 10. März bekamen die Moores einen Brief ihres Anwalts. Darin stand, die Klage würde nicht fallengelassen, weil Tessie ›für einen Besuch soweit wie möglich gehen‹ würde, ungeachtet der Entscheidung des Gerichts im Fall *White vs. Jacobs*. Tessie bezog in dem Brief den Standpunkt, daß es zu einem Prozeß kommen konnte, wenn ein Elternteil dem Besuchsrecht zustimmte. Und Serenas leiblicher Vater hatte bereits eine diesbezügliche Erklärung aufgesetzt. Entsprechend gedrückt war die Stimmung. Um weiterzukämpfen, müßte Sharri zusätzliche Klagen gegen Serenas Vater und ihre Großmutter einreichen, die sich möglicherweise in diesem Kampf zusammenschlossen. Ihr Anwalt riet den Moores, aufzugeben.

Sharri war müde. Sie hatte die Streitereien satt und wollte keinen zweiten Kampf vor Gericht. Sie hatte jetzt ein Baby zu versorgen und konnte nicht ständig vor Gericht erscheinen. Sie gab auf. Zögernd verabredeten Michael und sie sich mit Tessie vor dem Familiengericht in Hayward. Es war eine Einrichtung des Landes, die als Vermittlungsausschuß in Sorgerechts- und Besuchsfragen fungierte. Am Montag, den 19. September traf sich Sharri mit ihrer Mutter im Gerichtssaal und kam zu einer Einigung mit ihr. Währenddessen blieb Michael mit Mallory in einem Wartezimmer. Serena wurde ein Besuch alle zwei Monate erlaubt, auf Tessies Kosten, zusätzlich drei Tage in den Weihnachtsferien und zwei Wochen im Sommer. Sharris Bedingungen beinhalteten, daß in Serenas Gegenwart ›nicht getrunken‹ wurde, daß sie ›allein schläft‹ und daß sie ›bei keinem anderen als ihrer Großmutter‹ blieb.

Als Sharri die erforderlichen Papiere unterzeichnete, ahnte sie noch nicht, daß anderthalb Jahre später diese zweimonatigen Besuche hinfällig sein würden.

Serena würde dann bei ihrer Großmutter wohnen.

Weihnachten 1988 sollte eigentlich ein frohes Fest für die Moores werden. Es war ihr zweites gemeinsames Weihnachten und das erste mit Mallory. Statt dessen erlebten sie am Weihnachtstag einen ›Riesenschrecken‹, wie Sharri es nannte.

Als sie Mallory an diesem Morgen aus dem Bettchen nahmen, bemerkte Sharri, daß Hände und Füße des Babys dunkelblau angelaufen waren. Außerdem wirkte Mallory auch ungewöhnlich lethargisch. Verängstigt und hektisch fuhren Sharri und Michael mit Mallory ins Kaiser-Hospital, das Krankenhaus ihrer Versicherung. Dort wurden sie in die Kinderklinik gegenüber geschickt. Ein Arzt hörte Mallorys Herz ab, machte aber kein EKG. Er maß ihren Blutdruck. Sie blieb ›die ganze Zeit‹ blau angelaufen.

Hatte man ihr kürzlich Penicillin verabreicht? Sharri bejahte die Frage. Möglicherweise ist das eine Reaktion darauf, meinte der Arzt. Oder ihr ist einfach nur kalt.

Sharri widersprach. Fühlen Sie doch. Sie ist nicht kalt. Außerdem hatte Mallory warme Bettschühchen getragen. Ihre Füße waren warm gewesen, als sie ihr heute morgen die Schuhe ausgezogen hatte, um sie anzuziehen.

Der Arzt konnte nichts finden. Seiner Meinung nach gab es keinen Grund zur Sorge.

Sharri war von seiner Methode nicht begeistert. »Er hat überhaupt nichts gemacht«, beklagte sie sich bei Michael. diese Beschwerde sollte sie in den kommenden Monaten noch oft wiederholen. Immer, wenn Mallory blau anlief, schienen die Ärzte es als ›Kleinigkeit‹ zu behandeln.

Drei Wochen später, am 17. Januar, tauchten die Symptome wieder auf. Zwischen Januar und Sommer 1988 hatte Mallory dreimal diese ›blauen Anfälle‹. Jedesmal rief Sharri bei Kaiser an und sprach mit einem Arzt, der ihr versicherte, es gebe keinen Grund zur Sorge, und es lohne sich auch nicht, das Baby ins Krankenhaus zu bringen. Sharri arbeitete wieder. Diesmal hatte sie einen Job als Akquisiteurin für die Werbeseiten einer kleinen Zeitung namens *Potpourri.* Christ Pauling, die Leiterin von Mallorys Kindertagesstätte, wurde schnell mit diesen ungewöhnlichen Symptomen vertraut. Jetzt wußte sie, warum Mallory immer so dick eingemummelt war, wenn sie in die Tagesstätte kam. Aus Angst, daß ›Kälte‹ tatsächlich der Grund war, versuchte Sharri durch übertriebene Fürsorge zu verhindern, daß Mallory sich erkältete.

An einem warmen Sommertag, dem 26. Juli, erlitt Mallory einen besonders schlimmen Anfall, während ihre Mutter bei der Arbeit war. Chris rief Sharri im *Potpourri* an und bat sie, sofort zu kommen. Mallorys Hände, Füße und Lippen seien blau, und sie schien Atemnot zu haben. Der Arzt von Kaiser stufte die Symptome aufgrund der Krankheitsgeschichte als ›acrocyanotischen Anfall‹ ein, was nichts weiter hieß als: blaue Hände und Füße. Aber er konnte keine Ursache finden. Es gelte, die Eltern zu ›beruhigen‹, schrieb der Arzt in seinen Bericht.

Im Herbst 1988 wurde Serena in die sechste Klasse versetzt, ihr letztes Jahr auf der Graham-Grundschule. Die sechste Klasse sollte Serena die Freuden, Enttäuschungen und den Zeitvertreib bringen, die für eine frühreife Elfjährige typisch waren. Sie trieb sich mit Freunden herum, verschlief, durchlitt herzzerreißende Trennungen von Jungs, und ihre Noten wurden schlechter. Mit Eintritt in die Pubertät wurde ihr emotionaler Zustand vollkommen unberechenbar und überraschend.

Ihre wenigen Freunde hielten sie für charmant und unternehmungslustig, immer auf der Rolle und dabei, irgend etwas auszukochen. Vorausgesetzt, daß sie nicht gerade unter der Trennung von irgendeinem Jungen litt. Für die anderen Schüler blieb sie das Ziel ihrer Spötteleien und bissiger Verleumdungen, entweder wegen ihrer unglaublichen Lügengeschichten oder wegen ihrer üppigen Figur.

Als die Schwierigkeiten zu Hause und in der Schule immer größer wurden, begann Serena, ein Tagebuch zu führen, dem sie ihre Sorgen und Nöte anvertraute. Sharri nervte Serenas unberechenbares Verhalten immer mehr, und sie begann, in ihrem Zimmer herumzuschnüffeln. Sie durchstöberte ihre Schulbücher nach Briefen von Freunden aus der Klasse und las ihr Tagebuch. Die meisten Einträge entsprachen der Wahrheit. Einige waren Phantasien. Manche waren direkt schockierend. Zum Beispiel schrieb Serena in der sechsten Klasse, daß ein Junge in der Schule sie vergewaltigt habe, sie schwanger sei, und ein anderer ihn deshalb umbringen wolle. Sharri glaubte es nicht. Sie wußte, daß Serena regelmäßig ihre Tage hatte. Nichts gab Anlaß zu der Vermutung, daß sie keine Jungfrau mehr war. Weil sie Serena nicht verraten wollte, daß sie die Eintragung gelesen hatte, stellte sie indirekt Fragen. Hat dich jemand verletzt? Oder bist du angegriffen worden? Serena betrachtete ihre Mutter mißtrauisch, verneinte die Fragen und wollte dann wissen, ob sie heimlich ihr Tagebuch gelesen hatte. Sharri mußte es zugeben.

Serenas Diebstähle, die sie oft nur beging, um Aufmerksamkeit zu erregen, wurden ebenfalls häufiger. Michael und

Sharri hatten sich Geld geliehen, um eine Tierhandlung zu eröffnen. Sharri mußte oft ihren Job bei *Potpourri* vernachlässigen, um im Laden zu stehen. Es dauerte nicht lange, bis Serena Zwanzig-Dollar-Noten stahl und sie Kindern in der Schule gab. Es war ein ziemlich deutlicher Versuch, sich deren Freundschaft zu erkaufen.

Michael und Serena stritten sich immer häufiger über ihre Mätzchen. Michael versuchte, seine Autorität als Stiefvater in die Waagschale zu werfen, worauf Serena mit Schmollen und Ablehnung reagierte. »Ich muß dir nicht zuhören!« schrie sie. »Du bist nicht mein richtiger Vater!« Manchmal schlug er sie sogar wegen ihrer Unverschämtheiten.

Sharri saß zwischen den Stühlen. Sie wollte, daß Michael sich durchsetzte, aber ihr mütterlicher Instinkt, Serena zu ›retten‹, setzte immer ein, wenn sie das Gefühl hatte, daß seine Vorschriften zu strikt waren. Dann stritten sich die beiden.

Serenas einzige Freude war Mallory.

Da sie als Kleinkind nicht ständig umsorgt worden war, überhäufte Serena ihre kleine Schwester mit ihrer Liebe und Hingabe. Es war, als würde sie ihre eigene frühe Kindheit durch Mallory neu erleben, so sehr fixierte sie sich darauf, ihre Schwester zu versorgen.

»Ich habe noch nie jemanden so geliebt wie Mallory«, sollte Serena später erklären.

Mallory erwiderte diese Gefühle. Als sie Laufen lernte, trottete sie hinter ihrer Schwester her und erwartete, bei dem, was Serena tat, mitmachen zu dürfen. Serena machte ihre Hausaufgaben mit dem Baby auf dem Schoß, während Madison sich an ihren Beinen rieb. Sie übte oft ihre Tanzschritte mit Mallory auf dem Arm, und als ihre Schwester wuchs, stellte sie sie auf den Couchtisch, damit sie gemeinsam zu der Musik tanzen konnten. ›Unchained Melody‹ wurde ihr bevorzugtes Stück.

Mallorys unerschöpfliche Hingabe wurde für Serenas geringe Selbsteinschätzung besonders bedeutungsvoll. Ganz gleich, welche Schwierigkeiten sie auch mit ihren Eltern oder Klassenkameraden hatte, sie wußte immer, daß Mallory da war und sie liebte. Noch wichtiger war, daß das kleine Mädchen sie brauchte. Als selbsternannte Ersatzmutter fühlte Serena endlich einen neuen Zweck in ihrem Dasein. Sie prahlte mit Mallory, wie eine frischgebackene Mutter mit ihrem eigenen Kind angeben würde. Sie nahm Fotos von ihnen beiden mit zur Schule und zeigte sie den anderen Schülern. Alle Freunde, die das Haus der Moores besuchten, ganz gleich ob Jungs oder Mädchen, mochten Mallory sofort.

»Als diese ganze Geschichte bekannt wurde (Serenas Verhaftung)«, meinte Mary Corren später, »waren alle schockiert, die Serena gekannt hatten. Keiner konnte es glauben, kein einziger. Weil alle wußte, wie sehr sie ihre kleine Schwester mochte. Jeder ihrer Freunde kannte auch Mallory sehr gut, weil sie immer mit ihr angegeben hat.«

In ihrer Rolle als große Schwester und Beschützerin sorgte Serena sich sehr um Mallorys Gesundheit. Die mysteriösen ›blauen Anfälle‹ beunruhigten sie ebenfalls, genau wie sie ihren Eltern Kummer machten. Als das Jahr 1989 dem Ende zuging und das Jahr 1990 mit Pauken und Trompeten ein neues Jahrzehnt ankündigte, kamen die Anfälle sporadisch immer wieder. Nachdem sie deswegen viermal im Krankenhaus gewesen waren, fuhren Sharri und Michael nicht mehr hin. Die Ärzte beruhigten sie und sagten, es gäbe keinen Grund zur Sorge. Die Anfälle dauerten nie länger als eine Stunde. Anschließend wirkte Mallory erschöpft, war aber am nächsten Tag wieder ganz der quirlige Sonnenschein.

Dann durften sie und Serena spielen.

Serena und Mary hatten Schwierigkeiten, sich an alle Jungs zu erinnern, die sie in den ersten Jahren ihrer Freundschaft ›abhakten‹. Anscheinend gefiel Mary jeder Junge, mit dem Serena Schluß gemacht hatte.

»Erst kam Mike«, erinnerte Mary. »Vor und nach Randy. Dann gab es noch Danny und Doug und Shane.«

Während Mary und ein paar andere Mädchen mit Serena befreundet blieben, schreckten ihre Lügen den Rest ihrer

Klassenkameraden ab, bis sie in der Mitte der sechsten Klasse die höhnische Ablehnung nicht mehr ertragen konnte. Sie bat ihre Mutter, sie in eine andere Schule zu schicken. Sharri erlaubte einen erneuten Schulwechsel. Hatte schon der erste Schulwechsel zwischen der vierten und fünften Klasse etwas angedeutet, wies dieser erneute Wechsel anderthalb Jahre später deutlich auf ein Muster hin. Statt zu lernen, wie man unangenehme Situationen bewältigt, lernte Serena wegzulaufen. Und da sie ihr Verhalten nicht änderte, folgten ihr die Probleme auf dem Fuß.

Doch auf kurze Sicht war der Wechsel an die Music School eine Wohltat. Serenas Noten verbesserten sich, als sie unter neuen Klassenkameraden kam. Als denen klar wurde, daß der größte Teil ihrer wilden Erzählungen Märchen waren, neigte sich das sechste Schuljahr schon dem Ende zu.

14. KAPITEL

»Als Serena in die siebte Klasse kam, ging alles den Bach runter«, erinnerte sich Sharri später.

Serenas Leben wurde immer komplizierter. Sie brillierte in außerschulischen Disziplinen wie Tanzen und später als Cheerleaderin. Und spann das Band zwischen sich und ihrer mittlerweile zwei Jahre alten Schwester noch enger. Aber die Beziehung zu ihren Eltern, ihren Klassenkameraden und ihr Sozialverhalten an der Schule verschlechterte sich merklich. Schwerwiegender war noch, daß ihre Geschichten über ihr Zuhause eine neue Richtung nahmen. Sie fing an, ihren Freundinnen zu erzählen, daß Michael sie mißbrauchte.

Obwohl Serena und Mary sich tagsüber während der Schulzeit nicht sehen konnten, besuchten sie sich oft nachmittags und abends zu Hause. Bei einem dieser Besuche zog Serena Mary ins Vertrauen. »Michael hat mich einfach geschlagen, deshalb bin ich gegangen.« Am nächsten Tag kam sie mit einer anderen Geschichte an: »Michael belästigt mich.«

Mary befahl ihr, mit den Lügen aufzuhören.

Die Wochen verflossen, und Serena beharrte darauf, daß sie die Wahrheit erzählt hatte. »Ich will dir ja gern glauben«, erwiderte Mary einmal. »Aber es ist ganz schön schwer, wenn ich an die ganzen Lügen denke, die du früher erzählt hast.«

Mary mochte Serenas Geschichten nicht glauben, weil sie die Moore-Familie zu gut kannte. So eine Familie war das einfach nicht. Sie war fast jeden Tag bei Serena gewesen und hatte kein Anzeichen von Mißbrauch bemerkt.

Noch beeindruckter von den Gerüchten war Marys Schwester Esther. Sie war mit sechzehn nach Hause zurückgekehrt, um ihr Leben in den Griff zu bekommen. Serena hatte begonnen, ihre Probleme vor Esther auszubreiten, die sie für einen der wenigen vertrauenswürdigen Menschen hielt. Esther sah in Serena ein junges Mädchen, das Gefahr lief, so zu werden, wie sie einmal gewesen war. Serenas geringes Selbstwertgefühl trieb sie in dieses selbstzerstörerische Verhalten. Sie log und kämpfte gegen ihre Eltern an. Als nächstes würde sie weglaufen, das war Esther klar, dann der Ärger mit der Polizei, vielleicht Drogen. Sie wollte Serena dieses Schicksal ersparen.

Esther war die einzige Person, die Serena nicht anlügen konnte.

»Sie wußte, daß ich mir zwar die Lügen anhörte, die sie allen anderen auf die Nase band«, erinnerte sich Esther später. »Und daß ich dann aber sagte: Okay, was ist wirklich los? Sie wußte, daß ich mir ihre Märchen nicht reinzog. Und sie wußte auch, daß sie mir über kurz oder lang doch die Wahrheit erzählen mußte.«

Esther wußte alles über Täuschungen, darüber, andere Leute die Geschichten bestätigen zu lassen. Sie hatte in Serenas Alter dieselbe Nummer abgezogen. Esther kannte Serena so gut, daß sie genau wußte, wann sie eine Lüge und wann sie eine Halbwahrheit erzählte. Wenn sie log, wurde sie nervös, redete schnell und spielte mit den Händen.

Deshalb fand Esther es bedeutungsvoll, daß Serena ihr in der siebten Klasse nie etwas über sexuellen Mißbrauch erzählte, obwohl sie regelmäßig ihren Rat bei den unzähligen Problemen zu Hause und in der Schule suchte.

Zu Hause sank Serenas Respekt vor ihren Eltern immer weiter. Sie kämpfte gegen jede Reglementierung an und fluchte, wenn sie nicht ihren Willen bekam. Ihre Ambivalenz Michael gegenüber wuchs und manifestierte sich in Wut und Ablehnung über seine hartnäckigen Versuche, ihr den Vater zu ersetzen. »Er ist nicht mein wirklicher Vater!« schrie Serena dann. »Er hat mir gar nichts zu sagen!« Irgendwann würde ihr richtiger Vater zurückkommen und sie mit all der Liebe überschütten, die er ihr bis dahin vorenthalten hatte. In ihren vernünftigen Augenblicken mußte Serena zugeben, daß Michael ihr mehr Aufmerksamkeit schenkte, als ihr leiblicher Vater es jemals tun würde. Aber das weckte nur ein noch viel tiefersitzendes Problem. Serena hatte nie die Angst überwunden, eine zweite Vaterfigur in ihren Leben zu verlieren. Klar, Michael war schon ein paar Jahre da, und offenbar liebten er und ihre Mutter sich. Aber gleichzeitig konnte sie nicht sicher sein, daß es auch in Zukunft so blieb. Er könnte morgen verschwunden sein. Und inzwischen vermieste er ihr das Leben mit Vorschriften über Freunde, Hausaufgaben und Schule.

Dafür haßte sie ihn.

Im November erhielten die Moores eine etwas überraschende Thanksgiving-Einladung von Sharris Großmutter mütterlicherseits. Tessies Schwester Laura Stannard, ›Tante Laura‹, wie sie von Sharri und Serena genannt wurde, wohnte in der Nähe und wollte zusammen mit ihrem Ehemann Phil ebenfalls an dem Festtagsessen teilnehmen. Weder Tessie noch Roxanne waren eingeladen. Sharri und Michael akzeptierten die Einladung. Sie wollten zwei Tage bei Sharris Großmutter bleiben.

Tante Laura hatte von Serenas Behauptungen gehört, mißbraucht zu werden, und glaubte ihnen. Was sie anging, bestätigten diese Behauptungen nur ihren langgehegten Verdacht. Laura sagte, sie habe die Hölle gesehen, die Serena mitgemacht hatte, als Sharri noch alleinstehend war, und sie hatte durch Tessie mitbekommen, wie traumatisch das Leben des Mädchens verlief, als Sharri Kevin geheiratet hatte. Später hatten sowohl Laura als auch Tessie viele Geschichten gehört, die Roxanne über den Haushalt der Moores erzählte, nachdem sie ausgezogen war. Tante Laura behauptete, daß Sharri Michael aus Sicherheitsgründen geheiratet und so ihren ›Platz im Leben‹ gefunden hatte. Seitdem hatte Laura von den wachsenden Problemen mit Serena gehört. Tante Laura sah sich, Tessie und Roxanne als die ›andere Seite der Familie‹, die wenig mit Sharri und Michael zu tun haben und sich nicht auf ihr Niveau herunterziehen lassen wollte. Dennoch wollten sie unbedingt Serena helfen.

Bei diesem zweitägigen Besuch sah Laura Stannard Mallory das einzige Mal. Da sie zwanzig Jahre lang ein Kindertagesheim geführt hatte, glaubte Laura unerschütterlich an ihr Urteilsvermögen, was Kindesentwicklung betraf. Ein Tag mit Mallory reichte, und Laura entschied, daß die Zweijährige mißbraucht wurde. Die Anzeichen, auf die sie nach Mallorys Tod hinwies, waren erstens: Mallory hatte ein ›Disziplinproblem‹. Zweitens: das, was Laura ›verzögertes Sprechen‹ nannte. Drittens: daß Mallory immer an ihrem Po herumfummelte. Und viertens: die enge Beziehung zwischen Mallory und Michael.

Sechs Monate nach diesem Besuch und einem erneuten heftigen Streit mit Serena fühlte Laura sich berufen, Sharri einen Brief zu schreiben. In ihm äußerte sie ihre Überzeugung, daß Serena mißbraucht wurde, und riet Sharri dringend, ihre Augen nicht vor der Wahrheit zu verschließen. Sharri war stinksauer über den Brief und Jahre später auch über Lauras Beschuldigungen, daß Mallory ebenfalls mißbraucht worden sei.

Sie glaubte, daß ihre Familie einfach nicht akzeptieren mochte, daß sie ihr Leben durch die Hochzeit mit Michael in den Griff bekommen hatte. Sie schrieb einen höhnischen Antwortbrief an Laura und erinnerte sie an die Zeit, als die achtzehnjährige Roxanne Lauras Ehemann Phil beschuldigt hatte, sie vergewaltigt zu haben. (Laura sollte später abstreiten, daß ihr Ehemann jemals einer solchen Tat beschuldigt worden war.) Sharri schrieb, daß die ganze Familie zu Phils Verteidigung herbeigeeilt sei, weil alle wußten, daß Phil seiner Nichte niemals etwas tun würde. (Serenas Neigung zum Geschichtenerzählen und Theatralischen wies Sharri zufolge sehr große Ähnlichkeit mit der ihrer Tante Roxanne auf.) Denk dran, wie es für Deinen Ehemann war, ungerechtfertigterweise beschuldigt zu werden, fügte Sharri hinzu, und erinnere dich daran, wie Du ihm geglaubt hast. Dasselbe mache sie, Sharri, jetzt auch.

Während Serena durch das erste Halbjahr der siebten Klassenstufe schlängelte, traten bei Mallory neue Gesundheitsprobleme auf. Sharris Ängste wegen der ›blauen Anfälle‹, die unregelmäßiger auftraten, wurden abgelöst von Sorgen um Mallorys Atmung. Im Januar 1991 wurde der Grund dafür gefunden. Der Kinderarzt bei Kaiser diagnostizierte Asthma. Alupent flüssig und Albuterol wurden verschrieben.

Es war gemäßigtes Asthma. Im großen und ganzen, so die Krankenberichte, blieb Mallory ein ›aktives und aufgewecktes‹ Kind. Während einer gründlichen Vorsorgeuntersuchung hatte ein Arzt am 31. Juli 1990, einen Tag vor ihrem zweiten Geburtstag, notiert, daß sie das ›übliche Verhalten einer Zweijährigen‹ zeigte. Ihre Sprache entwickelte sich normal, in ›Drei-Wort-Sätzen‹, die klar gesprochen wurden. Anzeichen von Mißbrauch wurden nicht erwähnt.

Mallory war von Natur aus neugierig und extrovertiert und wollte immer im Mittelpunkt stehen. Die Zweijährige schien ohne Pause ihre Umwelt zu erforschen und zu erfahren. Sie plauderte fröhlich mit allem und jedem, quietschte, wenn sie sich freute, und jammerte, wenn es nicht nach ihrem Willen ging. Und, ganz Mädchen, wickelte sie Daddy um den kleinen Finger.

Mallory mochte auch die Großeltern Moore sehr gern. Wenn Sharri und Michael die Stadt verließen oder ein freies

Wochenende nahmen, blieb Mallory gewöhnlich in deren Haus an der Bay. Serena übernachtete lieber bei einer Freundin. Während dieser Besuche brachte Delores Braden, eine Freundin von Sarah Moore, ihre Enkelin mit, und die beiden Mädchen spielten. Delores brachte Mallorys Persönlichkeit am ehesten auf den Punkt.

»Sie war eine Granate.«

Asthmaanfälle dämpften jedoch vorübergehend Mallorys Temperament. Da sie zu klein war, um Mißbehagen auszudrücken, wirkte sie dann außer Atem oder erschöpft. Anfangs hörten Sharri oder Oma Moore sie keuchen, doch mit der Zeit verschwand dieses übliche Anzeichen eines Anfalls. Statt dessen beobachteten sie jetzt Mallorys Bauch. Wenn ihre Unterbauchmuskeln sich spannten, um beim Atmen zu helfen, wurde es Zeit, Medikamente zu verabreichen.

Irgendwann im Januar 1991 trat ein drittes Gesundheitsproblem bei Mallory auf, und zwar eines, das nie ganz verstanden wurde. Ihre ›klare‹ Sprache wurde undeutlich. Das ging so weit, daß weder der Babysitter noch die anderen Kinder im Kinderladen, noch ihre eigenen Eltern verstanden, was sie sagte. Sharri sprach mit Chris darüber, Mallorys Erzieherin, und die versprach, Mallory beim Spiel mit den anderen Kindern zu beobachten und darauf zu achten, ob weitere Probleme auftauchten. Sharri wußte, daß sie sich auf Chris verlassen konnte. Sie war die beste Erzieherin, die sie jemals getroffen hatte. Abgesehen von den Sprachproblemen achtete Chris auch auf Mallorys ›blaue Anfälle‹ und auf ihr Asthma.

Sharri hatte den Job gewechselt. Von der Akquisition bei *Potpourri* stieg sie auf einen Halbtagsjob als Assistentin in der städtischen Tierpflege in Fremont um. Sie arbeitete drei bis vier Tage pro Woche in verschiedenen Schichten und hatte mit der Adoption von Tieren und Beschwerden über die Haustiere der Nachbarn zu tun und kümmerte sich um Fütterung, Pflege und Zwingerreinigung von eingesperrten Tieren. Ihre Erfahrung aus der Tierhandlung, die sie nach nur einem Jahr schließen mußten, kam ihr bei ihrem neuen Job zugute.

Das schlimmste an der Arbeit war nicht etwa der Job selbst, sondern die ständigen Unterbrechungen durch die Anrufe wegen Serenas Verhalten in der Schule. Die Drohungen anderer Mädchen, Serena ›zusammenzuschlagen‹, nahmen zu, und ihre großmäuligen Lügen hatten die meisten neuen Klassenkameradinnen abgeschreckt. Ihre Noten fielen in den Keller.

Mitten in der siebten Klasse machten erneut soziale Probleme Serena den Besuch der Schule unmöglich. Und wie üblich litt darunter auch ihr Verhalten zu Hause. Sharri bewarb sich erfolgreich um einen weiteren Schulwechsel, diesmal in einen anderen Bezirk. Serena besuchte die Centerville Junior High im benachbarten Fremont. Doch dieser Wechsel war bedingt. Serena durfte die Centerville nur so lange besuchen, wie sie keine Schwierigkeiten machte und ihre Noten stimmten, wurde Sharri vorgewarnt. Serena lernte zwar schnell neue Freunde kennen, das aber nahm sie so in Anspruch, daß sie in fast jedem Fach versagte.

Bis zu diesem Zeitpunkt hatten Sharri und Michael keine Ahnung von Serenas Schilderungen der sexuellen Belästigungen in ihrem Elternhaus gehabt. Das sollte sich ändern. Eines Abends fand Sharri eine Notiz, die Serena einer Freundin in der Schule geschrieben hatte. Gott sei Dank hat sie den Zettel nicht weitergegeben, dachte sie atemlos, nachdem sie ihn gelesen hatte. Laut dieser Notiz hatte Michael in der letzten Nacht Serena zu Oralverkehr gezwungen und ihr dann ein blaues Auge geschlagen. Sharri stellte Serena wütend zur Rede.

»Warum hast du das geschrieben? Du weißt sehr genau, daß es nicht passiert ist. Du warst gestern abend nicht mal hier, verdammt noch mal! Du hast bei Martha übernachtet. Und du hast überhaupt kein blaues Auge!«

Kurz darauf rückte Serena mit dem Grund für diesen Brief heraus. Ein Mädchen an ihrer Schule hatte ihr erzählt, daß sie ihren Vater wegen sexueller Belästigung ins Gefängnis gebracht habe. Wie sie es schon früher gemacht hatte, so versuchte Serena auch jetzt, die Erfahrungen des Mädchens zu übertrumpfen. War ihre Schulkameradin sexuell mißbraucht worden, dann war Serena eben sexuell mißbraucht und auch noch gleich mißhandelt worden.

Möglicherweise gab es noch einen anderen, wenn auch unbewußten Grund für Serenas Behauptung: ihre wachsende Abneigung gegen Michael. Ihre Eltern waren über ihre mangelnde Mitarbeit in der Schule wütend und hatten daraus für Serena zu Hause disziplinarische Konsequenzen gezogen, hauptsächlich Hausarrest. Serenas rebellische Vorwürfe, Michael sei nicht ihr richtiger Vater, eskalierten sowohl in Häufigkeit als auch in Lautstärke, bis das ganze Haus unter den Streitereien und den knallenden Türen bebte.

Sharri bat ihre Tochter, sich nicht so zu benehmen. »Wenn du es uns gegenüber nicht lassen kannst, dann nimm wenigstens auf deine kleine Schwester Rücksicht. Sie regt sich furchtbar darüber auf!«

Dieses Argument beruhigte Serena manchmal. Aber selbst Mallory bekam einige Male Serenas Zorn zu spüren, wenn sie unter Serenas Sachen Unordnung anrichtete. »Verschwinde aus meinem Zimmer!« schrie ihre ältere Schwester sie dann an. Trotzdem hielt Mallory unbeirrbar zu Serena und kam ihr sogar gegen ihre Eltern zu Hilfe, wenn Serena in Schwierigkeiten war.

Im Frühling 1991 waren Sharri und Michael mit ihrem Latein am Ende. Sharri bekam bei der Arbeit regelmäßige Anrufe wegen Serena; Michael schien keinen friedlichen Augenblick in seinem Haus genießen zu können. Er betete sein kleines Mädchen Mallory an und ärgerte sich darüber, daß Serena es ganz allein schaffte, mit ihrer Wut seine Familie so durcheinanderzuwirbeln.

Anfang April schloß die Centerville Junior High Serena wegen ihrer sinkenden Noten aus.

Die Moores beriefen eine Familienkonferenz ein. Sharri fragte Serena provokativ, was sie jetzt mit ihr machen sollten. Wie viele neue Schulen und ›Neuanfänge‹ sollten sie ihr noch ermöglichen? Auf diese heftige Kritik wußte Serena eine Antwort, aber sie wollte ihre Mom nicht verletzen. Sie brachte es nicht über sich, die Worte auszusprechen, also schrieb sie einen Zettel und tat, als käme er von einer dritten Person. »Deine Tochter möchte gern bei ihrer Großmutter wohnen«, stand darauf.

Und wieder ein ›Neubeginn‹, diesmal in Carson City, Nevada, einer Stadt in der Nähe von Lake Tahoe, wo Tessie und Kirk Dornellas, den sie mittlerweile geheiratet hatte, lebten. Es schien die einzige Lösung zu sein. Tessie, die sowie die ganze Zeit das Sorgerecht für Serena hatte haben wollen, nahm sie gern auf! Trotz ihres eigenen Unglücks wurde Sharri klar, wie sehr ihre Tochter leiden mußte. So sehr Serena ihre Großmutter auch liebte, sie würde sich sicher nicht leichten Herzens von ihrer kleinen Schwester trennen, die sie so anbetete.

Sharri klammerte sich an den einzigen positiven Aspekt – Tessie hatte eingewilligt, Serena in eine Therapie zu schicken. Für die Moores war es schwierig gewesen, ihrer Tochter eine Therapie zu besorgen. Private Therapeuten konnten sie sich nicht leisten, und die staatlichen oder diejenigen, die von ihrer Versicherung bezahlt wurden, hatten nicht viel ausrichten können. Natürlich blieb immer noch die Frage offen, ob Serena überhaupt kooperieren würde.

Es war schon ironisch. Nach all ihren Streitereien mit Tessie darüber, wie man Serena erzog, brauchte Sharri jetzt die Hilfe ihrer Mutter. Warum nur lief es so schlecht mit Serena, jetzt, wo sie, Sharri, endlich ihr eigenes Leben in den Griff bekommen hatte? Sie weigerte sich entschieden, an Serenas Behauptung zu glauben, daß sie sexuell belästigt worden war. Nach all den schrecklichen Jahren, in denen sie versucht hatte, Serena allein großzuziehen, und kläglich gescheitert war, war sie froh, jetzt endlich einen guten Ehemann gefunden zu haben.

Allerdings stellte Sharri sich allmählich die Frage, ob dieses ›jetzt‹ vielleicht zu spät kam.

15. KAPITEL

Was machen diese ganzen Wagen vor unserem Haus?

Sharri hielt an und betrachtete die beiden Männer in ihrem Vorgarten. Sie sah sofort, daß es Kriminalbeamte aus Newark waren. Selbst von ihrem Auto aus sah sie die Beulen unter ihren Sakkos, wo ihre Pistolen hingen. Rasch warf sie einen Seitenblick auf Mallory in ihrem Kindersitz. Ihre Tochter schien das nicht sonderlich zu interessieren. Da war sie bei dem großen Doktor, der ihre Ohren untersucht hatte, aufgeregter gewesen. Sharri und sie kamen gerade von einem Hörtest. Die Sorgen wegen Mallory undeutlichem Sprechen hatten ihr keine Ruhe gelassen. Aber das Ergebnis der Tests war normal.

Der Aufmarsch vor ihrem Haus aber nicht.

Sharri sprang aus dem Wagen, nahm Mallory aus dem Sitz und ging den Weg entlang. Ein Detective hielt sie auf. »Sie dürfen da nicht rein«, sagte er.

Unwillkürlich packte sie Mallory fester. »Warum? Was ist los?«

Michael wurde soeben verhaftet. Aufgrund ›wiederholter Anklagen wegen sexueller Belästigung Ihrer Tochter Serena‹, teilte man ihr mit. Die beiden Detectives im Haus hatten einen Durchsuchungsbefehl wegen ›Kinderpornographie, einschließlich Fotos von Michael und Serena, wie sie Sex haben‹. Sie dachten, sie wolle nicht dabeisein, wie ihr Ehemann in Handschellen abgeführt werde. Das könnte sie ein bißchen erschrecken.

Serena.

Sharri schluckte Luft, bis sie glaubte, hyperventilieren zu müssen. Zitternd und mit weichen Knien drehte sie sich um und fragte sich, was sie tun sollte. Der Detective nickte zustimmend. Gehen Sie nur, schien er zu sagen. Benommen ging sie langsam in den Park und drückte Mallory an sich.

Was hatte Serena jetzt wieder angerichtet?

Am 30. April 1991 hatte der Polizeibeamte Schoenfeldt Serena in Tessies Haus befragt.

Sie behauptete, daß Michael angefangen habe, ihre Brüste zu streicheln und seinen Finger in ihre Vagina zu stecken, als sie acht Jahre alt war. Angeblich schlüpfte er in ihr Zimmer, wenn er von der Arbeit kam, und hielt sie dort drei Stunden fest. Sharri beschuldigte sie, vor diesen Vorfällen die Augen zu schließen, obwohl sie direkt vor ihrer Nase passierten. Sie hätte sogar ein Foto geschossen, auf dem sich Michael und sie, Serena, auf dem Bett aneinandergekuschelt hätten. Und das trotz der Warnungen von Tante Arlene und Tessie.

Serena erzählte weiter, daß sie es vermieden hatte, ihre Mutter damit zu konfrontieren, weil sie Michaels Reaktion fürchtete. Und sie ging auch jetzt nur deswegen zur Polizei, weil sie Mallory schützen wollte, die von Michael geschlagen würde.

Als Officer Schoenfeldt sie unter Druck setzte, willigte Serena zögernd ein, gegen ihren Stiefvater auszusagen. Die ganze Befragung dauerte fünfundzwanzig Minuten.

Sharri warf den Polizeibericht in die Ecke. Er war widerlich. Absolut widerlich. Und er enthielt kein Fünkchen Wahrheit, nicht die Spur. Ihr war aufgefallen, daß Serena die meisten Ideen aus dem Briefwechsel ihrer Großmutter mit der Polizei von Carson City ›entlehnt‹ hatte. Tessie hatte darin geschrieben, daß Michael laut Sharris Aussage um 15 Uhr nach Hause käme und sich bis 17 Uhr in Serenas Bett legen würde. Bei ihrem einzigen Besuch im Haus der Moores war Serena in Michaels Zimmer gegangen und ›etwa eine Stunde‹ drin geblieben. Serena habe in der Zeit ›mit Michael im Bett gelegen und gespielt‹. Sie erwähnte ein Foto, auf dem Michael ›auf meiner Enkelin schlief‹. Und sie schrieb auch, daß der Kinderschutzbund in Kalifornien im Juni 1988 verständigt worden war, körperlichen und seelischen Mißbrauch zu untersuchen, aber ›nichts unternommen‹ hatte.

Sharri zitterten vor Wut die Hände, als sie nach einer Zigarette griff, sie anzündete und einen tiefen Zug nahm. Die Geschichte über das Foto war besonders lächerlich. Es war noch vor ihrer Hochzeit mit Michael aufgenommen worden, und zwar während Roxanne noch im Haus wohnte. Roxanne war es sogar gewesen, die das Foto gemacht hatte, als sich Michael neben Serena aufs Bett gelegt und sich schlafend gestellt hatte. Sharri hatte das Foto so süß gefunden, daß sie ihre Mutter eine Kopie geschickt hatte. Und die hatte nichts Besseres zu tun, als ihnen die Polizei auf den Hals zu hetzen, die jedes Fotoalbum im Haus konfiszierte. Sharri lachte. Hoffentlich gefielen ihnen die ganzen Fotos von Geburtstagesfesten, Ausflügen und Tanzveranstaltungen. Echt pornographisches Zeug!

Moment mal.

Sharri bückte sich und hob den Bericht auf. Nach kurzem Blättern fand sie, was sie suchte. Sie drehte die Seite um. Hier war noch etwas. Sie war beim ersten Lesen so erregt gewesen, daß sie es fast übersehen hätte.

Sie unterdrückte ihren Ekel und las den Bericht noch einmal, diesmal sehr genau. Michael saß bereits einen Tag im Gefängnis. Auf Anraten der Polizei hatte Sharri ihn nicht auf Kaution herausgeholt. Dieser Detective Roy Brazil aus Newark hatte ihr gesagt, daß sie ihr Mallory wegnehmen würden, wenn er wieder nach Hause käme. Also hatte Sharri ihn im Gefängnis gelassen. Besser ihr Ehemann als ihr kleines Mädchen. Michael hatte zugestimmt.

Morgen waren die achtundvierzig Stunden vorbei, die der Staatsanwalt Zeit für seine Anklageerhebung hatte. Wenn es überhaupt soweit kam.

Sie hatte noch Zeit, Michael zu retten.

16. KAPITEL

Nach Michaels Festnahme verhörte Detective Brazil ihn ausführlich zu Serenas Anschuldigungen. Obwohl der Beamte versuchte, Michael ein Geständnis zu entlocken, blieb der unerbittlich bei seiner Darstellung, daß Serenas Bericht nur eine weitere ihrer phantastischen Lügengeschichten sei, und daß er sie nie und in keiner Weise belästigt habe. Tessie Dornellas Aussage tat er als wilde Übertreibungen ab.

Brazil machte sich Notizen und schrieb später einen Bericht. Das Verhör wurde nicht mitgeschnitten.

Eine Überprüfung von Michaels Hintergrund verlief ergebnislos. Er war ›sauber‹. In seinen achtunddreißig Jahren war er niemals verhaftet oder früher einmal der sexuellen Belästigung beschuldigt worden.

Sharri traf sich ebenfalls mit dem Detective, ging mit ihm sorgfältig den Bericht durch und wies ihn auf Diskrepanzen hin. In einem Familienalbum zeigte sie Brazil das Bild von Michael, wie er sich neben Serena schlafend stellte. Am Karfreitag -- der Tag, an dem Michael Serena angeblich das letzte Mal zum Geschlechtsverkehr gezwungen hatte – war in der Küche ein Feuer ausgebrochen. Serena war ins Krankenhaus gekommen und die ganze Familie hatte im Woodfin Suites übernachtet. »Das ist dokumentiert«, erklärte Sharri. »Überprüfen Sie es doch!« Am wichtigsten sei aber Serenas Angst, schwanger von Michael zu sein. Das sei unmöglich. Und das konnte leicht überprüft werden.

Serena war noch Jungfrau.

Nachdem Detective Brazil die Einzelheiten überprüft hatte, die Sharri als Beweis gegen Serenas Anzeige angeführt hatte, wurden die Ermittlungen gegen Michael wegen sexuellem Mißbrauch urplötzlich eingestellt. Offenbar hatten die Behörden genügend Ungereimtheiten in Serenas Bericht gefunden, um den Fall einzustellen, ohne sie überhaupt gynäkologisch untersuchen zu müssen. Selbst wenn eine solche Untersuchung erfolgt wäre, hätte sie nur ergeben, daß Serena Jungfrau war.

Sharri und ihr Schwiegervater William Moore fuhren nach Pleasanton, um Michael abzuholen, nachdem der zwei Tage im Landesgefängnis von Santa Rita zugebracht hatte. Ihr Treffen verlief gespannt. Michael war zwar froh, wieder frei zu sein, aber seine Demütigung machte ihm schwer zu schaffen. Seine Eltern waren von Serenas Verhalten ihrem Sohn gegenüber entsetzt und würden ihr nicht so leicht verzeihen.

Serena gab schließlich ihrer Großmutter gegenüber zu, daß sie gelogen hatte. Aber sie widerrief ihre Geschichte nie vor der Polizei.

Nach zwei Wochen schrieb Sharri Serena einen Brief. Darin warnte sie ihre Tochter, daß sie nicht nach Hause kommen und mit ihnen leben könnte, wenn sie weiter solche Lügenmärchen erzählte. Wie sollen wir eine Familie sein, wenn du dich so benimmst? fragte Sharri. Monate später, als Serena wieder in Newark lebte, zeigte sie ihrer Freundin Esther diesen Brief.

»Serena hat mir von dem Brief erzählt, weil sie völlig fertig war«, berichtete Esther später. »Im Grunde hatte Sharri ihr gesagt, daß sie keine Familie hatte, weil sie ihr nicht trauten, wenn sie weiter log und solche Verrücktheiten machte. Sie wußten nicht, was sie ihr glauben konnten und was nicht.« Esther versuchte, Serena zu beruhigen und erklärte ihr, daß ihre eigene Mutter ihr dasselbe erzählt hatte, als sie vor ein paar Jahren ihre Familie belogen und hintergangen hatte. »Du mußt verstehen, daß deine Mutter dich liebt und nicht will, daß du dein Leben zerstörst. Deshalb hat sie dir das alles geschrieben.«

Dann wollte sie wissen, warum sie eigentlich ihre Mutter so von sich stieß.

Serena behauptete, das würde sie gar nicht tun.

»Und warum machst du dann das alles?«

Serena sah zu Boden. »Weil ich Angst habe, ihr zu nah zu sein.«

Sharri sah ihre Tochter erst am letzten Juli-Wochenende wieder. Serena wollte zu Mallorys drittem Geburtstag am 1. August nach Hause kommen. Serena ahnte nicht, daß sie für immer zu Hause bleiben sollte. Bei Tessie war alles zusammengebrochen.

»Meine Mutter hat mir jahrelang erzählt, wie großartig es wäre, wenn Serena bei ihr leben würde«, bemerkte Sharri später. »Aber schon in den ersten paar Wochen, die sie dort war, benahm sie sich schrecklich, lief weg und schwänzte die Schule. Ihre Therapie nützte überhaupt nichts. Mom wurde damit nicht fertig. Einmal brannte sie mit einem Arbeiter vom Rummelplatz durch und wurde in seiner Wohnung aufgegriffen, alkoholisiert. Das zweite Mal lief sie mit einer Freundin weg. Direkt danach reichte sie diese Anzeige gegen Michael ein. Sie begann zu rauchen, machte keine Hausaufgaben mehr und hatte Probleme mit den anderen Kindern. Ein tolles Paradies war das bei Oma.«

Als Tessie zu ihr sagte, daß Kirk sich von ihr ›scheiden lassen‹ wollte, wenn ihre Enkelin nicht auszog, wußte Sharri, daß sie Serena nach Hause holen mußte.

Michael weigerte sich. Er wollte auf keinen Fall, daß Serena wieder zu ihnen zurückkam. Sharri hatte immer noch den Job bei der städtischen Tierpflege in Fremont. Sie arbeitete drei bis vier Tage die Woche in verschiedenen Acht-Stunden-Schichten. Was würde passieren, wenn Michael gegen 16 Uhr nach Hause kam und Sharri bis 21 Uhr arbeitete? Sollte er mit Serena allein bleiben? Und weitere Anzeigen wegen sexuellen Mißbrauchs riskieren? Nie im Leben.

Sharri war zwischen ihre Tochter und ihrem Ehemann hin und hergerissen und bot Michael tränenüberströmt die Scheidung an.

Michael beschloß, bis zum nächsten Tag darüber nachzudenken. Vorher wollte er nichts dazu sagen. Es war eine harte Nacht für sie beide.

Am nächsten Morgen wußte Michael seine Antwort. Serena könnte ihre Familie vielleicht auseinanderreißen. Wenn er ging, würde er sie aber auf jeden Fall zerstören! »Wir werden es noch einmal mit Serena versuchen«, entschied er. »Aber für eins mußt du sorgen: Ich will nie mit ihr allein sein.«

Michael setzte keinen Fuß nach Nevada, um Serena abzuholen. Sharri und Mallory unternahmen die Fahrt zusammen.

Als man ihr befahl, nach Hause zurückzukehren, weinte

Serena und weigerte sich. Sharri wollte ihr nicht sagen, daß sie praktisch aus dem Haus ihrer Großmutter hinausgeworfen wurde. Sie erzählte Serena nicht, daß sie keine Wahl hatte, sondern sagte ihr einfach, daß Michael und sie es für das beste hielten, wenn Serena nach Newark zurückkehrte. Außerdem vermißte Mallory sie sehr.

Mutter und Tochter landeten schließlich im Büro der Therapeutin Valerie Wood. Sharri bat um Hilfe, wie sie ihre hysterische Tochter beruhigen könne. Als Serena weglaufen wollte, versperrte Sharri ihr die Tür. Serena konterte, indem sie ihrer Mutter eine brennende Zigarette dicht vors Gesicht hielt und ihr drohte, sie zu verbrennen, wenn sie nicht aus dem Weg ging. Die Polizei wurde gerufen. Sie stellten Serena ein Ultimatum: Entweder sie ging in eine psychiatrische Klinik oder sie würden sie ins Jugendgefängnis einweisen.

Serena verbrachte zehn Tage in der Abteilung für Jugendliche im Truckee Meadows Hospital in der Nähe von Truckee, Kalifornien. Sie sollte eigentlich einen Monat bleiben, aber Sharri und Tessie holten sie, in seltenem Einverständnis, gegen den Rat der Ärzte heraus. Sie glaubten, Serena würde in dieser Einrichtung schlecht betreut und behandelt. Erneut hatte Sharri ihre Tochter ›gerettet‹.

Als Serena schließlich nach Newark zurückkehrte, war Mallorys dritter Geburtstag längst vorbei.

Sharri und Michael arbeiteten einen Stundenplan aus. Wenn sie arbeitete, holte er Mallory vom Babysitter ab, ging in den Park oder besuchte seine Eltern, bis Sharri nach Hause kam. Serena blieb allein zu Hause. Sharri fragte sich, wie lange sie diese unbequeme Praxis durchhalten konnten. Außerdem machte sie sich Sorgen, daß sie vielleicht ihren Job verlieren könnte.

Der Terminplan existierte nur eine Woche.

Als japanische Freunde die Stadt besuchten, reservierten die Moores einen Tisch in einem japanischen Restaurant. Mia Black spielte für den Abend den Babysitter. Mia mochte Mallory und hatte das kleine Mädchen häufig mit zu sich genommen. Im gleichen Maß, in dem ihre Liebe zu Mallory wuchs, verstärkte sich auch ihre Kritik an Serena. Im Gegensatz zu anderen Freunden der Moores fand Mia Serenas Verhalten Mallory gegenüber ›ausfallend‹. Diese Meinung sollte später in dem Prozeß gegen Serena einiges Gewicht bekommen und die Freundschaft zwischen Mia und den Moores endgültig beenden. Wenn man Mias Urteil über Serena kennt, muß man sich im nachhinein fragen, warum sie Serena an diesem Abend im August 1991 überhaupt erlaubte, Mallory mit in den Park zu nehmen.

Bevor Serena mit Mallory ging, schnappte sie sich die Schlüssel von Michaels blauem Ford Ranger, der in der Auffahrt stand. In Carson City hatte der damalige Freund von Roxanne Serena Fahrstunden mit seinem Pick-up gegeben. Diese wenigen Male reichten Serena. Sie war überzeugt, daß sie es im Griff hatte. Statt in den Park zu gehen, setzte sie Mallory in den Kindersitz und fuhr zu Mary. Dort spielte Mallory eine Zeitlang, während die beiden Mädchen plauderten. Mary bemerkte nichts Ungewöhnliches und bekam auch nicht mit, daß Serena mit dem Wagen ihres Stiefvaters gekommen war.

Serena hatte eigentlich vorgehabt, anschließend nach Hause zu fahren. Doch als sie von Mary wegfuhr, kam ihr eine andere Idee. Sie wollte nach Carson City zurück. Wenn sie nicht im Haus ihrer Großmutter leben konnte, würde sie bei der Familie einer Freundin Unterschlupf finden. Aus dieser Laune heraus fuhr sie Richtung Autobahn. Sie kannte die Strecke. Erst war es ihr ein bißchen unheimlich, so schnell auf der Autobahn zu fahren, doch nach einer Weile entspannte sie sich und fuhr sogar mit einer Hand.

Das Problem war nur, daß sie nicht sehr weit vorausgeplant hatte. Mallory trug nur Shorts und ein T-Shirt. Und außerdem war kein Pfennig Geld im Kombi. Wovon sollte sie den Dollar Gebühr an der Carquinez-Mautbrücke zahlen? Und sie wußte auch nicht, wie lange das Benzin reichen würde. Egal. Sie wollte in Carson City wohnen, wo sie ihre glücklichste Zeit mit ihrer Großmutter verbracht hatte. Und jetzt konnte Mallory ebenfalls dort sein.

Serena überfuhr einfach die Mautsperre.

Es wurde dunkel. Etwa zur gleichen Zeit rief Michael aus dem Restaurant an und erkundigte sich nach den Mädchen. Mia war in heller Aufregung: Serena und Mallory waren wie vom Erdboden verschluckt! Die Moore beendeten hastig das Dinner und eilten nach Hause.

»Der Kombi ist weg!« Michael stöhnte, als Sharri und er vor dem Haus hielten. Wut und Angst legten sich wie zwei Klammern um seine Brust. Mia saß auf der Vordertreppe und wartete auf sie. Sie hatte nicht einmal bemerkt, daß der Kombi fehlte.

Sharri rief die Polizei an und meldete den Kombi als gestohlen. Michael fuhr in der Stadt herum und suchte nach dem Wagen, dann kehrte er zurück und rief verschiedene Transportunternehmen an, damit die ihre Fahrer baten, nach dem Ranger Ausschau zu halten. Mia ging nach Hause. Den Moores blieb nichts übrig als zu warten, eine Zigarette nach der anderen zu rauchen und jede Minute nervös auf die Uhr zu sehen.

Diesmal würde Serena zahlen, versprach Sharri Michael. Trotz all ihrer Lügen hatte sie nie für irgend etwas die Verantwortung übernehmen müssen. Es war schon schlimm genug, daß sie sich selbst, ihre Mutter oder Michael in Gefahr brachte. Aber bei Mallory war das etwas anderes. Sharri wußte, daß Serena Mallory mehr liebte als jeden anderen auf der Welt. Sie würde ihrer kleinen Schwester nicht absichtlich etwas antun, aber ihre Impulsivität machte ihre Handlungen trotzdem gefährlich.

Sharri mußte sich damit abfinden, daß Serena emotional zu labil war. Sie konnte ihr nicht helfen. Die Lage war einfach zu verfahren. Das ›System‹ mußte ins Spiel kommen, die Polizei, staatliche Hilfsorganisationen, die Gerichte … irgend jemand mußte diesem Kind doch helfen.

Mitternacht. Immer noch keine Nachricht. Ein Uhr. Immer noch nichts. Zwei Uhr. Endlich klingelte das Telefon.

Es war ein Autobahnpolizist. Er rief aus Truckee an, nicht weit von Tahoe. Die Mädchen waren in Sicherheit. Er hatte Serena entdeckt, wie sie mit Mallory im Arm am Randstreifen stand. Sie hatte versucht, Autos anzuhalten, nachdem ihr das Benzin ausgegangen war.

»Ich war total schockiert«, erinnerte Sharri sich später. »Da standen meine beiden Mädchen mitten in der Nacht und versuchten, irgendeinen Wagen anzuhalten. Sie hätten auch an einen Serienmörder geraten können!«

Serena hatte den Polizisten erzählt, daß sie den Wagen gestohlen hatte, weil sie und ihre kleine Schwester sexuell belästigt worden waren.

Ein Sheriff brachte die beiden Mädchen zu ihrer Großmutter, deren Haus etwa eine Stunde entfernt lag. Sharri und Michael fuhren mitten in der Nacht nach Carson City und mußten unterwegs noch ihre Autobatterie ersetzen, die getreu nach Murphys Gesetz um 4 Uhr früh ihren Geist aufgegeben hatte.

»Mami, Mami«, rief Mallory, als sie am nächsten Morgen ihre erschöpften Eltern sah. »Nana hat mich mit dem Kombi mitgenommen!«

Zu dieser Zeit wurde Serena schon wieder vermißt. Sie war am frühen Morgen von ihrer Großmutter weggelaufen. Der Sheriff rief kurze Zeit später an und informierte Sharri, daß er ihre Tochter in Gewahrsam hätte. Sharri teilte ihm mit, daß sie Serena nicht abholen würde. Ihr reichte es. Diesmal wollte sie ihr nicht helfen. »Sie wird diesmal die Konsequenzen tragen«, sagte sie. »Ich will, daß sie angezeigt wird.«

Der Sheriff weigerte sich. Serena sei nur auf eine Spritztour gegangen. Trotzdem wollte Sharri ihre Tochter nicht abholen. Serena verbrachte die Nacht im Jugendgefängnis von Carson City. Am nächsten Tag gingen die Streitereien weiter. Sharri beharrte auf ihrer Weigerung, ihre Tochter zu sich zu nehmen. Man erzählte ihr, das bedeute, daß sie sie im Stich ließe. Gut, konterte sie, wenn das nötig ist, damit ihr jemand hilft.

Der Sheriff rief die Polizei von Newark zur Unterstützung herbei. Detective Brazil bot einen Kompromiß an. Er wollte

Serena am Flughafen von Oakland abholen, wenn Sharri ihr das Ticket bezahlen würde. Sharri zögerte. »Werden Sie Michael wieder verhaften?« wollte sie wissen.

Brazil verneinte. Er glaubte Serenas neuester Belästigungsgeschichte nicht. Außerdem wollte er sie zusammen mit einem anderen Beamten und einem weiblichen Officer abholen. Er würde sie nirgendwo allein hinfahren.

Brazil hielt Wort. Mit einem zweiten Detective und einem weiblichen Officer in Uniform holten sie Serena am Flughafen ab und brachten sie schließlich in ein Jugendheim in Union City. Dort konnte sie sich beruhigen und therapeutische Hilfe in Anspruch nehmen. Doch in nur zwei Wochen scheiterte der Plan. Serena lief mehrmals weg, um sich mit ihrem derzeitigen Freund Nick zu treffen. Sharri holte sie ab und brachte sie in das Heim zurück. Dann stahl Serena einem anderen Mädchen ein paar Dinge und stritt sich heftig mit der Leiterin des Jugendheims, die schließlich erklärte, daß es ihr reichte. Serena wurde mitten in der Nacht in die Kairos-Gruppenheime in Oakland verlegt.

Das war zuviel für Sharri.

»Ich bin ausgeflippt«, erzählte sie später, »als man mir das erzählte. Es tat mir weh, mir vorzustellen, wie Serena mitten in der Nacht mit ihren Sachen in einer Tüte ankam, ratlos herumstand, nicht wußte, was sie tun sollte und sich fragte, warum sie herumgeschubst wurde. Das konnte ich nicht ertragen. Sie hatte schreckliche Folgen heraufbeschworen, ohne es zu wollen.«

Nichts hatte geklappt. Die Moores waren eine Familie; sie mußten es weiter versuchen. Sharri fuhr sofort nach Oakland und holte ihre Tochter ab.

Serena kehrte heim.

17. KAPITEL

Ein paar Wochen später wurde Serena in die achte Klasse an der Newark Junior High aufgenommen. Innerhalb eines Monats tauchten ihre alten Probleme wieder auf. Diesmal gab es einen anderen Ausweg. Die Moores hatten ein Haus in der Lucia Street in der Nachbarstadt Fremont gekauft. Dadurch wohnte Serena in einem neuen Bezirk. In den paar Wochen vor dem Umzug nahm Sharri Serena aus der Schule und unterrichtete sie zu Hause. Die Ergebnisse erfreuten Sharri. Dieser Einzelunterricht schien genau das zu sein, was Serena brauchte. Sie mußte sich nicht um Hackordnungen oder andere Kinder kümmern, die sie zusammenschlagen wollten. Und es gab auch keine Gelegenheit, Freunde zu belügen.

Am 15. November zogen die Moores in ihr neues Haus. Serena ging auf die Thornton Junior High. Sie gewann neue Freunde und entwickelte einigermaßen feste Gewohnheiten. Sie nahm wieder Tanzunterricht im Fremont Erholungszentrum und erwies sich als so talentiert, daß sie zu den Highschool-Mädchen in die Fortgeschrittenenklasse kam.

Im Januar wurde Sharri als Assistentin in der Tierhaltung gekündigt. Sie beschloß, keinen neuen Job zu suchen. Sie arbeitete freiwillig in der Vorschule, die Mallory dreimal in der Woche besuchte. Nach all den Jobs, die sie gehabt hatte, genoß Sharri es, ›einfach nur Mutter zu sein‹.

Mallory war jetzt drei Jahre alt und ein außergewöhnlich hübsches Kind. Sie hatte langes, dunkles Haar, grüne Augen und ein elfenhaftes Gesicht. Sie war offen, neugierig, lebhaft und steckte voller Energie. Sie wollte Ballerina werden, wenn sie größer wurde, und träumte von ihrem vierten Geburtstag. Dann würde sie endlich Tanzstunden nehmen dürfen wie ihre große Schwester. Mittlerweile hatten Serena und sie ihr gemeinsames Tanzen perfektioniert. Mallory übte ihre Schritte graziös auf dem langen, hölzernen Couchtisch im Wohnzimmer.

Mallory liebte ihr neues Haus in Lucia. Sie hatte ein sehr

großes Zimmer mit einem großen Bett, das ein blaues Geländer an der Seite hatte, damit sie nachts nichts herausfiel. Sie hatte Alpträume von Alligatoren und Schwarzen Löchern, die sie verschluckten. Wenn das passierte, schrie sie nach ihrem Daddy. Der kam mit einem Gummihammer und tat, als würde er Nägel ins Holz schlagen, damit die Alligatoren sich nicht hindurchzwängen konnten.

Ihr Vater nannte Mallory immer noch ›Daddys Baby, Daddys kleines Mädchen‹. Es gefiel ihr, Daddys kleines Mädchen zu sein, aber bei dem Wort ›Baby‹ protestierte sie.

»Ich bin kein Baby mehr«, schmollte sie eines Tages.

»Ich weiß. Aber du wirst immer mein Baby sein.«

Mit ernster Miene entschied sie, daß er sie noch sein Baby nennen durfte. Eine Zeitlang.

Die große Schwester ›Nana‹ war ebenfalls ein besonderer Mensch in Mallorys Leben. Sie war ihr sogar so wichtig, daß Mallory ihre Partei ergriff, wenn ihre Schwester sich mit Michael stritt. Die Auseinandersetzungen zwischen Serena und ihren Eltern nahmen sowohl an Häufigkeit als auch an Intensität zu. Mallory verfolgte diese Vorfälle mit wachsender Empörung. Ein besonders heftiger Streit hinterließ für Monate eine bleibende Wirkung und sollte während des Prozesses gegen Serena ins Zentrum der Aufmerksamkeit rücken.

Wie üblich lösten Serenas Widerworte gegen ihre Mutter den Streit aus, als sie wieder einmal Hausarrest bekam. Wütend warf sie sich mit Mallory auf ihr Bett und jammerte ihrer Schwester die Ohren voll, wie schlecht sie behandelt wurde. Michael hörte das Gespräch und unterbrach es.

»Mallory«, sagte er und steckte den Kopf zur Tür herein, »du kommst jetzt raus. Serena, du solltest nicht so mit deiner Schwester reden. Sie muß das nicht unbedingt hören.«

Serena antwortete mit wenigen ausdrucksstarken Worten. Als Sharri die Antwort ihrer Tochter hörte, kam sie dazu, mischte sich kurz in den Streit ein und wollte wieder gehen. Da rastete etwas in Serena aus. Sie stürzte aus ihrem Zimmer in den Flur und rammte ihre Mutter von der Seite. Die segelte bis ans andere Ende des Wohnzimmers. Michael trat schnell zwischen Mutter und Tochter. Serena ging mit wirbelnden Armen auf ihn los, außer sich vor Wut. Michael schubste sie zu Boden, um sie unter Kontrolle zu bekommen. Sie schlug weiter auf ihn ein. In einem plötzlichen Aufflammen von Frustration und Wut schlug er ihr ansatzlos in den Bauch. Serena traten vor Überraschung fast die Augen aus dem Kopf, dann erstarrte sie. Michael beugte sich über sie und erwartete mißtrauisch ihre nächste Bewegung. Einen Augenblick später rollte sie sich auf die Seite und hustete theatralisch.

»Auu!« jammerte sie. »Ich werde die Polizei rufen! Ich werde ihnen sagen, daß du mich geschlagen hast!«

»O nein, das wirst du nicht tun!« konterte Sharri, ging zum Telefon und zog den Stecker raus. »Du hast angefangen, und wir werden allein damit fertig werden.«

Obwohl er noch wütend war, tat Michael die ganze Sache sehr leid. Er hatte Serena zwar schon ein- oder zweimal eine Ohrfeige versetzt, aber er hatte immer darauf geachtet, nie die Faust zu schließen, egal, wie sehr sie ihn beschimpfte, mit Türen geknallt, das Haus ›verwüstet‹ oder mit Dingen geworfen hatte. Als seine Stieftochter jetzt schluchzend auf dem Boden lag, verließ er das Zimmer. Sharri half Serena aufzustehen und redete mit ihr, bis sie sich beruhigt hatte.

Serena sah nach kurzer Zeit ein, daß sie den Streit angefangen hatte. Michael hätte sie nicht schlagen dürfen, meinte sie, aber immerhin gab sie zu, daß sie ihre Mutter geschlagen und versucht hatte, auch ihn zu treffen.

Mallory jedoch vergab nicht so schnell. »Du darfst Nana nie wieder hauen!« befahl sie ihrem Vater mit dem ganzen Nachdruck einer empörten Dreijährigen. »Tu das nie wieder!«

»Es tut mir leid«, versicherte ihr Michael. »Und ich werde es auch nie wieder tun.«

»Versprochen?«

»Versprochen.«

Mallory nickte zufrieden. Aber sie konnte den Vorfall nicht vergessen. Während der nächsten Monate sagte sie mehr als einmal zu Michael, daß er ›Nana‹ nicht mehr schlagen dürfte. Irgendwann hatte er genug von ihrem Schuldtrip.

»Habe ich dir nicht versprochen, daß ich es nie wieder tun werden?« antwortete er ungehalten, als sie auf dem Boden lagen. »Hast du seitdem gesehen, daß ich sie je wieder geschlagen habe?«

»Nein«, antwortete sie ruhig.

»Warum nervst du mich dann die ganze Zeit damit?«

Mallory spitzte die Lippen, als sie ihn nachdenklich ansah, und erwähnte das Thema nie wieder.

Während einer Vorsorgeuntersuchung im Dezember wurde festgestellt, daß sich Mallorys undeutliche Aussprache so weit gebessert hatte, daß der Arzt notierte, sie spreche wieder klar. Durch ihr Asthma geriet sie zwar ab und zu beim Spielen in Atemnot, aber es war nicht so schlimm, daß sie ihre Aktivitäten ständig hätte einschränken müssen. Jetzt machten Sharri andere Krankheiten Sorgen. Sie schleppte sie wegen jeder Beule und jedem Schnupfen zum Arzt. Normalerweise war Mallory ein Energiebündel, aber gelegentlich wurde sie unerklärlicherweise müde. Sie hatte viel Erkältungen und bekam schnell blaue Flecken. Sharri brachte diese Symptome in Verbindung und fragte den Arzt, ob Mallory an Leukämie leide. Er versicherte ihr, daß ihre Tochter keinerlei Anzeichen dieser Krankheit zeige.

Aber warum war sie dann so oft krank?

Mallorys Asthma verschlimmerte sich in diesem Frühling einmal dramatisch. In einer Nacht hatte Sharri Mallory erlaubt, bei ihr auf der Couch sitzen zu bleiben, während sie sich einen Film anschaute. Mallory kuschelte sich unter ihre Decke und schlief kurz danach ein. Sharri sah bis spät in die Nacht fern. Als es Zeit wurde, Mallory ins Bett zu bringen, zog sie die Decke zurück, ›aus einem rein mütterlichen Instinkt.‹ Mallory war ruhig und keuchte nicht, aber ihr Bauch pumpte heftig, um die Arbeit der Lungen zu unterstützen. Irgendwas stimmte da nicht.

Sharri weckte Michael. Sie riefen im Krankenhaus an, aber nachdem der Arzt gehört hatte, daß Mallory nicht keuchte, erklärte er ihnen, daß die Symptome nicht rechtfertigten, sie in die Notaufnahme zu bringen. Sharri beobachtete Mallory weiter und rief erneut an. Irgendwas stimmte nicht. Die Moores glaubten den Ärzten nicht und fuhren Mallory um 1 Uhr morgens ins Krankenhaus. Sharri hatte recht gehabt: Ihre Tochter hatte ernste Schwierigkeiten. Mallory wurde dreimal an die Beatmungsmaschine angeschlossen, bis ihre Atemwege wieder geöffnet waren und ihre Sauerstoffzufuhr wieder das normale Niveau erreicht hatte. Die Ärztin verschrieb eine kleine Maschine, ein Inhalationsgerät, das sie mit nach Hause nehmen und regelmäßig benutzen sollte. Danach könnte sie es benutzen, wann immer es nötig sein sollte. Sie setzte Mallory außerdem für fünf Tage auf Cortison.

Sharri und Michael fuhren erschüttert nach Hause. Es war 4 Uhr früh.

»Was wäre passiert, wenn ich nicht nach ihr gesehen hätte?« fragte Sharri Michael, als sie die Auffahrt ihres Hauses hochfuhren.

Trotz Serenas ruhigem Start in die achte Klasse verschlimmerte sich ihr Verhalten im Frühling 1992 und wurde unberechenbar. Es geschahen zwei Dinge, die dazu führten, daß sie völlig außer Kontrolle geriet.

Das erste war Troy Coles Auftauchen. Serena hatte ihn durch eine Freundin kennengelernt und fühlte sich sofort zu ihm hingezogen. Er war anders als ihre üblichen Freunde, älter und erfahrener. Ein siebzehnjähriger Freund war eine große Kerbe in ihrem Brett und bestätigte Serenas Selbsteinschätzung, daß sie mit vierzehn schon erwachsen und reif war.

Mary und ihre anderen Freundinnen warnten sie, daß Troy ›nur Sex‹ von ihr wollte. Ihren Eltern war die Beziehung auch nicht recht, aber das hielt sie nicht auf. Sie schwänzte die Schule, um sich mit Troy zu treffen. Es dauerte nicht lange, da bedrängte er sie, mit ihm zu schlafen. Im April fing Serena an, ihrer Mutter Fragen zu stellen – wie Sex war, ob es beim ersten

Mal weh tat und so weiter. Sharri ermutigte sie, zu warten, aber sie sah, daß ihre Worte auf taube Ohren stießen.

Im Mai verlor Serena ihre Jungfräulichkeit. Sie erzählte ihrer Mutter davon. Es war ›keine schöne Erfahrung‹ gewesen. Sharri wußte, daß Serena sich in eine Lage manövriert hatte, mit der sie nicht fertig wurde.

Seit sie mit Troy schlief, lief Serena häufiger fort und stieg oft heimlich durch Troys Schlafzimmerfenster ein, um die Nacht mit ihm zu verbringen.

Die Stimmung im Haus der Moores war chaotisch. Serena ging unbeirrbar ihren eigenen Weg, ohne an ihre Verantwortung für die Familie zu denken. Das einzige Argument, durch das sie sich umstimmen ließ, war Mallory.

Die zweitwichtigste Erfahrung für Serena in diesem Frühling war ihr Scheitern bei der Auswahl für das Cheerleading Team. Sie war am Boden zerstört. Sie weinte endlos und flüchtete schließlich in die von Sharri so genannte: ›Mir geht's gut‹-Rolle. Sie konnte ihren Kummer nicht zeigen, aber ihre Wut und ihre Enttäuschung wurden in ihrem Verhalten deutlich.

Glücklicherweise war sie bei ihrer Tanzrevue Ende Mai gut. Sie und ihre Tanzklasse waren von dem Applaus und den anerkennenden Pfiffen begeistert. Im nächsten Jahr, erzählte Serena Mallory, würde die Revue noch aufregender. Jedes Jahr gab es einen Song in der Show, ›Sisters‹, bei der Schwestern, die mitmachten, gemeinsam auftraten. Und nächstes Jahr würde Mallory mit ihr zusammen auftreten!

Die Moores freuten sich auf den August, der der schönste Monat in diesem Sommer zu werden versprach. Sie hofften, daß die Unternehmungen, die sie geplant hatten, Serena etwas beruhigten und die Familienbande stärkten. Sie konnten alle eine kleine Kampfpause brauchen.

Am ersten August feierte Mallory ihren vierten Geburtstag mit einer Party, an der sowohl ihre kleinen Freunde teilnahmen wie auch die von Serena. Mia Black war auch eingeladen. Mallorys Augen funkelten beim Anblick all der Geschenke, des Kuchens und der Kerzen. Außerdem, quietschte sie und hüpfte dabei aufgeregt hoch und runter, bedeutete dieser Tag noch etwas anderes: Sie durfte Tanzunterricht nehmen! Mom würde sie bald mitnehmen und anmelden!

Aber erst wurde noch ein anderer Traum wahr. Mom, Daddy, Nana und sie fuhren nach Disneyland!

Es war die Reise ihres Lebens.

»An diesen Tagen waren wir alle sehr glücklich«, erinnerte sich Sharri später. »Serena war so aufgeregt, daß sie all dies mit ihrer Schwester erlebte, und zeigte ihr soviel, wie sie konnte.«

Im ›Land des Wilden Bären‹ beeindruckte eine Maschine Mallory am meisten, die ›einen Penny ganz flach machte‹. Daddy preßte für sie einen Penny in der Maschine, und sie behielt ihn fest in der Hand. Ab und zu öffnete sie ihre kleine Faust ein bißchen, um seine komische ovale Form neugierig zu betrachten.

Die Moores verbrachten zwei wunderschöne Tage in Disneyland. Als sie packten, steckten sie Mallorys flachen Penny in eine Seitentasche des Koffers, wo sie ihn zeitweilig vergaßen. Die Bedeutung dieses Pennys sollte sich tragischerweise nur zu bald ändern. Von einem Ferienandenken wurde sie für Sharri, Michael und die große Schwester Nana zu einer schmerzlichen, bittersüßen Erinnerung an ein für immer verlorenes Leben.

18. KAPITEL

Ich ging in Mallorys Zimmer, um gute Nacht zu sagen. Sie las in einem Sesamstraße-Buch und sagte immer wieder: ›Nana, Nana, ich will bei dir schlafen.‹ Und ich sagte: ›Nein, Mami hat gesagt, nein.‹ Dann hat sie sich hingelegt, und ich wollte Lippe an Lippe. Wir hatten so eine kleine Sache zwischen uns. Sie legte sich hin und spitzte die Lippen, und ich küßte sie. Wir nannten es ›Lippe an Lippe‹. Also bat ich sie darum und küßte sie, und sie legte sich hin, und ich ging raus. Ich sagte ihr, ich liebte sie und sie sagte: ›Ich liebe dich auch.‹

– Serenas Aussage über den Abend, an dem sie Mallory das letzte Mal lebend gesehen hatte.

Am 18. August 1992 lag Sharri um 7 Uhr 30 noch im Bett. Sie hatte gehört, wie Michael gegen sechs zur Arbeit gefahren war und war wieder eingeschlafen. Am Tag zuvor hatte sie so starke Ohrenschmerzen gehabt, daß sie sogar zum Arzt gegangen war. Er hatte nichts gefunden. Ihr Ohr tat während des ganzen Tages und bis in die Nacht hinein weh, so daß sie bis in die frühen Morgenstunden kaum schlafen konnte. Jetzt versuchte sie noch ein bißchen zu dösen, bis die Mädchen wach wurden. Mallory würde sie sicher gleich aus dem Bett quengeln, damit sie zum Erholungszentrum fuhren und sie wie versprochen in der Tanzklasse anmeldeten.

Serena war schon wach. Sie sprang aus dem Bett und zog sich Shorts und ein T-Shirt an. Es versprach heiß zu werden. Sie blieb stehen und lauschte. Es war merkwürdig ruhig. Normalerweise wäre Mallory um diese Zeit schon längst in Serenas Zimmer geplatzt, hätte sie an den Haaren gezogen und sie geweckt.

Sie ging durch den Flur zu Mallorys Zimmer. Sie warf einen Blick hinein. Mallory lag ruhig da. Serena tapste an ihr Bett.

»Maallloory«, säuselte sie. »Zeit aufzustehen.« Mallory rührte sich nicht. Serena sang ein zweites Mal. »Maallloory.« Sie hielt inne und stupste ihre Schwester an. Dann rüttelte sie sie ein zweites Mal. Ihr kleiner Körper schaukelte und lag dann ruhig da.

Serena fühlte Angst auf ihrer Haut prickeln. Sie beugte sich herunter und sah in Mallorys Gesicht. Mein Gott! Es war ganz blau, und auf dem Kissen war irgend etwas Feuchtes. Außerdem roch es komisch. Serena verließ fluchtartig das Zimmer. »Mom! Mom!« schrie sie und stürmte ins Schlafzimmer ihrer Eltern. »Irgendwas ist mit Mallory! Ich krieg' sie nicht wach!«

Sharris Mutterinstinkt schlug sofort Alarm, und sie sprang aus dem Bett. Sie befürchtete eine neue Asthmaattacke oder wieder diesen ›blauen Anfall‹. Sie sah die Panik in Serenas Blick. »Alles wird gut«, erklärte sie, schob ihre Tochter zur Seite und lief an ihr vorbei in den Flur.

Sharri würde diesen Geruch in ihrem ganzen Leben nicht vergessen. Er stieg ihr sofort in die Nase, als sie Mallorys Zimmer betrat. Serena folgte ihr und lehnte sich an die Wand. Sharri schüttelte Mallory, rüttelte sie noch einmal und rief immer wieder ihren Namen. Ihre Stimme wurde immer schriller. Mallory bewegte sich nicht. Und Mallory wachte auch nicht auf.

Mallory war tot.

In ihrem Innersten wußte Sharri es. Ihr Kind war schon seit Stunden tot. Aber sie konnte es nicht glauben. »O Gott!« schluchzte sie. »Mein Gott, o nein!«

Serena sah sie entsetzt an und sank langsam an der Wand herunter. Sie wedelte heftig mit den Armen, als könnte sie die Wahrheit von sich fernhalten. Ihre Schreie vermischten sich mit denen ihrer Mutter.

Sharri beugte sich so weit sie konnte über das Bettgeländer, strich ihrer Tochter das Haar glatt und wischte ihr den blutigen Schaum aus dem Gesicht. Dann wirbelte sie von einem Instinkt getrieben herum und rannte in die Küche. Sie hoffte gegen jede Wahrscheinlichkeit, daß jemand, irgend jemand, ihr helfen könnte. Serena folgte ihr vollkommen panisch. Sharri riß den Hörer von der Gabel und wählte 911.

»Fremont Feuer und Notruf.«

Sharri mußte sich zusammenreißen, damit sie zusammenhängend sprach. Ihre Stimme zitterte. »Ich glaube, meine vierjährige Tochter ist tot. Wir haben sie heute morgen in ihrem Bett gefunden, ganz steif und kalt …«

Serena fiel jammernd zu Boden. »Nein, nein, nein!« Es konnte nicht wahr sein, das durfte einfach nicht sein! Sie konnte doch nicht allein bleiben, ohne ihre kleine Schwester. Plötzlich empfand sie das dringende Bedürfnis, das Haus zu verlassen. Sie rappelte sich hoch und rannte hinaus, ganz egal, wohin. Während sie die Carillo Street in südlicher Richtung entlanglief, schluchzte sie und stöhnte, als sie zwei Streifenwagen kommen sah. »Bitte, komm jemand her und töte mich«, stieß sie stockend hervor. »Bitte, schlagt mich, bitte!«

Den Notruf nahmen der Kriminalbeamte Paul Dejoy und Officer Joseph Geibig entgegen, denen in einem zweiten Wagen Officer Robert Sischka folgte. Als er die entsetzte Serena sah, blieb er stehen, um zu sehen, daß es ihr gutging. Nachdem er kurz mit Serena gesprochen hatte, führte er sie sanft in seinen Wagen. Ihm war nicht klar, daß die tote Schwester, um die sie weinte, der Notruf war, zu dem er fuhr.

In Sharris Kopf drehte sich alles, als sie den Hörer auf die Gabel knallte. Sie hörte Serenas Weinen, hörte, wie sie hinausstürmte, aber ihr Gehirn funktionierte noch nicht klar genug, damit sie Angst um ihre ältere Tochter empfunden hätte. Sie stolperte zurück in Mallorys Zimmer.

Tränenüberströmt summte sie ein Lied für ihr kleines Mädchen, als sie sich hinunterbeugte, sie in eine Decke wickelte und sie hochnahm. Sie drückte Mallory fest an sich und ging benommen zur Haustür, die Serena in ihrer panischen Flucht offen gelassen hatte. Dort setzte sie sich auf den Fußabtreter und wiegte weinend ihr totes Kind, während sie auf die Sanitäter wartete. »Warum?« fragte sie immer wieder und blickte zum Himmel, als ob sie dort nach einer antwort suchte. Sie konnte es kaum ertragen, in Mallorys Gesicht zu sehen. Es sah so schrecklich aus: ganz fleckig und blau-weiß.

Während sie wartete, preßte Sharri Mallory an ihre Brust, als wollte sie ihr eigenes Leben in den Körper des kleinen Mädchens strömen lassen.

Um 7 Uhr 41 fanden Feuerwehrhauptmann Mike Sanchez und sein Sanitäter Russell Peterson Sharrin in der Tür ihres Hauses. Sharri sah die Uniformierten flehentlich an und reichte Mallory dann rasch Sanchez. Benommen sah sie zu, wie er ihr Kind betrachtete und hörte seinen leisen Kommentar.

»Mein Gott, sie ist schon lange tot.«

Dann spürte sie, wie Sanchez sie wegführte. Er stütze sie am Ellbogen, während er sie durch den Flur ins Wohnzimmer führte. Peterson hatte seine Ausrüstung geholt und legte Mallory auf den Boden, um sie zu untersuchen.

Sanchez schloß die Wohnzimmertür hinter sich und drängte Sharri sanft in die Küche. Sie lehnte sich an die Spüle und wartete, wobei sie hemmungslos weinte. Ihr war jede Zeitgefühl abhanden gekommen. Schließlich kam Peterson zurück. Seine Untersuchung war beendet. Er bedauerte, daß sie ›nichts mehr tun‹ konnten. Und auch wenn es ihr schwerfiel, mußten leider einige Formulare ausgefüllt werden. Sanchez ging hinaus.

Während Sharri schluchzte, betrachtete der junge, braunhaarige Peterson sie. Ihm war unbehaglich zumute, doch sein Mitgefühl erstarrte, als er ihre Hilflosigkeit spürte. Er hatte nicht die geringste Ahnung, wie er eine derartig leidende Frau beruhigen sollte. Sharri nahm ihn durch tränenverschleierte Augen wahr und empfand plötzlich Wut. Sie wollte Hilfe, wollte Trost, und er stand einfach nur da! Rasend trommelte sie mit ihren Handflächen auf seine Brust und stieß ihn zurück. »Können Sie nicht irgendwas tun?« schrie sie. »Helfen Sie mir! Nehmen Sie mich wenigstens in die Arme!«

Erschrocken packte Peterson einen Augenblick ihre Arme und floh dann mit einer hastig gemurmelten Entschuldigung aus der Küche.

Mittlerweile waren die Polizisten Dejoy und Geibig angekommen und untersuchten im Flur Mallorys Leichnam. Sanchez unterrichtete die beiden kurz darüber, daß er nichts gefunden habe, was auf einen Erstickungstod hindeuten könnte. Dejoy untersuchte Mallory und stimmte diesem Befund zu. Er bemerkte eine kleine Menge bräunlicher Flüssigkeit, die aus Mallorys Mund gelaufen war.

Die beiden Beamten hörten Sharri weinen und liefen zu ihr.

Sie führten sie ins Wohnzimmer und boten ihr etwas Wasser an. Mallory ließen sie im Flur liegen, direkt hinter der Haustür.

»Bitte suchen Sie meine andere Tochter«, bat Sharri die beiden. »Sie ist weggelaufen, und ich weiß nicht, ob es ihr gutgeht.«

Sischka kannte Serena von ihren zahllosen Ausreißeskapaden. Dann wurde ihm der Zusammenhang mit dem Notruf klar. Sie konnte nicht aufhören zu weinen.

»Kann ich dich irgendwo hinfahren?«

»Bringen Sie mich zu meinem Freund«, bat sie. »Ich kann jetzt unmöglich nach Hause zurück.«

Sischka fuhr Serena die paar Blocks zu Troys Haus. Der öffnete schlaftrunken auf ihr Klingeln und versuchte, sie zu trösten, als sie in seinen Armen zusammenbrach. Sischka sah ein paar Minuten zu, wie sie sich umarmten, Serena sich an Troys Brust schmiegte und mit ihrem Schluckauf kämpfte, bis sie erschöpft war und sich allmählich beruhigte. »Es wird Zeit, zurückzugehen«, ermunterte er Serena. »Deine Mutter braucht dich jetzt.«

Ruhig und bedrückt gehorchte sie.

Knapp zehn Minuten, nachdem Dejoy und Geibig angekommen waren, fuhr Sischka mit Serena vor. Furchtsam ging sie den Weg zum Haus entlang. Sie sah ihre Schwester im Flur direkt vor der Tür liegen. Sie würde über ihre Leiche steigen müssen, um hineinzukommen. Wie betäubt nahm sie all ihren Mut zusammen, sprang über Mallory, rannte hysterisch zu ihrer Mutter und umschlang sie. Plötzlich spürte sie ein Aufwallen ihres Beschützerinstinktes. Ihre Mom brauchte sie. Sie mußte stark sein.

Sischka und Dejoy begannen ihre Inspektion des Hauses, einschließlich Mallorys Zimmer und Bett. Sie suchten nach allem, was auf einen Mord hindeuten könnte, aber ihnen fiel nichts Ungewöhnliches auf. Auf Mallorys Kissen bemerkten sie einen kleinen Fleck.

Sharri klammerte sich an Serena und ließ sie nur los, um die Sanitäter zu bitten, Mallory vom Boden aufzuheben und wieder in ihr Bett zu legen. Sie konnte die Vorstellung nicht ertragen, daß Michael auch über ihre Leiche steigen mußte wie Serena. Wir dürfen sie nicht bewegen, sagten die Beamten ihr immer wieder. Sharri gab nicht nach. Schließlich lenkte einer der Polizisten ein und trug Mallory in ihr Bettchen zurück.

Behutsam fingen Sischka und seine Partner an, Fragen zu stellen. »Sie hatte Asthma und so merkwürdige Anfälle«, erwiderte Sharri nur. Sie dachte an die blauen Gliedmaßen. »Sie ist schon einmal an ein Sauerstoffgerät angeschlossen worden, bekam Medikamente, und manchmal wachte sie etwas atemlos auf. Aber gestern abend schien es ihr gutzugehen.«

Durch die geschlossene Wohnzimmertür drang das Geräusch von Schritten. Benommen beantworteten Sharri und Serena die Fragen. Wann hatte Mallory gestern abend gegessen? Wann war sie ins Bett gegangen? Wer hatte sie gefunden? Wann war diese Person aufgestanden? Sharri versuchte, sich auf die Fragen zu konzentrieren, während sie die ganze Zeit daran denken mußte, daß fremde Menschen ihr Baby untersuchten und anfaßten.

»Sie sollten Ihren Ehemann anrufen«, riet ihr Sischka.

Sharri war entsetzt. »Das kann ich nicht. Wie soll ich ihm beibringen, daß sein kleines Mädchen tot ist?«

Statt dessen rief sie den Sicherheitsdienst bei Raychem an und bat, Michael zu verständigen, damit er sich zu Hause meldete. »Wenn es klingelt, müssen Sie rangehen«, sagte Sharri zu Sischka. »Sagen Sie es ihm. Ich kann es einfach nicht.«

Michael beugte sich gerade über eine Maschine im Extrusionslabor und programmierte die Ausrüstung für einen morgendlichen Testlauf, als ein Sicherheitsbeamter ihm mitteilte, er solle zu Hause anrufen. Michael war sofort beunruhigt. ›Zu Hause‹ wußte, wo er war und kannte auch seine Piepernummer. Warum hatte Sharri nicht selbst angerufen?

Ein Mann nahm den Hörer ab und stellte sich als Polizeibeamter vor. »Ihre Tochter scheint einen Anfall gehabt zu haben«, erklärte der Officer.

Michael hatte das Gefühl, als verliere er den Boden unter den Füßen. »Welche Tochter?«

Die kleine, kam die Antwort.

Michael wußte sofort Bescheid, als er den Tonfall des Beamten hörte. »Ist sie tot?«

»Ja, leider.«

Einen Augenblick konnte Michael sich nicht bewegen. Schweigend legte er den Hörer auf und versuchte, sich zusammenzureißen. Er wolle sich zwingen, aus dem Alptraum aufzuwachen. Benommen ging er ins Büro des Chefs der Niederlassung, Guy Fletcher, und teilte ihm mit monotoner, unbeteiligter Stimme die Neuigkeiten mit. Guy fuhr Michael in dessen Wagen nach Hause, weil er fürchtete, Michael sei zu geschockt, um selbst zu fahren. Bill, ein anderer Angestellter, folgte ihnen und würde Guy wieder zurückfahren.

Die zehn Meilen erschienen Michael unendlich lang. Die Nachricht war so unerwartet, so endgültig. Er konnte nichts mehr tun. Sein kleines Mädchen war gestorben, während er geschlafen hatte. Das war zuviel für ihn. Er erinnerte sich noch daran, wie er vor zwei Stunden kurz in Mallorys Zimmer geschaut hatte, um zu sehen, ob es ihr gutging. Wie oft war er in aller Frühe auf Zehenspitzen an ihr Bett geschlichen und hatte sie zugedeckt. Und heute morgen hatte sie dagelegen, *tot*, und er war nicht einmal in ihr Zimmer gegangen! Wenn er nun noch etwas hätte tun können? Wenn er sie hätte retten können?

Als Guy anhielt, bekam Michael beim Anblick der Uniformierten im Flur seines Hauses Angst. Er ging hinein und erkundigte sich nach seiner Frau. Er lief zu Sharri und Serena und umarmte sie. So standen sie eine Weile zu dritt zusammen, hielten sich und weinten, bis Michael zurücktrat. »Wo ist sie?«

Sharri konnte nicht sprechen und deutete auf Mallorys Zimmer.

Sie lag auf ihrem Bett. Michael durchquerte leise den Raum, betrachtete seine Kleine, berührte sie und gab ihr einen Kuß. Ihr hübsches Gesicht war blau angelaufen und fleckig. Es wirkte unreal, wie das einer grotesken Wachspuppe. Michael umklammerte das Geländer des Bettes und stieß einen Laut aus, den er von sich noch nie zuvor gehört hatte – ein klagendes Stöhnen, ein so urtümlicher Laut, so erfüllt von Schmerz, daß er schon angsteinflößend war. Aus den Augenwinkeln sah er, wie ein Beamter das Zimmer betrat. Er wippte auf seinen Füßen, vor und zurück, und weinte, unfähig, das Stöhnen zu unterdrücken. Undeutlich nahm er wahr, daß der Polizist noch einmal nach ihm sah. Er wußte nicht, wie lange er so da gestanden hatte oder was ihn schließlich dazu brachte, zu gehen.

Michael rief seine Mutter an. Sharri hinterließ eine Nachricht auf Tessies Anrufbeantworter. Serenas Freundin Mary war unterwegs. Sie rannte quer durch Newark und über den Highway, der es von Fremont trennte. Das Shampoo hatte sie noch in den Haaren. Sie war in der Dusche gewesen, als das Telefon klingelte. Tina, eine andere Freundin von Serena, sollte ebenfalls noch kommen, wie auch Mia und Terri Black.

Dann diese Fragen. So viele Fragen. Es kam Michael so vor, als müßte er immer wieder dieselben Fragen beantworten. Er mußte stark sein, er war der Mann in der Familie. Die ganze Szene kam ihm surreal vor – die Uniformierten, seine hysterische Frau. Als wenn es nicht reichte, daß sie Mallory verloren hatten, er mußte auch noch über die letzten Ereignisse in ihrem Leben berichten, während sie nebenan in ihrem Bett lag. Tot.

Um 9 Uhr 30 trafen Frank Gentle und J. D. Lawson vom Büro des Coroners ein. Sischka und Dejoy unterrichteten sie kurz, dann inspizierten alle vier gemeinsam noch einmal Mallorys Leichnam und das Haus. Keinem von ihnen fiel etwas Verdächtiges auf. Nach der Untersuchung wurde es Zeit, den Leichnam wegzubringen.

Gentle kehrte zu der Familie ins Wohnzimmer zurück. Er winkte Michael zu sich und informierte ihn, daß der Bezirks-Pathologe wegen der unbekannten Todesursache den Fall noch einmal überprüfen und vermutlich eine Autopsie ansetzen würde. Sharri konnte die Vorstellung nicht ertragen, daß die Leiche ihrer kleinen Tochter aufgeschnitten wurde. Sie hatte Geiger und Dejoy schon vorher erklärt, daß sie keine Autopsie wollte. Aber als Michael Gentles Begründung hörte, akzeptierte er die Entscheidung.

»Gehen Sie doch lieber rüber«, schlug Gentle vor und deutete auf die Küche. »Dann müssen Sie nicht mitansehen, wie sie hinausgetragen wird.«

Sie gehorchten. Trotzdem erhaschte Michael einen kurzen Blick, der ihn den Rest seines Lebens verfolgen würde: Die Umrisse der Leiche seines kleinen Mädchens in dem Leichensack, in dem sie kalt, leblos und allein lag.

Ausgerechnet in dem Moment, als Mallory auf einer fahrbaren Trage die Auffahrt hinuntergeschoben wurde, mußten Sarah und William Moore ankommen. Sharri hörte ihre Schwiegermutter schreien: »Bitte, ich will sie sehen, bitte!«

Als Gentle und Lawson das nicht zulassen wollten, brach sie schluchzend zusammen. William führte sie entschlossen, wenn auch behutsam fort.

Von einem Moment auf den anderen wurde es plötzlich ruhig im Haus. All die Uniformierten, die Sanitäter, die Polizisten, die Feuerwehrleute und die Ermittler der Gerichtsmedizin waren verschwunden. Sie hinterließen nur einen kalten Hauch in der heißen Augustluft.

Mallory war ebenfalls fort.

Michael, Sharri, Serena, Sarah und William starrten benommen auf die Freunde, die sich um sie herum versammelt hatten. Noch immer versuchten sie, die Endgültigkeit der Ereignisse dieses Morgens zu begreifen. Jeden Moment mußte doch Mallory hereinplatzen, kichern und das Eis in ihren Herzen zum Schmelzen bringen. Es war alles bereit. Ihr Spielzeug lag noch auf dem Boden des Wohnzimmers verstreut. Ein Disney-Video war im Recorder. Und in ihrem Zimmer lagen ihre Spielsachen, ihre Puppen und ihre Plüschtiere herum, dazwischen ihre Herzkissen und die Blümchendecken.

In nur drei entsetzlichen, herzzerreißenden Stunden hatte sich das Leben der Moores für immer verändert.

19. KAPITEL

Die folgenden Tage waren von Schmerz erfüllt. Wie im Nebel zogen kondolierende Freunde, Beerdigungsvorbereitungen und quälende Nächte an den Moores vorbei. Ihr Haus war voller Leute. Tessie und Kirk waren eine Stunde, nachdem sie die Nachricht abgehört hatten, nach Newark aufgebrochen. Roxanne kam auch. Sharri hatte ihre Schwester seit ihrer Hochzeit vor sechs Jahren nicht mehr gesehen. Michaels Mutter verbrachte diese Nacht ebenfalls bei den Moores. In den vier Tagen vor der Beisetzung war Serena so gut wie nie zu Hause. Sie hielt es dort nicht aus und flüchtete oft zu ihren Freunden. Selbst am Morgen von Mallorys Tod war sie in ein Kaufhaus gegangen und hatte sich dann im Einkaufszentrum mit ihren Freundinnen getroffen. So hatte sie versucht, ihren Schmerz zu überwinden.

Leid macht depressiv und lähmt. Umgeben von Chaos wurden Michael und Sharri kaum mit ihrem Verlust fertig. Die finsteren Schicksalsschläge des Todes blieben ihnen unbegreiflich. Michaels Bruder Ben kam ihnen zu Hilfe, er suchte für sie einen Kindersarg aus, besorgte einen Grabstein und traf auch andere Vorkehrungen. Er lieh ihnen Geld, bis das Geld von Mallorys Lebensversicherung, die sie bei Raychem abgeschlossen hatten, kam. Als ein paar hundert Dollar fehlten, glich er die Differenz aus. Es war ein Geschenk. Ben blieb in der Woche bis zur Beerdigung bei den Moores.

»Er war meine Stütze«, sagte Michael später.

Sowohl Michael als auch Sharri fingen wieder an zu rauchen.

Die Moores stimmten einer Autopsie zu, weil sie unbedingt wissen wollten, woran ihre Tochter gestorben war. Dr. Paul Herrmann führte die Obduktion am Morgen des 19. August in Anwesenheit des Police Detectives Greg Whitley durch. Ihn hatte Dr. Herrmann gerufen, als die äußere Untersuchung von Mallorys Leichnam einen ›verdächtigen Befund‹ ergab.

Als der Coroner andeutete, daß der Tod vielleicht auf unnatürliche Ursachen zurückzuführen war, brachte das die Polizei von Fremont gelinde ausgedrückt in eine höchst peinliche Lage. Am Morgen von Mallorys Tod hatte man den Schauplatz nur sehr oberflächlich untersucht.

Jetzt aber sah die Sache ganz anders aus.

An diesem Nachmittag rief Whitley die Moores an und bat sie, für weitere Fragen aufs Polizeirevier zu kommen. Michaels Vater William nahm den Anruf entgegen. Er teilte dem Detective mit, daß Michael, Ben und Sarah Moore im Leichenschauhaus seien. Sharri schlief, nachdem sie ein starkes Beruhigungsmittel eingenommen hatte. Sie würden zurückrufen müssen.

Als Sharri aufwachte, reagierte sie ungläubig auf den Anruf. »Wie können sie ausgerechnet jetzt mit uns reden wollen!« protestierte sie. »Wir haben ihnen doch alles erzählt, was wir wissen. Können wir nicht wenigstens erst die Beisetzung hinter uns bringen?«

Sharri rief um halb sechs an diesem Nachmittag zurück und beschwerte sich bei Officer Susan Bankston, die diese Nachricht an Whitley weitergab. Kaum vierzig Minuten später rief Whitley bei den Moores an. Statt sie über Dr. Herrmanns Verdacht zu informieren, erklärte er Michael, die ›Notwendigkeit der folgenden Befragungen‹, die zur ›normalen Vorgehensweise‹ gehörten. Zögernd gab Michael nach und erklärte sich bereit, am nächsten Morgen mit Whitley zu reden.

Um 12 Uhr 25 kamen Sharri, Michael und Serena zusammen mit Ben und Roxanne auf der Polizeiwache an. Jedes Familienmitglied wurde getrennt vernommen, die Gespräche wurden aufgezeichnet. Michael sprach während der Befragung so leise, daß viele seiner Worte anschließend nicht zu verstehen waren.

Serena wurde in Anwesenheit ihrer Tante Roxanne vernommen. Als sie über mögliche Ursachen für Mallorys Tod sprachen, führte Serena Mallorys Asthma an, einen kleinen Stoß am Kopf früher an dem Abend, an dem sie gestorben war, einen geschwollenen Mückenstich, Alpträume, die blauen Anfälle, die Tatsache, daß sie vielleicht ›einfach aufgehört hatte zu atmen‹, und sogar Blasen an den Füßen von ihrem langen Marsch durch Disneyland. Als man sie fragte, ob es einen besonderen Punkt gäbe, den die Polizei untersuchen sollte, antwortete Serena: »Nein. Vielleicht ist sie ja nachts erstickt. Erstickung, Sie wissen schon, wenn man nicht atmen kann, und einfach aufhört zu atmen.«

Serena tat diese Bemerkung Monate später mit einem Schulterzucken ab und meinte, sie hätte nur nachgeplappert, was sie aus Gesprächen ihrer Eltern aufgeschnappt hatte, als die nach einer Antwort suchten. Doch die Polizei nahm damals ihre Bemerkung sehr ernst, weil sie mit Dr. Herrmanns Verdacht einer Asphyxie übereinzustimmen schien. Auf der Abschrift des Vernehmungsprotokolls war diese Aussage von Serena mit einem dicken Stern markiert.

Sharris Beschreibung der Ereignisse wurden von Schluchzen unterbrochen, als sie sich wegen dem Tod ihres Kindes Vorwürfe machte.

»Sie wollte in dieser Nacht bei Serena schlafen«, meinte Sharri weinend. »Das wäre noch schlimmer gewesen, weil vermutlich niemand etwas dagegen hätte tun können und sie neben Serena im Bett gestorben wäre. Das wäre noch viel schlimmer gewesen.«

Whitley versuchte, sie zu beruhigen. »Sie wären doch sicher dagewesen, nicht wahr? Ihren Schilderungen zufolge haben Sie sehr genau auf die Gesundheit Ihres Kindes geachtet und auf alles andere sonst auch. Vermutlich haben Sie viel genauer gewußt, was mit Ihrem Kind los ist als viele andere Menschen, wahrscheinlich sogar mehr als die meisten.«

»Ich habe immer ihren ganzen Körper untersucht«, jammerte Sharri. »Ich habe mich lächerlich gemacht.«

»Sie dürfen sich nicht dafür verantwortlich machen. Es kann sehr gut sein, daß Sie nichts übersehen haben.«

Sharri wischte sich mit einem Papiertaschentuch übers Gesicht. »Vielleicht hätte ich schreien und brüllen und die Ärzte zwingen sollen, irgendwelche Tests zu machen, mehr zu testen, aber sie sagten, es ginge ihr gut.«

Man könne eben den Ärzten nicht vorschreiben, was sie tun sollten, meinte Whitley.

»Und wenn nun etwas mit ihr nicht stimmte? Sie hätten nichts unternommen. Zum Beispiel, wenn sie einen Herzfehler hatte und sie nicht ... Wie sollte ich mir das jemals verzeihen?«

Whitley versicherte ihr daraufhin, daß der ›Coroner in der Voruntersuchung nichts gefunden‹ habe.

»Wenn etwas mit ihrem Herzen nicht gestimmt hätte, würde man das doch sehen.«

»Ja. Normalerweise sind Ärzte sehr sorgfältig.«

»Was konnte sie dann haben? Ich muß es wissen, okay? Ich werde damit fertig, okay? Was läßt jemanden sterben, ohne daß man einen Grund findet? Woraufhin wurde sie untersucht? Was haben sie getestet? Ich will es wissen!«

»Nach der Voruntersuchung«, erklärte Whitley ruhig, »überprüfen sie das Blut, ob sich darin etwas findet.«

Sharri suchte nach einer Antwort und gestikulierte mit ihren Händen. »An Gift konnte sie nicht herankommen. In ihrer Reichweite befand sich nichts Giftiges.«

Whitley erzählte ihr immer noch nichts von dem Verdacht des Coroners.

Nachdem sie die Moores vernommen hatten, fuhren Detective Whitley und Detective John Anderson in die Lucia Street, um Mallorys Zimmer noch einmal zu durchsuchen. Sharri und Michael erzählten sie, daß es nur Routine sei. Sie würden nach etwas suchen, was möglicherweise auf die Todesursache hinweisen könnte. Sharri wartete in dem Wohnmobil, mit dem ihre Großmutter den ganzen Weg aus Mittel-Kalifornien gekommen war, weil sie es nicht ertragen konnte, wie die Beamten das Zimmer ihrer Tochter durchwühlten. Als sie aus dem Fenster blickte, sah sie, wie Whitley und Anderson Säcke aus dem Kofferraum ihres Wagens nahmen. Nachdem sie das Haus verlassen hatten, warfen die Detectives diese Säcke wieder in den Kofferraum zurück. Soweit Sharri das sehen konnte, waren sie leer. Die Beamten gaben jedenfalls weder ihr noch Michael eine Liste mit Dingen, die sie konfisziert hatten.

Whitley notierte in seinem Durchsuchungsbericht: »Der Zweck dieses Besuchs war, den Raum zu fotografieren, in dem Mallory gefunden wurde, und die Bettlaken mitzunehmen.«

»Das stimmt nicht«, erklärte Sharri später. »Sie haben schon am Morgen von Mallorys Tod Mist gebaut. Dann haben sie wieder versagt, denn als sie zwei Tage später noch mal kamen, haben sie Mallorys Bettlaken wieder nicht bemerkt. Der Bericht sollte das nur vertuschen.«

Sharri erzählte eine ganz andere Version, wie die Polizisten an die Bettlaken gekommen war. Am Tag nach der Durchsuchung hatte sie Mallorys Zimmer hektisch nach einer glitzernden Barbie-Haarspange abgesucht. Sie sollte mit in den Sarg, weil sie Mallorys Lieblingsspange gewesen war. Sarah Moore hatte versucht, ihre Nervosität damit einzudämmen, daß sie Mallorys Bettzeug wusch. Auf dem Boden fand Sharri das Kleid, das Mallory am Tag vor ihrem Tod getragen und mit Schokoladeneis aus ihrer letzten Eiswaffel bekleckert hatte. Tränenüberströmt preßte Sharri es an ihre Brust. »Wasch das nicht«, sagte sie zu Sarah. »Ich will es so behalten, wie es ist.«

Als Sarah Moore Mallorys Bett abzog, bemerkte Sharri den Fleck auf dem Bettlaken, eine große Fläche getrockneter Flüssigkeit. Sie rief die Polizei an und bot an, das Laken in einen Beutel zu packen und vor die Tür zu stellen, damit sie es abholen könnten.

Vielleicht, sagte sie hoffnungsvoll zu Michael, gab der Polizei dieser Fleck einen Hinweis.

Das Kleid legte sie unter ihr Kopfkissen, wo es blieb.

Mallorys Sarg war rosa, genau wie der Schmuck in dem Besuchsraum in der Kapelle des Rose-Beerdigungsinstituts. Von dort aus hatte man einen freien Blick auf Fremonts Hügel. Die mit rosa Stuck verzierte Kapelle grenzte westlich an große Rosenbüsche, die in allen Farben blühten, weiß, gelb, rosa, pfirsich und rot. Den Namen verdankte die Kapelle allerdings ihren Besitzern, der Rose-Familie, nicht der Blumenpracht. Sharri gefiel das bunte Glas, die schöne Eingangshalle und die Holzvertäfelung, und sie fand, daß sie die richtige Wahl für ihr kleines Mädchen getroffen hatten.

Am Freitag, einen Tag vor der Beerdigung, wurde Mallorys Sarg offen aufgebahrt. Sharri und Michael hatten mit Rücksicht auf Freunde und Verwandte, die keinen offenen Sarg bei der Trauerfeier ertragen konnten, eingewilligt, ihn zu schließen. Aber bis dahin wollten sie ihn offen lassen, um anderen die Möglichkeit für ein letztes Lebewohl zu geben. Sie hielten ihr Versprechen, das sie sich gegeben hatten, und standen die ganze Zeit stoisch an der Tür der Kapelle und grüßten jeden, der Abschied von ihrem Kind nehmen wollte. Für Sharri war das ein ungeheurer Willensakt, weil ihre Gefühle so aufgewühlt waren. Michaels Kummer war tiefer begraben, für andere nicht zu sehen. Er wollte dieses Leid nicht herauslassen, weil er fürchtete, daran zu zerbrechen.

Serena hatte keine Wahl, wie sie ihre Trauer verarbeiten sollte. Sie wurde von ihr beherrscht. In einem Augenblick war sie hysterisch, im nächsten seltsam unbeteiligt. Dann wiederum verhielt sie sich unbändig und unpassend, wenn sie mit ihren Freunden herumkicherte.

An diesem Freitag kam einer der schlimmsten Augenblicke für Serena. Sie mußte den Mittelgang hinuntergehen und sich dem Sarg ihrer Schwester nähern. Sie stolperte, und ihre Knie gaben nach. »Sie war doch mein kleines Mädchen!« jammerte Serena, als Michael sie weiterführte, damit sie Mallorys Lieblingsstofftier neben ihren leblosen Körper legen konnte. »Ich bin jetzt dein kleines Mädchen«, flüsterte sie Michael zu, als sie in den mit Satin ausgeschlagenen Sarg blickte.

Von Sharris Erinnerungen an diesen Tag sollte ihr Serenas Abschied von ihrer Schwester am deutlichsten im Gedächtnis bleiben. Andere Bilder mischten sich verschwommen ineinander – der durchdringende Geruch von Mallorys Schminke; eine gelbe Rose, die ein weinender Mann, ein Fremder, ihr reichte; die verlegenen Beileidsbekundungen der Freunde, die ihren Schmerz nicht im entferntesten nachvollziehen konnten.

Und ihre Finger, die naß waren, nachdem sie sanft den Leichnam ihre Tochter gestreichelt hatte.

»Sie leckt ja!« schrie Sharri mit sich überschlagender Stimme, während sie entsetzt auf ihre Hand starrte.

Eine Angestellte des Bestattungsunternehmens tauchte sofort neben ihr auf. »Das tut mir leid«, versuchte sie zu erklären. »Aber eine Obduktion an einem so kleinen Körper … manchmal dringt die Balsamierungsflüssigkeit durch die Stiche …«

Als Sharri, Michael und Serena an diesem Nachmittag die Kapelle der Roses verließen und noch einmal zögernd zu Mallory hinübersahen und den Anblick in sich aufsaugten, blieb Sharri plötzlich wie angewurzelt stehen. Obwohl es irrational war, brachte sie es nicht fertig, ihre kleine Tochter in dem Raum allein zu lassen. »Bitte, bleiben Sie bei ihr«, bat sie die junge Assistentin. »Bitte warten Sie, bis wir gegangen sind.«

Pflichtbewußt bezog die junge Frau ihren Posten. Als Michael über die Schulter zurückblickte, sah er sie aufrecht und feierlich neben dem kleinen rosa Sarg stehen, während Sharri und er hinausgingen.

Am Samstag, den 22. August, fand in der Kapelle der Roses die Trauerfeier für Mallory statt. Eine verzagte, aber wild entschlossene Serena schaffte es, ein Gedicht für ihre Schwester vorzulesen. Pastor Doug hielt die Rede. ›Unchained Melody‹ und ›Music Box Dance‹ wurden gespielt. Anschließend führte die weiße Limousine der Moores eine lange Prozession an der San Francisco Bay entlang an, über die Halbinsel und in die sanft geschwungenen Hügel über dem Ozean. Dort wurde Mallory im Familiengrab der Moores auf dem Skylawn-Friedhof beigesetzt. Von ihrem Grab auf einem windumwehten Hügel konnte man die ewigen Wellen des majestätischen Pazifiks sehen. In etwa fünf Wochen würde ein bronzener Grabstein auf ihrem Grab stehen. Er zeigte in einem Relief Ballettschuhe und einen Engel, der in seinen Armen ein kleines Kind hält. Die Inschrift waren die Worte der Hoffnung, die Pastor Doug in seiner Predigt bei der Beerdigung verkündet hatte.

SIE TANZT MIT DEN ENGELN.

20. KAPITEL

Am Tag nach Mallorys Beerdigung setzte sich Mia Black mit Detective Whitley in Verbindung. Sie war von Mallorys Tod erschüttert und wollte ›so viele Informationen weitergeben, wie sie konnte‹. Sie berichtete, daß sie Mallory am Tag vor ihrem Tod gesehen hatte. Zu diesem Zeitpunkt sei das Mädchen noch bei bester Gesundheit gewesen. Sie wollte niemandem schaden, sondern nur der Polizei helfen, die Wahrheit herauszufinden. Whitley setzte ein Treffen mit ihr für den 24. August an. In dem Protokoll dieser Vernehmung notierte er:

Black hatte Mallory am 17. zuletzt gesehen und sagte aus, daß sie sich ›über Serena Sorgen‹ machte. Laut Black sei Serena sehr eifersüchtig auf Mallory. Ihrer Meinung nach strebe das Mädchen danach, immer im Zentrum der Aufmerksamkeit zu sein, und würde Mallory auch aus dem Weg ›schubsen‹, um das zu erreichen. Black hatte in letzter Zeit keine körperliche Aggression von Serena erlebt, gab aber zu Protokoll, daß Serena Mallory vor zwei Jahren in einem Geschäft geschüttelt und geschlagen habe. Den Neid des Mädchens hielt sie für ›unrealistisch‹.

Black liebte Mallory ganz offensichtlich. Sie beschrieb sie als ein braves Mädchen, das von Serena negativ beeinflußt wurde. Sie schilderte einen Vorfall, als Serena von der Polizei aufgegriffen wurde. Mallory sagte daraufhin: »Ich hasse die Polizei.« Black beschrieb außerdem Serenas Verhalten während der Beisetzung. Sie meinte, Serena habe ein Gedicht vorgelesen, aber keine Träne vergossen, sondern während der Trauerfeier Grimassen geschnitten und gekichert. Und anschließend zu Hause vor der Familie einen Cheerleadertanz aufgeführt. Sollte Serena etwas mit dem Tod zu tun haben, würde Serena, nach Blacks Überzeugung, niemandem etwas gestehen und es einfach vergessen.

Mia Blacks Aussage verstärkte die Vermutungen über die Ursache von Mallorys Tod.

Am 27. August sprach Detective Whitley mit Terri Black, Mias Tochter, die sagte, daß sich Serena in der Nacht von Mallorys Tod ›verdächtig‹ benommen habe.

Die Moores hatten keine Ahnung von dem Verdacht gegen Serena und versuchten, ›Tag für Tag‹ über die Runden zu kommen. Da trieb Serenas Trauer und Schuldbewußtsein sie über den Rand der Verzweiflung hinaus. Sie konnte einfach nicht mit den ganzen ›Wenn doch‹s leben. Wenn sie doch in dieser Nacht Mallory bei sich hätte schlafen lassen! Wenn sie doch nicht so schnell nein gesagt hätte, dann hätte sie ihre Schwester retten können. Diesen Gedanken konnte sie nicht ertragen. Sie fing an, wegzulaufen, und blieb manchmal tagelang fort. Zu Hause wurde sie mit der Trauer ihrer Eltern nicht fertig.

»Hör auf zu weinen!« schrie sie ihre Mutter an. »Du willst doch nur Aufmerksamkeit.«

Beim Rollschuhlaufen mit Freunden lernte sie Larry Wellington kennen, einen schwarzen Jungen, der vorübergehend Troy verdrängte. Zwei Wochen nach Mallorys Beerdigung lief Serena weg und übernachtete bei Larry. Sharri fand heraus, wo sie war, und rief die Polizei an. Officer Sischka trieb Serena auf und brachte sie zur Polizeiwache. Sharri und Michael holten sie ab.

Sie bemerkten sofort die Knutschflecken an Serenas Hals und stritten sich deswegen mit ihr. Sharri sagte, sie sehe aus wie eine ›Schlampe‹. Serena war kaum zehn Minuten zu Hause, als sie ausflippte, weil sie nicht mit Larry telefonieren durfte, und wegrannte. Sharri folgte ihr in ihrem Auto und versuchte Serena zu überreden, einzusteigen und mit nach Hause zu kommen. Wütend schnappte sich Serena einen Stein, als wollte sie ihn auf den Wagen ihrer Mutter schleudern, dann verbog sie die Radioantenne. Sharri fuhr allein nach Hause. Serena landete schließlich bei Mary.

»Sieh mal«, sagte sie zu ihrer Freundin und zog den Kragen ihrer Jacke zurück, »die hat Michael mir verpaßt.« Mary glaubte ihr nicht, stellte sie aber nicht zur Rede. Esther dagegen hatte keine Skrupel.

»Wo warst du wirklich?« beharrte sie.

Serena weigerte sich zu antworten.

Esther rief Sharri an, die erneut die Polizei verständigte. Serena verbrachte die Nacht bei Mary, und wurde am nächsten Morgen von Officer Sischka abgeholt. Sharri wußte nicht mehr weiter und bat die Polizei, Serena nach Malibar zu bringen, einem Erziehungsheim für Jugendliche in Castro Valley. Michael und sie würden nicht mehr mit ihr fertig.

Serena reagierte sehr wütend darauf, daß man sie einfach ins Malibar steckte, und schlug zurück, indem sie den Sozialarbeitern die Knutschflecken am Hals und eine Prellung an ihrem Bein zeigte. »Das hat mein Stiefvater mir angetan«, behauptete sie. Erneut wurde die Polizei von Fremont gerufen. Officer Lamb kam. Er fotografierte die Prellungen und fragte Serena, was passiert sei. Sie behauptete, Michael habe sie geschlagen und getreten, nachdem sie sich mit Sharri über einen Knutschfleck am Hals gestritten hatte.

Officer Lamb fragte Serena, warum sie Officer Sischka diese Geschichte nicht schon heute morgen erzählt hätte.

»Er hat mich ja nicht gefragt, warum ich weggelaufen bin«, erwiderte Serena. »Er hat mir nur einen Vortrag gehalten, daß weglaufen keine Antwort auf meine Probleme wäre und ich damit nichts lösen würde.«

Während Officer Lamb Serenas Aussage aufnahm, rief Sharri in Malibar an und fragte, ob man ihre Tochter in eine psychiatrische Anstalt in Oakland bringen könnte. Lamb weigerte sich. Er meinte, Serena wäre ›vollkommen normal‹ und würde wegen ihrer Beschuldigungen ›als Opfer betrachtet‹. Sie stehe jetzt ›unter dem Schutz des Landes‹. Sie käme in ein Heim.

Sharri brach zusammen. Sie erklärte Officer Lamb, daß Serena diese blauen Flecken schon gehabt habe, als Officer Sischka sie bei Mary abgeholt hatte. Sie erzählte ihm, wie schwierig Serena seit Mallorys Tod sei. Außerdem habe sie schon ein Kind verloren und würde jetzt noch ein zweites verlieren. Sie konnte einfach nicht mehr. »Ich wünschte, ich hätte niemals Kinder bekommen«, stieß sie schluchzend hervor.

Während der folgenden Ermittlungen sprach Lamb zunächst mit Larry und seiner Mutter. Die gaben zu, daß Serena über Nacht bei ihnen gewesen war.

Lamb sprach auch mit Mary Corren. Serena hatte ihr ebenfalls erzählt, daß Michael sie geschlagen habe, aber Mary wußte es besser. Laut Lambs Bericht glaubte Mary nicht daran, daß ›Michael oder Sharri Serena mißhandelten‹.

Es war klar, daß Serena log. Wo auch immer sie sich diese blauen Flecken geholt haben mochte, sie konnte sie nicht von zu Hause haben. Lamb schloß seinen Bericht folgendermaßen:

Nachdem ich jetzt mit allen beteiligten Parteien gesprochen habe, glaube ich, daß Serena eine falsche Aussage gemacht hat und empfehle, sie als unbegründet zu betrachten.

Serena kam in ein Heim in Oakland, während Lamb seine Ermittlungen fortsetzte. Während sie dort wohnte, lief Serena einmal weg. Diesmal versuchte sie, nach Hause zu kommen. Aber sie hielt mitten in der Nacht ausgerechnet einen Polizisten an, als sie sich verirrt hatte. Sharri nervte unterdessen täglich die Sozialarbeiter, Serena in eine psychiatrische Klinik zu verlegen, die von der Kaiser-Stiftung geführt wurde. Nachdem Lamb seinen Bericht eingereicht hatte, schrieb Serena am 13. September in ihr Tagebuch: »Sie haben rausgekriegt, daß ich eine falsche Aussage gegen Michael gemacht habe. Vielleicht klagt das Gericht mich jetzt an und vielleicht steht mir eine Strafe im Jugendgefängnis bevor.« Serena fügte hinzu, daß ihr diese Vorstellung ›irgendwie angst‹ machte. (Es wurde keine Anklage erhoben.)

Serena durfte das Heim verlassen und kam in den nächsten vier Wochen zweimal in eine psychiatrische Klinik. Dann wollte die Krankenversicherung keine weitere Zahlung leisten, obwohl Sharri ausgerechnet hatte, daß sie noch dreißig Tage Betreuung frei hatten. Einem dieser beiden Krankenhausaufenthalte folgte ein mißlungener Selbstmordversuch im Garten einer Freundin. Serena zerschlug eine Limonadenflasche und wollte sich die spitzen Glasscherben in die Handgelenke rammen. Sharri kam gerade vorbei, um sie abzuholen und mußte atemlos zusehen, wie vier Freunde versuchten, Serena die Flasche aus der Hand zu reißen.

Nachdem jede weitere psychiatrische Hilfe verweigert wurde, engagierten die Moores einen Psychiater für einhundertdreißig Dollar pro Stunde, den Serena einmal in der Woche besuchen sollte. Aber es erwies sich bald als unmöglich, diese Termine einzuhalten, weil Serena so oft von zu Hause weglief. Sharri und Michael fehlte mittlerweile die Kraft, weiterzumachen. Als wäre Mallorys Tod nicht genug gewesen, mußten sie sich jetzt auch noch die ganze Zeit Sorgen um ihre andere Tochter machen. Und zu dem allen kämpften sie auch noch mit ihren eigenen Schuldgefühlen. Sie wußten immer noch nicht, woran Mallory gestorben war, und fragten sich ständig, was sie hätten machen können, um sie zu retten. Michael hatte an dem Morgen in Mallorys Zimmer geschaut, war aber nicht hineingegangen, um nach ihr zu sehen. Vielleicht war Sharris Schuldgefühl als Mutter das Schlimmste von allen. Sie hatte wegen ihrer Ohrenschmerzen wachgelegen, während auf der anderen Seite der Wand ihr Kind um Atem gerungen hatte und gestorben war.

Auf der anderen Seite der Wand.

Die sonntäglichen Besuche an Mallorys Grab wurden zum Ritual, und sie verbrachten die fünfundvierzigminütige Fahrt zum Skylawn-Friedhof oft schweigend, jeder in seine eigenen Qualen vertieft. Serena begleitete sie kein einziges Mal, sondern fand immer eine Ausrede. Sharri und Michael wußten, daß sie die brutale Realität nicht ertragen konnte, das Grab zu sehen. Sie fühlten sich von dem Grab unerklärlich angezogen, so wie Erinnerungen diejenigen locken, die sich erinnern. Sie glaubten fest daran, daß Mallory im Himmel war, daß die Engel und Gott selbst sich zärtlich um sie kümmerten. Gleichzeitig waren der Grabstein und der Erdhügel, die den geliebten Körper schützten, auch ein Vermächtnis für Mallorys Gegenwart. Da sie ihr kleines Mädchen nicht mehr länger mit einem Teddybären ins Bett stecken konnten, legten sie Stofftiere auf das Grab. Sie konnten ihr auch nicht mehr das Haar aus dem Gesicht streichen, aber sie schnitten den Rasen. Ihr zu trinken zu geben wurde ersetzt vom Wässern der Pflanzen, und statt ihr beim Laufen zuzusehen, betrachteten sie ein Windrad, das sich in der Brise drehte.

Und Tag für Tag fragten sie sich, *warum*?

Kurz nach Mallorys Beerdigung schenkte ihnen der Zufall eine greifbare Erinnerung, an die sie sich klammern konnten. Sharri packte gerade in dem verzweifelten Versuch, zu entkommen, die Koffer für ein Wochenende in Reno, als ihre Finger etwas Dünnes, Hartes im Seitenfach des Koffers ertasteten. Als sie es herausnahm, stieß sie den Atem aus. Es war Mallorys geplätteter Penny.

In diesem Moment durchfuhr die Tragödie ihres Verlustes Sharri wie die windgepeitschten Wellen einer stürmischen See. Sie umklammerte den Penny mit aller Kraft und drückte ihn an ihr Herz. Sie wollte, daß die glücklichen Erinnerungen, die er repräsentierte, ihren Kummer vertrieben. Was würde sie dafür geben, wenn sie noch einmal in Disneyland sein könnte, mit Mallory, ihren großen Augen und ihrem ständigen Geplapper. Ihre Finger drückten den Penny noch fester. Er war etwas Besonderes. Es war fast so, als griffe Mallory aus der Vergangenheit nach ihr und reichte ihren Eltern ein tiefes und inspiratives Geschenk.

Sharri und Michael vertrauten ihren Fund einem Juwelier an, der den Pfennig in gezackte Hälften sägte, jede mit einem Loch für eine Kette, sie mit Gold einfaßte und Buchstaben auf die Rückseite gravierte. Als er den Grund für ihre Bitte hörte, berechnete er ihnen nichts. MALL stand auf Michaels Hälfte, ORY auf der von Sharri. Die Pennyhälften baumelten an Goldketten und lagen so direkt auf ihren Herzen. Michael hatte Angst, daß sich seine Kette bei der Arbeit in einem Gerät verfangen könnte, und trug sie nur zu Hause. Sharri legte ihre um den Hals und nahm sie nie wieder ab.

Wochenlang rief Sharri Detective Whitley an und fragte ihn immer wieder, ob er schon Neuigkeiten aus dem Büro des

Coroners gehört hatte. Whitley mußte das verneinen. Er hatte sogar Dr. Herrmann angerufen und nach dessen Schlußfolgerungen gefragt. Während mindestens zwei dieser Telefonate hatte Whitley mit Sharri Hintergrundinformationen über den Haushalt der Moores besprochen, einschließlich der Tatsache, daß Michael in der Vergangenheit wegen angeblicher sexueller Belästigung von Serena verhaftet worden war. Trotz Dr. Herrmanns ›sofortigem Verdacht‹ wurde Whitley das abschließende Urteil des Arztes erst am 22. September zugestellt, über einen Monat nach der Autopsie. An diesem Tag erzählte Ermittler Frank Gentle Whitley, daß die Todesursache ›traumatische Asphyxie, Hergang unbekannt‹ sei. Mallorys Tod wurde als ›unnatürlich betrachtet, aber der Pathologe konnte zu dieser Zeit keinen Mord nachweisen‹.

Blieb noch eine andere bedeutsame Sache um den Fall Mallory Moore. Obwohl Dr. Herrmanns Bericht keine Schlußfolgerungen über die von ihm so genannten ›verheilten Risse‹ und über die ›Dehnung‹ des Anus enthielten, war sich der Pathologe in dieser Sache jetzt sicher.

Mallory Moore war in der Vergangenheit sexuell mißbraucht worden – und ebenfalls kurz vor ihrem Tod.

Am 6. Oktober, einen Tag nach Serenas Selbstmordversuch, beantragte Whitley eine weitere Vernehmung der Moores. Er sagte ihnen, daß er endlich den Bericht des Coroners hatte und ihnen den Befund erklären könnte. Sharri und Michael stimmten bereitwillig zu und hofften, endlich eine Antwort auf das ›Warum‹ zu bekommen.

Aber das erwies sich als Irrtum. Whitley nannte ihnen zwar die Todesursache, aber er blieb unbestimmt. Mallory sei erstickt, sagte er, aber sie wußten nicht, woran. Er blieb auch vage, was die anale Erweiterung und die eine kleine, geheilte Narbe anging.

Ich befragte die Moores nach der analen Adhäsion, die die Autopsie ergeben hatte. Sie antworteten, daß sich Mallory manchmal über Bauchweh beschwert und Probleme mit Blähungen gehabt hatte.

Sharri und Michael führten die eine kleine Narbe auf einen ganz bestimmten Vorfall mit Blähungen zurück, im Verlauf dessen sie geblutet hatte. Ihnen kam es so vor, als akzeptiere Whitley ihre Erklärung, weil er die Angelegenheit nicht weiter verfolgte.

Whitley widmete sich wieder der Todesursache, wie sie im Bericht beschrieben wurde.

(Ich) unterrichtete die Moores darüber, daß wir weiter versuchen wollten, den Grund für ihren Tod zu finden. Und sie wurden darüber informiert, daß es noch Fragen zu Serena gäbe, so schwer das auch sein mochte. Sie verstanden diese Haltung und willigten ein, daß ich mit Serenas ehemaliger Therapeutin in Truckee sprach. Sie heißt Valerie Wood und arbeitet in der Carson Professional Group. Sharri sagte, daß Wood mich anrufen würde. Es war ziemlich offensichtlich, daß die Moores erst sicherstellen wollten, daß alle möglichen medizinischen Gründe für Mallorys Tod ausgeschaltet waren, bevor sie den Punkt Serena überhaupt ins Kalkül ziehen würden.

Sharri hatte Mallorys medizinische Unterlagen mitgebracht und erklärte Whitley, sie hätte gehört, daß Dr. Herrmann diese Unterlagen nicht kannte, als er den Bericht geschrieben hatte. Die vollständigen Unterlagen wären doch sicherlich hilfreich, um die Todesursache herauszufinden. Whitley schickte später Kopien der vollständigen Krankheitsgeschichte Mallorys an Dr. Herrmann. Wegen der Schlußfolgerungen des Pathologen, die ›Anale Adhäsion‹ betreffend, sandte er auch orale, vaginale und rektale Gewebeproben, die Dr. Herrmann von Mallory genommen hatte, zur Untersuchung an das Landeskriminalamt von Alameda.

Das Ergebnis aller drei Proben: ›Kein Vorhandensein von Sperma nachweisbar.‹

Im Dezember lief Serenas emotionale Batterie leer, und sie kam stotternd zum Stehen. In diesem Monat war sie oft genug zu Hause, um an den wöchentlichen Jugendgruppen der Kirche teilnehmen zu können. Aber sie schlich sich trotzdem weg, um Troy zu treffen, wann immer es ging. Er schenkte ihr einen Ring, einen ›Vor-Verlobungsring‹, wie er ihn nannte, und sie griff nach dieser Chance wie ein ertrinkendes Kind nach einem Seil.

Die Moores wollten Weihnachten in Carson City verbringen. Tessie hatte sie eingeladen, und sie hatten bereitwillig angenommen. Beide Familien schoben die gegenseitigen Aufrechnungen im geteilten Leid beiseite. Roxanne würde auch dasein, zusammen mit Tim, ihrem neuen Freund.

Tessies Feier war locker, mit kräftigem Essen und wildem Gelächter, während der Baileys Irish Cream nur so strömte. Sie würden essen, tanzen und alberne Spiele spielen, sich zwingen, fröhliche Weihnachten zu feiern, und sich so durch diese schrecklichen Ferien zu retten.

Trotz ihrer Bemühungen lauerte der Schmerz direkt unter der Oberfläche. Am Weihnachtsabend waren alle schon zu Bett gegangen, nur Sharri und Michael saßen noch trübsinnig im Wohnzimmer. Michael schloß die Augen, als er vergeblich versuchte, die Gedanken an Mallory zu unterdrücken. Sharri sah seine schmerzerfüllte Miene. »Michael?« Er öffnete die Augen und war einen Moment orientierungslos vor Kummer. »Ich will noch Serenas Strumpf füllen. Dann können wir ins Bett gehen.« Er nickte kurz.

Sharri ging in ihr Schlafzimmer. Sie zog einen Stapel Geschenke aus ihrem Koffer und ging wieder ins Wohnzimmer. Serenas Strumpf füllte sich mit kleinen Geschenken – Süßigkeiten, Kassetten, einer Schlüsselkette, Nagelpolitur, einem rosa Lippenstift.

Und einem Tagebuch für zwei Dollar, dessen Umschlag mit weißgrünen Streifen und kleinen Rosen verziert war.

TEIL 3

DER PROZESS

MAI 1993 – JUNI 1993

Sie erleben hier einen Krimi, für den Sie sonst ins Kino gehen müssen.

– Melvin Belli

21. KAPITEL

An diesem Montag begann das Verfahren im *Fall Serena M.* und sollte sich zu einem Prozeß entwickeln, der geprägt war von billigen Beschuldigungen und überraschenden Theorien der Staatsanwaltschaft. Das Duell zwischen dem Fliegengewicht, dem fünfunddreißigjährigen Stellvertretenden Staatsanwalt Matt Golde, und dem Schwergewicht, der Anwaltskanzlei von Melvin Belli, versprach eine medienwirksame Schlacht à la David und Goliath zu werden. Golde sammelte bereits Steine.

Erwartungsvoll drängten sich Reporter und Kamerateams der örtlichen Fernsehsender in den Fluren des Landesgerichtshofes von Alameda. CBS News war ebenfalls präsent; sie sollten für Connie Chungs wöchentliches Magazin ›Eye to Eye‹ filmen. Obwohl Kameras im Gerichtssaal nicht erlaubt waren, wurde es CBS gestattet, das Verfahren für die Sendung auf Band aufzunehmen.

Der Fall sollte von Anfang an einzigartige Merkwürdigkeiten aufweisen. Serena war minderjährig; also mußte gegen sie laut kalifornischem Recht vor einem Richter und nicht vor einer Jury verhandelt werden. Shelley Antonio und Melvin Belli waren damit nicht einverstanden. Das Gesetz schien davon auszugehen, daß Geschworene sich in das zwingende Recht des Staates einmischten, die Gesetze des Jugendstrafrechtssystems festzulegen, in dem der Staat sich selbst in der Rolle der Ersatz-Eltern für die angeklagten Minderjährigen sah. Aus diesem Grund sollte ein Richter frei entscheiden können, wie er die Kinder bestrafte und wohin er sie steckte. In der Praxis jedoch umgingen viele Sechzehnjährige oder ältere Jugendliche, die wegen Mordes angeklagt wurden, das Gesetz. Sie blieben in Untersuchungshaft und warteten, bis sie als Erwachsene angeklagt werden konnten. Dann hatten sie automatisch das Recht auf eine Jury.

Laut Shelley Antonio sah sich die Verteidigung in diesem

Fall einem Berg von Gesetzen und Verfahrensregeln gegenüber, die für Erwachsene gemacht waren, ohne dafür aber auch den Ausgleich einer Jury zu bekommen. Genausowenig erfreut waren sie und Belli darüber, daß die Richterin Sandra Margulies nicht aus dem Jugendstrafsystem kam, sondern aus dem Prozeßregister für Erwachsene ausgesucht worden war. Antonio und Belli hätten sie zwar ablehnen können, aber sie fürchteten das damit verbundene Risiko. Es gab zwei Richter, die Belli auf keinen Fall wollte, und keiner von ihnen war bisher mit einem Fall betraut. Wenn man diese unbekannte Richterin ablehnte, so argumentierte er, handelte man sich vielleicht jemand noch Schlimmeren ein. Margulies war eine Frau; vielleicht hatte sie wenigstens etwas mehr Mitgefühl. Gegen sie sprach, daß sie eine ehemalige Staatsanwältin war und ihr Mann im Büro des Staatsanwaltes arbeitete.

Schon in der Mittagspause des ersten Verhandlungstags konnte Belli sie nicht mehr ausstehen.

Die Kameraleute drängelten sich um die beste Position, als Michael Moore in Hose, Hemd und grauem Pullover den gefliesten Flur zu Margulies' Gerichtssaal entlangkam. In seinem linken Ohr trug er einen kleinen Diamantstecker. Sharri folgte ihm mit gesenktem Kopf. Ihr Kinn berührte fast die Spitze des V-Ausschnittes ihres geblümten Kleides. Ihr Gesicht versteckte sie hinter einer Sonnenbrille und ihrem langen Haar. Sie hatte nicht mit dem Ansturm der Presse gerechnet, und es regte sie vor allem auf, daß man sie vom Erdgeschoß bis in den zweiten Stock verfolgte. Halt durch, ermahnte sie sich. Es wird nicht lange dauern. Das Verfahren war sicher in ein paar Tagen vorbei, wenn man einfach nur die medizinischen Beweise vorlegte. Dann konnte Serena endlich nach einem sechsmonatigen Alptraum nach Hause kommen.

Die Moores hätten sich nie träumen lassen, welches Schicksal sie erwartete, obwohl es genügend Hinweise dafür gab. Zunächst der Autopsiebericht. Mittlerweile kannten sie Dr. Herrmanns Meinung, daß Mallory sexuell mißbraucht worden war. Shelley Antonio hatte ihnen erklärt, was der Pathologe mit einem ›erweiterten Anus‹ meinte; Detective Whitley hatte sich nie präzise geäußert. Sharri und Michael konnten diesen Befund kaum glauben und verwiesen auf die Aussage des Gerichtsmediziners, daß es ›kein Anzeichen für ein frisches Trauma‹ gegeben habe. Angeblich sollte die Anuserweiterung darauf hindeuten, daß Mallory kurz vor ihrem Tod sexuell mißbraucht worden war. Aber trotzdem gab es kein ›frisches Trauma‹?

Einen zweiten Hinweis lieferte Matt Goldes Interview mit Connie Chung. Er hatte angedeutet, daß er die Familie angreifen würde. Chung hatte die Moores danach gefragt. Da sie die Einzelheiten nicht kannten, hatten Sharri und Michael jeden Kommentar abgelehnt, obwohl Michael vermutete, daß es etwas mit Dr. Herrmanns Befund und Serenas früheren Beschuldigungen gegen ihn wegen Mißbrauchs zu tun haben könnte. Das ganze Zeug liegt ja bei den Akten, erinnerte er Sharri, und es war nicht überraschend für einen Menschen mit der Mentalität eines Staatsanwaltes, dies alles in Verbindung zu bringen.

Doch wichtiger als alle Andeutungen über Goldes Absicht war für die Moores, daß sie nun wußten, woran Mallory gestorben war. Nach so vielen Monaten wurde ihre Frage nach dem ›Warum‹ endlich beantwortet. Die medizinische Gutachterin der Verteidigung, Dr. Martha Warnock, hatte ihnen mitgeteilt, daß Mallory einem plötzlichen Asthmaanfall erlegen war. Asthma! Ihre Erleichterung darüber, daß sie endlich den Grund verstanden, mischte sich mit Schuldbewußtsein und Reue. Sie hatten doch gewußt, daß Mallory unter Asthma litt. Wenn sie ihr Mädchen doch genauer beobachtet hätten! Wenn sie ihre Krankheit doch besser verstanden hätten! Die Liste der ›Wenn doch‹s war endlos.

Die Moores flüchteten vor den Kameras in den Gerichtssaal und setzten sich in die zweite Sitzreihe, so weit wie möglich von der Tür entfernt. Die erste war nicht freigegeben, erklärte ihnen ein Gerichtsdiener, weil sie zu nah am Tisch der Verteidigung sei.

Während sich Freunde und Familienmitglieder der Moores rechts versammelten, gruppierten sich die Reporter in der Nähe der Tür. Unter ihnen waren Bob Salladay vom *Argus*, Sandra Gonzales vom *San Jose Mercury* und Catherine Bowman vom *Chronicle*. Joan Lynch, eine freiberufliche Künstlerin, öffnete schon ihr Skizzenbuch und legte ihre große Auswahl an Buntstiften bereit.

Richterin Margulies war eine attraktive Frau um die Vierzig mit kurzem, schwarzem Haar und glatter Haut. Sie ordnete bald an, daß der Name der Angeklagten in den Medien nicht genannt werden durfte, weder in der Presse noch im Fernsehen, weil Serena minderjährig war. Außerdem durften weder Joan Lynch noch einer der anderen Porträtisten ihre Gesichtszüge genauer zeichnen. Lynch mußte sich damit zufriedengeben, vage Umrisse des ›Tagebuch-Mädchens‹ zu zeichnen.

Um zehn Uhr wurde Serena in den Gerichtssaal geführt. Sie trug ein rotes Kleid. Sharri musterte ihre Tochter aufmerksam. Es war das erste Mal seit vielen Monaten, daß sie Serena nicht in dem sackartigen Sweatshirt und der weiten Hose des Jugendgefängnisses sah. Durch fettes Essen und mangelnde Bewegung hatte Serena in der Anstalt zugenommen, von Größe neun auf Größe vierzehn. Ihre Figur war jetzt, in Straßenkleidung, viel deutlicher zu sehen. Sharri hatte sich für Serenas Auftritt vor Gericht zahlreiche Kleider von deren Freunden borgen müssen.

In den sechs Monaten seit Serenas Verhaftung hatten die Moores keinen einzigen Besuchstermin bei ihrer Tochter versäumt. Sharri war montags und mittwochs hingefahren, wenn Michael gearbeitet hatte. Samstags konnte Michael gehen. Meistens hatte Sharri ihn begleitet, weil sie keinen Moment mit ihrer Tochter auslassen wollte. Bei den Malen, die Michael sie allein besucht hatte, war zwischen den beiden eine neue Stiefvater-Stieftochter-Beziehung entstanden.

Jetzt setzte sich Serena auf einen Stuhl zwischen ihre Anwälte. Belli saß links von ihr, Shelley Antonio rechts. Sie würde bald mit Shelley den Platz tauschen, damit die Belli helfen konnte, wenn er Hörprobleme hatte.

Sobald Serena sich gesetzt hatte, stellte die Gerichtsbeamtin Kathy Sturgeon Richterin Margulies die beiden Verteidiger und Matt Golde vor. Shelley Antonio wirkte nervös. Ihr dichtes, langes Haar reichte bis auf den Rücken ihres schwarzen Kostüms. Belli trug ebenfalls Schwarz, dazu ein weißes Hemd und einen einfachen weißen Schlips. Er saß gelassen auf seinem Stuhl. »Guten Morgen, Euer Ehren«, dröhnte er. Golde trug einen hellgrauen Anzug. Er saß vorgebeugt auf seinem Stuhl, die Ellbogen auf den Tisch gestützt, und schien nur darauf zu warten, loszulegen.

Margulies begrüßte sie alle und fragte, ob sie bereit wären, anzufangen. Sie ließ sich nicht anmerken, ob sie den Namen Melvin Belli kannte oder von ihm beeindruckt war. Sie und die Verteidiger begannen sofort auf dem falschen Fuß.

Als erstes verlangte Shelley Antonio, daß die Ausschlußanträge, mit der sie bestimmte Beweise abschmettern wollte, deren Zulässigkeit fragwürdig war, vor einem anderen Richter verhandelt werden sollten. »Der Grund dafür, einen anderen Richter dazu zu hören«, stotterte sie, »ist, daß Sie die delikate Natur dieser Beweise hören würden, die wir ausschließen wollen, wenn Sie auch über die Zulassung entscheiden müßten.«

Antonio konnte keinen juristischen Grund dafür angeben. Golde hatte diese Ausschlußanträge noch nicht gesehen, auf die sie sich bezog, konnte also nichts entgegnen. Sie waren ihm erst am Freitag gefaxt worden, als er nicht im Büro war. Diese Bemerkung machte die Situation noch schlimmer.

»Sie haben sie ihm erst am Freitag zugestellt, obwohl Sie wußten, daß der Prozeß am Montag ist?« wollte Margulies wissen.

Golde hatte dem zugestimmt, erklärte Shelley, weil sie und Belli um eine Verlängerung gebeten hätten, aber er dem nicht hätte entsprechen können. Außerdem wollte die Verteidigung nicht auf ihr Recht auf Ablehnung der Richterin wegen Befangenheit verzichten, was davon abhing, wie sie in den Ausschlußanträgen entschied.

Das schien Margulies zu verstimmen. Die Verteidigung sei

davon informiert worden, daß ihr Fall von Abteilung 39 verhandelt werden würde, erinnerte sie die Anwälte. Sie hätten Zeit genug für einen Widerspruch gehabt. Hätten die Anwälte ihren Einspruch geltend machen wollen, dann hätten sie das vor dem Verfahren tun müssen. Jetzt sei es zu spät. Da es weder zwingende Anträge noch irgendwelche Präzendenzfälle gab, die von den Ausschlußanträgen auszuschließen, verfügte sie kurzerhand, daß sie über die Zulassung dieser Beweise entscheiden würde; zweitens wurde der Antrag, sie wegen Befangenheit abzulehnen, ebenfalls abgelehnt.

Antonio versuchte dann, Zeugenaussagen auszuschließen, die Vorurteile enthielten. Auch diese Anträge wurden abgelehnt. Der »Wert« und die relative Notwendigkeit dieser Beweise, so Margulies, »überwiegen ihren negativen Effekt als Vorurteil«.

Zwei weitere wichtige Anträge wurden angesprochen. Die Verteidigung wollte das Tagebuch nicht zulassen, weil es ohne Durchsuchungsbefehl in den Besitz der Polizei gekommen war. Matt Golde stellte einen Antrag auf Ablehnung einer Psychologin der Verteidigung, die den Wahrheitsgehalt von Serenas schriftlichem Geständnis ausloten sollte. Margulies entschied, diese Anträge zurückzustellen, bis die Anwälte solche Beweise während der direkten Befragung ihrer eigenen Zeugen vorlegten.

Belli war wütend über diese Entscheidung. Weder er noch Antonio hatten geahnt, wie ›schrecklich‹ Margulies sein würde, bis sie sie in Aktion sahen. Obwohl der Prozeß erst zwei Stunden alt war, hegte Belli die Überzeugung, daß sie sie hätten loswerden sollen.

Während er zur Pause schlurfte, brummte er Antonio eine finstere Prophezeiung zu: »Sie wird uns fertigmachen.«

Shelley Antonio war vielleicht verärgert über Goldes Weigerung, einer weiteren Verschiebung zuzustimmen, aber Serena war davon begeistert. Sie lächelte ihren Eltern zu, als sie während der Pause aus dem Gerichtssaal geführt wurde. Endlich kam sie aus dieser Hölle heraus. Die Tage seit Weihnachten hatten sich endlos hingezogen. In dem überfüllten, schmutzigen und personell unterbesetzten Jugendgefängnis war der tägliche Schulunterricht die größte Ablenkung. Den Rest der Zeit verbrachte sie entweder in der Zelle, oder sie sah ab und zu im Gruppenraum fern. Die kleinste Übertretung der strikten Regeln bedeutete Einzelhaft. Ihre zusätzlichen dreißig Pfund schrieb sie der fetten Nahrung und der mangelnden Bewegung zu. Noch ekelhafter als ihre Fettleibigkeit empfand sie die langen Haare unter ihren Armen. Es gab viele Sicherheitsvorkehrungen im Jugendgefängnis. Den Mädchen wurden nicht mal elektrische Rasierapparate erlaubt.

Zu bestimmten Stunden durfte sie Briefe schreiben, ansonsten war dem Jugendlichen selbst der Besitz so einfacher Dinge wie Bleistifte untersagt. Sie schrieb oft an Marry Corren und bemühte sich, locker und positiv zu klingen. Außerdem freute sie sich über jeden Brief, den sie bekam. Das Lieblingsthema der Mädchen blieben die Jungs. Die Gedanken an Freunde und Zukunftspläne halfen Serena, nicht ›verrückt zu werden‹.

22. KAPITEL

Im Jahr 49 v. Chr. überschritten Julius Caesar und seine Armeen den Rubikon, einen kleinen Fluß im nördlichen Italien. Dieser illegale Eintritt in das Land wurde als Beweis für Caesars unumstößliche Absicht angesehen, einen Bürgerkrieg zu entfachen, denn nachdem er einmal den Fluß überquert hatte, führte kein Weg zurück.

Als Matt Golde seinen Fall plante, hatte auch er eine taktische Entscheidung für das Vorgehen der Anklage getroffen. Im *Fall Serena M.* würde das Eröffnungsplädoyer sein Rubikon werden.

Als Margulies ihn aufforderte, schob Golde den Stuhl

zurück und stand auf. Er hatte einen sehr schwierigen Kampf vor sich. Er war fest davon überzeugt, daß Serena Moore des Mordes an ihrer kleinen Schwester schuldig war, und er wollte sich nicht davon abbringen lassen, alles zu tun, was nötig war, um sie mit der ganzen Härte des Gesetzes zu bestrafen. Manchmal mußte man in seinem Job auch in Kauf nehmen, ›die Leute gegen sich aufzubringen‹.

Seine Nervosität war sichtbar, als er die grundlegenden Tatsachen des Falles noch einmal darstellte: Mallorys Tod, das Tagebuch, Serenas Verhaftung. Aber er schien ruhiger zu werden, als er sich für sein Thema erwärmte. Dann nahm er sich den Befund des Pathologen vor, den er ›außerordentlich beunruhigend‹ nannte, und machte schließlich den entscheidenden Schritt.

»Was Dr. Herrmann gefunden hat«, verkündete er, »war erstens: daß ein Mord stattgefunden hat und Mallory Moore Opfer einer traumatischen Asphyxie war, mit anderen Worten, sie wurde erstickt. Aber noch entscheidender ist der erweiterte Anus. In seinem Untersuchungsbericht kam Dr. Herrmann zu dem Schluß, daß Mallory Moore sexuell mißbraucht worden ist, während oder kurz vor ihrem Tod. Und wenn ich sage, ›während oder kurz vor ihrem Tod‹, meine ich einen Spielraum von Minuten.

Aber das ist noch nicht alles. Im Anus fand Dr. Herrmann Dehnungsnarben, alte, lang verheilte Wunden, die eine lange Geschichte sexuellen Mißbrauchs dokumentieren. Es ist ganz eindeutig, daß Mallory Moore, die mit vier Jahren starb, das Opfer sexuellen Mißbrauchs war. Das zeigen die physischen Beweise. Nach dieser Information hat die Polizei noch einmal mit der Familie geredet und im Grunde die Ermittlungen eingestellt.«

Golde senkte die Stimme. »Serena Moore ist ein sehr schwieriges Mädchen. Sie hat angegeben, daß ihr Stiefvater Michael Moore sie sexuell belästigt habe, und vermutet, daß er Mallory ebenfalls mißbrauchte.

Außerdem ist bekannt, daß Serena Moore einmal versuchte, ihre jüngere Schwester Mallory von Michael wegzubringen, den Wagen der Familie stahl und nach Tahoe fuhr, wo ihre Großmutter wohnt. Mallory hatte sie dabei. Als sie gefragt wurde, warum sie das tat, erwiderte sie, um Mallory vor Michael zu schützen.

Bedenkt man all diese Tatsachen, scheint es mir wichtig zu sein, sich die Familie genauer anzusehen. Sie ist extrem zerrüttet. Serena ist Opfer ernsthaften emotionalen, körperlichen und sexuellen Mißbrauchs, genau wie Mallory. Und wenn Sie die Tatsachen hören, bitte ich Sie, die verschiedenen Arten des Mißbrauchs zu bedenken, die erklären, warum Serena dies oder jenes getan oder drüber geschrieben hat. Es ist außerordentlich wichtig, daß man das Ausmaß der Zerrüttung im Haus der Moores berücksichtigt. Das erklärt, warum diese Minderjährige so gestört ist, warum sie Mallory getötet hat und warum sie ihr Verbrechen gestand.«

Serena saß bewegungslos neben Shelley Antonio, während Golde sich wieder setzte. Jemand hatte Mallory weh getan? Das hatte ihr niemand erzählt, nicht ihre Eltern, nicht die Polizisten, ja, nicht einmal ihr Anwalt! Ihr war schlecht. Sie spielte nervös mit den Fingern, ein typisches Zeichen dafür, daß sie sich aufregte.

Sharri starrte Michael ungläubig an. Er hielt die Augen geschlossen und preßte die Lippen zusammen, vor Demütigung und vor Wut.

Die Zeit in einem Gerichtssaal ist schwer faßbar. Manchmal ziehen sich die Zeugenaussagen endlos hin, wohingegen heiß ersehnte Ereignisse oder Schlüsselerlebnisse vorbeirasen und die Emotionen noch hochschlagen, während sich die Anwälte schon den nächsten Thema zuwenden. Den Moores blieb wenig Zeit, sich von Goldes vernichtenden Behauptungen zu erholen. Er rief bereits seinen ersten Zeugen, Dr. Herrmann, in den Zeugenstand. Es sollte die schwierigste Zeugenaussage werden, die sie zu hören bekamen.

Der Pathologe betrat den Zeugenstand und setzte sich. Seine Bewegungen waren geschmeidig. Herrmann war knapp einsfünfundsiebzig groß, hatte kurzgeschnittenes, lockiges, graues Haar, trug einen Vandyke-Bart und eine Brille. Seine

Miene war versteinert und wirkte humorlos. Obwohl er schon in vielen Prozessen ausgesagt hatte, wirkte er irgendwie ungeduldig, als käme er wegen des Prozesses zu spät zu einem wichtigeren Termin. Er beugte sich auf seinem Stuhl vor, legte seine Hände vor sich auf die Holzbank und ignorierte den Wasserkrug und das Glas für die Zeugen. Während er darauf wartete, daß Golde anfing, trommelte er lautlos mit den Fingern auf das Holz.

Dr. Herrmann war einer von vier Sachverständigen, die in der *Sache Serena M.* aussagen sollten, aber nur er war ein Zeuge der Anklage. Alle anderen waren Zeugen der Verteidigung. Bevor ein Sachverständiger eine Aussage macht, findet die Prozedur des *Voir dire,* statt; wörtlich übersetzt heißt das ›die Wahrheit sagen‹. Dabei klären beide Anwälte den Hintergrund des Sachverständigen, seine Ausbildung und Erfahrung, um seine oder ihre Fähigkeit auf einem ganz bestimmten Gebiet zu überprüfen. Der Anwalt, der den Zeugen aufgerufen hat, versucht den Sachverständigen als beeindruckenden Menschen zu schildern, dessen Aussagen man Beachtung schenken muß, während der Anwalt der Gegenpartei versucht, Löcher in diese anscheinend undurchdringlichen Referenzen zu bohren, um die Aussage des Zeugen zu unterminieren.

Vor dem *Voir dire* von Dr. Herrmann breitete Golde Farbfotos von der Autopsie zur Ansicht vor der Verteidigung aus. Shelley Antonio betrachtete sie schweigend und dachte offenbar nicht daran, daß ihre junge Mandantin, die neben ihr saß, die Fotos ebenfalls sehen konnte. Serena blickte darauf und sah grausame Aufnahmen von Mallory, die aufgeschnitten auf dem Operationstisch des Arztes lag. Sie zuckte schockiert zusammen. Sie senkte den Kopf und machte mit beiden Händen panisch wirkende Bewegungen. Sharri sah, wie ihre Schultern bebten.

»Mein Gott!« rief sie. »Er zeigt ihr die Fotos!« Sie war wütend auf Shelley Antonio, weil die nicht darauf bestanden hatte, Serena vor diesen Aufnahmen zu schützen.

Aufgrund von Serenas Reaktion sammelte Antonio die

Fotos rasch zusammen und drehte sich zu ihr, um ihr zu helfen. »Euer Ehren«, sagte sie. »Können wir eine kurze Pause machen, damit ich mit der Angeklagten sprechen kann?«

Margulies schaltete gerade das Mikrofon für Dr. Herrmann an und blickte zerstreut auf.

»Oh, tut mir leid. Die Verhandlung wird fünf Minuten unterbrochen.«

Serena floh in Begleitung von Shelley Antonio und einem Gerichtsdiener aus dem Saal.

Als das Gericht wieder zusammentrat, mit einer ruhigen aber blassen Serena, brachte Dr. Herrmann sein *Voir dire* zu Ende. Dann antwortete er den direkten Fragen des Staatsanwaltes zu Mallory Autopsie. Vor allem erklärte er die ›Blutergüsse‹ auf Mallorys Gesicht.

Diese Blutergüsse, erklärte Dr. Herrmann, waren geplatzte winzige Äderchen, die unmittelbar unter der Haut rote Flecken bildeten. Diese Art von Blutergüssen trat mit einem Typ von Erstickung auf, bei der der Blutfluß vom Hals zurück in die Brust unterbunden wird. »In der Regel wird diese Form der Blutergüsse durch Strangulation verursacht«, fuhr er knapp und selbstsicher fort. »Das Blut wird vom Herzen weiter durch die tieferliegenden Arterien gepumpt, aber es kann nicht mehr nach oben strömen. Die kleinen Blutgefäße, vor allem die in den Augenlidern, platzen, und es entstehen Blutergüsse. Eine andere Form von Erstickung, die so etwas verursacht, ist das Erdrücken, als wenn die Brust zusammengepreßt wird. Das klassische Beispiel dafür ist ein Grubenunfall, wenn die Leute in einem Bergwerk arbeiten und Erde oder Sand einbricht und die Leute erdrückt. Dann ist der Druck so groß, daß das Herz zwar weiter Blut in die Arterien pumpt, aber dieses Blut nicht in die Brust zurückfließen kann. Wenn nun zufällig der Kopf frei ist, wird das Blut in den Kopf gepumpt, kann aber nicht mehr hinaus. Dann bekommen wir wieder diese Blutergüsse. Das gleiche tritt auf, wenn jemand jemandes Brust längere Zeit zusammendrückt oder auf einer

Person liegt und die Brust zusammenpreßt. Auch das wird diese Blutergüsse hervorrufen.«

Margulies machte sich mit gesenktem Kopf Notizen.

»Was hat die Blutergüsse in diesem Fall verursacht?« wollte Golde wissen.

»Ich glaube, daß diese Blutergüsse durch traumatische Asphyxie entstanden sind. Damit meine ich, daß jemand die Brust des kleinen Mädchens zusammengedrückt hat. Den genauen Hergang kann ich nicht bestimmen.« Er fügte hinzu, daß er keine Anzeichen für eine Strangulation gefunden habe. Die Halsorgane waren in Ordnung, und es gab keine Druckstellen.

»Sie erwähnten das Zusammendrücken der Brust. Haben Sie diese Möglichkeit überprüft?«

Hatte er, aber er hatte keine Druckstellen dafür auf der Leiche gefunden. »Aber es besteht auch die Möglichkeit, jemanden zu erdrücken, ohne andere Beweise als diese Blutergüsse zu hinterlassen.«

Michael runzelte die Stirn. Man konnte jemanden umbringen, indem man seine Brust zusammenpreßte, ohne Spuren zu hinterlassen.

»Kann man Ihre Aussage dahingehend verstehen, daß in diesem Fall ein Zusammenpressen der Brust verantwortlich für die Blutergüsse sind?«

»Ich glaube, daß es so abgelaufen ist«, antwortete Herrmann und trommelte weiter mit den Fingern. »Es gibt allerdings noch andere Möglichkeiten, wie die Blutergüsse zustande gekommen sein könnten. Wenn jemand ein Kissen oder etwas über ihr Gesicht gelegt hätte und das Opfer heftig dagegen angekämpft hätte, dann könnte meiner Ansicht nach genug Druck auf die Brust ausgeübt worden sein, um diese Blutergüsse hervorzurufen. Allerdings ist das ein weit unwahrscheinlicherer Hergang als ein direkter Druck auf die Brust. Natürlich gibt es noch die Möglichkeit, daß verschiedene Dinge gleichzeitig passiert sein könnten, die diese Erstickung hervorgerufen haben.«

Golde hob die Fotos von der Autopsie hoch. Sharri zuckte

zusammen. Dr. Herrmanns Aussage war schon schlimm genug, aber sein Verhalten war dazu noch unbeteiligt und kalt. Seine Meinung schien genauso unumstößlich wie gefühllos zu sein. Seine Stimme klang zischend, wie die von Gollum in *Der kleine Hobbit*. Als sie daran dachte, daß er ihre Tochter wie ein Stück totes Fleisch behandelt hatte, wurde ihr schlecht.

Golde fuhr inzwischen fort und hielt ein Bild hoch, damit es identifiziert wurde.

Am Tisch der Verteidigung senkte Serena den Kopf und begann zu weinen. Sharri fühlte sich wie betäubt.

»Ich habe drei zusätzliche Fotos«, erklärte Golde. »Ich zeige Ihnen 1R. Können Sie beschreiben, was wir hier sehen?«

Dr. Herrmann studierte das Hochglanzfoto. Für die Zuschauer war dies das Schlimmste; für ihn war es nur ein weiteres Exemplar. »Dieses Bild zeigt ihre Genitalien und ihren Anus, nachdem ich sie von der Leiche entfernt habe. Die Hautoberfläche ist noch intakt.«

In diesem Augenblick drehte Golde sich um und sah Sharri an. Später konnte er sich nicht daran erinnern und wußte auch keinen Grund dafür. Vielleicht wollte er nur sehen, wie die Familie es aufnahm. Ganz gleich, was er für einen Grund gehabt hatte, für Sharri war der Blick der letzte Schlag. Sie glaubte, daß er sie vorsätzlich quälen wollte.

»Das halte ich nicht aus!« schrie sie und sprang auf. Sie schluchzte, noch bevor sie die Tür des Gerichtssaals erreicht hatte. Im Flur lief sie an der Wand entlang zur Damentoilette und hielt sich die Hände vors Gesicht, um sich vor den Fotografen zu schützen, die nur auf einen unerwarteten Gefühlsausbruch lauerten. Ihre Freundin Lauren Fielding folgte ihr.

Fest entschlossen, die Zeugenaussage zu Ende zu hören, saß Michael wie gefesselt auf seinem Stuhl und starrte Dr. Herrmann an, als wolle er ihn erdolchen. Michaels bloße Anwesenheit wirkte wie eine Herausforderung. Als Dr. Herrmann in seinem sachlichen Ton fortfuhr, bemerkte Michael, wie die Zuversicht des Pathologen zu Hochmut wurde und seine Genauigkeit zu kalter Kalkulation.

Dr. Herrmann sprach weiter. »Als ich den Anus von außen betrachtete, schien er etwa einen dreiviertel Zentimeter erweitert zu sein. Als ich den Anus aus dem Körper entfernte, überprüfte ich ihn noch einmal und fühlte, daß er sogar etwas weiter war, etwa einen Zentimeter im Durchmesser, ohne die Risse.«

»Können Sie sagen, wann im Zusammenhang mit dem Tod diese Erweiterung stattfand?«

»Ich glaube, daß sie ungefähr bei Eintritt des Todes stattfand. Es könnte auch sein, daß der Anus kurz vor Eintritt des Todes erweitert wurde, etwa eine halbe Stunde früher. Wäre die Erweiterung früher eingetreten, dann hätte sich der Anus sicherlich wieder zusammengezogen und wäre nicht erweitert gewesen. Aber es ist möglich, daß er etwas länger vorher erweitert worden war.«

»Wie zieht der Körper sich zusammen und erweitert sich, und wie beeinflußt der Tod diesen Vorgang?«

»Der Anus wird von einem Muskel verschlossen, der die anale Öffnung umgibt, und ist normalerweise nicht erweitert. Natürlich erweitert er sich bei Darmtätigkeiten, um Stuhlgang zu ermöglichen. Von außen kann er erweitert werden, wenn etwas dazwischengesteckt wird oder etwas dagegen drückt.«

Normalerweise fuhr er fort, öffne sich der Muskel nur kurz, aber nach dem Tod verliert der Muskel seine Flexibilität. »Es ist möglich, daß sich der Muskel kurz nach dem Tod erweitert oder zusammenzieht. Wenn die Leichenstarre einsetzt, dann wird auch dieser Muskel steif und kann sich zusammenziehen. Aber wenn der Anus um die Todeszeit herum geweitet ist, bleibt er sehr oft so.«

Die Mienen der Zuschauer waren grimmig. Die Reporter machten sich eifrig Notizen. Der Fall war auch so schon sensationell genug, aber Dr. Herrmanns und Goldes Anschuldigungen eines sexuellen Mißbrauchs trieben ihn in ungeahnte Höhen.

Dr. Herrmann erklärte, daß Mallory Moore Risse in ihrem Anus gehabt hatte, sternförmige Verletzungen nach vorn, nach hinten und zu jeder Seite. Sie waren vernarbt. Diese Risse waren ›von etwas verursacht worden, das von außen in den Anus plaziert wurde. Was auch immer es gewesen sein mochte, es war groß, daß es den Anus so sehr erweiterte, daß die Haut riß‹ Diese Risse konnten von einem oder mehreren Vorfällen verursacht worden sein. Da sie vollkommen verheilt waren, konnten sie irgendwann entstanden sein, vor einem Jahr, möglicherweise vor noch längerer Zeit, oder erst einen Monat vor ihrem Tod.

Da er die Möglichkeit eines sexuellen Mißbrauchs sah, bemerkte Dr. Herrmann, habe er im Anus, in der Vagina und im Mund nach Spuren von Sperma gesucht, aber keine gefunden. Außerdem habe er die getrocknete, leicht blutige Flüssigkeit auf der rechte Hälfte von Mallorys Gesicht nach Sperma untersucht, aber auch dort nicht gefunden. Im Anus habe es keine Spuren von Flüssigkeit gegeben, und das Scheidenmilieu wäre normal gewesen.

»Sie haben das schon bei der Entfernung des Anus angedeutet: Sie haben die Erweiterung des Anus gemessen, und sie betrug einen Zentimeter, ist das richtig?«

Es war kritisch für Golde, das Thema des sexuellen Mißbrauchs in der Moore-Familie weiter zu erörtern, denn diese Anschuldigungen waren Grundlage für sein Mordmotiv. Dabei hätte er gar kein Motiv liefern müssen; das war nicht die Aufgabe der Anklagevertretung. Dennoch hielt Goldes es anscheinend für wichtig, ein Motiv zu liefern. Bis auf Mia Blacks Behauptung, daß Serena eifersüchtig auf Mallory war, hatten alle anderen Freunde und Familienangehörigen versichert, daß sich die beiden Mädchen innig liebten. Außerdem würde Mia Black nicht in den Zeugenstand gerufen werden. Das schrie geradezu nach einer Antwort auf die Frage: Warum? Golde war entschlossen, sie zu liefern.

»Ja, das ist richtig.«

»Könnte diese Dehnung durch einen Penis herbeigeführt worden sein?«

Michaels Gesicht lief flammendrot an. Er mahlte mit dem Kiefer und starrte den Pathologen weiter an.

»Nein, ich glaube nicht, daß dies ein Ergebnis des Eindringens eines Penis während oder vor dem Tod gewesen ist. Hätte sich zum Zeitpunkt des Todes ein Penis im Anus des kleinen Mädchen befunden, wäre die Öffnung größer gewesen. Allerdings kann ich nicht ausschließen, daß der Anus früher durch einen Penis gedehnt worden ist, sagen wir eine halbe Stunde vor dem Tod, und daß sich der Muskel zusammengezogen hat, als das kleine Mädchen noch lebte.«

»Und was ist mit einem Finger?«

Das sei möglich.

Golde war mit seiner direkten Befragung fertig. Als Shelley Antonio das Kreuzverhör begann, hatte Sharri sich weit genug beruhigt, um sich im Foyer des Gerichtssaals zu setzen. Sie spähte durch das kleine Fenster der Saaltür zu Michael und sah Lana Bridges, die sich auf ihrem Stuhl vorbeugte und ihm beruhigend die Hände auf den Rücken legte.

Sharri brachte es nicht über sich, wieder in den Gerichtssaal zurückzugehen, solange Dr. Herrmann im Zeugenstand saß.

Michael erwartete eine erträglichere Behandlung von seinen Anwälten, mußte aber rasch feststellen, daß er sich geirrt hatte. Wenn Golde seine angeblichen Motive auf sexuellen Mißbrauch gründete, war dieses Thema natürlich auch ein wesentlicher Bestandteil von Antonios Verteidigung.

Bellis und Antonios Entscheidung, die Beschuldigungen wegen sexuellen Mißbrauchs zu ›benutzen‹, war der Höhepunkt ihrer eigenen Vorbereitung auf den Fall. Anfänglich hatte Shelley Antonio die Geschichten vom sexuellen Mißbrauch nicht geglaubt. Serena hatte Shelley erzählt, daß ihre früheren Beschuldigungen gegen Michael erfunden waren. Außerdem hielt die Gutachterin der Verteidigung, die Pathologin Dr. Martha Warnock, die Erweiterung von Mallorys Anus für noch ›innerhalb normaler Grenzen‹. Antonio hatte eng mit Sharri und Michael zusammengearbeitet, um Unterlagen und Zeugen für das Verfahren zu sammeln, fand das Thema ›unappetitlich‹ und glaubte nur zu gern, daß es keinen Mißbrauch gegeben hatte. Dann hatte die Anwältin einen, wie sie es nannte, ›Weckruf‹ bekommen. Dr. Herrmann hatte ihr Gewebeproben von Mallorys Anus gezeigt und behauptet, daß er recht gehabt habe: Es habe ein Mißbrauch stattgefunden.

Antonio fand den entschiedenen Arzt ›sehr überzeugend‹. Mit diesem Beweis im Hinterkopf überlegte sie, ob Serenas frühere Geschichten über Mißbrauch nicht vielleicht doch wahr gewesen sein könnten, und daß Mallory vielleicht ebenfalls mißbraucht worden war. Letzten Endes glaubte Antonio Dr. Herrmann mehr als ihrer eigenen Sachverständigen und ihrer Mandantin. Sie dachte, Serena hätte ein Interesse daran, den Mißbrauch abzustreiten. Obwohl jedes Gefühl, das Serena wegen eines Mißbrauchs haben mochte, im Vergleich zu dem Makel einer Mordanklage verblassen müßte. Auf jeden Fall beschloß die Verteidigung ›in letzter Sekunde‹, wie Antonio es ausdrückte, ›damit zu argumentieren, daß es eine zerrüttete Familie war‹. Sie rechnete sich aus, daß Zerrüttung ein Grund dafür gewesen sein könnte, daß Serena ein falsches Geständnis geschrieben hatte. Die Richterin sah die Tagebucheintragung dann vielleicht als den verzweifelten Hilfeschrei eines ›verrückten‹ Mädchens, das in einer schwierigen Familie gefangen war.

Es gab noch einen Grund, den sexuellen Mißbrauch zu ›benutzen‹. Antonios Verteidigung beruhte auf Dr. Warnocks Schlußfolgerung, daß Mallory an einem plötzlichen Asthmaanfall gestorben war. Traumatische Erfahrungen, wie zum Beispiel Mißbrauch, konnten solch einen Anfall auslösen. Das war der entscheidende Bestandteil der Verteidigungsstrategie, wobei Shelley Antonio nicht darauf achtete, daß sie die sich widersprechenden Meinungen zweier medizinischer Sachverständiger, Dr. Warnock und Dr. Herrmann, durcheinandermixte, um diese Formel zu bekommen. Dr. Warnock hatte Tod durch Asthma gefolgert, Dr. Herrmann bestand auf dem Mißbrauch.

Belli und Antonio beschlossen, mitzuspielen. Sollte Golde doch seinen Mißbrauchsfall zusammenbasteln. Sie würden ihm darin nicht widersprechen.

Antonio stand auf und holte tief Luft. »Dr. Herrmann, Sie haben behauptet, daß die Blutergüsse von einem Zusammendrücken der Brust hervorgerufen worden sein könnte. Könnte es auch ein Druck auf den Rücken gewesen sein?«

Das bejahte der Pathologe. Solange es die Blutzirkulation einschränkte.

»Also könnten diese Blutergüsse und die Erstickung auch daher stammen, daß jemand zur Todeszeit auf dem Kind lag, und ihren Rücken oder ihre Brust zusammengedrückt hat?«

Erneut bejahte der Pathologe die Frage.

»Also könnte es nicht ... ist es wahr, daß es verursacht wurde, daß die Erstickung von einem Erwachsenen verursacht worden sein könnte, der auf Mallorys Rücken oder Bauch lag?«

»Ja.«

»Die Risse im Anus, von denen Sie reden, weisen die auf eine wiederholte und regelmäßige Verletzung durch den Penis eines Erwachsenen hin?«

»Oh, ich habe keine Ahnung, ob diese Verletzung von dem Penis eines Erwachsenen stammt. Und ob es eine wiederholte Verletzung war, kann ich auch nicht sagen.«

Shelley Antonio ließ sich nicht vom Kurs abbringen. »Ist es möglich, daß ein Penis im Anus die anale Öffnung gedehnt hat und die verheilten Risse verursachte, die Sie gefunden haben?«

»Nun, ein Penis könnte sie verursacht haben, ja.«

»Doktor, Sie haben doch schon Beweise für Kindesmißbrauch bei Autopsien gefunden, die Sie durchgeführt haben, nicht wahr?«

»Ja.«

»Und gibt es etwas Typisches für Mißbrauch, einen Beweis für Analverkehr, den sie bei anderen Obduktionen auch gesehen haben?«

»Nun, eigentlich ist Analverkehr mit Todesfolge bei Kindern in diesem Alter sehr selten, jedenfalls in der Gerichtsmedizin. Aber in diesem Fall könnten die verheilten Risse ein Ergebnis von Analverkehr vor dem Tod sein.«

»Und sind Sie der Meinung, daß etwas im Anus während oder kurz vor dem Tod die Erweiterung verursacht hat? Könnte das nicht auch ein männliches Geschlechtsorgan gewesen sein?«

Herrmann gab nicht nach. »Während oder kurz vor dem Tod kann man das nicht sagen. Das Maß der Dehnung ist meines Erachtens zu gering für die Größe eines Erwachsenengliedes.«

Michaels Kiefer schmerzte. Er merkte, daß er mit den Zähnen knirschte.

»Und das begründen Sie mit der Größe der Dehnung zur Todeszeit?«

»Ja.«

»Und Sie haben keine Meinung zum Beispiel über die Größe eines Penis, der vielleicht darin gewesen sein könnte?«

»Nein.«

»Also könnte es ein kleiner Penis gewesen sein, der eine kleinere Erweiterung verursacht hat, oder nicht?«

Herrmann neigte leicht den Kopf. »Nun, ich glaube, in dem Fall müßte es ein sehr kleiner Penis gewesen sein. Wenn wir von einem Glied in der Größe eines Fingers ausgehen, könnte es allerdings ein Penis gewesen sein.«

»Und könnte es nicht so gewesen sein, daß die Penetration durch einen männlichen Penis etwa eine halbe Stunde vor Eintreten des Todes stattgefunden hat ... geschehen sein könnte?«

»Möglicherweise könnte eine Stunde vor Eintreten des Todes ein Penis in ihrem Anus gewesen sein. Das würde dem Anus genug Zeit geboten haben, sich wieder zusammenzuziehen. Wenn sie dann, sagen wir, eine halbe Stunde später ermordet worden ist, wäre der Anus vielleicht noch einen Zentimeter erweitert. Ich nehme an, diese Möglichkeit besteht.«

Das schien Antonio zu befriedigen. Sie ging zum nächsten Thema über und kehrte dann noch einmal zu dem Mißbrauch zurück. Sie fragte Herrmann, ob Sharri Moore Sperma von Mallorys Gesicht gewaschen haben könnte. Der Pathologe hielt das zwar für möglich, aber er hatte einen Abstrich aus Mallorys Mund gemacht und keinen Beweis für Sperma gefunden.

Margulies unterbrach die Sitzung für eine dringend notwendige Pause.

Michael stand benommen auf und zog seinen grauen Pullover aus. Er ging im Foyer wortlos an Sharri vorbei, drängte sich durch die Tür und zum Balkon. Am liebsten hätte er sich versteckt, in eine Decke gehüllt und seine Ruhe gehabt. Es ist absurd, dachte er, daß diese alten Beschuldigungen jetzt gegen mich zurückschlagen. Es war wie ein letzter Schlag ins Gesicht, nach allem, was er in den letzten Jahren wegen Serena durchgemacht hatte. Als die Kameraleute im Flur ihn bedrängten, hielt er sich seinen grauen Pullover vors Gesicht. Sharri versteckte sich hinter ihren zitternden Händen, als sie ihm folgte.

Auf dem Balkon berichtete Michael Sharri die Essenz von Herrmanns Aussage. »Ich stelle folgendes klar«, sagte er und starrte auf den Boden zu seinen Füßen. Eine Zigarette hing unangezündet zwischen seinen Fingern. »Du hast eine Ohrenentzündung und kannst nicht schlafen. Ich stehe mitten in der Nacht auf, nachdem ich fest geschlafen habe, vergewaltige meine eigene Tochter, komm' wieder ins Bett zurück und schlafe weiter, als wäre nichts gewesen. Serena steht auf, geht, wie es in ihrem Tagebuch steht, in Mallorys Zimmer, nimmt sie mit in ihr Zimmer, erstickt sie, und bringt sie dann wieder in ihr Bett zurück.« Er hob das Kinn und sah Sharri an. »Und du hast nicht das geringste gehört.«

»Natürlich«, zischte sie. »Sie glauben, daß ich alles gehört habe. Aber ich decke dich, verstehst du nicht? Und ich decke auch Serena.« Sie weinte hemmungslos.

Zu beschäftigt mit den Beschuldigungen gegen sich selbst hatte Michael nicht die Kraft, seiner Frau beizustehen. Er wandte sich ab.

Während sie auf dem Balkon kauerten, hatte sich die Presse im Gebäude um Belli geschart. Sie bombardierten ihn mit Fragen zu dem angeblichen Mißbrauch. Serenas Familie war ein ›Folterhaushalt‹, antwortete Belli den Reportern. Er verglich ihn mit einem Heim in Charles Dickens' düsterer Erzählung *Das freudlose Haus*. »Sie müssen es mit den Augen eines Kindes betrachten, das von seiner Mutter gequält und bestürmt worden ist.«

Michael versuchte an diesem Abend, die Tatsachen objektiv zu sehen und die Taktik der Verteidigung zu verstehen. Es ergab einen gewissen Sinn, wenn Antonio und Belli die Frage, wer Mallory getötet hatte, als Mittel benutzten, um den Verdacht von Serena abzulenken. Sharri aber konnte Bellis Kanzlei nicht vergeben. Die Moores standen vor einem klassischen Dilemma: Sollten sie die verabscheuungswürdigen Vorwürfe abstreiten oder schweigen und hoffen, daß sie Serena helfen würden? Unter diesem Gesichtspunkt hatten sie kaum eine Wahl, sie mußten ihre Tochter retten. Auch wenn Michael sich über die wiederholten Vorwürfe wegen sexuellen Mißbrauchs aufregte, wußte er doch, daß es nicht Serenas Schuld war. Er war ihr in den letzten sechs Monaten näher gekommen als je zuvor. Nach allem, was die Familie gemeinsam durchgemacht hatte, konnte er sie jetzt nicht einfach im Stich lassen. Außerdem sagte er sich, daß Shelley Antonio die Sache irgendwann im Lauf des Verfahrens wieder ins Lot bringen würde, wenn sie die Wahrheit sagte.

Später am Abend lag Sharri zusammen mit den Katzen Misty und Madison auf der Couch. Serena rief aus dem Jugendgefängnis an. Ihre Stimme bebte. »Was ist mit Mallorys Po passiert?« rief sie weinend. »Shelley hat gesagt, Michael hätte es getan, er hätte Mallory mißbraucht. Ich muß wissen, was mit ihr passiert ist.«

Nachdem Sharri ihre Tochter beruhigt und ihr versichert hatte, daß nichts passiert war, und daß Dr. Herrmann sich irrte, rief sie Shelley wütend zu Hause an. »Erzählen Sie Serena nicht so etwas!« bat sie die Anwältin. »Ganz gleich, was Sie glauben oder beweisen wollen. Sie regen sie auf, und sie muß im Augenblick genug durchmachen.«

Antonio leugnete, daß sie etwas Derartiges gesagt hätte. Sie war unglücklich über die Kommunikation zwischen Mutter und Tochter, die sie als störend empfand. Die Anwältin glaubte, daß Serena offenbar von ihrer Mutter beeinflußt wurde, vor allem, was die Vorwürfe des sexuellen Mißbrauchs anging. Am nächsten Tag teilte Antonio den Moores mit, daß sie Serena für den Rest des Prozesses nicht besuchen und auch nicht anrufen durften. Die Moores gehorchten, aber je weiter das Verfahren fortschritt und je stärker die Vorwürfe des sexuellen Mißbrauchs wurden, desto wütender wurden sie über Antonios Verhalten.

Hätten die Moores weiter gedrängt, hätten sie erfahren, daß Shelley Antonio das Jugendgefängnis nicht zwingen konnte, Besuche oder Anrufe zwischen Eltern und Kindern zu unterbinden. Aber das taten sie nicht. Erneut siegte ihr Vertrauen in die Belli-Kanzlei und in das ›System‹ über ihre nagenden Zweifel.

23. KAPITEL

Zahnarzt Andrew Wong fühlte sich offenbar nicht wohl in seiner Haut, als er am Dienstag morgen in den Zeugenstand trat. Die Moores hatten kaum geschlafen und saßen mitgenommen und erschöpft auf ihren Plätzen. Sie fanden es vom Staatsanwalt gelinde gesagt ziemlich weit hergeholt, den jungen Kieferorthopäden aufzurufen.

Dr. Wong sagte aus, daß sich Serena und Mallory in seinem Wartezimmer über ein Spielzeug gestritten hatten. Während dieser Auseinandersetzung schüttelte Serena ihre Schwester wütend und sagte später zu dem Arzt: »Ich werde sie umbringen.« Bei späteren Besuchen wiederholte sie diese Bemerkung.

Shelley war aufgebracht, weil das Gericht ihren Antrag, Dr. Wongs Aussage nicht zuzulassen, abgelehnt hatte. Sie erhob sehr oft Einspruch gegen Goldes Fragen. Sogar Belli meldete sich zu Wort.

»Ich nehme an, daß nur ein Verteidiger Einsprüche erhebt, ist das richtig?« tadelte Richterin Margulies.

»Ich habe heute nachmittag mein Hörgerät bekommen«, antwortete Belli, »und werde mit Erlaubnis des Gerichts teilnehmen.«

Margulies blieb standhaft. Es sollte nur ein Anwalt für die Verteidigung sprechen, und das war offensichtlich Shelley Antonio.

Als Shelley Wong ins Kreuzverhör nahm, entspannte er sich sichtlich. Er stimmte ihr zu, daß Serenas Bemerkungen und ihr ›verärgertes‹ Verhalten im Zusammenhang mit Mallorys ›ungebärdigem Benehmen‹ zu sehen war. Sie sei ›in der Praxis herumgerannt‹ und habe ›alles durcheinandergewirbelt‹. In seiner Gegenrede versuchte Golde, Antonios Argument des ›Kontextes‹ als Grund für das Verhalten zu unterminieren. Er stellte die Frage, um was für ein Spielzeug sich denn wohl eine Vierzehnjährige und eine Dreijährige streiten könnten.

Golde verletzte damit eine Kardinalregel der Gerichtsstrategie: Stelle nie eine Frage, auf die du die Antwort nicht weißt.

»Wir haben diesen ›Waldo-Stab‹ im Wartezimmer«, antwortete der Doktor. »Man muß Waldo in einem Stock finden, der mit verschiedenfarbiger Flüssigkeit gefüllt ist.«

Golde sah ihn verständnislos an, stürzte sich aber mutig ins kalte Wasser. »Selbst wenn ich riskiere, meine Unwissenheit zu demonstrieren, frage ich Sie, ob dieses Spielzeug auch für Vierzehnjährige geeignet ist.«

»Es ist ein Spielzeug, mit dem Jung und Alt spielt«, gab Wong zurück.

»Oh, gut, keine weiteren Fragen.«

Nach den schrecklichen Zeugenaussagen des Vortages bot dieser Vorfall einen kurzen Moment erholsamer Komik. Golde hatte gutmütig seine ›Unwissenheit‹ enthüllt, aber für Sharri und Michael war ein anderer Punkt wichtiger. Der Stellvertretende Staatsanwalt war ein typischer Yuppie, fünfunddreißig, unverheiratet, mit einem jungenhaften Gesicht und hellbraunem Haar, das über den Kragen fiel. Was wußte er schon darüber, ein Kind großzuziehen und es zu lieben, oder über den Verlust eines Kindes zu trauern? Diese Ignoranz war entscheidend, fanden die Moores, nicht seine Unkenntnis irgendeines Spielzeugs. Nur deshalb konnte er überhaupt diese beißenden Beschuldigungen gegen sie erheben, ohne auch nur das geringste Verständnis für ihren Schmerz zu zeigen.

Als nächste rief Golde Michael Sanchez und Russell Peterson in den Zeugenstand, Mitglieder der Feuerwehr von Fremont. Sie sollten ihre Reaktionen auf den Notruf wegen Mallory vom 18. August 1992 bezeugen. Sanchez beschrieb Serena als ›aufgelöst‹, als sie an diesem Morgen das Haus betrat, und Michaels Verhalten als ›aufgelöst und wütend‹. »In dem Moment habe ich mir überlegt, daß wir besser machten, daß wir wegkamen, weil die Atmosphäre nicht gerade besonders freundlich zu werden versprach.«

Sharri saß auf ihrem Stuhl in der zweiten Reihe und schnaubte verächtlich. Wenn jemand nicht freundlich gewesen war, dann sie selbst. Immerhin hatte sie Peterson gegen die Brust geschlagen. Und sie widersprach entschieden Sanchez' folgender Darstellung, daß er ›vorgeschlagen‹ habe, Mallory vom Flur in ihr Zimmer zu bringen.

»Darum habe ich sie gebeten«, sagte sie zu Pastor Doug während einer Verhandlungspause. »Ich habe sie angefleht, damit Michael nicht über Mallorys Leichnam steigen mußte wie Serena.«

Doug hatte Sanchez' Aussage nicht gehört, weil er als potentieller Zeuge aus dem Gerichtssaal ausgeschlossen worden war. (Sharri und Michael waren als Eltern der Angeklagten von dieser Regelung ausgenommen.) Doug hatte versprochen, Serena mit seiner Anwesenheit bei dem Prozeß zu unterstützen, und blieb so in dem kleinen Wartezimmer für die Zeugen eingesperrt, das sich hinter dem Gerichtssaal befand. Was er von dem Verlauf des Prozesses hörte, machte ihm Kummer. Seine regelmäßigen Besuche im Jugendgefängnis hatten seine Überzeugung nur gefestigt, daß sie dieses Verbrechen nicht begangen haben konnte. Außerdem paßten die Beschuldigungen wegen sexuellen Mißbrauchs nicht zu dem, was er bei den Moores wahrgenommen hatte. Er hatte Serena bei vielen Gelegenheiten mit Rat zur Seite gestanden, sowohl vor als auch nach ihrer Verhaftung. Da sie seine Schweigepflicht als Pastor kannte, hatte sie ihm intimste Einblicke in ihr Leben gewährt. Und dabei war nicht einmal andeutungsweise von Mißbrauch die Rede gewesen.

Shelley Antonio sollte Doug sehr bald von der Liste der Zeugen streichen und behaupten, daß sie ihn nicht brauchte. Das freute ihn, konnte er sich doch jetzt wieder zu den Moores in den Gerichtssaal setzen und die Zeugenaussagen selbst verfolgen. Aber sein Fehlen auf dem Zeugenstand sollte Auswirkungen haben. Sowohl er als auch der Polizist John Morillas, der ebenfalls von der Verteidigung nicht als Zeuge benannt wurden, hätten erklären können, warum die Moores das Tagebuch der Polizei übergeben hatten, obwohl sie glaubten, daß ihre Tochter unschuldig war. Sharri durfte bei ihrer Aussage dieses Thema nur kurz streifen.

Sharri war vorgeladen worden und betrat am Dienstag morgen den Zeugenstand. Sie beendete ihre Aussage erst am Mittwoch nachmittag. Golde stellte behutsam Fragen, und sie schilderte Serenas Enttäuschung über die Abwesenheit ihres leiblichen Vaters und die ›stürmische‹ Beziehung zwischen Serena und Michael, die gelegentlich auch zu körperlichen Konfrontationen führte. Ihre Antworten waren wohldurchdacht, und sie hielt ihre Gefühle unter Kontrolle – bis sie die Ereignisse um Mallorys Tod beschrieb.

Am Nachmittag des 17. August war sie wegen ihrer Ohrenschmerzen zum Arzt gegangen und hatte Mallory bei Serena gelassen. Der Doktor konnte die Ursache für die Symptome nicht entdecken. Nach ihrer Rückkehr kam Michael von der Arbeit. Er und Mallory spielten auf der Terrasse ›Zoo‹ mit Lego und den kleinen Plastiktieren. An dem Abend gab es Fertigessen. Mallory entschied sich für eine Nudeltasse, später aß sie noch einen Apfel. Die Familie sah sich einen Elvis-Presley-Film an, den Serena ›doof‹ fand. Sie ging in ihr Zimmer. Nach dem Film, etwa zwischen zehn und halb elf, schickte Sharri Mallory ins Bett. Die wollte bei ihrer Schwester schlafen. Doch sowohl ihr Dad als auch ihre Mom verboten es ihr. Sie gewöhnte sich zu sehr daran, bei Serena zu schlafen. »Große Mädchen schlafen in ihrem eigenen Zimmer.« Als Michael schlafen ging, brachte Sharri Mallory in ihr Bett mit dem blauen Geländer.

Mallory hatte vor zwei Nächten Medikamente gegen Asthma bekommen. Die Ärztin hatte verordnet, es ihr zu verabreichen, wann immer Mallory Atemschwierigkeiten bekam. Feststellen konnte man das nur an dem heftigen Auf- und Abschwellen des Bauches. Golde wollte wissen, ob Mallory hustete oder keuchte oder über Schmerzen klagte.

Sharri verneinte. Ihre Tochter hatte nie irgendwelche Geräusche von sich gegeben. Die Anfälle kamen immer ohne Vorwarnung. Ihre Stimme klang belegt, als sie hinzufügte, daß es vielleicht ihre Schuld war, weil sie sich nicht genauer über die Krankheit informiert hatte.

Die Schuld legte sich um ihre Schultern wie eine alte, wohlbekannte Decke. Sie brach in Tränen aus.

Golde wollte die Sache nicht auf sich beruhen lassen. »Also hat die Ärztin Ihnen einfach nur die Medizin gegeben und gesagt, wenn es eintritt, verabreichen Sie sie ihr?«

»Sie sagte, wenn sie …«

»Entschuldigen Sie. Sie hat Ihnen nicht gesagt, auf welche Symptome Sie achten sollten, und Sie haben nicht danach gefragt?«

Sharris Kinn zitterte. »Ich wußte es. Ich meine, ich *wußte* es.«

Antonio erhob Einspruch. »Das ist reine Polemik.«

»Einspruch stattgegeben. Mrs. Moore«, fragte Richterin Margulies, »möchten Sie jetzt eine Pause?«

Sharri schüttelte den Kopf. »Ich schaffe es schon. Solange ich niemanden damit belästige. Es geht schon.«

Golde kam wieder auf die Nacht vom 17. August zu sprechen, als Michael, Mallory und Serena im Bett lagen. Sharri sah sich einen Film an, der um 23 Uhr begann. Ihr Ohr tat weh; sie wußte, daß sie ohnehin keinen Schlaf finden würde. Nach etwa zwanzig Minuten kam Serena aus ihrem Zimmer und trank einen Schluck Wasser. Dabei ging sie an der geöffneten Tür von Mallorys Zimmer vorbei. ›Mallory weint‹, sagte sie Sharri. ›Du solltest nach ihr sehen.‹ Sharri konnte zwar Mallorys Klagen nicht hören, wohl aber, wie sie ein Bilderbuch umblätterte. Sie beschloß, abzuwarten. Vermutlich wollte Mallory nur aus ihrem Bett geholt werden. Serena ging in ihr Zimmer zurück und schloß die Tür.

Um Mitternacht schaltete Sharri den Fernseher aus. Bevor sie ins Elternschlafzimmer ging, sah sie nach Mallory. Sie schlief unter ihrer Decke. Das Bilderbuch lag direkt neben ihr auf dem Kopfkissen. Weil Sharri Angst hatte, daß es Mallory weh tun könnte, nahm sie es weg und legte es auf die Kommode.

»Haben Sie etwas zu ihr gesagt?« fragte Golde.

»Sie schlief.«

»Atmete sie?«

»Ja.«

»Sind Sie sich sicher?«

»Ja.«

»Wieso wissen Sie das?«

Sharri warf einen kurzen Blick in sein Gesicht. Er hat wirklich keine Ahnung, dachte sie. »Weil das alle Mütter tun. Man steht da und beobachtet und will wissen, ob sein Kind atmet, bevor man das Zimmer verläßt. Es ist so ein Mutterding.«

Sie hatte Mallory auf die Wange geküßt. Sie war warm.

Im Bett hatte Sharri unruhig gedöst, unterbrochen von ihren Ohrschmerzen. Sie sah immer wieder auf die Uhr ... es wurde eins, halb drei, drei. Sie hörte keinen Lärm, bis Michael zwischen fünf und sechs aufstand und duschte.

Sharri stockte. Sie hatte allmählich ihre Fassung wiedererlangt, doch bei der Schilderung, wie sie Mallory gefunden hatte, begann sie zu schluchzen. Am Tisch der Verteidigung saß Serena und weinte.

»Lassen Sie sich Zeit«, meinte Margulies freundlich.

»Als ich durch die Tür trat«, stieß Sharri, unterbrochen von einem Schluckauf, hervor, »sah ich sie auf der Seite liegen. Ein Bein lag gebeugt auf der Decke, und ich sah ihr Gesicht, und es sah nicht gut aus. Es … oh.« Sharri schlug die Hand vor den Mund. »Ich … o Gott … Ich meine, es … Da waren Schaumblasen.«

»Sie deuten auf Ihre Lippe«, bemerkte Golde.

»Sie kamen aus der Seite ihres Mundes. Die Seite, mit der sie auf dem Bett lag, ich meine, die Wange, die auf dem Bett lag.«

Margulies beugte sich vor. »Sie deuten auf Ihre rechte Seite.«

»Ja, Madam. Ihre rechte Wange. Und an ihrem Fußknöchel war ein riesiger roter Fleck. Und … und da wußte ich es. Ich faßte ihr Bein an, und es war eiskalt.«

Die Richterin gewährte Sharri einen Augenblick Pause.

Golde versuchte eine andere Richtung. Hatte Sharri am 20. August die Matratze entsorgt, als die Polizei bei ihr zu Hause war und sie sehen wollte?

Sharri verneinte das. Serenas Großmutter war gerade zu Besuch, und sie hatte die ganze Woche in Serenas Bett geschlafen. Serena hatte zwei Monate später eine neue Matratze bekommen, als sie von der Lucia Street in ihre neue Wohnung gezogen waren. Serena hat zu oft mit Mallory in diesem Bett geschlafen, erklärte Sharri, und konnte die Erinnerung daran nicht ertragen.

Golde wollte wissen, ob sie der Polizei am 20. August erzählt hatte, daß die Matratze nicht mehr da sei.

Sharri wurde ärgerlich, weil sie sich absichtlich mißverstanden fühlte. Sie wandte sich an die Richterin. »Vielleicht hat Mr. Golde ja falsche Unterlagen, aber das war, nachdem wir schon umgezogen waren. Nachdem Serena verhaftet worden war, kamen die Detectives in dieser Nacht und wollten Serenas Matratze haben. Da war sie allerdings nicht mehr da.«

Trotz ihrer frisch aufgewühlten Trauer ärgerte sich Sharri den ganzen Abend über diesen Wortwechsel. Matt Golde scheint sonst nicht viel mißzuverstehen, meinte sie zu Michael. Er ist sicher nicht so blöde, Beweise zu verwechseln. Er wußte sehr genau, daß die Polizei erst nach Serenas Bett gefragt hatte, nachdem sie verhaftet worden war, vier Monate nach Mallorys Tod. Sie kochte vor Wut. Er wollte, daß es klang, als versuchte sie, Serena zu decken, indem sie die Matratze verschwinden ließ, direkt nachdem Mallory gestorben war.

Erst dieser Montag mit Goldes Eröffnungsplädoyer und der Zeugenaussage Dr. Herrmanns, und nun dieser schreckliche Tag. Sharri fragte sich laut, wie sie einen weiteren überstehen sollte.

Belli trug wieder einen schicken dunklen Anzug mit weißem Hemd und weißem Schlips, als er am Dienstag morgen mit Antonio aus dem Aufzug kam. Er war abgelenkt und fummelte mit der rechten Hand an etwas hinter seinem Ohr herum. Es war der erste Prozeßtag mit seinem neuen Hörgerät, und anscheinend machte es ihm jetzt schon Schwierigkeiten. Er schlurfte den Flur entlang und murmelte den Reportern einen Gruß zu, während er immer noch an dem Gerät herumschaltete.

Zwei Minuten nach Verhandlungsbeginn ertönte ein durchdringendes Fiepen am Tisch der Verteidigung.

»Entschuldigen Sie«, unterbrach Margulies Sharri, die wieder im Zeugenstand saß. »Was ist das?«

»Mr. Bellis Hörgerät«, antwortete Antonio.

»Ach so.«

»Es pfeift ein bißchen.«

Belli fummelte wütend an dem Gerät herum. Das Fiepen brach abrupt ab. »Na also!«

»Hören Sie mich heute besser?« erkundigte sich Richterin Margulies.

Belli lächelte. »Ein bißchen. Aber ich weiß nicht so recht, Euer Ehren. Es ist einfach schrecklich. Ich soll alt werden, und ich soll schlechter hören. Eins von beiden würde mir ja nichts ausmachen.«

»Welches?« schoß Margulies zurück.

Bellis Hand wedelte in der Luft. »Das kann ich Ihnen jetzt noch nicht sagen.«

Die Verteidigung verlor eine wichtige Entscheidung, als das Gericht ihren Antrag ablehnte, Serenas Tagebuch nicht als Beweismittel zuzulassen. Antonio stützte ihre Argumentation auf den Vierten Artikel der Verfassung, betreffend illegaler Durchsuchung und Beschlagnahme, sowie auf den Fünften Artikel, der das Recht garantierte, sich nicht selbst belasten zu müssen. Die Richterin widersprach dieser Auffassung. Was den ersten Artikel angeht, sagte sie, hätten die Moores das Tagebuch der Polizei freiwillig übergeben. Und was Artikel fünf betraf: Der war für diese Situation ›absolut nicht relevant‹.

Belli warf nur für das Protokoll noch zahlreiche andere Gründe für den Ausschluß des Tagebuchs als Beweismittel ein: – Mangel an Begründung, Vorurteil und Hörensagen – und meinte dann spitzzüngig, er wäre fertig, es sei denn, »Euer Ehren fällt noch etwas ein«.

»Nein«, erwiderte Margulies. »Sie haben wohl nichts ausgelassen.«

Ungeachtet weiterer Einwände blieb der Antrag abgelehnt. Serenas Tagebuch wurde als Beweismittel zugelassen. Margulies' Entscheidung kam nicht unerwartet. Ohne das Tagebuch stünde Anklagevertreter mit leeren Händen da, denn es war Goldes einziger echter Beweis gegen die Beschuldigte.

Wenigstens gewährte Sharri dieser Streit einen Moment Pause vor Goldes bohrenden Fragen.

Golde las den Tagebucheintrag laut vor. Er fragte Sharri, warum sie es der Polizei gegeben hatte, und erlaubte ihr, kurz zu schildern, daß sie und Michael erst ihren Pastor angerufen hatten. Dann wandte er sich wieder dem Thema ›sexueller Mißbrauch‹ zu. Sharri ging sofort in Hab-acht-Stellung, aber sie vertraute darauf, daß sie bei Shelley Antonios Verhör die Chance bekommen würde, die Beschuldigungen des Staatsanwaltes zu entkräften. Weder ihr noch Michael war zu diesem Zeitpunkt klar, wie weit beide Anwaltsparteien den angeblichen sexuellen Mißbrauch und die angebliche Zerrüttung in ihrer Familie ›benutzen‹ wollten.

Golde konzentrierte sich auf einen ganz bestimmten Vorfall. Wußte Sharri, daß Serena den Wagen der Familie gestohlen hatte, und der Polizei später erzählte, sie wollte damit ›Mallory von Michael wegbringen‹?

Das mußte Sharri zugeben. »Ich weiß sehr genau, warum sie weggefahren ist, und ich habe das von der anderen Person bestätigen lassen, die mit ihr zusammen diesen Plan geschmiedet hatte.«

Antonio erhob Einspruch, weil die Erwiderung keine Antwort sei. Margulies gab dem Einspruch statt. Die Bemerkung, warum Serena zu ihrer Großmutter gefahren war, wurde aus dem Protokoll gestrichen.

Golde fragte Sharri auch nach Serenas Brief an eine Freundin, in dem sie behauptet hatte, daß Michael sie belästigt habe, sowie nach entsprechenden Äußerungen ihrer Großmutter Tessie gegenüber. Hatte Sharri ihrer Mutter erzählt, daß Michael gegen 3 Uhr morgens in Serenas Zimmer ging und mehrere Stunden dort blieb, bevor er zur Arbeit ging?

»Ich habe meiner Mutter so etwas absolut nicht erzählt«, sagte Sharri vehement. »Ich weiß nicht, woher sie das hat, und ich habe ihr das damals auch gesagt. ›Warum behauptest du so etwas?‹ habe ich sie gefragt. ›Ich habe so etwas nie zu dir gesagt!‹«

»Haben Sie Ihrer Mutter gegenüber zugegeben, daß er es getan hat, und daß Sie es auch für richtig hielten, weil sich Stiefvater und Stieftochter so annähern konnten?«

Sharri schnitt eine Grimasse. Da hatte sie es wieder, der nächste öffentliche Streit mit ihrer Mutter. »Absolut nicht«, erwiderte Sharri. »Was ich sagte war, daß er morgens bei ihr reinschaute und ein paar Minuten mit ihr redete. Er setzte sich dabei auf ihr Bett, ihre Zimmertür war offen und ich war wach. Außerdem habe ich meiner Mutter versichert, daß nichts Schlimmes passierte. Er ist niemals die ganze Nacht dort gewesen. Bei diesem Gespräch habe ich sie auch damit konfrontiert und ihr erklärt, daß ich nie so etwas zu ihr gesagt habe. Ich habe sie berichtigt. Niemals hätte ich so etwas für normal gehalten. Nie hätte ich gesagt, daß das gut für die beiden wäre. Er hat so was nie getan.«

»Wissen Sie, daß Ihre Mutter behauptet, Sie hätten es zugegeben?«

»Es interessiert mich nicht, was meine Mutter behauptet, Sir! Es ist nicht wahr!« Sharri funkelte Golde an und zwang sich, den Blick nicht abzuwenden.

Sandra Gonzales vom *San Jose Mercury* bemerkte Sharris Feindseligkeit. In ihrem Artikel am nächsten Tag erwähnte sie zweimal, daß Sharri ihren Ehemann ›gereizt verteidigte‹.

Golde fuhr mit der Frage fort, ob Sharris Mutter bei ihrem Besuch nicht Zeugin gewesen war, wie sich Serena und Michael zusammen in ihrem Schlafzimmer aufgehalten hatten.

»Serena ist reingegangen, hat sich auf die Bettkante gesetzt und mit ihm geredet. Daran gab es nicht Unschickliches.« Sharri zwang sich dazu, ruhig zu antworten. »Meine Mutter ist von Serena besessen und wollte, daß sie bei ihrem Besuch jede Sekunde bei ihr war. Sie hat vorher schon einmal gesagt, daß sie sich als zweites Elternteil sah, und ich glaube, daß sie deshalb eifersüchtig auf Michael ist.«

Golde wechselte das Thema und streifte flüchtig Sharris verschiedene Arbeitsstellen während ihrer Ehe mit Michael. Dann überließ er sie der Verteidigung. Shelley Antonio erhob sich rasch. Sharri unterdrückte einen Seufzer der Erleichterung.

»Sie haben nie geglaubt, daß Serena von Michael belästigt wurde, weil sie schon immer Geschichten erfunden hat?«

»Genau.«

»Und deshalb glauben Sie auch dieser Eintragung in dem Tagebuch nicht, richtig?«

»Stimmt. Die Polizei hat aktenkundige Beweise über viele falsche Anzeigen und Behauptungen, die sie gemacht hat. Es reicht lange zurück.«

Golde erhob Einspruch. »Das tut nichts zur Sache.«

Margulies gab dem Einspruch statt und ließ die beiden letzten Sätze aus dem Protokoll streichen. Antonio versuchte es noch mal. »Als Sie die Tagebucheintragung gelesen haben, glaubten Sie sie nicht, weil sie andere Phantasien in ihrem Tagebuch notiert und auch sonst viele Märchen erzählt hat?«

»Einspruch. Euer Ehren, dafür gibt es keine Begründung, und es ist reine Spekulation.«

Margulies sah an die Decke, als wollte sie dort eine Antwort finden. »Einspruch stattgegeben. Die letztendliche Meinung der Zeugin ist irrelevant.«

»Euer Ehren, ich glaube, es betrifft Serenas … Serenas Geisteszustand, wie er an ihr beobachtet wurde … basierend auf den Beobachtungen ihrer eigenen Mutter«, widersprach Shelley.

Margulies preßte die Lippen zusammen. »Stattgegeben.«

Es folgte eine hastig geflüsterte Beratung zwischen Belli und Antonio.

»Sharri«, fuhr Antonio fort, »hat Serena viele Märchen erzählt?«

»Ja.«

»Derselbe Einspruch, Euer Ehren«, leierte Golde herunter. »Ich glaube, weder für diese Frage noch für die Antwort gibt es einen ausreichenden Grund.«

Wieder schaute die Richterin hoch. »Einspruch abgelehnt. Ich glaube, der Grund liegt in Ihrer direkten Befragung, Mr. Golde. Es gab viele Aussagen bei Ihrer Befragung, bei denen genau diese Aussage zur Sprache gekommen ist. Also haben Sie das Thema eröffnet.«

»Einverstanden.«

»Und Miss Antonio, ich nehme die Zulassung des Einspruchs zurück, was Ihre Frage betrifft, ob Mrs. Moore den

Eintrag in dem Tagebuch glaubte oder nicht. Auch dieses Thema wurde in Mr. Goldes Befragung eröffnet und kam bei der direkten Befragung zur Sprache. Hiermit widerrufe ich meine Entscheidung. Fahren Sie fort.«

Antonio zwinkerte verwirrt. »Dann möchte ich Ihnen noch einmal die Frage ...«

»Vielleicht kann ich die Angelegenheit abkürzen«, unterbrach sie Margulies und wandte sich an Sharri. »Sie haben zuvor angedeutet, daß Sie nie geglaubt haben, Serena sei von Michael mißbraucht worden, und genausowenig die Eintragung im Tagebuch für richtig halten. Warum?«

»Weil sie schon soviel Geschichten erfunden hat, die genauso schwerwiegend waren, und zwar schon so lange ... Wenn sie richtig aufgeregt ist oder unter Streß steht, dann erfindet sie Geschichten.«

Margulies machte sich eine Notiz. »Gut«, sagte sie, während sie schrieb. »Fahren Sie fort.«

Antonio flüsterte wieder mit Belli und richtete sich dann auf. »Haben Sie Serenas Tagebuch gelesen?«

Sharri zögerte. Außer dem Geständnis-Tagebuch gab es noch andere Tagebücher, die sie der Polizei in der Nacht von Serenas Verhaftung gegeben hatte. »Das Tagebuch, das als Beweismittel dient?«

»Nein. Irgendein Tagebuch.«

»Ja.«

»Und befinden sich in diesen Tagebüchern ebenfalls Geschichten und Phantasien?«

»Ja.«

»Die nicht zutreffend sind?«

»Richtig. Es sind Dinge, von denen ich weiß, daß sie nicht wahr sind.«

Golde erhob Einspruch. Die Antwort wurde gestrichen.

Shelley wirkte frustriert und wandte sich jetzt Mallorys Krankheitsgeschichte zu. Sie befragte Sharri über die Nacht, in der sie Mallory ins Krankenhaus gebracht hatte.

»Ich habe sie auf der Couch schlafen lassen, während ich ferngesehen habe. Dann bemerkte sich, daß ihr Bauch heftig pumpte. Ich habe sie von da an beobachtet. Sie ist ein bißchen aufgewacht, als wäre ihr unbequem, aber ist dann wieder eingeschlafen. Und es ging weiter. Ich habe zweimal das Krankenhaus angerufen. ›Keucht sie‹, haben die nur gefragt. Ich antwortete: ›Nein, aber ihr Bauch pumpt heftig, und ich weiß, daß etwas nicht in Ordnung ist‹. Schließlich haben wir sie trotzdem hingefahren.«

Shelley Antonio fragte noch einmal nach, ob sie gekeucht oder allgemeine Anzeichen einer Asthmaattacke gezeigt hätte.

»Nein, sie hat gar keine Geräusche von sich gegeben.«

»Also hat nur der Bauch sich heftig gehoben und gesenkt?«

»Ja.«

»Hat Ihnen jemand gesagt, daß dies ein Anzeichen für eine Asthmaattacke ist?«

»Nein.«

»Als Sie sie ins Krankenhaus brachten, hat der Arzt da bestätigt, daß genau das passierte?«

»Allerdings.«

Antonio befragte Sharri über Mallorys ›blaue Anfälle‹, kam ausführlich auf Sharris frühere Aussage zurück und konzentrierte sich besonders auf die Position von Mallorys Leichnam und den Streit zwischen Serena und Mallory in Dr. Wongs Wartezimmer. Sharri fühlte, wie mit jeder Sekunde, die auf der großen Uhr an der Wand des Gerichtssaals verstrich, ihre Kraft nachließ. Glücklicherweise stand die Mittagspause unmittelbar bevor. Als Richterin Margulies die Sitzung endlich für diese Pause unterbrach, schloß Sharri erleichtert die Augen.

Aber diese Erleichterung sollte nicht lange anhalten. Als sie am Nachmittag ihre Aussage wieder aufnahm, war Sharri aufgeladen von nervöser Energie. Ihre Angst war von einer üblen Überraschung während des Mittagessens ausgelöst worden: Von dem unerwarteten Auftauchen der beiden letzten Menschen, die sie sehen wollte.

24. KAPITEL

Sind Sie gekommen, um noch mehr Lügen über meinen Sohn zu verbreiten?
– Sarah Moore zu Tessie Dornellas

Michael wollte sich während der Mittagspause am Mittwoch mit Shelley Antonio treffen und den Anschuldigungen Einhalt gebieten, die sie sowohl vor Gericht als auch außerhalb erhob. Dieses Treffen sollte nicht stattfinden. Als er, Sharri und Marietta Wilson Hot dogs herunterschlangen, die sie bei einem Straßenverkäufer in der Nähe des Gerichtsgebäudes gekauft hatten, sah er Sharris Schwester Roxanne.

»O Gott!«

»Hallo!« rief Roxanne fröhlich, lief zu Sharri und umarmte sie.

Trotz Roxannes freundlicher Begrüßung blieb Sharri der Bissen im Hals stecken. Wo ihre Schwester war, konnte Tessie nicht weit sein. Sie mochte nicht glauben, daß die beiden nur an dem Prozeß teilnahmen, um Serena zu helfen. »Sie haben irgendwas vor«, flüsterte sie Marietta zu, »und zwar nichts Gutes.«

Im Flur des zweiten Stocks ging es bereits hoch her. Sharri und Michael erwarteten, nach ihrem hastigen Mittagessen mit Antonio zu sprechen. Statt dessen sahen sie die Anwältin nur von ferne, wie sie in ein Gespräch mit Golde und Sharris Mutter Tessie vertieft war. Die Moores waren zu abgelenkt, um Roxannes Bemerkung gegenüber Marietta zu hören, aber ihre Freundin berichtete es ihnen später.

»Sie hat auf Sharris geblümtes Kleid und die Haarspange gezeigt«, sagte ihnen Marietta, »und gemeint: ›Wer glaubt sie, wer sie ist? Alice im Wunderland?‹«

Außer Hörweite führten derweil die Anwälte und Tessie ihr Gespräch fort. Da Tessie nur einen Tag in der Stadt bleiben wollte, hatte Shelley nur die Möglichkeit, sie am Nachmittag in den Zeugenstand zu rufen. Welcher Anwalt sollte sie als Zeugin aufrufen? Obwohl Golde äußerlich gelassen wirkte, war er innerlich begeistert. In den letzten Wochen hatte er vergeblich versucht, Tessie zu einer Aussage zu überreden. Sie hatte sich mit den Worten geweigert, daß sie nicht vor Michael und Sharri davon reden wollte, ›Zeugin von Mißbrauch‹ gewesen zu sein. Er hatte sie nicht vorgeladen.

Antonio schlug vor, Goldes Vernehmung zu unterbrechen und Tessie in den Zeugenstand zu nehmen. Golde stimmte zu. Der neue Terminplan sah vor, daß Sharri ihre Aussage beendete, die Anklagevertretung mit Delores Braden weitermachte und anschließend Tessie Dornellas folgen sollte. Doch im Gerichtssaal schwenkte Shelley in letzter Sekunde um und verblüffte die Richterin und Golde, als sie verkündete, daß die Staatsanwaltschaft Tessie Dornellas aufrief. Nach einer kurzen Konferenz lenkte Golde ein. Es war für ihn ›keine große Sache‹, obwohl er es für einen taktischen Schachzug hielt. Er glaubte, daß die Belli-Kanzlei anscheinend nicht vor der Familie dastehen wollte, als würden sie beweisen wollen, daß Michael Serena mißbraucht hatte. Sie wollten ihm die Verantwortung dafür in die Schuhe schieben, obwohl sie selbst Tessie vor Gericht geholt hatten. Trotzdem war er alles andere als enttäuscht über die Situation.

Sharri dagegen war fuchsteufelswild, sowohl wegen des kleinen Spielchens, in dem ihre Mutter die Hauptrolle spielte, als auch auf Roxanne. Die rannte Sharri zufolge »mit einem Ranzen durch die Gegend und behauptete: ›Ich habe alle Beweise hier drin‹«. Welche Beweise das eigentlich sein sollten, wurde nie geklärt, weil weder Antonio noch Golde sie in den Zeugenstand rufen wollten. Genauso unglücklich war Sharri über Roxannes unverschämte Art, sich den Pressevertretern vorzustellen: »Hi, ich bin die Tante der Angeklagten.« Aufgrund ihrer eigenen Scheu vor den Medien fanden die Moores, daß Roxanne Serenas Notlage ausnutzte, um sich ihre eigenen ›fünfzehn Minuten Ruhm‹ im Fernsehen zu erschleichen. Das war unverzeihlich.

»Das Gericht ruft Delores Braden auf.«

Als die schwergewichtige Frau vereidigt wurde, warf Sharri Michael einen besorgten Blick zu. Vor dem Prozeß hatte sie Familienangehörige und Freunde davor gewarnt, mit den Anklagevertretern zu sprechen. »Man kann ihnen nicht trauen«, hatte sie Michaels Mutter und ihrer Freundin Delores gesagt. Das sollte sich als weit richtiger erweisen, als Sharri geahnt hatte. Weder ihre Schwiegermutter noch deren Freundin Delores hatte jedoch ihren Worte Beachtung geschenkt und sich eingeredet, daß jedes Fitzelchen Wahrheit, das sie an Mr. Golde weitergaben, ihn nur in der Gewißheit von Serenas Unschuld bestärken konnte. »Unglaublich naiv«, fanden Sharri und Michael. »Das ist nicht sein Job«, hatte Sharri widersprochen. »Er sucht Informationen, die er gegen Serena verwenden kann.«

In ihrem Ablehnungsantrag hatte Antonio gegen Delores' Zeugenaussage argumentiert und verloren. Aus diesem Grund war Goldes Vernehmung der Zeugin auch mit zahlreichen Einsprüchen der Verteidigung gepfeffert.

Nachdem Golde Delores gefragt hatte, wie es war, als sie mit ihrem Enkelkind zu den Moores gegangen war, damit es dort mit Mallory spielen konnte, lenkte er das Gespräch auf Mallorys Beerdigung. Laut Delores benahm sich Serena dort überhaupt nicht trauernd, sondern plauderte aufgeregt über die Fahrt in einer Limousine zu Mallorys Grab und machte sich Gedanken darüber, wie sie in ihrem neuen Kleid aussah. Sie las bei der Beerdigung ohne jede Gefühlsregung ein Gedicht vor. Später bei der Trauerfeier im Hause der Moores ›gingen Serena und ihre Freundin in den Garten und machten mit ihrem Trara weiter‹. Anschließend verkündete Sharri, die beiden Mädchen wollten einen Tanz aufführen, um alle aufzuheitern, und stellte ein Tonband an. Sarah Moore, fügte Delores hinzu, ›konnte das nicht ertragen und ging‹.

Mein Gott, dachte Sharri, in Delores' Schilderung klingt das so kalt und unbeteiligt, als hätte es Michael und mich nicht gekümmert, daß wir Mallory gerade beerdigt hatten.

Hatte denn Delores eine Tochter verloren? Konnte sie oder der Stellvertretende Staatsanwalt sich auch nur im entferntesten das Leid vorstellen, das Eltern bei der Beerdigung ihres kleinen Mädchens ertragen mußten? Bei den Iren waren lärmende Trauerfeiern Tradition, und deshalb hatte sie Serena erlaubt, aufzutreten. Sie hatte gehofft, daß sie die anderen und sich selbst etwas aufmuntern würde. Die meisten ihrer Freunde hatte Serenas Tanz gefreut, auch wenn Sarah Moore es nicht ertragen konnte.

Als Golde sagte, er habe keine weiteren Fragen, lehnte sich Sharri gerade zu Michael. Sie zog sich schnell wieder zurück, als Unruhe am Tisch der Verteidigung ihre Aufmerksamkeit erregte. Antonio und Belli flüsterten angeregt miteinander.

»Wirklich«, Belli winkte seiner Assistentin ab. »Ich muß wirklich …«

»Lassen Sie es mich machen«, unterbrach ihn Antonio und wandte sich an die Richterin. »Ein …«

Margulies machte eine Pause. »Sie wollen Einspruch erheben gegen …?«

»Ich will Einspruch erheben gegen diese ganze Zeugenaussage«, erwiderte Antonio. »Ich beantrage, sie zu streichen. Sie ist voller Vorurteile, irrelevant und unwesentlich. Außerdem steht hier nicht Serenas Verhalten bei der Beerdigung vor Gericht. Die Menschen trauern auf viele verschiedenen Arten und Weisen.«

Belli war aufgestanden. »Ich stelle den Antrag, das Verfahren wegen Formfehlers einzustellen.«

»Mr. Belli«, erwiderte die Richterin stirnrunzelnd, »bitte lassen Sie Miss Antonio die Einsprüche vorbringen. Ich kann nur mit einem Anwalt …«

»Ich bin immer noch Mitglied dieses Gerichts, Euer Ehren!«

»Mr. Belli …«

»Auch wenn ich nicht gut hören kann.«

»Mr. Belli …!«

»Ich werde einen Antrag auf Formfehler stellen«, brüllte er, »und ich stelle hiermit den Antrag, das Verfahren wegen

Formfehlers einzustellen. Ich kann diesem Verfahren nicht angemessen folgen.«

Serena versteckte ihr Gesicht in den Händen, während die Reporter hastig Notizen machten. Joan Lynch skizzierte eilig Bellis wütende Haltung. Sharri lachte leise. Bellis Wutanfall bot eine willkommene Abwechslung von ihrem Zorn. Michael reagierte anders. Angst stieg in ihm hoch. Belli schnappte ausgerechnet mitten in dem Prozeß gegen Serena über. Michael fand, daß keiner der beiden Verteidiger seinen Job besonders gut erledigte.

Golde schaffte es, keine Miene zu verziehen, als Margulies den Antrag ablehnte.

Als Tessie Dornellas in den Zeugenstand gerufen wurde, hatte Belli sich beruhigt und fummelte wieder an seinem Hörgerät herum. Sharri war alles andere als ruhig und sah verächtlich auf ihre Mutter. Michael schien ganz locker zu sein. Er saß zurückgelehnt da, beide Ellbogen auf die Armlehnen gestützt. Aber in seinem Inneren sah es anders aus: Er bebte. Seine Haltung änderte sich selbst jetzt nicht, als er mit dem Schlimmsten konfrontiert wurde. Es war sein Schutz, seine Mauer gegen die feindseligen Angriffe.

Golde kam sehr schnell auf Serenas Anzeige bei der Polizei von Carson City und ähnliche Anzeigen wegen Mißbrauchs zu sprechen. Tessie gab zu, daß Serena ihr gegenüber ebenfalls solche Dinge erwähnt hatte, aber nie in Einzelheiten gegangen sei. Michael war zwar verhaftet worden, aber ›anscheinend war Serenas Anzeige nicht haltbar oder so was‹.

Tessie vermied es, Sharri oder Michael anzusehen, als sie den Wochenend-Besuch bei den Moores vor ein paar Jahren schilderte. Sie sagte aus, daß sie am Morgen ihrer Abreise ›zwei Stunden gewartet‹ hätte, um ihre Enkelin zu sehen, während Serena im Elternschlafzimmer gewesen sei, angeblich um Michael zu wecken. (Diese Aussage verdoppelte einfach die Zeit, die Tessie in ihrer schriftlichen Aussage bei der Polizei von Carson City gemacht hatte. Bei dieser Anschuldigung hatte sie behauptet, daß Michael und Serena ›etwa eine Stunde‹ im Schlafzimmer gewesen wären.) Schlimmer noch war, daß Tessie gesehen hatte, wie Michael Serena ›auf den Mund geküßt‹ habe. Das habe sie ›unangenehm‹ berührt.

Tessies Aussage entsprach Michaels Erwartungen. Er hatte vermutet, daß sie ihren ›kranken perversen Neigungen‹ nachgeben und behaupten würde, daß er ihrer Enkelin schreckliche Dinge angetan hätte. Tessies Eifersucht verleitete sie zu der festen Überzeugung, er könne einfach nicht gut für ihre Enkeltochter sein.

Sharri fiel es schwer, ruhig zu bleiben und nicht aufzuspringen und ihrer Mutter ins Gesicht zu schreien, daß sie eine Lügnerin war. Serena war niemals zwei Stunden mit Michael im Schlafzimmer gewesen. Allein der Gedanke war schon absurd. Bei drei erwachsenen Frauen im Haus sollten sich Serena und Michael im Schlafzimmer im Bett gewälzt haben? Wenn das passiert war, warum hatte Tessie dem dann nicht selbst Einhalt geboten? Wie konnte sie es rechtfertigen, gewußt zu haben, daß etwas Ungehöriges vorging, aber selbst nichts dagegen unternommen zu haben? Und das mit dem Kuß auf den Mund war genauso lächerlich. In Michaels Familie war das üblich; sein Vater küßte ihn noch heute auf die Lippen, und Michael war immerhin vierzig!

Beim Kreuzverhör kam Shelley Antonio auf Serenas Anzeige bei der Polizei von Carson City zu sprechen. Wußte Tessie, warum die Anklage fallengelassen wurde?

»Weil Serenas Mutter ihr nicht glaubte. Das Kind war außer sich deswegen. Sie spürte, daß ihre Mutter es anzweifeln würde, und sie war sehr aufgeregt, weil sie ihre Mom so liebte. Sie hat es geleugnet, um die Liebe ihrer Mutter nicht zu verlieren.«

Tessies Behauptung widersprach ihrer früheren Aussage, daß Serenas Anzeige ›nicht haltbar‹ war.

»Wissen Sie, ob Mrs. Moore Serena jemals bedrohte?«

Tessie nickte. »Sie hat Serena erzählt, daß sie keine Familie mehr haben würde, wenn sie noch einmal eine Anschuldigung gegen Michael erfinden würde.«

Shelley machte eine Pause und ließ diese Beschuldigung im Raum schweben. Sie würde *keine Familie mehr haben.* Das würde eine der schärfsten Waffen des Staatsanwalts gegen Sharri werden: Sie, die Mutter, die zuließ, daß ihr Kind mißbraucht wurde und es anschließend bedrohte, wenn es davon sprach.

Michael spürte Haß gegen Antonio, Golde und am meisten gegen Tessie in sich aufsteigen. Wieso erlaubte man das? Mehr bekamen die Richterin und die Presse nicht zu hören. Wo waren die Polizisten, die bestätigen konnten, daß Serenas Geschichten nicht stimmten? Tessie und die Anwälte wußten ganz genau, daß Detective Brazil selbst die Anzeige wegen sexuellen Mißbrauchs fallengelassen hatte, aber keiner sprach es aus! Wie konnten diese Menschen den Charakter eines Menschen so verunglimpfen und dann auch noch damit durchkommen?

Die Moores reimten sich später Tessies Motive für ihren Auftritt an diesem Nachmittag zusammen. Anscheinend hatten Shelley Antonio und Tessie verabredet, Serena nach dem Freispruch von ihren Eltern wegzuholen, und waren übereingekommen, daß sie in Carson City leben sollte. Angesichts Tessies früherer Kämpfe um Serena konnte sich Sharri sehr gut vorstellen, wie ihre Mutter die Chance ergriff, das Sorgerecht für Serena zu bekommen.

Serena war anscheinend auch über diese Pläne informiert worden. Weil sie während des Verfahrens durch Antonios Antrag von ihren Eltern getrennt blieb, konnte sie es ihnen nicht mitteilen. Statt dessen erzählte sie es Mary in einem Brief, den sie nach der zweiten Woche des Verfahrens schrieb.

> *... Ich muß Dir auch etwas sagen, was nicht so gut ist. Wahrscheinlich muß ich wieder bei meiner Großmutter in Carson City leben. Erzähl es meiner Mutter nicht, weil sie es noch nicht wissen darf ...*

Matt Goldes erster Fall als verantwortlicher Ankläger war fast vorbei. Er wollte bis Donnerstag fertig sein. Die Aussagen seiner beiden letzten Zeugen, Sarah Moore und des Fremont Police Officers Charles Uhler, waren nur kurz. Selbst wenn er noch reichlich Zeit für die Verteidigung einrechnete, müßte das Verfahren seiner Schätzung nach spätestens Ende der nächsten Woche beendet sein.

Es kam anders. Shelley Antonio kam am Donnerstag morgen mit einem neuen Partner. Belli war krank und konnte nicht vor Gericht erscheinen. Vinc O'Brien aus seiner Kanzlei nahm an diesem Tag seinen Platz ein. Besorgt wegen Bellis Krankheit rief Margulies die beiden Anwälte an den Richtertisch und verabredete mit ihnen einen anderen Terminplan. Belli sollte das Eröffnungsplädoyer für die Verteidigung halten, teilte Antonio der Richterin mit, also mußte das Verfahren aufgeschoben werden, bis es ihm besser ging. Golde willigte ein. Margulies schlug vor, den Fall bis nächsten Dienstag auszusetzen, sobald Golde seinen Fall zu Ende dargestellt hatte. Am Montag war Memorial Day. Alle stimmten zu.

Als das Gericht wieder einberufen wurde, gab auch Serena für das Protokoll ihre Einwilligung zum Verzicht auf den Fortgang des Verfahrens.

Golde verließ kurz den Gerichtssaal, um die nächste Zeugin aufzurufen.

Sarah Moore zitterte, als sie im Zeugenstand Platz nahm. Glücklicherweise war ihr Ehemann William da, um sie zu unterstützen. Die ganze Geschichte war so grausam … Erst verlor sie eine geliebte Enkelin, und nun mußte sie mitansehen, wie ihr Sohn gedemütigt und verhöhnt wurde. Manchmal wollte sie einfach nur weinen und sich vor der ganzen Welt verstecken. Sarah fand den Prozeß so unfair. Jeder, der bei klarem Verstand war, mußte doch sehen, daß Serena unschuldig war. Aber in ihr schlummerte auch Wut auf Serena, die immer schon dort geschmort hatte, seit die Aussage ihrer Enkelin zur Verhaftung ihres Sohnes geführt hatte. Hätte Serena all diese schrecklichen Dinge nicht getan, dann wäre das Mädchen jetzt nicht so in der Klemme.

Aber eine Vorladung von der Staatsanwaltschaft! Sie war gezwungen worden, für Matt Golde auszusagen, der so brutal gegen Michael und Sharri vorgegangen war. Sarah wußte nicht, ob ihre Nerven das aushielten. Sie wollte nur, daß alles schnell vorbei war. Das einzig Gute war, daß sie zu ihrem Mann im Gerichtssaal konnte, wenn sie den Zeugenstand verlassen hatte, statt in dem winzigen Warteraum draußen im Flur zu sitzen, wo all die Kameras waren.

»Guten Morgen, Mrs. Moore«, begrüßte Golde sie zuvorkommend.

»Guten Morgen.«

Sarah Moores Aussage war aus zwei Gründen wichtig für Golde: Sie sollte bestätigen, daß Mallory nur leichtes Asthma gehabt hatte, und außerdem wollte er mit ihrer Hilfe klarmachen, daß ›Serena aus dem Haus schleichen konnte, ohne Lärm zu machen‹.

Sarah bestätigte, daß Serena ihr erzählt hatte, sie könne aus ihrem Schlafzimmerfenster oder durch den Flur und durch die Garagentür schleichen, um nachts ihren Freund zu treffen. ›Wenn meine Eltern schlafen‹, hatte Serena erzählt, ›dann hören sie nichts mehr.‹ Sarah konnte sich aber nicht erinnern, wann das Gespräch stattgefunden hatte und entschuldigte sich dafür. Golde meinte, es wäre in Ordnung.

Sarah war erleichtert, daß der Staatsanwalt so verständnisvoll war, und deshalb traf sie seine nächste Frage völlig unvorbereitet. Sie antwortete automatisch.

»Hat Serena Ihnen gegenüber jemals erwähnt, daß sie analen Geschlechtsverkehr gehabt hat?«

»Ja.«

»Einspruch!« rief Antonio. »Nachteilig und irrelevant!«

Serena senkte verlegen den Kopf und warf dann einen kurzen Blick zu ihren Eltern. Sharri fing ihren Blick auf und schüttelte empört den Kopf. Auch wenn ihre Schwiegermutter vertrauensselig genug gewesen war, Golde das zu erzählen, hatte er keinen Grund, das vor Gericht zu bringen. Außer, er wollte Serena in ein schlechtes Licht rücken. Es trug nichts dazu bei zu klären, ob sie das Verbrechen begangen hatte oder nicht.

Wie üblich zeigte Michael keine Reaktion. Es gefiel ihm nicht, daß seine Mutter Golde gegenüber so offen gewesen war, aber er vergab ihr. Ihm war klar, daß sie die möglichen Konsequenzen nicht hatte abschätzen können.

»Die Anwälte zu mir«, befahl Margulies knapp.

Von der Verteidigung und der Richterin bedrängt, erklärte Golde sein Motiv für diese Frage, aber Margulies war nicht überzeugt. Sie gab zu Protokoll, daß dem Einspruch stattgegeben wurde.

»Ich habe keine weiteren Fragen«, meine Golde.

In gewisser Weise war Margulies' Entscheidung hinfällig. Sarah Moore hatte die Frage schon beantwortet, und die Moore-Familie war mit einem weiteren sexuellen Makel behaftet.

Officer Charles Uhler war für die Staatsanwaltschaft das Sahnehäubchen auf dem Kuchen. Golde hatte seinen Fall strategisch aufgebaut. Er hatte mit dem Mordbeweis von Dr. Herrmann angefangen, dann Zeugenaussagen aufgefahren, die unterstützen, daß Serena den Mord begangen hatte und auch seine Theorie des Motivs bestätigten. Als letztes lieferte er ein Bonbon: Serenas ausdrückliche Erleichterung, daß die Tat vollbracht war.

Uhler war Kriminalbeamter und hatte rotblondes Haar; sein Schnurrbart und seine Augenbrauen hatten dieselbe Farbe. Er hatte am Morgen des 27. August 1992 Streifendienst, als ihm telefonisch mitgeteilt wurde, sich mit dem Revier in Verbindung zu setzen und eine Delinquentin ins Jugendgefängnis zu überführen. Er identifizierte vor Gericht die Angeklagte Serena Moore als diese Person. Als Serena in seinem Wagen saß, hatte er nicht versucht, mit ihr zu sprechen oder ihr Fragen zu stellen. Sie hatte freiwillig eine Bemerkung gemacht.

Antonio unterbrach ihn mit Einsprüchen und wandte ein, daß diese Information auf Hörensagen beruhe und nachteilig sei. Margulies zögerte und beschloß dann, sich die Aussage anzuhören und anschließend zu entscheiden, ob die Bemerkung nachteilig sei.

»Sie sagte«, fuhr Uhler sachlich fort, »daß ihre Schwester es besser hätte, wenn sie tot sei.«

»Hat sie noch etwas in diesem Zusammenhang gesagt?« wollte Golde wissen.

»Ich habe mich umgedreht und nachgefragt. Sie erwiderte: ›Ich sagte, daß meine kleine Schwester es im Himmel besser hat. Das ist eine miese Welt zum Großwerden.‹«

»Ich will klarstellen«, beklagte sich Antonio, »daß mein Einspruch sich gegen diese ganze ...«

»Eine Sekunde, bitte«, unterbrach Margulies sie ohne aufzublicken. Sie machte sich Notizen und bat die Stenotypistin Nancy Cardoza, die letzte Antwort noch einmal vorzulesen. Nachdem die Richterin sich erhitzte Argumente von beiden Seiten angehört hatte, entschied sie, daß Uhlers Aussage im Protokoll bleiben sollte.

Im Kreuzverhör versuchte Shelley, Serenas Äußerung in den richtigen Zusammenhang zu stellen. Serena war gerade darüber informiert worden, daß sie wegen Verletzung des Paragraphen 187 des Strafgesetzbuches verhaftet worden war – wegen Mordes, und zwar im Falle des Todes ihrer kleinen Schwester. Das war unmittelbar nach ihrem Verhör durch die Detectives Davila und Anderson passiert. Serena war sehr aufgeregt gewesen. »Sie hat gesagt, wie ärgerlich sie auf die beiden Detectives war«, fügte Uhler hinzu. »Und daß sie sie nicht mochte.«

Unterbrochen von Goldes Einsprüchen versuchte Antonio aufzuzeigen, was in dem Verhörzimmer passiert war und Serena so aufgeregt hatte, aber Uhler war während des Verhörs nicht anwesend gewesen. Also durfte er nichts darüber sagen.

Antonio versuchte es anders. »Stimmt es, daß sie nie gesagt hat, sie habe ihre kleine Schwester umgebracht?«

»Ich habe nicht gehört, daß sie so etwas gesagt hätte.«

»Sie hat auch nicht gesagt, daß sie froh über Mallorys Tod war?«

»Nicht wörtlich. Aber das ist eine Frage der Interpretation.«

»Ganz genau, Detective«, fuhr Antonio ihn an. »Hat sie nicht einfach nur ...?«

»Spekulation«, unterbrach Golde.

»... gesagt, daß sie besser ohne ...«

»Stattgegeben.«

Antonio brach abrupt ab. Sie konnte Uhlers Glaubwürdigkeit nicht weiter erschüttern.

Während die schreckliche Folgerung von Serenas Worten noch im Raum schwebte, schloß Golde seinen Fall ab.

25. KAPITEL

Am Dienstag morgen war Belli wieder im Gerichtssaal. Er plauderte leutseliger als gewöhnlich mit den Journalisten und beantwortete Fragen nach seiner Gesundheit. Er hatte immer noch Probleme, sich an sein Hörgerät zu gewöhnen, aber er nahm es gelassen.

In der zweiten Woche war das Medieninteresse deutlich zurückgegangen. CBS und die örtlichen Fernsehsender würden nicht vor dem Urteil zurückkehren. Als Sharri und Michael den Aufzug verließen, stellten sie überrascht und erleichtert fest, daß niemand sich auf sie stürzte. Sharri trug ein fließendes Sommerkleid und Sandalen. Sie nahm ihre Sonnenbrille ab und steckte sie in die Tasche, während sie Michael den Flur entlang folgte. Sie blieben stehen, um ihre zahlreichen Freunde zu begrüßen. Tina Craig, zerbrechlich und blond, war auch da. Sie war eine Freundin von Serena und hatte zögernd die Erlaubnis ihrer Eltern und ihrer Lehrer bekommen, auszusagen. Die Verteidigung hatte sie als Zeugin benannt. Sie wartete im Zeugenraum auf ihre Aussage. Marietta Wilson war ebenfalls als Zeugin vorgeladen und leistete ihr Gesellschaft.

Das Wochenende um den Memorial Day kam den Moores endlos vor. Sie warteten drauf, daß der Prozeß gegen Serena endlich weiterging. Am Sonntag nachmittag fuhren sie zum Friedhof, ›um Mall zu besuchen‹. Sie schnitten das Gras, brachten neue Blumen mit und stellten ein neues, buntes Windrad auf. Es war ein besonders schwieriger Besuch. Sie standen an Mallorys Grabstein und blickten über die sanft geschwungenen Hügel auf den glitzernden Ozean weiter unten. Plötzlich wurde Sharri schlagartig klar, daß ihr kleines Mädchen, das sie für immer verloren hatte und das strahlend und schön in ihrer Erinnerung weiterlebte, genauso wie sie selbst durch den Prozeß beschmutzt wurde. Sharri weinte an diesem Tag mehr als gewöhnlich. Michael, der in der Öffentlichkeit so still und reglos wirkte, kniete sich hin, fuhr mit einem Finger über Mallorys Grabstein und brach in krampfhaftes Schluchzen aus.

»Wenigstens sind wir jetzt dran«, meinte Sharri zu Michael, als sie ihre Plätze im Gerichtssaal einnahmen. Trotz der ganzen Anzeichen für das, was auf sie zukommen sollte, hatten sich Sharri und Michael eingeredet, daß Antonio und Belli ›schon dafür sorgen würden, daß alles gut ausging‹.

Für Shelley Antonio fing der Morgen nicht gut an. Sie sollte eine Zurechtweisung von einer empörten Richterin Margulies kassieren.

Als Vorbereitung auf Antonios Antrag, Dr. Berg als Zeugen zu rufen, hatte die Anwältin der Richterin ihren Beweisantrag faxen sollen. Am Dienstagmorgen behauptete Antonio, sie habe Margulies das Fax am letzten Donnerstag zugeschickt.

Die Richterin hatte es nie erhalten. Statt dessen erhielt sie diesen Beweisantrag jetzt am Dienstag, genau wie Golde. Keiner von ihnen hatte ausreichend Zeit, ihn zu prüfen. Deshalb verschob die Richterin die Zeugenaussage Dr. Bergs auf den folgenden Tag, obwohl er schon wartete und bereit zur Aussage war. Antonio könne ja statt dessen ihr Eröffnungsplädoyer halten, schlug Margulies vor, und in der Zwischenzeit andere Zeugen aufrufen. Obwohl sie keine Miene verzog, merkte man dem Tonfall der Richterin an, daß sie verstimmt war.

Antonio war ganz in Schwarz gekleidet und hatte rosige Wangen, vielleicht vor Verlegenheit. Belli und sie hatten sich am Wochenende darauf verständigt, daß sie das Eröffnungsplädoyer halten sollte. Als Margulies sie aufforderte, stand die Anwältin auf und legte los.

»Euer Ehren, die Verteidigung wird dieses Gericht davon überzeugen, daß hier kein Mord stattgefunden hat. Es gibt tatsächlich kein Verbrechen. Mallory Moore starb eines natürlichen Todes, und zwar an einem Asthmaanfall. Unter dieser Krankheit litt sie fast ihr ganzes Leben ...«

Die Verteidigung wollte Dr. Martha Warnock als Zeugin aufrufen. Sie würde aufgrund der Autopsiebilder, die sie von Mallory Moore gesehen hatte, bezeugen, daß dieses kleine Mädchen an Asthma gestorben ist. Weiterhin sollte der Psychiater Dr. Berg den ›mentalen‹ Zustand der Angeklagten erhellen. (Berg war eigentlich Psychotherapeut. Antonio bemerkte später ihren Fehler und berichtigte ihn fürs Protokoll.) »Er wird Serenas verschiedene Verhaltenstypen erklären, die als Beweismittel vorgelegt worden sind, zum Beispiel ihr unangemessenes Benehmen während des Begräbnisses, ihre vorgebliche Gefühllosigkeit. Er wird erklären, daß all dies ein Ergebnis von Serenas sehr schwieriger Kindheit ist. Er wird erklären, daß sie von ihrem leiblichen Vater verlassen wurde, wird das labile Heim durchleuchten und erläutern, welche Rolle das emotionale Verlassenwerden durch ihre Mutter und der Verlust Mallorys hatte, zu der als einzige sie eine Bindung gehabt hat. Er wird zeigen, daß Serenas psychologische Bedingung ihre Theatralik und ihren übertriebenen Hang zum Drama erklärt, ebenso, daß sie eine Tendenz hat, alles zu tun, um Aufmerksamkeit zu erringen, extravagant zu sein, Märchen zu erzählen und alles zu tun, der Traurigkeit zu entrinnen, die sie über den Verlust ihrer Schwester empfunden hat ...«

Eine Reihe von Telefonaten hatte Sharri kurz nach Serenas Verhaftung zu Dr. Warnock geführt. Sie hatte sie Shelley weiterempfohlen. Dr. Warnocks Einwilligung, diesen Fall zu übernehmen, war in vielerlei Hinsicht ein Segen gewesen. Sie hatte über dreitausend Autopsien beigewohnt, und ihr Fachgebiet war Lungenheilkunde. Außerdem hatte sie angeboten, kostenlos zu helfen.

Dr. Berg war eine ganz andere Geschichte. Als sie sein Honorar von 125 Dollar pro Stunde aufbringen mußten, das er für die Behandlung von Serena verlangte, sahen sich die Moores Zahlungen in Höhe von fast 1800 Dollar gegenüber. Selbst Tessie war eingesprungen und hatte ihnen eine monatliche Summe von 50 Dollar geschickt. Für die Aussage berechnete Dr. Berg noch einmal 1000 Dollar für den halben Tag. Die Belli-Kanzlei bot den Moores an, die Zeugenkosten zu teilen.

Antonio fuhr fort. »Die Verteidigung wird Zeugenaussagen von ihren Freundinnen und ihrer Familie beibringen, die bestätigen, daß sie Mallory geliebt hat. Daß die Beziehung zwischen Mallory und Serena einzigartig war. Etwas Besonderes. Daß Serena sich um Mallory gekümmert hat, weil sie ihr die Mutter ersetzen mußte, die sie nicht hatte. Daß diese Art schwesterliche Liebe so tief ging und daß Mallory Serenas Anker in dieser Welt war. Und daß sie aus eben diesen Gründen dieses Leben nie und nimmer ausgelöscht hätte.«

Antonio wollte sich setzen, hielt inne und flüsterte mit Belli. Sie nickte. »Euer Ehren, ich habe noch eine Ergänzung. Wir werden auch die Zeugenaussage beibringen, daß Asthma durch einen emotionales, traumatisches Ereignis ausgelöst werden kann, und daß, wenn dieses emotionale Trauma ausgelöst, erklärt werden kann durch die anale Erweiterung, diese Punkte von unserer Mandantin weg auf einen anderen Täter weisen.«

Michael preßte die Lippen zusammen und schloß die Augen. Es geht wieder los, dachte er.

Sharri stieß zischend die Luft aus. Antonio hatte ihnen immer wieder erzählt, daß sie nicht an den sexuellen Mißbrauch glaubte, bis sie aufgehört hatte, überhaupt mit ihnen zu sprechen. Sie war ihnen in der letzten Wochen möglichst aus dem Weg gegangen. Sharri begriff, daß sie jetzt endlich die Wahrheit hörten. Antonio glaubte diese Geschichten sehr wohl, und sie hatte Serena erzählt, sie nähmen an, Michael habe Mallory weh getan. Es war so unfair. Wieviel wollte Gott ihr noch zumuten? Sharri war so müde. Sie war erschöpft von den Beschuldigungen, den Medien, dem Verfahren, sie war es leid, gewaltsam von Serena ferngehalten zu werden. Und sie wollte auch nicht mehr ohne Mallory leben.

Sie töteten sie stückchenweise. Sharri wünschte sich, einfach zu sterben, damit sie es hinter sich hatte.

Nach Antonios zuversichtlichen Bemerkungen zu Beginn des Prozesses an die Presse, daß Serena nicht aussagen mußte, gab es zwischen ihr und Belli einen Streit. Für die Aussage der Angeklagten sprach, so Antonio später, die Notwendigkeit, daß Serena selbst abstritt, daß ihre Eintragung in dem Tagebuch die Wahrheit war, und die Dringlichkeit, ihre Trauer über Mallorys Tod zu zeigen. Dagegen sprach, daß Serena Goldes Kreuzverhör ausgesetzt sein würde, wenn sie einmal im Zeugenstand war. Und das würde vermutlich gnadenlos werden.

Die Verteidigung mußte sich für das kleinere von zwei Übeln entscheiden. War es besser, die Eintragung im Tagebuch als wahr vor dem Gericht stehen zu lassen, ohne daß Serena sie selbst bestritt, oder war es wichtiger, ihr diese Aussage zu ermöglichen, in dem Wissen, daß die Staatsanwaltschaft sie möglicherweise in der Luft zerriß? In ihren täglichen Besprechungen mit Belli wehrte Antonio sich gegen Serenas Aussage, aber Belli stellte sich stur.

Belli setzte sowohl in den Medien als auch im Gerichtssaal auf Serenas Unzuverlässigkeit. Während einer Pause erzählte er den Reportern auf dem Flur ausdrücklich, daß man ›nie sicher sein kann, ob sie (Serena) die Wahrheit erzählt‹. Unausgesprochen schwang mit: Deshalb sollte man den Tagebucheintragung nicht glauben.

Während der zehnminütigen Pause unterhielten sich Belli und Antonio über Serenas Aussage. Sie sollte als nächste in den Zeugenstand, und Belli hatte Bedenken wegen der Reihenfolge. Es war besser, erst die Experten aufzurufen. Dr. Warnock hatte am nächsten Morgen Zeit, danach kam am Nachmittag Dr. Berg.

»Euer Ehren«, meldete sich Golde zu Wort. »Ich möchte noch ein Gesuch zu Protokoll geben.« Trotz ›zahlreicher Aufforderungen‹ habe er keine Unterlagen über die beiden Gutachter erhalten. Angesichts der Tatsache, daß der Rest des Tages frei war, wollte er diese Unterlagen so schnell wie möglich noch vor morgen zur Einsicht haben. Ansonsten würden weitere Verzögerungen folgen.

Nach Margulies' eigenen Problemen damit, rechtzeitig Dokumente von der Verteidigung zu bekommen, hätte Goldes Beschwerde nicht unpassender für Antonio kommen können. Die Richterin fuhr eine harte Schiene. Entweder bekam Golde alle Gutachten ›früher als rechtzeitig‹, oder sie war gezwungen, das Verfahren zu unterbrechen, während die Staatsanwaltschaft sie las. Das bedeutete, man müßte die Zeugen zu einem späteren Zeitpunkt noch einmal bestellen, ob es nun genehm war oder nicht.

Antonio erwiderte, daß Dr. Berg keinen Bericht geschrieben hatte. Und was sie nicht hatte, konnte sie Golde auch nicht geben.

Margulies spitzte die Lippen. »Sie wollen dem Gericht also mitteilen, daß Dr. Berg die Minderjährige in dieser Sache untersucht hat, keine Notizen und keinen Bericht geschrieben hat und hauptsächlich aus dem Gedächtnis bezeugt?«

Antonio wußte nicht genau, ob er Notizen gemacht hatte. Golde forderte dann Einsicht in alle Dokumente, die Dr. Berg als Hilfe bei seiner Diagnose gegeben worden waren.

»Befohlen und angeordnet«, erklärte Margulies. Dasselbe galt für alle Dokumente, die Dr. Warnock gegeben worden waren.

Dr. Martha Warnock war eine kluge, gebildete und erfolgreiche Frau, die sich hinter der Maske der kleinen, grauen Maus versteckte. Sie hatte scharfe Gesichtszüge, trug eine Brille, hatte graues Haar und preßte ihre dünnen Lippen fest zusammen. Sie sah eher wie eine altjüngferliche Hausfrau als wie eine Lungenspezialistin aus.

Dr. Warnocks Qualifikationen waren tadellos, wie im *Voir dire* durch Antonio deutlich wurde. Sie hatte in Harvard Medizin studiert und war später leitende Ärztin und schließlich Professorin der pathologischen Abteilung der Universität von Chicago geworden. Danach hatte sie sich auf Lungenleiden spezialisiert, einschließlich Asthma. Elf Jahre lang hatte sie als Direktorin in der Pathologie der Universität von Kalifornien in San Francisco gearbeitet. Unter den dreitausend Obduktionen, die sie während ihrer Karriere geleitet hatte, waren zehn mit der Todesursache Asthma gewesen.

Golde stützte die Arme auf den Tisch und beugte sich vor, während er die Ärztin sorgfältig musterte, die Shelley Antonios Fragen zu ihrer Qualifikation beantwortete. Hinter ihrem beinah schüchternen Benehmen schien sie ihm ganz und gar Akademikerin. Wenn überhaupt, hatte sie erst in wenigen Verfahren ausgesagt. Das sollte stimmen. Sie hatte in einem einzigen Prozeß vor acht Jahren ein Gutachten geliefert, und das war nicht einmal ein Strafprozeß gewesen.

In seinem *Voir dire* schaffte Golde es, Dr. Warnocks Erfahrung weiter einzuschränken. Sie hatte zwar über dreitausend Autopsien geleitet, aber nur etwa zweihundert selbst ausgeführt. Golde unterstellte ihr, daß sie weit mehr Zeit damit verbracht hatte zu lehren, als Obduktionen durchzuführen.

Dr. Warnock bestätigte es. »Und in ausnahmslos allen Fällen ist es sehr wichtig, die Geschichte zu haben, um eine Diagnose stellen zu können. Es ist beinahe unmöglich, eine Diagnose zu stellen, die nur auf Autopsiebefunden basiert.«

Golde hielt inne. »Was meinen Sie mit ›Geschichte‹?«

»Ich meine die komplette Krankengeschichte des Patienten.«

Durch ihre Gründlichkeit hatte sie auf einen wichtigen

Punkt hingewiesen, den Golde gar nicht gern hörte. Dr. Herrmann hatte Mallory Moores Krankengeschichte nicht vorgelegen, als er zu seiner Schlußfolgerung der Todesursache gekommen war. Mit unbewegtem Gesicht wechselte Golde das Thema.

Bei der direkten Befragung durch Antonio erklärte Dr. Warnock, daß sie die Krankengeschichte des toten Mädchens studiert und Mallorys Behandlung wegen Asthma bemerkt hatte, einschließlich der fünftägigen Cortisonkur nach einer mitternächtlichen Attacke. Sie hatte außerdem den Autopsiebericht gelesen, in dem festgehalten war, daß die Lunge mit Luft gefüllt blieb, als die Brust geöffnet wurde und auch gefüllt blieb, nachdem sie aus der Brust entnommen worden war. Ihr waren einige Beobachtungen Dr. Herrmanns nicht klar gewesen, und sie hatte Antonio gefragt. Die hatte sich mit dem Pathologen besprochen. Antonio hatte von Dr. Herrmann erfahren, daß ›die Lunge gefüllt war und nicht zusammengefallen ist, als sie aus der Leiche entfernt wurde‹. Das war eine sehr wichtige Information bei Patienten, die an Lungenkrankheiten starben, wie zum Beispiel an Asthma.

Dr. Warnock erklärte, warum. Normalerweise fällt die Lunge mehr oder weniger zusammen, wenn der Brustkorb geöffnet wird. Aber bei Asthma ist die Luft wegen der verengten Luftkanäle gefangen und hält die Lunge aufgebläht. Nach einer langen Asthmaattacke, die zum Tod führt, findet man Blutandrang oder ›Schleimpfropfen‹ in den Bronchien. Manchmal kann auch eine heftige, kurze Attacke zu einem plötzlichen Tod führen. Bei jemandem, der eines plötzlichen Asthmatodes gestorben ist, sind in der Lunge nur wenige Schleimpfropfen zu finden. In Mallorys Fall hatte Dr. Warnock in drei Bronchien Schleimpfropfen entdeckt.

Dr. Warnock fuhr fort, plötzlichen Tod durch Asthmaattacken zu erklären. Diese Art des Todes tritt bei Patienten mit häufigen schweren Asthmaanfällen auf, manchmal aber auch bei der ersten schweren Attacke. Keuchen oder Röcheln tritt selten bis gar nicht auf, und meistens verlieren die Patienten einige Sekunden vor dem Herzstillstand das Bewußtsein. Sie zitierte mehrere Artikel aus medizinischen Fachzeitschriften. Anhand dieser Artikel argumentierte Warnock: »Plötzliche Attacken, die Atmungsversagen innerhalb weniger Stunden oder Minuten verursachen, sind hauptsächlich Fälle von Bronchiospasmen, das heißt, einer Kontraktion der Muskeln.« Diese Attacken können durch ›schwere Allergien oder Pollen ausgelöst werden‹ oder auch durch ›ein emotionales Problem‹.

Antonio stürzte sich auf das letzte Argument. »Also stimmen Sie zu, daß ein emotional traumatisches Erlebnis einen Asthmaanfall auslösen kann?«

»Ja.«

Die verständnislosen Gesichter der Besucher zeigten, wie komplex Dr. Warnocks Aussage war. Die Freunde und Familienmitglieder Moores waren leicht irritiert, sie beugten sich auf ihren Sitzen vor und schüttelten manchmal verwirrt die Köpfe. Margulies, Golde und die Reporter machten eifrig Notizen. Serena wirkte abwesend wie eine Studentin in einer vollkommen langweiligen Vorlesung. Rechts neben ihr saß Belli und wirkte auf alle wie der erfahrene Mentor, der mal über seine Schülerin Antonio wachte, dann wiederum die Finger verschränkte, sich zurücklehnte und an die Decke starrte.

In einer langen Schilderung zeigte Dr. Warnock Fotos von den Proben einer Reihe von Todesfällen, die durch Asthmaattacken ausgelöst worden waren, und versuchte so verständlich wie möglich die Unterschiede zu den Proben des Lungengewebes von Mallory Moore zu erklären. Bei einem plötzlichen Tod durch eine Asthmaattacke findet man in der Lunge gewöhnlich 1. Anzeichen, wenn auch nur geringe, von Schleimverstopfung, 2. Auswurf von Epithel-Zellen in den Luftwegen, 3. eine Schwellung des unteren Teils der Bronchien oder der darunterliegenden Membran, 4. entzündetes Gewebe und das Schwellen der Schleimhaut, 5. ›Degranulation von Eosinophilen‹, das heißt, giftige Bestandteile zerfallener Zellen, die man Eosinophile nennt. Bei Mallory Moore hatte sie das Vorhandensein von allen fünf Merkmalen gefunden.

Kurz gesagt, fuhr Dr. Warnock fort, sei sie ›zu dem Schluß gekommen, daß Mallory an einer Asthmaattacke gestorben ist, begründet auf ihre Krankengeschichte, ihre bei der Autopsie nicht zusammengefallene Lunge und all den auf den Dias gezeigten Merkmalen insgesamt‹. Infolgedessen widerspreche sie der von Dr. Herrmann angenommenen Todesursache.

Der Diaprojektor klickte weiter, während Sharri den Blick senkte. Ihre Miene war schmerzerfüllt. Sie hörte der ruhigen Stimme der Ärztin nur mit halber Aufmerksamkeit zu und dachte an die vielen Male nach Mallorys Tod, an denen sie die Fäuste gegen den Himmel erhoben und geschrien hatte: »Warum?« Wie erleichtert sie gewesen waren, als sie endlich eine Antwort bekamen, und wie entsetzt. Dieses Wissen verstärkte ihr Schuldgefühl nur noch. Sie hatten um Mallorys Asthma gewußt. Sie hätte etwas tun können, tun müssen, um Mallorys Tod zu verhindern.

Warnocks Diavortrag war vorbei. Als die Lichter im Gerichtssaal wieder aufflammten, blickte Sharri zu Michael. Er betrachtete versunken seinen Schoß.

Während einer Pause bei Dr. Warnocks Aussage bekam Richterin Margulies einen Eilbrief von Tessie Dornellas. Sie öffnete ihn nicht. Es war nicht korrekt, direkte Korrespondenz von einem Zeugen des Prozesses zu lesen; jeder zulässige Beweis mußte dem vorgeschriebenen Weg folgen: Er wurde dem Gericht in Anwesenheit der Anwälte vorgelegt.

Neben dem Richtertisch gab Margulies den Umschlag Golde und Antonio. Sie öffneten und lasen ihn. Tessies Brief war eine kurze, etwas ›fahrige‹ Bitte, wie Golde sich später erinnerte, Serena zu helfen. Jemand solle ›das alles untersuchen‹, weil die ›ganze Wahrheit sonst nicht ans Licht käme‹.

Als das Verfahren weiterging, gab Margulies zu Protokoll, daß sie den Brief bekommen habe und merkte an, ein Gerichtsdiener würde für die Verteidigung und die Staatsanwaltschaft eine Kopie des Briefes anfertigen. »Aber ich werde ihn nicht lesen«, erklärte sie. »Er gilt in diesem Fall nicht als Beweis.«

Michael blickte angewidert zur Decke. Er mußte den Brief nicht sehen, um zu wissen, was er enthielt: Noch mehr schreckliche Dinge über ihn. Typisch für Tessie, etwas so Unethisches und Hinterhältiges zu tun, dachte er.

»Warum kümmert sie sich nicht um ihre eigenen Sachen?« zischte Sharri.

Er zuckte mit den Schultern und schüttelte den Kopf.

In der Nachmittagssitzung ging das komplizierte medizinische Gutachten weiter. Antonio erklärte Dr. Warnock Herrmanns Autopsiebefund. Was die Blutergüsse angeht, bemerkte Dr. Warnock, die fände man an jeder Person, die an Erstickung durch einen Asthmaanfall ums Leben gekommen war. Die Blutergüsse seien »sehr unspezifisch«, sagte sie, und deuteten nicht automatisch auf Erstickung hin. Dennoch tauchten bei Erstickung durch einen Asthmaanfall diese Blutergüsse auf, wenn das Blut im Gehirn gefangen sei und die geweitete Lunge ihm nicht erlaubte, in die Brust zurückzufließen. Auf der Haut eines Kindes träten sie noch leichter auf, weil sie ›weniger fest‹ war als die eines Erwachsenen.

Was Dr. Herrmanns Befund über die Erweiterung des Anus anging, so Dr. Warnock, wollte sie ›keine Meinung äußern, weil das außerhalb ihres Fachgebietes‹ lag.

Dr. Warnocks Schlußfolgerung in bezug auf die Todesursache basierte ›vollkommen‹ auf ihren Befunden, der Krankengeschichte der Patientin und dem fehlenden Anzeichen eines Traumas am Leichnam. Mallory war an ›asthmatischer Erstickung‹ gestorben.

Antonio schloß ihre direkte Zeugenbefragung. Sie war offenbar erfreut. Trotz Dr. Warnocks Sanftmut hatte ihre Aussage einen deutlichen, begründeten Zweifel an der Todesursache hinterlassen.

In nur einer Stunde sollte ein brillanter Golde diese Aussage in der Luft zerreißen.

Seine Vorstellung war beeindruckend, wenn man bedenkt, daß er das Terrain, auf das er sich jetzt begab, absolut nicht kannte. Als er hörte, daß Dr. Warnock den Fall nicht mit Dr. Herrmann besprochen hatte, fragte er sofort nach dem Grund. Dr. Warnock hatte mit Dr. Herrmann einige Fragen diskutieren wollen, aber Miss Antonio hatte es vorgezogen, selbst mit Dr. Herrmann zu sprechen und die Antworten weiterzugeben.

Golde sah, wie Richterin Margulies der Verteidigerin einen kurzen Blick zuwarf.

»Haben Sie Miss Antonio erklärt, daß es Ihnen geholfen hätte, selbst mit dem Coroner zu sprechen?«

»Ich nehme an, daß sie es so verstanden hat.«

Antonios erhob Einspruch und wurde abgeschmettert.

Während Goldes sorgfältiger Befragung gab Dr. Warnock zu, daß sie ›gewisserweise im Nachteil‹ war, weil sie nicht persönlich an der Obduktion teilgenommen hatte. Deshalb war für sie Dr. Herrmanns Erklärung, daß die Lunge den Brustraum ausgefüllt hatte, die wichtigste Information. Denn wenn die Lunge nicht zusammenfiel, wenn sie aus dem Körper entfernt wurde, bedeutete das nur, daß die Atemwege beschädigt seien, aber es mußte keine traumatische Asphyxie vorliegen. Sie hatte Antonio Dr. Herrmann vor allem danach fragen lassen, ob die ›Lunge den Brustraum füllte‹, also nicht zusammengefallen war, als man sie entnommen hatte. Außerdem hatte sie Shelley aufgetragen nachzuforschen, ob die Lungenflügel sich in der Mitte der Brust trafen, ein weiteres Anzeichen dafür, daß sie ›übermäßig gefüllt‹ waren. Shelley hatte Dr. Herrmanns Antwort überbracht. ›Ich weiß es nicht‹, habe er gesagt.

Ich weiß es nicht.

Golde war erstaunt. Diese Antwort paßte nicht zu Dr. Hermanns Aussage bei Antonios Kreuzverhör, als er glaubte, der Nachweis von Asthma in Mallory Moores Lunge reiche nicht aus, um diese Krankheit auch als Todesursache zu bestimmen. In seiner langen Antwort hatte Herrmann erklärt: »Das Problem bei jemandem mit Asthma ist, daß sie einatmen, aber nicht ausatmen können. Die Zerstörung der Atemwege betrifft den Abfluß der Luft aus der Lunge. Wenn das bei jemandem schlimm genug ist, um den Tod zu verursachen, dann ist die Lunge mit Luft überfüllt. Häufig so sehr, daß die Flügel sich sogar in der Mitte der Brust berühren, was anormal ist ...«

»Also war ihre Lunge nicht übermäßig gefüllt?« hatte Margulies den Gutachter gefragt.

Er hatte diese Frage verneint.

Als Golde jetzt Dr. Warnocks Aussage hörte, spürte er, daß Richterin Margulies Dr. Herrmanns Antwort genauso gut erinnerte wie er. Antonios nervöse Einsprüche schienen die Entschlossenheit der Richterin nur anzustacheln, diese Angelegenheit bis zum Ende zu hören.

Golde stellte seine Schlüsselfrage. War es richtig, daß ohne Dr. Herrmanns Antwort auf diese ›höchst wichtige Frage‹ Dr. Warnock nicht hätte vernünftig begründen können, daß Mallory Moore an einer asthmatischen Asphyxie gestorben war?

»Ja, im wesentlichen ist das so.«

Margulies schrieb eifrig mit und bat darum, sowohl die Frage als auch die Antwort zu wiederholen, stellte dann die Frage anders und fragte noch einmal nach. Dr. Warnock zögerte. Es gab zwar noch andere Beweise, wie sie auch schon angeführt hatte, aber dies hier war der entscheidende Punkt.

Golde wollte wissen, ob Dr. Warnock die Abschrift von Dr. Herrmanns Bericht vor Gericht gelesen hatte.

Die Antwort lautete nein.

Das ist es! Golde wußte, daß er sie festgenagelt hatte, das heißt vielmehr die Verteidigung. Shelley Antonio hatte sich selbst zwischen die Ärzte gestellt und dann Herrmanns Antworten auf Warnocks Fragen nicht korrekt weitergegeben. Damit hatte sie ihr eigene Zeugin erledigt und die Ärztin im Stich gelassen.

Golde stürzte sich auf andere Punkte und unterminierte Dr. Warnocks Todesursache Punkt für Punkt und brachte sie dazu zu wiederholen, ihre Schlußfolgerungen beruhten in ihrer ›Gesamtheit‹ auf Beweisen. Aber diese stützten sich wiederum ausschließlich auf den ›Brustraum‹, ihren Worten zufolge das wichtigste Thema in diesem Fall.

Als Dr. Warnock am späten Nachmittag den Zeugenstand verlassen wollte, kam Margulies noch einmal auf dieses Thema zu sprechen. »*Falls* Sie die Information erhalten hätten, daß die Lunge nicht gefüllt war, hätte das Auswirkungen auf Ihre Diagnose der Todesursache in diesem Fall gehabt?«

Dr. Warnock zwinkerte hinter ihren Brillengläsern. »Ich glaube nicht, daß ich in diesem Fall als Gutachter zur Verfügung gestanden hätte«, sagte sie leise.

Golde hätte gar keine bessere Antwort bekommen können. Als er den Gerichtssaal verließ, konnte er seinen Triumph kaum verbergen, weil er eine Starzeugin der Verteidigung in der Luft zerrissen hatte. Und er konnte es kaum erwarten, seiner Freundin Julie Gaines von seinem Sieg zu erzählen.

Damals konnte er noch nicht wissen, daß dieser Streit mit Dr. Warnock ein sehr zweischneidiges Schwert war. Heute hatte es ihm geholfen, die Schlacht zu gewinnen. Aber es würde letztendlich dazu führen, daß er den Krieg verlor.

26. KAPITEL

Am Mittwoch abend erfuhren die Moores großartige Neuigkeiten vom zweiten Gutachter der Verteidigung. Dr. Rupert Lawrence war Pathologe in Stockton, Kalifornien. Shelley Antonio war anfänglich mit einer Gutachterin zufrieden gewesen, hatte dann aber anscheinend ihre Meinung in der ersten Woche geändert und sich auf die Suche nach einer weiteren Meinung gemacht, die das Gutachten von Dr. Warnock bestätigen konnte.

Eine Woche später, am Mittwoch, den [illegible]. Juni, rief Dr. Lawrence die Moores an, um ihnen zu sagen, daß sein Bericht fertig sei. Seine Befunde entsprachen dem, was sie schon die ganze Zeit geglaubt hatten: Mallory war eines natürlichen

Todes gestorben. Außerdem glaubte er wie Dr. Warnock, daß ihr Tod durch Asthma hervorgerufen worden war und – er sah weder in den Narben, die Dr. Herrmann gefunden hatte, noch in der Erweiterung des Anus die Anzeichen für sexuellen Mißbrauch. Sharri und Michael waren begeistert. Sie wollten den Bericht unbedingt lesen und baten Dr. Lawrence, ihn in Michaels Büro zu faxen. Sie erwähnten bei der Gelegenheit auch, daß Shelley Antonio vermutlich eine Kopie für Golde brauchte. Kaum hatte Sharri aufgelegt, stieg Michael in ihren Ranger und fuhr über die Interstate 880 über die Dumbarton Bridge, um den Befund in seinem Büro abzuholen. Als er dort war, beschloß er, ihn gleich an Antonio weiterzufaxen, damit er sie morgen früh schon in ihrem Büro erwartete. Nur um sicherzugehen machte er noch eine zusätzliche Kopie des Berichts, um sie der Anwältin am nächsten Tag persönlich zu übergeben.

Michael hielt den Bericht für noch besser, als Lawrence angekündigt hatte, besonders was die Mißbrauchsgeschichte anging. Dr. Warnock hatte darüber nicht aussagen wollen, aber Dr. Lawrence tat es um so lieber.

Wieder einmal machten sich die Moores Hoffnungen, daß diese unerfreuliche Angelegenheit endlich begraben werden würde.

Am Donnerstag morgen überreichten die Moores Belli triumphierend eine Kopie dieses Berichtes. Bei dieser Gelegenheit erwischte Sharri Antonio endlich im Flur, um sie in einer anderen Sache zu sprechen. Sie wollte wissen, wann Tina Craig und Marietta Wilson aussagen sollten. Sie hatten sich die ganze Woche am Gericht bereitgehalten, ohne auch nur eines Wortes gewürdigt worden zu sein. Tina versäumte Schulstunden, und es war kurz vor Ende des Schuljahres. Sie hatte bereits um eine formelle Vorladung gebeten, damit sie entschuldigt war, hatte bis jetzt aber nichts bekommen. Marietta wollte auch eine Vorladung als Beleg, daß sie gebraucht wurde.

Shelley versprach, beiden eine Vorladung zu schicken. Wann sie aussagen würden, konnte sie nicht genau sagen, aber es war gewiß bald.

Während sie darauf warteten, daß die Verhandlung fortgeführt wurde, stellten sich Sharri und Michael dem Psychologen Dr. Berg vor. Er war mittelalt, ein bißchen pummelig und hatte eine Glatze. Dies Begegnung verlief alles andere als erfreulich. Der Psychologe begann das Gespräch mit der Warnung, daß er in seiner Zeugenaussage ›einige unvorteilhafte Dinge‹ über Sharri und ihre Pflichten als Mutter, als Serena noch jünger war, sagen müßte.

»So schlimm war es nun auch nicht«, erwiderte Sharri gereizt. »Schließlich habe ich sie nicht geprügelt oder so.«

Seine Antwort war wie ein Schlag ins Gesicht. »Ihre Mutter hat aber das Gegenteil behauptet.«

Sharri hatte keine Ahnung gehabt, daß ihre Mutter mit Dr. Berg gesprochen hatte. »Das stimmt nicht«, erwiderte sie. »Warum hat man mich nicht danach gefragt? Ich will nicht, daß Sie Dinge erzählen, die nicht stimmen.«

»Ist Ihnen lieber, Ihre Tochter kommt ins CYA?«

CYA, die gefürchtete Jugendstrafanstalt. Bei Bergs Frage überlief es Sharri eiskalt. Darum geht es also, dachte sie. Sie und Michael sollten weiterhin die ›Opferlämmer‹ spielen, während Belli, der Psychologe und Tessie eine Verteidigung auf ihre Kosten ausheckten. Kein Wunder, daß ihre Mutter ihnen Geld für Dr. Berg geschickt hatte. Sie war wütend, als sie es Michael später erzählte.

Sobald der Gerichtssaal aufgeschlossen wurde, stürmten Michael und Sharri hinein, um ihre Sitze einzunehmen. Sharri war vor Aufregung erhitzt und in Schweiß gebadet.

Bevor der Psychologe in den Zeugenstand trat, hörte sich Richterin Margulies den Streit zwischen Golde und Antonio an, ob Dr. Berg etwas über den Wahrheitsgehalt von Serenas Tagebucheintragung aussagen durfte oder nicht. Sie hatte diese Entscheidung bis zum Erscheinen Bergs vor Gericht zurückgestellt. Nachdem sie umständliche Reden, vor allem von Antonio, gehört hatte, traf Margulies eine Entscheidung, die ungeahnt lange Folgen haben sollte. Dr. Berg durfte ›zu den Faktoren, Charakteristiken oder Merkmalen der psychologischen Bedingungen und/oder Störungen aussagen, die die Verläßlichkeit eines Geständnisses im allgemeinen und im besonderen beeinflussen können‹, aber er durfte nicht ›den Beweis in diesem Fall besprechen, außer was seine Untersuchungen, die Tests und die Diagnose der Minderjährigen angeht; ebensowenig darf er seine Meinung über die allgemeine Verläßlichkeit dieses Tagebucheintrags äußern.‹ Mit anderen Worten: Er durfte dem Gericht nicht sagen, daß er die Tagebucheintragung für unwahr hielt.

Goldes kurzes *Voir dire* konzentrierte sich vor allem auf einen Punkt. »Würden Sie zustimmen, daß Sie nicht unfehlbar entscheiden können, ob jemand lügt oder nicht?«

»Dem würde ich sofort zustimmen.«

»Würden Sie auch zustimmen, daß es Leute gibt, die Sie anlügen, ohne daß Sie es merken?«

Antonio erhob Einspruch mit der Begründung, daß diese Frage nicht zum *Voir dire* gehöre. Margulies lehnte ab.

»Hat man Sie mit anderen Worten schon einmal zum Narren gehalten?« bohrte Golde weiter.

Berg lächelte. »Man hat mich sowohl in meiner Praxis als auch in meinem Privatleben schon zum Narren gehalten.«

Margulies lächelte unmerklich. »Sie meinen Ihre Kinder?«

»Ja.«

Golde hatte erreicht, was er wollte.

Dr. Berg hatte Serena dreimal im Jugendgefängnis besucht und eine ganze Reihe von psychologischen Tests durchgeführt. Seine Aufzeichnungen einschließlich der Unterlagen aus den Kliniken in Alta Bates und Truckee hatte er der Verteidigerin zugänglich gemacht. Seine Diagnose unterschied drei Aspekte: Serena litt unter einer Verhaltensstörung, einer bipolaren oder ›manisch-depressiven‹ Störung und einer generellen Persönlichkeitsstörung, die er ›NWS‹ nannte: nicht weiter spezifiziert. Bipolare Tendenzen zeigten sich in extremen Stimmungsschwankungen. Serenas Symptome schlossen Größenwahn, Überheblichkeit und ›Gedankenflug‹ ein;

letzteres bedeutete, daß ihre Gedanken sich rasend überschlugen und zu extremer Gesprächigkeit und Ablenkbarkeit führten. Sie ›übertrieb schrecklich‹ und hatte zu allem und jedem eine Meinung und eine Antwort. Sie schwelgte in Phantasien und war sich der sozialen Konsequenzen vieler ihrer Handlungen nicht bewußt.

Bei der Persönlichkeitsstörung gab es zwei Aspekte: Die histrionische und die Borderline-Persönlichkeit. ›Histrionisch‹ meint jemanden, der übermäßig theatralisch und dramatisch ist und immer im Mittelpunkt der Aufmerksamkeit stehen muß. ›Borderline‹-Persönlichkeiten mangelt es an Identität, sie leiden unter einer sehr geringen Selbsteinschätzung und haben normalerweise Angst davor, verlassen zu werden. Serenas Verhaltensweisen konnten keinem dieser beiden Aspekte eindeutig zugeordnet werden, was zu der NWS-Diagnose führte.

Dr. Berg deutete an, daß zu Serenas Krankengeschichte eine Mutter gehörte, die sich nicht angemessen um sie gekümmert hatte, als sie klein war. Dazu kam ein leiblicher Vater, der sie verlassen hatte, ein möglicher sexueller Mißbrauch durch ihren ersten Stiefvater und durch Michael Moore. Das alles führte zu der Persönlichkeitsstörung. Über den möglichen sexuellen Mißbrauch hatte Serena viele verschiedene Versionen erzählt. Dr. Berg konnte keine ›unabhängige Verifikation‹ liefern, ob ein Mißbrauch stattgefunden hatte oder nicht.

»Konnten Sie feststellen, wie die Geburt ihrer Schwester Mallory auf ihre psychologische Konstitution gewirkt hat?« fragte Antonio.

»Ja. Ich glaube, sie war eine extrem wichtige Person in Serenas Leben.« Mallory bedeutete Stabilisierung für Sharris und Michaels Beziehung und, was noch weit wichtiger war, erlaubte Serena, eine Art Ersatzmutter zu werden. Sie konnte sich so um Mallory kümmern, wie man für sie selbst nie gesorgt hatte. Mallorys Tod war infolgedessen ›noch schlimmer, als der Verlust eines Geschwisters ohnehin ist‹.

Als Antonio versuchte, Serenas Hang zum Lügen näher zu untersuchen, machte Golde ihr mit seinen ständigen Einsprüchen einen Strich durch die Rechnung. Sie konnte die notwendigen Informationen nicht zutage fördern, auch wenn sie immer wieder dieselbe Frage anders formuliert stellte. Vergeblich. Als Richterin Margulies sie ermutigte, eine Frage anders zu formulieren, rief die folgende Nachfrage unweigerlich einen weiteren Einspruch hervor: »Das liegt außerhalb des Fachgebietes des Zeugen.« Nachdem Antonio sich kurz mit Belli beraten hatte, forderte sie das Gericht zu einer ›klaren Aussage ins Protokoll‹ auf, weswegen die Richterin den Einsprüchen stattgab. Wollte sie behaupten, daß Dr. Berg ›Serenas Fähigkeiten, Ereignisse in ihrem Leben korrekt wiederzugeben, nicht beurteilen‹ konnte?

»Im Protokoll steht sehr genau, weshalb ich den Einsprüchen stattgebe«, versetzte Margulies knapp. Antonio konnte ›anders an diese Informationen‹ kommen, aber Dr. Berg durfte nicht über Serenas Glaubwürdigkeit sprechen.

Belli und Antonio berieten sich erneut flüsternd. Schließlich nickte Shelley mit dem Kopf und verkündete, sie könne die Haltung des Gerichts verstehen, aber sie wolle die Fragen mit den jeweiligen Entscheidungen trotzdem ins Protokoll aufnehmen. Shelley spielte ein sattsam bekanntes Verteidigerspielchen: Sie stellte Fragen, von denen sie wußte, daß sie einen stattgegebenen Einspruch nach sich ziehen würden, und spekulierte auf eine mögliche Berufung. Margulies spielte mit.

Wie lautet Dr. Bergs Meinung dazu, ob Serenas Tagebucheintragung ›verläßlich und glaubwürdig‹ ist?

Einspruch.

Stattgegeben.

Welche psychologischen Faktoren könnten Serena dazu gebracht haben, die Verantwortung für etwas zu übernehmen, was sie nicht getan hat?

Einspruch.

Stattgegeben.

Könnte jemand mit Serenas Störungen die Verantwortung

für den Mord an jemandem übernehmen, auch wenn ›das nicht wahr wäre‹?

Einspruch.

Stattgegeben.

Frage auf Frage folgte, und jede einzelne erhöhte die Spannung im Gerichtssaal. Schließlich durchbrach Margulies das Spiel und schlug eine Formulierung vor, die sie zulassen würde. Shelley sagte okay und stellte dann genau diese Frage.

In seiner Antwort führte der Psychologe aus, daß allgemeine Charakteristika für die Unzuverlässigkeit eines Geständnisses sprechen. Zum Beispiel Impulsivität, unkontrollierbare Gefühlszustände und geringes Selbstwertgefühl, die dazu führten, daß man sich ›im Kreislauf von Schuldgefühlen‹ bewegt. Ein Geständnis könnte unter diesen Umständen ›ein Vehikel werden, … um Aufmerksamkeit zu gewinnen, um sich selbst weh zu tun, um ein Phantasie-Leben in die Realität eindringen zu lassen‹. Kinder übernähmen oft die Schuld für etwas, was sie nicht beeinflussen können, zum Beispiel für die Scheidung ihrer Eltern.

»Wie reagiert Serena auf starke Emotionen?« fragte Antonio.

Durch Verleugnung ihrer Gefühle. Nach Meinung des Psychologen würde sie entweder ›emotionslos reagieren, gar keine Reaktionen zeigen, als Selbstschutz, oder das Gegenteil träte ein: Das heißt, sie würde sehr aktiv werden und die Emotion irgendwie überbieten.‹

Dann fragte Antonio, ob Serenas Verhalten mit dem von Kindern übereinstimme, die sexuell mißbraucht worden waren. »Ja«, antwortete Berg. Denn auch Serena habe ein geringes Selbstwertgefühl und Schuldgefühle.

»Würden Sie sagen, daß Serena ein Grenzfall für ein ›Nicht Schuldig‹ wegen Unzurechnungsfähigkeit ist?«

Golde erhob sofort Einspruch. Richterin Margulies gab dem statt und verfügte anschließend eine zehnminütige Pause.

Während Michael auf der Toilette war, hielt Sharri Belli im Flur auf und fragte ihn, ob er Dr. Lawrence' Bericht gelesen habe. Belli bejahte die Frage. Es sei ein großartiger Bericht. Sharri wollte wissen, was er von dem Befund über die Narben und die Anus-Erweiterung hielt. Shelley würde das doch sicher in allen Einzelheiten ausbreiten, oder? Belli zuckte mit den Schultern. Er wisse nicht, ob sie diesen Teil verwenden würden.

»Nicht verwenden?« Sharris Miene zeigte Überraschung und Verachtung. »Das sollten Sie aber lieber tun!« Sie drehte sich auf dem Absatz um und stürmte davon.

Beim Kreuzverhör steuerte Golde Dr. Berg in eine Richtung, die unter einen der Ausschlußanträge der Verteidigung fiel. Shelley hatte verlangt, das Gericht sollte alles, was mit Serenas ›früheren Fehltritten‹ zu tun hatte, einschließlich Drohungen gegen andere, ausschließen. Golde hatte erwidert, daß er eine solche Information auch gar nicht vorbringen wollte. Margulies hatte zugestimmt, aber verfügt, daß Golde erst das Gericht informieren müsse, wenn er seine Meinung diesbezüglich ändere. Sie wollte sich den Beweis anhören und dann entscheiden, ob er zugelassen wurde.

Nachdem das Verfahren jetzt schon eine Woche lief, betrat Golde das Gebiet des ›früheren Fehlverhaltens‹. Er forderte, verschiedene Auszüge eines Berichtes des Truckee-Hospitals als Beweisstück Nummer 101 zu kennzeichnen. Serena war in dieses Krankenhaus geschickt worden, nachdem sie bei ihrer Großmutter gewohnt hatte. Aber er verständigte vorher nicht das Gericht. Und auch Shelley erinnerte Margulies nicht an ihre ausstehende Verfügung. Da die Verteidigung sich nicht auf die Ausschlußanträge bezog, konnte Golde die gewünschten Informationen ins Spiel bringen.

Serena war im Büro einer Therapeutin ihrer Mutter gegenüber verbal ausfallend geworden und hatte gedroht, sie mit einer Zigarette zu verbrennen, bezeugte Dr. Berg. Außerdem hatte Sharri ihre Tochter Serena laut einer Befragung Tessie

Dornellas im Truckee Hospital vernachlässigt, als sie noch klein war. Sie hatte sie in ein ›uringetränktes Bett‹, gelegt, hatte keine Lebensmittel besorgt, sie nicht gebadet und sie noch anderen ›schrecklichen Dingen‹ ausgesetzt. Serenas gewalttätiges Verhalten ihrer Mutter war erst Jahre später aufgetreten, als man ihr gesagt hatte, sie müßte das Haus ihrer Großmutter verlassen und nach Hause zu ihrer Mutter zurückgehen.

Sharris Gesicht brannte vor Demütigung und Wut. Teilweise spürte sie eine ›ganze Tonne Schuldbewußtsein‹. Sie wußte sehr genau, wie selbstsüchtig und lieblos sie in ihren frühen Tagen als Mutter gewesen war. Aber sie bestand darauf, daß sie ihr Kind niemals mißhandelt hatte. Sie waren arm gewesen und hatten oft wenig zu essen gehabt. Serena und sie hatten ziemlich abgenommen. Aber die Sache mit dem uringetränkten Bett verwirrte sie. Woher hatte ihre Mutter das? Sie erinnerte sich an eine Zeit vor der Trennung von Serenas leiblichem Vater, als sie ihre Tochter in seiner Obhut ließ, weil sie im Schichtdienst in einem Restaurant arbeitete. Einmal hatte Tessie Sharri erzählt, wie wütend sie darüber war, daß Serenas Vater das Baby in ein nasses Bett gelegt hatte, ohne das Laken zu wechseln. Sharri hatte ihn deswegen angebrüllt.

Dr. Bergs Zeugenaussage erlaubte es Golde, das Bild eines jungen Mädchens zu zeichnen, das übermäßig aggressiv und gewalttätig wurde, weil es in einem extrem zerrütteten Elternhaus aufwuchs. Dieses Porträt schilderte Serena als jemanden, dem es durchaus möglich schien, einen Mord zu begehen. Und es stützte das Mordmotiv, das der Stellvertretende Staatsanwalt in seinem Schlußplädoyer anführen sollte.

Außerdem zerstörte diese Zeugenaussage alle Hoffnung der Moores, ihren Ruf wiederzuerlangen.

Je größer die Beschuldigungen gegen die Moores wurden, desto abweisender benahm sich Shelley Antonio. Sie sprach weder im Flur noch abends am Telefon mit ihnen, und wenn doch, dann endete das Gespräch normalerweise mit einem Streit. Die Moores verlangten von Antonio, ihren Ruf wiederherzustellen, und waren wütend darüber, daß sie ihren Namen genauso in den Schmutz zog wie Golde. Außerdem wollten sie ihre Tochter besuchen. Sharri berichtete später, Antonio habe geantwortet: »Ich bin die Anwältin, ich weiß, wovon ich rede.«

Das Recht der Moores, über ihr eigenes Leben zu bestimmen, wurde ein immer gravierenderes Thema. Weder an Mallorys Tod noch an Serenas Verhalten, ihrer Verhaftung und der Anklage wegen Mordes an ihrer Schwester hatten sie etwas tun können. Jetzt konnten sie nicht einmal die Vorgänge beeinflussen, die sich im Gerichtssaal vor den Augen der lästigen Medien und der glotzenden Zuschauer abspielten. Das beste Beispiel bot Dr. Lawrence' Bericht. Der Zeuge der Verteidigung glaubte nicht an den Mißbrauch, und Belli wußte nicht genau, ob er das überhaupt verwenden wollte?

27. KAPITEL

In den letzten Tagen war die Zahl der Medienvertreter auf eine Handvoll lokaler Zeitungsreporter geschrumpft, doch kurz nach dem Mittagessen wimmelte es in den Korridoren des Gerichtshofes plötzlich von Fernsehkameras und Journalisten. Sie erwarteten Serenas Zeugenaussage. Wenn ein Angeklagter in den Zeugenstand trat, war das in jedem Prozeß ein Höhepunkt; in diesem Verfahren war es eine Sensation. Das junge Mädchen würde nun endlich die Wahrheit über den Mißbrauch erzählen, den es hatte ertragen müssen.

Nach Dr. Bergs Zeugenaussage fand Sharri es unverantwortlich von der Verteidigung, ihre Tochter zum hilflosen Ziel eines schwertschwingenden Golde zu machen. »Holen Sie sie nicht in den Zeugenstand!« bat sie Antonio, als sie während des Mittagessens erfuhr, daß Serena aussagen sollte. »Ich will nicht, daß sie verletzt wird!«

Als die Fernsehteams sahen, daß Sharri, Michael und Tina

Craig aus dem Aufzug kamen, schalteten sie ihre Kameras an und drehten sie in ihre Richtung. Instinktiv duckte Sharri sich und scheuchte Tina hastig zum Gerichtssaal. Als sie, verfolgt von den Reportern, die Tür erreichten, mußten sie feststellen, daß sie abgeschlossen war. Sie saßen in der Falle. Michael drehte den Kameras den Rücken zu, und Sharri verbarg ihr und Tinas Gesicht hinter einem Kleid, das sie mitgebracht hatte, damit Serena es am nächsten Tag vor Gericht tragen konnte. Es erboste Sharri, daß Tina, eine Minderjährige, vielleicht im Fernsehen auftauchen würde.

»Sie ist doch noch ein Kind, ich *bitte* Sie!« schrie sie.

Die drei kauerten sich zusammen, bis nach endlos scheinenden Minuten endlich ein Gerichtsdiener erschien und die Tür aufschloß.

Serena zitterte, als sie in den Zeugenstand trat. Sie trug eine rosa Bluse und einen schwarzen Rock; ihr Haar war zu einem Pferdeschwanz nach hinten gebunden, um ihre Jugend zu unterstreichen. Ihre Schritte schienen im Raum zu hallen; ein unterdrücktes Husten war das einzige Geräusch, das aus den vollbesetzten Zuschauerreihen drang. Die Spannung stieg noch, als die Zuschauer bemerkten, daß Belli sich auf seinem Stuhl vorbeugte und an seinem Hörgerät herumfummelte, als bereite er sich darauf vor, höchstpersönlich die Befragung der Zeugin vorzunehmen.

»Komm schon, Honey«, ermunterte Belli Serena, als sie zögerte. »Setz dich hier hin, bitte.«

Richterin Margulies' knapper Ton, in dem sie die Zeugen instruierte, veränderte sich bei Serena. Sie sprach langsamer, damit das Mädchen sie verstand, und drückte ein bei ihr ungewohntes Mitgefühl aus. »Mr. Belli wird dir ein paar Fragen stellen. Wenn er damit fertig ist, hat Mr. Golde einige Fragen an dich. Bitte beantworte nur die Frage, die man dir stellt. Wenn du die Frage nicht verstehst, sag es mir. Ich wiederhole sie für dich. Sei nicht unsicher und sprich deutlich. Und rede direkt in das Mikrofon.«

Zeichner und Reporter wurden daran erinnert, in ihren Skizzen jede Ähnlichkeit mit der Minderjährigen zu vermeiden und ihren Namen nicht zu drucken. »Mr. Belli, führen Sie die Befragung durch oder Miss Antonio?«

»Diesmal gebe ich meinen Ruhestand auf und werde die Befragung selbst durchführen, Euer Ehren.« Die rauhe dröhnende Stimme des Anwaltes entlockte ein paar Leuten, die ihn noch nie gehört hatten, ein Lächeln.

Leise und behutsam, als rede er mit einem Kleinkind, bereitete Belli Serena darauf vor, daß er ihr ›ein Menge Fragen stellen‹ würde. War sie bereit? Als Serena das bejahte, ahnte sie noch nicht, daß sie diesen Donnerstag, den folgenden Freitag und noch den halben Montag im Zeugenstand sitzen würde.

Belli schuf schnell eine Aura der Sentimentalität um Serena. Sie erzählte dem Gericht mit kaum vernehmbarer Stimme, daß sie ihre Schwester liebte und vermißte, und daß sie glaubte, ›Mallory paßt auf mich auf‹. Golde erhob Einspruch. Das sei irrelevant, behauptete er. Er wollte die Stimmung brechen. Sein Einspruch wurde abgelehnt. Unter Bellis Drängen erzählte Serena, wie sie mit ihrer Schwester spielte, mit ihr in einem Bett schlief, betete und oft morgens aufwachte, weil jemand an ihren Haaren zog. Ein Zeichen dafür, daß Mallory Lust auf Aktion hatte. Als die Zuhörer völlig gefangen waren, wechselte Belli das Thema.

»Wir reden kurz darüber, dann haben wir es hinter uns. Bist du mit vielen Jungs ausgegangen, als du noch sehr jung warst?«

»Ja.«

»Hattest du Beziehungen mit ihnen, sexuelle Beziehungen, um genau zu sein?«

»Ja.«

»Haben deine Mutter und dein Vater darüber mit dir geredet?«

»Nicht wirklich. Ich habe meiner Mutter einmal erzählt, daß ich es gemacht hatte, und zwar das erste Mal, als ich Sex gehabt hatte. Sie sagte nur etwas, etwas wie: ›Warum hast du nicht früher mit mir darüber geredet?‹ Und mein Dad hat mich angesehen und nicht viel dazu gesagt.«

Ihre Antwort war oberflächlich betrachtet harmlos, verwies aber auf einen sehr wichtigen Punkt: daß sie ihr erstes sexuelles Erlebnis ein Jahr nach ihrer Aussage bei der Polizei von Carson City gehabt hatte, in der sie Michael beschuldigt hatte, er würde sie zum Sex zwingen. Allerdings war das ein Punkt, den weder die Verteidigung noch die Anklage betonen wollte, also gingen sie darüber hinweg.

Serena gab zu, daß sie geraucht hatte. Aber sie ›rutschte nicht tief in den Rauschgiftbereich‹, wie Belli es ausdrückte. Sie trank, vor allem nach Mallorys Tod, weil da ›Dinge in ihrem Leben passierten, die sie nicht verstand‹.

War ihr Zuhause glücklich? »Manchmal ja und manchmal nicht. Manchmal kamen wir all gut miteinander aus, dann war es schön. Und dann gab es wieder viele Streitereien, Wut und Spannung, und dann kamen wir nicht gut klar. Aber es war nicht ... es ist nicht oft passiert, daß wir viel gestritten haben.«

Belli wollte wissen, ob sie Mitschuld an dem Ärger und den Spannungen hatte. Serena gab das zu und meinte, sie hätte ein ›großes Verhaltensproblem‹. Sie habe ›Mutter und Vater nicht respektiert‹, wenn sie nicht bekam, was sie wollte. Mit ihrer Schwester habe sie jedoch nie um Anerkennung gerungen. Sie spielten immer zusammen, bauten Burgen und teilten Geheimnisse. Mallory sagte ihr, sie würden in demselben Haus wohnen und denselben Wagen fahren, wenn sie erst erwachsen waren.

Belli wandte sich Mallorys Asthma zu. Golde erhob immer wieder Einspruch, als Serena zu der Krankheit ihrer Schwester befragt wurde. Den meisten seiner Einsprüche wurde stattgegeben. Belli wechselte unvermittelt das Thema und kam auf Serenas ›Verhaltensproblem‹ zu sprechen. Nach einer kurzen Diskussion wechselte er das Thema erneut und fragte sie nach ihrer Schulzeit und danach, eine wie gute Schülerin sie gewesen war. Serena deutete an, daß sie etwas außerhalb gestanden hatte. Viele andere Schüler mochten sie nicht, weil sie ›ihnen nicht die Chance gegeben habe, mich wirklich kennenzulernen‹. Das lag hauptsächlich daran, daß sie immer Geschichten erfunden hatte.

»Wie ist denn die wahre Serena?« fragte Belli.

»Na ja, man kann sich auf mich verlassen, wenn man wirklich zu mir kommen will und mir etwas erzählt, was, irgendwie, einfach, Sie wissen schon, was einen wirklich beschäftigt, dann konnte man immer zu mir kommen und es mir erzählen und sich bei mir ausheulen, weil ich es immer verstanden habe. Man kann mir viele Probleme erzählen, die ich verstehe, weil ich diese Probleme sehr wahrscheinlich selbst auch hatte.«

Die Schule hatte sie oft geschwänzt, weil es sie langweilte oder weil sie mit den anderen Schülern nicht klarkam. Manchmal hatte sie sich in der Schule auch wirklich zusammengerissen, aber dann hatte sie doch immer wieder ›einen Rückfall‹.

Bis jetzt wirkte Serena, die ›Lügnerin‹, glaubwürdig und ernsthaft. Sie saß ziemlich ruhig da, was ihr schwerfiel, obwohl sie nicht widerstehen konnte, den Zuschauern manchmal ein Lächeln zuzuwerfen oder ihnen Grimassen zu schneiden. Das konnte auf einen arglosen Betrachter unangemessen oder sogar schnippisch wirken. Belli jedoch schien sich keine Sorgen darüber zu machen. Dr. Bergs Gutachten über ihre manisch-depressive Störung setzte dieses Verhalten gewiß ins richtige Licht.

Es wurde Zeit, die Vorgänge um Mallorys Tod zu besprechen. Serena wurde sachlich, als sie über die Nacht des 17. August sprach, und ihre Aussage deckte sich mit der ihrer Mutter. Normalerweise hörte sie morgens immer ›kleine Füße im ganzen Haus‹, aber am Morgen des 18. August hatte sie nichts gehört …

Serena machte eine Pause, als ihre Stimme erstickte und ihr Tränen in die Augen traten. Sie liefen ihr über die Wangen, bevor sie sie wegwischte. Bei diesem Anblick begann Sharris Kinn zu zittern, und sie versuchte, ihre Lippen ruhig zu halten.

Im Gerichtssaal war es eigenartig still, während Serena mit ihren Gefühlen rang.

»Ich habe kein Rascheln aus ihrem Bett gehört oder so etwas«, brachte sie endlich heraus und senkte den Kopf. Innerlich durchlebte sie den Moment noch mal. »Deshalb bin ich aufgestanden und in ihr Zimmer gegangen. Ich habe sie gesehen, und sie hat sich nicht bewegt. Sie lag ganz still da. Sie war nicht wach. Also bin ich hingegangen und habe versucht, sie aufzuwecken. Aber sie wachte gar nicht auf.«

Diese Nacherzählung hatte eine verblüffende Ähnlichkeit mit dem Eintrag in Serenas Tagebuch, den sie kurz nach Mallorys Beerdigung geschrieben hatte. *Ich bin hineingegangen und irgendwas stimmte nicht. Sie hat nicht geatmet und sich nicht bewegt oder so was.* Sharri hatte Shelley Antonio an dieses Tagebuch erinnert, als der Fall vorbereitet wurde, doch als der Prozeß begann und sofort Anschuldigungen wegen Kindesmißbrauchs erhoben wurden, vergaßen die Moores das Tagebuch Nr. 1. Und auch jetzt fiel es ihnen nicht ein, weil sie völlig von Serenas Kummer gefangen waren.

»Schon gut«, beruhigte sie Belli. »Laß dir Zeit, Kleine.« Er wollte wissen, ob sie eine Pause wollte, aber Serena meinte, sie würde es schaffen.

Sie erzählte die dramatische Geschichte, wie sie zu ihrer Mutter gelaufen war, hörte, wie sie 911 anrief und wie sie dann auf die Straße lief und auf die Knie fiel, bis ein Polizist vorbeikam.

Ihre Aussage war fast beendet, die große Uhr an der Wand des Gerichtssaals zeigte beinahe halb fünf – die Zeit, zu der Richterin Margulies gewöhnlich die Sitzung beendete. Serenas letzte Aussage an diesem Donnerstag trug sie mit gefaßterer Stimme vor. Sie beschrieb, wie sie das Haus wieder betreten und versucht hatte, ihre ›Mutter zu beruhigen‹, weil es ›ziemlich hektisch‹ zuging.

Shelley umarmte Serena, bevor sie aus einem Nebeneingang des Gerichtssaals geführt wurde. Dort wurden ihr Hand- und Fußfesseln angelegt, dann wurde sie wieder ins Jugendgefängnis zurückgebracht. Trotzt ihrer Bedenken schien sich Shelley über die Zeugenaussage zu freuen. Serenas Gefühle waren ›genau richtig‹, unschuldig und ergreifend, eine gute Mischung bei einer Richterin, die für die Anklage eingenommen war. Antonio fand Serenas Tränen glaubwürdiger als die ihrer Mutter. Es tat Antonio leid, daß Serena diese Tortur auf sich nehmen mußte, aber sie hatte den Eindruck, als hätte die persönliche Schilderung ihrem Fall geholfen.

Die Anwältin gab später – eindeutig untertrieben – zu, daß die Ehrlichkeit, die Serena an diesem Nachmittag im Zeugenstand verströmte, ›im Kreuzverhör irgendwie zerstört‹ wurde.

Michael platzte fast vor Wut und mußte seine Aggressionen ablassen. Am Abend rief er Antonio an, erreichte aber nur ihren Anrufbeantworter. Er hinterließ ihr eine Nachricht. Darin teilte er ihr mit, daß er aussagen wollte, um seinen Ruf wiederherzustellen. Sollten sie und Belli nicht hören wollen, was er zu sagen hatte, würde er ›andere finden‹.

Sharri und Michael rüsteten sich zum Kampf. Sie fotokopierten Dr. Lawrence' Bericht und verschickten ihn an verschiedene Zeitungsreporter, die über den Fall berichteten, an Judy Schaeffer, die Produzentin von Connie Chungs ›Eye to Eye‹-Show, und an alle vier Fernsehsender, einschließlich den Fox-Kanal. Sie wollten nicht länger schweigen. Die Medien sollten Dr. Lawrence' Befunde erfahren, so oder so.

Sie hatten vor, die Umschläge am nächsten Morgen mit zum Gericht zu nehmen. Einen Stapel wollten sie im Wagen lassen, damit sie schnellen Zugriff hatten, wann immer sie sie verteilen wollten. Und sie würden dafür sorgen, daß Belli sie dabei sah.

Marietta Wilson und Serenas Freundin Tina Craig waren an diesem Tag nicht am Gericht. Tina hatte die Hoffnung aufgegeben, eine Vorladung von Antonio zu bekommen und ging auf Drängen ihrer Eltern wieder in die Schule. Marietta hatte Antonio ebenfalls nach einer Vorladung gefragt, und als sie keine erhielt, angenommen, daß man sie nicht länger brauchte. Ohne eigenen Wagen war es sehr schwierig, jeden Tag vor Gericht zu erscheinen. Sie und ihr Freund Ted waren vor ein paar Monaten auf ein Hausboot gezogen, um Kosten zu sparen, nachdem beide ihre Jobs verloren hatten. Ted arbeitete zwar wieder, aber Marietta hatte immer noch keine Anstellung gefunden. Deshalb konnten sie sich nur ein Auto leisten, und das brauchte Ted natürlich für die Fahrt zur Arbeit.

Als Serena an diesem Freitagmorgen den Gerichtssaal betrat, verlor Sharri auf einen Schlag alle Hoffnung. Serenas Verhalten zeigte ihr, daß irgend etwas nicht stimmte. Ihre Tochter war vorher zwar nervös, aber beherrscht gewesen, doch heute schien sie erschüttert, verwirrt und verängstigt zu sein. Sie ließ sich auf den Stuhl neben Antonio fallen und begann sofort, an ihren Kleidern zu zupfen, zog an den Fingern, bis die Gelenke knackten und spielte an ihrem Pferdeschwanz herum. Ihre Eltern würdigte sie kaum eines Blickes.

Sharri fuhr fort, ihre Tochter zu mustern, als die Richterin eintrat und das Gericht zur Ordnung gerufen wurde. Dieser morgendliche Blickkontakt zwischen Mutter und Tochter war die einzige Kommunikation, die ihnen geblieben war. Sharri verzehrte sich fast vor Sehnsucht, ihre Tochter zu umarmen, weil sie spürte, daß sie im Augenblick besondere Unterstützung brauchte, obwohl sie nicht wußte, warum.

Belli und Antonio begrüßten Serena überschwenglich und rüsteten sie für diesen Tag, den sie vermutlich auch ganz im Zeugenstand verbringen mußte.

Golde wirkte außergewöhnlich gut gelaunt, als er sich setzte. Er hatte immer einen Notizblock und einen Stift dabei, bereit, sich bei Bellis weiterer Befragung Notizen zu machen.

Als Serena ihren Platz im Zeugenstand einnahm, bastelte Belli wieder an seinem Hörgerät herum. Am Tag zuvor hatte er sie ab und zu gebeten, einen Satz zu wiederholen, manchmal sogar mehrfach. Serena zappelte auf ihrem Stuhl herum.

Ohne Vorbereitung fragte Belli Serena nach dem Morgen des 18. August, um noch einmal ihren Schmerz und den Schock über den Tod ihrer Schwester vorzuführen. Einige Zeugen der Anklage hatten den Eindruck erweckt, daß Serena an diesem Tag oder auch bei der Beisetzung unbeteiligt gewesen wäre. Das stellte Belli vor die Aufgabe, jedes unpassende Verhalten darauf zurückzuführen, daß sie mit Tragödien nicht fertig wurde. Außerdem mußte er diese Zeugenaussagen widerlegen, indem er bewies, daß sie bei anderen Gelegenheiten sehr wohl ihre Trauer gezeigt hatte.

Serena schilderte, wie sie das Haus wieder betreten hatte, nachdem sie auf die Straße gestürmt war. »Ich bin zu Mom gelaufen und habe sie umarmt, und sie war … na ja, ich hatte meine Mutter in dem Augenblick so lieb, weil ich wußte, daß sie mich brauchte, und ich war für sie da.«

Belli fühlte Serenas Fürsorglichkeit nicht weiter aus, sondern konzentrierte sich statt dessen auf ihre Unfähigkeit, mit dieser Situation fertig zu werden, und den ›Schock‹, den sie deswegen erlitten hatte. Serena gab zu, daß sie später weggelaufen war und sich mit ihren Freundinnen im Einkaufszentrum getroffen hatte. Es war ein Versuch, dem ›Schmerz zu entfliehen‹. Um ›von der Traurigkeit wegzukommen‹, ging sie ›weg und tat Dinge, damit es wie ein normaler Tag wirkte, daß es aussah, als habe sich nichts geändert, weil ich nicht dabeisein wollte‹.

Als der Anwalt um eine genauere Beschreibung ihrer Gefühle bat, rang Serena um eine Erklärung. »Ich hatte Angst, zusammenzubrechen, wenn ich nach Hause ging, ich fürchtete, wenn ich nach Hause gehe, würde ich … es würde … na ja, irgendwie ist es schwierig, zu beschreiben, was ich empfunden habe. Ich hatte irgendwie Angst, nach Hause zu gehen, zu weinen und meine Gefühle rauszulassen, weil ich vielleicht nicht aufhören konnte, weil ich wußte, daß ich irgendwie ausflippen würde, wenn ich zurückging und mich all dem Schmerz und dem Zeug stellen mußte und damit fertig werden sollte. Ich würde einfach zusammenbrechen und nicht aufhören zu weinen.«

Belli war in Fahrt. Um Delores Bradens Zeugenaussage zu widerlegen, fragte er Serena nach ihrem ›Trara-Trara‹ nach Mallorys Beisetzung.

»Die Erwachsenen betranken sich«, sagte sie mit einem verlegenen Lachen und warf den Kopf zurück. »Kurz danach versuchten sie ... sie machten echt schlechte Witze und versuchten, sich zum Lachen zu bringen oder sich ein bißchen aufzumuntern. Meine Freundin und ich sahen uns das an und waren sehr traurig. Deshalb haben wir uns was überlegt und meine Mutter gefragt, ob es passend wäre. Wir wollten einen Tanz vorführen, den wir im Cheerleader-Camp gelernt hatten, und versuchten, sie vielleicht ein bißchen aufzuheitern. Ich fragte meine Mutter. Die sagte ja, das wäre sehr nett. Macht nur. Dann hat sich die ganze Familie im Wohnzimmer versammelt, und wir sind reingekommen und haben den Tanz vorgeführt. Alle haben gesagt, das war sehr nett. Wir haben uns bedankt und sind wieder in mein Zimmer gegangen, haben uns umgezogen, sind wieder ins Wohnzimmer gegangen und haben uns mit allen unterhalten. Mehr ist nicht passiert.«

Serena bemerkte noch, daß ihre Mutter sie später an dem Abend ›wirklich gebraucht hat. Ich war für sie da.‹

In den nächsten Monaten war Serena so oft weggelaufen, weil sie es zu Hause nicht aushielt. Vor allem die ständigen Fragen ihrer Mutter, ob sie etwas über Mallorys Tod wüßte, setzten sie unter Druck. Ihre Mom fragte sie, ob sie irgend etwas über diese Nacht wüßte. ›Kannst du mir sagen, warum?‹ wollte ihre Mutter wissen. »Dann weinte sie«, fuhr Serena fort, »und sagte immer wieder: ›Warum? Warum? Ich verstehe nicht, warum?‹ Und ich konnte diese Fragen nicht beantworten und fragte sie: ›Bitte, kannst du nicht aufhören, mir solche Fragen zu stellen?‹ Und sie sagte: ›Du mußt darüber reden; wir müssen darüber reden.‹« An Weihnachten bei Oma Tessie hatte ihre Mutter geweint und wieder diese Fragen gestellt. Serena hatte sie getröstet und ihr versichert, daß sie bald den Grund für den Tod erfahren würden.

Belli führte Serena behutsam auf den Augenblick zu, an dem sie die Tagebucheintragung gemacht hatte. Er wollte wissen, ob sie sich daran erinnerte, den Eintrag geschrieben zu haben?

Serena antwortete, sie könne sich nicht genau daran erinnern. Dann biß sie sich auf die Lippen und blickte nach dieser Aussage zur Seite, als wäre sie gelangweilt.

Erinnerte sie sich denn daran, was sie geschrieben habe?

Sie wisse nur deshalb, was sie geschrieben habe, weil ›die Leute es mir immer erzählt haben‹.

Golde beobachtete sie genau. Sie log, und er wußte es.

Als Belli nachfragte, warum sie denn eine solche Behauptung aufgestellt hatte, erklärte Serena, daß sie sich sehr schuldig fühlte, weil sie Mallory in dieser Nacht nicht hatte bei sich schlafen lassen. Und sie wollte die Fragen ihrer Mutter beantworten, wollte, daß ihr klar wurde, daß es auch ihr, Serena, sehr schlecht deswegen ging. Sie erinnerte sich an ein Gespräch mit ihrer Mutter, in dem die zugegeben hatte, daß sie ihr Tagebuch las. »Aber nur, wenn ich weglief und sie nicht wußte, wo ich war.« Also schrieb Serena diesen Text, stand auf und ›ging aus dem Haus‹. Sie sah ihre Mutter erst wieder, als sie im ›Kamerazimmer‹ war, einer Zelle des Jugendgefängnisses, in der selbstmordgefährdete Insassen mit einer Videokamera überwacht wurden.

Belli versuchte, Serena zu entlocken, was sie ihrer Mutter über die Tagebucheintragung in dieser Zelle gesagt hatte. Goldes prompten Einspruch, das beruhe auf ›Hörensagen‹, wurde stattgegeben.

Als Belli erneut die Frage stellte, warum Serena diese Eintragung geschrieben habe, wurde sie wütend. Das hatte sie doch schon beantwortet. Es war eine spontane Entscheidung, erklärte sie. Sie schrieb diese Worte, weil sie annahm, nur ihre Mutter würde sie zu Gesicht bekommen. Sie wußte, daß ihre Mutter in dem Tagebuch lesen würde. Sie sei ein ›sehr entschlossener Mensch‹.

Die Moores mußten fast ungläubig mitansehen, wie ihre Tochter herumzappelte und ihnen während ihrer Zeugenaussage merkwürdig amüsierte Blicke zuwarf. Warum behauptete sie so hartnäckig, daß sie es nicht wußte oder sich nicht erinnerte, wenn sie sich bei diesen Antworten so deutlich aufregte? Michael war davon überzeugt, daß man ihr das eingepaukt hatte.

Serena erklärte, sie habe der Polizei von Fremont bei dem ersten Verhör gesagt, sie habe nichts über den Tod ihrer Schwester geschrieben, weil sie sich nicht daran erinnern konnte. Als sie ihr das Tagebuch gezeigt hatten, habe sie gelogen und behauptet, sie habe den Text nicht geschrieben. »Es war das erste, was mir eingefallen ist«, meinte sie. »Ich war es einfach gewohnt, Leute anzulügen.«

Ihre Bemerkung löste eine kurze Diskussion über ihre Lügerei aus, eine ›Gewohnheit, die man nur schwer ablegen kann‹. Belli hakte nach. Hatte sie diese Gewohnheit auch, als sie den Tagebucheintrag geschrieben hatte? Serena verstand die Frage nicht. Trotz Goldes ständigen Einsprüchen schaffte Belli es, ihr noch einmal die Gründe zu entlocken, aus denen sie diese Eintragung gemacht hatte. Sie wollte, daß ihre Mutter aufhörte, ihr Fragen zu stellen, weil sie das aufregte, wiederholte Serena. Das war alles.

»Gut.« Belli lehnte sich auf seinem Stuhl zurück und sah Golde an. »Ihre Zeugin für das Kreuzverhör.«

Richterin Margulies unterbrach die Sitzung für eine kurze Pause.

28. KAPITEL

Goldes Freundin Julie setzte sich in die Reihe vor den Moores, als das Gericht wieder zusammentrat. Sie wollte Golde in Aktion sehen und hatte seinen Rat befolgt, an dem Tag zu kommen, an dem er die Angeklagte ins Kreuzverhör nahm.

Pastor Doug und seine Frau Sheila waren auch im Saal. Sie

setzten sich hinter die Moores in die dritte Reihe. Obwohl Dougs Pflichten in der Kirche ihn daran hinderten, den ganzen Prozeß zu verfolgen, hatte er es geschafft, jeden Tag zumindest für ein paar Stunden an dem Prozeß teilzunehmen. Er hatte Serena bei seinem letzten Besuch in der Jugendstrafanstalt versprochen, daß er während ihrer ganzen Zeugenaussage dabeisein würde. Doug war dankbar, daß er Serena in Vertretung ihrer Eltern unterstützen durfte. Sie hatte seine Aufmunterung vor allem gebraucht, nachdem sie von Shelley Antonio gehört hatte, daß ›Michael Mallorys Po weh getan‹ habe, wie Serena es ausdrückte. Laut Serena hatte Shelley ihr erzählt, daß Michael Mallory umgebracht habe, als er sie mißbrauchte und sich zu fest auf sie legte. Und darüber hinaus hatte Shelley Antonio Serena eingeredet, Michael habe auch sie mißbraucht, und daß sie alle Erinnerungen an diesen Mißbrauch aus ihrem ›Gedächtnis gestrichen‹ habe. Da sie Antonio immer näherkam und von ihren Eltern getrennt war, fing Serena allmählich an, es zu glauben. Sie war vollkommen verwirrt.

Doug war über Antonios Auffassungen schockiert. Noch mehr aber bestürzte es ihn, daß sie diese Meinung ihrer halbwüchsigen Mandantin eintrichterte. Doug vermutete, daß Antonio deshalb den Moores verboten hatte, Serena zu besuchen. Serena hätte ihren Eltern sicher erzählt, was Shelley behauptete. Als Pastor und Vertrauter konnte Doug seine Gespräche mit Serena nicht weitergeben, ihr Geheimnis war bei ihm sicher. Aber das Wissen darum und Serenas wachsende Unruhe bedrückten ihn sehr.

Goldes Kreuzverhör der Angeklagten war lang, kleinlich und zäh. Serena rutschte schon nervös auf dem Stuhl hin und her, als Golde sich hinter seinem Tisch erhob. Er begann damit, ihre angebliche Erinnungslücke zu hinterfragen und machte deutlich, daß sie sich an andere Ereignisse in ihrem Leben sehr gut erinnerte. Dann führte er sie schrittweise von Ereignissen, die in ihrem siebten Lebensjahr passiert waren, bis zur Gegenwart. Er fing mit der Beziehung ihrer Mutter zu ihrem ersten Stiefvater an, der sie mißhandelt hatte, kam dann auf das Leben im Haus der Moores zu sprechen. Bei seiner lockeren Art der Befragung entspannte sich Serena.

Sie hatte im Alter von neun Jahren Marihuana im Haus gefunden, erzählte sie, und war ›extrem wütend‹ darüber. Damals fing sie an, ihren Stiefvater Michael abzulehnen. Vorher hatte sie ihn gemocht. Zu ihrer Großmutter in Carson City hatte sie ein enges Verhältnis.

Golde untersuchte dann Serenas Erlebnisse in der Schule und ›malte ein Bild‹, wie er es nannte, eines Kindes, das gestört war, allen etwas vorspielte und häufig die Schule wechseln mußte, um ›neu anzufangen‹. Nachdem ihnen keine Alternativen mehr blieben, hatten ihre Eltern sie mit dreizehn zu ihrer Großmutter nach Carson City geschickt. Aber sie war bald wiedergekommen, weil ›es nicht funktionierte‹.

Sie hatte sehr viele Freunde, fast ein Dutzend pro Monat, als sie zwölf war. Aber sie hatte keinen von ihnen geküßt. In der achten Klasse, mit vierzehn, hatte sie das erste Mal Sex gehabt, mit ihrem Freund Troy.

Es war der zweite Hinweis auf ihr erstes sexuelles Erlebnis, über ein Jahr nach ihrer Befragung durch die Polizei von Carson City. Dort hatte sie davon gesprochen, daß Michael sie zum Geschlechtsverkehr gezwungen hätte. In seinem Eröffnungsplädoyer hatte Golde seine Andeutungen auf sexuellen Mißbrauch sehr vorsichtig formuliert. Er hatte gesagt, daß ›die Angeklagte berichtet‹ habe, von Michael ›belästigt‹ worden zu sein. Serena konnte nicht abstreiten, diese Anzeige erstattet zu haben.

Golde mußte Serenas Neigung zum Lügen herunterspielen, um ihre Tagebucheintragung als echtes Geständnis aufrechterhalten zu können. Er schaffte es, Dr. Bergs Aussage zu untergraben, der behauptet hatte, Serena übertreibe hemmungslos. Zum Beispiel hatte Berg Serenas Behauptungen, sie sei zweimal verlobt gewesen und hätte an einem Tag mehrmals Sex mit Troy gehabt, als Übertreibungen abgetan. Aber Serena war doch mit Troy verlobt, nicht? Er hatte ihr einen Ring geschenkt. Außerdem hatte sie an einem Tag tatsächlich mehrfach mit Troy geschlafen, und sie war auch mit einem ehemaligen Freund ›verlobt‹ gewesen. Hier handelte es sich also auch nicht um Übertreibungen.

Golde brachte Serena dazu, die ersten Jahre mit Michael Moore zu schildern. Serena gab zu, daß sie Angst bekommen hätte, wenn Sharri und Michael stritten, weil sie dachte, es würde in Schläge münden wie bei ihrem früheren Stiefvater. Dann wäre sie in ihr Zimmer gerannt und hätte geweint. Allerdings hatte sie nie erlebt, daß Michael ihre Mutter schlug. Nach einer Weile fing sie an, Michael zu hassen, weil er sich wie ein Vater benahm, er ermahnte sie und gab ihr einen Klaps, wenn sie ›es verdiente‹. Manchmal, wenn sie richtig wütend war, ließ sie sich gehen und ›prügelte auf ihn ein‹; damit wollte sie ihn provozieren. Dann gab er ihr eine Ohrfeige, um zu ihr durchzudringen. Ein- oder zweimal war Michael vielleicht zu weit gegangen, aber im großen und ganzen, meinte Serena, ›habe ich nur bekommen, was ich verdient habe‹.

Hatte sie Michael nicht auch beschuldigt, ihr in den Bauch geschlagen zu haben?

Nicht mit ganzer Kraft, antwortete Serena. Aber es hatte trotzdem weh getan.

»Wurde deswegen nicht die Polizei verständigt?«

Serena dachte einen Moment nach. »Nicht direkt danach. Direkt danach machte er … ehm, ich möchte eins sagen.«

»Sprich weiter.«

Serena erklärte, daß sie ihre Mutter angegriffen hatte und Michael so reagierte, weil ›sie seiner Frau weh getan hatte‹. Sie war zum Telefon gelaufen und hatte gedroht, die Polizei zu rufen, aber ihre Mom habe den ›Stecker aus der Wand gerissen‹. Danach hatten sie den Streit beigelegt und alles geklärt. Serena hatte sich beruhigt.

Golde fuhr fort, ohne daß die Verteidigung Einspruch erhob. Hatte Serena der Polizei nichts über diesen Vorfall gesagt? Doch, aber sie hätte übertrieben und ›eine Menge Zeug‹ dazu erfunden, ›was nicht stimmte‹. Golde drängte weiter. Als die Polizei ihre Eltern danach gefragt habe, hatte ihre Mutter ihnen da nicht erzählt, daß Michael sie nie geschlagen habe?

»Ja.«

Golde wollte wissen, ob Serena diese Lüge gestört hatte.

Sie hatte nicht mehr mit ihrer Mutter darüber geredet. Sie habe sich entschuldigt, weil sie so grob gewesen war, und wollte von vorn anfangen. Danach lief eine Zeitlang alles gut zwischen ihnen.

Sharri war wütend. »Er verdreht schon wieder alles«, flüsterte sie vor sich hin. Später behauptete sie, daß es Golde gelungen war, Serena zu verwirren. Die hatte nämlich nie mit der Polizei über diesen Vorfall gesprochen. Monate später hatte sie der Polizei eine Lüge erzählt. Da hatte sie Michael beschuldigt, ihr die blauen Flecken zugefügt zu haben, als sie über Nacht bei ihrem Freund Larry geblieben war. Und damals hatte Sharri auch der Polizei gesagt, zu Hause sei zwischen Serena und Michael ›nichts vorgefallen‹. Officer Lamb hatte den Vorfall untersucht, Serenas Aussage als unbegründet angesehen und die Ermittlung eingestellt. Diese beiden Vorfälle lagen Monate auseinander. Bei dem einen lebte Mallory noch, bei dem anderen war sie schon tot. Officer Lambs Bericht befand sich in Serenas dickem Aktenordner. Sharri und Michael hatten ihn gesehen. Wenn Serena mit der Polizei wirklich über diesen Schlag in den Bauch gesprochen hatte, wo war dann der Bericht? Er war nirgendwo in den Akten, weil es ihn gar nicht gab. Sharri kochte vor Wut.

Aber ihr war klar, daß sie die Angelegenheit nicht richtigstellen konnte. Sie war mit ihrer Zeugenaussage fertig, und selbst wenn man sie noch einmal in den Zeugenstand rufen sollte, konnte sie nur die Fragen beantworten, die man ihr stellte.

Dem Stellvertretenden Staatsanwalt war es gelungen, Sharri Moore als Lügnerin darzustellen, ein schrecklicher Ausdruck für sie. Sie hatte sich sehr viel Mühe gegeben, im Zeugenstand aufrichtig zu sein, und sie haßte die fortgesetzten Anspielungen und Verleumdungen. Außer ihren Freunden und ihren Familienangehörigen schauten sie alle Leute im Gerichtssaal verächtlich an. Viel mehr konnte sie nicht ertragen. Sie wollte diesem Matt Golde am liebsten seinen Hals umdrehen!

Als nächstes kam eine gründliche Untersuchung von Serenas ›Versuch, ihre Mutter umzubringen‹. Mit einer Zigarette. Dem widersprach sie. Sie habe ihrer Mutter ›nur weh tun‹ wollen. Und was war mit ihrem Stiefvater? Golde zog ein Dokument aus der Tasche, das Dr. Berg erstellt hatte, Beweisstück Nummer 10E. Half das vielleicht dem Gedächtnis der Angeklagten auf die Sprünge, daß sie sich in ihren aggressiven Phantasien ausgemalt hatte, ›Michael mit einer Pistole zu erschießen‹?

Weder Antonio noch Belli erhoben Einspruch gegen Goldes Frage, sondern verlangten nur, daß Beweisstück 10E zu sehen, bevor es dem Gericht übergeben wurde. Belli überflog es, bedankte sich und gab es Golde zurück. Serena stritt ab, irgend jemandem erzählt zu haben, sie habe ihren Stiefvater erschießen wollen. Belli erhob Einspruch gegen die Frage und erklärte, es sei dafür keine Begründung gegeben worden. Infolgedessen sei sei ›unsachlich, irrelevant, unwesentlich und beruhe auf Hörensagen‹. Margulies lehnte den Einspruch ab und erklärte, die Begründung sei durch Dr. Bergs Aussage gegeben.

Golde drängte Serena weiter, sich zu erinnern, daß sie Michael erschießen wollte. Frustriert schoß sie schließlich zurück. »Ich kann mich nicht erinnern, so was in meinem ganzen Leben jemals zu irgendwem gesagt zu haben!«

Margulies kam ihr zu Hilfe und befahl Golde, weiterzumachen.

Hatte Serena vulgäre Ausdrücke geschrien, als sie ihre Mutter in der Praxis der Psychologin bedrohte?

Bellis dröhnende Stimme übertönte Serenas Antwort. »Einspruch. Die Frage ist unsachlich, irrelevant und unwesentlich.«

Abgelehnt.

Serena bestätigte die Frage, aber sie konnte sich nicht mehr an den genauen Wortlaut erinnern. Und sie bejahte auch Goldes Frage, ob sie die Antenne am Wagen ihrer Mutter verbogen hatte. Das war nach ihrem Streit wegen Larry gewesen. Er hatte ihr Knutschflecken an den Hals gemacht, woraufhin ihre Mutter sie als Schlampe beschimpft hatte.

Goldes Porträt von Serena und ihren Eltern wurde mit jedem Augenblick finsterer. Bevor er eine neue Richtung in seinen Fragen einschlug, hatte er ganz klar deutlich gemacht, daß Serena unberechenbar und gewalttätig war. Damit hatte er eine Folgerung in den Raum gestellt: Wenn sie drohte, ihre Mutter zu töten und darüber phantasierte, ihren Stiefvater zu erschießen ... wer konnte dann sagen, ob sie nicht auch ihre kleine Schwester umgebracht hatte?

Die Sitzung wurde für die Mittagspause unterbrochen.

Nach der Pause schoß sich Golde auf die Tagebucheintragung und Serenas Polizeiverhör ein. Die folgende Diskussion, merkte Golde später an, erwies sich als so vernichtend für die Verteidigung, daß er glaubte, der Fall habe sich nach Serenas Zeugenaussage ›gewendet‹. Als Golde am Montag sein Kreuzverhör beendete, war er so gut wie sicher, daß er gewonnen hatte.

Gnadenlos befragte er sie immer wieder nach der Eintragung in dem Tagebuch. Und immer wieder leugnete sie verstockt, sich daran erinnern zu können. »Wie ich schon sagte, ich erinnere mich nicht mehr.« Dann schilderte Golde detailliert ihre Aussagen bei der Polizei. Zunächst hatte sie geleugnet, überhaupt eine solche Eintragung gemacht zu haben. Als man ihr dann das Tagebuch unter die Nase gehalten hatte, stritt sie ab, daß es ihres war. Dann hatte sie zugegeben, daß es möglicherweise doch ihr Tagebuch sein könnte, aber die Handschrift war nicht ihre. Sie hatte die Polizei ständig belogen, oder etwa nicht?

Serena erinnerte sich nicht mehr ›besonders gut‹ an dieses Gespräch.

Als sie Schriftproben abgeben sollte, hatte sie vorsätzlich ihre Schrift verstellt, oder nicht?

Serena widersprach energisch. Sie habe während der Jahre immer wieder ihre Schrift verändert.

Belli erhob laut und häufig Einspruch. Die Fragen waren seiner Meinung nach provozierend, und die Zeugin müsse nicht antworten. Margulies' Antworten wiederholten sich genauso monoton: »Einspruch abgelehnt.«

Während ihrer Aussage über das Tagebuch und ihre Verhaftung warf Serena ihren Eltern nervöse Blicke zu, zupfte an ihrer Kleidung und drehte sich mit ihrem Stuhl. Ihre Antworten erstaunten Sharri und Michael. Woher hatte sie die nur?

Bevor die Sitzung am Freitag nachmittag unterbrochen wurde, wuchs Serenas Unbehagen ebenso wie die Wut ihrer Eltern. Hatte Serena sich angeblich schon nicht erinnern können, die Tagebucheintragung gemacht zu haben, fing sie jetzt auch noch an, genauso ausweichend auf Goldes Fragen nach dem sexuellen Mißbrauch zu antworten. Sharri glaubte, daß dahinter auch Antonio steckte.

Golde versuchte seine Theorie für Serenas Mordmotiv zu beweisen, und fragte sie nach dem Vorfall, als sie ihre Schwester im Wagen mitgenommen hatte, um ›Mallory von Michael‹ wegzubringen. Michael hielt das für Serenas Chance, allen zu sagen, daß es nur eine spontane Spritztour gewesen war und nichts damit zu tun hatte, vor ›einem Mißbrauch wegzulaufen‹. Statt dessen geriet sie bei ihren Antworten ins Stottern, was Golde sofort ausnutzte. Er las laut ihre Aussage vor, die sie unmittelbar nachdem sie von der Polizei aufgegriffen worden war, gemacht hatte. Serena konnte sich nur an ›sehr wenig‹ erinnern.

»Warum hast du Mallory mitgenommen?« bedrängte Golde sie.

»Weil ich weg wollte. Und wie ich schon gesagt habe, glaubte ich damals, daß viele Dinge passierten, von denen ich jetzt nicht mehr glaube, daß sie passiert sind. Ich wußte es wirklich nicht.«

»Was zum Beispiel?« Sie zögerte. »Weiß ich nicht.«

»Also glaubtest du, daß damals etwas passiert ist, und jetzt glaubst du, es ist eigentlich gar nicht wirklich passiert, stimmt's?«

»So ähnlich. Es ist irgendwie schwierig ... Damals dachte ich etwas ... Ich wußte nicht, was los war, aber heute weiß ich wirklich nicht mehr, ob es das war.«

»Redest du über sexuellen Mißbrauch?«

»Nein.« Serenas Blick irrte durch den Gerichtssaal. »Na ja, nein. Überhaupt nicht.«

»Fällt es dir schwer, vor deinem Stiefvater und deiner Mutter zu reden?«

Serena verzog die Lippen. »Eigentlich nicht.«

»Was glaubtest du, ging damals vor?«

»Ich weiß nicht.« Ihre Stimme klang ruhig.

»Was war es denn, wovon du jetzt der Meinung bist, daß es nicht passiert ist?«

»Ich weiß nicht. Ich wünschte, ich könnte mich daran erinnern, aber ich kann es nicht.«

»War es Mißbrauch?«

»Wie gesagt, ich kann mich nicht erinnern. Wenn es mir einfiele, würde ich es Ihnen sagen, aber ich kann es nicht.«

»Hast du Angst, daß deine Mutter sich aufregen würde, wenn du hier etwas Schlechtes über Michael sagst?«

»Eigentlich nicht.«

»Aber früher hat sie sich aufgeregt, oder?«

»Ja.«

»Beeinflußt das deine Zeugenaussage?«

»Eigentlich nicht.«

»Aber vielleicht doch ein kleines bißchen?«

»Vielleicht ein winziges bißchen, aber nicht viel.«

Mehr brauchte Golde nicht, um sicher zu sein, daß Serena Moore mißbraucht worden war und daß ihre Mutter damit fortfahren würde, jeden Beweis dafür zu unterdrücken. Wenn Serena zugab, daß es ihr ›ein winziges bißchen‹ schwerfiel, die Wahrheit vor ihren Eltern zu erzählen, dann war es für Golde ausgemacht, daß es ihr ›ungeheuer‹ schwerfiel.

Michael fühlte sich elend, als Serena sich weiterhin bei den Antworten verhaspelte und sogar einräumte, sie glaube, daß

›ihr Stiefvater‹ sie mißhandelt habe. Sie ließ dabei absichtlich offen, welchen Stiefvater sie meinte. Am späten Nachmittag hatte er die Nase voll.

»Ich habe es satt«, knurrte er laut genug, daß alle Umsitzenden einschließlich Goldes Freundin ihn hören konnten. »Ich werde mir diesen Mist nicht länger anhören.« Er stand auf, drängte sich an den Leuten vorbei und ging in den Zeugenraum.

Goldes Fragen prasselten weiter auf Serena, bis ihr Gesicht sich vor Schmerz verzog. Sie drehte sich unbeholfen zu einer Seite, als fühle sie sich unwohl. Richterin Margulies fragte sie, ob alles in Ordnung war.

»Ja«, antwortete Serena, »aber meine Seite tut weh.«

Margulies unterbrach die Sitzung und besprach mit den Anwälten den Terminplan für die folgende Woche. Als Golde ihr sagte, daß sein Kreuzverhör noch eine Dreiviertelstunde dauern würde, entschied Margulies, daß Serena nicht mehr ertragen konnte, und beendete die Sitzung.

Margulies gab das Ergebnis ihrer Beratung mit den Anwälten zu Protokoll und verkündete, daß Serenas Aussage am Montagmorgen fortgesetzt würde, gefolgt von ein oder zwei ›kurzen‹ Zeugenaussagen. Am Montagnachmittag sollte dann ein weiterer Zeuge der Verteidigung aussagen, Dr. Lawrence, dessen Vernehmung sich vermutlich bis Dienstagmorgen hinziehen würde. Goldes Gegenbefragung sollte am Dienstagnachmittag anfangen.

Beide Anwälte gaben ihre Zustimmung zu Protokoll.

Kaum hatte sich das Gericht vertagt, ging Pastor Doug schnurstracks auf Serenas Bewährungshelferin zu und verlangte eine Ausnahmegenehmigung, um Serena am Abend besuchen zu dürfen. Sie brauchte offensichtlich Beistand. Er hatte Glück. Die Bewährungshelferin sagte, er könnte sofort zu Serena, noch bevor sie in die Jugendstrafanstalt gebracht wurde. Ein Gerichtsdiener führte Doug durch einen benachbarten Gerichtssaal in einen kleinen Verwahrraum. Hier konnte er durch ein mit Draht gesichertes Fenster mit Serena reden.

Sie freute sich, ihn zu sehen. Als er versuchte, sie zu beruhigen, unterbrach sie ihn. Sie wisse einfach nicht, was sie tun solle. Wenn Michael nun Mallory tatsächlich getötet hatte, wie Antonio es behauptete?

»Sieh mal, Serena«, sagte Doug eindringlich. »Das ist deren Meinung. Sie setzen dir das in den Kopf. Erinnere dich an die Wahrheit, und erinnere dich so, wie *du* sie im Gedächtnis hast, nicht so, wie sie wollen, daß du dich erinnerst.«

Sie durften nur ein paar Minuten miteinander reden. Als Doug Serena verließ, war er nicht ganz sicher, ob sie seine Ermahnung wirklich verstanden hatte.

29. KAPITEL

Dr. Lawrence' Bericht mußte Shelley Antonio vor ein großes Dilemma gestellt haben. Sein Asthma-Befund war das, was sie hören wollte, aber seine Auffassung, der sexuelle Mißbrauch habe nie stattgefunden, paßte nicht zu ihrer gegenteiligen Überzeugung. Nachdem Dr. Herrmann sie ›wachgerüttelt‹ hatte, konnte sie diese Meinung anscheinend nicht mehr ändern. Dr. Lawrence arbeitete seit zwanzig Jahren als Coroner im San Joaquin County, hatte an sechs sorgfältig ausgewählten Universitäten im ganzen Land gründlich forensische Pathologie studiert, hatte drei Jahre an der Mayo-Klinik Dienst getan und war sogar Schüler von Dr. Herrmann gewesen, dessen fachliche Meinung Dr. Lawrence hoch achtete. Allerdings konnte er in diesem Fall den Schlußfolgerungen seines Lehrers kaum schärfer widersprechen.

Auszüge aus seinem zweiseitigen Bericht:

... Zum Zeitpunkt des Todes erlitt das Kind eine Asthmaattacke. Das belegen die vorliegenden Eosinophilia um die größeren Bron-

chien und das Vorhandensein von Schleimpfropfen. Außerdem sind die Verdickungen der unteren Membrane der Bronchien Belege für das längere Vorhandensein von Asthma.

Die Autopsiebefunde SIDS (plötzlicher Kindstod) und Tod durch Erstickung oder Tod durch Asphyxie können identisch sein ... und es können zum Beispiel bei beiden Blutergüsse und Anschwellen der Lunge und anderer Organe auftreten. Bei Asthma jedoch wird es noch zusätzliche Befunde in den Bronchien geben, wie oben beschrieben, das heißt Befunde, die beim plötzlichen Kindstod und bei Erstickung nicht auftreten.

Die oben beschriebenen Blutergüsse im Gesicht sind beim plötzlichen Kindstod und bei Asthma nicht üblich, können aber auftreten. Meiner Meinung nach erlauben die medizinischen Befunde ohne zusätzliche äußere Beweise eines gewaltsamen Angriffs keine medizinisch gesicherte Schlußfolgerung darüber, daß der Tod durch traumatische Asphyxie eingetreten ist.

Traumatische Asphyxie erfordert einen Druck auf den Körper, der ausreicht, die Atmungstätigkeit zu unterbinden. Zum Beispiel, indem sich ein Erwachsener auf den Körper eines Kindes legt oder dessen Gesicht heftig ins Kissen drückt. Bei einem robusten gesunden vierjährigen Kind erwarte ich, Beweise für die Gewalt zu finden, die ausgeübt worden ist, zum Beispiel Zahnspuren oder zumindest Prellungen an den Lippen oder Male an den Stellen, wo der Körper festgehalten worden ist.

Die verbreitetste Ursache von Blutergüssen bei plötzlichem Kindstod ist nach meiner Erfahrung eine Arterioskleroseerkrankung des Herzens. Hierbei erleidet der Patient Hypoxie (Sauerstoffmangel) wegen Herzversagens ... und wird ächzen und nach Luft schnappen. Ich kann mir dieselbe Art von Sauerstoffmangel und Atmungstätigkeit bei einem Kind vorstellen, das an einer Zerstörung der Luftwege stirbt.

Das andere Thema, auf das ich zu sprechen kommen muß, ist das mögliche Trauma des Anus. Dr. Herrmann beschreibt während der äußeren Untersuchung einen ›entspannten und erweiterten‹ Anus, und schildert anschließend etwas, das wie verschiedene geheilte strahlenförmige Rißwunden aussieht. Nachdem er den anogenitalen Block entnommen und seziert hat, erklärt er die alten verheilten Rißwunden als nicht mehr genau bestimmbar. In der mikroskopischen Untersuchung des Anus beschreibt er mögliche Fibrose. Ich habe keine bedeutsame Fibrose gefunden. Die einzige Fibrose, die ich wahrgenommen habe, fand sich um die Nervenenden und entspricht meiner Meinung nach der normalen Anatomie.

Die Analerweiterung selbst ist meines Erachtens ein häufiges Post-mortem-Phänomen. Mir sind mehrere Fälle bei Kindern und Erwachsenen untergekommen, in denen der Anus entspannt und erweitert war, ohne daß ein Trauma jedweder Art vorlag. Die medizinischen Ergebnisse begründen keinen medizinisch sicheren Befund über einen frischen oder älteren analen sexuellen Mißbrauch.

Ich respektiere Dr. Herrmanns fachliche Fertigkeiten, Fähigkeiten und Kenntnisse in höchstem Maße und denke, daß er wie gewohnt eine gründliche und kompetente Obduktion durchgeführt hat. Ich stelle nur seine Interpretation einiger seiner Befunde in Frage und glaube, daß er möglicherweise zu Schlußfolgerungen gelangt ist, die das medizinische Material nicht beweist.

Das Wochenende trug wenig zur Beruhigung von Sharris und Michaels Nerven bei. Sie blieben zu Hause, weil sie zu erschöpft und zu fertig waren um auszugehen. Madison und Misty strichen ständig um ihre Beine, als spürten sie ihre Angst. Sharri aß kaum etwas, und lebte fast nur von Kaffee. Seit Mallorys Tod hatte sie siebenundzwanzig Pfund abgenommen und hatte jetzt wieder Kleidergröße drei, wie vor der Schwangerschaft mit Mallory. Sie hatte zwar seit Mallorys Geburt abnehmen wollen, aber sie hätte sich bessere Möglichkeiten denken können als diese. Von den siebenundzwanzig Pfund hatte sie sieben allein während des Verfahrens verloren. Am Wochenende nahm sie noch drei Pfund ab. Ihre Nervosität war so heftig, daß allein der Gedanke an Essen ihr Übelkeit bereitete.

Sie war am Rand eines Nervenzusammenbruchs und wußte es.

Am Montag stiegen die Temperaturen auf über vierzig Grad. Sharri zog ein helles, langes Sommerkleid und Sandalen an. Ihre Beine waren nackt. Michael trug eine braune Hose und ein kurzärmeliges Hemd. Darunter trug er seinen Mallory-Penny.

Als Sharri und er eine Stunde später ängstlich aus dem Aufzug stiegen, wartete ein kleiner Trost auf sie: Die Fernsehkameras waren verschwunden.

Die zweitägige Pause hatte auch Serena nicht geholfen. Das Leben im Jugendgefängnis war auch schon ohne die Drohung eines weiteren Verhörs schlimm genug. Wie in der Woche zuvor wirkte sie im Zeugenstand ängstlich, fast schon manisch, drehte sich ständig mit dem Stuhl herum, lächelte die Zuschauer merkwürdig an oder schnitt unverständliche Grimassen. Auf diejenigen, die nichts von ihrer emotionalen Belastung wußten, wirkte sie, als wäre sie sich des Ernstes ihrer Lage nicht bewußt. Oder als würde sie sie nicht kümmern.

Golde stürzte sich sofort wieder auf den sexuellen Mißbrauch, als hätte es keine Unterbrechung der Sitzung gegeben. Unter seinen Fragen gab Serena zu, daß sie zahlreichen Freunden und Verwandten erzählt hatte, sie sei mißbraucht worden. Golde wollte nicht wissen, ob diese Behauptungen stimmten. Als sie zu den Drohungen ihrer Mutter nach Michaels Verhaftung befragt wurde, erwiderte Serena, ihre Mutter habe gesagt, die dürfe auf Anraten der Polizei nicht mit ihr telefonieren. Trotzdem hatte Sharri sie gewarnt, daß sie nicht ›nach Hause kommen und mit ihnen leben könnte‹. Es war nicht klar, ob sich Serena hier auf das Telefonat oder den folgenden Brief bezog. »Sie sagte nicht«, stellte Serena fest, »daß ich keine Familie mehr haben würde oder daß ich sie nie wiedersehen würde.«

Golde zog einen anderen Bericht hervor, Beweisstück 10F, ein Gespräch zwischen Serena und einer Ärztin in der Truckee-Meadows-Mental-Health-Klinik. Hatte sie der Ärztin gesagt, daß ihre ›Mutter (die Klage wegen sexuellen Mißbrauchs) nicht glaube und ihr gesagt habe, sie wollte nicht mit ihr sprechen und sie auch nicht mehr zu ihrer Schwester lassen‹? Serena konnte sich nicht erinnern, das gesagt zu haben, gab aber zu, daß es gut sein konnte.

Beweisstück Nr. 14 war die lange Aussage bei der Carson City Police. Golde ging detailliert darauf ein und fragte Serena, ob sie die verschiedenen Beschuldigungen erhoben hatte, die in dem Protokoll standen. Er betonte vor allem das Gespräch mit dem Polizeibeamten, in dem sie ihre Angst geäußert hatte, vor Gericht gegen ihren Stiefvater aussagen zu müssen. Erneut konnte Serena nicht leugnen, diese Aussagen gemacht zu haben. Sie wurde nicht gefragt, ob die Aussagen selber stimmten.

Die Verteidiger schwiegen, bis Golde abrupt das Thema wechselte und Serena fragte, ob sie sich erinnerte, ihrer Großmutter Sarah Moore erzählt zu haben, daß sie analen Geschlechtsverkehr gehabt hatte. Belli erhob Einspruch, weil er nicht wußte, ›worauf die Staatsanwaltschaft‹ hinaus wollte. Margulies gab dem Einspruch statt.

»Und hast du zu Officer Uhler gesagt«, fuhr Golde rasch fort, »daß Mallory besser tot als lebendig wäre, und daß es ein mieser Platz für ein Kind war, dort aufwachsen zu müssen?«

»Das habe ich so nicht gesagt, nein.«

»Du hast es nicht gesagt?«

»Nein, nein«, erklärte Belli unvermittelt. »Das hat sie nicht gesagt. Sie hat gesagt, sie hat es *so* nicht gesagt.«

»Entschuldigen Sie, Mr. Belli«, unterbrach Margulies, »wenn Sie einen Einspruch haben, formulieren Sie ihn bitte.«

»Einspruch, Euer Ehren. Das war nicht die Antwort, die sie gegeben hat.«

Serena versuchte erneut, den so bedeutsamen Satz zu formulieren. »Ich habe nur gesagt, daß meine Schwester es im Himmel besser hat als hier unten. Weil, was ich damit meinte, war, als man mich beschuldigt hatte, etwas getan zu haben, was ich nicht getan habe, war ich wütend auf die ganze Welt und wollte nur ausdrücken, daß jeder im Himmel besser aufgehoben ist als hier unten auf der Welt.«

»Du hast nicht gesagt, es ist eine miese Welt für ein Kind?«

»Nein.« Serenas Stimme klang sicher.

Das Kreuzverhör war endlich vorbei, und Golde setzte sich.

Belli blieb für seine Gegenrede sitzen und machte den schweren Fehler, Serena mit Mallory anzusprechen. Danach verkündete er, ohne daß das Thema aufgekommen wäre, Serena sei bereit gewesen, sich einem Lügendetektortest zu unterziehen.

»Einspruch, irrelevant!« rief Golde.

»Stattgeben«, antwortete Margulies. »Die Antwort wird gestrichen.«

Der Verteidiger wollte zu diesem Thema gehört werden. Margulies ließ ihn abblitzen und erinnerte ihn daran, daß Informationen über einen Lügendetektortest, ob er stattgefunden habe oder nur angeboten worden sei, nicht relevant waren. »Das ist wirklich allgemein bekannt, Mr. Belli.«

Belli schien jedoch in Streitlaune zu sein. »Das ist keineswegs allgemein bekannt«, widersprach er. »Ich erinnere mich an einen Artikel, den ich …«

»Mr. Belli, dem Einspruch wurde stattgeben. Stellen Sie bitte Ihre nächste Frage.«

Er bat um Erlaubnis, es zu ›Protokoll geben‹ zu dürfen. Margulies erwiderte, er solle fortfahren. Er wollte zeigen, daß Serena bereit gewesen wäre, sich einem Lügendetektortest zu unterziehen, als Uhler ihn angeboten hatte. Gewicht verlieh dieser Sache der Artikel ›*4 Villanova auf dem juristischen Prüfstand*‹. Er hatte ihn geschrieben, aber er konnte sich nicht an die Seitenzahl erinnern …

»Sind Sie der Meinung, daß Lügendetektortests als Beweismittel im Staat Kalifornien zugelassen werden sollten, Mr. Belli?« konterte Margulies.

»Darf ich weitersprechen, Euer Ehren?«

»Ist das Ihre Meinung?«

»Ja, Euer Ehren, aus einem einzigen Grund.« Margulies

spitzte die Lippen und forderte ihn mit einer Handbewegung auf, weiterzureden. Die Tests könnten benutzt werden, um das Bewußtsein der Unschuld aufzuzeigen. Der Beamte hatte Serena gefragt, ob sie einen Lügendetektortest machen wollte, und sie hatte ja gesagt.

Margulies waren die Hände gebunden, sie konnte ihre Einwilligung nicht zurücknehmen.

Belli kam auf die Tagebucheintragung zu sprechen. Serena wiederholte, das Geständnis entspreche nicht der Wahrheit. Würde sie auch einen Lügendetektortest machen?

»Einspruch!«

Belli ignorierte Golde. »Einen Test, ob du deine Schwester ermordet hast oder nicht, ganz gleich unter welchen Bedingungen?«

»Einspruch! Irrelevant!«

»Stattgegeben.«

»Würdest du einen machen?«

»Einspruch! Irrelevant!«

»Stattgegeben.«

»Ich versuche nur, eine Eintragung ins Protokoll vorzunehmen, Euer Ehren«, erwiderte Belli.

Margulies behielt ihre Stimme unter Kontrolle. »Schön. Sie stellen Ihre Fragen, und ich treffe meine Entscheidungen.«

»Danke, Euer Ehren.«

»Aber dem Einspruch wurde stattgegeben.«

Belli wollte nicht aufgeben. Er stellte drei weitere Fragen zu diesem Thema, bis eine verärgerte Richterin Margulies selbst eine Frage zu einem anderen Thema stellte, um ihn vom Kurs abzubringen. Die Informationen, die folgten, sollten erst Monate nach dem Prozeß vertieft werden. Serena sagte aus, daß sie noch andere Lügen in ihr Tagebuch geschrieben habe. Belli fragte nach einem Beispiel, und Serena nannte ihm bereitwillig eins: Daß ein Freund sie geschwängert habe und ein zweiter ihn deswegen umbringen wollte. Belli machte dann weiter und sprang von einem Thema zum nächsten, bis er wieder auf den Lügendetektortest zu sprechen kam. Er provozierte Golde zu einem weiteren Einspruch, dem ebenfalls stattgegeben wurde. Immer und immer wieder fragte er Serena, warum sie diese Eintragung geschrieben hatte.

»Habe ich das nicht schon mindestens ...?« Sie brach genervt ab.

Margulies sah von ihren Notizen hoch. »Wie bitte?«

»Mindestens fünfmal.«

Margulies zögerte. »Es gibt keinen Einspruch, also beantworte die Frage.«

»Einspruch. Die Frage wurde bereits gestellt und beantwortet.« Matt Golde spielte den Retter in der Not.

Serena seufzte erleichtert. »Danke.«

»Stattgegeben.«

Bei anderen Themen erhob Golde regelmäßig Einspruch, dem Margulies ebenso regelmäßig stattgab. Als Serena endlich den Zeugenstand verlassen durfte, etwa gegen 11 Uhr, wirkte sie fast zögerlich, als könne sie nicht glauben, daß die Tortur vorüber war.

»Möchtest du noch etwas da sitzenbleiben?« neckte Belli sie.

»Nein, o nein. Schon okay. Ich sitze genauso gern hier.« Sie lief zum Tisch der Verteidigung und ließ sich auf den Stuhl fallen.

»Die Verteidigung ruft Mrs. Moore in den Zeugenstand.«

Sharri schüttelte überrascht den Kopf, stand auf, glättete ihr Kleid und ging zum Zeugenstand. Was sollte das jetzt? Warum hatte man ihr das nicht vorher gesagt?

Shelley Antonio machte mit der Befragung weiter. Wie war das mit Sharris Schlaflosigkeit in der Nacht von Mallorys Tod? Die Position, in der Mallory gelegen hatte, als sie sie tot gefunden hatte? Wie war das mit den anderen ›Lügen‹ in Serenas Tagebuch? Erfolglos versuchte Antonio, Serenas Neigung zur Lüge zusätzlich bezeugen zu lassen. Goldes Einsprüche verhinderten das. Zahlreiche Antworten wurden aus dem Protokoll gestrichen. Sharri konnte wenigstens aussagen, daß Serena einmal die Polizei angelogen hatte, als sie mit ihrer Freundin im Alter von neun Jahren weggelaufen war, und führte auch den Bericht über die erfundene Schwangerschaft an.

Golde nahm sie nur sehr kurz ins Kreuzverhör. Serena hatte bei dem ersten Vorfall, als sie neun war, die Polizei angelogen, weil sie keinen Ärger haben wollte, war das richtig? Der Anklagevertreter mußte einen Unterschied zwischen der Lüge mit neun Jahren und der Tagebucheintragung deutlich machen. Den hatte Serena nicht geschrieben, um ›Schwierigkeiten aus dem Weg zu gehen‹.

Sharri mußte dem zustimmen.

Golde hatte keine weiteren Fragen.

Dann geriet Shelley Antonio in Schwierigkeiten. Als Margulies sie aufforderte, ihre nächsten Zeugen aufzurufen, ging die Anwältin in den Zeugenraum. Sie erwartete Tino Craig und Mariette Wilson dort zu finden. Offenbar war ihr entgangen, daß sie schon seit Donnerstag nicht mehr abrufbereit warteten. Margulies, Golde, Reporter und Zuschauer warteten in dem stillen Gerichtssaal, als Antonio zurückkam und sofort zu Sharri lief, die wieder neben Michael saß. »Wo sind sie?« flüsterte sie.

Sharri war wütend und empört über diesen ›neuen Beweis von Antonios Schlampigkeit‹ und erinnerte sie unwirsch daran, daß beide Zeugen Vorladungen verlangt und nicht bekommen hatten. Ohne Kommentar drehte sich Antonio auf dem Absatz um und ging zur Richterbank. Es gelang ihr nicht, ihre Verlegenheit zu verbergen.

»Euer Ehren, die beiden Zeugen, die … heute nicht erschienen sind«, stammelte sie. »… die ich gebeten hatte, zu kommen, und ich dachte, Mr. Goldes Kreuzverhör würde etwas länger dauern.«

Margulies wirkte alles andere als erfreut. Antonio war einmal zu oft unvorbereitet. »Ich dachte, wir hätten besprochen, daß Sie heute morgen die beiden Zeugen zur Verfügung haben.«

»Ja. Ich habe sie gebeten … ich wollte, daß sie heute kommen, aber anscheinend ist das nicht passiert.«

Würden sie denn überhaupt noch einmal kommen?

Antonio wollte versuchen, eine Freundin der Angeklagten ausfindig zu machen. Laut Sharri Moore war sie wieder in der Schule. Warum die andere Zeugin nicht gekommen war, wußte sie nicht genau.

»Wann haben Sie denn mit ihr geredet?«

»Am Freitag.«

»Wann, haben Sie ihnen gesagt, sollten sie hier sein?«

»Zur Morgensitzung.«

»Haben Sie ihnen eine Zeit genannt?«

»Ich habe gesagt, wir fangen um halb zehn an.«

»Haben Sie sie vorgeladen?«

»Nein. Sie wollten freiwillig kommen.«

Margulies unterbrach die Verhandlung, um Antonio Gelegenheit zu geben, ihre Zeugen ausfindig zu machen. Sollte das scheitern, konnte sie ihren nächsten Gutachter in den Stand rufen, wie letzten Freitag besprochen.

Das würde Dr. Lawrence sein, erklärte Antonio.

Golde beschwerte sich, daß er immer noch keine Unterlagen über Lawrence erhalten habe.

Antonio antwortete rasch. »Ich habe heute morgen mit Mr. Golde gesprochen, und er sagte, ich müßte ihm nur den Bericht geben.«

Margulies ließ sich nicht irreführen. »Warum haben Sie ihm den Bericht nicht schon früher gegeben? Darüber haben wir doch letzte Woche gesprochen?«

Antonio hatte den Bericht von Dr. Lawrence angeblich erst am Freitag erhalten. Dann hatte sie einfach vergessen, ihn der Anklagevertretung weiterzugeben.

»Sie lügt schon wieder«, murmelte Sharri Michael zu. Sie hatten ihr den Bericht persönlich am Donnerstagmorgen übergeben, und Michael hatte ihr noch am Mittwochabend von seinem Büro aus eine Kopie in die Kanzlei gefaxt.

Margulies atmete hörbar aus. Antonio sollte Dr. Lawrence in den Zeugenstand rufen, entschied sie. Vermutlich würde seine Vernehmung auch noch am nächsten Morgen fortgesetzt werden. Sollte Golde mehr Zeit benötigen, um sein

Kreuzverhör vorzubereiten, würde sie den Zeugen einfach neu bestellen. Sie hatte diese Sache letzte Woche mit den Anwälten besprochen und dachte, sie hätte klargestellt, daß der Bericht im voraus abgegeben werden mußte.

Antonio entschuldigte sich. Sie habe es ›schlicht vergessen‹.

Ohne weitere Diskussion bestellte Margulies Anklage und Verteidigung um 11 Uhr 30 vor den Richtertisch, um über den Stand der Zeugen zu berichten.

Sharris Rachsucht verflog rasch, als ihr klar wurde, daß es für Serena weit größere Auswirkungen hatte, wenn Marietta nicht aussagte, als für Shelley Antonio. Sie sah kurz auf die Uhr. Es war 10 Uhr 55. Ihr blieben noch fünfunddreißig Minuten, um über die Interstate 880 zu jagen, die San Mateo Bridge zu nehmen und dann auf die 101 nach Redwood City abzubiegen. Dort lag das Boot, auf dem Marietta und Ted wohnten. Dann mußte sie dieselbe Strecke zurück zum Gericht bewältigen. Da es auf dem Boot kein Telefon gab, konnte Sharri nicht vorher anrufen.

Sie rannte zu Michaels Ranger, drückte dem Parkhauswärter das Geld in die Hand und fuhr nach Winton, der nächstgelegenen Auffahrt auf die 880. Die Rundfahrt würde etwa eine Stunde dauern. Sie konnte nur hoffen, daß Richterin Margulies warten würde, wenn Antonio ihr sagte, daß eine Zeugin auf dem Weg war. Schließlich hielt sie auf dem Redwood-City-Hafenparkplatz, lief das alte hölzerne Dock hinunter und sprang auf Mariettas Boot. Sie lag noch im Bett und schlief.

»Steh auf!« rief Sharri ohne Einleitung, als sie ihre Freundin weckte. »Du mußt als nächste aussagen.«

Marietta blinzelte und sprang aus dem Bett. Sie war sofort hellwach. »Du machst Witze!«

»Nein. Du hättest Shelleys Gesicht sehen sollen, als sie dich holen wollte und du nicht da warst! Sie hat der Richterin erzählt, daß sie dir am Freitag gesagt hätte, daß du kommen sollst.«

Marietta klappte fast die Kinnlade herunter. »Wie kommt sie denn dazu? Ich habe ja nicht einmal ein Telefon.«

»Ich weiß, vergiß es!« erwiderte Sharri zerstreut. »Zieh dich einfach an und laß uns fahren!«

Vor Gericht stellte Antonio Marietta Fragen nach Mallorys und Serenas Beziehung. Marietta erzählte dem Gericht, daß sich Serena ihrer Schwester gegenüber oft wie ›eine zweite Mutter‹ benommen hatte, und daß sie auch den ›Ruf hatte, Geschichten zu erfinden‹. Antonio wollte Beispiele hören, aber sie war wiederum nicht in der Lage, das Thema weiterzuverfolgen, weil Margulies Goldes Einspruch stattgab, daß es sich bei diesen Informationen um Hörensagen handelte.

Antonio entlockte Marietta dann Informationen über die Position von Mallorys Leichnam und sagte Richterin Margulies, daß sie versuchte, durch diese Zeugenaussage Sharri Moores Aussagen zu widerlegen. Marietta erzählte dem Gericht, sie habe Sharri so verstanden, daß sie Mallory ›auf dem Rücken liegend gefunden habe, eine Schulter leicht erhoben, Kopf zurück und die Knie leicht nach außen gebogen‹.

Mariettas Aussage ›war nicht richtig‹, sagte Sharri später. Ihre Freundin hatte ihre Erklärung über die Lage von Mallorys Leichnam falsch verstanden. Sie war wieder einmal fuchsteufelswild, aber ihre Wut richtete sich nicht gegen Marietta, sondern gegen Antonios ›Widerlegung‹. Welchen Zweck verfolgte sie damit? Wenn Shelley Antonio aus ihr eine Lügnerin machen wollte, wie sollte die Richterin dann irgend etwas von ihre Aussage glauben? Zum Beispiel, daß sie in der Nacht, in der Mallory starb, nichts gehört hatte?

In einem kurzen Kreuzverhör konzentrierte Golde sich vor allem auf Mariettes Bericht über die liebenden Schwestern. Hatte Serena Mallory beschützt und sich um sie gekümmert? Marietta bestätigte das. Die Antwort lieferte Golde ein weiteres Steinchen im Puzzle des angeblichen Motivs, das er in seinem Abschlußplädoyer eindrucksvoll darstellen würde.

Das Gericht zog sich zum Mittagessen zurück. Dr. Lawrence sollte um 14 Uhr den Zeugenstand betreten. Er war das mögliche As im Ärmel der Verteidigung und Michaels letzte Chance, Genugtuung zu bekommen.

30. KAPITEL

Da Sharri seinem Bericht zustimmte, überraschte es natürlich nicht, daß sie Dr. Lawrence wesentlich sympathischer fand als Dr. Herrmann. Lawrence war Mitte Fünfzig, etwa einsachtzig groß, schlank und strahlte Wärme und Mitgefühl aus, was Sharri an Dr. Herrmann vermißt hatte. Das braune Jackett paßte zu seinem hellbraunen Haar. Es verlieh ihm ein sanftes, etwas verwaschenes Aussehen, gleichzeitig wirkte er durch die Brille und den zurückweichenden Haaransatz irgendwie vornehm.

Dr. Lawrence setzte sich auf den Zeugenstuhl, als gehöre er dorthin. Er wirkte ruhig und zuversichtlich, als säße er in seinem Büro. Antonio schien gespannt auf seine Aussage zu sein und stürzte sich ohne jede Begrüßung in das *Voir dire*.

Dr. Lawrence war zugelassener anatomischer und klinischer Pathologe und praktizierte seit zwanzig Jahren in Stockton. Zu seinen Pflichten gehörte es unter anderem, Autopsien für das Büro des Coroners in San Joaquin County durchzuführen. In sorgfältig ausgewählten Studien an verschiedenen Institutionen im ganzen Land hatte er die Zulassung auf dem Gebiet der forensischen Pathologie erlangt. In San Francisco hatte er ›Todesfälle im Zusammenhang mit sexuellen Situationen‹ untersucht.

Golde konnte in diesem *Voir dire* wenig Schaden anrichten; ihm blieb nur, darauf hinzuweisen, daß Dr. Herrmann an Dr. Lawrence' Kurs zum forensischen Pathologen teilgenommen hatte.

Am Anfang waren Dr. Lawrence' Antworten bei der direkten Befragung ebenso kurz und auf dem Punkt wie Dr. Herrmanns Antworten ausführlich und belehrend gewesen waren.

Anschließend führte Dr. Lawrence anhand von Fotografien, die er von den Originaldias von Dr. Herrmann gemacht hatte, aus, der Zustand von Mallorys Lunge verweise seiner Ansicht nach auf Asthma. Damit deckte er sich mit dem, was Dr. Warnock eine Woche zuvor ausgesagt hatte. Er räumte ein, daß in diesem Fall die Todesursache schwer zu bestimmen war, aber solange es keine anderen Anzeichen für einen gewaltsamen Tod gab, würde er als Ursache Asthma bescheinigen.

Golde paßte die Art und Weise, wie Antonio aus Dr. Lawrence Informationen herausholte, überhaupt nicht. »Ich möchte das Gericht bitten, Miss Antonio aufzufordern, keine Suggestivfragen zu stellen«, beklagte er sich. »Jede einzelne ihrer Fragen ist eine Suggestivfrage.«

»Miss Antonio ...« Margulies Stimme klang tonlos, »bitte stellen Sie keine Suggestivfragen.«

Als die Verteidigung speziellere Fragen über den Zustand von Mallorys Lunge stellte, wurden Dr. Lawrence' Antworten ausführlicher. Gab es irgendwelche Anzeichen eines Traumas am Körper? Darüber hatte sie mit Dr. Herrmann nicht gesprochen.

»Nein«, erwiderte Dr. Lawrence. Es gab weder Prellungen noch Fingernagelspuren, noch Risse in den Lippen oder andere Merkmale. Und es gab auch kein Anzeichen dafür, daß sie mit einem Kissen erstickt worden war. »Ich halte es für undenkbar, daß man dies mit einem sich wehrenden Kind machen kann, ohne dabei irgendwelche Male zu hinterlassen«, stellte er fest. »Man würde Spuren hinterlassen.«

»Hat Dr. Herrmann so etwas in seinem Bericht vermerkt?«

»Nein.«

Zur Erleichterung und zur Überraschung der Moores gestattete Antonio Dr. Lawrence, seine Schlußfolgerungen betreffend der Narben im Anus und der Analerweiterung zu äußern. Er erklärte ausführlich, warum er nicht mit Dr. Herrmanns Schlüssen übereinstimmte.

»Also würden Sie anhand dieser Befunde nicht davon ausgehen, daß zur Todeszeit ein sexueller Mißbrauch stattgefunden hat?« fragte Antonio.

Golde erhob wütend Einspruch. »Würde das Gericht Miss Antonio untersagen, Suggestivfragen zu stellen, vor allem bei diesem Thema?«

Margulies schob ihren Stuhl zurück und ließ beide Anwälte an den Richtertisch kommen. Anschließend half die Richterin Shelley, ihre Frage anders zu stellen.

Dr. Lawrence zitierte aus Dr. Herrmanns Autopsiebericht, daß die sternförmigen Narben um die anale Öffnung verliefen. »Ich entnehme dem, daß er irgendwelche Narben oder eine Unregelmäßigkeit in der Region des Anus gesehen hat, die alte, geheilte Risse gewesen sein könnten. Wenn mir so etwas auffallen würde, wäre ich beunruhigt, daß möglicherweise früher ein sexueller Mißbrauch statt gefunden haben könnte, und würde die Sache weiter untersuchen. Dr. Herrmann schreibt weiter: ›Nach Öffnen des Anorectus erschienen diese Verwundungen nicht mehr so deutlich ... Man sieht kein Anzeichen einer frischen Erosion oder Quetschung oder Verwundung.‹

Das bedeutet, ihn hatte das mögliche Vorhandensein alter, verheilter Risse beunruhigt. Nach der Sektion und nach sorgfältiger Untersuchung jedoch stellte er fest, daß diese angeblichen Verletzungen jetzt schwer zu erkennen waren. Also scheint er davon abgekommen zu sein.«

Lawrence bemerkte noch, daß es ›eine kleine Region im Anus‹ gab, die ›eine Narbe einer alten Verletzung gewesen sein könnte, eine sehr kleine Region‹, aber mehr nicht. Die Verletzung könnte durch alles mögliche entstanden sein, durch sexuellen Mißbrauch bis hin zu ›angestrengtem Stuhlgang bei einer Verstopfung‹, oder sogar durch den Abgang eines Fremdkörpers, wie zum Beispiel einem Hühnerknochen.

Antonio schloß ihre direkte Befragung, indem sie zum Thema der traumatischen Asphyxie zurückkehrte. Laut ihrem Tagebuchgeständnis hatte Serena eine Hand auf Mallorys Mund gepreßt und sie erstickt. Antonio wollte deutlich machen, daß dieses Geständnis nicht mit dem Autopsiebefund übereinstimmte. Das war ein wichtiger Punkt, den sie bei Dr. Herrmann nicht angesprochen hatte. Konnte man jemanden ersticken, indem man einfach seine Hand über dessen Mund hielt?

»Das ist möglich, wenn man es richtig macht«, erwiderte Dr. Lawrence. »Technisch gesehen wäre das aber keine traumatische Asphyxie. Traumatische Asphyxie bedeutet, die Person erleidet einen so starken Druck auf ihren Körper, daß sie die Atmungsbewegung nicht mehr ausführen kann und infolgedessen erstickt.«

Antonio zögerte. »Wenn man also nicht die Nase zuhält – wenn man nur den Mund zuhält, dann liegt nicht einmal eine Erstickung vor?«

»Richtig. Wenn sie beides zuhalten, und zwar komplett mehrere Minuten lang, dann tritt der Tod durch Erstickung ein.«

»Gut. Liegt dann eine traumatische Asphyxie vor?«

Nicht wirklich, erwiderte Dr. Lawrence, wies aber darauf hin, daß sie hier Haarspalterei betrieben.

Antonio nickte. »Danke, das ist alles.« Sie setzte sich wieder und klopfte einer ungewöhnlich ruhig dasitzenden Serena aufmunternd auf den Arm.

Goldes Kreuzverhör war aggressiv, seine Fragen knapp und fast provozierend. Er wirkte ungeduldig, als er Dr. Lawrence fragte, ob er mit Dr. Herrmann über den Fall gesprochen habe. Dann unterbrach er die Antwort des Zeugen. »Warum nicht?«

Dr. Lawrence antwortete, er hatte keine Zeit gehabt, sich mit den Anwälten darüber zu verständigen, ob das vor der Zeugenaussage angebracht war. Hauptsächlich habe er mit der Familie Moore in Verbindung gestanden.

Golde löcherte den Doktor nach den Informationen, die er verwendet hatte, um zu seinen Befunden zu kommen. Glaubte er, Mallory Moore hätte an starkem Asthma gelitten? Hatte er die medizinischen Berichte, die Polizeiberichte und ähnliches gesehen? Hatte er mit Martha Warnock gesprochen?

Lawrence erwiderte erneut, daß wenig Zeit gewesen war, und außerdem wäre er vielleicht durch die Lektüre zu vieler Krankenberichte in seinen eigenen Befunden übermäßig beeinflußt worden.

Golde konterte. Bedeutete das, der Gutachter wollte absichtlich keine zusätzlichen Informationen? Hatte er nicht vorher gesagt, daß eben diese Informationen nützlich wären?

Antonio war genauso gereizt wie Golde und bombardierte das Gericht mit einem Einspruch nach dem anderen. Die meisten wurden abgelehnt. Sie verfiel in einen solchen Rhythmus, daß sie sogar einmal Einspruch erhob, als Richterin Margulies selbst eine Frage stellte. Die Frage sei ›schon gestellt und beantwortet, irrelevant, unsachlich und ohne Bedeutung‹.

»Sie erheben Einspruch gegen eine Frage des *Gerichts*?« erkundigte sich Margulies gelassen.

Antonio machte einen hastigen Rückzieher und feuerte in den nächsten zehn Minuten eine neue Salve von Einsprüchen ab, die ihr nur einen weiteren Gang zum Richtertisch einbrachten.

Belli saß während der Zeugenaussage ruhig da, hatte die Finger verschränkt und starrte an die Decke. Manchmal beugte er sich zur Seite und flüsterte Shelley etwas ins Ohr.

Mit nervenzermürbender Präzision hackte der Stellvertretende Staatsanwalt weiter und brachte Dr. Lawrence schließlich dazu einzuräumen, daß jemand Mallory Moore hätte angreifen können. Da es jedoch keine weiteren Anzeichen eines solchen Angriffs gab, konnte er der Diagnose ›traumatische Asphyxie‹ nicht zustimmen. Er gab außerdem zu, daß er im Nachteil sei, weil er der Autopsie nicht persönlich beigewohnt hatte.

Es war fast 16 Uhr 30, und Goldes Energie schien immer noch ungebrochen. Nach einer letzten Tirade von Einsprüchen beendete Margulies die Sitzung und verkündete, daß alle am nächsten Morgen anwesend zu sein hatten.

Dr. Lawrence war bestürzt. Er stand als einziger Arzt am Morgen auf dem Dienstplan des Lodi Memorial Hospital. Konnte seine Aussage nicht bis zur Nachmittagssitzung warten?

Richterin Margulies Tonfall blieb neutral, aber ihre Nachricht war unmißverständlich. Ihr reichten die Termin-Patzer der Belli-Kanzlei. Sie habe es mit den Anwälten besprochen, erklärte sie, und ihnen klargemacht, ihre Zeugen darauf vorzubereiten, am Dienstagmorgen nochmals vor Gericht zu erscheinen.

Unvermittelt stand sie auf und verließ den Gerichtssaal, bevor irgendwelche Einwände erhoben werden konnten.

Dienstag morgen.

Nirgendwo waren Fernsehkameras zu sehen, was es den Moores leichter machte, während der Pause im Flur umherzugehen. Nur die übliche Reporterbande war da. Bob Salladays Artikel erschienen immer noch regelmäßig auf der Titelseite des *Argus*. Er schilderte täglich den Verlauf des Prozesses. Reporter und Beobachter wurden immer unruhiger, je mehr sich das Verfahren dem Ende zuneigte. Das Urteil wurde in ein paar Tagen erwartet, und der allgemeine Tenor der Presse war: Freispruch. Matt Golde hatte seine Sache als Anklagevertreter sehr gut gemacht, das fanden sie alle, aber die medizinischen Gutachten hatten genügend berechtigte Zweifel gesät. Was die tatsächliche Schuld oder Unschuld der Angeklagten anging, waren sie sich allerdings weit weniger sicher. Einige glaubten, daß man es niemals herausfinden würde.

Michael und Sharri hatten jeden Artikel über den Prozeß ausgeschnitten, den sie gefunden hatten, und in einem immer schneller wachsenden Aktenordner gesammelt. Sie hatten auch jeden Abschnitt der Nachrichten auf Video aufgenommen, wobei sie zwischen den Kanälen hin- und herschalteten. Unter all diesen Anschuldigungen war ihr einziger Trost die Gewißheit, daß der Prozeß bald vorüber und Serena wieder zu Hause sein würde. Doch je näher die Urteilsverkündung rückte, desto stärker befiel sie ein unheilvolles Gefühl. Selbst wenn Serena zu Hause und der Alptraum ausgestanden war, lag die Zukunft im Nebel, bestenfalls. Serena brauchte zweifellos eine langwierige, intensive, psychiatrische Behandlung, die sie sich nicht leisten konnten. Noch erschreckender war, daß sie ohne die aktuelle Ablenkung, so schrecklich sie auch sein mochte, endlich Zeit haben würden, um Mallory zu trauern; ein erneutes Gefühlskarussell war ihnen sicher.

Aus Gewohnheit nahmen die Moores am Dienstag morgen ihre angestammten Plätze auf der rechten Seite des Gerichtssaals ein. Sie schwankten zwischen Resignation darüber, daß ihr Ruf vor Gericht niemals wieder hergestellt werden würde, und Hoffnung, daß ihre Geschichte doch noch ans Tageslicht käme. Ihre Entscheidung, die Kopien von Dr. Lawrence' Bericht an die Medien weiterzugeben, hatten sie nach seiner Zeugenaussage über die anale Erweiterung und die Narben rückgängig gemacht. Sie wußten immer noch nicht, ob Michael in den Zeugenstand treten und für sich selbst sprechen durfte.

Dr. Lawrence fand sich wie befohlen am Dienstag morgen um 9 Uhr 30 vor Gericht ein, nachdem es ihm mit Mühe gelungen war, eine Vertretung im Lodi Memorial zu finden. Um 9 Uhr 38 wurde Serena in den Gerichtssaal geführt. Sie trug eine dünne Hose und eine sommerliche Bluse mit bunten Streifen. Das Haar hatte sie wieder zu einem Pferdeschwanz zusammengebunden. Sie warf ihren Eltern ein Lächeln zu, ohne die Lippen zu öffnen, setzte sich nachlässig auf ihren Stuhl und erwiderte schweigend Bellis und Antonios Begrüßung.

Sharri kannte die Anzeichen. Die Dinge gingen dem Ende zu, und Serena hatte Angst.

Richterin Margulies eröffnete die Sitzung. Golde stand bereits hinter seinem Tisch und schien nur darauf zu warten, loslegen zu dürfen. Er setzte unvermittelt das Kreuzverhör von

Dr. Lawrence fort und stürzte sich auf das mittlerweile vertraute Thema von Blutergüssen, Eosinophilen und schleimverstopften Bronchien. Zum ersten bemerkte Dr. Lawrence, daß seiner Meinung nach, im Gegensatz zu Dr. Herrmanns Diagnose, nicht alle rötlichen Flecken auf Mallorys Gesicht Blutergüsse seien. Und selbst wenn, glaubte er dennoch, daß sie ein ungenügender Beweis wären, um ›eindeutig auf traumatische Asphyxie‹ schließen zu können.

Einige Zeit später blieb er genauso fest bei seiner Überzeugung, daß ›die Narben auch von einem kleineren Riß in der Schleimhaut herrühren können, die man bei angestrengtem Stuhlgang bei Verstopfung‹ finde. Zu der Erweiterung bemerkte er, daß er sie ›oft bei Erwachsenen und Kindern‹ nach dem Eintritt des Todes erlebt habe; aus diesem Grund würde ihn dieser Anblick nicht alarmieren.

Antonio erhob fünfmal Einspruch, die ersten vier wurden abgelehnt. Den fünften ignorierte Margulies und stellte Dr. Lawrence selbst eine Frage.

Golde schien nicht weiterzukommen und beendete sein Kreuzverhör in weniger als einer halben Stunde. Er hatte ein paar Punkte sammeln können; aber die Ergebnisse seiner Fragen reichten nicht annähernd an seine glückliche Entdeckung bei der Aussage von Dr. Warnock.

Antonio begann stammelnd ihre Gegenrede, ihre Fragen waren oft zerstückelt und verwirrend.

Sie versuchte den Eindruck zu mildern, daß Dr. Herrmann einen Vorteil gehabt habe, als er die Todesursache beurteilt hätte. »Gibt es irgend etwas in … irgend etwas, was Sie … Ich will das anders formulieren. Beim Kreuzverhör haben Sie behauptet, daß ein Fachmann, der die Todesursache einschätzen muß, im Nachteil ist, wenn er nicht bei der Autopsie dabei gewesen ist. Was hätten Sie gern gesehen, um bei Ihrem Befund ganz sicher zu sein? Wenn Sie bei der Autopsie anwesend gewesen wären?«

Der Zeuge runzelte die Stirn. »Ich verstehe die Frage nicht.«

Antonio nickte. »Ich ziehe die Frage zurück.« Sie bückte

sich und flüsterte kurz mit Belli. Dann richtete sie sich wieder auf. »Das ist alles, danke.«

Golde stellte noch eine Frage über Mallorys Lunge, dann war auch er fertig.

Dr. Lawrence wollte aufstehen, aber Richterin Margulies hatte noch Fragen. Nach dem Durcheinander wegen der Lungenaufblähung bei der Aussage Dr. Warnocks wollte Margulise anscheinend Klarheit über Dr. Lawrence' entsprechende Befunde. Hatte er feststellen können, daß die Lunge vollkommen gefüllt oder ›hypergefüllt‹ war, als die Brust geöffnet wurde?

Lawrence kannte nur die Beschreibungen von Dr. Herrmann, daß die Lungen ›in diesem Zustand‹ gewesen seien. Mit anderen Worten, daß die Lunge die Brusthöhle ausgefüllt hatte.

Margulies wollte wissen, was das bedeutete.

»Es bedeutet, daß sie nicht zusammengefallen ist, sondern genauso groß war wie die Höhle, in der sie liegt.« Sie war ausgefüllt, aber nicht hypergefüllt, sonst hätten sich die Flügel über der Mittellinie hinweg berührt und fast das Herz bedeckt.

»Haben Sie Informationen darüber erhalten, ob die Lunge nach ihrer Entnahme aus der Brusthöhle zusammengefallen ist?«

Dr. Lawrence neigte den Kopf zur Seite. »Nur aus zweiter Hand, von Miss Antonio. Sie hat mir gesagt, daß die Lunge nicht zusammengefallen ist, aber ich kann mich nicht erinnern, das im Bericht gelesen zu haben.«

Margulies hielt inne und machte sich Notizen. »Nur zur Klärung für mich: *Falls* Sie die Informationen erhalten hätten, daß die Lunge aufgrund der Sektion kollabiert wäre, was hätte Ihnen das im Hinblick auf die Todesursache gesagt?«

Dr. Lawrence zuckte schwach mit den Schultern. »Normalerweise würde ich bei einem Asthmatod erwarten, daß die Lunge ziemlich aufgebläht, außerordentlich elastisch, ein bißchen gummiartig und so weiter ist.«

Falls er die Information erhalten hätte, wiederholte die

Richterin die Frage, daß die Lunge aufgrund der Sektion von der Brusthöhle zusammengefallen ist, würde das seine Meinung über die Todesursache ändern?

Das glaubte Dr. Lawrence nicht. Er erwartete, daß die Lunge genauso gefüllt und elastisch wäre wie nach einem Tod durch traumatische Asphyxie. Aus diesem Grund würde eine Lunge, die nach der Sektion zusammenfällt, sowohl Asthma als auch traumatische Asphyxie als Todesursache ausschließen.

Margulies erzählte ihm von Dr. Warnocks Bemerkung, daß ein Zusammenfallen der Lunge mit einem Asthmatod unvereinbar war.

Dem stimmte Dr. Lawrence zu. Er wiederholte, daß es genauso wenig mit einem Tod durch traumatische Asphyxie vereinbar wäre.

Schließlich wollte die Richterin wissen, warum der Doktor fand, es gäbe nicht genügend Beweise, um traumatische Asphyxie als Todesursache anzunehmen.

Aus zwei Gründen, meinte Dr. Lawrence. Erstens: kein Anzeichen eines Traumas am Körper; und zweitens: das Muster der Blutergüsse.

Um 10 Uhr 20 durfte Dr. Lawrence den Zeugenstand verlassen. Margulies fragte Antonio, ob sie noch andere Zeugen aufrufen wollte.

»Ja.« Sie zögerte und besprach sich kurz mit Belli. »Können wir eine kurze Pause bekommen, um uns neu zu organisieren?« Sie hatten noch eine, vielleicht zwei Zeugen und würden möglicherweise auch Serena noch einmal in den Zeugenstand rufen.

Margulies willigte ein und unterbrach die Sitzung für eine Viertelstunde.

Serena war nicht sehr glücklich, daß sie wieder in den Zeugenstand sollte. Shelley versuchte, sie in der Pause zu beruhigen und versprach ihr, daß es nicht lange dauern würde.

Antonio und Belli glaubten, keine andere Wahl zu haben,

als die Angeklagte noch einmal in den Zeugenstand zu rufen. Für sie sah es so aus, als habe Golde seine Vorgehensweise während des Verfahrens geändert. Erst hatte er versucht, Eifersucht zwischen Serena und Mallory herauszustellen; jetzt betonte er die Vertrautheit der beiden Schwestern, vermutlich weil er beweisen wollte, daß Serena Mallory aus einer Art von Beschützerinstinkt heraus getötet hatte. Shelley hielt dieses Motiv für ›daneben‹ – völlig unrealistisch und unvernünftig. Trotzdem mußte sie es vor Gericht widerlegen.

Als Serena sich auf den Stuhl im Zeugenstand fallen ließ, wollte Margulies wissen, welcher Verteidiger die Fragen stellen würde. Belli und Antonios besprachen sich kurz.

»Ich denke, ich stelle die Fragen«, antwortete Antonio.

»Gut. Fangen Sie an.«

Antonio stand auf und kreuzte die Arme. »Serena, hast du Mallory beschützt?«

»Ja.«

Antonio wollte wissen, was sie in der Vergangenheit getan hatte, um ihre Schwester zu beschützen.

Zum Beispiel hatte sie Mallory in ihr Zimmer geholt, wenn ihre Eltern sich stritten.

Würde sie sie auch vor einem Problem in Sicherheit bringen?

Serena bejahrte die Frage, wenn es ein ›ernsthaftes Problem‹ wäre.

»Würdest du sie auch töten, um sie zu schützen?«

Serena schnitt eine Grimasse, als sei diese Frage lächerlich. »Natürlich nicht. Wenn man jemanden beschützen will, dann tut man ihm doch nicht weh.«

Antonio hatte keine weiteren Fragen. Golde lehnte ein Kreuzverhör ab. Sichtlicher erleichtert sprang Serena aus dem Zeugenstand.

Die Verteidigung benannte noch einen weiteren Zeugen.

»Ich rufe Michael Moore als Zeugen auf«, erklärte Antonio.

Michael warf Sharri einen verblüfften Blick zu und stand auf. Plötzlich war er verlegen. Er drängte sich durch die leeren Sitze und ging unsicher hinter dem Tisch der Verteidiger vorbei zum Zeugenstand. Ihm wäre es lieber gewesen, er hätte eine Vorwarnung bekommen. Seine Kommunikationsfähigkeiten waren nicht die besten; er brauchte Zeit, seine Antworten zu durchdenken.

Als er sich hinter das Zeugenmikrofon setzte, fühlte er plötzlich eine Welle von Energie. Darauf hatte er gewartet, fast drei Wochen lang. Er blickte Sharri an, und sie nickte ihm aufmunternd zu. Ihre Miene war halb ängstlich, halb triumphierend.

Serena saß reglos da und beobachtete ihn.

Antonio befragte ihn, wann er am 17. August 1992 ins Bett gegangen sei und wann er am nächsten Morgen aufgestanden sei. Michael erklärte, daß er an diesem Morgen zweimal in Mallorys Zimmer geschaut hatte. Sie schien gemütlich zu schlafen, und deshalb hatte er ihr nicht die Bettdecke zurechtgezogen, wie er es manchmal tat. Früher hatte er dasselbe bei Serena getan, aber ›nach all dem Mist, der vorgefallen ist‹, mußte er damit aufhören. Nach dieser indirekten Anspielung auf sexuellen Mißbrauch steuerte Antonio ihn wieder auf Kurs. Warum hatte er Mallorys Zimmer nicht betreten, als er das zweite Mal nach ihr gesehen hatte?

Weil sie immer noch ruhig dalag, erklärte Michael. Er wollte nicht riskieren, sie zu wecken. »Manchmal ist sie aufgewacht, aber nicht sehr häufig«, erklärte er. »Damals wie heute komme ich mir etwas schuldig vor, weil ich es als eine Entschuldigung benutzt habe, nicht nach ihr zu sehen.« Er sah Shelley an, die schwieg. »Ist das nachvollziehbar?«

Margulies antwortete ihm. Es war einer der seltenen Momente, in denen sie mehr wie eine Mutter denn wie eine Richterin klang. »Ich verstehe.«

Michael sah sie anerkennend an. »Danke.«

»Was haben Sie als Entschuldigung benutzt, nicht nach ihr zu sehen?« hakte Antonio nach.

»Ich habe seine Antwort verstanden«, unterbrach Richterin Margulies.

Michael sah sie fragend an. »Möchten Sie, daß ich …?«

»Nein. Ich habe Ihre Antwort verstanden.«

Michael war dankbar. Die Richterin hatte während des bisherigen Verfahrens eine undurchdringliche Miene gezeigt und distanziert und reserviert gewirkt. Daß sie seine Bemerkung und die Monate des Schmerzes, die sie repräsentierte, verstand, waren die freundlichsten Worte, die er bisher im Gerichtssaal gehört hatte.

Michael beantwortete Shelleys nächste Frage und sagte, er könne sich nicht daran erinnern, nachts aufgestanden zu sein, und er könne sich daran erinnern, daß Sharri unter ›ziemlich starken Ohrenschmerzen‹ gelitten habe. Insgeheim stellte er sich die Frage, ob er wohl die Chance bekam, auf den Vorwurf der sexuellen Belästigung zu reagieren. Antonios beiden letzten Fragen boten Michael die ersehnte Gelegenheit, aber sie reichte ihm längst nicht aus.

»Haben Sie Serena belästigt?«

»Nein.«

»Haben Sie Mallory belästigt?«

»Natürlich nicht!« Er klang angeekelt.

»Danke.« Antonio setzte sich unvermittelt hin.

»Mr. Golde, wünschen Sie ein Kreuzverhör?« fragte Margulies.

Michael wurde warm unter einer Woge von Adrenalin, als Golde aufstand.

»Erinnern Sie sich an den Vorfall, als Sie die Tür von Serenas Zimmer ausgehängt hatten?« wollte Golde wissen.

»Ja.« Michael erinnerte sich sehr gut und ahnte, worauf Golde hinauswollte. Nach seiner Verhaftung vor zwei Jahren hatte Michael den Vorfall Sergeant Brazil gegenüber erwähnt, sich aber geweigert, weiter darüber zu sprechen, als der Beamte sich darauf ›wie auf einen rauchenden Colt‹ gestürzt hatte.

»Haben Sie der Polizei gesagt, daß Sie das deshalb getan haben, weil Sie Serena beim Masturbieren erwischt hatten?«

Sharri wäre fast von ihrem Stuhl aufgesprungen. Sie holte hörbar Luft. Sie wußte nicht, was sie mehr ärgerte: Goldes Frage oder Antonio, die Michael nach ihrer eigenen schlappen Befragung der Anklage zum Fraß vorgeworfen hatte.

»Nein!«

Antonio erhob Einspruch. Er wurde abgelehnt.

»Sie haben der Polizei das nicht gesagt?« hakte Golde nach.

»Nein. Wenn das in den Protokollen steht, haben sie das falsch verstanden. Es war eine sehr verwirrende und bedrückende Erfahrung für mich, aufgrund der Beschuldigung eines Kindes aus dem Haus geschleppt zu werden …«

»Und das hat Sie veranlaßt …«

»… und ich kann Ihnen auch sagen, warum ich die Tür ausgehängt habe, wenn Sie es hören wollen.«

Margulies hob eine Hand. »Schon gut.«

Michael riß sich mit sichtlicher Anstrengung zusammen. »Es tut mir leid.«

»Mr. Moore«, ermahnte ihn die Richterin, »bitte warten Sie die Fragen ab, und antworten Sie nur auf die Fragen, die man Ihnen gestellt hat.«

Michael entschuldigte sich noch einmal.

»Ich bin sicher, daß Miss Antonio Sie direkt fragen wird, wenn Sie weitere Informationen haben möchte.«

Na klar, dachte Michael. Entweder wollte ›Miss Antonio‹ aber keine weiteren Informationen, oder wenn doch, dann wußte sie nicht, wie sie sie bekommen sollte. »Ich verstehe«, sagte er laut. »Entschuldigen Sie.«

Golde las aus dem Polizeibericht vor und fragte, ob Michael der Polizei erzählt hatte, daß er Serena beim Masturbieren erwischt hatte, als sie acht oder neun Jahre alt war. Michael wollte ihn unterbrechen. »Moment. Lassen Sie mich ausreden«, ermahnte ihn Golde. Michael entschuldigte sich. Danach habe er, fuhr Golde fort, die Zimmertür ausgehängt ›und ihr die Privatsphäre genommen und sie am Masturbieren gehindert‹. Hatte Michael dies vor der Polizei von Newark ausgesagt?

Michael kochte vor Wut. »Ist das eine Abschrift, Mr. Golde?«

»Sir«, unterbrach Margulies, »wenn Sie bitte die Fragen beantworten, statt Mr. Golde welche zu stellen. Beantworten Sie einfach die Fragen, so gut Sie können, bitte.«

Michael verlor für einen Moment den Respekt vor dem Gericht und stellte sich quer. »Warum?«

»Weil die Frage so lautet«, erwiderte Margulies. »Haben Sie diese Aussage gegenüber der Polizei gemacht?«

»Nein.«

Die Frage, ob er Serena beim Masturbieren erwischt hatte, beantwortete er mit Ja.

»War die Zimmertür zu dieser Zeit offen?«

»Die Zimmertür war ausgehängt.«

Den Bruchteil einer Sekunde wartete Golde. »Wollen Sie damit sagen, daß die Zimmertür schon ausgehängt war, bevor Sie sie beim Masturbieren erwischt haben?«

»Ja, Mr. Golde.« Das hatte Michael auch versucht, der Polizei zu erklären, die sich aber geradezu darauf gestürzt hatte. Deshalb hatte er auf eine weitere Erklärung verzichtet. »Was ich damals sagen wollte ... darf ich fortfahren?« Golde nickte. »Was ich zeigen wollte, daß ich sie dabei erwischte, als sie etwas Sexuelles tat, und ich ihr befahl, damit aufzuhören, obwohl ich gar nichts damit zu tun hatte.«

»Warum haben Sie ihr befohlen, aufzuhören?«

»Vorteile, Hörensagen«, erhob Antonio Einspruch.

»Abgelehnt.«

»Es ist aus dem Zusammenhang gerissen«, fuhr Antonio fort.

Michael fuhr fort. »Ich bin vorbeigegangen und ...«

»Abgelehnt.«

Michael sah Margulies verwirrt an. »Weiter?«

»Ich habe Ihnen eine Frage gestellt«, drängte Golde.

»Tut mir leid.« Michael drehte sich wieder zu Golde.

»Gibt es noch eine andere Erklärung?«

»Wegen der Tür, oder warum ich ihr befohlen habe, aufzuhören?«

»Warum haben Sie ihr befohlen, aufzuhören?«

»Ich habe ihr nicht befohlen, aufzuhören. Ich habe nur ihren Namen gerufen.«

»Haben Sie den Beamten erzählt, daß Sie einfach vorbeigegangen sind, sie dabei sahen und nur ›Serena‹ gerufen haben?«

»So was ähnliches.«

»Haben Sie jemals Ihrer Mutter, Sarah Moore, erzählt, daß Sie die Tür entfernt hätten, weil Sie Serena beim Masturbieren erwischt haben?«

Michael war entsetzt. Selbst wenn es gestimmt hätte, warum sollte seine Mutter so etwas erzählen? »Nein!«

Golde ließ das Thema fallen. Er hatte es geschafft, diese Information fast ohne jeden Widerspruch ins Protokoll zu bringen, und das war genug. Obwohl Michael auf seiner Unschuld bestand, ließ die Andeutung, daß er diese Szene beobachtet hatte, eine schäbige Anspielung im Raum stehen.

In einer langen, oft gereizten Diskussion, entwarf die Anklagevertretung mit den folgenden Fragen weiter das Bild eines schändlichen Mannes und Stiefvaters. Michael hatte früher gelegentlich Speed genommen und mit Sharri Marihuana geraucht. Goldes Bemerkung, daß die Moores eine stürmische Beziehung gehabt hätten und Serena sich regelmäßig über Streitereien zwischen Sharri und ihm beschwert hätte, stritt Michael ab und merkte etwas zynisch an, daß seine Stieftochter sich nie beschwert hätte, so ›ordentlich sie heute auch sein mag‹. Er gab zu, ihr einmal in den Bauch geschlagen zu haben, und dafür von Mallory nachhaltig getadelt worden zu sein, bis er ihr versprochen hatte, Serena nie wieder zu schlagen. Und er hatte auch einmal eine indizierten Film besessen. Er hatte ihn im Kofferraum seines Wagens versteckt, damit Serena ihn nicht fand.

Die Wut, die Michael ausströmte, war fast greifbar. Er war in dem Spiel gefangen, und der Anklagevertreter hielt alle Trümpfe in der Hand.

Was Tessie Dornellas Aussage anging: Er hatte *neben* Serena auf dem Bett gelegen, angezogen, und sie hatten sich schlafend gestellt, damit Sharri einen Schnappschuß machen konnte. Er hatte Serena auch gelegentlich auf die Lippen geküßt: Es war seine Gewohnheit, seine Kinder so zu küssen. An den Kuß, von dem Tessie berichtet hatte, erinnerte er sich nicht. »Ich sagte, es war ein Gute-Nacht-Kuß, okay? *Sie* hat ihn zum Thema gemacht. Ich erinnere mich nicht daran, wenn ich ehrlich sein soll. Das zeigt nur, wie unschuldig ich die ganze Sache gesehen habe.« Er war auch einmal mit Serena bei einem Besuch von Tessie im Schlafzimmer, aber Tessies Angabe, daß es zwei Stunden gedauert hatte, bis einer rauskam, war falsch.

Antonio erhob keinen Einspruch. In einer kurzen Gegenrede fragte sie Michael erneut danach, wie er am Morgen von Mallorys Tod nach ihr gesehen hatte. Er hatte sich in die Tür gelehnt und ins Zimmer geschaut, erklärte er, und er hatte sie deutlich gesehen, ohne das Zimmer zu betreten.

Die Anwältin sah Margulies an. »Das ist alles.«

31. KAPITEL

Nach Michaels Zeugenaussage machte das Gericht eine halbe Stunde Pause. Die Moores waren fast benommen vor Wut und gingen automatisch in den Ruheraum, dann nach draußen, um zu rauchen. Michael war so wütend, daß er kaum reden konnte. Sharri sprach dafür genug für sie beide. Für sie hatten die drei ›verabscheuungswürdigen‹ Anwälte Belli, Antonio und Golde jetzt das Faß zum Überlaufen gebracht. Die Verteidigung hatte Michael in den Zeugenstand gezerrt wie ein nerviges Hundejunges, das zuviel kläffte. Dann hatten sie ihm einen kleinen Knochen hingeworfen, als würde das reichen, daß er den Mund hielt. Danach hatten sie ihn Golde ausgeliefert, der einen weiteren Kübel Mist über ihn ausgeleert hatte.

Es ging zu weit, sie mußten etwas unternehmen. Das Verfahren würde in ein paar Tagen vorbei sein und Serena wieder nach Hause kommen. Die Anwälte würden weggehen und andere Fälle übernehmen. Bis dahin war Michaels Ruf ruiniert, und er hatte keine Chance mehr, zu beweisen, daß die ganzen Dinge, die man über ihn gesagt hatte, nicht stimmten.

Und als wenn das nicht genug wäre, mußten sie sich jetzt auch noch Dr. Herrmann anhören, der von Golde noch einmal vorgeladen worden war.

Sharri verstummte und erschauerte. Ihre Hände waren trotz des warmen Sommertages kalt. Wieviel kann ich noch ertragen? fragte sie sich.

Im Gerichtssaal war Golde damit beschäftigt, den Diaprojektor und die Leinwand für seinen Belastungszeugen aufzubauen. Er war nicht sehr gut in solchen mechanischen Dingen.

Schon nach seinem brillantem Kreuzverhör von Dr. Warnock hatte Golde gewußt, daß er Dr. Herrmann wieder in den Zeugenstand rufen mußte. Jetzt, nach Dr. Lawrence' Aussage, war das noch wichtiger. Die bevorstehenden Aufgabe bestand aus zwei Teilen: Er mußte noch mehr Löcher in den Befund der Gutachter der Verteidigung bohren, vor allem in den von Dr. Lawrence, indem er Dr. Herrmann dazu brachte, noch einmal über Eosinophile, über Blutergüsse und dergleichen zu sprechen; und er mußte Dr. Warnocks Aussage endgültig entkräften, indem das Gericht von Dr. Herrmann persönlich die wirkliche Antwort über die Ausdehnung der Lunge hörte, die er Shelley Antonio gegeben hatte.

Nach den unvorhergesehenen Unterbrechungen in dieser Woche schien Richterin Margulies daran gelegen zu sein, das Verfahren zu beschleunigen. Obwohl sie das Gericht nach der Mittagspause normalerweise erst um zwei wieder zusammenrief, erklärte sie heute, die Verhandlung würde um zwölf angesetzt.

Um zwölf Uhr nahm Michael seinen Sitz in der zweiten Reihe wieder ein. Serena lächelte nicht, als sie zum Tisch der Verteidigung geführt wurde. Sharri konnte Dr. Herrmanns Aussage nicht ertragen und blieb auf einer Bank im Flur sitzen.

Wie zuvor beugte sich Herrmann auf dem Zeugenstuhl vor und legte die Hände vor sich auf den Tisch. Er trommelte erwartungsvoll mit den Fingern auf das Holz, während er zusah, wie Golde seine Notizen durchblätterte.

Als erstes versuchte Golde, die Aussage von Dr. Lawrence zu widerlegen, und fragte nach den Blutergüssen, die man an der Leiche gefunden hatte. Konnte Dr. Herrmann sie mit Leberflecken verwechselt haben?

Dr. Herrmann antwortete mit einem entschiedenen Nein und begann dann mit einer Drei-Punkte-Erklärung für seinen Befund. Sollten die Blutergüsse von einem Herzversagen verursacht worden sein, wie Dr. Lawrence das vermutete, dann war ›dieses Mädchen‹ nicht daran gestorben. Genausowenig waren sie von einem bloßen Ringen nach Luft erzeugt worden. Bei einem ausgedehnten Asthmaanfall – ›status asthmaticus‹ –, während dem das Herz versagt, konnten zwar theoretisch Blutergüsse auftreten, aber er hatte es noch nie gesehen. Sie konnten vielleicht auch auftreten, wenn eine ›deutlich übermäßig aufgeblähte Lunge‹ verhinderte, weiter Luft einzuatmen. Darauf würde ein erhöhter Druck in der Brust hinweisen.

Das Blut rauschte in Michaels Ohren. Er konnte sein eigenes Atmen hören und zwang sich dazu, regelmäßig Luft zu holen. Seine Tochter war nicht ›dieses Mädchen‹. Sie hat einen Namen, dachte er. Mallory. Mallory Moore.

Die Antwort bot Golde eine schöne Überleitung zum Thema ›Übermäßige Aufgeblähtheit‹ der Lunge. »War die Lunge von Mallory Moore übermäßig aufgebläht?«

»In diesem Fall gab es keine Aufgeblähtheit«, antwortete der Doktor monoton. Mallory Moores Lunge war wie die von ›jedem anderen Todesopfer‹. Wenn man aufhört zu atmen, bleibt die Lunge statisch, erklärte der Arzt. Der Innendruck entspricht dem Außendruck. Es geht keine Luft heraus oder hinein. Wenn die Brust sich im Tod entspannt, paßt sich die Größe der Lunge der Brusthöhle an. Das meinte er mit ›die Lunge füllt den Brustraum‹.

Margulies hob den Kopf von ihren Notizen. »Ist das gleichbedeutend mit Aufgeblähtheit oder Hyperaufgeblähtheit der Lunge?«

»Nein. Die Lunge bleibt gefüllt, weil nichts die Luft hinausdrückt.« Wenn die Lunge die Brusthöhle nicht ausfüllt, ist das ein Anzeichen, daß etwas nicht stimmt. Zum Beispiel platzt sie infolge von Aufgeblähtheit bei Asthma. Dr. Herrmann erklärte, daß bei allen seinen Autopsien solche Anzeichen gefehlt hätten; normalerweise füllt die Lunge die Brusthöhle aus.

Golde pirschte sich heran. »Sie haben sich irgendwann vor dem Verfahren mit Miss Antonio getroffen?«

»Ja.«

»Und hat sie Sie gefragt, ob die Lunge die Brusthöhle gefüllt hat?«

»Wie ich schon sagte: Die Lunge füllt normalerweise die Brusthöhle. Das soll sie schließlich auch.«

Als Dr. Herrmann zu einer anderen Erklärung von Asthma ansetzte, unterbrach Margulies ihn. »Wir wollen wissen, was Sie Miss Antonio erzählt haben. Haben Sie ihr gesagt, daß die Lunge nicht übermäßig aufgebläht war?«

Der Pathologe drehte sich auf seinem Stuhl zur Richterin. »Ja. Sie hat mich gefragt, ob die Lunge in den Brustraum über dem Herzen eingedrungen wäre, und ich sagte nein.«

»Sie haben nicht gesagt: ›Ich weiß es nicht‹?« wollte Golde wissen.

»Nein.«

Antonio erhob Einspruch. Suggestivfrage. Margulies gab dem Einspruch statt.

Golde stellte die Frage anders und bekam dieselbe Antwort, diesmal ohne Einspruch. Er hatte bekommen, was er wollte, und die Folgerung war klar: Antonio hatte Dr. Warnock angelogen. Und das in bezug auf Dr. Herrmanns Antwort auf eine Frage, die nach Dr. Warnock eine Schlüsselfrage für ihre Schlußfolgerungen darstellte und sogar darüber entschieden hatte, ob sie bei dem Prozeß aussagen sollte oder nicht.

Golde ging zum nächsten Thema über. Die Ablösung des Epithels. Ohne sich lange bitten zu lassen, erging sich Dr. Herrmann in einer langen Erklärung. Der Wegfall dieser verlängerten Zellen, die die Bronchialhöhlen umgeben, sei ein normales Phänomen, das er jedesmal bei ›Post-mortem-Material‹ gefunden hatte. Es konnte ihn nicht von seiner Diagnose ›traumatische Asphyxie‹ abbringen.

Michael zwang sich, zuzuhören, während Dr. Herrmann die Frage nach der Analerweiterung und den Narben beantwortete. Er wiederholte, wie er ›den Anus und die Genitalien zusammen entfernt‹ hatte, um sie zu untersuchen. Er betrachtete die Autopsiefotos, die Golde ihm reichte, und antwortete in anschaulichen Details, wobei er an seiner ursprünglichen Schlußfolgerung festhielt, daß die Symptome nicht automatisch erschienen.

Golde beugte sich über den Tisch, um eine Seite in seinen Notizen umzuschlagen und schlug dann Richterin Margulies vor, eine Pause zu machen.

Nach einer Stunde Pause führte Golde Dr. Herrmann in einem abgedunkelten Gerichtssaal durch die Dias von Lungenproben verstorbener Patienten. Es reichte von einem Erstochenen bis zu einem Opfer des plötzlichen Kindstodes. Die verglich er mit Dias von Mallorys Lungen. Mit gesenktem Kopf und geschlossenen Augen setzte Michael seinen stillen Protest fort.

Der Diavortrag war ein weiterer Schlag gegen die Verteidigung. Die allgemeine Zielrichtung war, die Schlußfolgerungen für die Todesursache von Dr. Warnock und Dr. Lawrence zu widerlegen. Anschließend zeigte Dr. Herrmann Dias des Anus und der Genitalien ›dieses kleinen Mädchen‹ und deutete auf die inneren Narben. Als das letzte Dia von der Leinwand verschwunden war, sah er die Richterin an.

»Das ist alles.« Sein Ton war sachlich.

»Gut.« Margulies' Miene war undurchdringlich, als sie Antonio zum Kreuzverhör aufforderte.

Die Verteidigung konnte nur wenig wiedergutmachen. Dr. Herrmanns Weigerung, auf keinem Gebiet auch nur einen Zentimeter nachzugeben, hätte zu seinem Verderben beitragen können, aber Antonio konnte ihrer Frustration über seine Überheblichkeit nicht den richtigen Ausdruck geben.

»Dr. Herrmann«, explodierte sie schließlich, »Sie sitzen da und widersprechen Dr. Warnock, die eine Lungenpathologin ist, und ihrer Folgerung der Todesursache, haben aber selbst nie einen plötzlichen Asthmatod durch Asphyxie gesehen?«

»Einspruch«, rief Golde. »Das ist eine provozierende Frage, die Tatsachen annimmt, ohne Beweise zu liefern.«

Margulies räumte ein, daß diese Frage, so wie sie gestellt war, provozierend war. Damit gab sie Antonio noch einmal die Chance, ihre Frage umzuformulieren. Aber das führte nur dazu, daß Dr. Herrmann mit der Anwältin einen weiteren Tanz aufführte. Antonio glaubte, daß er so gut wie nichts über plötzliche Asthmatode wußte. Wußte er, daß ein emotionales Trauma einen Asthmaanfall auslösen konnte?

Er bejahte die Frage. »Es ist in der Literatur durchaus verbreitet.« Als die Verteidigerin ihn bedrängte, den Namen eines Fachbuches oder Artikels zu nennen, gab er zurück, er habe in irgendeinem pädiatrischen Lehrbuch davon gelesen, an dessen Autor er sich nicht mehr erinnern könne.

»Und hat in diesem pädiatrischen Lehrbuch der Verweis auf ein emotionales Trauma, das eine Asthmaattacke auslösen kann ... hat diese Attacke tödlich geendet?«

»Ich bin überzeugt, daß so etwas möglich ist. Jeder Asthmaanfall hat die Neigung, und auch das Potential, den Tod herbeizuführen.«

Belli zog Antonio am Ärmel. Sie bückte sich zunächst verwirrt, dann, während sie lauschte, änderte sich ihre Miene. Amüsiert richtete sie sich auf. »Ist der Autor an einem Asthmaanfall gestorben?«

Diese Frage überrumpelte Dr. Herrmann, wenn auch nur für eine Sekunde. »Sagte ich, daß der Autor daran gestorben ist?«

»Nein.«

»Mein Fehler«, mischte sich Belli ein. »Ich entschuldige mich.«

Margulies preßte die Lippen zusammen. »Das war nur Mr. Bellis Sinn für Humor.«

Antonio stimmte ihr zu. Belli habe die ganze Sache etwas auflockern wollen.

Dr. Herrmann jedenfalls wirkte nicht amüsiert.

Die ›Auflockerung‹ verflog schnell. Dr. Herrmann war bereits wieder in voller Fahrt. Er wies auf Widersprüche in dem Vortrag vom Wayne County, Michigan, hin, aus dem Dr. Warnock in ihrer Erklärung für plötzlichen Asthmatod zitiert hatte. Antonio versuchte, es umzudrehen. »Aber Sie haben diesen Vortrag ebenfalls als einen Teil der Literatur angegeben, die Sie über plötzlichen Erstickungstod gelesen haben, richtig?«

Er hatte genau das getan, gab es aber nicht zu. »Ich glaube nicht, daß in diesem Vortrag überhaupt der Begriff ›plötzliches asphyxisches Asthma‹ auftaucht. Wenn doch, dann müssen Sie ihn mir zeigen.«

Margulies stellte noch einige Fragen, um selbst Klarheit zu gewinnen. Golde schwieg fast während des ganzen Kreuzverhörs.

Shelley kehrte wieder zum Thema anale Erweiterung zurück. Sie fragte Dr. Herrmann, ob diese Befunde ›seine Diagnose, daß dieser Tod durch die Hand eines anderen herbeigeführt worden war, beeinflußt‹ hatten.

»Bis zu einem bestimmten Punkt, ja«, verkündete Dr. Herrmann.

Es war eine erschreckende Aussage. Dr. Herrmann hatte soeben zugegeben, daß sein Befund eines sexuellen Mißbrauchs ihm zu der Diagnose traumatische Asphyxie verholfen hatte. Was sollte das heißen? Glaubte er, daß der angebliche Mißbrauch zeitgleich mit dem Eintritt des Todes geschehen war? Wenn ja, wie paßte das mit Serenas Geständnis zusammen, sie habe Mallory erstickt? Hatte Dr. Herrmann nicht einfach das gefunden, was er zu finden glaubte? Würde sich seine Schlußfolgerung die Todesursache betreffend ändern, wenn man ihm beweisen könnte, daß er sich bezüglich des Mißbrauchs geirrt hatte?

Antonio verfolgte die Angelegenheit nicht weiter. Unerklärlicherweise wechselte sie das Thema und stellte Fragen zu den Blutergüssen.

Margulies ließ das Verfahren mitten in dieser so entscheidenden Zeugenaussage über ihre übliche Schlußzeit von 16 Uhr 30 hinaus weiterlaufen. Kurz vor fünf beendete Antonio ihr Kreuzverhör, nachdem sie wieder detaillierte Fragen zu den analen Symptomen gestellt hatte. Als sie endete, hatte sie einen Ursache-Wirkung-Zusammenhang hergestellt, dem Dr. Herrmann zustimmte. »Etwas im Anus des Mädchens könnte genug Streß ausgelöst haben, um einen Asthmaanfall zu verursachen.«

Anwälte, Angeklagte, Reporter und Zuschauer versammelten sich am Mittwoch, dem 9. Juni kurz vor 10 Uhr im Saal und mußten erfahren, daß die Entlastungszeugin der Verteidigung, Dr. Martha Warnock, erst am folgenden Tag zur Verfügung stand. Es war eine weitere frustrierende Verzögerung für alle. Das Gericht vertagte sich bis Donnerstag morgen. Die Moores hatten einen unerwarteten freien Tag. Sie verbrachten ihn zu Hause. Sharri wienerte die Wohnung, und Michael setzte sich in fast katatonischer Erstarrung vor den Fernseher und zappte zwischen verschiedenen Programmen hin und her, ohne auch nur das geringste wahrzunehmen.

Shelley Antonio nutzte die Zeit, um sich auf Dr. Warnocks Befragung und auf ihr Schlußplädoyer vorzubereiten, dem sie unter Bellis Anleitung den letzten Schliff gab. »Warten Sie, bis Sie ihr Schlußplädoyer hören – es ist hervorragend«, informierte er am nächsten Morgen stolz die Journalisten.

Golde schrieb ebenfalls sein Plädoyer. Von Dr. Warnocks Aussage erwartete er für die Anklage kaum eine Bedrohung – im Gegenteil. Es würde ihm erlauben, die Gutachterin mit Dr. Herrmanns wirklicher Antwort auf die Frage nach den hyperaufgeblähten Lungen zu konfrontieren. Dann konnte er sich in aller Ruhe ansehen, wie sie zappelte.

Zum zweitenmal hintereinander betrat Serena ohne jedes Lächeln den Gerichtssaal. Sie trug ein blauweißes Kleid, den obligatorischen Pferdeschwanz und ließ sich einfach auf den Stuhl neben Shelley Antonio plumpsen. Ihr Verhalten zeigte Sharri, wie nervös und gelangweilt sie war. Serena begriff nicht, wofür all diese Zeugenaussagen gut sein sollten.

Sharri fühlte sich merkwürdig schwach, als sie eifersüchtig zusah, wie Antonio und Belli Serena mit vertraulicher Herzlichkeit begrüßten. Flüchtig mußte sie daran denken, daß sie seit zwei Tagen nichts mehr gegessen hatte. Schon bei dem Gedanken an Essen wurde ihr schlecht. Unbewußt tastete sie nach dem halben Penny an der Kette unter ihrer braunen Bluse und sprach ein kurzes Gebet.

Im Vergleich zu Dr. Herrmanns Auftritt im Zeugenstand war Dr. Warnocks ruhige, fast scheue Haltung besonders auffällig. Antonio bemerkte diesen krassen Gegensatz vielleicht, aber sie wollte, daß Dr. Warnocks Schlußfolgerungen, und nicht die von Dr. Herrmann die letzten waren, die Richterin Margulies hörte, bevor sie das Verfahren beendete. Sie wollte außerdem zeigen, daß Matt Goldes scheinheilige Ungläubigkeit über die ›Fehlinformation‹ zwischen den beiden Ärzten eine klare Lüge war. Ganz gleich, was sie Dr. Warnock erzählt hatte, sollte sie später argumentieren: Dr. Herrmann selbst hatte am Tag zuvor Dr. Warnocks Fragen auf dem Zeugenstand beantwortet. Mallory Moores Lunge hatte die Brusthöhle gefüllt, und sie war nach der Entfernung nicht zusammengefallen. Was laut Dr. Warnock ein Zeichen für Asthmatod war.

Dr. Warnock bestätigte auf Antonios Fragen, daß ihres Wissens nach normale Lungen bei einer Entfernung aus der Brust auf die Größe einer Faust zusammenfallen. Lag jedoch eine

›Zerstörung durch Asthma vor, bleibt die Lunge ausgedehnt‹, wie in Mallory Moores Fall. Weiterhin müssen die Lungenflügel nicht die Mittellinie der Brust überlappen , um als ›hyperaufgebläht‹ zu gelten.

Unter Bezugnahme auf einen Artikel über pathologische Autopsie merkte sie an, daß es bekannt sei, daß Blutergüsse von einfacher Asphyxie verursacht werden, und nicht notwendigerweise von traumatischer Asphyxie. Sie blieb in diesem Fall bei ihrer Diagnose von Tod durch Asthma, und sie glaubte auch, daß ein Tod durch einen überraschenden Asthmaanfall durchaus das Opfer daran hindern konnte, um Hilfe zu rufen.

Nach nur einer halben Stunde übergab Antonio ihre Zeugin einem nur allzu bereiten Golde. Er trug wie gewöhnlich einen hellgrauen Anzug und stand langsam hinter seinem Tisch auf, als begebe er sich auf eine Mission. Ohne Zeit zu verschwenden erinnerte er Dr. Warnock daran, daß sie vorher ausgesagt habe, es sei wichtig, zu wissen, was ›die Lunge füllt die Brusthöhle‹ bedeute. Sie stimmte zu, daß sie den ›Fall nicht übernommen‹ hätte, wenn die Lunge nicht hyperaufgebläht gewesen wäre. Sie stimmte ebenfalls Dr. Herrmanns Einschätzung zu, daß bei einem nicht asthmatischen Tod der Luftdruck in der Lunge mit dem außerhalb der Lunge identisch war. Aber damit endete ihre Übereinstimmung. Diese Lunge würde sofort schrumpfen, wenn man sie aus dem Körper entfernte.

Wenn sie gewußt hätte, konterte Golde, daß Dr. Hermann Mallorys Lungen ähnlich wie die von Opfern eines nicht asthmatischen Todes beschrieben habe, hätte das ihre Meinung beeinflußt?

»Einspruch«, rief Antonio etwas zu laut. Ihre Stimme klang beunruhigt. Die Frage sei eine ›unvollständige Hypothese und keine vollständige Wiederholung der Fakten‹.

Margulies lehnte den Widerspruch ab.

Dr. Warnock antwortete, daß die anderen Beweise, die Krankengeschichte, die Eosinophile, die Schleimpropfen etc. trotzdem auf einen Asthmatod hinwiesen.

Jetzt witterte Golde seine Chance. Vor einigen Augenblicken hatte sie noch behauptet, daß sie ohne die Hyperaufgeblähtheit der Lungen und ohne die Gewißheit eines astmathischen Todes nicht eingewilligt hätte, in diesem Fall als Gutachterin auszusagen. Jetzt wankte sie, und diese Gelegenheit wollte Golde sich nicht entgehen lassen. »Wollen Sie damit behaupten, daß Sie die Lunge vollkommen außer acht lassen könnten und trotzdem einen Asthmatod bei Mallory Moore diagnostizieren würden?« Das war eine extreme Interpretation ihrer Worte.

Warnock zögerte. Es sei zwar strittig, was die Ausdehnung der Lunge anging, aber die anderen Symptome deuteten immer noch auf einen Asthmatod hin.

Golde drängte weiter. *Falls* sie den Zustand der Lunge außer acht ließe, könnte sie dann immer noch Tod durch Asthma folgern?

Dr. Warnock schien zu spüren, daß Golde versuchte, sie im Kreis zu führen. Als er seine komplizierte Frage stellte, hielt sie sich an ihre einfache Antwort. »Ich glaube, daß es eine starke – ich halte es für eine zwingende Schlußfolgerung, daß sie an Asthma gestorben ist, selbst wenn ich diese Informationen nicht gehabt hätte.« Ihre Stimme war leise, aber bestimmt.

Für Golde war das der Nagel zu ihrem Sarg. Er behauptete, daß die Ärztin ihre Geschichte geändert hatte, um ihr Gesicht vor Gericht zu wahren, als sie mit der Wahrheit konfrontiert worden war. Damit, so glaubte er, habe sie jede Glaubwürdigkeit verloren. Sie tat ihm fast leid, weil man sie so schlecht informiert und unvorbereitet in dieses Kreuzverhör hatte stolpern lassen. Belli und Antonio hatten unbestreitbar gemeinsame Sache gemacht und sie vorsätzlich falsch informiert. Trotzdem, jetzt, wo sie die Wahrheit wußte, hielt Dr. Warnock dennoch an ihrer ersten Meinung zur Todesursache fest. Für Golde sagte sie damit vorsätzlich zugunsten der Verteidigung aus, und das war unentschuldbar.

Nach Dr. Herrmanns zweiter Zeugenaussage war Golde ziemlich sicher gewesen, daß er ohne den geringsten Zweifel bewiesen hatte, daß Mallory Moore nicht an Asthma gestorben war. Nach Dr. Warnocks Untergang war er sich hundertprozentig sicher.

Es war vorbei. Daran bestand kein Zweifel.

32. KAPITEL

Der Rest des Donnerstagmorgens wurde mit ›Hausarbeit‹ verbracht, wie Margulies es ausdrückte, das hieß, Diskussionen darüber, welche Informationen, Polizeiberichte, medizinischen Dokumente und so weiter sie als Beweise zulassen wollten. Es war wie eine halbe Stunde Ruhe im Sturm.

Sharri und Michael saßen während des Verfahrens ausdruckslos da und rangen mit ihren Emotionen. Sie waren erleichtert, daß der Prozeß endlich vorbei war, und hegten die feste Hoffnung, daß ihre Tochter freigesprochen wurde. Die medizinischen Beweise lieferten ihrer Meinung nach ein starkes Argument. Die Richterin müßte schon die Aussagen beider Gutachter beiseite schieben, wollte sie Serena für schuldig befinden.

Doch in diese Hoffnungen der Moores mischte sich eine nagende Furcht, was das Ende des Verfahrens anging. Wenn Serena nun doch schuldig gesprochen wurde? Sie würde vermutlich mindestens zehn Jahre lang in eine Haftanstalt für Jugendliche kommen. Sharri konnte sich nicht vorstellen, wie sie den Verlust eines zweiten Kindes verkraften sollte. Zu ihrer Angst kamen noch der Streß und die Qual, öffentlich als Kinderschänder gebrandmarkt worden zu sein. Sie hätten diese Demütigung vielleicht noch ertragen, wenn es half, Serena freizubekommen, aber Michael war wütend darüber, daß Golde sich erdreistete, solche Anschuldigungen nur deshalb zu erheben, weil er ›hoffte, damit den Fall gewinnen zu können‹, und sich dann einfach aus dem Staub machte. Seine häufigen Bemerkungen an die Presse konnte man jedenfalls entnehmen, daß er den Fall nicht weiterverfolgen oder irgendeine Anklage erheben wollte.

Um zehn vor zwölf war die ›Hausarbeit‹ erledigt. Es wurde Zeit für das Schlußplädoyer der Staatsanwaltschaft. Michael war angespannt. Jetzt kommt es, mitten ins Gesicht.

Margulies sah Golde fragend an. »Sind Sie soweit?«

Er raschelte mit ein paar Unterlagen. »Ja.« Zuversichtlich stand er auf und richtete mit einem kurzen Schulterzucken sein Jackett. Goldes Schlußplädoyer würde die endgültige Zusammenfassung der vielen Beweisstücke sein, die er präsentiert hatte, und sollte seine Darstellung des Motivs erhellen, auf das er vorher nur kurz zu sprechen gekommen war. Einen Augenblick herrschte Stille im Gerichtssaal. Die Reporter hielten ihre Bleistifte bereit. Shelley Antonio hatte den Kopf zur Seite geneigt, um den Anklagevertreter besser sehen zu können. Belli hatte sich auf seinem Stuhl zurückgelehnt und starrte mit verschränkten Händen an die Decke. Serena wippte mit dem rechten Fuß. Golde blickte auf seine Notizen und hob dann den Kopf. Er sah die Richterin direkt an. Trotz der versammelten Aufmerksamkeit im Saal bestand das Publikum für ihn nur aus einer Person: Sandra Margulies.

»Euer Ehren, in den letzten zweieinhalb Wochen haben wir über die Kräfte geredet, die das Leben dieser Minderjährigen und ihrer Familie bewegt haben. Gutachter haben ausgesagt, und es gibt einen gemeinsamen Faden, der meiner Meinung nach nicht abzustreiten ist und zweifelsfrei bewiesen wurde. Diese Minderjährige hat einen Mord gestanden. Und man …« Seine Stimme hob sich dramatisch, während er sich mit einer Hand abstützte. »… gesteht nicht einfach so einen Mord!

Wem hat die Minderjährige den Mord gestanden? Sie hat ihn ihrem Tagebuch offenbart. Sie hat dem privatesten Ort gebeichtet, den sie hatte. Sie hat ihn der einzigen Person und dem einzigen Ding gestanden, der oder dem sie sich anvertrauen konnte. Es ist ein Tagebuch, das sie abgeschlossen hat. Ein Tagebuch, dessen Schlüssel sie danach versteckt hat.«

Bedenken Sie die Exaktheit dieses Geständnisses, forderte Golde auf. Serena hatte geschrieben, daß sie Mallory in ihr

Zimmer geholt, ihr gesagt hatte, daß sie sie liebte. »Wahrscheinlich stimmt das auch. Die Beweise zeigen meiner Meinung nach nicht, daß diese Minderjährige ihre Schwester aus gemeinem Haß umgebracht hat, obwohl ich genauso davon überzeugt bin, daß die Vierjährige ihre Schwester oft endlos genervt hat. Die wenigsten Morde geschehen aus Haß. Die Menschen töten immer wieder die, die sie lieben.«

Sharri sog hörbar die Luft ein. Ihr Herz hämmerte unregelmäßig in ihrer Brust. *Gott, hilf mir, das durchzustehen!* betete sie.

Wie hatte Serena nach eigenen Angaben Mallory getötet? Sie hatte ihr den Mund zugehalten und sie erstickt. Das paßte auf jeden Fall zu der Zeugenaussage von Dr. Herrmann. Zugegeben, Serena hatte nicht davon gesprochen, daß sie auf Mallorys Brust gelegen habe, aber ›wenn jemand bei jemand anderem auf der Brust saß‹, argumentierte Golde, »würden Sie erwarten, daß er schreibt: ›Ich saß auf seiner Brust und erstickte ihn‹?«

Golde warf einen kurzen Blick auf seine Notizen, bevor er sich auf die riesige und oftmals verwirrende Menge medizinischer Beweismittel stürzte. Als erstes nahm er sich Dr. Lawrence' Aussage vor.

Dr. Lawrence wußte Goldes Meinung nach nur ›sehr wenig über Asthma‹. Außerdem hatte er seine Diagnose sogar mitten in seiner Aussage geändert, habe von ›Tod durch Asthma‹ geschwafelt, und dann behauptet: ›Na ja, wenn's nicht für Tod durch Asthma reicht, ist es auch nicht genug, um Tod durch traumatische Asphyxie‹ diagnostizieren zu können. Außerdem waren einige Grundlagen seiner Argumentation vollkommen falsch, wie Dr. Herrmann gezeigt habe. Er schien nicht zu wissen, was Blutergüsse eigentlich sind, und er hatte es auch nicht für nötig befunden, Dr. Herrmann danach oder nach irgendeinem anderen Befund zu fragen.

Dr. Warnock war eine ganz andere Geschichte. Golde gab zu, daß sie ›sehr viel Fachwissen hat, was die Lunge‹ anging, obwohl ›Asthma nicht ihr Fachgebiet ist‹. Außerdem fehlte ihr sicherlich Erfahrung, was Obduktionen betraf. Verglich man nun die Zeugenaussagen von Dr. Lawrence und

Dr. Warnock, stellte man fest, daß sie nicht zusammenpaßten. Es konnten unmöglich beide recht haben. Dr. Lawrence begründete seinen Befund Tod durch Asthma mit Schleimpropfen und Eosinophile, während Dr. Warnock ihren Befund auf Aufblähung der Lunge und Ablösung des Epithels gründete. Während Dr. Lawrence die ›Lunge gar nicht berücksichtigte, betrachtet Dr. Warnock die Lunge als das wichtigste Element‹.

Dann war da noch das Problem mit den Blutergüssen. »Es ist sehr interessant«, erklärte Golde, »daß Dr. Warnock und Dr. Lawrence noch nie Blutergüsse bei Asthmaanfällen gesehen haben, aber ihre Diagnosen trotzdem darauf stützen.« Er hob seine Stimme. »Ich finde das unerhört!«

Nachdem er zehn Minuten lang die medizinischen Beweise der Verteidigung auseinandergepflückt hatte, nahm sich Golde die ›Beeinträchtigung der Wahrheit‹ vor, der sich die Verteidigung schuldig gemacht hatte. Dr. Warnock hatte bestimmte Antworten benötigt, und die ›Verteidigung hat verhindert, daß sie sie bekommen hat‹. Er spreizte effektvoll die Hände. »Ich äußere mich gewöhnlich nicht über das Verhalten der Verteidiger, aber dieses Verhalten ist absolut empörend.«

Genauso besorgniserregend war für Golde auch Dr. Warnocks Aussage. »Zunächst sagte sie, die Lunge sei der Schlüssel, und erklärte, daß sie ›nicht ausgesagt hätte, wenn sie darüber informiert gewesen wäre, daß sie nicht hyperaufgebläht gewesen war‹. Als sie heute mit der Tatsache konfrontiert worden ist, daß die Lunge normal gewesen ist, blieb sie trotzdem dabei, daß es sich um Asthma handelt.« Seine Stimme klang ungläubig. »Mir ist völlig schleierhaft, warum diese Gutachter hierherkommen und lügen.«

Zu guter Letzt, schloß Golde, habe sich herausgestellt, daß allein Dr. Herrmann ehrlich und zuverlässig sei. Deshalb war es für ihn klar, daß Mallory ermordet worden war. Die Frage war nur: Wer war der Mörder?

Der Staatsanwalt setzte zu einem Rundumschlag gegen die Familie Moore an.

»Bedenken Sie den Hintergrund der Minderjährigen, ihre Vorbilder. Ihre Mutter hat eine Umgebung geschaffen, in der diese Minderjährige sexuell mißbraucht, mißhandelt und seelisch gepeinigt wurde. Als Kind wurde sie von ihrer Mutter verlassen, ohne Nahrung, lieblos bei Verwandten abgegeben, in uringetränkten Betten liegen gelassen, wurde Zeugin, wie Männer kamen und gingen und wie ihre Mutter von diesen Männern zusammengeschlagen wurde. Ihr Leben, ihre Welt bestand aus Mißhandlungen und Gewalt. Es gab keine Liebe und keine Fürsorge. Es besteht kein Zweifel daran, daß Sharri Moore diese Minderjährige derart schrecklichen Dingen ausgesetzt hat, daß jetzt eine gewalttätige Person vor Ihnen sitzt.«

Golde warf einen Blick über seine rechte Schulter auf die Moores, als wollte er ihre Reaktion überprüfen. Michael erwiderte den Blick, ohne mit der Wimper zu zucken. Golde drehte sich sofort wieder zu der Richterin um.

Sharri bemerkte, ohne den Kopf zu wenden, wie die Stifte der Reporter neben ihr über das Papier flogen. Ihre Haut prickelte und ihre Hände fühlten sich kalt an.

Golde erinnerte Margulies an Dr. Wongs Zeugenaussage, daß Serena gedroht hatte, ihre Schwester umzubringen. So reagierte Serena auf Probleme: Sie drohte damit, die Leute umzubringen.

Und Dr. Bergs Aussage, daß Serena geistig krank war? »Ich denke, das ist unbegründet«, verkündete Golde. »Ich glaube, daß er diese Diagnose aus Befangenheit gestellt hat. Ich glaube, daß er im Prinzip bei jedem Menschen auf der Straße eine Art von Krankheit diagnostizieren kann.«

Dennoch habe auch Dr. Berg zugegeben, daß Serena ›gewalttätig‹ sei. Und als ›Mallory sexuell mißbraucht wurde, haben die Dinge eine dramatische Wendung genommen‹. Serena hatte versucht, ihren und den Mißbrauch ihrer Schwester zu beenden, aber keiner habe gehört. Was hatte Sharri Moore getan, nachdem Serena der Polizei von Carson City von diesem Mißbrauch erzählt hatte? Golde warf wieder einen Blick auf die Moores. »Hat sie mit Liebe, Mitgefühl und

Verständnis reagiert? Nein. Sharris Reaktion war: ›Wenn du das nicht widerrufst, hast du keine Familie mehr. Du wirst eine Waise sein, und keiner wird je wieder mit dir sprechen‹.«

Sharri zuckte zusammen, als hätte man ihr gegen die Brust geschlagen.

Was passierte, als Serena versuchte, Mallory in dem Kombi der Familie wegzubringen, um sie zu retten? Mallory landete wieder zu Hause, und Serena in einer psychiatrischen Klinik. (In Wahrheit war Serena in die Truckee-Meadows-Psychiatrie geschickt worden, *bevor* sie den Wagen gestohlen hatte.) »An diesem Punkt«, behauptete Golde mit dramatisch erhobener Stimme, »muß ihr klargeworden sein, daß sie nichts tun konnte, um Mallory dort rauszuholen. Sie konnte sie nicht wegbringen. Sie konnte nicht zur Polizei gehen. Sie hatte alles versucht.«

Golde zerlegte im folgenden Serenas Zeugenaussage und wies vor allem auf die ›absurden Lügen‹ hin, »die sie erzählt hat, die Meineide, die sie leistete. Der Klassiker war: ›Ich erinnere mich nicht.‹ Sie weigerte sich, zu sagen warum, und wollte die Frage nicht beantworten.«

Ebensowenig äußerte sich Serena klar zu den Vorwürfen über den Mißbrauch. »Sicher, es fiel ihr schwer, das zuzugeben«, meinte Golde. »Sie sagte: ›Ich glaube, daß es passiert ist, aber ich bin mir jetzt nicht mehr so sicher.‹ Es war klar, daß dieser Mißbrauch stattgefunden hat, so wie sie sich bei der Aussage benahm.«

Serena konnte nicht stillsitzen. Sie drehte sich auf ihrem Stuhl herum und lächelte über die Schulter ihrer Familie und ihren Freunden zu. Sharri beobachtete sie. Ihr war klar, was dieses Verhalten bedeutete. Margulies schien Serena ebenso scharf zu beobachten. Sie blickte nur kurz zu Golde hinüber, während sie die Angeklagte abschätzend musterte.

Golde schien nichts zu bemerken und machte weiter. Serena gab verschiedene Antworten, warum sie diese Eintragung ins Tagebuch gemacht hatte. Um Aufmerksamkeit zu erlangen, um die Fragen ihrer Mutter zu beantworten, usw.

Ein weiterer wichtiger Punkt war, daß Serena ihre Matratze

loswerden wollte. »Ich finde es ziemlich merkwürdig, daß eine Minderjährige solche Probleme damit hat, ihre Matratze zu behalten, vor allem, wenn es anscheinend keine Probleme gab, Mallorys Matratze zu behalten ... sie ist immer noch dort.« Was Mallorys Zimmer anging: »Sie hatte Alpträume deswegen«, was Golde zu der Schlußfolgerung führte: »Ich denke, es ist klar, daß sie ebenfalls sexuell mißbraucht wurde.«

Hatte Golde den Moores vorher schon ein Messer in die Brust gestoßen, dann begann er jetzt, es mittels seiner Schlußfolgerungen noch herumzudrehen.

»Der Stiefvater konnte ungestraft mit seinem Mißbrauch weitermachen, weil Sharri Moore niemals etwas sagen würde«, verkündete er. »Michael Moore war ihre Stütze. Er gab ihr ein Heim.« Außerdem mußte sich Michael Moore auch ›wegen der Polizei keine Sorgen machen‹. Ging die Minderjährige zur Polizei, bedrohte Sharri sie mit den Worten: ›Du hast keine Familie, du bist ein Waisenkind, wenn du deine Anzeige nicht zurücknimmst.‹

»Die Beweise schienen zu bestätigen«, fuhr Golde fort, »daß die Minderjährige zur Zeit des Mordes keinen Ausweg mehr sah. Sie konnte nichts tun. Also hat sie das ihrer Meinung nach einzig Vernünftige getan: Sie hat Mallory Moore umgebracht.«

Golde senkte dramatisch die Stimme. »Ironischerweise glaubten auch Sharri und Michael, daß sie Mallory getötet hatte, weil sie sie nicht zur Rede stellten, als sie diese Tagebuch gefunden haben. Sie gingen direkt zur Polizei.« Seine Stimme hob sich wieder. »Weil sie es wußten. Sie wußten es die ganze Zeit.

Ich denke«, schloß er, und betonte jedes Wort sehr sorgfältig, »es wurde ohne jeden Zweifel bewiesen, daß dieses Haus, diese Familie, eine Person geschaffen hat, die ihre Schwester tötete. Und es wurde bewiesen, daß sie schuldig des Mordes an Mallory Moore ist.

Danke.«

Golde setzte sich. In der plötzlichen Stille scharrte sein Stuhl laut über den Boden.

Margulies' Gesicht ähnelte einer starren Maske, als sie auf die Uhr blickte. Es war zwanzig vor eins. »Gut. Danke, Mr. Golde.«

Das Gericht vertagte sich auf Viertel vor zwei.

Während des Mittagessens hatte sich Serena das Haar zu einem Zopf geflochten, der ihr über den Rücken hing. Sie warf ihren Eltern ein Lächeln zu, als sie zum Tisch der Verteidigung ging, und setzte sich dann schnell hin. Sie wirkte etwas entspannter, weil jetzt ihre Verteidigerin sprach. Das Drehen mit dem Stuhl und das Herumgezappel hatte aufgehört.

Belli stellte sein Hörgerät ein, als Antonio aufstand. Ihre Stimme klang nervös, als sie formal Margulies, den Stellvertretenden Staatsanwalt und die Zuschauer begrüßte. »Dieser Fall ist eine Suche nach Wahrheit«, begann sie. »Und diese Wahrheit liegt in der Liebe zwischen Serena und Mallory. Es ist eine Liebe zwischen zwei Kindern, die nur sich selbst in dem Chaos einer Welt hatten, die unglücklicherweise zu oft an ihnen versagte.«

Jetzt kommt es, dachte Michael.

»Sie waren umgeben von Häßlichkeit und Bosheit, von Gewalt und Grausamkeit. Eine Grausamkeit, für die sie nicht verantwortlich waren. Serena und Mallory liebten sich. Für Serena war Mallory der einzige Mensch, von dem sie bedingungslose und tiefempfundene Liebe bekam. Und für Mallory war Serena die sorgende Schwester, die zweite Mutter, die sich um ihre Bedürfnisse kümmerte und ihr Aufmerksamkeit schenkte. Sie war die Wächterin. Sie war die Lehrerin.« Michael schloß die Augen. Er mußte mitanhören, wie die Beziehung zwischen Serena und Mallory als eine ›Oase inmitten des Hurrikans, im Zentrum eines Sturms von Schmerzen‹ beschrieben wurde, ›vom Staatsanwalt als ein zerrüttetes und kranken Familienleben geschildert, manchmal voller Drogen, voller Belästigung und vielleicht voller Mißbrauch, sowohl körperlich als auch sexuell‹.

Die Theorie der Staatsanwaltschaft aber, daß ›der letztliche Akt der Liebe Mord ist‹, sei unerhört, erklärte Antonio. »Die Anklage entweiht die heilige Liebe zwischen diesen beiden Kindern.«

Der Tagebucheintrag? Antonios Worte überstürzten sich, als sie versuchte, zu erklären, warum er geschrieben worden war. »Serena reagierte auf ein sehr emotionales Weihnachtsfest, hatte ihre Schwester verloren, ein Kind, ein Kind, für das Weihnachten sehr wichtig war, schrieb in ihr Tagebuch, daß sie die Verantwortung für den Tod übernahm. Es war ein verzweifelter Versuch, ein dramatischer Versuch, die Aufmerksamkeit ihrer Mutter zu gewinnen, sie zu bitten, mit den Fragen aufzuhören. Sie mußte dem Schmerz ein Ende bereiten.«

Antonio räumte ein, daß es einen Mörder im Haus der Moores gab. Ihre Stimme gewann wieder an Stärke. Und dieser Mörder hieß Asthma.

Wie zuvor Golde wiederholte Antonio die Worte der Gutachter und versuchte vor allem, die vernichtend geschlagene Zeugenaussage Dr. Warnocks zu stützen. Dr. Herrmann war zu seinen Befunden gekommen, weil er wenig über Asthma wußte und gar nichts über plötzlichen Tod durch Asthmaanfälle. »Die Anklagevertretung«, griff sie Golde an, »hat in dem Versuch, die Verteidigung zu verunglimpfen und sowohl sie als auch Dr. Warnock anzugreifen, behauptet, daß wir Dr. Warnock befangen gemacht hätten. Nun, zum Beispiel hat Dr. Warnock für diesen Fall nie ein Honorar gefordert.«

»Ich erhebe Einspruch«, unterbrach sie Golde. »Für diese Behauptung gibt es keine Beweise.«

Normalerweise wird während Eröffnungs- und Schlußplädoyers selten Einspruch erhoben. In diesem Teil des Verfahrens geben die Anwälte ihre Meinung kund, die auf den zu Protokoll gegebenen Fakten beruht, und das gilt auch für die zugewiesenen Freiräume in ihrer Logik. Antonio hatte jedoch in ihrer Befragung von Dr. Warnock keine Aussage darüber erhalten, daß sie kein Geld akzeptiert hatte.

Margulies gab dem Einspruch statt.

Antonio war aus dem Rhythmus gekommen. Sie blickte

auf ihre Notizen und ließ fünf Sekunden verstreichen, bevor sie weitersprach.

Sie behauptete, daß eine mögliche ›Befangenheit‹ höchstens bei Dr. Herrmann vorläge, der für das County arbeite und infolgedessen auch ›für das County aussage‹.

Und Dr. Herrmanns Bericht? Der Arzt hatte zugegeben, daß jemand Druck auf Mallorys Brust oder Rücken ausüben müßte, um die Blutergüsse hervorzurufen. Nur eine Hand über den Mund des kleinen Mädchen zu legen, konnte sie nicht umbringen. »Wenn das Tagebuch von der Anklagevertretung benutzt wird, um zu zeigen, daß Serena ein Verbrechen begangen hat«, erklärte Antonio, »dann muß es zu den Befunden der Gutachter passen. Das tut es aber nicht. Dr. Herrmann hat gesagt, daß es niemals so passiert sein kann, wie Serena es in ihrem Tagebuch beschrieben hat.«

(Antonio unterlief hier ein logischer Fehler. Sie hatte Dr. Lawrence darum gebeten, Serenas Geständnis mit den Befunden des Coroners zu vergleichen, nicht Dr. Herrmann selbst.)

Außerdem hatte ihre Großmutter in der Nacht nach Mallorys Tod in Serenas Bett geschlafen und weder Blut noch Speichel auf dem Laken gefunden. Das Blut und der Speichel waren auf *Mallorys* Laken gefunden worden.

Im Gerichtssaal herrschte Schweigen, als Antonio eine lange Pause machte, während sie ihre Notizen überflog. Dann kam sie auf den sexuellen Mißbrauch zu sprechen.

»Das Trauma am Anus ist in der Tat besorgniserregend. Was sagt uns das? Die Anklage versucht, eine seltsame und verdrehte Geschichte daraus zu machen, daß … daß der Stiefvater, Mr. Moore, Mallory mißbraucht hätte, Serena es gehört hätte und nach zwanzig Minuten in das Zimmer geeilt wäre. Denn Dr. Herrmann hat ausgesagt, daß die Erweiterung des Anus nicht groß genug gewesen sei, um durch einen Penis zur Todeszeit verursacht worden zu sein, daß es aber eine halbe Stunde früher passiert sein könnte.

Also, Serena hört den Mißbrauch, rennt plötzlich, eine halbe Stunde später, ins Zimmer, nimmt Mallory aus dem

Bett, legte sie in ihr eigenes Bett, tötet sie und bringt sie dann wieder zurück.« Antonio schüttelte den Kopf. »Das ist eine Menge Aktivität in einer Nacht. Die Mutter hat ausgesagt, daß sie alle fünfzehn Minuten in dieser Nacht wegen ihrer Ohrenschmerzen aufgewacht ist. Wenn in dieser Nacht soviel in diesem Haus los war, muß jemand etwas gehört haben. Aber in dieser Nacht hat keiner etwas gehört.«

Andererseits, was sollte das Gericht mit der Aussage von Dr. Lawrence anfangen, der die Anuserweiterung bei Mallory innerhalb ›normaler Grenzen‹ sah? Außerdem hatte er ›überhaupt keine Anzeichen von Rissen oder Narben gefunden‹. Ein weitere Disput, behauptete Antonio, in dem sich ›zwei Experten widersprachen‹.

Antonio bemühte sich, ›in die Gedankenwelt eines emotional gestörten Kindes zu steigen‹, um zu erklären, warum Serena, von Mallorys Tod außer Fassung gebracht und in dem Bemühen, die ständigen Fragen ihrer Mutter nach dem ›Warum?‹ zu beenden, impulsiv solch eine alberne Lüge in ihr Tagebuch gekritzelt hatte. Dort hatte sie schon andere Lügen aufgeschrieben.

Vielleicht fühlte Serena sich mitschuldig, weil sie es abgelehnt hatte, daß Mallory in dieser Nacht bei ihr schlief. Antonio wies hartnäckig darauf hin, daß diese Tagebucheintragung das Produkt einer Person war, ›die verletzt war und wollte, daß ihre Mutter aufhörte und ihr zuhörte‹.

Die Verteidigerin flocht eine Andeutung auf ihre ›Theorie von einem anderen Täter‹ ein, die sie schon in ihrem Eröffnungsplädoyer erwähnt hatte.

»Die Anklage behauptet, der Mörder sei im Haus gewesen. Aber es gibt keine stichhaltigen Beweise, die Serena damit in Verbindung bringen. Die Anklagevertretung hat sogar genügend Zweifel in ihren eigenen Ausführungen erhoben, die darauf hindeuteten, daß es vielleicht jemand anders im Haus gewesen sein könnte. Vielleicht derjenige, der Mallory mißbraucht hat. Derjenige, der das Trauma auslöste, das Dr. Herrmann diagnostizierte.«

Antonio geriet bei ihren Schlußfolgerungen wieder ins

Schleudern. »Ja, es ist eine tragische Familie, aber das beweist noch nicht, daß Serena irgendwen umgebracht hat. Wir können den Opfern sexuellen Mißbrauchs nicht die Schuld geben, weil die Gesellschaft sie nicht genügend schützt. Ich glaube, das hier ist eine Hexenjagd. Und Richter Brandeis hat in seiner Begründung von 1936 erklärt, und ich glaube, wir haben hier denselben Fall, er hat erklärt, daß Männer Frauen fürchten ... entschuldigen Sie. Männer fürchten Hexen und verbrennen Frauen.«

Das Zitat verpuffte wirkungslos. Antonio setzte sich.

Belli beugte sich zu ihr, um ihr zu gratulieren. Margulies bedankte sich mit ausdrucksloser Miene und verkündete eine zwanzigminütige Pause.

Nach der Pause durfte Golde seine Gegenrede halten. Erneut erinnerte er die Richterin an die medizinischen Befunde und stellte Sharri als nicht zuverlässige Zeugin hin. Sie hatte zwar ausgesagt, daß sie fast die ganze Nacht wach gewesen war und nichts gehört hatte – na und? »Es steht außer Frage«, behauptete er, »daß Sharri Moore gelogen hat. Sie hat darüber gelogen, was wirklich in dem Haus vorgegangen ist. Als Sharri Moore den Zeugenstand verließ, hätte man meinen können, sie beschrieb einen völlig normalen Haushalt mit einem leicht gestörten Teenager. Die Verteidigung selbst hat gewisse Zweifel an der Glaubwürdigkeit von Sharri Moores Zeugenaussage gesät. Sie ist ganz eindeutig unwahr.«

Sharri schnitt eine Grimasse. »Danke, Shelley«, murmelte sie. »Das hast du jetzt davon, wenn du deine eigene Zeugin widerlegen willst.«

In seinem Schlußwort kam Golde wieder auf das einzige Beweisstück der Anklage zu sprechen: Das Tagebuch. »Tatsache ist, daß diese Minderjährige aus ihren subjektiven Beweggründen, so tragisch sie auch sein mögen, ihre Schwester getötet und diese Tat gestanden hat. So einfach ist das.«

Plötzlich war das Verfahren vorbei. Nur das Urteil stand noch aus. Die Zuschauer hatten gewußt, daß dieser Augenblick kommen mußte, dennoch saßen sie wie erstarrt auf ihren Plätzen. Als könnten sie sich noch nicht von dem trennen, was sie eben gehört hatten, und ihre eigenen Leben weiterleben.

»Ich danke Ihnen«, sagte Richterin Margulies ruhig. »Damit sind die Plädoyers abgeschlossen. Das Gericht wird die Angelegenheit untersuchen. Wir vertagen uns auf morgen früh, zehn Uhr.«

Bevor irgend jemand etwas sagen konnte, drehte sie sich auf ihrem Stuhl herum, stand auf und verließ den Gerichtssaal.

Zehn Uhr morgen früh. Shelley Antonio seufzte, als sie ihre Aktentasche mit beiden Händen faßte und in dem vollen Aufzug gegen ihre Beine baumeln ließ. Sie sah Belli an. Er schwieg und starrte zu Boden. »Morgen früh«, sagte sie. Anscheinend bemerkte sie die Reporter um sie herum nicht. »Das ist zu schnell. Es ist kein gutes Zeichen.«

Belli knurrte zustimmend.

33. KAPITEL

Michael wachte am Freitag morgen auf. Der Himmel war bewölkt. Leise rollte er sich aus dem Bett und ging barfuß in die Küche, um Kaffee zu machen. Mit etwas Glück würde das Koffein ihn wachrütteln. In der letzten Nacht waren Sharri und er vor dem Fernseher eingeschlafen, er am einem Ende der Couch und sie am anderen, ihre Füße hatten sich unter der Decke in der Mitte berührt. Vage erinnerte er sich daran, wie sie gegen zwei Uhr ins Bett gestolpert waren. Sharris letzte Worte verfolgten ihn, als er Kaffee in den Filter der Kaffeemaschine abmaß. »Ich will nicht ins Bett gehen«, hatte Sharri protestiert. »Denn wenn ich aufwache, ist es morgen. Und ich habe Angst davor.«

Misty sprang auf die Spüle und rieb sich an seinem Arm.

Abwesend streichelte er das schwarze Fell der Katze. »Dein Kumpel kommt heute heim«, flüsterte er.

Sharri stolperte schlaftrunken gegen halb acht aus dem Schlafzimmer. »Kaffee«, stöhnte sie und lief in die Küche, als wäre sie eine einsame Oase. Seit drei Tagen war die dicke, schwarze Brühe das einzige, was sie herunterbekam. Der Gedanke an Essen bereitete ihr Übelkeit.

Einen Augenblick später betrat sie das Wohnzimmer und fand Michael vor dem Fernsehgerät. Er zappte durch die Kanäle.

»Was soll man sich eigentlich zu dieser Tageszeit ansehen?« murmelte er. Cartoons und Sesamstraße brauchte er nicht, die Nachrichtensendungen waren zu oft durch Werbung unterbrochen. Er schaltete die Kabelkanäle durch und blieb schließlich bei einer Wiederholung von ›Meine kleine Farm‹ hängen. Schnell war er von den Problemen Laura Ingalls gefesselt und konnte so seine eigenen kurz verdrängen. Sharri beschäftigte sich mit kleinen Aufgaben, sie fütterte die Katzen, leerte den Kaffeefilter, strich die Handtücher im Badezimmer glatt und machte die Betten. Dann strich sie wieder die Handtücher glatt. Vergeblich versuchte sie, die Ängste zu unterdrücken, die in ihr nagten und ihr kalte Schauer über den Rücken laufen ließen. Sie hatten über sechs Monate Trennung von Serena ertragen. Sechs Monate mit Polizisten, Anwälten, Gerichtsterminen und Zeugen. Sechs Monate mit hektischen Telefonaten, dem Zusammenraffen von Unterlagen, festgelegten Besuchen im Jugendgefängnis. Enttäuschung auf Enttäuschung. Der Schock der Beschuldigungen, die man gegen sie erhoben hatte.

Und jetzt war der Tag des Jüngsten Gerichts.

Gegen Mittag konnte Serena zu Hause sein. *Zu Hause.* Sharri unterdrückte die Tränen, als sie ihr Kissen aufschüttelte. Sie hielt inne, berührte kurz Mallorys Kleid und legte dann sanft das Kissen darauf. Endlich sehen zu können, wie Serena durch dieses Haus ging, ein Haus, in dem sie noch nie gewohnt hatte. Zu sehen, wie sie Misty streichelte, ihr eigenes Zimmer erforschte, ein selbstgekochtes Essen aß. Sie jeden

Abend ins Bett bringen zu dürfen. »O Gott, bitte!« flüsterte Sharri. Sie konnten neu anfangen, Hilfe für Serena suchen und wieder eine Familie sein.

Als sie stehenblieb und sich die Augen wischte, schaltete ihr Gehirn um. Sie distanzierte sich von jedem Gefühl und nahm einen Moment einen kalten, fast philosophischen Standpunkt an. Es ist, als wenn man stirbt, dachte sie. Als wenn das ganze Leben blitzartig vor einem aufleuchtet. In dieser Stunde stand ihr ganzes Leben auf dem Spiel, und sie konnten nur warten, bis eine höhere Autorität über ihr Leben entschied.

Sechs Monate, und dann konzentrierte sich alles in einem Satz.

Wie ein Raubtier lauerte der Channel-7-Übertragungswagen vor dem Gerichtsgebäude auf die Moores. Sharri erbleichte, dann wappnete sie sich. Sie und Michael hatten erwartet, daß die Kameras massiver als vorher wieder auffahren würden. Es ist Fütterungszeit im Mediendschungel, dachte sie, und wir sind die Beute.

Sie traten aus dem Aufzug und gerieten in ein Gewühl von Reportern. Kameras surrten, und die Menge rempelte. Die Rückkehr von CBS verstärkte das Chaos noch. »Da sind sie«, flüsterte jemand vernehmlich. Wie immer versteckte sich Sharri hinter ihrem langen Haar und beobachtete, wie der schmuddelige Boden unter ihren Füßen dahinflog, während sie zum Gerichtssaal lief. Daß sie es nie geschafft hatten, ihr Gesicht zu filmen, blieb ihre einzige Rache, ihre persönliche Vendetta gegen die neugierigen Augen der Medien. Ihr Magen rumpelte eigenartig, und sie erschauerte in ihrer dünnen elfenbeinfarbenen Seidenbluse und dem Rock, als die große Tür des Gerichtssaals ihre Verfolger abschnitt.

Im Gericht saßen noch mehr Reporter. Viele von ihnen kannte Sharri nicht. Und natürlich waren auch die Stammzuschauer da. Catherine Bowman vom *Chronicle*, Bob Salladay vom *Argus*, Raoul Mowatt vom *San Jose Mercury* und Anna

Garcia von Channel 7. Joan Lynch hatte ein Dutzend Buntstifte in der Hand und war darin vertieft, die drei Anwälte zu zeichnen, die nervös an ihren Tischen standen. Antonio trug wie üblich Schwarz. Belli schlurfte in einem dunklen Anzug auf seinen Stuhl zu. Er trug ein beiges Hemd und einen passenden Schlips.

Sharri blieb wie angewurzelt stehen, als sie zur Richterbank blickte. Es waren zu viele Gerichtsdiener da. Sie zählte drei, nein, vier. Sie hatte nicht gewußt, daß man bei einer Urteilsverkündung zusätzliche Gerichtsdiener brauchte. In ihrem Magen schien plötzlich ein Eisblock zu wachsen. Serena würde schuldig gesprochen werden, das war klar. All diese Gerichtsdiener waren dazu da, sie zurückzuhalten, wenn sie ausflippte, wenn sie hochsprang und anfing zu schreien.

»Michael«, sagte sie und grub ihre Finger in seinen Arm. »Sieh dir die alle an! Was sollen die hier? Irgendwas stimmt nicht!«

»Nein, aber nein.« Seine Stimme war ruhig und sachlich. »Sie sind nur da, um uns zu helfen, mit all den Reportern fertig zu werden.«

Sharri sah ihn an und musterte sein Gesicht. Er nickte ihr beruhigend zu und führte sie dann zu ihren Plätzen am anderen Ende des Gerichtssaals. Sie ließ das Thema fallen, war aber keineswegs beruhigt.

Pastor Doug und seine Frau Sheila saßen eine Reihe hinter ihnen und beugten sich vor, um sie zu umarmen. Esther Corren und ihr Freund Greg kamen kurz danach herein, gefolgt von Mary. Sie setzten sich links neben Sharri. Michaels Eltern begrüßten sie auch. Lana Bridges, ihre Ex-Nachbarin aus der Lucia Street, drückte Sharri fest an sich, bevor sie sich setzte.

»Es wird alles gut werden«, sagte sie. »Alles wird gut.«

Sharri lächelte angespannt. »Es gibt einfach zuviel begründeten Zweifel«, sagte sie und zwang sich, ruhig zu klingen. »Sie können Serena unmöglich verurteilen.« Sie setzte sich und wartete die letzten, endlos scheinenden Minuten. Sie weigerte sich, einzugestehen, daß sie die letzte Bemerkung nicht für Lana, sondern für ihren eigenen Seelenfrieden gemacht hatte.

Doug hatte den kurzen Wortwechsel gehört und nickte in schweigender Zustimmung. Er glaubte zuversichtlich, daß Matt Golde nicht gewonnen hatte. Der Junge greift nach Strohhalmen, um Himmels willen, dachte er. Er hat nichts bewiesen. Gestern hatte er ein Motiv für ein sexuelles Verbrechen geliefert, für das niemals jemand angeklagt worden war. Das war kein richtiges Motiv; das war nur ein Stellvertretender Staatsanwalt, der versuchte, einen schwachen Fall zu retten.

»Unsere Hauptsorge«, sagte Michael leise zu einem Journalisten rechts neben ihm, »ist, was wir mit Serena machen, wenn alles vorbei ist. Ihr hat das alles so geschadet. Wir müssen ihr Hilfe besorgen.«

Der Tumult vor der Richterbank zeigte Serenas Ankunft an. Sie trug ein blaues, geblümtes Kleid, hatte das Haar in einen Pferdeschwanz gebunden, lächelte und winkte ihren Eltern zu. Sie benahm sich locker, fast fröhlich. Sie empfand eine Mischung aus Besorgnis und Glück. In der letzten Woche hatte sie im Jugendgefängnis über ihr wechselhaftes Schicksal nachgedacht und war überzeugt, auf festem Boden zu landen. Sie hatte die ganze Zeit ihre Unschuld beteuert. Heute würde die Richterin das bestätigen.

Sie würde nach Hause gehen.

Als Serena sich auf ihren Stuhl setzte, beugte sich Shelley Antonio zu ihr hinüber und umarmte sie. »Alles wird gut«, flüsterte sie, »ganz gleich, was passiert.« Sie strich Serena kurz durchs Haar und hielt ihre Hand fest. Belli klopfte Serena auf die Schulter, bevor er sich auf seinen Stuhl setzte.

Sharri beobachtete sie und spürte, wie ihr Herz aussetzte. Es war unfair, zusehen zu müssen, wie Serena von genau den Anwälten umarmt wurde, die sich gegen sie und Michael gestellt und verhindert hatten, daß sie ihre Tochter besuchen durften. Sie sehnte sich danach, Serena in die Arme zu nehmen, sie zu küssen und durch ihr dichtes Haar zu streichen. Sobald die Richterin den Freispruch verkündet hatte, würde sie aufspringen und Serena fest umarmen, ganz egal, ob es Shelley Antonio oder den Gerichtsdienern gefiel oder nicht.

Richterin Margulies kam mit unbewegtem Gesicht herein und riß Sharri wieder in die Gegenwart zurück. Sie spürte, daß Esther an ihrer linken Hand zog; fast automatisch verschränkten sie ihre Finger. Michael rieb seine feuchte Handfläche an seiner Jeans trocken.

»Nehmen Sie Ihre Plätze ein, Ruhe im Gerichtssaal!« rief ein Gerichtsdiener.

Die Richterin verschwendete keine Zeit. »Nehmen Sie zu Protokoll, daß beide Anwälte anwesend sind und die Minderjährige anwesend ist …«

Es geht zu schnell! Sharri geriet fast in Panik. *Ich kann ihr nicht folgen. Was sagt sie?* Unbewußt packte sie Esthers Hand, bis ihre Knöchel weiß wurden. Ein plötzlicher Schauer überlief sie von oben bis unten, und sie fühlte sich schwach und desorientiert. Vage nahm sie das Rascheln von Papier wahr, als die Reporter in ihrer Nähe leise mitschrieben.

»… Das Gericht erklärt, daß die Staatsanwaltschaft bewiesen hat …«

Jemand neben ihr sog hastig den Atem ein. Bei dem Wort ›bewiesen‹ senkte Sharri den Kopf. Sie brachte kein Geräusch über die Lippen, konnte nicht weinen, nicht einmal atmen.

»… jenseits aller begründeten Zweifel, daß die Ursache, die zum Tode von Mallory Moore führte, traumatische Asphyxie gewesen ist …«

Serena preßte sich steif gegen ihre Rückenlehne und erstarrte.

»… und daß die Minderjährige …«

In diesem Augenblick schien für Sharri die Zeit stillzustehen. Sie hatte das Gefühl, als schwebe sie im Weltraum. Nur der schmerzhafte Druck von Esthers Hand hielt sie auf dem harten, hölzernen Stuhl.

»… den Tod von Mallory Moore verursacht hat. Das Gericht hält das für einen Mord zweiten Grades.«

Serena konnte keinen Muskel bewegen, als läge ein Zehn-Tonnen-Gewicht auf ihren Schultern. Wie konnte die Richterin sagen, daß sie schuldig war? Und das vor all diesen Leuten? Es war so *demütigend*!

Bei den letzten Worten stieg heiße Wut in Pastor Doug hoch. Später sollte er einem Reporter sagen: »Gott ist perfekt, das System nicht – heute hat die Justiz Gott bestimmt keinen Dienst getan.«

Michael stieß einen langen, schweren Seufzer aus, als Sharri schluchzend gegen Esthers Brust sank. Richterin Margulies sprach weiter und verkündete, sie brauche länger als die üblichen zehn Tage, um alle ›Möglichkeiten auszuloten‹, inklusive psychiatrischer Behandlung, wie mit Serena weiter zu verfahren sei. Nebel schien sich über den Gerichtssaal zu senken, als sie Antonio und Golde für eine Konferenz an den Richtertisch beorderte. Serena blieb stocksteif am Tisch der Verteidigung sitzen. Belli saß links neben ihr, Antonios leerer Stuhl dazwischen. Sie redeten nicht miteinander.

Die meisten Reporter waren von dem Urteil überrascht. Bob Salladay fand nicht, daß Golde diesen Mord zweifellos bewiesen hatte. Wagners im Nachrichtenraum von CBS Channel 5 hatte ganz und gar auf Freispruch gesetzt. Wenn man die übliche konkurrenzbedingte Hast unter den Journalisten bedachte, war die schweigende Reaktion der Reporter auffallend uncharakteristisch. Nicht ein einziger Medienvertreter sprang auf und rannte zur Tür, um als erster die Nachrichten zu verkünden; keiner flüsterte oder stieß verschwörerisch seinen Nachbarn an.

Nachdem Sharri sich einige Minuten an Esthers Schulter ausgeweint hatte, rückte sie weg und spürte die Blicke, die sich auf sie richteten. In der Reihe schräg vor ihr starrte Catherine Bowman vom *Chronicle* über die Schulter zurück und beobachtete Sharris Reaktion. »Es ist nicht wahr«, flüsterte Sharri. »Es stimmt nicht!« Bowman senkte den Kopf und drehte sich weg, um sich Notizen zu machen.

Sharri wandte sich zur Seite und blickte Michael an. Er wirkte seltsam geistesabwesend und rieb sich mit einer Hand ständig übers Bein. Sie konnte seine schweren Atemzüge hören. »O Michael!« rief sie, packte seine Hand und lehnte sich an ihn. Sie fing an zu zittern. Er hielt sie fest und schloß die Augen.

Die Besprechung am Richtertisch dauerte an; im Gerichtssaal herrschte bis auf Sharris ersticktes Schluchzen erwartungsvolle Stille. Serena hatte sich immer noch nicht bewegt. Schließlich kehrten Antonio, Golde und die Richterin auf ihre Plätze zurück.

»Wir haben uns auf einen Anhörungstermin in drei Wochen geeinigt«, verkündete Margulies. Sie blickte Serena an. »Du hast das Recht, in zehn Tagen dein Strafmaß zu erfahren. Willigst du ein, auf dieses Recht zu verzichten und die Urteilsverkündung um drei Wochen zu verschieben, damit ich zusätzliche Zeit bekomme, eine angemessene Unterbringung für dich zu finden?«

Serenas Stimme war kaum zu hören. »Ist mir egal. Fein.« Zum erstenmal seit dem Urteil bewegte sie sich. Sie drehte den Kopf zur Seite und formte mit den Lippen lautlos ein Wort.

»Schlampe.«

Richterin Margulies bemerkte es nicht. »Ich gebe hiermit zu Protokoll, daß die Minderjährige auf ihr Recht verzichtet hat. Die Urteilsverkündung findet am Freitag, den 2. Juli um 14 Uhr statt.«

Bevor Sharri protestieren konnte, wurde Serena von einem Gerichtsdiener weggeführt. Die Stille war plötzlich vorbei, als die Reporter auf den Flur drängten, wo sie die Anwälte mit Fragen bedrängten. Sharri und Michael blieben mit ihrer Familie und ihren Freunden in dem sich langsam leerenden Gerichtssaal.

»Mr. Grimes«, bat Sharri einen Bewährungshelfer, »ich weiß, daß heute keine normalen Besuchszeiten sind, aber könnte ich nicht trotzdem heute nachmittag zu Serena? Bitte!« Sie hielt inne und holte bebend Luft, während ihr die Tränen über die Wangen liefen. »Wir müssen sie einfach in den Arm nehmen. Sie muß erfahren, daß wir sie immer noch lieben.«

Grimes versicherte ihr respektvoll, zu tun, was er konnte.

Die Freunde kamen Sharri zu Hilfe, die unkontrolliert zitterte. Arme und Beine schlugen gegen den Holzstuhl. Michael zog ruhig einige Papiere mit handschriftlichen Notizen aus der Tasche. Er überflog sie sorgfältig und übte im stillen, wie er die Worte laut lesen wollte.

»Warum schleicht ihr euch nicht aus der anderen Tür heraus, wo sie auch Serena hinausgeführt haben?« schlug ein Freund vor. »Dann müßt ihr euch nicht dem Aufruhr da draußen stellen.«

Michael schüttelte den Kopf. »Ich will eine Erklärung abgeben. Wir müssen hinausgehen, damit ich sie vorlesen kann.« Sein Blick fiel erneut auf die Worte, die er und Sharri sich in der Nacht zuvor so sorgfältig überlegt hatten. Obwohl sie mit einem Freispruch gerechnet hatten, waren die Moores sich einig gewesen, daß sie den Gerichtssaal nicht verlassen wollten, ohne zu all den Beschuldigungen Stellung zu nehmen, die unbeantwortet geblieben waren. Sie hatten das Gefühl, daß Serenas Anwälte sie den Wölfen zum Fraß vorgeworfen hatten und daß Golde nicht damit durchkommen durfte, den Charakter eines Menschen derart zu diffamieren, und dann einfach zur Tagesordnung überzugehen.

Die Presse würde endlich bekommen, was sie wollte: Serenas Eltern stellten sich den Fernsehkameras.

Die kleine Gruppe um die Moores marschierte ins Foyer des Gerichtssaals, durch die dünne Wand hörten sie bereits das Gedränge auf dem Flur. Irgend jemand öffnete die Tür und eine Flut von streitenden Stimmen und Lärm drang hinein. Das Foyer war in das grelle Licht der Scheinwerfer eines Fernsehteams getaucht. Sharri zuckte mit weit aufgerissenen Augen zurück.

»Schließen Sie die Tür! Machen Sie sie zu!« befahl Lana.

»Ich bin der Meinung«, verkündete Matt Golde den wartenden Reportern, »daß sie einen anderen Menschen getötet hat. Das ist ein sehr schwerwiegendes Verbrechen. Ich betrachte sie als einen potentiell gefährlichen Menschen. Ich glaube weiterhin, daß die Familie, besonders Sharri Moore und der Stiefvater, im hohen Maß dafür verantwortlich ist, weil sie ein

Umfeld geschaffen hat, in dem dieses Mädchen zu einer Mörderin geworden ist ... Sie hat ein exaktes und detailliertes Geständnis abgelegt.« Er spreizte die Hände. »Der Asthmafaktor wurde von der Verteidigung fabriziert. Man gesteht nicht einfach so einen Mord.«

»Ich bin empört«, konterte Antonio. »Wenn in diesem Fall kein begründeter Zweifel angebracht war, dann ist er es nie. Unsere Mandantin kann einfach nicht glauben, daß diese verrückte Tagebucheintragung, die sie vier Monate nach dem Tod ihrer Schwester gemacht hat, der Grund sein soll, für etwas verurteilt zu werden, das sie nicht getan hat.«

Bellis rauhe Stimme übertönte das Getöse. Er klang angewidert. »Sie ist absolut unschuldig. Warum mußten all diese Menschen hierherkommen und andeuten, es hätte Mißbrauch und das alles stattgefunden und noch mehr Rätsel ins Spiel bringen, noch mehr mögliche Täter, um dann mit einem solchen Urteil aufzuwarten?«

»Wie verhält es sich mit dem sexuellen Mißbrauch?« fragte einer der Reporter Golde. »Was werden Sie diesbezüglich unternehmen?«

»Wenn Serena den ersten Schritt tut und Anklage erheben will, eine Aussage macht, werden wir ermitteln«, gab er zurück, »wie wir in jedem anderen Fall auch ermitteln würden. Ich bin sehr daran interessiert. Meine Tür steht offen.«

Im Foyer wartete Michael benommen darauf, bis sich das Schlachtgetümmel der Anwälte gelegt hatte. Die Aussicht, sich den Kameras stellen und vor so vielen Menschen seine Erklärung verlesen zu müssen, machte ihn nervös. Von ihnen beiden konnte Sharri sich besser ausdrücken. Es war Michael schon immer schwergefallen, Worte zu Papier zu bringen, sowohl konzeptionell als auch, was die Logik anging. Er konnte nicht gut schreiben. Sharri hatte in der letzten Nacht den größten Teil ihrer Erklärung verfaßt. Unwillkürlich berührte er die Blätter. Sharri war heute jedoch nicht in der Verfassung, ihre eigenen Worte vorzulesen.

»Wir müssen sie stützen«, hörte er jemanden sagen. »Sie wird ohnmächtig.«

Er sah seine Frau an. Ihr Gesicht war weißgrau, als sie sich schwach gegen eine Wand lehnte. »Ich werde unsere Erklärung vorlesen«, flüsterte er ihr zu. »Geh du weiter und bring dich vor den Kameras in Sicherheit.«

Entschlossen schüttelte Sharri den Kopf. Diesmal nicht. Er brauchte sie. Sie hatte die Worte geschrieben, die er vorlesen wollte. Sie spiegelten die schmerzerfüllten Wochen wider, die sie durchgemacht hatten, nachdem ihr Privatleben von den Anwälten und den Medien beschmutzt worden war. Heute würden die Reporter ihr Gesicht sehen. Sie würden sehen, wie sie neben ihrem Ehemann stand, wo sie hingehörte, und mit aller Kraft unterstützte.

»Nein. Ich bleibe bei dir.«

Eine Freundin protestierte. »Da draußen benehmen sie sich wie die Hyänen.«

Lana legte ihr einen Arm um die Schulter. »Wir bleiben bei dir, wir stehen neben dir.«

Plötzlich durchspülte Sharri ein Gefühl der Bitterkeit wie eine Schockwelle, und sie hatte einen metallischen Geschmack im Mund. »Ich muß meiner Mutter sagen, welche Rolle sie hier gespielt hat«, spuckte sie förmlich heraus. »Die Kronzeugin der Anklage!«

Doug tätschelte ihren Arm. »Das wird nichts nützen.«

»O Gott«, jammerte sie plötzlich, während ihre Knie nachgaben. »Ich will nicht mehr hier sein.«

Lana bemühte sich, sie aufrechtzuhalten. Sharri kauerte sich zusammen, als der Schmerz über ihr zusammenschlug. Mallorys Tod, die Wochen der Ahnungslosigkeit, warum sie gestorben war, der Verlust Serenas, das Verfahren, die Beschuldigungen und die entsetzlichen Gerüchte. All diese quälenden Tage und Nächte, in denen sie sich mit Serenas Problemen herumschlug, hatten ihr keine Zeit gelassen, sich zu erholen. Sie klammerte sich an Lana und Esther fest und kämpfte vergeblich darum, ihre Beherrschung wiederzuerlangen. Sie hatte keine Wahl: Sie mußte sich den Kameras stellen.

Draußen vor dem Foyer verstummten die gedämpften Stimmen.

»Komm, es ist Zeit«, drängte Michael sie.

Die Tür wurde geöffnet.

Sharri wurde sofort von einem grellen Licht geblendet, als käme ihr eine Lokomotive in einem dunklen Tunnel entgegen. Undeutlich nahm sie Menschen vor sich wahr, die miteinander redeten und Notizen machten. Sie wurde zum Licht gedrängt, in ein Getümmel von surrenden schwarzen Kästen und fremden Gesichtern. Wie ein Zombie bewegte sie sich neben Michael, bis sie spürte, daß er stehenblieb. Sie fühlte weder Lanas Arm um ihre Schultern noch die Hände einer anderen Freundin, die ihren zitternden Arm stützte. Sie wußte nicht, daß ihre Lippen bebten und ihr Gesicht tränenüberströmt war. Sie spürte nicht einmal ihre Füße auf dem Boden. Sie war ein körperloser Kopf, der in einem gleißenden Weiß schwebte und vor den Kameras hin und her schwankte.

Dann hörte sie Michael neben sich sprechen ... oder war er Meilen entfernt?

»Wir wissen die Hilfe, Arbeit und Unterstützung sehr zu würdigen, die meine Stieftochter von Miss Antonio und Mr. Belli bekommen hat«, las er tonlos. »Wir haben in den letzten fünfeinhalb Monaten zusammengearbeitet, und ihre Sorge um Serena war offensichtlich.

Aber wir sind verletzt und desillusioniert von einem Rechtssystem, in dem die Wahrheit allein nicht reicht, um freigesprochen zu werden. Wir haben verwundet und verwirrt zusehen müssen, wie sowohl der Staatsanwalt als auch die Verteidigung uns durch ihre abscheulichen und unwahren Charakterisierungen über das Umfeld, das wir unseren Kindern boten, geopfert haben. Beide, um diesen Prozeß zu gewinnen.«

Ohne aufzublicken, las er weiter.

»Unsere Tochter war und ist seit vielen Jahren emotional gestört. Wir haben all diese Jahre versucht, ihr zu helfen, bis an den Rand unseres finanziellen und emotionalen Ruins. Beide Parteien in diesem Prozeß haben es vorgezogen, ihre

Ansichten auf die absurden Beschuldigungen einer ebenfalls gestörten Familienangehörigen zu stützen, die in einem anderen Staat lebt und kaum eigene Kenntnisse über unser Leben besitzt, statt ihre Aufmerksamkeit unseren Freunden, der Familie und den Geistlichen zu schenken, die aus Erfahrung wissen, daß unser kleines Mädchen von Liebe umgeben war und jede bereichernde Erfahrung genossen hat, die uns möglich war. Unserer älteren Tochter ging es ebenfalls gut. Beide Parteien in diesem Prozeß haben die Ansichten und Erfahrungen der anderen Jugendlichen ignoriert, die viel Zeit in unserem Haus verbracht haben, seit sie Kinder waren, und die den sorgenden und großzügigen Lebensstil hätten bezeugen können, der dort herrschte. Die emotionale Störung unserer älteren Tochter hat trotz all unserer Bemühungen verhindert, daß sie von all dem profitieren konnte.«

Michael stockte. Sharri sah ihn wie durch einen Nebel an und bemerkte zum erstenmal, daß er eine Sonnenbrille trug. Die getönten Gläser verbargen die Tränen in seinen Augen. Einen Augenblick hatte sie Angst, daß er nicht weitermachen könnte.

»Wir werden den Verlust unseres kleinen Mädchen für den Rest unseres Lebens nicht verwinden«, fuhr er fort. »Und mit Gottes Hilfe werden wir versuchen, denen zu vergeben, die uns mit Schmutz beworfen haben, wie sie auch die Erinnerung an die kurze, aber kostbare Zeit in den Dreck zogen, die wir mit ihr verbringen durften. Unsere Liebe zu unserer älteren Tochter wird ebenfalls so stark wie immer sein.«

Er ließ die Blätter sinken und blickte zum erstenmal auf. »Danke«, sagte er abschließend und war einen Augenblick verwirrt von der Menge der Menschen und Kameras vor ihm.

Sharri fühlte, wie ihre Lippen sich bewegten. »Das ist alles.«

Plötzlich wurde sie zum Ausgang gedrängt. Die Hölle brach los, als die zahlreichen Kameramänner und Reporter sich drängelten, Fragen stellten und einen besseren Standort erkämpfen wollten. Vergeblich versuchte Pastor Doug, ihnen den Weg zu verstellen. Sie hetzten hinter Sharri her, als sie wie ein verängstigter Vogel in den Flur floh. In dem Augenblick schoß eine Hitzewelle durch ihren Körper, und langsam kehrte Gefühl zurück in die Finger, die Hände, die Arme, die Brust und die Lunge. Ihre Füße bewegten sich schnell, sie lief, als würde man sie ziehen. Lanas blondes Haar wehte vor ihr. Die großen Doppelglastüren schimmerten vor ihr, dahinter lag der betonierte Innenhof. Zur Tür, zur Tür! spornte sie sich selbst an. Michael lief vor ihr, Freunde neben ihr.

Die Füchse jagen uns, schoß es ihr wirr durch den Kopf.

Sie sah, wie sich die Tür öffnete, wie Michael hindurchstürmte, fühlte den kühlen Wind auf ihrem Gesicht. Dann wurde es dunkel. »Ich schaffe es nicht!« stieß sie hervor und fiel in Ohnmacht. Lana drehte sich um, als Sharri auf dem Betonboden zusammenbrach. »Michael, Hilfe!«

Michael, Lana, Esther und Mary drängten sich um Sharri und versuchten sie vor dem Angriff der Reporter zu schützen, die sich durch die Tür drängten. Einen Augenblick später waren sie von Kameras umstellt, die den medizinischen Notfall in sich aufsogen wie Haie in einem Freßwahn. Nur der junge Kameramann von Channel 7 legte seine Ausrüstung weg und half. Er war Sanitäter, erklärte er Doug, und wußte, was zu tun war. Sie mußten Sharris Füße anheben und ihr Platz zum Atmen verschaffen.

Die anderen Kameras surrten weiter.

Doug war außer sich. »Um Gottes willen, laßt sie doch in Frieden!« schrie er mit vor Wut erstickter Stimme.

Esther kniete neben Sharri und wirbelte bei seinem Ausruf zu den Kameras herum. »Laßt sie in Ruhe!« schrie sie.

Immer und immer wieder sollten ihre Worte in den Nachrichtensendungen rund um die Bay Area widerhallen.

Doug musterte Sharri besorgt. Sie bewegte sich nicht. »Jemand muß 911 rufen!« Judy Schaeffer, die Produzentin von ›Eye to Eye‹, rannte zum nächsten Telefon.

Sharri kam wieder zu Bewußtsein und hörte ein Stimmengewirr über sich. O Gott, dachte sie gehetzt. Bring mich hier weg! Die Geier hockten auf ihren Ästen und schielten auf sie herunter, während sie hilflos am Boden lag. Michael hockte rechts neben ihr. Sie konnte Doug, Mary und Lana sehen. Eine kräftige Hand begann, sanft ihr Haar zu streicheln. Wer war das? Langsam glitt ihr Blick von zwei Knien in einer Khakihose zu einem Abzeichen und dem Gesicht eines jungen blonden Gerichtsdieners neben ihr, der sie beschützte. Sie wollte etwas sagen, aber sie war einfach zu erschöpft. Sie schloß die Augen.

»Sharri! Ich bin's, Mel Belli!« durchdrang eine Stimme dröhnend die Wolken. Sie öffnete kurz die Augen und sah die schwergewichtige Gestalt des Anwalts. »Wir können eine Menge tun«, erklärte er. »Und das werden wir auch.«

Sie fiel wieder in Ohnmacht, erwachte, verlor das Bewußtsein, kam wieder zu sich. Ihre Erschöpfung wurde wellenförmig durch eine geschärfte Wahrnehmung abgelöst. Esther ermunterte sie, durchzuhalten. Die Hilfe nahte. »Ich will keine Sanitäter«, bettelte Sharri. »Ich will einfach nur nach Hause. Bringt mich nach Hause.« Ihr Kinn bebte, und sie begann zu weinen, als irgendwo in der Entfernung eine Sirene aufheulte. Erst als sie aufhörte, wurde ihr klar, daß der Krankenwagen für sie war. »Nein«, protestierte sie erneut. »Bringt mich einfach nur nach Hause.«

Die Reporter hielten sich abwartend im Hintergrund und sahen zu. »Das ist furchtbar«, bemerkte Anna Garcia von Channel 7. Ein Kollege nickte zustimmend.

»Alles zurücktreten!« kommandierte jemand, als sich Feuerwehrmänner und Sanitäter mit einer Rollbahre durch die Menge drängten, die ein paar Schritte zurückwich. Sharri fühlte, wie man ihr eine Maske aufs Gesicht drückte und ein Stoß frischen kalten Sauerstoffs ihre Lunge füllte. Ihre Müdigkeit verflog sofort. »Ich will nicht ins Krankenhaus«, erklärte sie dem Sanitäter neben sich.

»Ich weiß, schon gut«, sagte der beruhigend. »Aber wir müssen sichergehen, daß mit Ihnen alles in Ordnung ist.«

Starke Arme zogen sie hoch. Die Stahlbeine der Trage wurden gesenkt, damit sie sich drauflegen konnte, doch sie brach zusammen, bevor sie sie erreichte. Sie spürte, wie die Kameras wieder klickten und mehr Hände nach ihr griffen, um ihr aufzuhelfen. Dann wurde sie weggerollt und preßte beide Augen zu, um die Gaffer nicht sehen zu müssen. Schließlich hob man sie in einen Krankenwagen. Michael und der Sanitäter setzten sich neben sie.

»Bitte, es geht mir wieder gut, bitte.«

Der Sanitäter lächelte schwach. Er war etwa Mitte Dreißig, etwas dicklich und trug eine Brille. Er tätschelte ihre Hand und erklärte, daß ihr Blutzucker vermutlich gesunken war, weil sie nichts gegessen hatte. Außerdem sah sie auch aus, als litte sie unter Wassermangel. Wahrscheinlich brauchte sie nur Essen und Ruhe, aber er wollte sichergehen.

Im St. Rose Hospital kümmerten sich Krankenschwestern um sie, schlossen sie an einen Herzmonitor an und nahmen ihr Blut ab. Sie drückte immer wieder die Sauerstoffmaske weg, bis man sie ihr endlich abnahm. Sie wollte nichts essen.

»Werden Sie zu Hause etwas essen?« wollte eine Schwester wissen. Michael versprach, daß er dafür sorgen würde.

Doug, Michaels Eltern, Lana, Mary, Esther und Greg saßen in der Halle und sahen fern, während sie auf Sharris Entlassung warteten. Um 11 Uhr 30 sahen sie in den Channel-7-Nachrichten das, worauf sie sich vorbereitet hatten. Das Urteil und Sharris Zusammenbruch waren der Knüller, zusammen mit einem hastig zusammengestoppelten Bericht von dem Getümmel. Anna Garcia stand ›live‹ auf den Stufen des jetzt ruhigen Gerichtsgebäudes.

»Der sogenannte ›Tagebuch-Mädchen‹-Fall endete heute in der East Bay mit einem Schuldspruch. Als die Mutter das Urteil hörte, brach sie zusammen.

Ein ergreifendes Ende eines ergreifenden Falles …«

TEIL 4

GEGENANGRIFF

JUNI 1993 – NOVEMBER 1993

Wartet nur. Wir holen Serena zurück. Wir werden es schaffen. Wir können sie nicht im Gefängnis sitzen lassen für etwas, das sie nicht getan hat; wir können das nicht den Rest ihres Lebens auf ihr sitzen lassen. Wir werden alles tun, was wir können, um ihr zu helfen. Wir fangen gerade erst an zu kämpfen.

– Sharri Moore

34. KAPITEL

14. Juni

Hallo Mary,
wie geht's? Mir geht's gut. Na ja, ich bin schon noch geschockt! ich kann es einfach nicht glauben. Ich vermisse alle so sehr. Du kannst mir immer noch bei meinem Zimmer helfen (es zu dekorieren), wenn ich rauskomme. Ich vermisse Dich so sehr. Das Herz bedeutet, daß Du und ich in unseren Herzen immer zusammen sein werden. Wir werden immer die besten Freundinnen sein. Ruf meine Mom an und sag ihr, ich hätte gesagt, ›ich liebe sie‹. Okay, ich muß Schluß machen!

In ewiger Liebe, Serena

Serena las die Worte, die sie geschrieben hatte, noch einmal. Sie wirkten okay, nicht zu finster und nicht zu fröhlich. Zu fröhlich wäre nicht gut, das würde Mary sofort durchschauen. Bevor sie den Brief verschloß, malte Serena auf ein zweites Blatt ein Herz und teilte es quer in der Mitte durch ein Band, auf das sie schrieb: ›Liebe‹. Darüber schrieb sie in das Herz ›Mary‹ und darunter ihren eigenen Namen. Als sie die beiden Blätter faltete und in den Umschlag schob, kämpfte sie gegen ihre Tränen an.

Sie wollte so sehr nach Hause! Sie sehnte sich danach, in ihrem eigenen Bett zu schlafen, ihre eigenen Kleider zu tragen, ihre Freunde zu treffen. Am meisten jedoch wollte sie bei ihren Eltern sein – und zwar jeden Tag. Sie hatten durch dick und dünn zu ihr gehalten. Vor allem Michael. Nach all den Jahren war sie dankbar für ihre Unterstützung.

Wenigstens durfte sie sie jetzt wiedersehen, weil der Prozeß vorbei war.

War Serenas Leben im Jugendgefängnis schon vor dem Urteil schwer gewesen, so verwandelte es sich jetzt in die reine Hölle. Durch die wenigen kurzen Sätze der Richterin war sie von einer Minderjährigen, die eines Verbrechens angeklagt war, zu einer verurteilten Verbrecherin geworden, die ihre eigene kleine Schwester umgebracht hatte. Eine Tat, die die anderen Insassen verachteten. Sie bekam Haßbriefe, und einige Jugendliche in der Anstalt drohten ihr, sie ›zu erledigen‹, falls sie freigelassen wurde. Die Haßbriefe verschärften prompt die Sicherheitsmaßnahmen bei Serenas zukünftigen Anhörungen. Zum Beispiel wurden die Zuschauer elektronisch abgetastet. Das Urteil selbst verdammte sie zu weiterer Einzelhaft. Sie würde nur dann eine Zellengenossin bekommen, wenn der Mädchenblock voll war. Serena konnte während der Schließzeiten mit niemandem reden und mußte sich so die ganze Zeit mit ihren schmerzlichen Erinnerungen an Mallory und mit den Gedanken an eine hoffnungslose Zukunft auseinandersetzen.

Trotz ihrer tränenreichen Bitte bei Gericht hatte Sharri Serena nach dem Urteil nicht besuchen dürfen. Das Wochenende verbrachte sie mit dem Versuch, körperlich wieder auf die Füße zu kommen. Michael kümmerte sich um sie und sorgte dafür, daß sie aß. Erst am Montag, dem vierzehnten, konnte Sharri Serena endlich während der üblichen Besuchszeiten sehen.

Michael hatte die drei Wochen, die das Verfahren dauerte, Urlaub genommen. Als er am Montagmorgen wieder zur Arbeit ging, war er froh über die Unterstützung seiner Freunde. Keiner von ihnen ›glaubte den Scheiß‹, wie sie ihm alle versicherten. Er starrte minutenlang planlos auf seinen Schreibtisch und kämpfte gegen die Betäubung an, die ihn umhüllte. Sein Pflichtgefühl und eine gute Dosis seines alten Verteidigungsmechanismus, Unterdrückung, halfen ihm schließlich dabei, seine Arbeit fortzusetzen.

Während ein warmer, sonniger Juni verstrich, fragte sich Sharri jeden Morgen aufs neue, wie sie den nächsten Tag überstehen sollte. Jetzt waren beide Kinder fort, und mit ihnen fehlte ihr der Sinn in ihrem Leben. Sie würde noch wahnsinnig werden; wenn sie die ganze Zeit im Haus herumtigerte und nichts weiter tat, als zu grübeln und Erinnerungen nachzuhängen. Ihr Wochenplan wurde ausschließlich von den Montagen, den Mittwochen und den Samstagen bestimmt: Besuchszeit im Jugendgefängnis.

Mallorys Kleid lag immer noch unter ihrem Kopfkissen.

Die Moores standen kurz vor dem finanziellen Ruin. Sie mußten nicht nur Dr. Lawrence und Dr. Berg insgesamt fünftausend Dollar zahlen, Michael hatte durch seinen unbezahlten Urlaub während des Prozesses auch noch einen Verlust von über zweitausend Dollar zu verkraften. Zu allem Überfluß verkaufte sich auch das Haus in der Lucia Street nicht. Obwohl es vermietet war, war die Bilanz immer noch in den Miesen, wenn sie die Hypothek auf das Eigentum bezahlt hatten. Sie hatten sich von Michaels Bruder Ben vor einigen Jahren Geld für die Zoohandlung und kürzlich auch für Mallorys Beerdigung geliehen. Dann hatten sie ihn noch einmal um Geld gebeten, um die Hypothek für das Haus in der Lucia Street begleichen zu können. Sie schuldeten ihm mittlerweile über sechzehntausend Dollar und wollten ihn nicht noch um mehr Geld bitten. Zu Anfang August hatte der Mieter in der Lucia Street gekündigt, sie waren zwei Hypotheken in Rückstand und sahen sich einem Zwangsverkauf gegenüber.

Dankbar nahmen sie die Hilfe an, die die Kirche ihnen bot. Dort hatte man einen Fonds für Serena eingerichtet. Tausend Dollar aus diesem Fonds hatten geholfen, Dr. Berg zu bezahlen. Der Rest wurde für Serenas psychologische Behandlung zurückgelegt, wenn sie aus dem Gefängnis entlassen wurde.

Trotz ihrer Geldsorgen blieben die Moores in zwei Punkten unerbittlich. Erstens wollten sie ihre Geschichte auf keinen Fall an eine Produktionsfirma verkaufen, die einen sensationslüsternen Film über Serena Moore, die Schwestermörderin, drehen wollte. Zweitens wollte Sharri keinen Job annehmen, der sie von ihren Besuchen bei Serena abhielt, so dringend sie das Geld auch brauchten. Wie schon während der sechs Monate vor dem Verfahren hatte sie vor, keinen einzigen Besuchstermin zu versäumen. Schließlich gelang es ihr, einen Wochenendjob als Kellnerin in einem Restaurant zu ergattern. Mit zusammengebissenen Zähnen nahm sie sich vor, die ohrenbetäubende Rapmusik zu ertragen, aber sie kündigte nach nur zwei Wochen, weil die Kunden sich weigerten, sie ›respektvoll zu behandeln‹. Das letzte, was sie jetzt brauchte, waren weitere Verunglimpfungen.

Kurz nach dem Urteil flogen die Moores auf Kosten der ›Eye to Eye‹-Show nach New York, um sich ein letztes Mal mit Connie Chung zu treffen. Sie war einfühlsam und entzückend. Man gewährte ihnen ein Spesenkonto von vierhundert Dollar, und sie genossen zwei Tage mit köstlichen Abendessen und dem Besuch eines Theaterstücks am Broadway. Der Ortswechsel erlaubte ihnen eine kurze Ruhepause, in die sich allerdings finstere Erinnerungen mischten, während sie zwei Interviews gaben.

»Ich bemühe mich sehr, nicht im gleichen Moment um Mallory zu trauern, in dem ich Serena vermisse«, erklärte Sharri Connie Chung. »Ich versuche, das auseinanderzuhalten. Weil ich es nicht überstehen würde, wenn ich um beide gleichzeitig klagen würde. Es wäre zuviel.«

Als Connie Chung nach ihrer Zukunft fragte, zögerte Michael und antwortete dann: »Im Augenblick haben wir keine. Wir haben es noch nicht geschafft, weiter zu schauen.«

»Ich muß versuchen, Serena zu helfen«, fügte Sharri hinzu. »Denn wo es Leben gibt, gibt es auch Hoffnung.«

Matt Goldes Leben nach dem Urteil verlief phantastisch. Auf den Fluren des öden Behördengebäudes, in denen sein Büro lag, drängten sich die Kollegen, um ihm auf die Schulter zu klopfen und ihm zu gratulieren. Er war der Goldjunge der Stunde, der David, der sich gegen Goliath durchgesetzt hatte. Klugerweise prahlte er selbst nicht damit herum. Anders als sein Vater, der Richter war, hatte er keinerlei politische oder juristische Ambitionen, wiederholte er immer wieder. Deshalb bedeuteten ihm weder Gewinn noch Niederlage etwas. Er krabbelte nicht die Karriereleiter hoch, sondern machte nur seinen Job.

In Goldes Augen hatte die Gerechtigkeit gesiegt. Serena

Moore war zweifellos schuldig, ihre Schwester umgebracht zu haben. Nach der Verurteilung wurde sie bald der CYA, der Jugendstrafbehörde, übergeben werden, in deren Obhut sie bis zu ihrem fünfundzwanzigsten Lebensjahr bleiben würde. Dort erhielt sie vielleicht die psychologische Hilfe, die sie brauchte. Im Jugendgefängnis bekam sie so gut wie keine Behandlung. Obwohl ihre Anwälte sehr wahrscheinlich gegen eine Strafe in der CYA angehen würden, hatten sie wenig Aussicht auf Erfolg, jedenfalls nach Goldes Ansicht. Bereits kurz nach Serenas Verhaftung hatte sich herausgestellt, daß es offenbar keine psychiatrische Klinik gab, die der unnachgiebigen Auflage des Staates nachkommen konnte, eine Angeklagte sicher zu verwahren. Wenn die Verteidiger das damals schon nicht hatten erreichen können, dann jetzt bestimmt erst recht nicht, nachdem ihre Mandantin verurteilt worden war.

Ebenso wichtig war für Golde die Tatsache, daß Serena nicht in ihr labiles Zuhause und zu ihren Eltern zurückkehren mußte, die sie mißbraucht hatten. In einem Interview eine Woche nach der Urteilsverkündung behauptete er, daß die Moores nur etwas vorspielten, wenn sie angaben, daß ihre Ehe harmonisch sei. Es sei ›absolut unrichtig, daß sie ein festes Paar sind‹. Vermutlich würde Michael bald verschwunden sein. Und was Sharri anging, die hatte Michael Serena vorgezogen, und ihm erlaubt, ›ungestraft zu mißbrauchen, während sie sich in das Nest finanzieller Sicherheit legte, das er ihr bot. Sie wollte einfach ein leichtes Leben haben, auch wenn das bedeutete, daß sie ihre beiden Töchter einem Mann opfern mußte, der sie mißbrauchte.‹

Sharri war der Hauptanlaß für Goldes Wut in diesem Fall. Er nannte sie ›die destruktive Person im Leben ihrer Töchter‹.

Weiter schienen die Moores lieber Publicity aus dem Fall zu ziehen, als sich um das Wohl ihres eigenen Kindes zu kümmern. Ihnen ging es ›nur ums Geld‹, sie wollten sich an der Sache eine goldene Nase verdienen.

Wie Golde den Reportern schon unmittelbar nach der Urteilsverkündung gesagt hatte, stand seine Tür offen, falls

Serena gegen Michael Anzeige wegen sexuellen Mißbrauchs erstatten wollte. Allerdings bezweifelte er, daß sie zur Zeit dazu in der Lage war. Möglicherweise konnte sie es in ein paar Jahren, sie müsse es nur innerhalb der Verjährungsfrist machen. Das hing davon ab, sagte er, wie sie sich von dieser Tortur erholte und wo Michael dann war. Golde war davon überzeugt, daß wann auch immer Serena die Kraft für diese Anzeige fand, Michael nicht mehr mit Sharri verheiratet sein würde.

Shelley Antonio ließ dieser Fall nicht los. Sie war, laut eigener Aussage, davon ›besessen‹. Was hätte sie anders machen können? Der Stellvertretende Staatsanwalt irrte mit seiner Behauptung, Serena könne auf gar keinen Fall unschuldig sein. Denn es gab zwei Versionen der Geschichte, die beide zu denselben Informationen paßten. Und man konnte nicht unterscheiden, welche von beiden überzeugender war. Hätte Serena eine Jury bekommen, wäre sie sehr wahrscheinlich freigesprochen worden, spekulierte Shelley. Sie hatte unparteiische Beobachter bei Gericht gefragt, Angestellte, Wachen, ja sogar Reporter, die das Urteil überrascht hatte. Antonio war fest davon überzeugt, daß eine Jury genügend begründete Zweifel gefunden hätte. Ein Reporter von CBS hatte ihr gesagt, daß ›niemand im Nachrichtenraum es glauben wollte‹.

Aus diesem Grund glaubte Antonio, daß dieser Fall ihrer Karriere half, auch wenn sie ihn verloren hatte. Andere Leute schienen zu wissen, daß hier kein gerechtes Urteil gefällt worden war. Die Richterin, selbst ehemalige Staatsanwältin und mit einem Ehemann, der auch Staatsanwalt war, konnte einfach vor ihren Kollegen keine Angeklagte freisprechen, die ›gestanden‹ hatte. Bedachte man dann noch das ›bevormundende Jugendstrafsystem, das dazu neigt, jedes Kind, das unter seine Fittiche gerät, als schlecht oder als hilfsbedürftig zu betrachten‹, so Shelley, dann war Serena einfach nicht der Respekt gegenübergebracht worden, mit dem man Erwachsene behandelte. Sie und Belli hatten von Anfang an gegen den Wind kämpfen müssen, und man hatte ihnen einfach nicht gestattet, zu gewinnen.

War Shelley mal gerade nicht ganz so zynisch, glaubte sie, daß Sandra Margulies einfach nicht genug von Pathologie und Asthma verstand, um zu begreifen, daß sie Serenas Unschuld bewiesen hatten. Außerdem hatte Golde eine Riesensache aus ihrer Weigerung gemacht, daß sich Dr. Warnock und Dr. Herrmann direkt miteinander in Verbindung setzten. Vielleicht hatte sie die Richterin einfach überschätzt, als sie ihr zutraute, sich auf all das einen Reim zu machen. Tatsächlich aber, sagte Antonio in einem Interview, hatte Dr. Herrmann im Zeugenstand ›gelogen‹. Sie hatte sich dazwischengeschaltet, weil sie Dr. Warnock nicht Dr. Herrmann aussetzen wollte, bevor die Gutachterin zu ihren Schlußfolgerungen gekommen war.

Laut Shelley hatte Dr. Warnock ihr drei Fragen gegeben, die sie an Dr. Herrmann weiterleiten sollte. Die erste war: Was war damit gemeint, daß die Lunge die Brusthöhle gefüllt hätte? Darauf hatte er geantwortet, daß sie bis an den Rand aufgebläht war und es keinen Platz zwischen den Lungenflügeln und dem Brustbein gegeben hatte. Zweitens: Hatten sich die Lungenflügel über das Herz geschoben? Darauf hatte er geantwortet: »Daran erinnere ich mich nicht, aber wenn ja, hätte ich es aufgeschrieben.« Antonio behauptete, sie habe Dr. Warnock die ganze Antwort komplett übermittelt. Dr. Warnock habe sich geirrt, als sie behauptet hatte, daß sie ein ›Ich weiß nicht‹ als Antwort bekommen habe. Antonio erklärte, daß ein ›Ich erinnere mich nicht‹ und ein ›Ich weiß nicht‹ leicht zu verwechseln seien. Und Dr. Herrmann hatte eindeutig ›gelogen‹, als er in der zweiten Anhörung behauptet hatte, er habe Antonio gesagt, die Lungenflügel hätten sich in der Brust nicht überlappt. Er hatte geantwortet: »Daran erinnere ich mich nicht.« Drittens hatte Dr. Warnock gefragt, ob die Lunge zusammengefallen sei, als er die Brust geöffnet hatte. Und darauf habe er mit ›Nein‹ geantwortet.

Nach Dr. Herrmanns zweiter Anhörung hatte Shelley ihn im Flur vor dem Gerichtssaal getroffen und ihn an ihre Unterhaltung sowie an seine ›Ich weiß nicht‹-Antwort erinnert. Dieses Gespräch habe sein Gedächtnis aufgefrischt, sagte Shelley, und er habe zugestimmt, daß er genau das gesagt habe.

Wie dem auch sei, es lag alles hinter ihr. Jetzt mußte sie sich um eine Berufungsverhandlung kümmern. Belli wollte die Berufung darauf gründen, daß auch eine Jugendliche das Recht auf einen Geschworenenprozeß haben sollte. Eine solche Berufung konnte möglicherweise das System für andere Jugendliche verändern, aber Serena würde es wenig helfen, weil es vermutlich Jahre dauerte, bis es endlich vor das Oberste Gericht kommen würde.

Da Shelley Antonio wenig andere Gründe für eine Berufung blieben, wurde sie ganz aufgeregt, als sie etwa eine Woche nach dem Verfahren einen Anruf von Jim White-Gellepes bekam, einem Rechtsberater im San Francisco Center für Jugend- und Strafrecht. Gellepes erzählte ihr, daß er den Fall verfolgt habe und auf eigene Faust anrief, nicht im Auftrag des Centers. Er hatte das Gefühl, daß Serena Moore ein ›mieses Geschäft‹ gemacht hatte. Gellepes bot seine Hilfe in zwei Bereichen an: Was die Berufung anging, schlug er vor, könnte man einwenden, Serena hätte vor einer Richterin vom Jugendgericht statt einer aus der Liste des Obersten Gerichts verhandelt werden sollen. Sie hatte sogar zwei Nachteile gehabt: Sie habe keinen Prozeß vor einer Jury bekommen, weil sie noch minderjährig war, und sie habe eine Verhandlung vor einer Richterin aus dem Erwachsenenrecht durchfechten müssen. Gellepes wollte außerdem kostenlos einen anderen Maßnahmenkatalog anfertigen. Bei der CYA würde Serena Moore sicherlich keine Hilfe bekommen; wenn sie jetzt noch keine Mörderin war, so glaubte er, würde sie an diesem schrecklichen Ort auf jeden Fall zu einer werden. Laut Gellepes gab es sehr viele unterschiedliche Behandlungsprogramme für Inhaftierte.

Wenn sie mit diesem Bericht bei der Anhörung am 2. Juli erschienen, könnten Shelley und Gellepes der fast sicheren Entscheidung der Bewährungsbehörde widersprechen,

Serena in die CYA zu schicken. Antonio hatte seit Serenas erster Anhörung vor sechs Monaten verschiedene geschlossene psychiatrische Anstalten ausfindig gemacht. Sie wollte vorschlagen, daß Serena eine vereinbarte Zeit in einer dieser Anstalten behandelt werden und dann in ein Heim oder zu ihrer Großmutter Tessie Dornellas kommen solle.

Selbst als sie in ihrer ›Besessenheit‹ die Polizeiberichte erneut durchlas und ihre Entscheidungen in diesem Fall noch mal durchdachte, hatte Antonio immer noch das Gefühl, daß sie bessere Arbeit geleistet hatte, als irgend jemand anderes es hätte tun können. Sie hatte Leidenschaft und Mitgefühl in den Gerichtssaal gebracht, und sie hatte für Serenas Sache gefochten wie kein anderer. Sie bedauerte keine Sekunde, daß sie den Fall übernommen hatte, sondern nur, daß sie ihn nicht auch gewinnen konnte. Aber sie tröstete sich damit, daß im Falle ihres Sieges das arme Mädchen dann ja wieder bei ihrer Familie wäre. Wenigstens mußte Serena so nicht in einem Elternhaus leben, in dem sie mißbraucht wurde.

Bei der Anhörung am 2. Juli trat Golde mit einem neuen Kurzhaarschnitt auf, der ihm eine gewisse Ähnlichkeit mit einem geschorenen Schaf verlieh. Die Gerichtsbeamten und die Zuschauer kicherten. Sharri am lautesten. Golde sah sich gutmütig grinsend um. »Was ist denn so komisch?« wollte er wissen.

Antonio betrat zehn Minuten zu spät den Gerichtssaal, ohne Belli. Sie kaute Kaugummi und trug Schwarz. Serena schlurfte herein. Sie hatte ein bunt gestreiftes Jackett an und ihr Haar zu einem Pferdeschwanz gebunden. Und sie lächelte ihren Eltern zu.

Nach Eröffnung der Sitzung stellte Antonio formell den Antrag, die Anhörung auf den 16. Juli zu verschieben, damit Jim Gellepes Zeit hatte, seinen Bericht vorzubereiten. Serena würde so lange im Jugendgefängnis bleiben.

Nach dem zehnminütigen Verfahren wurde Serena aus dem Saal geführt und warf ihren Eltern drei Kußhände zu.

Serena konnte nicht begreifen, warum ihre Großmutter Tessie für die Anklagevertretung ausgesagt hatte. Sie hatte ihrer Großmutter immer nahegestanden und liebte sie sehr. Aber schon wieder, diesmal sogar im Jugendgefängnis, fand sie sich zwischen den Fronten des unaufhörlichen Krieges zwischen ihrer Großmutter und ihren Eltern. Seit dem Prozeß hatte keiner mehr mit dem anderen gesprochen. Ihre Mom hatte nur gesagt, daß ihre Großmutter sie bloß in Ruhe lassen solle. Tessie schrieb Serena unterdessen Briefe voller unterstützender Worte und, wie die Moores meinten, nachdem sie sie gelesen hatten, voller ›Druck‹ auf Serena, in Carson City zu leben, wenn sie freigelassen werden sollte. Michael und Sharri mochten ja Serenas Eltern sein, aber Tessie und ihr Ehemann Kirk, Tante Roxanne, Großtante Laura und Onkel Phil waren ihre ›Blutsverwandten‹, im Gegensatz zu einer ›Stief‹familie. Außerdem sollte Serena einem ganz bestimmten Freund aus Tahoe nicht vertrauen. Diese Person sei auf ›der Seite (ihrer) Mutter‹.

Serena sollte nicht aufgeben, schrieb ihre Großmutter. Sie könnten bald zusammen sein.

Serena wußte sehr genau, daß sie nicht zusammen sein konnten. Sie würde in die CYA verlegt, und damit konnte auch Tessies Aussage für die Staatsanwaltschaft etwas zu tun haben. Ärgerlich schrieb Serena ihrer Großmutter, was sie dachte, und erhielt einen vorwurfsvollen Antwortbrief, in dem Tessie schrieb, daß sie nicht wußte, was Serena einfiele. Tessie schrieb ihrer Enkelin, daß sie keinerlei Einfluß auf die Strafe hatte; dafür müßten sich die Anwälte, die Richterin und Serena verantworten. Noch am selben Tag, an dem sie diesen Brief erhielt, sollte Serena ihre Großmutter anrufen, damit sie ihre schroffen Worte erklärte. Tessie würde kein Geld ausgeben, um Serena zu besuchen, bis sie angerufen hatte.

Serena las den Brief, ließ ihn in den Schoß sinken und seufzte. Am selben Tag anrufen, an dem sie den Brief erhielt? Als könnte sie einfach den Hörer abnehmen. Wo glaubte Oma, wo sie war? Im Holiday Inn?

Mit siebzehn hatte Jim Gellepes zehn Monate in der Jugendstrafanstalt von Kalifornien, CYA, abgesessen, weil er die Kreditkarte eines Freundes unerlaubterweise mit mehreren tausend Dollar belastet hatte, während er bei dem Werbefeldzug für Dianne Feinsteins Wahl zur Gouverneurin gearbeitet hatte. In der CYA hatte er schnell eingesehen, daß sein Weg falsch war. Er wußte, daß er ›kein schlechter Kerl‹ war, und beschloß, nach seiner Freilassung seine negative Erfahrung in etwas Gutes zu verwandeln, indem er Jugendlichen im ›System‹ half.

Gellepes war untersetzt, hatte dunkles Haar, braune Augen und eine dicke Brille. Er war bekennender Homosexueller und teilte sich mit seinem Partner Romaldo Allen Wohnung und Büro im sechsundzwanzigsten Stock des höchsten Gebäudes in Emeryville, direkt gegenüber der Bay Bridge von San Francisco. Jetzt, mit gerade einundzwanzig und als Lobbyist, war er immer noch an Politik interessiert und arbeitete bereits auf konkrete Ziele in diesem Bereich hin.

Für seine Beurteilung von Serena sammelte Gellepes Informationen von Shelley Antonio. Sie brachte ihn daraufhin mit Tessie Dornellas zusammen, die mit Roxanne und Laura schnell seine Verbündete wurde. Die soziale Geschichte von Serena, wie sie in seinem Bericht beschrieben wurde, basierte auf Informationen, die ihm von diesen Frauen gegeben wurden, und auf Unterlagen, die ihm die Belli-Kanzlei zur Verfügung stellte, einschließlich Bewährungsunterlagen, Polizeidokumenten und psychiatrischen Beurteilungen. Einmal befragte er Serena auch persönlich. Einige Male telefonierte Gellepes mit Sharri Moore, befragte sie aber nie ausführlich. Von ihrer gesprächigen Art und ihrer Reizbarkeit abgestoßen, gewann er den Eindruck, daß sie beinahe schnippisch über Mallorys Tod redete.

Zu seiner Meinung über die Moores trug auch ein Auszug aus dem Polizeibericht bei, den Fremont Police Officer Lamb im September 1992 erstellt hatte. Darin waren Serenas Anschuldigungen gegen Michael enthalten, daß er ihr blaue Flecken an Hals und Schenkeln zugefügt habe. Offenbar hatte

Antonio Gellepes nur die Seiten gegeben, auf denen Serenas Beschuldigungen aufgeführt waren. Er wußte nicht, daß Lambs Gespräche mit allen Beteiligten sowie die Schlußfolgerungen des Beamten fehlten, die besagte, daß Serenas Beschuldigungen ›unbegründet‹ waren. Gellepes Versuche, Officer Lamb wegen einer Aussage dazu zu kontaktieren, waren erfolglos. In seinem Bericht paraphrasierte Gellepes den Vorfall folgendermaßen: »Einmal hat die Polizei von Fremont dokumentiert, daß Michael Moore Serena Moore brutal geschlagen hat, während ihre Mutter tatenlos zusah.«

Für Gellepes reichten die Gespräche mit Sharri, der bruchstückhafte Bericht, die eigenen Nachforschungen sowie die anderen Dokumente und das, was er von Tessie, Roxanne und Laura gehört hatte, aus, um zu dem Schluß zu gelangen, daß der Haushalt der Moores zerrüttet war. Er unterstützte seinen Bericht mit Goldes Bemerkung während des Prozesses, daß ›die Minderjährige ein Leben lang unter physischem, psychischem und sexuellem Mißbrauch gelitten habe‹.

Monate später sollte Gellepes bestürzt reagieren, als er erfuhr, daß die Informationen über den angeblichen sexuellen Mißbrauch, vor allem die Seiten in Officer Lambs Bericht, unvollständig gewesen waren. Er glaubte, daß er alle ›angemessenen Nachforschungen in diesem Fall angestellt‹ hatte, und dabei ›gründlich‹ vorgegangen war, aber er hatte das Gefühl, daß dieses Vorgehen ›von den unvollständigen Akten sabotiert worden ist‹, die ihm die Belli-Kanzlei übergeben hatte.

Serenas Strafe betreffend schrieb Gellepes in seinem Bericht, daß der Bewährungshelfer und der Stellvertretende Staatsanwalt eine Unterbringung in der CYA empfohlen hatten. Sie behaupteten, daß Serena dort auf der psychiatrischen Station des Napa-State-Hospitals behandelt werden könne. Dem widersprach er. Rosa Rivera von der CYA hatte ihn unterrichtet, daß die CYA nur Zugang zu acht Betten hatte. Alle diese Betten waren bis 1994 belegt, und es standen schon vier Jugendliche auf der Warteliste.

Als Alternative schlug Gellepes das Excelsior-Jugendcenter in Aurora, Colorado, vor. Es war ein siebzehn Hektar großes Gelände, in dem es ›intensive, qualifizierte Behandlungsprogramme‹ für Mädchen im Alter von zwölf bis achtzehn Jahren gab. Der für die Aufnahme zuständige Direktor Terry Hoffman hatte eine formelle Zustimmung für die Eingliederung der Minderjährigen in das Programm erteilt. Sie könne in der ersten Augustwoche damit anfangen.

Gellepes war mit seinem Bericht sehr zufrieden und erwartete aufgeregt seinen Diskussionsbeitrag zu Serenas Gunsten bei der Anhörung vom 16. Juli. Er ahnte damals noch nicht, daß sein Bericht, für den er sich ehrenamtlich solche Mühe gemacht hatte, vor Gericht niemals diskutiert werden sollte.

Wie immer seit Mallorys Tod besuchten Sharri und Michael ihr Grab jeden zweiten Sonntag, brachten neue Windräder mit und bewässerten das Gras. Obwohl Mallorys Grabstätte im Familiengrab auf dem Friedhof von Skylawn lag, fuhren sie gelegentlich zu den Kindergräbern. Dort gab es viele vernachlässigte Gräber, ohne Blumen und voller Unkraut. Sharri weinte um die vergessenen Kinder und legte manchmal ein Spielzeug oder eine Blume vor die kleinen Grabsteine. Sie fragte sich, ob die Eltern nicht mehr kamen, weil sie weggezogen waren. Sie würde auch sehr gern aus der Bay Area fortziehen, wenn Serena jemals aus dem Gefängnis entlassen würde. Hier bedrängten sie zu viele schlechte Erinnerungen. Aber sie wußte, daß sie nicht einfach das Grab ihrer Tochter im Stich lassen konnte. Manchmal verbitterte sie der Gedanke, daß ein Grab Michael und sie für immer an diese Gegend fesselte. Dann erinnerte sie sich wieder an Mallory und schämte sich für ihre Verbitterung.

Langsam verstrich der Juli, und der August nahte, dieser schreckliche Monat, in den sowohl Mallorys Geburtstag wie auch ihr Todestag fiel. Nach all dem, was sie bisher ertragen mußte, wußte sie nicht, wie sie nun auch noch das überstehen sollte.

Mitten in ihrem Leid mußten die Moores auch noch weiterhin die Aufmerksamkeit der Presse über sich ergehen lassen. Filmproduzenten riefen in der Belli-Kanzlei an, ebenso Scouts für landesweite Talk-Shows. Wie berichtet wurde, waren Shelley Antonio und Matt Golde bereit, in der ›Larry King Live‹-Show aufzutreten, aber King wollte die Geschichte nicht ohne die Moores bringen. Sharri und Michael wollten sich dem auf gar keinen Fall aussetzen. Da sie in enormen Geldschwierigkeiten steckten, beschlossen sie, vielleicht über einen Film nachzudenken, der ihre Version der Geschichte zeigte, aber nur, wenn sie sich das Drehbuch zur Genehmigung vorlegen lassen konnten.

Sharri berichtete später, daß Antonio versuchte, sie in einem Telefonat dazu zu bewegen, in der King-Show aufzutreten. Es wäre kein Problem, ermunterte Antonio sie. Sie und Michael müßten nicht einmal ins Studio kommen. Sie könnten in ihrem Wohnzimmer sitzen und über einen Monitor an der Show teilnehmen. Antonio und Golde würden den größten Teil des Gesprächs übernehmen.

»Sie müssen nichts weiter tun«, erinnerte sich Sharri später an Antonios Worte, »als die leidende Mutter zu spielen.«

Mit dem allmählichen Abflauen des Schocks setzte die Wut ein – und sie war stark genug, die Moores aus ihrer Lethargie zu reißen. Obwohl sie erschöpft waren, sickerte eine unterschwellige Energie in ihren Körper, und sie schworen sich, erneut um ihre Tochter zu kämpfen. Alternativer Strafbericht oder nicht, Serena würde trotzdem sehr wahrscheinlich in die CYA verlegt werden, ein Zuchthaus mit *echten* Kriminellen. Sie würde immer noch keine psychiatrische Hilfe bekommen, und außerdem war sie dann zwei bis drei Autostunden entfernt. Sharri wußte nicht, wie sie die Trennung von ihrem jetzt einzigen Kind überstehen sollte. Allein der Gedanke machte sie krank.

Ohne zu wissen, was sie erwartete oder zu überlegen, ob es irgendwelche plausiblen Alternativen gab, vereinbarten

Sharri und Michael einen Termin mit Doug Horngrad, dem Anwalt aus San Francisco, den Sharri angerufen hatte, bevor Belli auf der Bildfläche erschien. Das erste Treffen fand Anfang Juli statt. Horngrads Büro in der Stockton Street, am Rand des North Beach, wirkte sofort einladend. Es lag in einem Viertel, das für seine italienischen Restaurants und Bistros bekannt war, hatte weiße Holzwände und war in Altrosa möbliert. Indische Wandteppiche gaben dem Ganzen eine exotische Ausstrahlung. Mitten auf einer imposant wirkenden Couch lag ein kleines Kissen, auf dem der Spruch eingestickt war: »Es gibt kein menschliches Elend, das nicht vom Auftauchen eines Polizeibeamten noch verschlimmert werden könnte.«

Den Moores wurde sofort klar, daß sie ihren Mann gefunden hatten.

Horngrad war einsfünfundachtzig groß, hatte kurzes, dunkles Haar, trug eine Brille und wirkte auf die Moores zunächst eher förmlich. Mit der Zeit sollten sie seine ›andere Seite‹ kennenlernen. Horngrad war eine sehr komplexe Persönlichkeit und wirkte manchmal bis zur Ablehnung distanziert, vielleicht wegen seines ausgeprägten Sinnes für Privatsphäre. Er drückte es so aus: »Ich bin ein ziemlich zurückhaltender Mensch.«

Er hörte laut alle Arten von Musik in seinem Büro, einschließlich spanischer Stücke mit vielen Marimbas und Rasseln. Das Regal in seinem Wartezimmer präsentierte eine ebenso bunte Auswahl von Büchern. Es reichte von Titeln über Blumen bis zur Astronomie, von Münzbildbänden bis zu Comics, von Gesetzestexten bis zu *Rolling Stone's Illustrierte Geschichte des Rock and Roll.*

Ohne selbstherrlich zu sein, war Horngrad sehr beredt, wenn es den Interessen eines Mandanten diente, und hatte oft bemerkenswerte Sprüche auf Lager, die die Anklagevertretung irritierten und die Presse amüsierten.

Horngrad, der sich selbst als ›genauso zynisch wie alle anderen‹ beschrieb, hörte den Moores bei der Schilderung ihres Debakels aufmerksam zu. Auf den ersten Blick sah es so aus, als wäre bei Serena Moores Prozeß etwas entsetzlich schiefgegangen. Und laut Sharri agierten Belli und Antonio jetzt nicht nur als Serenas Rechtsbeistand, sondern auch als Medienvertreter der Familie. Sie verhandelten mit verschiedenen Filmfirmen, die bereit waren, die Geschichte der Moores zu bringen. Der Beweggrund seien die fünfzehn Prozent Provision für jedes abgeschlossene Geschäft. Horngrad hielt das für hinterhältig. Offenbar hatten Belli und Antonio den Sensationscharakter des Prozesses nur gesteigert, und sollten deshalb nicht auch noch finanziell davon profitieren. Er gab den Moores die Adresse eines angesehenen Medienanwalts in der Stadt, und sie versprachen, ihn anzurufen.

Was Serena anging, so meinte Horngrad, blieb ihnen nach der Verurteilung wegen Mordes eine Möglichkeit offen: Sie konnten einen neuen Prozeß beantragen. Allerdings mußte der Antrag vor der Strafmaßverkündung gestellt werden. Ein Antrag auf einen neuen Prozeß bedeutete, das Urteil wurde aufgrund verschiedener Faktoren aufgehoben, zum Beispiel einer falschen Beweisführung, ungenügenden Beweisen oder Untauglichkeit der Verteidigung. Diesen Anträgen wurde selten stattgegeben. Sie dienten nur als ›Anhaltspunkte‹ für das Berufungsgericht und gaben neue Informationen zu Protokoll, die Argumente liefern sollten, das Urteil in die Berufung gehen zu lassen.

Horngrad machte keine Versprechen, als er einwilligte, für fünftausend Dollar Serenas Verteidigung zu übernehmen und alle Prozeßunterlagen zu überprüfen, um herauszufinden, ob sich ein solcher Antrag lohnte. Die Moores konnten ihn in Raten bezahlen. Wenn nur ein Berufungsverfahren in Frage kam, dann würde er ihnen den besten Berufungsverteidiger empfehlen, den er kannte. Wenn er aber einen Antrag auf ein neues Verfahren stellte, würde er weitere fünftausend Dollar berechnen, und wenn sie Glück hatten und der Antrag durchginge, noch mal fünftausend Dollar Honorar, womit die Summe insgesamt fünfzehntausend Dollar betrug.

Als sie nach dem Treffen einen der vielen Hügel San Franciscos hinuntergingen, stolzierte Sharri förmlich. Der Himmel war wolkenlos, der leichte Wind war warm, und sie unternahmen endlich etwas, um ihre Tochter zu retten!

Michael hoffte, daß sie recht hatte.

Bei der Anhörung am 16. Juli nahm Horngrad ›die Stelle des Rechtsberaters ein‹, und gleichzeitig wurde die Belli-Kanzlei als Verteidiger ›öffentlich gefeuert‹. Antonio war außer sich gewesen, als sie erfuhr, daß sie ersetzt wurde. Sie hatte fast mütterliche Gefühle für Serena und konnte den Fall doch jetzt nicht so einfach aufgeben. Sie versuchte verzweifelt, Serenas Meinung zu ändern, rief mehrmals im Jugendgefängnis an und bat darum, mit Serena sprechen zu dürfen. Doch man sagte ihr nur, daß sie nicht länger Rechtsbeistand sei und infolgedessen auch keine Rechte diesbezüglich hätte.

Serena ihrerseits war heilfroh, daß sie Shelley Antonio und ›Mr. Belli‹ los war. Sie hatten sie im Stich gelassen, zugelassen, daß sie verurteilt wurde, und auch noch schreckliche Dinge über ihrer Familie gesagt. Mom besuchte sie, wann immer es ging. Und Michael kam regelmäßig jeden Samstag. Sie näherten sich alle wieder aneinander an. Ihre Eltern standen immer noch hundertprozentig hinter ihr, und das war mehr, als Serena von vielen anderen Menschen sagen konnte.

Während der Anhörung am 16. Juli verlangte Horngrad vom Gericht eine kostenlose Kopie der Prozeßprotokolle, damit er sie lesen und entscheiden konnte, wie er vorgehen solle. Margulies weigerte sich, weil sie sich Sorgen machte, ›was diese Vorgehensweise‹ anging und ›was das Endergebnis dieser Vorgehensweise‹ sein würde.

»Schwer zu sagen«, konterte Horngrad, solange er die Protokolle nicht gelesen hatte.

Margulies fügte sich.

Um Horngrad Zeit für die sorgfältige Prüfung der Protokolle zu geben, legte Margulies die nächste Anhörung auf den

3. September. Bis dahin sollte Shelley Antonio dafür sorgen, daß der neue Anwalt alle Unterlagen über den Fall bekam.

Die Festsetzung des Strafmaßes für die Minderjährige wurde vorläufig verschoben.

35. KAPITEL

»Haben Sie jemals das Tagebuch Ihrer Tochter gelesen?« fragte Connie Chung ihre Zuschauer. »Sharri ist eine Mutter, die es getan hat, und die es vielleicht für den Rest ihres Lebens bedauert.«

Die ›Eye to Eye‹-Sendung über den ›Tagebuch-Mädchen‹-Fall wurde Mitte August ausgestrahlt. Nachdem Tessie die Show gesehen hatte, schrieb sie Serena und versicherte ihr, daß alle, die diese Sendung gesehen hatte, an ihre Unschuld glaubten. Tessie war bestürzt, daß Serena ihr nicht geschrieben oder sie angerufen hatte. Sie wisse, schrieb sie, daß dies nur am ›Druck äußerer Einflüsse‹ liege. Aber ›sie‹ könnten Serena nicht immer von ihrer ›wahren‹ Familie fernhalten. Tessie hoffte immer noch, daß Serena in Carson City leben würde, und bedauerte, daß Serena zum Gegenteil dessen gezwungen wurde, was sie tun wollte. Serena, schlug Tessie vor, sollte sich doch einfach ›stur stellen‹.

Horngrad hatte einiges durchzustehen, bis er endlich die Ermittlungsakten von der Belli-Kanzlei bekam, und selbst dann waren sie nicht vollständig. Er rief Shelley Antonio mehrmals an und mußte auf ihre Antwort warten. Mittlerweile näherte sich der Zeitpunkt, an dem er die Prozeßprotokolle bekommen sollte. Am 19. August vertiefte er sich in sie und sagte Sharri am Telefon, daß er die Aussicht ›sehr aufregend fand‹, einen Antrag auf eine neue Verhandlung zu stellen. Begründung: Unfähigkeit der Verteidigung.

Nach der Übernahme des Falles hatte Horngrad gehört, daß Phyliss Winters, Antonios Sekretärin während des Prozesses gegen Serena, die kurz danach gefeuert wurde, behauptete, Antonio hätte ›an einem Tag nicht gewußt, was sie am nächsten machen wollte‹. Horngrad erzählte Sharri, daß er mit Phyliss Winters wegen weiterer Informationen sprechen wollte und hoffentlich eine eidesstattliche Erklärung über ihre Aussage bekam. (Doch dazu kam es nicht. Als Horngrad Winters aufgespürt hatte, erzählte sie ihm, sie würde über den Moore-Fall nur dann sprechen, wenn man sie dafür bezahlte. Horngrad verzichtete.)

Nachdem er in den folgenden Tagen die Protokolle gelesen hatte, glaubte er Winters' Behauptung. Antonio schien nicht in der Lage gewesen zu sein, Beweise an den Einsprüchen der Staatsanwaltschaft vorbeizubringen, und ihre eigenen Einsprüche wurden oft abgelehnt. Außerdem hatte sie die entscheidenden Fragen nicht gestellt. Dazu fiel Horngrad vor allem ihr Kreuzverhör von Dr. Herrmann auf. Er glaubte, daß dem Pathologen nicht erlaubt worden war, zu sagen, was er wirklich von dem Fall hielt. Antonio hätte ihn zum Beispiel fragen müssen, ob seine Beobachtungen bei der Autopsie zu Serenas Geständnis des Mordes paßten. Sie hätte nachdenken müssen, ob der Mißbrauch, von dem Dr. Herrmann gesprochen hatte, gleichzeitig mit dem Eintritt des Todes passiert war.

Horngrad glaubte, daß das ganze Thema des sexuellen Mißbrauchs ›mißbraucht‹ worden war. Antonio hatte herumgedruckst, als sie ihre Vermutung äußerte, der Stiefvater könnte vielleicht das Verbrechen begangen haben. Aber sie hatte das Thema nie richtig verfolgt. Entweder hätte sie versuchen müssen, den Mißbrauch zu entkräften und Dr. Herrmanns Befunde diesbezüglich zu widerlegen, oder ›volles Rohr‹ auf die Möglichkeit zusteuern müssen, daß ein anderer als die Angeklagte den Mord begangen hatte. Indem sie aber keins von beiden richtig verfolgte, spielte sie Golde Horngrads Meinung nach direkt in die Hände. Der brauchte nämlich den Beweis eines sexuellen Mißbrauchs als Begründung seines absurden Motivs.

In Horngrads Augen beschwor Antonios Nachlässigkeit einige sehr schwerwiegende Probleme herauf. Die Belli-Kanzlei hatte die Möglichkeit, daß es einen anderen Täter gab, nicht verfolgt und sich ausschließlich auf die medizinischen Beweise konzentriert. Sie wollten die Richterin davon überzeugen, daß Mallory Moore eines natürlichen Todes gestorben war. Als Margulies jedoch durch das Gutachten von Dr. Herrmann überzeugt wurde, daß ein Mord stattgefunden hatte, war nur noch eine Verdächtige übriggeblieben: Serena.

Horngrad war sich klar darüber, daß die Moores wütend auf die Belli-Kanzlei waren und sich durch deren Andeutungen, Michael hätte seine Tochter mißbraucht und sogar getötet, hintergangen fühlten. Persönlich konnte Horngrad ihre Gefühle nicht ganz nachvollziehen, weil er keine Kinder hatte. Aber bloßes Einfühlungsvermögen war hier auch nicht gefragt. Hier stand etwas ganz anderes zur Debatte: die alten ethischen Grundsätze, auf denen ein Rechtsbeistand fußt: Erst kommt das Wohl des Mandanten. Serena Moore war jetzt seine Mandantin, nicht ihre Eltern, ganz gleich, wer die Rechnung bezahlte. Auch wenn es unangenehm war, er mußte die Möglichkeit eines anderen Täters weiterverfolgen, ob sie sich als richtig erwies oder nicht, um den Freispruch seiner Mandantin zu erreichen.

Noch ein weiterer großer Fehler der Belli-Kanzlei war für Horngrad Shelley Antonios Unvermögen, Serenas Neigung zur Lügerei adäquat zu beweisen, um das Geständnis als falsch darzustellen. Als Margulies Dr. Berg nicht gestattete, den Tagebucheintrag als unwahr zu bezeichnen – eine Entscheidung, mit der man hätte rechnen müssen –, hatte Antonio anscheinend kein Hintertürchen mehr parat. Die Richterin konnte dieses Geständnis also nur als wahr betrachten.

Nachdem Horngrad die Protokolle gelesen hatte, wußte er viel genauer, warum Serena verurteilt worden war. Der Grund war, so sagte er später, daß ›Golde Belli und Antonio als Anwalt überlegen gewesen war‹. Er war ›cleverer, gewitzter, gerissener und listiger‹ als sie. ›Er hat sie wie einen Kreisel herumgewirbelt‹ und beweiskräftige Einsprüche erhoben und damit einen Teil ihrer Verteidigung eliminiert. Er war ›fünfmal besser als die beiden zusammen‹.

Für Horngrad waren schon die Protokolle mehr als aufschlußreich gewesen, aber nachdem er die Ermittlungsakten gelesen hatte, die Antonio ihm zu guter Letzt doch noch zustellen ließ, war er von den Socken. Eines der Dokumente war eine Kopie von Serenas erstem Tagebuch, das sie einige Jahre lang geführt hatte. Horngrad bemerkte, daß die erste Seite der Tagebuchkopie die Nummer 118 trug. Er wußte nicht, worauf sich diese Nummer bezog, aber Antonio hatte ihm versichert, daß er alle ihre Unterlagen bekommen hatte, die sie über den Fall besaß. Eine Zusammenfassung des Tagebuchs, die die Belli-Kanzlei hatte anfertigen lassen, begann mit der ersten Eintragung, die Horngrad vorlag; das bestätigte ihn darin, tatsächlich im Besitz des kompletten Tagebuchs zu sein. Er überflog Serenas Eintragungen der letzten Jahre und blätterte weiter, weil ihn vor allem interessierte, was sie um den Zeitpunkt von Mallorys Tod geschrieben hatte. Vollkommen ungläubig las er ihre Eintragung vom 23. August 1992, auf Seite einhundertdreiundvierzig:

… tut mir leid, daß ich so lange nichts geschrieben habe! tja, ich hab Dir 'ne Menge zu erzählen, Du erinnerst Dich doch an meine kleine Schwester Mallory, sie war erst 4! Montagnacht zwischen Mitternacht vom Mon. und 7:00 Dien. ist sie gestorben. Ich bin aufgewacht, bin reingegangen, und irgendwas stimmte nicht. Sie hat nicht geatmet, sich nicht bewegt oder so was. Dann bin ich ins Zimmer meiner Mom gelaufen und hab' es ihr erzählt, und dann ist sie reingegangen, und sie war tot.

Horngrad zwinkerte und las die Eintragung noch einmal. Hier hatte er eine völlig unschuldige Schilderung der Ereignisse! Sie widersprach dem Geständnis völlig. Weder Antonio noch Belli hatten sie auch nur erwähnt! Und es nicht einmal vor Gericht als Widerlegung des Geständnisses benutzt! Die Eintragung in Tagebuch Nr. 1, wie Horngrad es taufte, bedeutete einen entscheidenden Durchbruch in dem Fall. Mit diesem Tagebuch hoffte er Margulies' Vertrauen in ihr Urteil zu unterminieren, indem er zeigte, daß sie nicht alle Beweise gehört hatte.

In dem folgenden Telefonat informierte Horngrad die Moores, daß er auf jeden Fall ein neues Verfahren beantragen würde. Begründung: Untauglichkeit der Verteidigung. Sie hatten eine ›gerechtfertigte Klage‹, wie er es nannte. Obwohl sie diesen Antrag besser begründen konnten, als es in solchen Fällen üblich war, warnte er sie dennoch sicherheitshalber vor dem hohen Risiko. Nach seiner Schätzung ging von fünfhundert solcher Anträge einer durch.

Horngrads Vorsicht war wohlbegründet. Nach kalifornischem Gesetz war Untauglichkeit der Verteidigung dann gegeben, wenn überhaupt keine ›vernünftigen, taktischen Gründe‹ für Entscheidungen vorlagen, die vor Gericht getroffen wurden.

Für Horngrad gab es keine vernünftigen und taktischen Gründe für die Entscheidung, Tagebuch Nr. 1 nicht als Beweismittel anzuführen. Aber sah Sandra Margulies das auch so?

Horngrads Chancen, diesen Antrag durchzubekommen, wurden außerdem dadurch geschmälert, daß eine Bewilligung dieses Antrags bedeutete, daß Margulies *ihre eigene* Entscheidung widerrufen mußte, nicht die von Geschworenen. Nur wenige Richter hatten das Rückgrat, sich selbst zu widerrufen, vor allem im Hinblick auf den Medienrummel, den dieser Fall verursacht hatte.

Im Innersten jedoch war Horngrad der Meinung, daß sein Antrag bewilligt werden müßte. Serena Moore hatte keine angemessene Rechtsberatung bekommen und war infolgedessen eines Verbrechens für schuldig befunden worden, das sie nicht begangen hatte. Aber sosehr er auch gewinnen wollte, er bezweifelte trotzdem, daß er Erfolg haben würde, und tröstete sich damit, daß er so wenigstens eine ordentliche Berufungsverhandlung in die Wege leitete. Das Problem mit Berufungen war nur, daß sie so lange dauerten. Serena mußte vielleicht bis zu einem Jahr in der CYA absitzen, bevor ihr Fall vor das Berufungsgericht kam.

Bei der Anhörung am 3. September informierte Horngrad Richterin Margulies von seiner Absicht, ein neues Verfahren anzustrengen. Er brauchte mindestens fünf Wochen bis zur nächsten Anhörung, um ein neues Verfahren vorzubereiten, in dem er selbst die Verteidigung übernehmen würde. Golde nahm das alles gelassen hin. Er hatte keine Einsprüche dagegen, diese Zeit zu gewähren, bemerkte aber, daß er ›sich gewisse Sorgen um die Minderjährige machte, die diese ganze Zeit im Gefängnis absitzen mußte‹.

Sharri konnte ein verächtliches Schnauben bei dieser Bemerkung nicht unterdrücken. Golde hatte es gerade nötig, sich über Serenas Wohlergehen Sorgen zu machen!

Sehr lobenswert, antwortete Horngrad auf Goldes Äußerung, aber wenn er seine Hausaufgaben nicht sorgfältig machen könnte und der Antrag nicht bewilligt würde, dann ›erwarten die Minderjährige zehn Jahre.‹ Zur Richterin gewandt fuhr er fort: ›Wenn da nicht diese tiefe Hoffnung wäre‹, daß er gewinnen würde.

Margulies gestattete sich ein kurzes Lächeln. »Ich weiß nicht, was ich tun werde, bevor ich die Unterlagen gelesen habe.«

Das konnte man den Protokollen entnehmen, beeilte sich Horngrad zu sagen.

Golde stimmte einem Termin für einen Antrag Mitte Oktober zu. Er würde dann auf Horngrads Begehren bis zum 1. November antworten. Die Anhörung wurde auf den 12. November festgesetzt. Das gab Horngrad genügend Zeit, auf Goldes Widerspruch zu antworten, und ließ Richterin Margulies einige Tage Pause, in denen sie alle Unterlagen noch einmal durchsehen konnte.

Während dieses Verfahrens saß Serena mit sorgfältig gekämmtem Haar, das ihr bis auf den Rücken reichte, regungslos neben ihrem neuen Anwalt. Sie war so froh, daß er sie nicht dazu zwang, es zu einem Pferdeschwanz zu binden, wie Shelley Antonio. Als sie schließlich hinausgeführt wurde, war sie ihren Eltern ein strahlendes Lächeln zu. Auch ihre Hoffnung war tief.

Die finanzielle Lage der Moores spitzte sich drastisch zu. Um endlich ihre Schulden wegen des Hauses in der Lucia Street und bei Michaels Bruder Ben loszuwerden, trafen sie mit ihm eine Vereinbarung. Als Zahlung für die sechzehntausend Dollar, die er ihnen geliehen hatte, übernahm Ben das Haus in der Lucia Street. Davon profitierten beide Seiten. Ben investierte sozusagen langfristig, was sich gut auszahlen würde, weil der abgezahlte Teil des Hauses weit mehr als sechzehntausend Dollar wert war. Sharri und Michael waren so wenigstens die hohen Hypothekenzahlungen los. Ben willigte sogar ein, die beiden Ratenzahlungen zu übernehmen, die sie der Bank noch schuldeten.

Trotzdem mußten die Moores noch dreitausend Dollar zusammenkratzen, um Horngrads Ermittler Stuart Kohler zu bezahlen. Er hatte ungefähr ein Dutzend Freunde von Serena befragt und arbeitete auf Stundenlohn. Das summierte sich, obwohl Horngrad ihn überredet hatte, für die Hälfte seines sonst üblichen Honorars zu arbeiten.

Sharri überflog die Stellenanzeigen in den Zeitungen. Trotz ihrer finanziellen Schwierigkeiten bestand sie auf einem Job, der ihr erlaubte, Serena in der Haftanstalt zu besuchen. Ein normaler Neun-Stunden-Job war also ausgeschlossen. Sie bewarb sich als Barkeeperin für einen Wochenend-Job in einem Restaurant, und war sicher, daß sie ihn nicht bekommen würde, weil sie keinerlei Erfahrung darin hatte. Aber der Restaurantbesitzer war von ihrem fröhlichen Bewerbungsschreiben so angetan, daß er sie nahm und erklärte, er würde sie anlernen. Sie war begeistert, daß sie so plötzlich von Donnerstag bis Sonntag arbeiten konnte. Der einzige Wermutstropfen war, daß sie sonntags nicht in die Kirche gehen konnte. Sie verdiente nicht nur Geld, sondern konnte auch endlich etwas anderes tun als immer nur saubermachen und den ganzen Tag grübeln. Sie bekam einen ordentlichen Stundenlohn plus Trinkgeld, und die Kundschaft war nett.

Stolz kam sie mit den Taschen voller Dollarscheine nach Hause und zählte sie auf dem Couchtisch, während Madison und Misty sie neugierig beschnüffelten. Mit ihrem Verdienst konnten sie viele Rechnungen begleichen und so einen großen Teil von Michaels Gehaltsscheck an Horngrad schicken.

Bei der Arbeit drehte Sharri die Musik auf und arbeitete oft fieberhaft. Das und die Erzählungen aus dem Liebesleben ihrer Kunden lenkten sie von ihren eigenen Sorgen ab, wenigstens für den Moment. Sie besuchte Serena weiterhin jeden Montag und Mittwoch. Michael besuchte sie allein am Samstag, wodurch sich seine Beziehung zu Serena festigte.

Da die Moores trotzdem noch mehr Geld brauchten, beschlossen sie, Michaels Ranger zu verkaufen. Sharri hatte noch ihren Chrysler, und in der Garage stand ein altes Chevrolet-Cabrio, mit dem Michael zur Arbeit fahren konnte. Sie machten den Ranger fit, ließen ihn lackieren und gaben eine Anzeige auf. Nach ein paar Wochen und einem gehörigen Preisnachlaß ging er für dreitausend Dollar weg, die sie vollständig Horngrad überwiesen.

Während die Anwälte ihre Unterlagen vorbereiteten und Sharri und Michael so gut wie möglich ihre und Serenas Zuversicht schürten, führte Jim Gellepes im stillen seine Kommunikation mit Tessie und Roxanne weiter. Gellepes und sein Partner Romaldo Allen hatten ihre eigene Theorie von dem Fall. Gellepes plädierte für die Mutter als Mörderin, weil er gehört hatte, daß Mütter ihre Kinder manchmal auf diese Weise vor sexuellem Mißbrauch ›schützen‹. Er unterbreitete Tessie und Roxanne diese Theorie, doch die widersprachen. Für sie war Michael der Schuldige.

Tessie und Roxanne hatten mit den Moores seit dem Prozeß kein Wort gewechselt. Obwohl Horngrad versuchte, Serenas Schuldspruch aufzuheben, akzeptierten sie ihn Gellepes Gefühl nach nicht als Verbündeten. Vermutlich, weil sie glaubten, daß Horngrad die Moores gegen alle weiteren Vorwürfe wegen sexuellen Mißbrauchs schützen würde. Gellepes hatte den beiden Frauen nämlich erzählt, daß ›Horngrad den Ruf hat, Kinderschänder zu verteidigen‹. Dabei bezog er sich auf einen veröffentlichen Fall, an dem der Anwalt vor drei Jahren beteiligt gewesen war.

Roxanne wollte am 21. Oktober von Lake Tahoe in die Bay Area fahren, um Serena während der wöchentlichen Freitagsnachmittagsitzung einen ihrer seltenen Besuche abzustatten. Diese Zeiten waren für entfernte Verwandte und Freunde reserviert. In einem Telefonat mit Roxanne ein paar Tage vorher schlug Gellepes vor, mit ihm zusammen eine Pressekonferenz abzuhalten, um darauf aufmerksam zu machen, daß Serene noch immer im Jugendgefängnis saß und keine psychologische Betreuung bekam.

Es sei schrecklich, klagte er, wie das System diese Jugendliche behandelte. Genauso entsetzt war er über offensichtliche Unfähigkeit der Belli-Kanzlei, Serena zu verteidigen.

Roxanne erklärte sich bereit, an dieser Pressekonferenz teilzunehmen, die für Freitagmorgen, den 22. Oktober, angesetzt war. Gellepes benachrichtigte per Fax Zeitungs- und Fernsehreporter. Roxanne sollte ihr Lockvogel sein. Abgesehen von Michaels Erklärung nach dem Prozeß hatte die Familie der Angeklagten geschwiegen. Gellepes behauptete, daß er es ungeachtet seiner eigenen politischen Ambitionen nicht wegen der Publicity, sondern nur wegen Serenas Wohlergehen machte.

Er sah keinen Grund dafür, sich vorher mit Horngrad abzusprechen.

»Was? Das reicht! Ich lasse ihren Besucherausweis einziehen!«

Horngrad war stinksauer. Er hatte am Donnerstag morgen erfahren, daß ein Familienmitglied und ein politischer Lobbyist eine Pressekonferenz über *seine* Mandantin abhielten. Jim Gellepes war für ihn kein Unbekannter. Als er Serenas Fall übernahm, hatte er mit Gellepes darüber gesprochen, gemeinsam an dem Antrag über ihr Strafmaß zu arbeiten. Warum hatte der Kerl es denn nicht nötig befunden, ihn jetzt anzurufen? Horngrad wählte sofort die Nummer von Gellepes' Büro, erreichte seinen Anrufbeantworter und hinterließ ihm eine saftige Gardinenpredigt auf Band.

»Jim, ich glaube, es gebietet schon die Höflichkeit, daß Sie mich anrufen, bevor Sie eine schwachsinnige, planlose Pressekonferenz einberufen, ohne sich darum zu scheren, mit dem Anwalt der Jugendlichen Kontakt aufzunehmen, für die Sie angeblich sprechen. Falls das keine Übung in Überheblichkeit und Größenwahn werden soll, ist mir nicht ganz klar, warum Sie mich nicht verständigen, bevor Sie Ihre Einladungsfaxe für die Pressekonferenz im ganzen Land verschicken.« Horngrads Stimme blieb kalt. »Ich fordere Sie dringend auf, mich anzurufen, bevor Sie mit irgendeinem hirnrissigen Unternehmen … oder einer öffentlichen Kampagne loslegen. Ich glaube nicht, daß es richtig oder moralisch ist, was Sie tun. Sie geben vor, die Interessen meiner Mandantin zu vertreten, was ich ganz sicher tue, aber wenn Sie sie auf eigene Faust nur so zum Spaß ins Fernsehen oder was auch immer bringen, dann dienen Sie ihren Interessen ganz sicher nicht.«

Als nächstes rief Horngrad im Jugendgefängnis an und verlangte, daß Serenas Tante Roxanne von der Besucherliste gestrichen wurde. Jeder, der an einer unauthorisierten Pressekonferenz teilnahm, die möglicherweise auf Serenas Kosten ging, gehörte seiner Meinung nach nicht in die Nähe seiner Mandantin.

Die Moores waren noch wütender als Horngrad, als sie davon erfuhren. Das hat Roxanne die ganze Zeit gewollt, tobte Sharri. Einen Auftritt im Fernsehen. Weder sie noch Tessie kümmerten sich einen Pfifferling um Serenas Wohlergehen. Sonst würden sie doch nicht ihren Prozeß gefährden, indem sie unerwünschte Aufmerksamkeit erregten. Und sie würden auch Serenas Verteidiger nicht zu ihren Feinden zählen, nur weil er sich ihren Eltern gegenüber fair verhielt.

Serena war ebenfalls außer sich. Oma hatte doch versprochen, sich herauszuhalten! Und nachdem sie von der Pressekonferenz erfahren hatte, wollte sie ihre Tante Roxanne sowieso nicht mehr sehen!

Am meisten Sorgen machte Horngrad und den Moores

jedoch der ihnen unbekannte Inhalt der Pressekonferenz. Wenn Gellepes, Tessie und Roxanne schon solche verstiegenen Theorien aufstellten, welcher Elternteil Mallory ermordet hatte, was würden sie dann den Medien sagen? Im Hinblick auf Horngrads Antrag konnte jedes Gerede über sexuellen Mißbrauch nur der Staatsanwaltschaft nützen.

Später am Donnerstag morgen erwiderte Gellepes Horngrads Anruf. Er versicherte dem Anwalt, er und Roxanne würden nur über die Haftbedingungen sprechen, die Serena in dem Gefängnis ertragen mußte. Er wollte anhand ihres Falles ein Gesuch loswerden, endlich mit der längst überfälligen Reform des Jugendstrafvollzugs zu beginnen. Wenn Roxanne sexuellen Mißbrauch auch nur erwähnte, würde er sofort ›den Stecker ziehen‹, versprach Gellepes.

Die Konferenz wurde ein außerordentlich peinliches ›Ereignis‹.

Es nahmen nur zwei Zeitungsreporter daran teil (Bob Salladay vom *Argus* und Raoul Mowatt vom *San Jose Mercury*) sowie ein Journalist und ein Fernsehteam von Channel 5. Roxanne hielt ihr Wort und konzentrierte sich in ihrer kurzen Stellungnahme auf die Tatsache, daß ihre Nichte ›im Gefängnis sitzt und verrottet‹.

In einer wirren Tirade gegen das Jugendstrafsystem und die Belli-Kanzlei sprang Gellepes zwischen Angriffen gegen das Gericht, das Serena Moore psychiatrische Hilfe verweigerte, und Beschuldigungen gegen Belli und Antonio hin und her, die sich unprofessionell verhalten hätten, weil sie aus dem Prozeß eine ›Zirkusnummer‹ gemacht hatten. Zur allgemeinen Freude spielte er eine kurze telefonische Stellungnahme von Phyllis Winters ein, die behauptete, Antonio hätte vor dem Moore-Fall keinerlei Verfahrenspraxis gehabt. »Ich glaube, daß Serena Moore keinen angemessenen juristischen Beistand bekommen hat«, sagte Winters. »Die Belli-Kanzlei hat keine Erfahrung im Jugendrecht, genausowenig wie Shelley Antonio. Sie hat ihre Hausaufgaben nicht gemacht.« Gellepes goß noch mehr Öl ins Feuer und verkündete, daß Belli für seine Unfähigkeit angezeigt werden sollte und der Familie Moore niemals seine Dienste hätte anbieten dürfen.

Er und Roxanne beschimpften auch Doug Horngrad, weil der eigenmächtig ihre Besuchsausweise hatte einziehen lassen. Das wäre eine so große Enttäuschung für Serena, fügte Roxanne hinzu.

Salladay verließ kopfschüttelnd die Konferenz. In seinem Artikel vom Samstag, den 23. Oktober bezeichnete er diese Konferenz als ›eine weitere Verwicklung in diesem bizarren Seifenoper-Fall‹. Später rief er Antonio an, um ihre Meinung zu Winters' und Gellepes' ›Abtrünnigkeit‹ zu hören.

... Sie nannte diese Beschuldigungen ›offenkundig falsch‹ und verteidigte ihre Arbeit an dem Fall, der ihren Worten zufolge das ganze Büro beschäftigt hatte.

»Sie wurde durch einen der besten Anwälte des ganzen Landes vertreten«, sagte Antonio und meinte offenbar Belli. »Ich habe in Stanford mein Jura-Examen abgelegt, und ich habe eine Menge Prozeßerfahrung. ... Ich denke einfach, daß wir getan haben, was wir konnten.«

Antonio lachte über die, wie sie es nannte, ›Kräfte des Bösen‹, die um diesen Fall kreisen. »Ich halte das für sehr unglücklich«, meinte sie, »denn es hilft der Jugendlichen nicht.«

Belli fand Gellepes' Bemerkungen allerdings kein bißchen komisch und reagierte mit der Androhung eines Prozesses.

Als Gellepes von dieser Drohung erfuhr, rief er Paul Monzione an, einen von Bellis Ex-Partnern, und fragte ihn, ob Monzione ihn vertreten würde, falls Belli diese Drohung wahr machte. Monzione war ohnehin schon in den Prozeß der Expartner gegen Belli verwickelt und sagte ja. Gellepes war auch entsetzt darüber, daß die Moores wütend auf ihn waren, eine Pressekonferenz abgehalten zu haben. Er habe ›sehr hart und kostenlos für Serena gearbeitet‹, sagte er und nur das getan, was seiner Meinung nach für sie das beste war.

Inzwischen stand Horngrad der Termin für seinen Antrag

auf einen neuen Prozeß bevor. In einer Nacht saß er am Schreibtisch und stapelte ordentlich die verschiedenen Unterlagen und Sitzungsprotokolle aufeinander, während ihm immer wieder die Theorie des Staatsanwaltes durch den Kopf ging, mit der er das Mordmotiv begründet hatte. Diese Theorie war vollkommen absurd. Er brauchte einige wenige Worte, mit denen er diese Verrücktheit auf den Punkt bringen konnte. Horngrads Intelligenz fand schnell eine Lösung auf diese Herausforderung. Er nahm einen Stift und kritzelte einen Satz hin:

›Euthanasie durch Schwesternmord.‹

War es das? Diese drei Worte in einem Satz würden selbst den gelangweiltesten Leser sofort fesseln.

Vierundzwanzig Seiten und ein ein paar Tage später hatte Horngrad seinen Antrag fertig. Serena Moore, behauptete er, war fälschlicherweise verurteilt worden, und zwar durch ein Urteil, das im Gegensatz zu den Gesetzen und den Beweisen stand und das zustande gekommen war, weil die effektive Unterstützung durch den Rechtsbeistand gefehlt hatte, wie sie im Artikel 6 der Verfassung garantiert wurde.

Fünf Hauptargumente stützten Horngrads Behauptung. Erstens: Dem Gericht waren durch die ›Unterlassung und Inkompetenz‹ der Verteidigung nicht die ›überwältigenden und entlastenden Beweise‹ vorgelegt worden, ›daß Serena eine chronische und zwanghafte Lügnerin war‹. Dem Antrag beigefügt waren dreizehn eidesstattliche Erklärungen von Serenas Schulfreundinnen und Familienangehörigen, die verschiedene Lügen bestätigen konnte, die sie ihnen erzählt hatte – daß sie Leukämie hätte, daß sie ein oder mehrere Kinder geboren hätte (einschließlich Mallory), daß sie Abtreibungen hinter sich hatte, von einem Freund vergewaltigt worden war etc. Horngrad argumentierte, daß der Wahrheitsgehalt des Geständnisses im Tagebuch ernsthaft in Frage gestellt worden wäre, hätte die Richterin von diesen Aussagen erfahren. Der Anklagevertreter hatte ›diesen Fehler gefeiert‹, indem er in seinem Abschlußplädoyer erklärte: ›Es gibt tatsächlich keinerlei Beweise, daß diese Minderjährige eine chronische Lügnerin ist. Es ist nirgendwo im Protokoll aufgeführt.‹

Zweitens und noch unverständlicher: Das Versäumnis der Verteidiger, ›entscheidende Gegenbeweise‹ aus Serenas erstem Tagebuch vorzulegen, in dem es eine Eintragung darüber gab, wie sie Mallorys Leiche gefunden hatte. Horngrad zitierte den Text und fügte hinzu, daß es ›keinerlei taktische Gründe gab, das Gericht von der Existenz dieser Tatsache nicht in Kenntnis zu setzen‹.

Drittens: Der Anklagevertretung ist ohne jeden Einspruch erlaubt worden, ›entscheidende Zeugenaussagen über Mißbrauch und Vernachlässigung durch Serenas Eltern und Serenas eigenes unkontrollierbares Verhalten zuzulassen‹. Horngrad führte aus, daß ein solcher Beweis möglicherweise unter Paragraph 300 zulässig war, der Kinder vor dem Mißbrauch durch ihre Eltern schützen sollte; aber in einem Strafprozeß war das ›absolut untersagt‹. Der ›Gesamteffekt‹ der Zulassung solcher Punkte wie Drogenkonsum der Eltern, Streitereien und angebliche Mißhandlungen der Minderjährigen, der Tatsache, daß die Angeklagte beim Masturbieren erwischt wurde und anderer Informationen, die ›bewußt darauf abzielten, eine Abneigung gegen sie und ihre Familie zu erzeugen‹, war, ›so viele Beweise für den negativen Charakter vorzubringen, ... daß die Minderjährige unwiderruflich vorverurteilt war‹. Die Verteidigung selbst hatte in einer Zeugenaussage feststellen lassen, daß Serenas Familie zerrüttet war und sie vermutlich mißbraucht wurde, was ›zwar mit der Theorie der Anklage übereinstimmt, aber von der Aussage der Minderjährigen abweicht‹. Horngrad ging so weit anzudeuten, daß die Richterin, nachdem sie so viele Beschuldigungen über ein gestörtes Elternhaus gehört hatte, den Eindruck gewinnen mußte, sie habe es hier mit einem ›zwingenden Fall von Entzug des Sorgerechts für diese Minderjährige zu tun‹. Jede Autorität dafür wäre aber mit einem Freispruch der Minderjährigen erloschen.

Viertens: Die Verteidiger haben ›fatalerweise‹ die Aussage ihrer eigenen Zeugen ›unterminiert‹, indem sie sich selbst

›unsachgemäß und voreingenommen als Überträger von Informationen‹ zwischen Dr. Herrmann und Dr. Warnock gestellt haben.

Und fünftens: Die Verteidigung ›hat ein weiteres augenscheinliches Desaster angerichtet‹ und den ›Höhepunkt ihrer Inkompetenz‹ durch Serenas Zeugenaussage erreicht. Es gibt für die Verteidigung kein größeres Dilemma als die Frage, ob sie ihren Angeklagten in den Zeugenstand rufen sollen oder nicht. Horngrad war klar, daß Belli vermutlich die Notwendigkeit dazu sah, weil er das Geständnis im Tagebuch widerlegen wollte. Aber durch das ›Fiasko‹ von Bellis Befragung, die oft mit unlogischen Schlußfolgerungen befrachtet war, verlief Serenas Aussage traurigerweise inadäquat, ja sogar schädlich für sie.

Alles in allem war Serenas Verteidigung ›unvorbereitet, unkonzentriert, planlos und schlecht ausgedacht‹. Dem Gericht wurde ›nur gestattet, das Klatschen einer Hand zu hören‹.

Sharri und Michael waren von Horngrads Antrag begeistert. Endlich äußerte sich jemand öffentlich, was sie die ganze Zeit gedacht hatten!

Mitte Oktober, am Tag der Antragstellung, war das Dokument sofort eine heiße Sache. Horngrads Telefon stand nicht mehr still vor Reportern, die eine Kopie haben wollten.

Nach der Pressekonferenz gab Gellepes eine Presseerklärung heraus, weil er fürchtete, daß Horngrad ›zwei verschiedene Interessen‹ diente, indem er die Moores vor den Beschuldigungen des Mißbrauchs schützen wollte und gleichzeitig Serena vertrat. In der Erklärung behauptete er, daß Horngrad den Ruf hatte, Kinderschänder zu vertreten. »Damals versuchte ich einfach, auf Nummer Sicher zu gehen und dafür zu sorgen, daß er nur Serena vertrat, so wie es sein sollte«, erklärte er später.

Horngrad war wieder stinksauer. Er betrachtete diesen zweiten Affront als vorsätzlich und unnötig. Er rief ›fuchsteufelswild‹ Gellepes an und erfuhr, daß er jetzt von Paul Monzioni vertreten wurde. Er sollte seinen Mandanten ›besser im Zaum halten‹, sonst würde er mit Gellepes ›den Boden wischen‹.

Der Lobbyist, erklärte Horngrad später, ›wurde recht lästig‹.

Horngrads Antrag auf ein neues Verfahren brachte Golde in eine interessante Position. Um die Verurteilung von Serena Moore aufrechtzuerhalten und natürlich auch seinen Sieg bei diesem Fall zu verteidigen, mußte der Stellvertretende Staatsanwalt jetzt genau die Argumente der Verteidiger hochhalten, die er während des Verfahrens zu vernichten versucht hatte. Diese Kehrtwendung mochte vielleicht auf die Menschen außerhalb des Rechtssystems seltsam wirken, aber Golde nahm es als normale Gegebenheit in den oftmals verschlungenen Mechanismen des Gesetzes.

In seiner schriftlichen Erwiderung auf Horngrads Antrag erinnerte er das Gericht an die Schwierigkeit, den erforderlichen Nachweis für die Inkompetenz der Anwälte zu führen. ›Nur wenn die Anwälte um eine Erklärung gebeten werden (warum sie den Fall in der gewählten Art und Weise präsentierten) und keine liefern können‹, schrieb er, ›oder wenn sie einfach keine befriedigende Erklärung abgeben, wird solchen Anträgen stattgegeben.‹ Golde widersprach Horngrads Hauptargumenten Punkt für Punkt. Zum Beispiel Serenas Lügen. In einer schamlosen Kehrtwende widersprach Golde seinem eigenen Schlußplädoyer vor Gericht und behauptete, ›daß der Beweis für Serenas Neigung zur Lüge ganz klar vor Gericht geführt‹ worden war. Er zitierte Aussagen von Sharri Moore, Serena und anderen, die über den Hang der Angeklagten berichteten, Geschichten zu erzählen. Und was Tagebuch Nr. 1 anging: Es leugne die Tat nicht, sei ›nicht unvereinbar mit Geständnis‹ und drückte keinen Schock über

Mallorys Moores Tod aus. Außerdem enthielte das Tagebuch anschauliche Informationen ›sexuellen Inhalts‹, von denen die Verteidiger nicht wollten, daß sie an die Öffentlichkeit gelangten. Daher hatte die Verteidigung ›plausible und taktische Gründe‹, das Tagebuch Nr. 1 nicht als Beweis zuzulassen.

Was die Informationen zur Familiengeschichte anging, waren alle Aussagen über vergangene Ereignisse von Bedeutung, sobald ein Psychologe in den Zeugenstand trat. Obwohl Golde in seinem Schlußplädoyer Dr. Bergs Aussage als ›unbegründet‹ verworfen und behauptet hatte, der Doktor könnte ›im Prinzip bei jedem Menschen auf der Straße eine Art von Krankheit diagnostizieren‹. Jetzt jedoch behauptete er, das ›Verhalten der Minderjährigen stimme mit der Diagnose des Psychiaters (sic!) überein, daß sie manisch-depressiv ist‹. (Berg war Psychologe!)

Doch trotz seiner ›Das Gegenteil zu behaupten ist nur fair‹-Haltung schwieg Golde zu dem Vorwurf, daß die Verteidigung selbst Dr. Warnocks Zeugenaussage ›fatalerweise‹ unterminiert hatte. Er bemerkte zu diesem Thema nur, daß sie ›zwei Experten bestellt habe, um zu zeigen, daß der Tod durch Asthma eingetreten ist‹.

An anderer Stelle nannte er es ›unaufrichtig‹, die Anwälte für den Meineid der Minderjährigen auf dem Zeugenstand verantwortlich zu machen. Woher wollte der neue Anwalt der Minderjährigen wissen, daß sie nicht richtig auf die Zeugenaussage vorbereitet wurde? ›Wie kann man jemanden darauf vorbereiten, die Wahrheit zu sagen?‹ fragte der Staatsanwalt rhetorisch.

Horngrads Erwiderung, die er zwei Tage vor der Anhörung am 12. November einreichte, stellte den Staatsanwalt in der Frage des Tagebuchs Nr. 1 zur Rede. ›Es ist nur schwer vorstellbar‹, schrieb Horngrad in einer Fußnote, ›daß jemand ernsthaft behaupten kann, dieser Tagebucheintrag sei irrelevant.‹ Die Staatsanwaltschaft hatte darauf hingewiesen, daß die Minderjährige in der Eintragung nicht bestritt, das Verbrechen begangen zu haben. »Die Minderjährige«, konterte er leicht angewidert, »wußte nicht, daß ihr fortlaufendes Tagebuch eine Lüge widerlegen sollte, die sie erst noch machen würde.« In derselben Sache habe die Staatsanwaltschaft ›die höchst groteske Behauptung‹ erhoben, das Tagebuch enthalte sexuelle Eintragungen, und ›spekuliere, daß die Verteidigung in einem Strafprozeß lieber entlastende Beweise unterschlage, als Einzelheiten aus Serenas Sexualleben verlauten zu lassen‹. Das bedeute, folgerte Horngrad, ›sie haben lieber zugelassen, daß ihre Mandantin wegen Mordes verurteilt wurde, als mitansehen zu müssen, wie ihre Keuschheit befleckt wurde‹.

Horngrad wies auch auf Goldes offenkundigen Widerspruch hin, was das Thema anging, ob Serenas Neigung zur Lüge zu Protokoll genommen wurde.

In seinem ursprünglichen Antrag hatte Horngrad nicht auf das Versäumnis der Belli-Kanzlei hingewiesen, die Theorie eines ›anderen Täters‹ weiterzuverfolgen. Er hatte gedacht, daß die Richterin sich dessen bewußt war, und sich statt dessen auf Informationen konzentriert, die sie, wie er annahm, nicht kennen konnte. Er hatte nicht erwartet, diesen Punkt vor Gericht diskutieren zu müssen. Doch in seiner Gegenrede merkte er an, daß die Verteidigung versagt habe, als sie diese Thema umging. Entweder erhoben sie den Vorwurf, daß Mallory kurz vor ihrem Tod mißbraucht worden sei, in welchem Fall der Stiefvater der Verdächtige war, oder nicht. Letzteres jedoch würde die Prämisse des Motivs der Anklagevertretung erschüttern. Serenas Anwälte hatten aber weder das eine noch das andere Thema angemessen verfolgt.

Die Moores mochten Horngrad und waren dankbar für seine bis jetzt erstklassige Vorstellung, mit der er ihrer Tochter half. Aber das ›Michael war's‹-Argument war ihnen ein Dorn im Auge. Horngrad erklärte ihnen, daß die Anwälte das Thema nicht gründlich genug behandelt hätten. Auch wenn die Moores vielleicht wütend auf Belli und Antonio waren, weil sie es überhaupt angesprochen hatten. Sharri und Michael hörten ihm zu, und widerwillig fingen sie an zu verstehen. Durch

Horngrads geduldige Erklärungen, eine wichtige Eigenschaft, die ihnen bei der Beziehung zur Belli-Kanzlei gefehlt hatte, begriffen sie, daß dieses Thema nicht ruhen würde, bis Serena freigesprochen war. Wenn Horngrad glaubte, daß dieser Punkt angefochten werden mußte, damit sie eine Chance hatten, zu gewinnen, dann waren sie bereit, zu schweigen und ihn seinen Job machen zu lassen. Wenigstens sprach er mit ihnen und war ehrlich.

»Ich kann nur eins sagen«, meinte Sharri eines Abends zu Michael, »es ist bessere Arbeit.«

Horngrad brauchte jede Hilfe, die er kriegen konnte, um gegen die Justiz im Fall Serena zu kämpfen. Seine Argumente und Meinungen zur angeblichen Inkompetenz der Belli-Kanzlei reichten aus, um einen Antrag zu schreiben. Doch bei der Anhörung brauchte er einen Gutachter, einen hochkarätigen Anwalt, der bezeugen konnte, daß die Verteidiger untauglich gewesen waren.

Horngrad rief Penny Cooper an, eine sehr angesehene Anwältin in der East Bay. Sie hatte von dem Fall gehört und wollte sich ihn gern ansehen. Nachdem er ausführlich mit ihr gesprochen hatte, wußte Horngrad, daß sie die richtige Wahl war. Sie war hochintelligent, erfahren und sachlich. Da sie schon viele Jahre in der East Bay praktizierte, war Penny Cooper in Alameda County bekannt und kannte ihrerseits viele Richter. Unter anderen zählte sie sogar Stanley Golde, Matts Vater, zu ihren engen Freunden. Außerdem kannte sie auch Dr. Herrmann gut.

Horngrad schickte ihr Kopien aller Unterlagen in seinem Ordner.

Nachdem sie die Unterlagen drei Tage geprüft hatte, rief Penny Cooper zurück. Sie fand, daß hier tatsächlich ein deutlicher Fall von Inkompetenz der Verteidigung vorlag, aber sie stellte eine kritische Frage: Wo waren die anderen Lügen aus Serenas Tagebuch? Es war eine Sache, Lügen zu erzählen, aber eine andere, sie an einem so privaten Ort aufzuschreiben.

Andere eigenhändig geschriebene Lügen würden sicherlich die Stichhaltigkeit des Geständnisses in Frage stellen. Horngrad antwortete, er glaubte, daß es welche gäbe, aber er mußte die Tagebücher noch Seite um Seite durchgehen, um zu sehen, in welchem Ausmaß.

Am Ende des Gesprächs willige Penny Cooper ein, als Gutachterin gegen Belli auszusagen.

»Klasse!« meinte Horngrad.

Als der Tag der Anhörung näherrückte, fühlte Horngrad sich spannungsgeladen und bereit. Seine berechtigte Empörung würde er als Offensivwaffe vor Gericht einsetzen. Obwohl er glaubte, daß Serena unschuldig war, wußte er, daß Golde unglücklicherweise die Trümpfe in der Hand hielt.

Er wollte unbedingt gewinnen.

Zu seiner Besorgnis kam noch hinzu, daß Belli die ganze Sache offenbar ziemlich übel aufnahm. Statt zu kooperieren, schien Belli den Antrag zu bekämpfen, was Horngrad ›vollkommen falsch‹ fand. Die Belli-Kanzlei sollte auf seiner Seite stehen und alles tun, was sie nur konnte, um ihrer ehemaligen Mandantin zu helfen.

Aber angesichts der offenkundigen Feindseligkeit der Belli-Kanzlei bezweifelte Horngrad, daß er mit der Hilfe des ehemaligen Anwalts rechnen konnte, und beschloß, Antonio und Belli als Zeugen vorzuladen und sie nach ihrer Entscheidungsfindung in Serenas Fall zu befragen.

Horngrad hielt diese Vorladungen aber geheim, um die Anwesenheit der Presse bei der Anhörung auf ein Minimum zu beschränken. Reporter und Kameraleute würden sich die Hände reiben, wenn sie von dem bevorstehenden Kampf Wind bekamen.

Die Sache konnte richtig unangenehm werden.

Es waren noch drei Tage bis zum Termin, und Horngrad wurde langsam klar, daß etwas faul war. Als er die Protokollabschrift zum drittenmal sah, fiel ihm auf, daß Golde Serena zahlreiche Fragen nach Eintragungen aus ihrem Tagebuch Nr. 1 gestellt hatte, nach Eintragungen, über die er, Horngrad, keine Unterlagen besaß. Er begriff, daß die Seitennumerierung des Tagebuchs, die laut seinen Akten mit Seite 118 begann, bedeutete, ihm fehlte eine Kleinigkeit: die ersten 117 Seiten.

Er rief Antonio an und verlangte die fehlenden Seiten. Ein Tag verstrich, ohne daß sie zurückgerufen hätte. Mittlerweile war Mittwoch, der 10. November, zwei Tage vor der Anhörung. Antonio rief ihn am Nachmittag an und sagte, sie wisse nicht, wo die Seiten wären. Sie schickte einen Angestellten auf eine hastige Suche. Inzwischen rief Horngrad die Moores an. Hatte die Belli-Kanzlei diesen Teil von Serenas Tagebuch jemals erhalten?

»Selbstverständlich«, antwortete Sharri. »Ich weiß es sicher, weil ich das alles gelesen habe. Ich habe sogar mit einem Textmarker die Stellen markiert, an denen Lügen standen. Ich habe versucht, Shelley bei dem Beweis zu helfen, daß Serena außer diesem Geständnis noch andere Lügen in ihr Tagebuch geschrieben hat.«

Horngrad durchwühlte seine Unterlagen, bis er auf die Zusammenfassung des Tagebuchs stieß, die die Belli-Kanzlei angefertigt hatte. Wenn ihn die Erinnerung nicht täuschte, begann diese Zusammenfassung mit Informationen von Seite 118. Sie müssen die ersten 117 Seiten schon vor Monaten verloren haben, dachte er entsetzt.

Noch bevor Serenas Verfahren überhaupt eröffnet wurde, und sie haben es nicht einmal bemerkt! Als diese Zusammenfassung geschrieben wurde, waren die ersten 117 Seiten längst verschwunden! All die Beweise von Serenas anderen Lügen!

Der Donnerstag zog herauf. Immer noch keine Nachricht von Antonio. Horngrad rief Sharri an und bat sie, in sein Büro zu kommen und all die Stellen in seinen Unterlagen zu unterstreichen, an denen Serena Lügen geschrieben hatte. Er rief auch Matt Golde an und bat den Stellvertretenden Staatsanwalt, ihm eine Kopie der ersten 117 Seiten von Tagebuch Nr. 1 zu schicken. Es war zu spät, sich darauf zu verlassen, sie noch von der Belli-Kanzlei zu bekommen, obwohl Horngrad vorhatte, ihnen deshalb noch auf jeden Fall die Hölle heiß zu machen.

Sharri kam zusammen mit Esther Corren um 18 Uhr 30 in Horngrads Büro und fand ihn am Telefon, wo er die Belli-Kanzlei mit Telefonaten nervte. Wo war der Rest dieser Ermittlungsunterlagen? Obwohl sie wegen Belli beunruhigt war, mußte Sharri über diese Szene lachen. Horngrad trug Purpurrot: ein purpurrotes Cordhemd, purpurrote Socken, purpurrote Basketballschuhe. Wenigstens trug er dazu eine braune Hose. Er schrieb mit einem purpurnen Füller, der mit purpurroter Tinte gefüllt war. ›Ich liebe Purpur‹, war seine rätselhafte Erklärung.

Sharri tat der ›arme Kerl‹ aus der Belli-Kanzlei fast leid, der seine Telefonate beantworten mußte. Nachdem er Horngrad in zahlreichen Gesprächen abgewimmelt hatte, gab er schließlich zu, daß Belli, Antonio und ein weiterer Anwalt namens McLean in einer Konferenz hockten und ihre Strategie für die Anhörung am nächsten Tag besprachen. Sie konnten nicht ans Telefon kommen.

Schwingen Sie Ihren Hintern da rein! bellte Horngard. Er mußte mit Antonio sprechen, sofort! Es war unentschuldbar, daß er weniger als vierundzwanzig Stunden vor der entscheidenden Anhörung immer noch nicht alle Unterlagen hatte.

Der Telefonist bat Horngrad zu warten. Einen Augenblick später ertönte seine entschuldigende Stimme wieder im Hörer. »Mr. Belli hat mir gesagt, daß ich gefeuert werde, wenn ich die Tür noch ein einziges Mal aufmache«, sagte er. »Ich kann nicht mehr da reingehen!«

Horngrad ließ den ›armen Kerl‹ in Ruhe und sprach eine Nachricht auf Antonios Anrufbeantworter. Er brauchte diese 117 Seiten des Tagebuchs, und sie sollte sie lieber suchen.

Doch er sollte sie nicht von Belli oder Antonio bekommen. Noch vor dem Abend faxte ihm Golde die benötigten Seiten.

Angeblich wurde zwei Tage später der Telefonist der Belli-Kanzlei gefeuert.

36. KAPITEL

Die ursprünglich zwei Fraktionen im *Fall Serena M.* hatten sich nunmehr in eine haßerfüllte Triade gespalten; die Anhörung am Freitag versprach ein Zirkus mit drei Arenen zu werden.

In einer Arena stand Belli, gekleidet in seinem dunklen Anzug und sein Markenzeichen, Hemd mit passender Krawatte, diesmal in eisblau. Ein rotes Taschentuch lugte strahlend aus seiner Brusttasche. Antonio tauchte in ihrem üblichen schwarzen Kostüm auf mit einer graugrünen Bluse. Sie wurden von einem dritten Anwalt der Belli-Kanzlei vertreten, Kevin McLean, einem kräftigen Mann mit einem schwarzen Schnurrbart und Stirnglatze, einem runden Gesicht und einer etwas gebogenen Nase.

In der zweiten Arena standen Horngrad und Penny Cooper, die Gutachterin, die zu Bellis und Antonios ›Inkompetenz‹ aussagen wollte. Cooper trug ihre braunen Haare kurz in einer männlich wirkenden Frisur. Sie hatte eine Brille und verzichtete auf Make-up, ihr dunkelgrauer Hosenanzug war klassisch. Sie bewegte sich sachlich und entschieden, während sie mit Horngrad konferierte. Während des Verfahrens sollte sie mehr eine zweite Anwältin als nur eine Gutachterin sein. Sie schlug Horngrad Fragen vor und besprach mit ihm Taktiken für die Vernehmung von Belli und Antonio.

Allein und hochnäsig stand Matt Golde in der dritten Arena und blickte anzüglich zu Horngrad und Cooper sowie zu den ›Bellis‹ hinüber, die sich alle für ihren Auftritt vorbereiteten. Er hatte seinen Schülerhaarschnitt beibehalten. Sein Anzug war grau.

Die Reporter trudelten nur spärlich ein, und nur ein Fernsehteam von Channel 2 wartete im Flur, dank Horngrads Geheimhaltung der Vorladungen. Die Moores waren ihm dankbar. Als die Pressevertreter Belli entdeckten, verbreitete sich die Neuigkeit über seine Vorladung wie ein Lauffeuer, bis es im Gerichtssaal vor Erwartung knisterte.

Catherine Bowman vom *Chronicle* beugte sich zu Shelley Antonio, um ihre Reaktion auf die Vorladungen zu erfahren. Die Anwältin antwortete: »Auf mich wirkt das wie ein Public-Relations-Gag.«

Sharri saß zwei Reihen hinter ihr und stieß Michael mit dem Ellbogen an. Hast du das gehört? hieß das. In ihrer burgunderfarbenen Bluse und einem grauen Wollkostüm schien sie etwas zu warm angezogen. Auf ihre Bitte hin hatte Horngrad ihr eine Vorladung geschickt, damit sie sie ihrem Arbeitgeber zeigen konnte, um diesen Tag freizubekommen. Ihrem Boß gegenüber blieb sie einsilbig, warum das Gericht weiter tagte. Michael trug ein großes, handgearbeitetes Kreuz um den Hals, das mit seiner blau- und purpurgemusterten Krawatte um Aufmerksamkeit wetteiferte. Neben Sharri saßen Mary und Esther; Pastor Doug und Sheila Evans saßen eine Reihe dahinter. Die ganze Gruppe wirkte nervös.

Um 9 Uhr 20 öffnete sich die Nebentür. Alle Augen richteten sich auf den Gerichtsdiener, der Serena hereinführte. In dem neuen schwarzen Einteiler, den ihr eine Freundin der Familie als Glücksbringer geschenkt hatte, wirkte sie schlanker. Belli wuchtete sich aus seinem Stuhl und schlurfte zu ihr herüber, um sie zu umarmen.

»Wie geht's?« murmelte er. »Schön, dich zu sehen.«

Serena blickte ihre Eltern an, rollte ihre Augen zur Decke und schnitt eine Grimasse. Belli bemerkte es nicht. Antonio saß ausdruckslos auf ihrem Stuhl und wirkte auf alle Anwesenden wie eine zurückgewiesene Mutter, als sie den Kopf von Serena abwandte.

Margulies erschien und rief Golde und Horngrad zur Richterbank. McLean ignorierte sie. Drei Minuten später eröffnete sie das Verfahren und bat McLean, sich vorzustellen. Dann machte sie weiter. Horngrad rief Belli in den Zeugenstand.

Kevin McLean erhob sofort Einspruch in dem Versuch, Bellis und Antonios Vorladungen abzuschmettern. (Aha, dachte Horngrad, deshalb also die Konferenz gestern abend.) Als Margulies einwilligte, sich McLeans Gründe anzuhören, ging er zum Tisch der Verteidigung und stellte sich zwischen Horngrad und Golde. Ein Grund für diesen Antrag, so argumentierte er, sei das Anwalt-Mandant-Vorrecht.

Für Horngrad kein Problem. Er drehte sich zu Serena. »Das Gericht will, daß ich dir sage, daß wir deine ehemaligen Anwälte in den Zeugenstand rufen. Bist du einverstanden, auf deine Rechte aus dem Anwalt-Mandant-Privileg zu verzichten?«

Serena spitze halb amüsiert die Lippen und bejahte die Frage. Margulies war damit nicht zufrieden.

»Mr. Belli und Miss Antonio dürfen dann über Gespräche mit deiner Familie aussagen. Ist dir klar, daß solche Einzelheiten in der Zeugenaussage ans Licht kommen können?«

»Ja.«

»Der Anklagevertreter wird wegen dieser Gespräche ein Kreuzverhör vornehmen«, fügte Horngrad hinzu. »Bist du bereit, auf dein Vorrecht auch diesbezüglich zu verzichten?«

»Ja.«

»Und tust du das aus freiem Willen?« setzte Margulies nach.

»Ja.« Serenas Stimme war leise. »Niemand hat mich beeinflußt.«

McLean warf ein anderes Argument in die Waagschale. Vielleicht sollte die Richterin bedenken, daß eine Zeugenaussage, die unter Vorladung erzielt wurde, irrelevant war. »Da es so aussieht, als würde mein Antrag abgelehnt …«

Margulies fuhr ihm schroff in die Parade. Sie entscheide über die Anträge erst, nachdem sie alle Argumente gehört habe, und ›weise entschieden jede Einmischung in Form solcher Kommentare ab‹!

McLean raschelte geschäftig mit seinen Unterlagen und

erhob dann erneut Widerspruch. Nur, um sich den nächsten Rüffel abzuholen. »Horngrad arbeitete heimlich mit Mr. Bellis Ex-Partnern zusammen«, behauptete er, denselben Partnern, die Mr. Belli verklagt hätten und seinen Namen in den Medien in den Schmutz zögen. »Ich weiß nicht, ob das Gericht sich dessen bewußt ist …«

»Das Gericht ist sich dessen nicht bewußt«, konterte Margulies, »weil das Gericht solche Zeitungsartikel nicht liest.«

Horngrad war empört. »Euer Ehren, Mr. McLeans Behauptung ist schlicht unwahr.«

McLean versuchte es noch einmal. Alle Informationen aus den Gesprächen zwischen Anwalt und Mandant fielen unter das ›Mandatsgeheimnis‹, deren Vorrecht bei den Anwälten läge. Daher könnte ein Mandant nicht darauf verzichten. Das müßte Mr. ›Hornblatt‹ auch wissen. »Der einzige Grund, warum er das hier tut, ist Mr. Belli in den Schmutz ziehen, und ich kann mir nicht vorstellen, daß das Gericht einwilligt, es sich auch nur anzuhören.«

Horngrad ignorierte die absichtliche Verhunzung seines Namens und konterte, daß das Gericht in diesem Fall das Recht hatte, diese Vorrechte zu überstimmen, wenn es im Interesse des Mandanten lag. »Ich möchte das Gericht bitten, jeden Grund für die Aufrechterhaltung des Mandatsgeheimnisses gegen die Möglichkeit abzuwägen, einen fairen Prozeß zu führen. Es ist ein eingeschränktes Vorrecht.«

Dem widersprach McLean. Es sei ein absolutes Vorrecht, und er zitierte zwei Fälle aus dem Zivilrecht. Margulies fragte ihn nach einem Präzedenzfall aus dem Strafrecht, und er mußte zugeben, daß es dort keinen gab. Erneut blätterte er in seinen Unterlagen. Es gab aber einen Fall, fügte er hinzu, als er endlich das gesuchte Papier fand, in dem die Benutzung der Notizen eines Anwalts untersagt worden waren.

»Wir suchen hier keine Notizen, Euer Ehren.« Horngrad klang ungeduldig.

»Haben Sie vor, Fragen nach der Taktik der Verteidigung zu stellen?« wollte Margulies von Horngrad wissen.

»Ja, bis zu einem gewissen Punkt.«

»Das betrifft das Mandatsgeheimnis, Euer Ehren«, unterbrach McLean.

Horngrad meinte, er wolle nur zeigen, daß hinter einigen Aktionen des Verteidigerteams ›keine vernünftigen Gründe‹ steckten, und daß ihre Entscheidungen nicht aus ›taktischen Erwägungen‹ getroffen wurden.

Belli beobachtete die Szene schweigend und beugte sich plötzlich zu Antonio herüber. »Wir werden ein paar Tage hier verbringen«, flüsterte er vernehmlich.

McLean machte eine frustrierte Handbewegung, als wäre Bellis Beschwerde an ihn adressiert gewesen. »Das ist Schiebung ...«

Margulies schnitt ihm das Wort ab, weil sie in Ruhe einen zitierten Fall lesen wollte, in dem das Mandatsgeheimnis aufgehoben wurde. McLean konterte, es gelte nur für Amtsmißbrauch, der hier nicht zur Diskussion stünde. Darauf erwiderte Horngrad, daß Amtsmißbrauch unter den gegebenen Umständen hier sehr wohl zur Debatte stehen könnte. McLeans Gegenrede war mit einem weiteren ›Hornblatt‹ garniert.

Golde stand auf. Man sollte eine Entscheidung über den Gegenstand und die Beweislage des Falles treffen, meinte er. Wenn die Richterin glaubte, Horngrads angeblich ›neuen Beweise‹ würden ihr Urteil in dem Fall nicht ändern, dann wäre diese Vorladung irrelevant. »Darüber hinaus ...«

»Die Haltung des Gerichts«, fiel ihm Margulies ins Wort, »ist folgende: Ich kann keine Entscheidung über das Ergebnis dieser Anhörung treffen, die auf Antragsunterlagen beruht. Ich muß erst alle Argumente anhören.« Golde hatte sie letztlich aufgefordert, den Karren vor den Gaul zu spannen.

Der Stellvertretende Staatsanwalt setzte sich – ziemlich geschlagen – hin.

Es gibt noch andere Gründe, behauptete McLean. Zum Beispiel handele es sich hier nicht um ein angemessenes Forum für eine solche Anhörung.

Davon wollte Margulies absolut nichts hören. Es sei durchaus ›ein angemessenes Forum‹; sie habe in ähnlichen Fällen entschieden. Dann verkündete sie eine halbstündige Pause, in der sie ihre Entscheidung überlegen wollte.

Als sich der Gerichtssaal leerte, stellte Horngrad McLean zur Rede. »Wenn Sie mich noch einmal ›Hornblatt‹ nennen, dann heißen Sie ab sofort nur noch ›McClown‹!«

Um 10 Uhr 25 betrat Richterin Margulies einen fast leeren Gerichtssaal. Keiner der Anwälte war da; der Gerichtsdiener kaute auf einem Schokoriegel herum. Margulies verschwand wieder. Einen Augenblick später tauchten Horngrad und McLean auf und versuchten die Anspannung durch ein gutmütiges Wortgefecht zu lockern, in dem sie wetteiferten, wer am 11. November, dem Veterans Day, seine Zeit patriotischer verbracht hatte. Um halb elf wurde die Sitzung fortgesetzt. Margulies begann die von McLean zitierten Fälle vorzulesen und wiederholte, daß die Rechtslage bei Strafprozessen anders sei. McLean sprang auf und explodierte vor Einsprüchen.

»Entschuldigen Sie bitte, Mr. McLean! Ich habe Ihnen und Mr. Horngrad erlaubt, Ihre Argumente loszuwerden, und jetzt befinde ich mich im Prozeß der Entscheidungsfindung. Gestatten Sie mir, damit fortzufahren!« Sie befahl ihm, sich zu setzen.

Margulies wog die drei zitierten Fälle gegen die Rechte der Angeklagten ab und entschied, daß ›allgemeines Interesse und Verfahrensrecht eine Ausnahme von dem Mandatsgeheimnis verlangten‹. In dieser besonderen Situation käme das Mandatsgeheimnis nicht zum Tragen, weil genau dies hier in Frage gestellt würde. »Es scheint, als wäre eben diese Information für die Minderjährige wichtig, um ihren Antrag auf ein neues Verfahren voranzutreiben; im anderen Fall würden die Rechte der Minderjährigen verletzt.«

McLeans Antrag, die Vorladungen abzuschmettern, war damit abgelehnt. Margulies schickte ihn nachdrücklich vom Tisch der Verteidigung weg. Er gehorchte, merkte aber provozierend an, daß er wieder zurückkommen würde, wenn seine Mandanten im Zeugenstand säßen.

»Wenn es dazu kommt«, erwiderte Margulies ungehalten, »können Sie neben Ihren Mandanten sitzen, wenn Sie wollen.«

McLean konterte unverfroren, daß er vorhabe, Einsprüche zu erheben, und deswegen am Tisch der Verteidigung sitzen wollte.

Golde erhob selbst auch Einspruch. Horngrads eidesstattliche Aussagen über Serenas Lügen waren ›Hörensagen‹. Die Richterin stimmte zu, daß es sich hier um ein Problem handelte; sie mußte möglicherweise die Zeugenaussagen der Leute hören, die diese Erklärungen unterschrieben hatten. Horngrad schlug vor, sie vorzuladen. Margulies erklärte, daß er und Golde während einer Pause darüber diskutieren konnten, welche Erklärungen die Staatsanwaltschaft akzeptieren, also ohne Vernehmung ins Protokoll aufnehmen würde. Sollte Golde einer bestimmten Erklärung nicht zustimmen, mußte die Person, die sie unterzeichnet hatte, vor Gericht aussagen. So bekam der Staatsanwalt die Chance auf ein Kreuzverhör.

Nachdem die Plänkeleien vorbei waren, wurde es Zeit für Belli, in den Zeugenstand zu treten. Michael musterte jede Bewegung, als der ältere Mann in den Stand trat. Er und Sharri hatten lange auf diesen Moment gewartet. McLean bezog seinen Platz am Tisch der Verteidigung. Horngrad stand auf. Seine erste Frage stellte Belli als ehemaligen Anwalt von Serena Moore vor und klang ganz harmlos, löste aber eine Sturzflut von Verachtung bei Belli aus.

»Ich bin immer noch ihr Verteidiger *Pro bono*«, knurrte er, »und ich werde mit oder ohne Ihre Einwilligung eine Berufungsverhandlung vor dem Obersten Gericht einreichen.« Er erinnerte das Gericht daran, daß er den Fall kostenlos übernommen habe und persönlich alle Gutachter für die Angeklagte bezahlt habe.

»Dieser Lügner«, stieß Sharri leise hervor.

Er habe persönlich Shelley Antonio auf den Fall angesetzt, weil sie, wie Belli sagte, ›eines meiner besten Mädchen ist‹.

Horngrad versuchte vergeblich zu klären, wer von beiden

der verantwortliche Anwalt war. Jedesmal antwortete Belli ausweichend, und Horngrad stellte die Frage anders, bis Belli sich weigerte, weiter zu dem Thema auszusagen. Die Richterin intervenierte und befahl ihm ruhig, aber entschieden, zu antworten.

Ja, gab Belli zu. Antonio war für die Untersuchung in diesem Fall verantwortlich.

»Hat sie jemals vorher ein Jugendstrafverfahren geleitet?«

»Das weiß ich nicht.«

»Kennen Sie irgendwelche Jugendstraffälle, die sie betreut hat?«

»Ich kenne keine.«

»Wissen Sie denn von irgendwelchen Strafverfahren, die sie vertreten hat?«

McLean widersprach und wurde abgeschmettert. Belli drehte sich zur Seite und erhob selbst Einspruch gegen das Vorgehen der Richterin. »Sie wissen doch, Euer Ehren, daß wir versucht haben, Sie in diesem Verfahren Ihres Amtes zu entheben ...«

Seine Beschwerde konterte Margulies mit einer scharfen Erwiderung. Ihre Miene war unbewegt und ihre Stimme gleichförmig, aber ihre Verärgerung war deutlich spürbar. »Ich sage es Ihnen nur einmal: Sie antworten auf die Fragen und erheben keine Einsprüche. Dafür ist Mr. McLean zuständig.«

Horngrad wiederholte seine Frage, ob Belli von irgendwelchen Strafprozessen wußte, die Antonio übernommen hatte.

»Nicht direkt«, gab Belli zu und wiederholte, daß der Fall schließlich kostenlos – *Pro bono* – übernommen worden war.

Horngrad betrachtete ihn einen Moment schweigend, als denke er über die Antwort nach. »Heißt das, Sie unterscheiden zwischen *Pro-bono*-Fällen und solchen, für die Sie bezahlt werden?«

Absolut nicht, widersprach Belli. Er wäre sogar besonders sorgfältig bei den kostenlosen Fällen.

Horngrad wippte auf den Füßen und kreuzte die Arme. »Wie alt sind Sie, Sir?«

Erneut erhob Belli Einspruch, erneut wurde er von der Richterin verwarnt. Belli gab schließlich zu Protokoll, daß er sechsundachtzig sei, und weigerte sich, die folgende Frage zu beantworten, die sich auf seine Zuständigkeit in diesem Fall bezog. »Warum wollten Sie diesen Fall denn unbedingt haben?« schoß er gegen Horngrad zurück. »Vielleicht sollten wir darüber reden.« Er würde diese Frage nicht beantworten und sagte zur Richterin: »Sie können mich gern wegen Mißachtung des Gerichts verdonnern.«

Margulies formulierte ihre Worte sehr sorgfältig, als spräche sie mit einem ungezogenen Kind. Belli sollte antworten, er sollte keine weiteren Einsprüche erheben und – wenn die Anwälte in einen neuen Streit verfielen, sollte er die Richterin nicht mehr unterbrechen.

Horngrad wiederholte seine Frage.

Seine Zuständigkeiten waren unterschiedlich, erwiderte Belli. Er beriet Shelley Antonio, erhob Einsprüche im Gerichtssaal, fungierte als Seniorrechtsbeistand und sorgte dafür, daß die Angeklagte einen fairen Prozeß bekam. Er wandte sich direkt an Margulies. »Zum Beispiel versuchten wir, Euer Ehren von diesem Fall zu entheben.«

›Euer Ehren‹ ignorierte den Hieb.

»Es war also Ihr Fall?« setzte Horngrad nach.

Das habe er schon beantwortet, erwiderte Belli verächtlich.

Margulies mischte sich ein. »Sie wurden also zuerst angerufen, und dann haben Sie Miss Antonio für den Fall engagiert?«

Belli bejahte. Er hatte den Fall angenommen und dann persönlich Shelley darauf angesetzt.

Horngrad hielt inne. Er hatte glaubwürdige, aber unbewiesene Informationen, die das Gegenteil sagten. Er setzte Belli unter Druck. Es stimmte also nicht, daß Antonio mit dem Fall zu Belli gekommen war und ihn um Hilfe dabei gebeten hatte?

»Nein.«

Horngrad machte eine weitere Pause, um diese Antwort wirken zu lassen. Er hatte einen Treffer erzielt. Die Frage, wie

Antonio die verantwortliche Anwältin wurde, war eigentlich relativ unwichtig. Aber Belli hatte ihr gerade Bedeutung verliehen, weil er gelogen hatte. Horngrad ließ die Sache für den Moment ruhen und wandte sich dem Thema der drei Gutachter zu, die in dem Fall ausgesagt hatten. Er wollte zeigen, daß Sharri Moore und nicht die Belli-Kanzlei die meiste Arbeit getan hatte: Sie hatte sie aufgespürt und sich mit ihnen befaßt.

Die Nennung von Dr. Bergs Namen löste eine langatmige Erwiderung von Belli aus. Er lehnte sich im Zeugenstuhl zurück, verschränkte die Hände und starrte an die Decke, während er ausführte, der Psychologe sei nicht in der Lage gewesen, zu bezeugen, daß Serena eine pathologische Lügnerin war. Ein, wie er sagte, ›entscheidender Punkt‹ in dem Prozeß. Die Richterin habe unfair entschieden, indem sie Dr. Bergs Meinung zum Wahrheitsgehalt der Tagebucheintragung ausgeschlossen habe, ›die endgültige Wahrheit in dieser Angelegenheit‹. Außerdem wollte er aufgrund dieser unfairen Entscheidung in die Berufung gehen.

Horngrad überging den Ausfall gegen Margulies und fragte Belli, ob er einige der Zeugen kannte, die die eidesstattlichen Erklärungen unterschrieben hatten. Die Lügen, die Serena ihnen erzählt hatte, waren phantastisch: daß Mallory ihre eigene Tochter war, daß sie noch anderen Kindern das Leben geschenkt habe und so weiter. Bellis Verhalten zeigte deutlich, daß er Horngrads Frage für unwichtig hielt. Er konnte sich jedenfalls nicht an Namen erinnern. Die Zeugen waren Antonios Sache gewesen.

Erneut dachte Horngrad über die Antwort nach. »Bedeutete für Sie«, sagte er gedehnt, »Richterin Margulies' Entscheidung, Dr. Bergs Aussage über die letzte Wahrheit in dieser Angelegenheit nicht zuzulassen, daß sie keine weiteren Zeugen für die Lügen der Angeklagten vorladen konnten?«

»Das wollten wir uns für die Berufungsverhandlung aufheben«, behauptete Belli. »Und wir hätten auch die Berufung kostenlos durchgezogen, wenn Sie uns nicht aus Publicitygründen in die Quere gekommen wären. Außerdem hat man uns den Boden unter den Füßen weggezogen«, fuhr er fort.

Und zwar mit der Ablehnung der Richterin, Dr. Berg aussagen zu lassen, daß ihre Angeklagte eine pathologische Lügnerin war.

Margulies ließ jedoch nicht zu, daß die Frage unbeantwortet blieb. Sie wollte wissen, ob Mr. Belli wegen ihrer Entscheidung keinen Gebrauch von den anderen Zeugen gemacht habe?

»Ja.«

Horngrad verblüffte diese Antwort. Das war so vollkommen, außerordentlich und schrecklich falsch. Margulies' Entscheidung, Dr. Berg nicht zu dem Wahrheitsgehalt des Geständnisses aussagen zu lassen, hatte nur diesen einen speziellen Fall betroffen. Sie hatte keine Auswirkungen darauf, ob Serenas Freunde und Familienangehörigen zu ihren Lügen aussagen durften. Belli wußte das. Horngrad ahnte, daß er nach jeder Entschuldigung griff, doch diese hier war besonders fadenscheinig.

Margulies war offenbar ebenfalls verwirrt. »Markieren Sie diese Antwort im Protokoll«, wies sie die Gerichtsstenotypistin Nancy Cardoza an und bat um einen Moment Pause, weil sie ihre Unterlagen vervollständigen wollte.

»Ich werde mir das auch notieren«, bemerkte Horngrad giftig.

Nachdem Margulies ihn mit einem Nicken aufgefordert hatte, fortzufahren, benannte Horngrad namentlich eine Liste von möglichen Zeugen, die eidesstattliche Erklärungen zu den Lügen abgegeben hatten: zur angeblichen Leukämie, zu Schwangerschaften, Vergewaltigungen ... es waren außerordentlich viele Lügen. Belli gab zu, daß einige Leute vorgeladen, aber nicht in den Zeugenstand gerufen worden waren, nachdem er und Antonio beschlossen hatten, ›das Thema von Serenas Promiskuität nicht weiter zu vertiefen‹.

Horngrad genehmigte sich einen ungläubigen Tonfall, als er nachfragte. Immerhin war Serenas ›Sexualleben‹ doch lang und breit ausgetreten worden, und häufig auf Betreiben der Verteidigung.

Ein Teil davon, gab Belli zu. Die analen Verletzungen von

Mallory und die sexuellen Angriffe gegen Serena. Aber sie hatten von dem Thema Abstand genommen, vor allem, ›weil ihr Vater zu mir gekommen ist und sichergehen wollte, daß ich nicht über den sexuellen Mißbrauch redete‹.

Sowohl Horngrad als auch Margulies zwinkerten verblüfft. »Wie bitte, Moment mal!« Diese Worte, auch wenn sie sie nicht äußerten, waren ihnen deutlich ins Gesicht geschrieben. Golde schien den Kopf schütteln zu wollen, fing sich aber im letzten Augenblick.

Indem Belli andeutete, daß er die Bitte eines Vaters höher einschätzte als die Verantwortung seiner Mandantin gegenüber, hatte er einen weiteren schweren Fehler begangen. Horngrad fand diese Bemerkung nur symbolisch für Bellis ›ungeheuerliche Pflichtverletzung‹ bei der Vorbereitung der Verteidigung. Sein deutlicher Mangel an Engagement und Antonios Unerfahrenheit hatten sich zu einer vollkommen ›verbohrten und ungesetzlichen‹ Reaktion auf die Situation summiert.

»Haben Sie Michael Moores Wünschen entsprochen?«

Belli behauptete, sie hätten beschlossen, das Thema nicht weiterzuverfolgen. Es hätte die Angeklagte in ein ungünstiges Licht gesetzt, vor allem, weil die Richterin eine ehemalige Staatsanwältin war. Deswegen, und weil er und Antonio sie von Anfang an nicht gewollt hatten …

»Sie sagten, daß der Stiefvater der Angeklagten Sie gebeten habe, nicht auf den Mißbrauch zu sprechen zu kommen«, unterbrach ihn Horngrad. »Haben Sie diese Angelegenheit mit Miss Antonio besprochen?«

»Nein, das habe ich nicht. Ich habe das gemacht, was das beste für meine Mandantin war. Ich war allerdings ambivalent … einiges, was uns geholfen hat, habe ich mit aufgenommen und anderes draußen gelassen.«

»Aber Sie sagten: ›lieber nicht auf die Situation mit dem Stiefvater zu sprechen kommen‹?«

Belli antwortete, daß er in einem Dilemma gesteckt habe: Er wußte nicht, was er tun sollte. Und er habe sich über das geärgert, was dann geschah, nämlich Serena in den Schmutz zu ziehen und sie als promisk zu brandmarken.

»Waren Sie wirklich der Meinung, daß der Nachweis von Mißbrauch zeigen würde, Serena wäre sexuell freizügig?« Erneut klang Horngrad ungläubig.

»Ich dachte daran, daß dieser Fall vor einer ehemaligen Staatsanwältin und einer Frau geführt wurde ... und daß es ihr nicht gefallen würde.«

Sharri und Michael wechselten einen vielsagenden Blick. Pastor Doug schüttelte den Kopf. Margulies zeigte keine Reaktion.

Horngrad ließ nicht locker. »Haben Sie jemals eine Verteidigung erwogen, die darauf beruhte, daß es noch einen zweiten Verdächtigen in diesem Fall gab – den Stiefvater?«

Die Frage wurde verneint. Es habe nicht genug Beweise gegeben.

Horngrad erinnerte Belli an Dr. Herrmanns Aussage, er habe eine Anuserweiterung und Narben gefunden. Fand Mr. Belli es nicht angebracht, auf Tod während des Mißbrauchs durch den Stiefvater zu plädieren?

Belli gab zurück, daß sie ihre Verteidigung nicht mitten im Verfahren hätten ändern können, um sich eine andere Person auszudenken, die den Tod verursacht haben könnte. Sicherlich würde die Richterin, als ehemalige Staatsanwältin, das verstehen.

Horngrad hielt kurz inne. »War es die richtige Entscheidung?«

»Allerdings. Aber es war der falsche Richter, und der Prozeß hätte vor einer Jury stattfinden müssen.« Belli kehrte zum Thema der Promiskuität zurück und behauptete, er wollte die Aussagen über ihre Schwangerschaften und Abtreibungen zurückhalten, weil sie das Gericht vielleicht negativ beeinflussen könnten.

»Es hat nie eine Abtreibung gegeben!« explodierte Horngrad.

Der Ausbruch brachte ihm einen Verweis von Margulies ein. »Stellen Sie einfach nur Ihre Fragen«, ermahnte sie ihn.

»Gut.« Horngrad nickte. »Haben Sie jemals etwas Handschriftliches von der Angeklagten gesehen, das andeutete, sie habe eine Abtreibung hinter sich?«

Belli bejahte die Frage. Er hatte es in einer von Horngrads eidesstattlichen Erklärungen gesehen.

»Das war eine eingebildete Lüge!«

Belli lachte leise. »Das kann ich nicht beurteilen, aber vielleicht phantasieren Sie ja jetzt.«

Horngrad beherrschte seine Wut und wechselte das Thema. »Kennen Sie das Tagebuch Nr. 1 und den Eintrag, wie die Angeklagte ihre Schwester gefunden hat?«

»Ja.«

»Warum haben Sie das nicht als Beweismittel vorgelegt?«

Weil die Verteidigung schon einen solide Strategie hatte. Sie beruhte auf Dr. Warnocks Aussage, daß Mallory an Asthma gestorben war.

»Kannten Sie auch die Lügen, die in Tagebuch Nr. 1 stehen?«

Die Frage verneinte Belli. Er wußte allerdings, daß dort ›Dinge standen, die nicht für die Angeklagte sprachen, vor allem in einem Verfahren vor einer ehemaligen Staatsanwältin‹. Seiner und Antonios Einschätzung nach war die beste Verteidigung, ›auf Dr. Warnocks Aussage zu bauen, daß es ein plötzlicher Asthmatod war‹. Das ganze ›irrelevante Zeug‹, wie zum Beispiel das Tagebuch, wollte er einem weiblichen Richter und ehemaligen Staatsanwalt lieber nicht vorlegen. Einige der Eintragungen hätten ihn abgestoßen, wie zum Beispiel die Eintragung der Mandantin, daß sie ›furchtbar trocken‹ war, als sie am Tag der Beerdigung ihrer Schwester versuchte, Sex zu haben. Belli behauptete verächtlich, er habe all diese Dinge nicht ans Licht zerren wollen, aber Horngrad zwinge ihn jetzt dazu.

Am Tisch der Verteidigung vergrub Serena das Gesicht in ihren Händen. Sharri zog hörbar den Atem ein. Dieser Mistkerl. Es interessierte ihn nicht, wie sehr er Serena in Verlegenheit brachte oder wie er die Wahrheit über die Eintragungen in diesem Tagebuch verzerrte. Ihm war nur daran gelegen, seine eigene Haut zu retten.

Horngrad ließ das Thema auf sich beruhen und faßte Bellis Aussage zusammen, um zu dem Schluß zu kommen, daß die Verteidigung ›alles auf einen asthmatischen Gaul gesetzt‹ habe.

Belli nahm die Metapher auf, als er das bestritt. Man könnte ein Pferd nicht gleichzeitig ›reiten und fressen‹. Er lehnte sich in seinem Stuhl zurück und starrte an die Decke, als wollte er den Himmel in den Zeugenstand rufen. »Ich mache diese Fälle nicht, sondern ich versuche, das Beste aus ihnen zu machen.« Er hielt Serena Moore für unschuldig, fand, sie sollte ein neues Verfahren bekommen, und würde ihren Fall kostenlos bis vor den Obersten Gerichtshof bringen, wenn es nötig war. Und zwar auf der Grundlage, daß es Dr. Berg hätte gestattet werden müssen, über den Wahrheitsgehalt des Tagebuchgeständnisses auszusagen.

Margulies verfügte eine kurze Pause.

Im Flur diskutierte Belli den Fall vor den Kameras von Channel 1 weiter. »Ich habe wie ein Hund für diesen Fall geschuftet«, sagte er dem KTVU-Reporter Randy Shandobil, »und so zahlt es mir jetzt der Vater zurück, der mich ablehnt, weil ich zugelassen habe, daß seine sexuellen Aktivitäten in der Familie ins Protokoll kommen.« Belli hatte diese heiklen Informationen nicht ans Licht zerren wollen, und es war eine Schande, daß Horngrad ihn dazu gezwungen hatte, all das zu sagen. Er würde diesen Fall durch die Berufung führen, ganz gleich, was Horngrad tat. McLean kam ihm zu Hilfe und versicherte den Reportern, daß sie ›ein neues Verfahren‹ für ihre ehemalige Mandantin wollten, aber das dieses Vorgehen nur ein ›Trick eines bekannten Publicityjägers‹ sei.

Um 11 Uhr 50 waren die Richterin und alle Anwälte außer Belli im Gerichtssaal. »Wo steckt er?« wollte Margulies wissen.

»Da draußen ist eine Kamera«, erwiderte Horngrad und machte mit dem Finger eine rollende Bewegung in der Luft.

Im Zeugenstand benutzte Belli Horngards Fragen weiterhin als Werkzeug für seine Angriffe gegen die Richterin. Die Moores beobachteten das mit wachsendem Ärger und fragten sich, warum Margulies nichts dagegen unternahm. »Sie sollte ihm das Maul stopfen!« zischte Sharri Michael zu.

»Glauben Sie nicht«, konterte Horngrad, »daß eine ›ehemalige Staatsanwältin‹ empfindlich darauf reagiert, wenn sie von sexuellen Aktivitäten hört?«

»Sie meinen, ob sie sich überschlägt, um gerecht zu sein?« Belli troff vor Sarkasmus. »Nein, auf die Idee bin ich nicht gekommen.«

»Ist Ihnen in den Sinn gekommen, die Lügen in den anderen Tagebüchern zu benutzen, um das Geständnis der Angeklagten zu erschüttern?«

»Ich kann mich an keine früheren Lügen erinnern.«

»Ist Ihnen in den Sinn gekommen, daß die Eintragung aus Tagebuch Nr. 1 vom Morgen des 18. August das Geständnis aus dem zweiten Tagebuch erschüttert?«

Sie hatten eine schreckliche Prüfung durchleben müssen, um zu entscheiden, ob sie dieses Tagebuch benutzen wollten. Die Angeklagte hatte geschrieben, daß sie sechsmal hintereinander nach der Beerdigung Geschlechtsverkehr gehabt hatte, und andere solche Dinge. Als Belli sah, wie Serena ihr Gesicht verbarg, wandte er sich anklagend an Horngrad. »Sie zwingen mich dazu, das zu sagen, und Sie setzen meine Mandantin einer solchen Peinlichkeit aus.« Er hatte ›einen absolut wasserdichten Fall‹ mit Dr. Warnocks Zeugenaussage, und die Begründung wäre noch besser gewesen, wenn Dr. Berg ordentlich hätte aussagen dürfen. »Darauf werde ich die Berufung stützen.« Er warf Horngrad einen verächtlichen Blick zu. »Ich glaube, sobald die Publicity sich gelegt hat, werden Sie nicht mehr hier sein, um etwas für die Angeklagte zu tun!« Er lächelte Serena zu, die immer noch ihr Gesicht verbarg, und fügte hinzu, daß er dieses kleine Mädchen sehr gern habe.

Horngrad machte weiter. Die Verteidigung hatte Serena als Angehörige einer zerrütteten Familie geschildert. Welchen Zweck hatte das?

Belli widersprach. Er und Antonio hätten das nicht getan. Eine zerrüttete Familie hätte die Richterin seiner Meinung nach gegen sie eingenommen. Hätte es allerdings eine Jury gegeben, dann wären die Entscheidungen sicher ›intelligenter‹ ausgefallen.

Die Zuschauer im Gerichtssaal blickten Margulies an. Wollte sie ihm das durchgehen lassen? Margulies blieb vollkommen ausdruckslos.

Horngrad stützte seine Knöchel auf den Tisch und wollte wissen, ob Belli und Antonio die Informationen über die Zerrüttung nicht selbst beigebracht hatten.

Belli widersprach. Sie hatten es ›dem Staatsanwalt überlassen‹.

Horngrad merkte an, daß sie gegen diese Information jedenfalls keine Einsprüche erhoben hätten.

»Ich habe einmal Einspruch erhoben, der abgelehnt wurde.«

»Haben Sie diese Informationen also nicht von Dr. Berg erfragt?«

Belli mußte zugeben, daß sie das getan hatten. Aber nur, um zu zeigen, warum die Angeklagte phantasierte.

Die Verteidigung hatte also diese ›Zerrüttung‹ benutzt, einschließlich der Aussage Dr. Herrmanns, daß Mallory mißbraucht worden war. Horngrad meinte anklagend, daß sie dann auch die Möglichkeit hätten weiterverfolgen müssen, daß ein anderer den Mord begangen haben könnte. Außerdem hätte er doch mit dem Beweis, daß Mallory nicht mißbraucht worden war, die Theorie der Anklage unterlaufen können.

McLean erhob Einspruch. Er wurde abgelehnt. Belli weigerte sich, zu antworten, und beschwerte sich statt dessen darüber, daß Horngrad seine Kompetenz und seine Urteilsfähigkeit in diesem *Pro-Bono*-Fall in Frage stellte. »Gott sei Dank bin ich mit meinen sechsundachtzig Jahren noch gesund und munter. Ich werde noch eine Menge Fälle ehrenamtlich übernehmen, einschließlich der Berufungsverhandlung von diesem hier!«

Horngrad ließ mit gefalteten Händen das, wie er später sagen sollte, ›wirre Gerede eines alten Mannes‹ über sich ergehen. Bellis Gereiztheit stieg noch, als Horngrad ihn fragte, wieviel Zeit er mit Serena vor dem Verfahren verbracht hatte.

»Das kann ich nicht sagen. Es war jedenfalls ausreichend.«

»Haben Sie sie denn auch nur einmal im Gefängnis besucht?«

Belli spannte seine Gesichtsmuskeln an. »Das weiß ich nicht mehr.«

»Stimmt es nicht, daß Sie mit der Angeklagten vor ihrer Zeugenaussage höchstens eine halbe Stunde verbracht haben?«

Belli leugnete es vehement, nannte Horngrad beleidigend und einen ›Dummkopf‹.

Nach dieser Bemerkung überließ Horngrad den Zeugen Matt Golde.

Der Stellvertretende Staatsanwalt blieb während seines Kreuzverhörs sitzen und wollte wissen, ob es stimmte, daß Miss Antonio für alle Zeugen verantwortlich war.

Belli bejahte es. Er habe sich nicht um die anfänglichen Befragungen gekümmert.

»Haben Sie überhaupt mit den Zeugen gesprochen?« warf Horngrad ein.

Belli konnte sich nicht daran erinnern. Er hatte ›zu viele Fälle seitdem‹ gehabt.

Als Belli den Zeugenstand verließ, empfand Horngrad sowohl Hohn als auch Triumph, während er ein kurzes Gespräch mit Golde und Margulies führte. Aber es gelang ihm, seine Freude zu unterdrücken. Zum erstenmal, seit er sich entschlossen hatte, diesen Antrag zu stellen, hatte Horngrad das Gefühl, vielleicht die Oberhand behalten zu können. Bellis Vorstellung, seine Beschuldigungen gegen die Richterin, seine abwegigen Antworten und die eindeutige Priorität, lieber seinen Ruf zu retten als den Kopf seiner Mandantin, waren dem Gericht deutlich geworden und lieferten einen eindeutigen Beweis seiner Unzuverlässigkeit und Inkompetenz.

Belli schlurfte an Serena, die allein am Tisch der Verteidigung saß, vorbei und beugte sich kurz vor, um sich für die Dinge zu entschuldigen, die zu sagen ihr Anwalt ihn gezwungen habe.

Serena drehte sich zu ihren Eltern um und rollte mit den Augen.

Shelley Antonios Befragung an diesem Nachmittag war kürzer als die von Belli. Um 14 Uhr 15 wurde sie in den Zeugenstand gerufen und betrat ihn mit entschlossener defensiver Haltung.

McLean beugte sich am Tisch der Verteidigung vor. Sharri sah ihn an und murmelte Mary zu, daß er ›wie ein Pitbullterrier‹ aussehe, ›der gleich angreifen will‹.

Horngrads Fragen nach Antonios Berufserfahrung erledigten sich schnell. »Wann haben Sie in der Belli-Kanzlei angefangen?« fragte er.

»Am 28. Dezember 1992«, antwortete sie und versuchte, gelassen zu wirken, als sie sich ein Glas Wasser einschenkte und einen Schluck trank.

Catherine Bowman, Bob Salladay und John Dillon von den *Valley Times* schrieben rasch in ihre Notizbücher. Der 28. Dezember war der Tag nach Serenas Verhaftung.

»Haben Sie jemals an einem Jugendstrafprozeß teilgenommen?« fragte Horngrad mit verschränkten Händen.

»Nein.«

»Haben Sie jemals an einem Strafprozeß vor einem Schwurgericht teilgenommen?«

»Nein.«

»Und an einem anderen Strafprozeß?«

»Nein.«

Horngrad täuschte überraschtes Zögern vor. »Haben Sie jemals an einem Strafprozeßverfahren als außerprotokollarische Rechtsberaterin teilgenommen?«

An mehreren Fällen, betonte Antonio.

»Und haben Sie an der Beweisaufnahme dieser Fälle teilgenommen?«

»Nein.«

Wieder herrschte einen Augenblick Stille. »Also war das Ihr erster Jugendstraffall, Ihr erster Strafprozeß und Ihre erste Beweisaufnahme?«

»Ja«, erwiderte Antonio trotzig. Aber in diesem Fall hatte ihr immerhin ein Anwalt zur Seite gestanden, ›der einer der besten Strafverteidiger in den Staaten ist‹.

Horngrad wippte auf den Absätzen. »Also fehlte Ihnen jede Erfahrung, aber Ihr Partner machte das wett, ist das richtig?«

Er und alle anderen Anwälte in ihrem Büro, bemerkte Antonio, einschließlich Kevin McLean. Bowman, Salladay und Dillon schrieben eifrig mit. Sie, wie auch die anderen Reporter, sollten in ihren Artikeln schreiben, daß der Prozeß gegen Serena Moore Antonios erster Fall gewesen war. Dillon wies noch nachdrücklich auf Bellis Bemerkung hin, daß sie ›eines meiner besten Mädchen‹ war.

Befragt nach den Gutachtern gab Antonio zu, daß Sharri Moore ›sehr stark daran beteiligt war, sie aufzuspüren‹, und daß sie ihr die Namen von Dr. Berg und Dr. Warnock gegeben hatte. Horngrad schlug einen blitzschnellen Haken und fragte sie, wie sie verantwortliche Verteidigerin in dem Fall geworden war.

Antonio wollte sich nicht festlegen. »Niemand in der Kanzlei bekommt einen Fall, ohne daß Mr. Belli nicht den Auftrag erteilt.«

»Haben Sie nicht sogar um diesen Fall gebeten?« fragte Horngrad beiläufig. »Sie haben doch Mr. Belli zu Hause angerufen und ihn gebeten, an einer Anhörung am nächsten Tag teilnehmen zu dürfen. Darauf hat er geantwortet: ›Welches meiner A... kann ich dazu bringen, bei dieser Anhörung zu erscheinen?‹ Und haben Sie daraufhin nicht gesagt: ›Ich weiß nicht, aber ich würde gern gehen‹?«

Horngrad hatte diesen Augenblick vorhergesehen und sich Antonios Worte so eingeprägt, wie sie ihm übermittelt worden waren. Es war kalkulierte Taktik, um sie ins Wanken zu bringen, eine ›Ich-weiß-mehr-über-Sie-als-Sie-glauben‹-

Methode. Sie schien zu funktionieren. Antonio klimperte mit den Wimpern und gab es dann zu. Horngrad übergab die Zeugin Golde. Er nahm an, daß Antonio jetzt vorsichtiger sein würde, damit er ihr in seiner Gegenrede kein Bein stellen konnte.

Golde blieb wieder sitzen und stützte beide Arme auf den Tisch, als er Antonio aufforderte, ihren Entscheidungsprozeß zu beschreiben, der dazu geführt hatte, daß sie das Tagebuch nicht benutzt hatte.

Antonio hatte zwei Gründe. Erstens, daß es mit dem Geständnis ›nicht unvereinbar‹ war.

Horngrad fiel die Ähnlichkeit dieser Begründung mit Goldes Argument auf, das er in seiner schriftlichen Widerlegung gegen Horngrads Antrag benutzt hatte. Penny Cooper stand hinten im Gerichtssaal und war entsetzt. Wie eine Verteidigerin diesen Eintrag für ›nicht unvereinbar‹ halten konnte, war ihr schleierhaft. Darüber hinaus hatte sie das Gefühl, Antonios Stellungnahme, die Goldes Behauptung wiederholte, enthalte einen unverhohlenen Widerspruch dagegen, daß der Schuldspruch gegen ihre ehemalige Mandantin umgestürzt werden konnte.

Zweitens war Antonio der Meinung, daß der ›sachliche, leidenschaftslose Ton‹ dieser Eintragung der Angeklagten nicht geholfen hätte. Sie und Belli hatten Serena statt dessen aussagen lassen, weil sie annahmen, daß die emotionale, tränenreiche Reaktion der Minderjährigen auf den Tod ihrer Schwester ihre Unschuld am besten zeigen würde. Das Tagebuchgeständnis sollte damit als ›Phantasie‹ abgetan werden. Sie wollten zeigen, daß es aus Verrücktheit von einem Mädchen geschrieben worden war, das in einer zerrütteten Familien leben mußte.

McLean stürzte sich sofort auf den Brocken, unterbrach, und bat darum, Fragen an Antonio richten zu dürfen. Das war ›vollkommen unangemessen‹, widersprach Horngrad. Margulies stimmte ihm zu und wies darauf hin, daß McLean ›keine Berechtigung‹ hatte, eine Vernehmung durchzuführen.

Der Stellvertretende Staatsanwalt fuhr fort. Antonio, so

sagte er, habe doch Beweise bezüglich Serenas früherer Lügen vorgelegt, als sie Dr. Berg in den Zeugenstand gerufen hatte.

Antonio stimmte zu. Dr. Bergs Aussage hatte beweisen sollen, daß Serenas Geständnis eine Lüge war und nur zeigte, daß sie psychisch gestört war. Bedauerlicherweise, so sagte sie, mußte sie dabei die Moores als eine zerrüttete Familie beschreiben, aber sie hatte sie von Anfang an davor gewarnt. Sie hätten ›felsenfest auf Dr. Bergs Zeugenaussage‹ gebaut, daß Serena eine ›histrionische‹ Persönlichkeit sei, da die Richterin entschieden habe, daß sie eine solche Aussage nicht von anderen Zeugen bekommen konnten.

Golde hatte die Büchse der Pandora geöffnet.

Horngrad trat zur Gegenvernehmung an. Wenn Antonio schon nicht fähig war, durch andere Zeugen Beweise für Serenas Lügen vorzubringen, und wenn Dr. Bergs Aussage so wichtig gewesen war, hatte sie ihm denn wenigstens Beweise für solche Lügen zugänglich gemacht, um ihm bei seiner Diagnose zu helfen?

Sie und der Doktor hätten ›viele Gespräche‹ über dieses Thema geführt, erwiderte Antonio.

Dann hatte sie ihm also Tagebuch Nr. 1 gegeben, wollte Horngrad wissen. Immerhin enthielt das auch unglaubliche Lügen. Horngrad wußte, daß sie es nicht getan hatte.

Antonio bejahte die Frage. Sie ›habe es ihm am Telefon vorgelesen‹.

»Das ganze Tagebuch?« Horngrad erinnerte sie zynisch daran, daß es ein sehr umfangreiches Tagebuch war.

Antonio machte einen Rückzieher. Sie habe mit ihm darüber gesprochen. Aber sie hatte beschlossen, es nicht als Widerlegung des Geständnisses zu benutzen. Ihre Verteidigung zielte in zwei Richtungen. Sie wollten Dr. Herrmanns medizinische Beweise angreifen, und sie wollten das Geständnis durch die Zeugenaussagen von Dr. Berg, Sharri und Serena erschüttern. Das Hauptaugenmerk der Verteidigung lag aber auf dem Asthma, und falls es sich um einen Mord gehandelt habe, wollten sie ›einfließen lassen, daß es vielleicht ein anderer getan hatte‹.

Horngrad klatschte in die Hände. »Sie meinen Michael.«

»Ja.«

»Aber Sie haben das vor Gericht niemals weitergehend erörtert.«

»Ich habe an einen begründeten Zweifel geglaubt!« Antonios Stimme hob sich. »Wir hatten keine direkten Beweise gegen Michael, nur den Nachweis einer analen Penetration, die es aber eher unwahrscheinlich als wahrscheinlich gemacht hat, daß diese Person es getan haben konnte. Es oblag dem Gericht, das zu entscheiden.«

Horngrad ließ das Thema einen Augenblick ruhen. »Enthielt Tagebuch Nr. 1 Lügen?«

»Ja, Schwangerschaft und Abtreibung betreffend.«

Horngrad erinnerte Antonio daran, daß sie versäumt hatte, ihm das komplette Tagebuch Nr. 1 zu übergeben. Das lag an dem ›Partnerschaftsstreit‹, konterte Antonio. Mr. Bellis Expartner (die immer noch im Belli-Building in derselben Kanzlei mit ihm saßen) hätten ihnen Dinge ›gestohlen‹, einschließlich der ersten 117 Seiten des Tagebuchs. Es waren dieselben Partner, die ›teilweise‹ für Horngrads Antrag verantwortlich waren.

»Haben Sie dafür einen Beweis?« fragte Horngrad angewidert.

McLeans Einspruch wurde stattgegeben.

Horngrad blätterte seine Kopie des Tagebuch Nr. 1 durch und las den Eintrag, daß Serena vergewaltigt worden war. War diese Seite in dem Ordner gewesen, den Antonio ihm gegeben hatte? Sie konnte sich nicht daran erinnern. Horngrad legte das Tagebuch weg und nahm ein anderes Dokument auf. Was ist mit der zweiseitigen Zusammenfassung von Tagebuch Nr. 1, die sie ihm geschickt hatte. Welch ein Zufall, daß sie bei Seite 118 begann. Hatte sie auch eine Zusammenfassung der Seite 1 bis 117?

Antonio wollte ihre Entschuldigung wiederholen, daß Bellis Expartner die fehlenden Seiten gestohlen hatte. Marguliés schnitt ihr das Wort ab.

»Haben Sie eine Zusammenfassung der ersten 117 Seiten?«

»Nein.«

Für Horngrad gab Antonio damit zu, was er vermutet hatte: Die Belli-Kanzlei hatte diese wichtigen Seiten ganz am Anfang ihrer Vorbereitung für die Verteidigung verloren und versuchte nun, ihren Fehler zu vertuschen. Er musterte die Richterin und fragte sich, ob sie sich aus einer ähnlichen Überzeugung eingemischt hatte.

Er beugte sich vor und las weitere Lügen vor, die das Tagebuch enthielt. Glaubte Antonio nicht auch, so fragte er, daß sie diese Lügen hätte benutzen sollen, um das Tagebuchgeständnis zu entkräften?

»Sie hätten vielleicht eine andere Strategie gewählt«, erwiderte Antonio. »Wenn wir zehn Anwälte hier hätten, gäbe es vermutlich auch zehn verschiedene Strategien.«

»Das bezweifle ich.«

Margulies spitzte die Lippen. »Mr. Horngrad.«

»Entschuldigen Sie.«

Trotz McLeans ständiger Einsprüche gelang es Horngrad seine Zielrichtung mit seinen Fragen weiterzuverfolgen, weitere Lügen aus Tagebuch Nr. 1 in die Beweisaufnahme einzubringen.

Ein hitziger Streit folgte, zwischen Antonio und Horngrad, zwischen McLean und Horngrad und manchmal auch zwischen allen dreien gleichzeitig. Zweimal warf die Stenotypistin verzweifelt die Hände in die Luft, als alle versuchten, sich gegenseitig zu überschreien, und zwang die Richterin dazu, einzuschreiten.

»Stimmen Sie zu«, fuhr Horngrad fort, »daß diese Tagebucheintragungen wichtig für den Fall waren? Daß es ein bedeutender Teil ihres Jobs war, das Tagebuchgeständnis zu entkräften?«

»Ich kann Ihnen sagen, was wir getan haben«, erwiderte Antonio. Ihre erste Verteidigungslinie war Asthma gewesen, die zweite, daß das Geständnis eine Lüge war. Sie hatten an alles gedacht, als sie sich überlegten, was als Beweis vorgelegt werden sollte. Sie und Belli hatten mit einer Berufung gerechnet, die auf Margulies' Entscheidung zu Bergs Zeugenaussage basierte. Horngrad hatte dies in seinem Antrag nicht einmal erwähnt. Wer konnte sagen, wer recht hatte?

Horngrad fand diese Antwort einfach albern. Warum sollte er mit der Richterin über eine Entscheidung fechten, die sie getroffen hatte, wenn er die Möglichkeit hatte, ein neues Verfahren anzustrengen? Er ließ Antonios rhetorische Frage einfach im Raum stehen und zeigte an, daß er fertig war.

Weil Golde Antonio als eigene Zeugin vernehmen wollte, erlaubte Margulies ihm, sie zu befragen, während sie noch im Zeugenstand war. Seine entspannten Fragen beruhigten das Verfahren etwas, bis Antonio eine Antwort gab, die sowohl Serena als auch ihre Eltern ärgerte. Serena hätte ihr gesagt, daß ein Mißbrauch stattgefunden habe, behauptete Antonio, aber Sharri Moores Einfluß auf Serena hätte das Mädchen dazu gebracht, diese Geschichte von Tag zu Tag zu verändern. Aus diesem Grund hätte sie versucht, während des Prozesses die Mutter von Serena ›fernzuhalten‹.

Serena fiel fast die Kinnlade herunter. Sie schüttelte entschieden den Kopf und formte lautlos das Wort »Nein«.

Antonio behauptete weiter, daß der Bericht des Coroners über die analen Abnormalien und Serenas Lügen für sie und Belli der Grund war, zeigen zu wollen, daß ›nur der Mißbrauch an der Minderjährigen sie dazu gebracht hat, dieses Geständnis zu schreiben‹. Der Mißbrauch habe eine Psychose hervorgerufen. Außerdem hatte die Mutter das Tagebuch der Polizei übergeben, und es gab ›keine Chance zu zeigen, warum eine Mutter das tun sollte‹. Da gab es angeblich eine ›untergründige, seltsame Beziehung‹.

Pastor Doug schüttelte unwillkürlich den Kopf, weil Antonio ›vergessen‹ hatte, daß er in der Nacht anwesend war, als Serenas Tagebuch gefunden wurde. Warum hatte sie nicht einfach ihn über die Ereignisse aussagen lassen?

Im Kreuzverhör komprimierte Horngrad diese Unzulänglichkeiten von Antonios Verteidigung in aller Kürze: »Sie haben ausgesagt, Sie mußten beweisen, daß es in Serenas Familie tumultartig zuging. Wäre es nicht weniger umständlich gewesen, zu beweisen, daß Serena eine pathologische Lügnerin war?«

Darauf folgten weitere erhitzte Diskussionen zwischen Antonio und Horngrad, während McLean immer wieder aufsprang und Einspruch erhob. Golde blieb während des ganzen Wortwechsels passiv. Schließlich intervenierte Margulies und verkündete, daß die Zeugin genügend Gründe angegeben habe, aus denen sie das Tagebuch Nr. 1 nicht genutzt hatte. »Bitte fahren Sie fort, Mr. Horngrad.« Ihre Ungeduld bewies nachdrücklich, daß die Maßstäbe für ein Versagen der Verteidigung schwer zu erfüllen waren. Antonios Antworten zeigten zumindest in die Richtung von taktischen Entscheidungen, mochte der Kurs nun der beste sein oder nicht.

»Sehr gut.« Horngrad kehrte zu dem ebenfalls sehr schwer faßbaren Thema der fehlenden Tagebuchseiten zurück, die noch mehr Streitereien hervorriefen. Als sich die Zeiger der Uhr im Gerichtssaal 16 Uhr 30 näherten, sagte Horngrad, er wäre fertig.

Als McLean aufsprang und seine eigenen Fragen stellen wollte, kanzelte Margulies ihn ab und verkündete, daß ›er hier als Anwalt nur den Antrag zu stellen hatte, die Vorladungen zu verwerfen‹.

»Das ist nicht richtig«, erwiderte McLean. »Ich bin hier als Anwalt für Miss Antonio und Mr. Belli, weil Mr. ›Hornblatt‹ sich erdreistet hat, mit einer Klage zu drohen!«

Das reichte. Doug Horngrad hatte ein Versprechen zu erfüllen. »Mr. McClown«, sagte er, »ich heiße Horngrad.«

Margulies vertagte die Sitzung auf Dienstagmorgen.

37. KAPITEL

Dienstag, der 16. November. Das Verfahren verlief an diesem Tag ruhig und ordnungsgemäß. Weder Antonio noch Belli, noch McLean waren da. Es war keine Kamera in Sicht.

Als die Moores und ihre Freunde ihre Sitze auf der rechten Seite des Gerichtssaals bezogen, setzte sich ein junger, makellos in Schwarz gekleideter Mann verstohlen auf einen Platz in der Nähe der Reporter. Er hatte einen Notizblock und einen Bleistift dabei. Die Reporter, immer neugierig und konkurrierend, warfen sich fragende Blicke zu. Sharri und Michael betrachteten ihn ebenfalls genau. Wer war das? Keiner wußte es.

Serena wirkte bei ihrem Auftauchen fröhlich und trug einen kurzärmeligen, geblümten Hosenanzug, den ihre Mutter genäht hatte. Sie hatte sich heute für einen Pferdeschwanz entschieden. Ihre Fingernägel waren blau lackiert. Als die Sitzung um 10 Uhr 30 eröffnet wurde, trat Penny Cooper in den Zeugenstand. In Juristenkreisen war Cooper ein ›Schwergewicht‹. Sie praktizierte seit 1969 als Strafverteidigerin. In ihrem *Voir dire* erzählte sie dem Gericht, daß sie seit 1973 auf Strafrecht zugelassen war. Sie hatte zahlreiche Vorlesungen über Verfahrensstrategien gehalten und auf zahllosen Rechtskonferenzen ›Beispiele für Eröffnungs- und Abschlußplädoyers‹ gegeben. 1989 hatte das *Kalifornische Anwalts-Magazin* sie als einen der vier ›angesehensten Anwälte‹ des Staates benannt. Sie hatte Fälle in New York, Washington, Iowa, Illinois, Puerto Rico und in mindestens der Hälfte der Countys von Kalifornien ausgefochten und vor den meisten Abteilungen der kalifornischen Berufungsgerichte und dem Obersten Gerichtshof ihre Fälle vertreten. Sie hatte ein paar hundert Mordfälle behandelt, von denen aber nur ein Viertel wirklich vor Gericht gingen. Das bedeutete, sie hatte es geschafft, den Rest außergerichtlich zu klären oder die Anklage niederschlagen zu lassen.

Was sie dem Gericht nicht sagte, war, daß sie normalerweise dreihundertfünfundzwanzig Dollar pro Stunde bekam, aber bei Horngrads Antrag als Zeugin kostenlos, *Pro bono,* auftrat.

Penny Coopers *Voir dire* wurde von Dr. Bergs pünktlicher Ankunft unterbrochen, den Horngrad als Antwort auf Antonios Aussagen vom Freitag zuvor bestellt hatte. Dr. Bergs Zeugenaussage, erklärte Horngrad Richterin Margulies, sollte Shelley Antonio anfechten. Penny Cooper verließ den Zeugenstand und wurde von Dr. Berg abgelöst. Horngrad beugte sich über den Tisch, stützte sich auf die Hände und schoß seine erste Frage ab. »Hat Shelley Antonio Ihnen eine Kopie von Tagebuch Nr. 1 gegeben?«

»Nein.«

»Hat sie Ihnen jemals von den Lügen erzählt, die in diesem Tagebuch stehen?«

»Nein.«

»Hat sie Ihnen von der unschuldigen Schilderung der Ereignisse berichtet?«

»Nein.«

»Es wurde Ihnen nie gezeigt?«

»Richtig.«

»Wußten Sie von diesem Tagebuch?«

»Nein.«

»Wann haben Sie davon erfahren?«

Dr. Berg zuckte mit den Schultern. »Als Sie mich angerufen haben, vor etwa einer Woche.«

Sharri konnte ein bissiges Grinsen nicht unterdrücken.

Dr. Berg konnte sich nicht daran erinnern, daß Antonio ihm Beispiele für Serenas Lügen gegeben hatte, obwohl sie diese Neigung der Minderjährigen diskutiert hatten.

Hatte er jemals von Serenas Behauptung gehört, sie leide an Leukämie?

Daran konnte sich Dr. Berg nicht erinnern.

»Daß sie Mallory geboren hatte?«

»Nein.«

»Daß sie von Michael künstlich befruchtet werden sollte, um der Familie ein anderes Kind zu gebären?«

»Nein.«

»Daß sie behauptete, von sieben oder acht Leuten vergewaltigt oder mißbraucht worden zu sein?«

»Sie hat vielleicht gesagt, daß die Angeklagte behauptet habe, unfreiwilligen Sex gehabt zu haben«, antwortete Dr. Berg. »Aber sieben oder acht Leute? Daran erinnere ich mich nicht.«

Goldes Kreuzverhör war nur sehr kurz. Als er behauptete, daß Dr. Berg und Shelley Antonio Serenas Lüge diskutiert hatten, wurde ihm gesagt, daß sie nur über die Lügen diskutiert hatten, die Dr. Berg angesprochen hatte. Dazu fielen Golde keine weiteren Fragen mehr ein.

Horngrad entließ den Doktor ohne weitere Fragen. Er hatte der Richterin klargemacht, was er wollte: Antonio hatte einen Meineid geleistet. »Wir müssen ihm ein paar hundert Dollar für seinen Auftritt zahlen«, sagte er später zu den Moores, »aber er ist jeden Cent wert.«

Penny Cooper schien die Verkörperung der Gelassenheit, als sie anschließend den Zeugenstand betrat. Ihre Antworten waren kurz und auf dem Punkt und ihr Verhalten eine Kombination aus Respekt vor dem Gericht und kaum verhülltem Entsetzen über das, wie sie fand, unprofessionelle Verhalten der Belli-Kanzlei.

Sie hatte die Protokollabschriften gelesen, die ganzen Ermittlungsunterlagen, Horngrads Antrag auf ein neues Verfahren und Goldes Antwort. Und sie hatte Antonios und Bellis Aussage miterlebt. Sie ›war sich der aktuellen Tatsachen sehr wohl bewußt‹.

Dieser Fall hatte ihrer Meinung nach zwei Aspekte: Die Aussagen der Gutachter und ob das ›sogenannte Geständnis‹ korrekt war oder nicht. Es war daher für jeden Anwalt Pflicht, diesen Eintrag als unglaubwürdig darzustellen. Ein entscheidender Schritt diesbezüglich war, weitere Beweise aus anderen Tagebucheintragungen vorzulegen, die auch unwahr waren. Matt Goldes Schlußplädoyer war ein gutes Argument.

»Was wir hier haben«, zitierte ihn Cooper, »ist ein Geständnis, und zwar in einem Tagebuch.« Andere unwahre Eintragungen in einem Tagebuch waren für die Vertreter der Verteidigung also von allergrößter Bedeutung. Es konnte keine taktischen Gründe geben, diese Beweise nicht zu benutzen. Ein Versäumnis war ausgesprochen inkompetent, es sei denn, man konnte einen entsprechenden Ausgleich dafür finden, diese Information nicht zu benutzen.

»Haben Sie die taktischen Gründe gehört, die in diesem Gerichtssaal vorgebracht wurden?« fragte Margulies.

»Ja.« Antonio habe drei Gründe angeführt, so Cooper. Der erste war, daß sie und Belli den sexuellen Hintergrund ihrer Mandantin nicht breittreten wollten. Diese Begründung fand Cooper ›unvorstellbar‹ und vollkommen ›bizarr‹, weil aus den Protokollen eindeutig hervorging, daß Belli Serena nach ihrem Sexualleben gefragt hatte und das Gebiet sogar für Goldes Kreuzverhör eröffnet hatte. »Das Sexualleben«, fuhr Cooper fort, »hat keine Bedeutung bei Mord.« Zweitens habe Antonio den Eintrag über Mallorys Tod in Tagebuch Nr. 1 ›sachlich‹ genannt. Cooper widersprach dem energisch. Sie erklärte, diese Eintragungen seien sogar die ›gefühlvollsten‹ in dem ganzen Tagebuch. »Was sachlich war«, fuhr sie fort, »war das ›Geständnis‹.« Darüber hinaus waren die meisten Eintragungen in Serenas Tagebuch leidenschaftslos. Deshalb war die zweite Begründung schlicht ›lächerlich‹.

Und Grund drei: Der Eintrag in Tagebuch Nr. 1 sei ›nicht unvereinbar‹ mit dem Geständnis. »Das«, so behauptete Cooper, »war der letzte Versuch eines Gegenangriffs, um ihre Haut zu retten.« Jeder vernünftige Mensch fand diese beiden Eintragungen ›entsetzlich unvereinbar‹. »Jemand, der eine Person tot auffand, hatte sie nicht getötet. Grund Nummer drei war rechtsungültig.«

Bellis Aussage war verwirrend gewesen. Die Taktik, ausschließlich aufs ›Pferd der Gutachter‹ zu setzen, trug nicht dazu bei, das Tagebuchgeständnis zu erklären. Weiterhin hatte die Verteidigung die Aussagen ihrer eigenen Gutachter vollkommen unterminiert. Dr. Bergs Aussage war ›entkernt‹

worden, weil man ihm nicht die nötigen Informationen gegeben hatte, auf die er seine Beurteilung der Minderjährigen hatte stützen können, und weil Antonio so unerfahren war, daß sie nicht wußte, wie sie die Lügen der Angeklagten ins Protokoll bekommen konnte, nachdem die Richterin durch ihre Entscheidung die Aussage Dr. Bergs eingegrenzt hatte. Was die Situation mit Dr. Warnock anging, fuhr Cooper fort, haben die Anwälte die eindeutige Verpflichtung, sicherzustellen, daß ihren Gutachtern alle Informationen zugänglich gemacht werden und daß sie miteinander reden können. »Jeder, der sich um die Tatsachen bemüht, würde Dr. Herrmanns Zeugenaussage als der ursprüngliche Leichenbeschauer mit Respekt behandeln. Um ihn widerlegen zu können, brauchte die Verteidigung einen ganz und gar uneingeschränkten Gutachter.«

Margulies sah auf die Uhr. Es war fast zwölf, Mittagszeit. Sie vertagte die Sitzung auf 14 Uhr.

Als sich der Gerichtssaal leerte, eilte der geheimnisvolle Mann im schwarzen Anzug zu einem öffentlichen Fernsprecher im Flur. Michael schlenderte unauffällig hinterher und hielt sich hinter ihm, als er sprach. Er berichtete das sofort Sharri und den Anwälten. Die Reporter hörten es auch. Der Kerl kam aus der Belli-Kanzlei und rief dort an, um zu berichten, was passierte.

»Ein Spion«, flüsterte Sharri gespielt theatralisch. »Ihm fehlt nur noch ein Trenchcoat mit aufgestelltem Kragen.«

Horngrad reagierte auf seine Weise darauf. Er schlenderte zu dem ›Mann in Schwarz‹, der immer noch leise in den Hörer sprach, und redete ihn an. »Ist da McLean in der Leitung?« Der junge Mann bestätigte es zögernd. »Geben Sie ihm doch eine Nachricht von mir durch, ja?« bat ihn Horngrad.

»Sagen Sie ihm, er soll sich ins Knie ficken.«

Als Penny Cooper wieder im Zeugenstand war, stellte Horngrad ihr eine offene Frage: War die Taktik, ›alles auf ein Pferd‹ – nämlich Dr. Warnock – zu setzen, eine vernünftige Verteidigung? Coopers Antwort war peinlich genau.

Von großer Bedeutung, erklärte sie, war das zweite Tagebuch. Handelte es um ein wahres Geständnis oder nicht? Einmal abgesehen von dem Nachweis, daß der Tod kein Verbrechen war, hätte die Verteidigung auch das Geständnis entkräften müssen. Dabei hätten sie vier verschiedene Möglichkeiten benutzen können. Erstens: Es stimmte nicht mit einem früheren Eintrag überein, der die Ereignisse um Mallorys Tod beschrieb. Zweitens: Die Person, die ›gestand‹, hatte noch andere Lügen in ihrem Tagebuch notiert. Drittens: Dieselbe Person hatte auch sonst viel gelogen. Und viertens und letztens hätte man Sharri Moores Zeugenaussage über Mallorys Körperlage hinzuziehen müssen, um Dr. Herrmann zu entkräften. Die natürliche Haltung eines Menschen, der auf der Seite lag und einen Fuß unter der Decke hervorstreckte, konnte als unvereinbar mit der Behauptung der Angeklagten gelten, ihre Schwester wieder ins Bett zurückgelegt zu haben. Sehr wahrscheinlich, nahm Cooper an, wäre dann der Körper des Mädchens sehr sorgfältig plaziert und zugedeckt worden.

Alles in allem ›gab es nichts Wichtigeres, als das Tagebuchgeständnis zu entkräften‹. Dies zu versäumen war Inkompetenz, weil es keine stichhaltigen Gründe gab, Tagebuch Nr. 1 dem Gericht nicht vorzulegen. Coopers Meinung nach war die Verteidigung ›im ganzen‹ nicht kompetent und reichte nicht aus, um die Angeklagte zu ihren in Artikel 6 verbrieften Rechten zu verhelfen.

Goldes Kreuzverhör war freundlich, und seine Körpersprache machte klar, daß er nicht glaubte, daß seine Bemühungen sich lohnte. Seine wenigen Fragen waren schwach.

»Hi Matt«, begrüßte Penny Cooper ihn lächelnd.

Golde erwiderte den Gruß und begann sein Kreuzverhör. Diskutierte Miss Cooper jemals Prozeßstrategien mit anderen Anwälten?

»Ja.«

»Gibt es da normalerweise unterschiedliche Meinungen?«

»Unbedingt«, erklärte sie. »Sehr häufig sogar.«

»Respektieren Sie andere Meinungen?«

»Absolut.«

Golde fragte sie, ob sie wußte, daß viele Leute im Verfahren über Serenas Lügen ausgesagt hatten.

»Sie haben in Ihrem Schlußplädoyer behauptet, es gäbe keine solchen Beweise im Protokoll«, erinnerte Cooper ihn. »Ich nehme an, daß Sie sich an das Protokoll halten.«

Goldes Miene blieb unbeweglich; er suchte in seinen Papieren herum, als wollte er Zeit gewinnen. »Haben Sie mit Dr. Berg über den Fall gesprochen?«

»Nein. Nie.«

In seiner Gegenrede nahm Horngrad Goldes Stichwort auf. »Wenn Sie bei anderen Anwälten Rat suchen und einen Fall wie diesen hier behandeln, würden Sie einen Anwalt um Rat fragen, der noch nie einen Fall verhandelt hat?«

»Nein.«

Horngrad machte weiter. »Warum war die Entscheidung, nur die Todesursache anzugreifen, keine begründete taktische Entscheidung?«

Sie war deshalb nicht vernünftig, erklärte Cooper, weil das Geständnis Gültigkeit gehabt hätte, wenn das Gericht doch Hinweise auf ein Verbrechen entdeckt hätte, und ein Schuldspruch dann zwangsläufig gewesen wäre. Bellis Behauptung, daß die ›Jemand-anders-war's‹-Schiene der Verteidigung widersprochen hätte, war folglich unrichtig. Hätten Antonio und Belli diesen Kurs richtig verfolgt, dann hätte die Entscheidung des Gerichts, daß ein Verbrechen vorgelegen habe, immer noch genug begründeten Zweifel gegeben bezüglich der Frage, wer denn nun das Verbrechen begangen hatte.

»Wir könnten lange über die Unzulänglichkeiten der Verteidigung in diesem Fall hier sprechen«, merkte sie kurze Zeit später an. Aber das Argument der Verteidigung, daß sie sich wegen der sexuellen Freizügigkeit der Angeklagten Sorgen machten, war besonders falsch. Welches Gewicht hatte Promiskuität schon, wenn die Minderjährige des Mordes an ihrer eigenen Schwester bezichtigt wurde? Man konnte sich kaum einen ›schwerwiegenderen Vorwurf‹ vorstellen.

Penny Cooper lehnte sich im Zeugenstuhl zurück. »Es war ein komplizierter Fall, der viele Fragen aufgeworfen hat.«

Nachdem Cooper ihre Zeugenaussage beendet hatte, vertagte sich das Gericht auf Montag, den 29. November, nach dem Erntedankfest. Dann sollten Horngrads Zeugen für Serenas ›unglaubliche‹ Lügen in den Zeugenstand treten. Matt Golde hatte sich geweigert, auch nur eine einzige eidesstattliche Erklärung als Beweis zuzulassen.

Golde fuhr mit einer Journalistin, die über das Verfahren berichtete, im Aufzug hinunter. Sie sah ihn an und schüttelte den Kopf. »Das war nicht gerade Ihr Tag, Matt.«

Er tat überrascht. »Nein?«

»O nein. Das war absolut nicht Ihr Tag.«

38. KAPITEL

Die Justiz – sie ist wie ein Lichtstrahl
– Horngrad zu einem verblüfften Reporter nach dem Urteil

Der Gerichtssaal war fast voll von den Freunden Serenas, die eine Vorladung für ihre Aussage bekommen hatten. Sie wurden von ihren Eltern und anderen Familienangehörigen begleitet. Ihre Aufregung und Nervosität war fast spürbar. Sharri war heute in Rot-Schwarz gekleidet und saß zwischen Michael und Sarah Moore, deren Hand sie gepackt hielt. Ein Dauerregen, der Kaliforniens Schlechtwetterperiode ankündigte, hatte auf vielen Highways Chaos angerichtet, und es hatte einen Unfall gegeben, in den auch die Gerichtsschreiberin verwickelt war. Sie war zwar unverletzt, hatte sich jedoch mit ihrem Wagen gedreht und steckte jetzt mitten im Getümmel fest. Die Sitzung konnte nicht beginnen, bis sie mit einer fast halbstündigen Verspätung ankam.

Am Tisch der Verteidigung erzählte Golde gerade seinem Gegner, daß er daran dachte, eine Vertagung zu beantragen. Horngrad sah über die Schulter in den Raum voller Zeugen, die man von der Arbeit und aus der Schule geholt hatte. »O nein, nein, nein«, antwortete er. Nachdem er das abgelehnt hatte, stützte er den Ellbogen auf den Tisch, die Wange in der Hand, und tauschte mit dem Stellvertretenden Staatsanwalt Kriegsgeschichten aus.

Als die bemerkenswert gefaßte Stenotypistin eintraf, wurde auch Serena in den Gerichtssaal geführt. Sie trug wieder den schwarzen Einteiler. »Wow!« sagte sie lautlos und sah sich in dem Raum um. »So viele Leute!«

Golde stellte den einleitenden Antrag, diejenigen aus dem Gerichtssaal auszuschließen, die eine Aussage zu machen hatten. Unruhe entstand, als die Zeugen ihre Plätze verließen, sich an den Zuschauern vorbeidrängten und im Flur versammelten. Dann folgte ein Einspruch. Die anberaumten Zeugenaussagen beruhten alle auf ›Hörensagen‹, erklärte Golde der Richterin. Selbst wenn sie um ›der Wahrheit willen‹ aufgerufen waren, blieben sie irrelevant, was die Richtigkeit des Tagebuchgeständnisses anging.

Margulies lehnte den Antrag ab. Erstens enthielten die Zeugenaussagen Indizienbeweise bezüglich des geistigen Zustands der Minderjährigen zum Zeitpunkt, als sie das Geständnis schrieb, vor allem was ihre Neigung zum Lügen anging. Und der zweite wichtige Grund, diese Aussagen anzuhören, war der, daß sie Informationen repräsentierten, die laut Aussagen der Verteidigung dem Gericht hätten vorgelegt werden sollen und an Dr. Berg hätten weitergegeben werden müssen.

Schweigend setzte Golde sich wieder.

In rascher Folge traten Serenas Freunde in den Zeugenstand. Hillary Fraley sagte aus, Serena habe ihr erzählt, sie sei Mallorys Mutter. Mrs. Marilyn Clearing, Serenas ehemalige Cheerleaderausbilderin, hatte die Angeklagte bei verschiedenen Gelegenheiten erzählt, daß sie Leukämie hätte, schwanger war und von ihrer Mutter zu einer Abtreibung gezwungen wurde. Serenas beste Freundin Mary Vorren erzählte dem Gericht verschiedene Lügen Serenas, angefangen von Vergewaltigung über Schwangerschaft bis hin zu Abtreibung.

Während der Parade von zehn Zeugen drehte sich eine verlegene Serena auf ihrem Stuhl und spielte mit ihrem Haar.

Tina Craig schilderte dem Gericht ihre Bereitschaft, bei dem Prozeß auszusagen. Schließlich wäre sie wieder zur Schule gegangen, weil sie die verlangte Vorladung von Antonio nicht bekommen habe. Sie bemerkte auch, daß sie wegen Serenas vielen Lügen ihr nicht sofort geglaubt hatte, als sie sie am Morgen des 18. August anrief und ihr sagte, daß Mallory tot sei.

Im Kreuzverhör stellte Golde jeder Person ein oder zwei obligatorische Fragen. Die Weigerung der Staatsanwaltschaft, die eidesstattlichen Erklärungen anzuerkennen, erwiesen sich als Fehler. Margulies sah jetzt jeden Zeugen leibhaftig vor sich, und ihre Anwesenheit erlaubte Horngrad, die eidesstattlichen Erklärungen durch weitere Fragen noch zu untermauern.

Schließlich wurde Sharri in den Zeugenstand gerufen. Sie sagte trotz Goldes ständiger Einsprüche aus, daß Serenas Behauptungen nicht stimmten. Nein, Serena war nicht wegen Leukämie behandelt worden; nein, sie war niemals vergewaltigt und geschwängert worden und hatte auch nie abgetrieben. Vor seiner letzten Frage entschuldigte Horngrad sich, daß er sie überhaupt stellen mußte.

»Wer hat Mallory geboren?«

Sharris Antwort war kaum zu hören. »Ich.«

Die Verteidigung hatte keine weiteren Fragen.

Nach der Pause folgten einige Wortwechsel. Horngrad wirkte beredt, während Golde offensichtlich schlecht vorbereitet war und herumstotterte. An diesem dritten Tag von Serenas Anhörung wirkte Golde, als hätte er den Kampf aufgegeben. Er kauerte an seinem Tisch, während Horngrad aufstand und sich an Richterin Margulies wandte.

»In diesem Fall geht es nicht darum, was Melvin Belli war oder ist«, begann er, »obwohl wir davon ausgehen können, daß er zu weit gegangen ist, was diesen Fall angeht. Basta.« Horngrad zitierte Belli, der dem Gericht erzählt habe, Antonio wäre ›handverlesen‹, weil sie ›eines seiner besten Mädchen‹ sei.

Erst bei späterer Befragung sei die Wahrheit herausgekommen: Durch eine freiwillige Meldung in letzter Sekunde sei Antonio rein zufällig verantwortliche Verteidigerin geworden.

Die Verteidigung habe aus zahlreichen Gründen nachlässig gehandelt. Sie habe versäumt, Beweise für die anderen Lügen der Angeklagten beizubringen. Dieses Versäumnis könne man nicht als ›taktische Entscheidung gemäß den Gesetzen‹ bezeichnen. Außerdem habe die Verteidigung Dr. Warnocks Aussage ›verstümmelt‹, als sie medizinische Gutachten vorlegte, eine Tatsache, die von der Anklage ausführlich erörtert worden war. Antonios Verhalten, sich zwischen die beiden medizinischen Gutachter zu schalten, hatte die Staatsanwaltschaft ›unethisch‹ genannt. Horngrad konnte dem nur zustimmen. Außerdem hatte sie Dr. Bergs Aussage von vornherein beschnitten, indem sie ihm Tagebuch Nr. 1 vorenthalten hatte. So habe sie Dr. Bergs Aussage praktisch zur Anfechtung freigegeben.

Es frustrierte Horngrad, daß Richterin Margulies ihn nicht ansah. Sie beugte sich über ihre Unterlagen und machte sich Notizen. Er hielt inne, bis sie den Kopf hob.

»Miss Antonio hat Sie angelogen«, fuhr er dann fort. »Und zwar im Zuge ihrer Bemühungen, ihre eigene Haut zu retten. Und sie will ihre Haut auf Kosten dieser Minderjährigen retten!« Er deutete auf Serena.

»Dieses Verfahren war eine Schweinerei«, erklärte er. Schon einer der Fehler von Bellis Kanzlei könnte das Urteil aufheben. Wenn man jedoch alle zusammennahm, bewiesen sie eindeutig, daß diese Minderjährige ein neues und faires Verfahren verdiente.

»Ich bitte das Gericht, ihr eine neue Chance zu geben. Ich weiß selbst, wie schwierig das ist.« Aber die Richterin mußte laut Horngrad nur befinden, daß eine einigermaßen begründete Wahrscheinlichkeit bestand, daß das Urteil anders ausgefallen wäre, wenn die Beweise sofort präsentiert worden wären. Sie mußte keine klare Entscheidung darüber treffen, ob sie letztlich ein anderes Urteil gefällt hätte. Gewährte sie ein neues Verfahren, bedeutete das noch lange keinen Freispruch. Es hieß nur, daß die Prozeßverteidigung mangelhaft gearbeitet hatte und daß ihre Verfehlungen der Minderjährigen zum Nachteil gereicht hatten.

Bei der Anhörung seien Belli und Antonio nicht deshalb aufgetreten, ›um so vehement wie möglich die Interessen ihrer Mandantin zu vertreten. Sie waren hier, um sich selbst zu loben.‹ Indem sie das Gericht überreden wollten, kein neues Verfahren zu gewähren, stellten sie ihre eigenen Interessen über die ihrer Mandantin – ein ›tadelnswertes‹ Verhalten. Die Richterin sollte ein solches schamloses Verhalten nicht dulden.

»Das einzige Mal, bei dem ich mit Belli übereingestimmt habe«, erklärte Horngrad, »war in seiner Bitte, von Ihnen wegen Mißachtung des Gerichts bestraft zu werden.«

Belli wäre ein Paradefall eines ›instinktiv vorgehenden‹ Anwalts. Das beste Beispiel dafür war seine direkte Befragung seiner Mandantin. Im besten Falle könnte man sie als ›abschweifend‹ bezeichnen, im schlimmsten Fall als ›ausgesprochen unfähig‹. Was Antonio anging: Sie war als eigentliche Verteidigerin bestellt worden, obwohl sie keinerlei Erfahrung in Strafprozessen oder Jugendstrafprozessen hatte. Das war, um einen Lieblingsausdruck Goldes zu benutzen, ›unerhört‹. Antonio war eine ernsthafte junge Frau, die offenbar glaubte, ›der große, alte Mann würde sie schon mit durchziehen‹. Sie war in Belli geradezu vernarrt. Aber sie hätte nur mit einer solchen Hoffnung eine derartige Vertretung nicht übernehmen dürfen. Belli war unfähig, sie vernünftig zu beaufsichtigen. Außerdem wurde aus den Protokollabschriften eindeutig ersichtlich, daß Antonio aufgrund ihrer Unerfahrenheit nicht wußte, wie man Beweise vorlegte. Das Gericht konnte das ›unmöglich‹ übersehen haben.

»Nachdem wir den ausgesprochen unerfreulichen Auftritt von Bellis Anwalt Kevin McLean erdulden mußten«, fuhr Horngrad fort, »ist klargeworden, daß sie sich hauptsächlich Sorgen um eine Zivilklage und um ihren Ruf gemacht haben. Um ihre ehemalige Mandantin haben sie sich nicht gekümmert. Sie hatten das Vertrauen verletzt, indem sie versuchten, besser dazustehen und, wenn nötig, ihre Mandantin schlechter aussehen ließen.«

War es wirklich ein Zufall, daß die fehlenden 117 Seiten des Tagebuchs Nr. 1 in der Zusammenfassung, die Horngrad von der Belli-Kanzlei übergeben worden war, nicht auftauchten? Es war ganz offensichtlich, daß diese Seiten bereits zu einem frühen Zeitpunkt der Vorbereitungen zu diesem Fall verlorengegangen waren. »Und sich dann hinzusetzen und zu behaupten, sie seien von Angehörigen der ehemaligen gemeinsamen Kanzlei gestohlen worden, ist mehr als nur eine paranoide Version von der ›unser Hund hat meine Hausaufgaben gefressen‹-Lüge«, bemerkte er.

Horngrad kam auf das Thema Mißbrauch zu sprechen. »Es gibt zwei Gesichtspunkte, unter denen man diesen Mißbrauch betrachten kann. Wenn es Beweise dafür gab, daß Michael ein Kinderschänder ist, dann ist er auch eindeutig ein Mordverdächtiger. Diesen Weg sollte man nicht einfach deswegen fallenlassen, weil Michael darum gebeten hat, ihn nicht weiter zu verfolgen. Ist Mallory aber nicht mißbraucht worden, dann bricht die Theorie der Anklagevertretung zusammen, was das Motiv betrifft.« Leider hatten die Anwälte keine der beiden Wege bis zum Ende beschritten.

Horngrads Tonfall wurde schärfer. »Ich möchte das Gericht bitten, sich an Mr. Bellis Aussage zu erinnern. Sie war schockierend und faszinierend.« Hätte das Gericht die vollständigen Gutachteraussagen gehört, Tagebuch Nr. 1 gesehen, und wäre er sich der pathologischen Lügen bewußt gewesen, die Serena ihren Freundinnen erzählte, hätte es unzweifelhaft einen anderen Prozeß gegeben.

»Das ist ein Makel, der diese Minderjährige den Rest ihres Lebens verfolgen wird. Sie verdient, wie Artikel 6 das fordert, eine bessere Verteidigung, als sie sie bekommen hat. Ich bitte Sie darum«, und dabei betonte er jedes einzelne Wort, »dieser Minderjährigen ihre verfassungsmäßigen Rechte nach Artikel 6 zurückzugeben, und ersuche Sie dringend, diesem Antrag stattzugeben und ihr ein neues Verfahren zu gewähren.«

Sharri hörte ihr Herz hämmern, als Horngrad sich setzte und Serenas Arm umfaßte. Zuschauer und Reporter stießen einen kollektiven Seufzer aus.

»Danke«, erwiderte Margulies tonlos. »Mr. Golde?«

Dem Stellvertretenden Staatsanwalt schien nicht wohl in seiner Haut zu sein, als er aufstand, sich einen Augenblick über seinen Tisch beugte und seine Notizen überflog. »Während der ganzen Anhörung war der überwältigende Kernpunkt dieses Antrags, in ungehöriger Art und Weise den Charakter und die Kompetenz von Mr. Belli und Miss Antonio anzugreifen. Er appelliert in emotionaler und dramatischer Weise an Sie und behauptet: ›Es war unfair‹. Der Kern eines Antrags auf ein neues Verfahren muß sich aber auf die Protokolle konzentrieren.« Der schriftliche Antrag der Verteidigung sei ein ›allgemeiner Angriff, ohne dabei auf spezielle Gründe zu verweisen‹.

Golde blätterte sein Notizbuch durch. Es ging hier um zwei wesentliche Punkte: Lügen und das Tagebuch. Belli ›konnte zum größten Teil nicht über diese Lügen verfügen‹. Hätten sie sie herausfinden sollen? Es war eine ›ungeheure Anhäufung von Beweisen‹. Außerdem konnte man von einem ›Verteidiger nicht sagen, er sei ineffektiv, nur weil er nicht mehr Beweise für die Unwahrheit gefunden hatte. Es gab nichts Auffälliges in diesen Lügen, vorausgesetzt, es waren überhaupt welche.‹

Die Beweise von Lügen in diesen Tagebüchern waren ›bloßes Hörensagen, damit unzulässig. Man kann nicht ein Geständnis haben, und dann behauptet die Verteidigung einfach, der Mandant ist ein Lügner. Und man kann das auch nicht durch andere Leute beweisen, die behaupten, es handele sich hier um Lügen.‹ Das gleiche gelte auch für das Tagebuch. Im Prozeß hatten ›Sharri Moore und die Minderjährige behauptet, sie lüge. Und daß die Minderjährige eine Lügnerin war, ist ganz klar bewiesen worden, vor allem durch Dr. Berg.‹

Im Gerichtssaal war es ruhig, als Golde verlegen innehielt.

»Aber hier geht es nicht um Lügen. Hier geht es um ein Geständnis eines Verbrechens. Gibt es irgendwo einen Beweis, daß die Minderjährige schon vorher einmal bei dem Geständnis eines Verbrechens gelogen hat? Wir alle erzählen Lügen. Wir reden hier aber über das Geständnis eines Verbrechens. Das ist keine Lüge. Die Verteidigung hat keinen Beweis vorgebracht, daß die Minderjährige regelmäßig lügt, was Geständnisse von Verbrechen angeht.«

Das erste Tagebuch, das wahrscheinlich ohnehin nicht zulässig gewesen wäre, war keine ›Verneinung‹, es sei denn man betreibt gern Gedankenverrenkungen. »Sie beschreibt, wie sie ihren Freund vermißt, Sex mit ihrem Freund hat, zu trocken ist und er nicht kommen kann.«

Serena verbarg erneut ihr Gesicht.

»Ich sage das nicht, um die Minderjährige in Verlegenheit zu bringen«, bemerkte Golde, als er ihre Bewegung sah. Außerdem stimme die Eintragung aus dem ersten Tagebuch durchaus mit dem Geständnis überein.

Dr. Berg hatte eine ausführliche Darstellung über die Vergangenheit der Minderjährigen vorgelegt. Also bestand keine Möglichkeit, aufgrund der Aussagen von Dr. Berg zu einem anderen Ergebnis zu kommen. Zugegeben, die Verteidigung hätte Dr. Warnock gestatten müssen, mit Dr. Herrmann zu sprechen, aber dies hätte ›nur dazu geführt, den Prozeß der Tatsachenfindung schwieriger zu machen‹.

Ein weiteres langes Schweigen folgte.

Richterin Margulies sah Golde schweigend zu, wie er krampfhaft nach weiteren Argumenten suchte. Sie machte sich nur sehr wenig Notizen.

»Es ist eindeutig bewiesen worden, daß sie eine Lügnerin ist.« Er spreizte die Hände. »Wenn wir von inkompetenten

Anwälten sprechen, sollten wir nicht auf die Erfahrung blicken, sondern in die Protokolle. Es gibt keine neuen Beweise, keine weiteren falschen Geständnisse. Wir haben hier nichts weiter als noch mehr Lügen. Das reicht als Beweis nicht aus, um ein neues Verfahren anzustrengen.« Horngrad solle sich lieber auf die Protokolle konzentrieren, nicht darauf, die ehemaligen Anwälte zu kritisieren. »Betrachten Sie die Protokolle und ihren Inhalt im Gegensatz zu den flammenden Angriffen von seiten der Verteidigung. Es gibt kein falsches Geständnis und kein Eingeständnis einer dritten Person.«

Golde schien noch mehr sagen zu wollen, setzte sich dann aber unvermittelt hin.

Horngrads Erwiderung war kurz und nachdrücklich. Er konnte kaum glauben, hier denselben Ankläger vor sich zu haben, der ursprünglich behauptet habe, es gäbe ›in den Protokollen keine Lügen‹. Jetzt hatte er seine Meinung geändert und erklärte, daß es eine ganze ›Anhäufung‹ von Lügen gäbe. Allein der Ausdruck ›keine Beweise‹ bedeutete, daß der Ankläger sehr genau wußte, daß die Angeklagte eine Lügnerin war, daß es aber dafür keine Beweise in den Protokollen gab. Und was nun Tagebuch Nr. 1 anging: Wenn sein sexueller Inhalt so hilfreich für die Anklagevertretung war, warum hatte der Stellvertretende Staatsanwalt ihn dann nicht eingebracht?

Dann kam Horngrad zu Belli und Antonio. »Sie sind hier hereingeplatzt, haben Euer Ehren in einer ungebührlichen Weise disqualifiziert und nicht einmal um eine beratende Jury gebeten. Die Vorstellung, hier reinzumarschieren und Sie davon zu überzeugen, daß der ansässige Coroner sich geirrt hat, war absurd. Man muß eine Verteidigung für den Fall parat halten, daß das Gericht zu der Annahme neigen könnte, daß es sich um Mord handelte. Ihre ›grotesken‹ Ideen zeigten, wie wenig sie von dem begriffen haben, was hier vorging.«

Horngrad stützte die Knöchel auf den Tisch und nahm jeden Funken seines berechtigten Ärgers zusammen. »Ich spiele mit den Karten, die ich bekommen habe«, sagte er.

»Und ich werde diese Anwälte weiter kritisieren, bis diese junge Lady da«, er deutete mit dem Finger auf Serena, »einen neuen Prozeß bekommt. Ich werde so lange Kritik üben, so lange sie wegen einer Verurteilung aufgrund der Unzulänglichkeiten ihrer Verteidiger in der Hölle schmort. Sobald ein neues Verfahren gewährt worden ist, werde ich den Mund halten und mich darum kümmern, diesen Fall zu verhandeln!«

Er blieb einen Augenblick stehen wie ein Schauspieler in einer dramatischen Szene. Sein graues Jackett hob und senkte sich langsam unter seinen Atemzügen. Dann setzte er sich leise hin.

Richterin Margulies' Miene war undurchdringlich. »Gut«, erklärte sie kurz und bündig. »Die Sitzung wird vertagt. Wir treffen uns alle morgen nachmittag um 16 Uhr 30 wieder. Dann verkünde ich meine Entscheidung.« Ohne weiteren Kommentar verschwand sie durch die Tür.

Es waren lange vierundzwanzig Stunden. Sharris Schlaf in dieser Montagnacht war mit Alpträumen von Gefängniszellen gespickt. Als der Dienstag anbrach, klammerten sie sich an die Hoffnung, erinnerte sich aber gleichzeitig an Doug Horngrads Warnungen, daß es eine ›langwierige Angelegenheit‹ werden könnte. Der Antrag auf ein neues Verfahren sollte hauptsächlich den Grund für eine Berufungsverhandlung legen, hatte er oft genug gesagt. Sie sollten sich lieber auf alles vorbereiten. Drei Berufungsrichter würden Sandra Margulies' Entscheidung wahrscheinlich leichter überstimmen als sie sich selbst. Und selbst wenn, könnte das bis zu einem Jahr dauern, bis ein Sieg in einem Verfahren erreicht würde. Vermutlich wurde Serena in der Zwischenzeit längst in die gefürchtete CYA überstellt.

Mary Corren, Pastor Doug und viele von Serenas Freunden aus der Kirche begleiteten die Moores am Dienstag nachmittag ins Gericht. Angespannte Erwartung erfüllte die Luft, während sie beunruhigt auf Richterin Margulies warteten.

Draußen im Flur standen die Kamerateams bereit, um direkt vom Schauplatz für die stündlichen Nachrichten zu filmen.

Matt Golde kam gegen halb fünf an. Er sah geschlagen aus. Sein Gesicht war kalkweiß, und seine Hände zitterten.

»Meine Güte«, entfuhr es Horngrad, als er ihn sah. »Geht es Ihnen nicht gut? Sie sehen schlimm aus!«

Golde antwortete automatisch, daß es ihm gutginge, während die beiden Anwälte im Richterzimmer verschwanden.

Margulies war vollkommen sachlich. »Ich werde Ihnen meine Entscheidung nicht vorab mitteilen«, sagte sie, »aber ich möchte, daß die Familie gewarnt wird.« Sie blickte Horngrad an. »Ich werde keine Ausbrüche dulden, ganz gleich, wie die Entscheidung ausfällt.«

»Einverstanden.« Horngrad betrat den Gerichtssaal, beugte sich über die ersten Sitzreihen und gab den Moores und ihren Freunden diese Anweisung weiter. Sharri war aufgeregt. Niemand würde sich schlecht benehmen, wenn die Urteilsentscheidung für die Staatsanwaltschaft ausfiel. Hatte die Richterin vielleicht Angst vor ihrer Erleichterung bei einem Urteil zugunsten der Verteidigung?

Um Viertel vor fünf wurde Serena hereingeführt. Kaum saß sie, fing sie an, an ihren Fingern zu ziehen.

Als Richterin Margulies anfangen wollte, packte Sharri Mary Correns Hand.

»Ich habe diesen Rechtsstreit in dieser Angelegenheit neu überprüft«, begann Margulies. »Dabei habe ich zwei Komponenten für die Untauglichkeit der Verteidigung gefunden – Leistung und Benachteiligung.« Horngrad versteifte sich. »Was erstes angeht, finde ich, daß beide Verteidiger die geforderten Maßstäbe unterschreiten.«

Ein elektrischer Schock schien durch den Gerichtssaal zu gehen.

Serena blickte Horngrad an. »Das ist der einfache Punkt«, flüsterte er, obwohl eine Hoffnung in ihm hochstieg. Wenn die Richterin in diesem Punkt mit ihm übereinstimmte, dann war vielleicht eine ähnliche Entscheidung im zweiten Punkt auch nicht weit.

»Die Verteidigung hat bewiesen, daß die Strafverteidiger in fünf Bereichen unter erforderlichen Maßstäben geblieben sind. Erstens: Das Versäumnis, weitere Lügen der Angeklagten als Beweis vorzulegen. Zweitens: Das Versäumnis, die Tagebucheintragung vom August vorzulegen. Drittens: Der Eingriff in den Kommunikationsprozeß, durch den die Zeugenaussage der Gutachterin Dr. Warnock eingeschränkt wurde. Viertens: Das Versäumnis, eine andere Verteidigungsstrategie vorzubereiten, insbesondere darauf zu verweisen, daß der Stiefvater Michael Moore das Verbrechen begangen haben könnte. Fünftens: Die Tatsache, daß Miss Antonio zur leitenden Anwältin in diesem Fall wurde, ohne daß sie die geringste Erfahrung diesbezüglich hatte.«

Horngrad war erleichtert. Sie hatte jedem einzelnen seiner Argumente zugestimmt!

»Beide Anwälte haben hier zu ihren Strategien und ihren taktischen Gründen ausgesagt. Ich habe diese Gründe erwogen und befinde ihre Entscheidungen unter den gegebenen Umständen als nicht den erforderlichen beruflichen Maßstäben entsprechend.«

In der folgenden kurzen Pause bemerkte Sharri wie schon bei dem Urteil überdeutlich, wie die Stifte der Reporter über die Seiten flogen. Sie begann zu zittern.

»Zum zweiten Punkt – Benachteiligung – befinde ich, daß hier eine begründete Wahrscheinlichkeit vorliegt, daß das Urteil anders ausgefallen wäre. Dem Antrag wird stattgegeben.«

Triumphierend schlug Horngrad mit den Händen auf den Tisch und schob den Stuhl zurück. Serena packte seinen Arm. »Na?« Seine Gesichtsmuskeln waren angespannt. »Du hast dein neues Verfahren, Kleine.« Serena schnappte nach Luft und schlug die Hand auf den Mund.

Margulies schloß: »Das Urteil wird aufgehoben.«

Serena umarmte Horngrad unvermittelt. Sie schluchzte heftig und wischte sich die Augen mit einem Papiertaschentuch, doch kurz danach warf sie ihren Eltern schon wieder ein strahlendes Lächeln zu. Sharri und Michael umarmten sich.

Zwei Fernsehreporter liefen zur Tür. Salladay grinste; Pastor Doug nickte überschwenglich und hatte Tränen in den Augen. Als Margulies Horngrad und einen stillen Golde zu einer Besprechung zu sich rief, konnten die Moores und ihre Freunde ihren Jubel kaum noch unterdrücken.

»Ich will nicht überheblich klingen«, sagte Horngrad zu Margulies, als sie im Richterzimmer waren. »Aber Sie haben sehr viel Mut bewiesen.«

Margulies blieb verhalten. »Ich weiß nicht, ob das mutig war«, sagte sie gleichmütig, »aber es ist meine Entscheidung.«

Sie informierte beide Anwälte, daß sie von dem Vorsitz des Falles zurücktreten würde. Mit Horngrads Worten: Sie war ›draußen‹. Im Gerichtssaal verkündete sie für das Protokoll, daß Serena Moores neues Verfahren am 21. Januar um 9 Uhr beginnen würde. Der vorsitzende Richter wurde aus der Prozeßliste der Abteilung 30 bestimmt.

Nach dem Urteil drängten sich die Moores und ihre Freunde im Foyer des Gerichtssaals und warteten auf den richtigen Augenblick, um zu entkommen. Sie wollten diesmal sofort zum Aufzug stürmen. Sharri verbarg hartnäckig ihr Gesicht vor den Kameras. Sie wollte nicht, daß jemand sie bei der Arbeit aus dem Fernsehen erkannte. Inzwischen drängten sich die Reporter auf dem Flur um Horngrad. Die Moores hielten sich die Hände vors Gesicht und rannten, umringt von ihren Freunden, über den Flur auf den Aufzug zu. Die Kameras schwenkten sofort hinter ihnen her. Die Moores pferchten sich in einen Aufzug und verscheuchten die Kameraleute, die sofort in einen zweiten Aufzug stürmten und hastig ins Erdgeschoß fuhren.

»Drück den ersten Stock!« rief einer aus der Moore-Truppe. Als sie dort anhielten, verließen sie eilig den Aufzug, verteilten sich im Flur und liefen zur Feuertreppe. Sie entkamen, und die Vorstellung, daß sie die Kameraleute hereingelegt hatten, hob ihre gute Laune noch. Diesmal hatten sie es den Geiern aber gezeigt!

Da die Moores verschwunden waren, liefen die Kameraleute wieder hinauf in den zweiten Stock, wo Horngrad immer noch die Fragen der Reporter beantwortete.

»Die Richterin hat im Einklang mit dem Gesetz das Richtige getan«, versicherte er. »Ich glaube an unser Rechtssystem, und das Gericht hat dieses System rehabilitiert.« Aufgrund von Margulies' Entscheidung, glaubte er ›absolut sicher‹ an einen Freispruch.

Und was Seitenhiebe gegen Belli anging, hielt Horngrad Wort. »Ich bin kein Bilderstürmer«, antwortete er auf eine anzügliche Frage eines Reporters. Er habe alles gesagt, was es dazu zu sagen gab, und jetzt mußte er sich damit beschäftigen, Serenas nächsten Prozeß zu gewinnen.

Mitten in dem Getümmel schaffte Golde es, der Presse zu entgehen. Er schlich durch das Richterzimmer aus dem Gerichtssaal. Und wollte auch später keinen Kommentar dazu abgeben.

Melvin Belli dagegen hatte eine Menge zu erzählen. Er blieb an diesem Abend in seinem Büro und nahm die Anrufe zahlreicher Reporter entgegen, die ihn wegen der Titelgeschichten für den nächsten Morgen anriefen.

»Ich bin zufrieden, weil ich einen guten Job erledigt habe«, sagte er Catherine Bowman vom *Chronicle.* »Ich glaube, daß sie (die Richterin) sich während des Verfahrens unfair verhalten hat. Sie wußte, daß sie einen Fehler begangen hat, und versucht jetzt, mich und Shelley dafür verantwortlich zu machen.«

Raoul Mowatt vom *San Jose Mercury* gegenüber gab er zu, daß er zusätzliche Beweise für Lügen aus dem Tagebuch der Minderjährigen präsentieren könnte, wenn er den Fall noch einmal übernehmen würde. »Die Hauptsache ist, daß das Mädchen ein neues Verfahren mit einem anderen Richter bekommt«, sagte er. »Diese Richterin wollte das kleine Mädchen fertigmachen, und mich auch. Zu welchem Zweck, entzieht sich meiner Kenntnis.«

Don Martinez vom *San Francisco Examiner* druckte Bellis

weitere Verleumdungen gegen Margulies, die, wie er sagte, ›im Büro eines Bezirksstaatsanwaltes ausgebildet‹ worden sei. Die übelsten Verunglimpfungen hatte Bob Salladay Belli entlockt. ›… Belli verteidigt seine Arbeit‹, schrieb er im *Argus*. ›Und er wirft seinen ehemaligen Partnern vor, sie versuchten, ihn zu diskreditieren, indem sie Horngrad mit falschen Informationen fütterten. Er sagte auch, Margulies sei voreingenommen, weil sie ›eine ehemalige Staatsanwältin und eine Frau ist‹.

TEIL 5

DIE WENDE

DEZEMBER 1993 – APRIL 1994

Dieses Verfahren ist nicht unbedingt eine Suche nach der Wahrheit. Wir versuchen nicht, die Wahrheit herauszufinden; wir versuchen, Serena zu verteidigen.

– Penny Cooper zu Sharri Moore

39. KAPITEL

An die Kommission für Juristische Leistung, von Melvin Belli, betreffend die Ehrbare Sandra Margulies:

> *Melvin Belli und Shelley Antonio ... beschweren sich hiermit und fordern eine formelle Untersuchung bezüglich des groben Fehlverhaltens und der Inkompetenz von Richterin Sandra Margulies* (sic) *vor, während und nach dem oben erwähnten Jugendstrafprozeß gegen Serena Moore.*
>
> *Das Fehlverhalten und die Inkompetenz der Richterin Sandra Margulies* (sic) *führte zu der ungesetzlichen und ungerechtfertigten Verurteilung von Serena Moore wegen Mordes zweiten Grades ...*

Bellis siebenseitige Beschwerde gegen Margulies führte folgende Behauptungen auf: 1. Weil ›sie den Fall der Minderjährigen übernehmen wollte‹, hätte Margulies den Antrag der Verteidigung auf Befangenheit abgelehnt. Belli hatte ihn gestellt, weil er das Gefühl hatte, ihre Vergangenheit als Staatsanwältin würde es der Richterin schwermachen, ›die erforderliche Sensibilität für einen solchen Fall aufzubringen‹. 2. Weigerte sich Margulies, den ›Psychiater‹ *(sic)* Dr. Berg aussagen zu lassen, das Tagebuchgeständnis sei nicht wahr, was die ›Verteidigung unterminierte‹. 3. ›Ihre Inkompetenz habe es der Richterin unmöglich gemacht, die technischen und wissenschaftlichen Beweise richtig zu verstehen und einzuschätzen‹, nämlich daß die Verstorbene an einer plötzlichen Asthmaattacke gestorben sei. Dies hätte ›die Angeklagte entlastet‹. Und 4. habe Margulies ›zahlreiche Verfahrensfehler begangen, die sie nach einigem Nachdenken gezwungen haben, ihr irriges Urteil zu korrigieren‹. Dann habe sie ›absichtlich und böswillig versucht, die früheren Verteidiger verantwortlich und zu Sündenböcken zu machen‹.

Zwei Seiten der Beschwerde richteten sich nicht direkt gegen Margulies, sondern verteidigten Bellis und Antonios

Entschluß, Tagebuch Nr. 1 nicht zu benutzen. Sie erklärten, daß dieses Tagebuch ihre Mandantin als ›herzlos, unsensibel und als eine sexuell Besessene von beinah nymphomanen Ausmaßen gezeigt hätte‹, obwohl Belli zugab, daß dieses Verhalten ›nicht Teil des Verbrechens war, dessen sie beschuldigt wurde‹.

Margulies' Entscheidung bedeutete automatisch, daß der Spruch gegen Belli und Antonio der kalifornischen Anwaltskammer gemeldet wurde. Die hatte die Möglichkeit, nach einer Untersuchung zu entscheiden, welche Bestrafung, wenn überhaupt, angemessen war. Die Spannbreite einer möglichen Strafe gegen die Anwälte reichte von einer zeitweiligen Suspendierung als praktizierende Anwälte bis hin zum endgültigen ›Einzug ihrer Zulassungsgenehmigungen‹.

Bellis Brief vom 8. Dezember an die Kommission für Juristische Leistung sollte offenbar ›das Blatt wenden‹ und formal die Behauptungen wiederholen, die er gegenüber den Zeitungsreportern direkt nach der Anhörung geäußert hatte.

Auf einen Punkt gebracht hieß das: ›*Sie* war's‹.

Horngrad war mit Penny Coopers Leistungen bei der Anhörung sehr zufrieden und verpflichtete sie als zweite Anwältin für Serenas hart erkämpftes neues Verfahren, das am 21. Januar beginnen sollte. Cooper willigte ein, den Fall kostenlos zu übernehmen, obwohl Horngrad letztlich sein Honorar mit ihr teilte. Das Horngrad/Cooper-Gespann setzte der Staatsanwaltschaft doppelte Kraft entgegen, verursachte aber gleichzeitig stellenweise Verzögerungen. Ein Faktor waren Unvereinbarkeiten in den Terminplänen der Anwälte. Horngrad hatte nach Weihnachten eine dreiwöchige Reise nach Indien geplant; Penny Cooper verhandelte im März einen Fall in Tacoma, Washington.

Coopers und Horngrads erste Verteidigungsstrategie war Angriff: Sie wollten verhindern, daß der Fall überhaupt wieder aufgerollt wurde. In der letzten Dezemberwoche trafen sie sich mit Matt Golde und seinem Vorgesetzten, Walt Jackson, und versuchten, die Staatsanwaltschaft davon zu überzeugen, die Anklage gegen Serena fallenzulassen. Margulies' Aufhebung ihres Urteils war quasi ein Freispruch, argumentierten sie. Das Urteil der Richterin implizierte, daß sie zu einem anderen Ergebnis gekommen wäre, wenn die Verteidiger im ersten Prozeß keine Fehler gemacht hätten. Wie konnte die Staatsanwaltschaft ernstlich glauben, den Fall nach einer solchen Entscheidung noch gewinnen zu können?

Vor dem Treffen und nach der gründlichen Lektüre von Dr. Herrmanns Gutachten und Obduktionsbericht beschlich Penny Cooper ein Verdacht, den sie aber noch nicht genau begründen konnte. Wie Horngrad vermutete auch sie, daß dem Pathologen im ersten Prozeß nicht die Chance gegeben worden war, das zu äußern, was er wirklich glaubte. Als sie Jackson ihren Verdacht mitteilten, erhielten Horngrad und Cooper eine Antwort, die bei den Moores wie ein Blitz einschlagen sollte.

Dr. Herrmann selbst glaubte, daß Serena unschuldig war!

Jacksons Eingeständnis war ein entscheidender Wendepunkt für die Verteidigung des Falles.

Die Meinung des Pathologen war nicht neu, erklärte Golde mit einem Achselzucken. Und er hatte diesen Beweis auch nicht zu verbergen versucht. Dr. Herrmann hatte der Anklagevertretung seine Meinung schon lange vorher mitgeteilt. Und die früheren Verteidiger hatten genauso Zugang zu dem Gutachter; Antonio hatte sich sogar mit Dr. Herrmann vor dem Prozeß getroffen.

Penny Cooper glaubte, daß Dr. Herrmann Shelley Antonio seine Ansicht während dieses Treffens mitgeteilt hätte, wenn er ordentlich befragt worden wäre. Der Arzt war ein angesehener Pathologe und hatte ›es auf niemandem abgesehen‹.

Penny Cooper verließ diese Konferenz in dem Glauben, daß Golde den Fall nicht wieder aufnehmen würde. Die einzigen beiden Beweisstücke, das Tagebuchgeständnis und die Autopsiebefunde, paßten laut Ansicht des Pathologen nicht zusammen. Wenn Dr. Herrmanns Meinung während einer Zeugenaussage im Prozeß richtig herausgestellt werden würde, stünde die Staatsanwaltschaft vor einem Scherbenhaufen.

Unter diesen Umständen bestürmten Cooper und Horngrad Golde, angesichts der Meinung seines eigenen Hauptbelastungszeugen könne er nichts Mutigeres tun, als zuzugeben, daß es ein Fehler sei, überhaupt Anklage gegen Serena Moore erhoben zu haben. Er solle zugeben, daß er sich geirrt habe, und den Fall einstellen.

Golde jedoch forderte seinerseits Horngrad heraus. »Bringen Sie mir einen neuen Beweis dafür, daß Serena Moore es nicht getan hat.« Für ihn hatte sich nichts geändert. Er hatte immer noch ein handschriftliches Geständnis und einen Obduktionsbericht, der traumatische Asphyxie diagnostizierte. Und nach wie vor war er fest davon überzeugt, daß die Angeklagte schuldig sei.

Im Januar diskutierte Golde mit Jackson darüber, ob sie weitermachen sollten oder nicht, aber, wie er später sagte, ›stand das nie groß zur Debatte‹. Eine Woche, bevor das Verfahren am 21. Januar beginnen sollte, teilte Jackson Horngrad die endgültige Entscheidung mit. Sie wollten den Fall erneut vor Gericht ausfechten.

Sharri und Michael, die fieberhaft auf Serenas plötzliche Freilassung gehofft hatten, waren am Boden zerstört. Glücklicherweise hatte Serena von dieser Möglichkeit nichts gewußt.

Die Verteidigung konnte das Verfahren in der folgenden Woche noch nicht beginnen. Serenas Auftritt am 21. Januar vor dem Alameda-County-Richter Ronald Sabraw war nur sehr kurz. Der Fall würde einem anderen Richter übertragen, verkündete Sabraw, der sich alle Vorverfahrensanträge anhören und dem Prozeß vorsitzen würde. Serena willigte zögernd in eine Vertagung bis zum 9. Februar ein. Dann sollten die Anträge gehört werden.

Was den neuen Richter betraf, war es Horngrad und Cooper gestattet, einmal einen Richter abzulehnen, wenn er ihnen nicht gefiel. Aber sie wollten mit diesem Recht sehr vorsichtig umgehen, weil sie das Alameda-County-Gerichtssystem nicht unnötig verstimmen wollten. Margulies' Entscheidung für einen neuen Prozeß würde hier sicher mit kollegialem Respekt betrachtet. »Wenn man die Einheimischen zu hart anfaßt«, warnte Horngrad die Moores nach der Anhörung, »dann schicken sie uns vielleicht vor Richter Anwaltfresser nach Oakland.«

Um sich für ihre Verteidigung zu rüsten, verabredeten Horngrad und Cooper einen wichtigen Termin: mit Dr. Herrmann. Penny Cooper kannte Paul Herrmann seit Jahren, ihre Wege hatten sich in verschiedenen Fällen gekreuzt. Sie prüfte seine Aussage in Serenas erstem Verfahren noch einmal, bevor sie und Horngrad ein ›freundliches, herzliches‹ Gespräch über seine Befunde bei der Autopsie von Mallory Moore mit ihm führten. Herrmann gab zu, daß die medizinischen Beweise dünn waren. Er hatte am Anfang viele Fragen gehabt, erklärte er den Anwälten, und hatte sie der Polizei gestellt. Die hatte, so Dr. Herrmann, Serena schon lange bevor das Tagebuch aufgetaucht war, verdächtigt. In dem bevorstehenden Prozeß, sagte Dr. Herrmann den erfreuten Anwälten, wollte er ›nicht ausschließen‹, daß Mallory Moore an einem epileptischen Anfall gestorben war. Aber er war felsenfest davon überzeugt, daß Mallory sexuell mißbraucht worden war, und war sicher, daß ihr Tod durch ein Zusammenpressen der Brust herbeigeführt worden war. Dr. Herrmanns ›sicherste Vermutung‹ war, daß Mallory zufällig getötet wurde, als sie mißbraucht worden war.

Der ›andere Täter‹, oder unverblümter, die ›Michael-war's‹-Theorie gewann neue Bedeutung.

Vor der nächsten Anhörung trat eine neue, bizarre Wendung in dem Fall auf, ausgelöst durch einen Telefonanruf in Goldes Büro ein paar Monate vorher. Michael Ballachey, ein Alameda-County-Richter und Freund von Goldes Vater, war am anderen Ende gewesen. Obwohl er gesellig und beliebt war, wurde hinter Ballacheys Rücken über ihn gelacht. Er war unter seinen Kollegen bekannt als ›Radio Berkeley‹, weil er

Klatsch und Intrigen liebte. Laut Ballachey hatte eine junge, schwarze Studentin, Danine Bailey, ihren Kommilitonen erzählt, daß sie gehört hatte, wie Serena Moore ein Geständnis ablegte. Als Angehörige einer ›Transport-Sicherheitstruppe‹ des Jugendgefängnisses hatte Danine Bailey Serena zweimal vom Gefängnis zum Gerichtsgebäude gebracht. Und bei einer dieser Fahrten, behauptete Ballachey, hätte Bailey diese Bemerkung von Serena gehört. Nachdem Serena ein neues Verfahren bekommen hatte, so sagte Ballachey später, habe er es für seine ›Pflicht gehalten, ob richtig oder falsch‹, Golde darauf aufmerksam zu machen.

Golde wollte diese Information im nächsten Prozeß verwenden, schien aber die Verteidigung nicht sofort gemäß der Ermittlungsprozeduren darüber in Kenntnis gesetzt zu haben. Zufälligerweise nahm Penny Cooper an einem Dinner teil, bei dem auch Richter Ballachey anwesend war. Sie sprach ihn auf Serenas Fall an, und er antwortete, er könne über diesen Fall nicht sprechen, weil er sehr wahrscheinlich als Zeuge auftreten würde. Penny Cooper war baff. In der Zwischenzeit bekam Golde Probleme, als er und sein Ermittler, John Samuelson, Danine Bailey in der letzten Januarwoche über den Vorfall befragten. Bailey stritt energisch ab, dem Richter erzählt zu haben, daß Serena vor ihr ein Geständnis abgelegt hatte. Obwohl Golde sie wiederholt fragte, blieb sie bei ihrer Aussage, selbst, als man ihr sagte, daß Richter Ballachey ebenfalls bei seiner Schilderung der Ereignisse blieb und unter Eid dazu aussagen würde.

Der 9. Februar kam. Während die Moores und eine Traube von Reportern im Gerichtssaal warteten, stritten sich Cooper und Horngrad im Richterzimmer hitzig mit der Anklagevertretung über diesen Bailey/Ballachey-Zwischenfall. Wieso hatte Golde sie nicht darüber informiert? Wann hatte er es ihnen sagen wollen – an dem Tag, an dem das Verfahren losging? Außerdem war diese Aussage wertlos, sagten sie. Ganz abgesehen von der Tatsache, daß Ballacheys Aussage auf doppeltem Hörensagen beruhte, widerrief sich Serenas angebliches ›Geständnis‹ Bailey gegenüber selbst. Laut Richter Ballachey hatte Bailey die Aussage als Geständnis und gleichzeitig als Widerruf geschildert: »Ich war es; ich war es nicht.«

Ab und zu drang eine gedämpfte Stimme aus dem Richterzimmer in den Gerichtssaal. Die Moores wußten von der Situation, aber die Reporter hatten keine Ahnung. Beide Parteien hatten nichts über diese neueste Behauptung verlauten lassen.

Nachdem die Auseinandersetzung endlich beendet war, nahmen Golde, Cooper und Horngrad ihre Plätze vor Richter Sabraw ein. Serena wurde hereingeführt. Sie trug einen grünen Hosenanzug und hatte ihr Haar zu einem Pferdeschwanz zusammengebunden. Als sie saß, drehte sich Horngrad zu ihr um und flüsterte ihr ins Ohr, daß eine weitere Verschiebung nötig war, während die aktuellen Streitfragen und die Vorverfahrensanträge weiter verhandelt wurden.

Richter Sabraw gab zu Protokoll, daß er und die Anwälte ›lange im Richterzimmer gewesen sind und Anträge sowie andere Themen besprochen haben‹. Der nächste Sitzungstermin war der 2. März. Dann sollten Anträge und Gesuche gehört werden.

Serena stimmte der Verschiebung ärgerlich zu. Sie hatte es satt, Tag um Tag im Jugendgefängnis zu sitzen und Versprechen von Terminen zu hören, die nicht gehalten wurden. Sie war nicht sicher, ob sie sich länger beherrschen konnte, und befürchtete, in der Haft ›durchzudrehen‹. Das würde ihr einen schrecklichen Aufenthalt in Einzelhaft einbringen.

Als die Sitzung zu Ende war, wurde Serena wieder ins Jugendgefängnis gebracht. Dort sollte sie einen weiteren Monat verbringen, während die Anwälte immer noch stritten. Die Verteidigung behauptete nach wie vor, daß Golde nicht nur Bailey und Ballachey vergessen sollte, sondern den Fall ganz einstellen mußte. In ihren Augen war es nicht nur nutzlos, den Fall weiterzuverfolgen. Es war schlicht falsch.

Ganz gleich, welcher Richter dem zweiten ›Tagebuch-Mädchen‹-Verfahren vorsitzen würde, Cooper und Horngrad hatten vor, die Bailey/Ballachey-Aussage mit allen Mitteln zu bekämpfen. Das bedeutete, daß sie sich die Informationen direkt von den beiden Zeugen holen müßten. Am 15. Februar befragte Horngrads Ermittler Stuart Kohler Richter Ballachey per Telefon und sprach dann persönlich mit Danine Bailey. Er bekam zwei völlig unterschiedliche Geschichten zu hören.

Ballachey erzählte, daß Bailey, die vor einigen Monaten an einem seiner Prozesse am Obersten Gericht von Alameda County teilgenommen hatte, während einer Pause in sein Zimmer gekommen sei und mit ihm geplaudert hatte. Ihr Gespräch hatte auch kurz Serenas Fall gestreift. Laut wiederholter Aussage des Richters hatte Bailey angeblich gesagt, daß ›Serena ihr gesagt habe, sie (Serena) habe es getan. Sie habe ihre Schwester umgebracht. Dann sagte sie (Bailey) in fast demselben Atemzug, daß sie es später widerrief‹. Nachdem er das gehört habe, so der Richter, habe er Bailey gesagt, sie wäre eine Zeugin für den Fall. Das schien sie nervös zu machen, vielleicht weil es laut den Statuten der ›Jugendstraftransportvorschriften‹ verboten war, mit Serena über den Fall zu sprechen, und sie ihren Job in Gefahr sah.

Bellachey meinte, daß er mit Bailey ein- oder zweimal über den Vorfall gesprochen habe, wahrscheinlich während der Seminare. »Ich behaupte nicht, daß ich ein gutes Gedächtnis habe«, merkte er an. Aber er erinnerte sich daran, Bailey nach ihrer Telefonnummer gefragt zu haben, damit er sie Golde weitergeben konnte. Bailey habe eine Ecke von einem Kontoauszug abgerissen und ihm das Papier mit der Nummer gegeben. Erneut glaubte er sich daran erinnern zu können, daß es während eines Seminars gewesen war.

Als er gefragt wurde, wann er zum erstenmal mit Matt Golde über die Sache gesprochen habe, antwortete er: »Meiner Erinnerung nach, der ich nicht besonders traue, müßte es vor dem Antrag auf ein neues Verfahren gewesen sein.«

Danine Bailey erzählte Kohler ihre Geschichte nur zu gern. Sie fügte hinzu, sie habe schon mit Matt Golde gesprochen, der versuchte, ›aus einem Nichts etwas zu konstruieren‹. Ihr Gespräch mit Kohler war, anders als bei Ballachey, gespickt mit Angaben zu Zeit und Ort.

Wie Ballachey bestand Bailey sehr nachdrücklich auf ihrer Version des Gesprächs mit dem Richter. »Ich habe mit Serena nichts zu tun«, erklärte sie. »Genausowenig wie mit ihrer Familie. Ich würde es sagen, wenn sie so etwas erzählt hätte. Serena hat so etwas nie zu mir gesagt.« Bailey vermutete, es handele sich um ein Mißverständnis über einige Kommentare, die sie gegenüber ihren Kommilitonen im September 1993 während eines Anwaltsworkshops gemacht habe, den Richter Ballachey gehalten hatte. Als sie nach dem Kurs ihre Bücher zusammenpackten, hatten die Studenten über den Fall des ›Tagebuch-Mädchens‹ gesprochen. Laut Bailey hatte sie ihren Kommilitonen erzählt, daß sie Serena kannte, und hatte eine Bemerkung gemacht wie »Das Mädchen ist verrückt. Sie hat es getan. Erst hat sie gesagt, sie war's, dann sagt sie, sie war's nicht. Ich weiß, daß sie es getan hat.« Bailey stellte vor Kohler klar, daß die Grundlage für ihre Bemerkung eine Mischung aus öffentlicher und persönlicher Meinung war und keineswegs ein Gespräch mit Serena. Damals stand Ballachey nach Baileys Schätzung etwa drei Meter von ihr entfernt und hörte den Kommentar offensichtlich. Aber er hatte sie nicht beiseite genommen oder die Angelegenheit ›auf eine Weise verfolgt, die angedeutet hätte, was da auf mich zukommt‹.

Zwei oder drei Wochen später unterhielt sich Bailey mit Ballachey in einer Verfahrenspause. Da erzählte er ihr folgendes: »Ich glaube, daß du in Schwierigkeiten kommst. Ich habe mit dem Staatsanwalt gesprochen, der den Moore-Fall bearbeitet, und er möchte gern mit dir sprechen.« Ballachey habe hinzugefügt, daß Golde ein ›anständiger Bursche‹ sei und sie keine Angst haben müßte, mit ihm zu reden.

Am 2. Dezember, dem letzten Tag dieses Workshops, reagierte Bailey auf Ballacheys Frage nach der Telefonnummer und gab ihm diese Ecke des Kontoauszugs.

Bailey gab Kohler gegenüber zu, daß sie und Serena ›viel über den Fall gesprochen haben‹. Bailey ›stocherte nach Beweisen‹ und stellte Fragen. »Ich habe oft versucht, sie dazu zu bringen, mir zu sagen, ob sie es getan hat«, erklärte Bailey.

»Ich habe sie sogar bedrängt, weil ich es wissen wollte.« Aber laut Bailey hatte Serena kein Geständnis irgendeiner Art abgelegt. Indem Bailey mit Serena sprach, verletzte sie die Anweisungen eines Rundbriefes, der seit über einem Jahr im Jugendgefängnis kursierte und das Personal instruierte, nicht mit Serena über ihren Fall zu sprechen. Bailey war klar, daß sie ›nicht mit Serena hätte reden sollen‹, aber sie erwartete trotzdem keine Reaktion oder Disziplinarstrafe.

Dafür regte sich Bailey darüber auf, von Golde und Samuelson zwei ›harte‹ Stunden lang ›verhört‹ worden zu sein. Sie beschrieb, daß Golde auf ihre Aussagen eher ›zweifelnd‹ reagierte.

Zusammenfassend sagte Danine Bailey: »Ich glaube nicht, daß der Richter lügt oder versucht, mich hereinzulegen. Ich denke, er sagt nur, was seiner Meinung nach passiert sein könnte, und versucht, seinem Freund (Golde) zu helfen.«

Bailey bekam ein ›A‹, eine Eins, in ihrem Kurs bei Richter Ballachey.

Die Anhörung am 2. März war nur kurz. Die widerstreitenden Vorverfahrensanträge wurden aufgehoben, als Richter Sabraw freundlich verkündete, daß ›dem Gericht Umstände bekannt geworden sind‹, die das Land Alameda dazu zwangen, sich selbst von der Anhörung des Falles Serena M. zurückzuziehen. Ein Richter aus einem anderen Staat mußte beauftragt werden. Sabraw erklärte den Grund für diesen Rücktritt nicht, und ließ die Reporter nach Beendigung der Sitzung verwirrt und voller Fragen zurück, die keiner der Anwälte beantworten wollte.

Horngrad und Golde einigten sich auf einen neuen Prozeßbeginn, und zwar den 25. April. Sie verlangten, daß ein Richter für diesen Tag bereitgestellt werden sollte.

Während Sharri und Michael die Tage bis zu Serenas Strafprozeß zählten, schmiedeten sie einen Plan, der weitere und vermutlich heftige Zivilklagen nach sich ziehen würde. In aller Stille engagierten sie Tanya Starnes, eine Zivilrechtsanwältin, die ihnen Penny Cooper empfohlen hatte, die Vorbereitungen für eine Klage wegen Amtsmißbrauchs in Serenas Namen gegen Belli, Antonio und die ganze Kanzlei zu treffen. Starnes erwartete einen üblen Kampf mit Belli, glaubte aber, daß Serena gute Chancen hatte, zu gewinnen. Dafür sprach Margulies' Urteil über seine und Antonios Untauglichkeit als Verteidiger.

Es wäre nicht das erste Mal, daß Belli auf die Anklagebank mußte. Allein anhand der Unterlagen im San Francisco County hatte Belli seit 1966 über achtzig Zivilklagen aufgrund unterschiedlichster Beschwerden kassiert. Siebenundzwanzig Klagen waren seit 1985 in diesem Bezirk registriert worden; Anzeigen wegen angeblicher Vertragsverletzungen, Nachlässigkeit, mangelnder Pflichterfüllung und sieben Klagen wegen Amtsmißbrauchs. Starnes war nicht sicher, ob Belli noch immer eine Versicherung wegen Amtsmißbrauch hatte. Sie hatte ›hinter vorgehaltener Hand‹ gehört, daß er so oft verklagt worden war, daß er sich seit 1982 diese Versicherung nicht mehr leisten konnte. Wenn das stimmte, stand möglicherweise sein eigenes Vermögen auf dem Spiel.

Starnes sammelte Hintergrundinformationen, aber noch war die Zeit für eine Anzeige nicht gekommen. Es blieb wie so vieles andere im Leben der Moores in der Schwebe. Starnes und die Moores waren übereingekommen, zu warten, bis Serenas Prozeß vorbei war. Dann würde Starnes sofort Anzeige erstatten und von der Publicity profitieren, die Serenas erwarteter Freispruch auslösen würde.

40. KAPITEL

Der letzte Prozeß des ›Tagebuch-Mädchens‹, der zwei Wochen dauerte, fand in dem entstaubten Gerichtssaal der Abteilung 61 statt. Er befand sich im Polizeigebäude auf der Sixth Street in Oakland. Er war klein, mit Holz vertäfelt und fensterlos. Deshalb wirkte er zwar etwas klaustrophobisch, aber auch weit weniger einschüchternd als Sandra Margulies' Saal der Abteilung 39 in Hayward. Die rostfarbenen Stühle in diesem eindeutig selten benutzten Gerichtssaal waren schon ziemlich durchgesessen, und den Zuschauern schlief der Hintern ein, bevor eine Pause verfügt wurde. Das Mikrofon und die Lautsprecher des Zeugenstands waren kaputt. Aber sie wurden auch nicht gebraucht.

James Kleaver war ein pensionierter Richter aus dem winzigen Regierungsbezirk Siskiyou County. Ab und zu übernahm er noch Fälle, die wegen Terminüberlastung oder aus anderen Gründen von den Terminlisten verschiedener Bezirksgerichtshöfe gestrichen worden waren. Und außerdem legte er nach eigener Aussage ›immer sehr viel Wert auf das Betragen der Anwälte‹.

Regengüsse fegten über die Bay Area, während Richter Kleaver im kurzärmeligen blauen Hemd liebenswürdig mit Horngrad und Golde plauderte. Es war kurz vor 9 Uhr am 25. April. Penny Cooper kam kurz danach und zog ein Wägelchen mit einem großen Karton Akten und Unterlagen hinter sich her.

Sharri betrat mit Magenschmerzen den Gerichtssaal. Sie war allein. Michael hatte sich zögernd den Wünschen der Anwälte gebeugt und nahm nicht an dem Prozeß teil. Cooper hatte es ihnen erklärt. Es wäre peinlich und unangemessen, die notwendige, aber widerwärtige Verteidigungslinie zu präsentieren, daß in Übereinstimmung mit Dr. Herrmanns Überzeugungen der Stiefvater am wahrscheinlichsten als Täter in Frage kam, wenn Michael selbst im Gerichtssaal saß. Außerdem könnte Michaels schweigende, treue Anwesenheit neben seiner Frau auf einen Richter unpassend wirken, den sie dazu bringen wollten, seine mögliche Schuld zu überdenken.

Sharri wußte nicht, was schlimmer war: den Prozeß allein über sich ergehen lassen zu müssen, oder sich zu zwingen, auf die neugierigen Fragen der Reporter nach Michaels Aufenthalt gelassen zu reagieren. »Wir können es uns nicht leisten, daß er noch länger von der Arbeit wegbleibt«, wurde schnell ihre Standard-Antwort auf diese Frage. Eigentlich hatte Michael vorgehabt, die ersten Tage des Prozesses freizunehmen. Er konnte sich nicht auf die Arbeit konzentrieren und beschäftigte sich lieber damit, ihr rotes '64er Chevycabrio wieder herzurichten. Wenn Serena freigesprochen war, wollte er mit ihr eine rauschende ›Siegesfahrt‹ machen.

Sharri setzte sich auf die linke Seite des Gerichtssaals und blickte nach rechts. Die ›Stammkunden‹ von der Presse saßen schon da: Bob Salladay, Raoult Mowatt, Harry McLean, Joan Lynch und auch alle anderen. Sharri fühlte sich von ihnen nicht länger bedroht, sondern betrachtete sie sogar als Verbündete. Sie hatten wohl endlich begriffen, daß Serena unschuldig war. Mit den Fernsehkameras war das etwas anderes. Sie duckte sich automatisch, wenn sie eine im Flur sah. Glücklicherweise hatte sie nur zwei entdeckt.

Pastor Doug tauchte ebenfalls auf, umarmte Sharri und versicherte ihr, daß diesmal die Gerechtigkeit siegen würde. Als Zeuge der Verteidigung durfte er nicht im Saal bleiben. Eine Gruppe von Serenas Freunden aus der Kirchengemeinde hatte die Schule geschwänzt, um an dem Verfahren teilzunehmen. Sie wollten Serena durch ihre Anwesenheit unterstützen. Sie schlenderten in den Gerichtssaal und setzten sich in eine der letzten Reihen.

Um 9 Uhr 35 wurde die Sitzung eröffnet. Kleaver war ganz der weise Richter mit seinem rundlichen Gesicht, dem dünnen braunen Haar, der Brille und der schwarzen Robe. Serena trug einen grünen Einteiler, der Horngrads Kleidervorschrift bis zum äußersten ausreizte. Sie durfte keine dunkle Kleidung tragen und sollte die Farbe ihrer Kleider jeden Tag aufhellen. Sharri und Michael fanden das etwas albern, aber sie hatten gehorcht und ihr in letzter Sekunde noch Hosen und Oberteile gekauft.

Die Anträge wurden besprochen und schnell abgehandelt. Das Recht der Verteidigung, alle entlastenden Beweise vorzulegen, wurde gewährt; dem Antrag der Staatsanwaltschaft, die Unterlagen der Verteidigung einzusehen, wurde nur für die Testunterlagen der medizinischen Gutachter stattgegeben. Im Richterzimmer hatte Horngrad eine beratende Jury gefordert, eine einzuberufende Jury von sechs Geschworenen, die keine Machtbefugnisse hatten, sondern den Richter nur bei der Urteilsfindung ›berieten‹. Kleaver entschied, daß eine solche Jury wenig Nutzen hatte, und lehnte den Antrag ab. Dann bat die Verteidigung darum, die Öffentlichkeit von dem Verfahren auszuschließen, ein Antrag, der jeden Reporter im Gerichtssaal in Wut brachte. Die Zuhörer wurden gebeten, den Saal zu verlassen, während die Gründe für diesen Antrag diskutiert wurden.

Kurz vor dem Prozeß hatte Serena, die schon vorher mündlich und schriftlich bedroht worden war, eine zweiseitige ›Morddrohung‹ erhalten, die offenbar von einem Bandenmitglied geschrieben worden war. Horngrad und Cooper glaubten, daß sie ihren Fall gewannen, und fürchteten, daß weitere Publicity es für Serena noch schwerer machen würde, nach Hause zurückzukehren und ein normales Leben zu führen. Sie stellten diesen Antrag nur für das Protokoll, ohne zu erwarten, daß ihm stattgegeben würde.

Die Reporter stampften derweil im Flur herum und sprachen davon, ihre Anwälte anzurufen. Nach zehn Minuten wurden sie wieder hereingerufen. Der Richter lehnte den Antrag ab, entschied aber, daß die Medien weder den Nachnamen der Minderjährigen drucken noch irgendein erkennbares Foto von ihr bringen durften. Diese Entscheidung galt auch für die Zeit nach dem Verfahren.

Die Reporter beruhigten sich wieder, und die Anträge waren bis 10 Uhr erledigt. Dann begann der eigentliche Prozeß.

Golde, dessen Haar wieder ein bißchen über den Kragen gewachsen war, wirkte etwas verlegen. »Es tut mir leid, Euer Ehren«, entschuldigte er sich, »aber ich dachte, die Anträge würden länger dauern. Ich habe meine Zeugen für morgen bestellt, und ich habe jetzt nicht einmal meine Unterlagen dabei.«

Für den Eröffnungstag eines Falles, den Golde angeblich bis zum bitteren Ende verfechten wollte, war seine Haltung gelinde gesagt lasch.

Kleaver vertagte die Sitzung auf 13 Uhr 30, um Golde Zeit zu geben, sich vorzubereiten.

Es war 13 Uhr 40. Golde stand im Gerichtssaal und hielt beinahe dasselbe Eröffnungsplädoyer wie vor elf Monaten. Er wirkte auf alle Anwesenden wie ein müder Schauspieler in einem endlos gespielten Broadway-Theaterstück. Er sollte sein Verhalten während des zweiten Verfahrens später als ›moralische Verpflichtung‹ beschreiben, gegen eine Angeklagte vorzugehen, die er für schuldig hielt, obwohl er erwartet hatte, den Prozeß zu verlieren. Vom Standpunkt der Staatsanwaltschaft aus hatte sich im letzten Jahr nichts geändert. Aber die Verteidigung hatte eine Menge geändert. Golde behauptete, daß Dr. Herrmann ›offensichtlich‹ glaubte, daß Serena unschuldig sei und sich ›schlecht‹ fühle, weil er annahm, teilweise zu ihrer Verurteilung beigetragen zu haben. Wie Golde es ausdrückte, würde der Doktor jetzt beim zweitenmal, ›alles für die Verteidigung tun, was er konnte, und bis an den Rand‹ dessen gehen, was er als Pathologe sagen konnte. Was er, Golde, selbst tat, war seiner Meinung nach für das Ergebnis des Prozesses nicht ausschlaggebend. Er würde dieselben Beweise vorlegen und es dabei belassen.

Während der Vorstellung der medizinischen Beweise, der Schilderung der Entdeckung des Tagebuchs und den Beschuldigungen des Mißbrauchs blieb Goldes Stimme ruhig und tonlos. »Wenn Sie sich die ganze Angelegenheit ansehen«, schloß er lahm, »dann werden Sie feststellen, daß die Angeklagte des Mordes schuldig ist.«

Als Golde sich wieder setzte, stand Penny Cooper auf. Sie strahlte ungebändigte Energie aus. Sie hatte mit Horngrad verabredet, daß sie die Zeugen der Anklage ins Kreuzverhör nehmen würde, während er die der Verteidigung befragte. Cooper hatte lange über ihrem Eröffnungsplädoyer gebrütet, bis es endlich Form angenommen hatte. Es war eine sorgfältige Schilderung der Gesamtsituation und zeigte, so hoffte sie, genug von ihrer Entrüstung darüber, daß Serenas Fall ein zweites Mal vor Gericht gebracht wurde und es überhaupt eine erste Anklage gegeben hatte.

Die Verteidigungsstrategie, für die sie und Horngrad sich entschieden hatten, war beunruhigend, aber effektiv. Obwohl sie glaubten, daß Mallory an einer unbekannten natürlichen Ursache gestorben war, lieferte ihnen die Äußerung des Verdachts gegen Michael den wasserdichtesten Fall, den sie zusammenzimmern konnten. Die Notwendigkeit für diese Taktik wurde vor allem deutlich, nachdem sie gehört hatten, daß Richter Kleaver den Aussagen der medizinischen Gutachter besondere Bedeutung schenkte. Deshalb hatten Horngrad und Cooper beschlossen, Dr. Herrmann heftig ins Kreuzverhör zu nehmen und ihn zu ihrem Zeugen zu machen, indem sie bewiesen, daß seiner Meinung nach Serenas Geständnis nicht mit seinen medizinischen Befunden übereinstimmte.

Trotzdem hatten sich die beiden Verteidiger auf alle Eventualitäten vorbereitet. Sie hatten Mallorys Obduktionsbefunde zwei anderen Pathologen vorgelegt, von denen einer, ein Lungenspezialist, zu dem Schluß gekommen war, daß Mallory an einer plötzlichen Asthmaattacke gestorben war. Zu dieser Schlußfolgerung war er unabhängig von den Befunden von Dr. Warnock und Dr. Lawrence gekommen, und sie wurde durch medizinische Fachliteratur über plötzliche Atemnot gestützt. Einige der zitierten Fälle ergänzten diejenigen, die Dr. Warnock gefunden hatte. Außerdem hatten beide Pathologen Dr. Herrmanns Befund eines Mißbrauchs widersprochen. Für sie waren die analen Befunde von ›keiner medizinischen Bedeutung‹.

Wenn Horngrad und Cooper ihre Karten richtig ausspielten, brauchten sie diese Zeugen gar nicht aufzurufen. Indem sie Dr. Herrmanns Zeugenaussage akzeptierten, statt sie anzuzweifeln, und damit ihre eigene Verteidigung stützten, würde es ihnen gelingen, hofften sie, die Argumentation der Staatsanwaltschaft zu unterlaufen, ohne einen eigenen Zeugen präsentieren zu müssen.

»Euer Ehren«, begann Penny Cooper. »Das ist eine seltene Gelegenheit, eine Mandantin zu verteidigen, die wirklich unschuldig ist. Da die Staatsanwaltschaft beschlossen hat, den Fall weiter zu verfolgen, plädieren wir auf Freispruch. Das ist ein klarer Fall.« Der Pathologe Dr. Paul Herrmann war der Hauptbelastungszeuge der Anklage und würde auch als Zeuge der Verteidigung aussagen. Der Richter würde bald Dr. Herrmanns Aussage zu der Tatsache hören, daß die ›traumatische Asphyxie‹, die er diagnostiziert hatte, ›sehr wahrscheinlich‹ zufällig während eines Mißbrauchs geschehen war. Außerdem stimmte die Tagebucheintragung der Angeklagten nicht mit den Obduktionsbefunden überein. Der Stiefvater, Michael Moore, fügte Cooper hinzu, sei in dieser Nacht, in der Mallory gestorben ist, im Haus gewesen und war schon früher einmal wegen Kindesmißbrauch verhaftet worden.

Damit kam Cooper auf die Polizei von Fremont zu sprechen, die ›den wesentlichen Befund von Dr. Herrmann vollkommen vernachlässigt habe, daß Mallory kurz vor ihrem Tod mißbraucht worden ist‹. Sie hatten Michael nicht danach gefragt, nicht einmal, als er der Polizei gesagt hatte, er habe gegen sechs Uhr früh nach Mallory gesehen. Da mußte sie bereits tot gewesen sein. Genausowenig unternahm die Polizei bezüglich des Tagebucheintrags, den Serena kurz nach Mallorys Tod geschrieben hatte. Diese Eintragung war unvereinbar mit ihrem Geständnis aus dem anderen Tagebuch. Und das, obwohl die Polizei durch ihre früheren Erfahrungen mit dem Teenager sehr genau Serenas Ruf als Lügnerin kannte. Die Polizei habe ihre ›sattsam bekannte Vergangenheit als Lügnerin‹ ignoriert, Serena Moore verhaftet und angezeigt, und den ›Fall weiterverfolgt, obwohl es nicht den geringsten Beweis von Schuld gab‹.

Mit Ausnahme von Dr. Herrmann war die ganze Zeugenliste der Anklage ein ›trauriger Haufen‹ und ›lieferte keinen Fetzen eines Beweises‹, um die Eintragung im Tagebuch zu unterstützen.

Die ›vollkommene Unzuverlässigkeit‹ dieser Tagebucheintragung würde sehr bald deutlich werden, wenn man die Schuldgefühle der Angeklagten wegen des Todes ihrer Schwester und ihre Vergangenheit als Lügnerin beleuchte. »Serena hat Mallory sehr geliebt«, schloß Cooper. »Es gibt weder ein Motiv für ihren Mord noch eine Grundlage und erst recht keinen Beweis.«

Den Eröffnungsplädoyers folgte die Aussage Dr. Herrmanns, der auf Goldes Anruf in letzter Sekunde während der Mittagspause reagiert hatte. Er trug einen dunklen Anzug und eine goldfarbene Paisley-Krawatte und machte es sich mit seiner typisch humorlosen Art im Zeugenstand bequem.

Während der Pause hatte Sharri sich Ohrstopfen gekauft, die sie während der Aussage des Pathologen benutzen wollte. Sie mußte im Gerichtssaal bleiben, um Serena zu unterstützen, vor allem, seit Michael nicht mehr hier war, aber sie konnte sich Dr. Herrmanns Vortrag nicht noch einmal anhören. Als die Ohrstopfen nichts nutzten, sah sie auf den Boden und weinte.

Serena blickte nach unten, als Golde Dr. Herrmann unbeholfen durch die Identifikation der Autopsiefotos führte, dann um seine Schlußfolgerungen bat, wobei seine Fragen nur eine Zusammenfassung der Fragen aus dem ersten Prozeß waren. Eine Bemerkung des Zeugen veranlaßte die Zuschauer, mit den Augen zu rollen. Dr. Herrmann sagte, daß die kleine Anuserweiterung bei Mallory von allen möglichen Gegenständen stammen konnte, einschließlich dem ›Ende eines Baseballschlägers‹.

Nach einer Dreiviertelstunde war der Stellvertretende Staatsanwalt fertig.

Penny Cooper ging durch den Saal, lehnte sich an die Schranke, die den Tisch des Gerichtsdieners abgrenzte, und begann ihr munteres Kreuzverhör. Innerhalb einer Stunde hatte sie folgende wichtige Meinungen und Informationen aus Dr. Herrmann herausbekommen:

1. Es war ein ›schwacher medizinischer Fall‹, über ›dessen Aspekte man streiten konnte‹, einschließlich der Todesursache.
2. Von allen wahrscheinlichen Ursachen war ›die wahrscheinlichste ein zufälliger Tod nach einem Mißbrauch‹. Es gab zwar noch andere Möglichkeiten, aber hier handelte es sich um einen ›bestimmten Verdacht‹.
3. Die forensischen Befunde konnte nicht nur dadurch hervorgerufen worden sein, indem man, wie im Tagebuch beschrieben, die Hand auf den Mund legte, denn das allein unterbrach noch nicht den Blutstrom und würde auch keine Blutergüsse hervorrufen.
4. Dr. Herrmann hatte das Thema des Mißbrauchs ›mehr als einmal‹ mit der Polizei von Fremont besprochen.
5. Dr. Herrmann wußte, *bevor er zu der Schlußfolgerung kam, daß Mallory mißbraucht worden war,* daß Michael in der Vergangenheit des Mißbrauchs beschuldigt worden war. (Da diese interessante Information Coopers Hauptstrategie nicht stützte, verfolgte sie das Thema nicht weiter.)
6. Epilepsie als Todesursache war aufgrund der Blutergüsse und der analen Befunde auszuschließen. (Dr. Herrmann wollte von dieser Position nicht abweichen, obwohl er Cooper und Horngrad bei ihrem Treffen im Februar erzählt hatte, daß ›Epilepsie nicht auszuschließen‹ sei.)
7. Obwohl ihm noch nie ein solcher Fall zu Gesicht gekommen war, schien es Dr. Herrmann logisch, daß ein epileptischer Anfall Blutergüsse erzeugen konnte, weil der Blutstrom während des Anfalls behindert wurde.
8. Allgemein gesprochen konnte man sagen, daß die Todesursache medizinisch nicht genau bestimmbar war.

Die Verteidigung war entzückt. Die Reporter wirkten verblüfft. Nachdem sie diesen Fall jetzt sechzehn Monate lang verfolgt hatten, hörten sie heute zum erstenmal, daß Dr. Herrmann selbst die Behauptung der Staatsanwaltschaft, Serena sei die Schuldige, nicht stützte. Sie schrieben eifrig weiter, als der Pathologe den Saal verließ, um die letzten Einzelheiten dieser erhellenden Aussage zu Papier zu bringen.

Nach Dr. Herrmann kam Feuerwehrhauptmann Mike Sanchez. Golde leierte seine Fragen wie auswendig gelernt herunter, weil er wußte, daß er nicht viel ausrichten konnte. Als sich das Gericht vertagte, drehte er sich resigniert zu Cooper um und gestand seine Niederlage ein.

»Der Fall ist vorbei.«

Es war Dienstag morgen, der 26. April. Michael legte einen neuen roten Teppich in sein Chevrolet-Cabrio, während im Oakland-Polizeigebäude Serena an ihrem zweiten Tag vor Gericht in den Saal geführt wurde. Sie trug ein beiges, kurzärmeliges, geblümtes Kleid, das ihre Mutter genäht hatte, und setze sich ruhig neben Penny Cooper. Nachdem Dr. Herrmann seine Aussage gemacht hatte, war für sie das Schlimmste vorbei.

Sharri war alles andere als ruhig. Heute mußte sie in den Zeugenstand. Sie haßte es, auszusagen, haßte es, Golde gegenübertreten zu müssen und seine ›heimtückischen‹ Fragen zu beantworten. Am meisten aber fürchtete sie sich davor, die Umstände von Mallorys Tod schildern zu müssen, weil sie wußte, daß sie die Erinnerungen neu durchleben würde.

Russell Peterson betrat als erster den Zeugenstand. Er war der dunkelhaarige, junge Sanitäter, der Mallory als erster untersucht hatte. Ihm folgte der Zahnarzt Dr. Wong, dem gegen Coopers Einsprüche, seine Aussage sei ›zu lange her, irrelevant und fast lächerlich‹ gestattet wurde, noch einmal auszusagen. Wie bei den anderen Zeugen der Anklage war Wongs Auftritt im Zeugenstand weit kürzer als bei Serenas erstem Prozeß.

Der ›Waldo‹-Stock wurde nicht erwähnt. Sharri trug eine rosa Bluse und eine schwarze Hose. Ihre Zeugenaussage begann am Vormittag. Ohne Mikrofon war ihre leise Stimme trotz des kleinen Saals kaum zu hören, und der Richter bat sie, lauter zu sprechen.

»Ich habe nicht vor, dies in aller Ausführlichkeit durchzugehen wie im ersten Prozeß«, erklärte Golde, der ihr Unbehagen spürte. Richter Kleaver riet ihr, sich ›zu entspannen‹, und lächelte ihr zu.

Die aufmunternden Worte nützten nicht viel. Sharris Anspannung verbreitete sich im Gerichtssaal so schnell wie eine Gewitterwolke. Penny Coopr beugte sich auf ihrem Stuhl vor, starr vor Konzentration, und erhob sofort Einspruch, wenn Golde Themen berührte, die das Familienleben der Moores streiften. Sharri weigerte sich bei bestimmten Fragen und beschwerte sich, daß sie für eine Antwort zu allgemein waren, beantwortete dafür andere mit einer Flut von unerwünschten Erklärungen und Informationen. Einmal unterbrach Richter Kleaver sie verärgert und befahl ihr, »nicht zu reden, wenn ein Einspruch Ihres Anwaltes zur Entscheidung ansteht«.

Als sie zum Morgen des 18. August kam, brach Sharri in Tränen aus. Serena saß da, hatte den Blick gesenkt, weinte jedoch nicht.

Nach der Mittagspause, in der Sharri einen halben Vanillemilchshake herunterwürgte, mußte sie wieder in den Zeugenstand. Auf Goldes Fragen nach Serenas Behauptungen, daß sie mißbraucht worden sei, reagierte Sharri langsam und vorsichtig, wie jemand, der über einen nebelverhüllten Schwebebalken balanciert. Sie konnte Michael vor dem Richter nicht entlasten, aber sie konnte es auch nicht ertragen, an diese Anschuldigungen zu glauben, schrieben die Reporter eifrig in ihre Notizbücher. Aber sie konnte sich selbst verteidigen. Als Golde sie danach fragte, ob sie Serena nach deren Anzeige bei der Polizei in Carson City gedroht hatte: »Widerrufe, oder du hast keine Familie mehr!« stritt Sharri vehement ab, so etwas gesagt zu haben.

Golde zuckte fast unmerklich mit den Schultern und beendete seine Befragung.

Im Kreuzverhör stürzte Penny Cooper sich auf Mallorys Asthma und eine Tatsache, die im ersten Prozeß nicht angesprochen worden war. Mallory war am Abend vor ihrem Tod auf der Terrasse der Moores ausgerutscht und hatte sich den Kopf angeschlagen. Sie hatte eine Zeitlang geweint und sich dann beruhigt. Alles schien okay zu sein. Diese Tatsache war Dr. Herrmann nicht bekannt gewesen.

Als Cooper nach dem Tagebuch Nr. 1 und den Lügen fragte, die es enthielt, erhob Golde Einspruch. Es folgte eine Diskussion, ob das Tagebuch als Beweismittel vorgelegt werden konnte oder nicht. Kleaver bemerkte, ihm schiene es, als sei es eine ›Kernfrage‹, dieses angebliche Geständnis zu widerlegen. Cooper wollte das Tagebuch unbedingt als Beweismittel vorlegen, während Golde weiter dagegen Einspruch erhob, obwohl er nicht mehr so dynamisch wirkte. Kleaver stellte die Entscheidung einstweilen zurück und deutete an, er wollte ›zu einer späteren Gelegenheit‹ weitere Argumente hören.

Um 15 Uhr 10 wurde Sharri zu ihrer Erleichterung aus dem Zeugenstand entlassen.

Nach einer kurzen Pause sagte Sarah Moore kurz aus, und Golde erfragte von ihr dieselben Informationen, die er schon im ersten Prozeß nützlich gefunden hatte: daß Serena sich aus dem Haus der Moores schleichen konnte, ohne daß es jemand merkte, und daß sie analen Verkehr gehabt hatte. Penny Cooper erhob sofort vehement Einspruch gegen die letzte Frage. Golde erwiderte, die Frage sei relevant wegen der ›analen Befunde‹ bei Mallory. Dem stimmte Kleaver bis zu einem gewissen Punkt zu. »Die Einzelheiten jedoch«, fügte er hinzu, »stehen hier nicht zur Debatte.«

Golde hatte keine weiteren Fragen.

Als nächster wurde Officer Uhler aufgerufen. Er machte es sich gelassen im Zeugenstand bequem. Unter Goldes sanftem Druck schilderte er Serenas mittlerweile bekannte ›Sie ist im Himmel besser aufgehoben‹-Bemerkung. Wie zuvor schon

Shelley Antonio stellte auch Cooper diese Bemerkung in den Zusammenhang mit Serenas Ärger über das polizeiliche Verhör. Dann jedoch fragte sie Uhler etwas anderes. Hatte Serena ihm in dieser Nacht nicht auch erzählt, daß sie bei einer Schießerei in Oakland ›im Fluchtwagen‹ gesessen habe? Die Frage bejahte Uhler, und er hatte diese Information ›pflichtgemäß‹ gemeldet, aber er wisse nicht, was bei den folgenden Ermittlungen herausgekommen war.

Auf ihrem sicheren Stuhl im Gerichtssaal konnte Sharri ein Grinsen nicht unterdrücken. Soviel also zu Goldes Behauptung, Serena habe niemals ein anderes Verbrechen zugegeben!

Nach Officer Uhlers Befragung gab es einen gereizten Streit über Goldes Absicht, Danine Bailey in den Zeugenstand zu rufen. Golde erläuterte kurz die Hintergründe von Baileys Aussage und erklärte, er wolle Baileys Behauptung, sie habe kein Geständnis von Serena gehört, mit Richter Ballacheys Aussage erschüttern. Cooper erklärte, daß dieses angebliche Geständnis weder ein Eingeständnis noch eine klare Aussage war und infolgedessen geringen Wert hatte. Horngrad mischte sich ein und fügte hinzu, daß Bailey in Ausübung ihres Jobs eine vereidigte Polizeibeamtin sei, und Serena nicht über ihre verfassungsmäßigen Rechte, die Aussage verweigern zu dürfen, die Miranda-Rechte, informiert habe. Aus diesem Grund sei jede Erklärung, die Serena Bailey gegenüber gemacht hatte, vor Gericht als Beweismittel unzulässig. Golde erwiderte, es gäbe einen Unterschied zwischen Baileys Befugnissen und denen eines richtigen Polizeibeamten.

Horngrad warf ihm einen verächtlichen Blick zu. »Ich glaube, sie hat sogar ihre Marke mitgebracht«, sagte er.

Kleaver unterbrach den Streit und sagte, er wolle Baileys Aussage hören, um entscheiden zu können, ob sie eine ›vereidigte Polizeibeamtin‹ sei oder nicht.

Danine Bailey trug einen Rucksack und hatte ihr Haar zu einem Zopf gebunden, als sie in den Zeugenstand trat. Sie blickte Golde an. Sie wehrte sich entschieden gegen seine Absicht, so formulierte sie es, ›aus mir eine Lügnerin machen zu wollen‹. Außerdem habe sie mitten in diesem ganzen Aufstand beschlossen, trotz ihres zweijährigen Jurastudiums lieber Krankenschwester zu werden. »Wenn ich die beste Zeugin bin, die er hat«, erklärte sie nach ihrer Aussage im Flur, »dann ist er erledigt.«

Es wurde sehr schnell deutlich, daß Bailey als Polizeibeamtin fungierte, als sie Serena letztes Jahr zwischen Gerichtssaal und Gefängnis hin und her transportiert hatte. Als Golde mit seinen Fragen weitermachte, unterbrach Horngrad ihn und bat darum, auf die Miranda-Rechte der Angeklagten zu kommen. »Wenn die Aussage der Minderjährigen Miranda nicht übersteht«, sagte Horngrad, »dann darf diese Zeugenaussage nicht zugelassen werden.«

Bailey erwiderte, sie hätte Serena niemals ihre Rechte vorgelesen. Aber sie hatte mit der Angeklagten über alles mögliche gesprochen, von ›Haarspangen‹ bis zu Tricks der Anwälte bei Prozessen, was Bailey interessant fand. Sie hatte Serena viele Fragen gestellt, wie sie sich wegen der Presse fühlte, wie sie den Fall fand und ›ob sie glaubte, daß ihre Mom wütend war‹. Golde wollte wissen, ob Bailey sich erinnerte, daß sie eine besondere Bemerkung zu Serena gemacht hatte.

»Ich erinnere mich daran, gesagt zu haben, daß ich nicht glaubte, daß der Staatsanwalt einen echten Fall hat.«

Ein Kichern ertönte im Gerichtssaal.

Kleaver hatte genug gehört. Dem Einspruch der Verteidigung wurde stattgegeben. Für ihn reichte es, daß Bailey in ihrer Funktion als Ordnungsbeamtin einem Polizisten gleichgestellt war und so die Notwendigkeit bestanden hatte, Serena auf ihre Rechte hinzuweisen.

Golde gab nicht auf. Er sagte, er wäre bereit, seinen Ermittler John Samuelson in den Zeugenstand zu rufen, der aussagen würde, daß Bailey ihm gesagt habe, sie hätte Serena keine Fragen gestellt, sondern die Angeklagte habe unaufgefordert eine Aussage gemacht. Damit war die Miranda-Akte überflüssig. Wäre das nicht so gewesen, behauptete Golde, dann hätte er Bailey auch nicht aussagen lassen.

Horngrad sprang auf, schob die Hände in die Hosentaschen und wehrte sich heftig dagegen, damit Kleaver bei seiner Zulassung des Einspruchs blieb.

»Herr Anwalt!« rief die Gerichtsschreiberin, »Sie müssen etwas langsamer reden!«

Horngrad gehorchte und setzte seinen Widerspruch fort. Kleaver stimmte ihm erneut zu. Dem Einspruch wurde nach wie vor stattgegeben, und Bailey durfte den Zeugenstand verlassen.

Golde wehrte sich immer noch. Bailey log, erklärte er, und der Staatsanwaltschaft sollte nicht die Möglichkeit genommen werden, zu zeigen, daß sie einen Meineid geleistet hatte. Golde spanne gleich ›zwei Karren vor das Pferd‹, widersprach Horngrad. Meineid oder nicht, die Grundlage der Miranda-Akte fehle immer noch.

Kleaver dachte einen Augenblick nach. »Andererseits«, antwortete er, »ist Miranda kein Problem, wenn die Staatsanwaltschaft zeigen kann, daß die Zeugin einen Meineid geleistet und der Minderjährigen keine Fragen gestellt hat.« Kleaver ›vertraute Goldes guten Absichten‹ in der Sache und erlaubte ihm, dem Gericht einen Beweis zu liefern.

Sofort flammte der Streit wieder auf. Golde drohte, seinen Ermittler John Samuelson und auch Danine Baileys Chef Herman Bosset zu holen. Diese Zeugen könnten seine Behauptung bestätigen, daß Bailey log.

Die Verteidigung könne auch ihren Ermittler als Zeugen aufrufen, schoß Horngrad zurück. Er und Kohler hatten ebenfalls mit Bosset gesprochen. Der hatte gesagt, Danine Bailey sei eine gute Mitarbeiterin und würde auch wegen des Vorfalls mit Serena nicht ihren Job verlieren. »Wenn wir alle diese verschiedenen Zeugen rufen«, betonte Horngrad, »treiben wir dieses Thema ins Unendliche.« Unabhängig von dem Ergebnis dieser Zeugenaussagen blieb außerdem immer noch das Problem der Miranda-Akte.

Schließlich gab Kleaver dem ursprünglichen Einspruch der Verteidigung ein drittes Mal statt. Diesmal wollte er auch keinen weiteren Einwand von der Anklagevertretung hören. Das Thema war erschöpft. Seine Entscheidung beruhe auf dem ›Miranda-Problem‹, außerdem entspreche sie auch dem ›gesunden Menschenverstand‹. Selbst wenn alle Zeugen von beiden Seiten aufgerufen werden würden, hätte die Aussage der Minderjährigen keine Bedeutung, weil ihr sofort ein Widerruf gefolgt war.

Horngrad schüttelte ungläubig den Kopf. Dreimal, so sagte er später, *dreimal* mußten wir diesen Einspruch durchkämpfen.

Da weder Baileys noch Ballacheys Aussage genehmigt wurde, kam Goldes Darlegung des Falles zu einem unerwarteten und heftigen Halt.

Die Frage nach der Zulassung des sogenannten Tagebuchs Nr. 1 sei immer noch in der Schwebe, erklärte Kleaver vor dem Ende der Sitzung. Zu diesem Thema wollte er gleich morgen früh kommen.

Sharri konnte ihre Erleichterung kaum verbergen, als sie nach Hause fuhr. Keine Zeugen mehr von Golde! Und keine Baileys und Ballecheys, erklärte sie Michael aufgeregt, der immer noch an dem Chevrolet arbeitete, als sie die Auffahrt hochfuhr. Der Stellvertretende Staatsanwalt hatte nur einen äußerst dünnen Fall, und jetzt würde die Verteidigung heftig zuschlagen und all die Freunde von Serena aufrufen, die ihre Lügen aus der Vergangenheit bezeugen konnten. Was sollte sie jetzt noch am Sieg hindern?

Als Sharri die alten Holzstufen zu ihrem Haus hochpolterte, drehte sich Michael wieder zum Cabrio. Ich sollte es lieber tip-top herrichten, dachte er. Sieht so aus, als brauchten wir es bald.

An diesem Abend sah Serena im Jugendgefängnis mit anderen Insassen im Aufenthaltsraum eine Fernsehshow. Um neun Uhr, zur vorgeschriebenen Schlafenszeit, schlüpfte sie ins Bett und zog die Decke bis ans Kinn. Der anstrengende Tag hatte sie erschöpft. Sie lag auf dem Rücken und starrte einige Minuten an die Decke. Dann schloß sie die Augen und sprach noch ein kurzes Gebet, bevor sie einschlief.

»Bitte, lieber Gott«, flüsterte sie, »bitte laß ein Wunder geschehen, damit ich nach Hause gehen kann, wenn das alles vorbei ist.«

Sie dachte nicht im Traum daran, daß dies hier ihre letzte Nacht im Jugendgefängnis sein könnte.

41. KAPITEL

Mittwoch, der 27. April 1994, genau sechzehn Monate nach dem Tag, an dem Serena wegen Mordes an ihrer Schwester verhaftet worden war.

Es sollte nur eine kurze Sitzung werden. Horngrad und Cooper hatten Serenas Freunde für den nächsten Morgen vorgeladen; mit ihren Aussagen wollte der Verteidiger beginnen. An diesem Mittwoch sollten Cooper und Golde Richter Kleaver ihre Argumente vorbringen, ob der Eintrag aus Tagebuch Nr. 1, wie Serena Mallorys Leichnam gefunden hatte, als Beweismittel zugelassen werden sollte oder nicht. Penny Cooper forderte unter anderem deshalb die Zulassung des Tagebuchs, weil es laut Beweisaufnahmegesetz Artikel 1202 eine ›frühere, widersprüchliche Aussage‹ war, die das Geständnis anzweifelte. Golde hielt wie bei dem Antrag auf ein neues Verfahren dagegen, daß diese beiden Tagebucheintragungen ›nicht widersprüchlich seien‹.

Sharri saß allein im Gerichtssaal. Sie trug ein graues Kostüm und eine rote Bluse und verschränkte unwillkürlich die Finger. Pastor Doug war ebenfalls im Gebäude, um sie moralisch zu unterstützen, aber er mußte im Flur warten, weil seine Aussage noch ausstand. Sollte der Richter Penny Coopers Gesuch ablehnen, wäre das ein harter Schlag für die Verteidigung, das wußte Sharri. Aber die schnelle Antwort des Richters ließ erst gar keine Sorgen aufkommen. Als er dem Antrag laut Artikel 1202 entsprach, stieß sie einen vernehmlichen Seufzer der Erleichterung aus.

Goldes nächster Zug war sowohl für die Zuschauer als auch die Anwälte unerklärlich. Bevor er die Anklage schloß, rief Golde Sharri erneut in den Zeugenstand, um sie über die Eintragungen in Serenas Tagebüchern zu befragen. Nach wiederholten Einsprüchen Coopers erklärte er schließlich, daß er vorhabe, ihre Zeugenaussage über die Lügen in diesen Tagebüchern zu erschüttern. Richter Kleaver gestattete ihm, fortzufahren.

Golde reichte ihr Serenas blauweißes Tagebuch, das nur eine einzige Eintragung enthielt und das im ersten Prozeß nicht einmal erwähnt worden war. Golde wollte wissen, ob diese Eintragung Lügen enthielt. Sharri ließ sich einen Augenblick Zeit und las.

Der Staatsanwalt beging wieder den Fehler, von dem die goldene Regel warnt: ›Stelle niemals eine Frage, auf die du die Antwort nicht weißt!‹

»Hier ist eine Lüge«, rief Sharri und blickte vom Tagebuch zu Golde auf.

»Und welche?« Später sollte er zugeben, daß es ziemlich unwichtig war, ob sie Lügen in Serenas Tagebuch fand oder nicht. Zu diesem Zeitpunkt des Verfahrens war er bereits ›Geschichte‹ und wußte, daß er nichts mehr tun konnte, um das Unvermeidliche aufzuhalten. Sein Einspruch diente nur dazu, den ganzen Inhalt von Tagebuch Nr. 1 als Beweismittel zuzulassen und nicht nur die fraglichen Einträge. Er fand, daß es eine Menge ›sehr seltsames Zeug‹ in dem Tagebuch gab, und er wollte, daß der Richter alles las, damit er Serenas Wesen besser verstand.

»Wenn sie schreibt, wir hätten erlaubt, daß ihr Freund zu ihrer Taufe kommt«, antwortete Sharri. »Es stimmt nicht.«

Golde reichte ihr Tagebuch Nr. 1 und machte weiter. Als klar wurde, daß er vorhatte, sie 161 Seiten lang bei jedem Eintrag zu fragen, ob er eine Lüge enthielt, verfügte Richter Kleaver eine fünfzehnminütige Pause, damit Sharri das Tagebuch nach Lügen durchforsten konnte und sie dann dem Stellvertretenden Staatsanwalt zeigte. Golde konnte nicht wissen, daß Sharri das Tagebuch schon einmal daraufhin durchgegangen war; erst für Shelley Antonio und später für Horngrad. Innerhalb von zwanzig Minuten hatte sie acht Lügen gefunden, die sie dem Gericht schilderte, als sie wieder im Zeugenstand saß.

Golde war aber längst noch nicht aus dem Gröbsten raus. Als er jetzt beantragte, das komplette Tagebuch Nr. 1 als Beweismittel zuzulassen, stimmte Richter Kleaver dem Einspruch der Verteidigung zu, daß nur die Einträge zugelassen werden sollten, über die geredet worden war, und nicht das ganze Buch.

Die List des Staatsanwaltes war doppelt auf ihn zurückgefallen.

Cooper und Horngrad konnten ihr Glück kaum fassen, schafften es aber, unbeteiligt zu wirken. Als nächstes wollten sie nämlich den Antrag einbringen, das Verfahren einzustellen. Es war ihnen nicht nur gelungen, den Hauptanklagepunkt des Staatsanwaltes in der Luft zu zerreißen, Golde selbst hatte ihnen soeben ihren halben Fall durchgebracht! Mit all diesen Beweisen über die anderen Lügen, die der Richter jetzt vor sich hatte, war die Glaubwürdigkeit des sogenannten Geständnisses zerschmettert.

Golde argumentierte, daß acht Lügen auf 161 Seiten ›minimal‹ seien. Richter Kleaver ahnte, worauf Golde hinauswollte, bezog aber einen anderen Standpunkt. Bis zu diesem Punkt habe er auf die Lügen in Serenas Tagebüchern immer gehört, jetzt jedoch überblickte er deren Ausmaß. Seiner Meinung nach seien einige davon tatsächlich ›phantastisch‹. Alles in allem fand Kleaver, daß sie die Verteidigung stärkten und Zweifel an dem Wahrheitsgehalt der anderen Einträge hervorriefen, einschließlich dem des Geständnisses.

Nach dieser Bemerkung stand Doug Horngrad auf und stellte den Antrag, das Verfahren einzustellen. Feierlich ging er zu der hölzernen Schranke direkt vor der Richterbank und erinnerte das Gericht daran, daß nach den Richtlinien des Jugendstrafrechts der Hauptanklagepunkt den Schuldmaßstab ›jenseits jedes begründeten Zweifels‹ erfüllen mußte, damit das Verfahren fortgesetzt werden konnte.

»Sie haben soeben das Belastungsmaterial der Staatsanwaltschaft gehört«, erklärte er und verschränkte die Hände vor sich. »Es ist vorbei. Man kann die Löcher ohne Brille sehen. Das war's.«

Wie Penny Cooper schon in ihrem Eröffnungsplädoyer gesagt hatte, fuhr Horngrad fort, waren alle Zeugen der Staatsanwaltschaft, mit Ausnahme von Dr. Herrmann, ›wahrhaftig ein trauriger Haufen‹. Officer Uhlers Aussage war nachweislich wertlos. Die Bemerkung der Angeklagten ihm gegenüber war nichts weiter als ein Gefühlsausbruch nach ihrer Vernehmung. »Ganz zu schweigen von der Tatsache, daß Serena Officer Uhler auch gesagt hat, sie habe das Fluchtauto nach irgendeiner Schießerei gefahren.« Was Sharri Moores Aussage anging: Sie hatte nichts weiter für die Anklage erbracht als die Erklärung, wie das Geständnis-Tagebuch gefunden und der Polizei übergeben worden war. Es war schon seltsam, daß kein einziger dieser Beamten als Zeuge benannt worden war, der an diesem Morgen anwesend war.

Horngrad breitete die Hände aus. »Es dreht sich letztlich alles um das Geständnis und Dr. Herrmanns Zeugenaussage. Bei allem Respekt vor dem Tagebucheintrag: Tagebuch Nr. 1 ist auf keinen Fall damit vereinbar. Und Dr. Herrmann selbst hat ausgesagt, es wäre medizinisch ein schwacher Fall. Dr. Herrmann hat uns erzählt, daß er lange Zeit die Möglichkeit eines natürlichen Todes in Betracht gezogen hat. Er hat Epilepsie erst dann ausgeschlossen, als er auf die Möglichkeit des analen Mißbrauchs stieß. Erst dann ist er auf die Idee gekommen, es könne sich um traumatische Asphyxie handeln. Und selbst dann hat er erklärt, daß diese Asphyxie nur durch ein Zusammenpressen der Brust durch ein Gewicht herrühren könnte. Etwa dem Gewicht eines 160 Pfund schweren Mannes.«

Die Stimme des Anwalts wurde eindringlicher. »Dr. Herrmann hat gesagt, und ich zitiere, daß ›es sehr wahrscheinlich ein unabsichtlich herbeigeführter Tod nach einem Akt des Kindesmißbrauchs gewesen sei‹. Das war sein ›entschiedener Verdacht‹. Dr. Herrmann hat auch gesagt, daß der Tod durch

Auflegen einer Hand auf den Mund ein ›unwahrscheinlicher Vorgang‹ sei. Nehmen Sie nun Dr. Herrmanns Aussage, der Tod sei durch Zusammenpressen der Brust eingetreten, und das Tagebuchgeständnis, in dem steht, der Tod sei durch Auflegen der Hand erfolgt, dann ist das in etwa so, als würde jemand sagen, er habe sein Opfer erschossen, während es in Wirklichkeit erstochen wurde.«

Dann widmete sich Horngrad der Theorie der Staatsanwaltschaft über das Motiv. »Man muß sich einen Weg durch dieses Labyrinth ertasten, wenn man irgend etwas verstehen möchte. Die Anklage behauptete, daß die Angeklagte ›Mallory getötet habe, um sie aus dem Elend ihrer gemeinsamen Folter zu befreien‹. Und gestern hat er indirekt angedeutet, daß sie ihre Schwester erst mißbraucht habe. Er sagte, daß die Angeklagte ihre Schwester so sehr liebe, daß sie sie umgebracht habe, und dann schleppt er Dr. Wong an und läßt ihn aussagen, daß sie sie gehaßt hat.«

Horngrad wiederholte noch einmal, was gerade bewiesen worden war. Daß Serena viele Lügen in ihr Tagebuch geschrieben hatte. Er schüttelte den Kopf und sah den Richter unverwandt an. »Die Staatsanwaltschaft bittet Sie, einen Schuldspruch zu fällen, der auf einem Tagebuchgeständnis beruht, und gleichzeitig sagt ihr eigener Zeuge, daß der Tod unabsichtlich herbeigeführt wurde, indem er erklärt, daß ein Zusammenpressen der Brust und nicht das Auflegen der Hand auf den Mund dafür verantwortlich war. Die Staatsanwaltschaft verlangt von Ihnen einen Schuldspruch aufgrund einer Tagebucheintragung, obwohl der Coroner erklärt, um die Todeszeit herum habe ein Mißbrauch stattgefunden. Es gibt nirgendwo in dem Tagebuch einen Verweis darauf. Und zu guter Letzt verlangt die Staatsanwaltschaft von Ihnen, die Theorie zu akzeptieren, daß die Minderjährige ihre Schwester mißbraucht hat, während sie sie aus Liebe *und* Haß gleichzeitig getötet hat, um sie vor einem weiteren Mißbrauch von Michael Moore zu retten.

Nur leider«, erklärte Horngrad leidenschaftlich, »können Sie die Minderjährige nur verurteilen, wenn Sie jede auch nur geringste Wahrscheinlichkeit ausschließen, daß Michael Moore Mallory mißbraucht und getötet hat.«

Horngrad wippte auf den Füßen, während er weitersprach. »Und dies alles nur wegen des Pflichtgefühls einer fadenscheinigen Anklagebegründung. Ich bitte das Gericht, Serena Moores sechzehnmonatige Inhaftierung zu beenden. Allein schon aufgrund der Aussage des Coroners wäre eine Gewährung dieses Antrags vollkommen gerechtfertigt. Serena und unser Staat sollten keinen weiteren Verfahrenstag erdulden müssen. Der Staatsanwaltschaft ist es vollkommen mißlungen, ihre Klage jenseits eines begründeten Zweifels zu beweisen.«

Horngrad sprach leiser, als er sich für jede Aggression seitens der Verteidigung entschuldigte. »Sollten wir in irgendeiner Weise beleidigend gewesen sein«, schloß er, »dann aufgrund unserer leidenschaftlichen Überzeugung, daß diese Minderjährige unschuldig ist.«

Als Horngrad sich wieder gesetzt hatte, schrieb Kleaver kurz eine Notiz und übergab dann Golde das Wort. Der Stellvertretende Staatsanwalt stand auf und steckte die Hände in die Hosentaschen. In einer getreuen Wiederholung seines Schlußplädoyers bei Serenas erstem Prozeß erkläre er: »Wir haben hier das Geständnis eines Mordes vorliegen. Obwohl die Verteidigung versuchte, es als ›unbedeutend‹ darzustellen, wurde durch nichts in den ›Protokollen bewiesen, daß es unwahr ist‹. Serenas Eintragung war ein ›persönliches, tiefempfundenes Geständnis, eine Schilderung dessen, was passiert ist‹.

Golde verlagerte sein Gewicht von einem Fuß auf den anderen. »Ich widerspreche der Darstellung der Verteidigung, der Pathologe habe ausgesagt, die Todesursache sei mit dem Geständnis unvereinbar. Dr. Herrmann hat Tod durch Erstickung diagnostiziert. Weil es keine Verletzung des Kehlkopfes gab, ist er zu dem Schluß gekommen, daß der Brustkorb zusammengepreßt worden sein mußte. Das schließt nicht aus, daß eine Hand auf den Mund gelegt wurde. Der Tagebucheintrag bedeutet nicht, daß sie sich *nicht* auf die

Brust gesetzt und gleichzeitig den Mund zugehalten hat.«

Zur Eintragung in Tagebuch Nr. 1, in der sie schildert, wie sie den Leichnam gefunden hat, sagte Golde, daß er es ›sehr merkwürdig‹ fände, daß sie sowohl über Mallory redete als auch darüber, beim Sex zu versuchen, sich ›penetrieren zu lassen‹. Das war für ihn keine ›tränenreiche Aussage einer trauernden Schwester‹.

Außerdem mußte die Staatsanwaltschaft gar kein Motiv beibringen.

Bei einem ›psychologisch derartig gestörten Teenager‹ könnte man das ›nur schwer‹ feststellen.

Zum erstenmal jedoch gab Golde zu, daß ›das Ausmaß des Mißbrauchs in Frage steht, ebenso wann und wo es passiert ist. Ich bin mir in diesem Punkt nicht absolut sicher. Aber ich glaube, daß es in diesem Haus Mißbrauch gegeben hat. Und daß zur Todeszeit Mißbrauch stattgefunden hat.‹ Aufgrund dieses Geständnisses, sagte er in seiner Zusammenfassung, ›gibt es genügend glaubwürdige Beweise, daß Mallorys Halbschwester‹ das Verbrechen begangen habe.

Die Verteidigung hatte das letzte Wort. Horngrad faßte sich kurz.

Im Gegensatz zu Goldes Darstellung hielt er das ›sogenannte Geständnis für vollkommen widersprüchlich‹. Weiterhin hatte selbst der Stellvertretende Staatsanwalt zugegeben, er wisse nicht, ob Mißbrauch stattgefunden habe oder nicht. »Wir können sicher alle darin übereinstimmen«, bemerkte Horngrad, »daß Serena Moore nicht gerade die genaueste Geschichtsschreiberin der Welt ist. Es ist nicht unsere Aufgabe, zu klären, was und was nicht jenseits eines begründeten Zweifels passiert ist.« Die Staatsanwaltschaft selbst hatte, indem sie das Gericht einfach nur um einen Schuldspruch bat, diese Aufgabe nicht erfüllt.

Es war still im Gerichtssaal, als der Richter antwortete. Sharri saß allein auf der linken Seite des Saals. Ihr Herzschlag beschleunigte sich unwillkürlich. Die Vernunft verbot ihr auch nur die geringste Hoffnung, daß dieser Antrag angenommen würde.

Zunächst war vollkommen unklar, in welche Richtung Richter Kleaver tendierte. Er merkte an, daß die ›Möglichkeiten‹, die Dr. Herrmann als Todesursache erwähnt hatte, nicht von Bedeutung waren. Die ›Wahrscheinlichkeiten und der Augenschein‹ jedoch, von denen der Doktor gesprochen hatte, waren wichtig. Sie mußten mit dem Geständnis im Tagebuch in Zusammenhang gesehen werden. »Dr. Herrmann sagt«, erklärte Kleaver, »es sei unwahrscheinlich, was im Tagebuch geschildert wird. Vermutlich sei es so nicht passiert. Der Augenschein sei nicht so.« Als Ergebnis dessen hege das Gericht einen ›wirklich erheblichen Zweifel‹ an der Schuld der Minderjährigen.

Sharris Ohren nahmen die Worte auf, aber sie konnte ihnen einfach keine Bedeutung zuordnen. Wollte der Richter Serena etwa gehen lassen?

Serena drehte sich mit großen Augen Penny Cooper zu. Sie hielt sich an der Tischkante fest und begann unkontrolliert zu zittern, wie ihre Mutter Monate zuvor beim Urteil in ihrem ersten Prozeß. Schweigend erhob Penny ihre linke Hand in die des Teenagers, während sie mit der rechten nach Horngrads tastete und sie festhielt. So verbunden erwarteten die drei die beiden Worte, die für Serena nach sechzehn Monaten endlich die Freiheit bedeuten konnten.

Kleaver sprach ruhig und sachlich weiter. Laut Dr. Herrmann gab es eine klare ›Indikation für langen sexuellen Mißbrauch an Mallory‹. Michael Moore sei der ›wahrscheinlichste Schuldige‹.

»Das«, so verkündete er endlich, »führt mich zu dem Schluß, daß erhebliche Zweifel bestehen. Aus diesem Grund gebe ich dem Antrag statt.« Er machte eine Pause.

»Das Verfahren wird eingestellt.«

Der Gerichtssaal schien zu explodieren, als alle gleichzeitig reagierten. Sharri schrie auf und schluchzte heftig. Serena und Penny Cooper umarmten sich, und Serena weinte hemmungslos. Horngrad umarmte beide.

Die Fernsehreporter stürmten aus dem Gerichtssaal. »Kommt rein!« brüllte ein Kameramann, als er in den Flur lief.

Als Pastor Doug den Schrei hörte, sprang er auf, kämpfte sich durch die Menge in den Gerichtssaal und lief zu Sharri. Sein Gesicht war weiß vor Angst.

»Was ist passiert? Was ist passiert?«

Sie drehte sich um, schlang ihm die Arme um den Hals und ließ sich gegen ihn fallen. »Es ist vorbei!« stammelte sie weinend an seiner Schulter. »Es ist vorbei!« Er umarmte sie und begann ebenfalls zu weinen.

Unmittelbar nach dem Urteil wankte Goldes Gelassenheit für eine Sekunde, und er sah zu Boden. Dann stand er auf, ergeben in sein Schicksal, und begann die Ordner zusammenzupacken, die er nach all den Monaten nun nicht mehr brauchte.

Kleaver zog seine Robe aus und blieb, im Gegensatz zu anderen Richtern, die sofort flohen, stehen und betrachtete die Szene.

Serena hätte schwören können, daß sie schwebte, als sie von ihrer Wärterin zur Hintertür gebracht wurde. »Komm, Süße, wir machen uns aus dem Staub!« flötete die Frau, als sie Serena ein letztes Mal die Handschellen anlegte. Während des Transports zum Verwaltungsgebäude Ecke Vierter und Broadway, wo ihre Entlassungspapiere unterschrieben wurden, hüpfte und tanzte Serena im Wagen, soweit es ihre Fesseln erlaubten.

Als die Fernsehreporter die Anwälte im Gerichtssaal interviewten, lief Sharri zu einem Telefon im Flur, um Michael anzurufen. Dann tanzte sie förmlich die beiden Blocks entlang, um auf Serena zu warten. Es störte sie nicht, daß man ihr nachsah. Pastor Doug lief über die Straße zu seinem Wagen und fuhr in dieselbe Richtung, in die Sharri gegangen war. Sie war viel zu aufgewühlt, um Serena nach Hause fahren zu können. Er wollte ihnen einen ›Fluchtwagen‹ zur Verfügung stellen.

Die grauen Wolken rissen kurz vor Mittag auf, als Kameramänner, Reporter und Zuschauer sich auf dem Bürgersteig vor dem Verwaltungsgebäude versammelten. Mit verständnisvollem Lächeln klopfte Bob Salladay einer aufgeregten

Kollegin auf den Rücken. Nach nur fünf Minuten hatten noch mehr Kamerateams die Neuigkeiten erfahren und gesellten sich zu der Gruppe hinzu, die immer größer wurde. Pastor Doug fand wie durch göttliche Fügung einen Parkplatz vor dem Gebäude. Der Motor lief und die Türen waren geöffnet.

Die Menge wogte erwartungsvoll, während Serena im Gebäude auf und ab hüpfte, als die Beamtin schnell ihre Hand- und Fußfesseln löste. Mit einem Schnörkel unterzeichnete Sharri die Entlassungspapiere. Nach sechzehn Monaten machte Serena den ersten Schritt in Freiheit. Sharri beobachtete sie mit tränenerfüllten Augen, rannte auf sie zu, und Arm in Arm liefen sie freudig und sorglos durch die Masse der surrenden Kameras.

»Was wirst du jetzt machen?« schrie einer der Reporter.

»Feiern!« rief Serena.

Serena umarmte auf dem Bürgersteig eine Freundin, riß sich dann los und sprang in Pastor Dougs Wagen. Sharri setzte sich nach vorn. Serena winkte und zeigte den Reportern, die für eine letzte Aufnahme vom ›Tagebuch-Mädchen‹ neben dem Wagen herliefen, das Siegeszeichen.

An diesem Abend wurde Channel 7 in den Nachrichten diese Aufnahme in Zeitlupe wie das lang erwartete Finale einer epischen Saga zeigen.

Zwei Fußgänger bogen um die Ecke, sahen die lärmende Menge und blieben überrascht stehen. »Wow!« rief eine der Frauen aus. »Was ist denn hier los?«

»Ich weiß nicht«, antwortete die andere skeptisch, während sie zusah, wie zwei Reporter dem davonfahrenden Wagen nachwinkten. »Aber ich glaube, irgend jemand hat was von Mord gesagt.«

EPILOG

Der 27. April 1994 war weltweit und auch für die Moores ein Tag voller wichtiger Nachrichten. Die Geschichte vom Freispruch des ›Tagebuch-Mädchens‹ wurde in allen lokalen Nachrichtensendern und im CNN gebracht, neben der Berichterstattung über den Gedenkgottesdienst für den ehemaligen amerikanischen Präsidenten Nixon und die erste schwarze Wahl in Afrika. Am nächsten Morgen brachten alle Zeitungen in der Bay Area die Story auf ihren Titelseiten.

In den ersten Tagen nach ihrem Freispruch behielt Serena ein verrücktes Tempo bei, am Freitagabend besuchte sie eine Party ihr zu Ehren im Haus von Pastor Doug. Sie traf ihre Freunde wieder und ging am Sonntag zur Kirche. Sie verabredete auch einen Besuch bei ihrer Großmutter Tessie für den folgenden Monat. Sharri und Michael wußten, daß sie Serena diese Beziehung erlauben mußten, aber sie selbst blieben Tessie Dornellas gegenüber mißtrauisch und abweisend.

Inzwischen hatte Sharri zahlreiche Termine für Serenas medizinische Behandlung getroffen. Es gab noch zwei wichtige Dinge zu tun: Serenas Schulbesuch für den Sommer und Herbst zu sichern und einen erfahrenen Kinderpsychiater zu finden, um mit dem langen und schwierigen Prozeß der Therapie von Serena und ihren Eltern zu beginnen. Trotz ihrer Freude über ihre neugewonnene Freiheit zeigte Serena Symptome, die offensichtlich von ihrer sechzehnmonatigen Haft herrührten. Sie war es gewohnt, unter Bewachung und bei Beleuchtung zu schlafen, und fürchtete sich zu Hause sogar, ohne ihre Mutter zu duschen oder ein dunkles Zimmer zu betreten. Diese sichtbaren Symptome verschwanden bald; unklar blieb jedoch das Ausmaß des psychischen Traumas, das Serena auf einer eher unterbewußten Ebene davongetragen hatte. Ganz zu schweigen von all den ungelösten Fragen über ihren Geisteszustand, die bereits aufgetreten waren, bevor sie überhaupt verhaftet worden war. Als histrionischer Teenager, der gern im Mittelpunkt der Aufmerksamkeit stand, hatte Serena ihren Wunsch erfüllt bekommen, wenn auch nicht so, wie sie es sich ausgesucht hätte. Während und nach dem Prozeß wurde Serena von Reportern, Journalisten, Gastgebern berühmter Talk-Shows und Filmproduzenten geradezu verfolgt, aber wie würde sie in einem Jahr reagieren, wenn die Aufregung um sie nachgelassen hatte?

Fünf Tage nach Serenas Freilassung gab die Zivilanwältin Tanya Starnes eine Pressekonferenz auf den breiten Stufen des San-Francisco-Rathauses und verkündete, daß sie einen Prozeß wegen Amtsmißbrauchs gegen Melvin Belli, Shelley Antonio und die Belli-Kanzlei anstrengen würde. Das war die achte Anzeige wegen Amtsmißbrauchs gegen Belli seit 1985. Die Klägerin ›Serena M.‹ verklagte ihn auf Zahlung einer ungenannten Ausgleichssumme für extrem hohe Schäden, weil die Anwälte die Rechte ihrer Mandantin ›bewußt mißachtet‹ hatten, und behauptete, sie hätten sich der ›Unterdrückung, des Betrugs und der Böswilligkeit laut Bürgerlichem Gesetzbuch Artikel 394 schuldig gemacht‹. Als Ergebnis der ›Nachlässigkeit‹ der Anwälte und ihrer sechzehnmonatigen Inhaftierung, behauptete die Klage, habe Serena ›ernsthafte emotionale Schäden und Ängste‹ erlitten. Um die Interessen ihrer Tochter zu verteidigen hatten Sharri und Michael noch eine weitere Anwältin verpflichtet, Virginia Palmer, die als Serenas Rechtsberaterin für jede Einigung in diesem Fall verantwortlich war.

Als ein Reporter Tanya Starnes danach fragte, wie sie sich den Verlauf des Prozesses wegen Amtsmißbrauchs gegen den berühmten ›König der Delikte‹ vorstellte, gab sie ihm eine clevere Antwort. »Es macht keinen Unterschied, außer, daß es hier gegen Mr. Belli geht.«

In dem Bericht über die Pressekonferenz nannte Channel 7 die Anzeige als ›eines von vielen Problemen für Belli‹, der immer noch in dem Zivilprozeß gegen seine ehemaligen Partner wegen der Auflösung der Kanzlei steckte. Außerdem stand ihm und Antonio noch die Ermittlung der Kalifornischen Anwaltskammer über die Art und Weise, wie sie den Prozeß gegen das ›Tagebuch-Mädchen‹ geführt hatten, bevor.

Bellis formale Beschwerde gegen Richterin Margulies stand ebenfalls immer noch zur Entscheidung aus.

Es gab noch andere Kontroversen in diesem Fall, unter anderem zwischen dem Horngrad-Cooper-Team und der Staatsanwaltschaft. Als die Verteidiger Golde kritisierten, Serena einer so langen weiteren Inhaftierung ausgesetzt zu haben, obwohl Margulies das Urteil aufgehoben hatte, antwortete ein verstimmter Golde, daß sie selbst ›Dreck am Stecken‹ hätten. Serenas langer Gefängnisaufenthalt sei ein Ergebnis davon, daß Horngrad und Cooper sich während des Falls weiter ›um zahlende Mandanten kümmern mußten‹. Wäre es nach ihm gegangen, beschwerte er sich, dann hätte Serena ihr zweites Verfahren innerhalb eines Monats bekommen.

Cooper und Horngrad gingen noch weiter und behaupteten, daß es bereits ein Fehler war, überhaupt einen Prozeß angestrengt zu haben, obwohl eindeutige Beweise vorlagen, die Serenas Geständnis abschwächten. Als sie ihn fragten, warum er Anklage erhoben hätte, obwohl er wußte, daß selbst Dr. Herrmann aufgrund der medizinischen Befunde von Anfang an starke Zweifel an Serenas Schuld hatte, erwiderte Golde, ›die Meinung des Doktors war nicht relevant‹.

Penny Cooper nannte diese Antwort ›unglaublich‹.

»Selbst wenn Matt Golde annahm, daß Serena schuldig war«, sagte sie, »hätte ihm klar sein müssen, daß er ungenügende Beweise hatte.« Sie stellte auch die Frage, warum der Stellvertretende Staatsanwalt den Fall ›angesichts des guten Verhältnisses zwischen den beiden Schwestern‹ angestrengt habe. Seine Theorie über das Motiv war laut Cooper ›lächerlich‹.

Richter Kleavers Antwort auf die Frage, ob der Fall zur Anklage hatte kommen sollen oder nicht, war sehr sorgfältig abgewogen. »Die Entscheidung lag bei der Staatsanwaltschaft«, erklärte er. »Einige hätten den Fall in Anbetracht der Geständnisse weiterverfolgt, andere hätten ihn vielleicht unter dem Aspekt der medizinischen Beweise betrachtet und die Anklage fallengelassen. Würde man fünfzig Staatsanwälte fragen, bekäme man vermutlich fünfundzwanzig Pros und ebenso viele Contras.«

Golde verteidigte halsstarrig sein Vorgehen und bestand darauf, daß seine Integrität nicht dadurch verletzt worden sei; daß er den Fall weiterverfolgte. Er glaubte immer noch fest an die Schuld der Minderjährigen. »Ich bin vielleicht die einzige objektive Person in diesem Fall«, erklärte er nach Serenas Freispruch. »Basierend auf den Informationen, die ich über diese Familie habe, glaube ich nach wie vor, daß sie es getan hat. Und ich glaube, daß die ganze Familie emotional gestört ist.«

Wenigstens in einem Punkt waren sich alle drei Anwälte einig: Die Polizei von Fremont hatte bei der Handhabung von Mallorys Tod von Anfang an ›geschlampt‹. Die Moores konnten ihnen da nur beipflichten.

Golde betrachtete die Aktionen der Polizei mit dem Auge des Anklägers und konnte in ›so gut wie nichts dem zustimmen‹, was sie getan hatten. Er wies zunächst auf die ›planlose Untersuchung‹ des Schauplatzes am Morgen des 18. August hin, eines Schauplatzes, der später immerhin zum Tatort eines Mordes erklärt werden sollte. Weiterhin machte Sharri Moores Zeugenaussage klar, daß die Aussage im Polizeibericht, daß sie später zurückkehrten, um die ›Bettlaken zu beschlagnahmen‹, offensichtlich nicht stimmte. Sharri hatte einen Tag später getrocknete Flecken auf Mallorys Laken gefunden und die Polizei informiert.

Captain Mike Lanam versuchte zwar, den Schlag gegen die Fremont-Polizei abzumildern, mußte aber zugeben: »Offengestanden sind am Anfang einige Fehler gemacht worden, und der Rest hat sich dann ergeben.« Lanam weigerte sich entschieden, den an diesem Fall beteiligten Beamten zu erlauben, über bestimmte Aktionen auszusagen. Darüber mußte er ›erst mit dem Bezirksstaatsanwalt sprechen‹. Eine Liste mit entsprechenden Fragen war rechtzeitig an das Fremont Police Department geschickt worden, wurde aber nie beantwortet.

Lanams Aussage, es seien ›anfängliche Fehler‹ gemacht worden, widersprachen die Officer, die an dem fraglichen

Morgen als erste zum Schauplatz gekommen waren. Sie hätten keine Fehler gemacht, weil es keinen Hinweis auf einen unnatürlichen Tod gegeben hatte. Stuart Kohlers Bericht über Dejoy vermerkte: »Er steht hinter seinen Ermittlungen zu Mallory Moores Tod.«

Auf die Frage, ob die Pressekonferenz, die Captain Lanam nach der Anklage gegen Serena gegeben hatte, dazu diente, die Aufmerksamkeit von der Handhabung des Falles abzulenken, antwortete Golde kryptisch: »Ich glaube nicht, daß sie so weit gedacht haben.« Die Vorführung des Tagebuchs war für ihn normales ›Polizeiverhalten‹, eine natürliche Reaktion darauf, daß sie Beweise gefunden hatten, die einen Durchbruch in dem Fall bewirken konnten.

Golde war von dem ›unbrauchbaren‹ Verhör von Serena durch ›unerfahrene‹ Detectives ebenfalls entsetzt. Er milderte allerdings die allgemeinen Vorwürfe gegen die Polizei etwas ab, indem er hinzufügte, er habe mit einigen Angehörigen der Polizei gesprochen, die ›ganz schön wütend‹ auf die Kollegen seien, deren Handhabung des Falles die ›ganze Polizei schlecht dastehen‹ ließ.

Cooper stellte zwei rhetorische Fragen zur Anfangsphase der Ermittlungen. Angesichts Dr. Herrmanns Schlußfolgerung, daß ein Mißbrauch stattgefunden hatte … warum hatte die Polizei Michael nicht deswegen verhört und ihn an den Lügendetektor angeschlossen? Dieses Vorgehen war bei polizeilichen Ermittlungen üblich. Das Versäumnis der Polizei, Michaels mögliche Verwicklung in den Fall zu verfolgen, zusammen mit Dr. Herrmanns Hinweis, daß die Polizei von Anfang an Serena im Visier hatte, mußte Cooper und Horngrad zu dem Schluß kommen lassen, daß der Fall eskaliert war. Mia Blacks Vorwürfe gegen Serena und vielleicht auch die früheren Berichte über Serenas unkontrollierbares Verhalten schienen eine starke Wirkung auf die Polizei ausgeübt zu haben; ebenso wie Serenas abschließende Bemerkung, die Polizei solle überprüfen, ob Mallory ›vielleicht einfach in der Nacht erstickt sei‹. Vier Monate später war das Tagebuch mit dem Geständnis entdeckt worden, und ein Detective hatte die

Akte Mallorys überprüft. Er las im Bericht des Coroners ›traumatische Asphyxie‹ und schloß blitzschnell auf einen Zusammenhang. »Mit der Ansicht, das Geständnis im Tagebuch sei wahr«, sagte Cooper, »hat die Polizei nicht mehr genau hingesehen.«

Laut Penny Cooper war dieser Fall von Anfang bis Ende ›tragisch‹.

Der tragische Fall von Serena Moore steckt voller Ironie. Und Zufällen.

Sind es wirklich Zufälle?

Kann ein Vater zu Unrecht von seiner Stieftochter *und* einem angesehenen Pathologen des Mißbrauchs bezichtigt werden? Dr. Herrmann stand weiterhin zu seinen medizinischen Befunden und behauptete, es handele sich keineswegs um einen Zufall. Der Mißbrauch sei tatsächlich geschehen. Gleichzeitig haben vier andere Pathologen, zwei im ersten Prozeß und zwei im zweiten, die Obduktionsbefunde geprüft und kamen zu dem Schluß, daß Mallorys anale Erweiterung und die kleine Rißwunde keinerlei medizinische Bedeutung hatten. (Die beiden letzten haben nie ausgesagt.)

Dr. Herrmanns Erwiderung auf die Gutachten dieser Pathologen war, daß ›man nur bei der Autopsie selbst das Material vernünftig betrachten kann‹. Trotzdem setzte seine Aussage im zweiten Verfahren seine Schlußfolgerungen zu diesem Thema in ein anderes Licht. Im Kreuzverhör hatte er erklärt, er sei zu dem Mißbrauchsbefund gekommen, *nachdem* er von der Polizei erfahren hatte, daß Michael Moore in der Vergangenheit des Kindesmißbrauchs beschuldigt worden war. Hatte diese Information vielleicht den Ausschlag für seinen Befund gegeben, während die anderen Pathologen ohne diese Information die Befunde als ›bedeutungslos‹ interpretierten? Dr. Herrmann gab zwar zu, er könne ›nicht sagen, komplett ignoriert zu haben, was (er) über die Familiensituation gehört‹ habe. Aber er blieb dabei, daß die analen Befunde ›nun mal da waren‹ und ihn besonders diese Erweiterung des

Anus schon gestört habe, als er noch keine Informationen über die Moore-Familie hatte.

Wenn Dr. Herrmanns späteres Wissen um die Beschuldigungen gegen Michael in irgendeiner Weise bei seinen Schlußfolgerungen eine Rolle gespielt hatte, dann sind diese Befunde nicht mehr zufällig, sondern kausal. Traurigerweise, für Serena, verwies dieser ›Ursache-und-Wirkung‹-Effekt auf ihre Anklagen gegen Michael, von denen sie behauptet, sie seien falsch. Sie reagiert sehr aufgebracht auf jeden schwelenden Verdacht gegen Michael. »Jeder weiß, daß ich früher gelogen habe. Aber jetzt habe ich damit aufgehört. Ich habe den Leuten erzählt: ›Nie wieder, das war's‹. Und ich sage jetzt die Wahrheit: Mein Stiefvater hat mich nicht mißbraucht. Er hat mich *nie* angefaßt.«

Als Serena zwei Wochen nach ihrem Freispruch in der Phil-Donahue-Show auftrat, erzählte sie den Zuhörern, die sich schnell gegen Michael wandten, dasselbe. Daraufhin schrie ihr eine Frau zu: »Warum sollten wir dir jetzt glauben?«

Die brutale Realität hinter dieser zynischen Frage wird Serena noch lange verfolgen.

Die ›andere Seite‹ von Serenas Familie – Tante Laura, Oma Tessie und Roxanne – stimmte natürlich der Frage dieser Frau zu. Laura hält an der Überzeugung fest, daß beide Mädchen mißbraucht worden waren, und behauptet, Serenas Verteidigung von Michael sei nur ein weiterer Versuch, die Liebe und Anerkennung ihrer Mutter zu gewinnen. In Wahrheit seien sowohl Sharri als auch Michael und Serena ›zwanghafte Lügner‹. Laura hat das Gefühl, Michael und Serena würden ›von Sharri vollkommen zerstört‹, und es besteht für sie nicht der geringste Zweifel daran, daß Michael Mallory unbeabsichtigt tötete, als er sie mißbrauchte.

Golde glaubt immer noch daran, daß Michael seine Töchter mißbraucht hat, aber er behauptet genauso entschieden, daß Serena den Mord begangen habe. »In diesem Haus gibt es ein Geheimnis«, behauptete er nach Serenas Freilassung. »Ein Geheimnis zwischen Serena und Michael. Das Mädchen wurde ermordet.«

Die Freunde der Moores jedoch, einschließlich Serenas Freundinnen, sind davon überzeugt, daß es keinen Mißbrauch gegeben hat, weder bei Serena noch bei Mallory. Selbst Mia Black, die keinen Kontakt mehr mit den Moores hat, weil sie Serena angeschwärzt hatte, sagt, sie wisse nichts über Mißbrauch in der Familie. Das sagt eine Frau, die viel Zeit mit Mallory in ihrem eigenen Haus verbracht hat. Noch überzeugender ist vielleicht Serenas Tagebuch Nr. 1, das über drei Jahre reichte, von ihrem elften bis zu ihrem vierzehnten Lebensjahr, in dem es zahlreiche Passagen über Sex mit ihrem Freund gibt. Aber ein Mißbrauch wird nie erwähnt.

Die Ironie bleibt. Beispielsweise daß dieser Fall ausgerechnet Shelley Antonio in den Schoß gefallen ist, und daß genau das später geholfen hat, Serenas Verurteilung aufzuheben. Daß die Liebe, die Serena für Mallory empfand, das Motiv für die Staatsanwaltschaft lieferte, aufgrund dessen sie Anklage wegen Mordes erhob. Daß Michael, der sich keine Illusionen mehr gemacht hatte, seiner Stieftochter helfen zu können, letzten Endes der ›entscheidende Mann‹ für ihren Freispruch wurde. Daß dieselben beiden Beweisstücke, die zur Anklage gegen Serena geführt hatten, ihr Geständnis im Tagebuch und Dr. Herrmanns Befunde, sie schließlich entlasten sollten. Daß die Klage gegen Serena nach sechzehn Monaten wegen Mangels an Beweisen abgewiesen wurde.

Und das sind nur ein paar ironische Tatsachen.

Die größte Ironie von allen aber ist die, daß nachdem jetzt alles gesagt und getan ist, die tragische Frage, die den Prozeß gegen Serena überhaupt erst ausgelöst hat, immer noch offen ist.

Was hat Mallory Moores Tod verursacht?

Serenas Unschuld kann rechtlich nicht länger angezweifelt werden. Will man Michael verantwortlich machen, muß man Dr. Herrmanns Ansicht übereinstimmen, daß ein analer Mißbrauch stattgefunden hat, eine Ansicht, die medizinisch heftig umstritten ist und genauso entschieden von den Freunden Mallorys und der Familie abgestritten wird. Außerdem muß man in diesem Fall davon ausgehen, daß Sharri wußte, daß ihr Ehemann Mallory mißbrauchte, und nichts dagegen tat, denn sie hat ausgesagt, daß sie wegen ihrer Ohrenschmerzen fast die ganze Nacht bis in die frühen Morgenstunden des 18. August wachgelegen hat und nicht hörte, wie Mallory starb. Das heißt, sie hätte ihren Ehemann gedeckt und täte es immer noch, obwohl er Mallorys Tod herbeigeführt hätte.

Sharris Versuche, zu erfahren, warum ihre Tochter gestorben ist, zweifeln diese Theorie aber ernsthaft an.

Ohne echte Beweise, die diese Theorie eines ›anderen Täters‹ stützen, spricht die Tatenlosigkeit der Staatsanwaltschaft für sich selbst. Sie hat bis jetzt keine Anklage gegen Michael Moore erhoben und wird es auch nicht tun.

Wenn man an die Unschuld sowohl von Serena als auch von Michael glaubt, muß man sich der Meinung anschließen, daß Mallory Moore eines natürlichen Todes gestorben ist, und zwar sehr wahrscheinlich an Asthma. An einem Asthmaanfall, der so plötzlich und heftig kam, daß sie in ihrer Panik keine Zeit mehr fand, nach ihren Eltern zu rufen. Ein solcher Tod ist praktisch unmöglich, werden viele Ärzte sagen. Trotzdem, drei Gutachter halten an dieser Überzeugung fest, und ihre Meinung stützt sich auf dokumentierte medizinische Fälle.

Die Moores selbst sagen, sie werden nie erfahren, was genau Mallorys Tod verursacht hat, obwohl sie glauben, daß die Antwort teilweise in ihrem Asthma und teilweise in den geheimnisvollen ›blauen Anfällen‹ liegt. Sie haben sich im großen und ganzen mit dieser Unwissenheit abgefunden. Es ist schlimm genug, daß Mallory von ihnen gegangen ist. Sie könnten ihre Zukunft nicht frei planen, wenn sie immer noch von der ›Warum‹-Frage verfolgt würden, die sie in den ersten Monaten nach dem Tod ihrer kleinen Mädchen in eine solche Verzweiflung getrieben hatte.

Und genau das ist das Schwierige. Die Moores müssen weitermachen, ihr Leben weiterleben, während Mallorys Leben für immer erloschen ist. Selbst als Sharri und Michael Serenas Sieg gefeiert haben, trauerten sie noch über diesen Verlust.

Ein Happy-End? Nicht ganz.

In meinem Büro hängt ein Bild von Mallory, das sie mit Fingerfarben gemalt hat, ein großherziges Geschenk von ihrer Mutter. Wenn ich die Kreise und Wellenlinien in leuchtendem Rot, Blau und Grün betrachte, kann ich fast die kleine Hand sehen, die sie gemalt hat. Ganz oben auf dem Bild hat eine Vorschulerzieherin in roten Buchstaben ihren Namen geschrieben: MALLORY.

Jetzt, da dieses Buch fertig ist, wende ich mich neuen Herausforderungen zu. Trotzdem, wenn ich mich in ein neues Projekt vertiefe, erinnert mich Mallorys Kunstwerk, unter Glas und in einem Kirschholzrahmen, täglich an ein kurzes, zu früh erloschenes Leben. Die Erinnerungen an Mallory bleiben – jedenfalls denen, die das Glück hatten, sie gekannt zu haben – für immer in der Zeit eingefroren, einer Zeit, als die Welt noch ein Wunderland aus Tanz, Disney, Feuerwerk und gewalzten Pennies war.

Ich blickte oft auf dieses Bild. Dann denke ich an Mallorys bronzenen Grabstein und finde wie ihre Familie Trost darin, an die Worte zu glauben, die darauf geschrieben stehen.

SIE TANZT MIT DEN ENGELN.

ENDE

Band 13 833
Ann Rule
Am Ende der Straße
Deutsche Erstveröffentlichung

Für seine indianische Mutter schämte er sich zeitlebens, von seinem Vater lernte er, Frauen zu hassen. Sein Umgang mit den Schwestern und seiner Mutter war von latenter Gewalt geprägt. Und doch wurde Brad Cunningham ein Charmeur, ein Frauenheld, der von Ehe zu Ehe hetzte und aus jeder Scheidung Profit schlug. Bis er an Cheryl Keeton geriet, eine erfolgreiche und kluge Anwältin, mit der er drei Kinder hat. Als ihre Ehe zerbrach, hob der Kampf um das Sorgerecht an – und ein Alptraum, in dessen Verlauf die hübsche Cheryl die Abgründe ihres Ex-Gatten erst kennenlernte.

ANN RULE war lange Zeit Polizistin in Seattle, bevor sie Reporterin wurde und sich als Verbrechensforscherin einen solchen Ruf erwarb, daß sie regelmäßig vom US-Senat und von den FBI-Akademien eingeladen wird.

BASTEI LÜBBE

Sie erhalten diesen Band im Buchhandel, bei Ihrem Zeitschriftenhändler sowie im Bahnhofsbuchhandel.